スケープゴート

ダフネ・デュ・モーリア

ジョンはフランス史を教える英国人の歴史学者。空虚な人生に絶望していた彼は、旅先のフランスで自分と瓜ふたつの男ジャン・ドゥ・ギに出会う。相手に引っ張られるままに飲んだ翌朝、ジョンが目覚めるとジャンの姿はなく、車や持ち物のすべてが消えていた。呆然とするジョンは、彼を主人と信じて疑わない運転手に促されるまま、ジャンの家に連れていかれる。ジャンは伯爵だが所有するガラス工場は経営が危うく、家族間はぎくしゃくしていた。手探りでジャンになりすますジョンだったが、事態は思わぬ方向に……。名手による予測不能なサスペンス。

登場人物

ジョン……………………フランス史を研究するイギリス人の歴史学者
ジャン・ドゥ・ギ………ジョンに瓜ふたつのフランス人。伯爵
フランソワーズ…………
マリー＝ノエル…………
伯爵夫人…………………
ブランシュ………………
ポール……………………
ルネ………………………ジャン・ドゥ・ギの城に住む人々
ガストン…………………運転手
シャルロット……………使用人
ジェルメンヌ……………小間使い
ベーラ……………………骨董屋の店主。ジャンの愛人
ジュリー…………………ガラス工場の管理人
モーリス・デュヴァル……ガラス工場のかつての工場長

スケープゴート

ダフネ・デュ・モーリア
務台夏子訳

創元推理文庫

THE SCAPEGOAT

by

Daphne du Maurier

スケープゴート

第一章

大聖堂の横手に車を残し、わたしはジャコバン広場への階段をおりていった。雨脚は相変わらず激しかった。トゥールを出て以来、雨は一時《いっとき》もやんでいない。大好きなこの田園地方でわたしが見たものと言えば、国道《ルート・ナシオナル》のきらめく路面だけであり、その眺めもフロントガラスのワイパーの単調な動きによってリズミカルにさえぎられていた。

ル・マンに入る直前に、ここ二十四時間昂《こう》じていた憂鬱《ゆううつ》は一層強まった。それは休暇の最後の数日に決まって襲ってくるものだ――が今回は、あまりにも速く時間が過ぎてしまったことが、いつにも増して痛切に感じられた。しかもそれは毎日が盛り沢山だったからではなく、自分が何ひとつ達成できなかったからなのだ。つぎの秋に行う講義のためにわたしが取ったメモは、学問的であり、正確であり、日付と事実が付されている。後にわたしは、注意散漫な学生らの鈍い頭に刺激を与えるために、これを脚色せねばならない。しかしたとえ半時間、連中のだれぎみの関心を維持できたとしても、講義を終えたとき、わたしは以下のことに気づかされるにちがいない――自分が話したことはどれを取ってもなんの価値もない、自分が彼らに与えたのは、華やかに色づけされた歴史のイメージにすぎない。ただの蝋人形、三文芝居の舞台を気取って歩くパペットたち。わたしには、歴史の真の意味はつかめない。なぜならそこまで深く人とかかわったことがないのだから。

　半ば現実、半ば空想である過去に没頭し、現在を見ずにいることは、簡単すぎるほど簡単だ。自分の馴染みの町、トゥール、ブロワ、オルレアンで、わたしは空想にふけり、別の壁、もっと古い街並み、かつてきらびやかだったファサードの崩れかけた角部《かどぶ》を見ていた。そしてそれらは、わたしにとっては目の前にある現実の建物よりも本物だった。なぜならその暗い映像のなかには、安全があるから。だが現実のきつい光のなかには、疑いと不安しかない。

　ブロワで、あの城《シャトー》で、煙で煤《すす》けた壁を手でさぐっていたとき、ほんの数百ヤード先で千人もの人が痛みや苦しみをかかえていたとしても、わたしには彼らの姿はまったく見えなかっただろう。なぜなら、わたしの隣には、香水をつけ、宝石で身を飾ったアンリ三世がいて、子供をあやすように愛玩犬を腕に抱き、ベルベットの手袋でわたしの肩に触れていたから。その狡《こう》猾《かつ》な優しい顔の偽りの魅力は、すぐ横でぽかんと口を開け、紙袋の菓子を手でさぐっている観光客の仮面よりも、はっきりと見えており、わたしは足音を、叫び声を、ギーズ公アンリが死ぬのを待っていた。また、オルレアンでは、あの少女と馬を並べて進み、〝オルレアンの私生児〟さながら、彼女が馬に乗るときは鐙《あぶみ》を支え、彼が聞いたように喧噪《けんそう》と喚声《かんせい》と低く響く鐘の音を聞いていた。あるいは、彼女とともにひざまずいて祈り、ときおりわたしの意識の周辺をさまよいながら、決して聞こえることのない〝声〟を待つことさえあった。そしてわたしは、純粋で狂信的な目をした我が〝ハーフボーイ〟を、目には見えない彼女の世界のすぐ外から見つめながら、大聖堂からよろよろ出ていき、ガクンと時から跳ねあがって現在へともどった。そこでは、あの少女はただの立像に過ぎず、わたしは平凡な歴史学者であり、少女が命をなげうって救ったフランスは、わたしが理解しようともしなかった生身の男や女でいっぱいの国なのだった。

昨日の朝、トゥールを出発したとき、ロンドンに帰った後に自分が行う講義は満足なものになるまいという思いと、過去の人生で（フランスのみならずイングランドにおいても）自分がしてきたことと言えば、幸せや苦しみをともにせず、ただ人々を眺めることだけだったという悟りとが、恐ろしいまでの憂鬱をもたらし、車の窓を打つ雨がそれをさらに深めたため、ル・マンに着いたとき、もともとはそこに止まって昼食を取る気などなかったのだが、それで気分転換になるならと、わたしは考えを変えたのだった。

その日は市の立つ日で、ジャコバン広場に入ると、大聖堂の下の階段のそばに、緑の防水シートのかかったトラックや荷車が駐められていた。列をなす露店は、隣同士ぎちぎちだった。それは大きな市の日だったにちがいない。広場は田舎の人々であふれかえっており、空気中にはまちがえようのないあのにおい――野菜臭と獣《けもの》臭が相半ばするにおいがあった。赤茶色の濡れた泥土と、押し込められた牛たちが同じ不安のうちに蠢《うごめ》く、湯気の立つ檻以外からは発生しないにおいだ。すぐ横では、三人の男が子牛をトラックへと追い立てている。哀れな子牛はモーモー鳴いて、ロープをかけられた頭を左右に振り、トラックから後退していく。そのトラックはすでに、怯えて鼻を鳴らす他の牛たちで満杯だ。男たちのひとりが子牛の脇腹を大熊手で突いたとき、わたしには子牛の戸惑った目のなかの赤い斑点《はんてん》が見えた。

黒いショールの女ふたりが、天蓋《てんがい》のない荷車のそばで何か言い合っている。一方の女は、鳴きわめく雌鶏を脚をつかんでぶら下げており、抗議を表明し、バタバタはためくその翼が、女の寄りかかる、林檎《りんご》が山盛りになった枝編み細工の大籠をかすめていた。そんなさなか、ふたりのほうに、ハシバミ色のベルベットの上着を着たものすごい大男がやって来た。すぐそこのビストロで一杯やってきたためその顔は真っ赤で、目はぼうっと霞《かす》み、足もとは覚束《おぼつか》ない。彼はぶつぶつひとりごとを言いながら、てのひらに載せた硬貨を見つめていた。思っていたより額が少ない、少なすぎる——熱気と汗とタバコにまみれた消えた時間のどこかで、この男は計算ミスをしたのだ。その証拠に、彼はいま母親と細君と口論になっている。わたしには、男のうちであり、その前は彼の父親のうちであった農場を思い浮かべることができた。道路から二キロの、穴だらけの砂地の隘路《あいろ》を行った先にある、背の低い家。淡い黄色に塗られ、屋根は瓦《かわら》葺《ぶ》き。家屋と外の納屋や家畜小屋は、平坦な茶色い畑にぼんやりと浮かんで見える。目下、その畑には黄緑や黄紅色の丸くて硬いカボチャが何列にも並んでおり、それらは干からびるまで放置されたすえ、家畜らの冬の飼料になるか、農場の人たちのスープになるかだ。

わたしはそのトラックを通り過ぎ、角のブラスリーに向かって広場を横切っていった。すると突然、霞んだ太陽が気まぐれな空から輝きだし、広場でひしめきあう人々は、雨のなかではカラスに似た怪しげな個性のない黒い影のようだったのが、雲が崩れ去り、どんよりした空が黄金色に変わるとともに、生き生きした色をまとって、ほほえみ、身振り手振りをさかんに用い、ぶらぶらと歩き回り、これまでになくくつろいだ様子でそれぞれの用を足しはじめた。

ブラスリーは混んでいた。空気中には舌を刺激するどろりとした食べ物（先端にソースの残るナイフで刺したチーズ）や、こぼれたワインや、コーヒーの苦い滓《かす》などのいいにおいが、またそれとともに、雨にぐっしょり濡れた上着の乾きかけの生地の異臭がたちこめており、なおかつ、その場面全体が、〈ゴロワーズ〉（フランスのタバコの銘柄）の紫煙《しえん》のなかに収まっているのだった。

わたしはずっと奥の通用口に近い隅っこに席を見つけた。そして満足し、温まって、ハーブの汁を広げた皿のオムレツを食べるあいだ、わたしのかたわらではスウィングドアが、料理が山と積まれた重たい盆を持つウェイターたちに突き飛ばされ、なかへ外へ勢いよく開閉しつづけていた。最初、その光景はわたしの食欲をそそるアペリティフとなっていたが、その後、食事が終わると、なぜか消化の妨げとなった――大量のフライドポテト、大量のポークチョップ。隣で食べている女は、わたしがコーヒーをたのむ段になってもまだフォークで豆を口に運んでいた。女は、夫の膝の上でトワレットに行きたいとせがむ、顔色の冴《さ》えない小さな女の子を無視して、生活費のことで自分の妹に説教をしており、そのやりとりはいつまでも終わらなかった。そしてこれに（人間観察が、頭から歴史が離れたときの、わたしの気晴らしなので）耳を傾けているうちに、最前の憂鬱がふたたびもどってきて、楽しい気分の水面下で蠢きはじめた。わたしは異邦人であり、この人たちの一員ではない。何年にもわたる研究、何年にもわたる勉強、彼らの言語を流暢《りゅうちょう》にしゃべること、彼らの歴史を教えていること、彼らの文化を解説していることは、わたしを人そのものに近づかせてはくれなかった。わたしは内気すぎるし、遠慮深すぎる。わたしの知識は図書館の知識であり、わたしの日々の経験には観光客の聞きかじりの知識程度の深みしかない。わたしには知りたいという欲求、渇望があった。土のにおい、濡れた路面のきらめき、窓を覆い隠し、わたしにその奥を見せない鎧戸《よろいど》の色褪せたペンキ、わたしをそのドアのなかに入れない家々の灰色の壁面。それらはわたしにとって永遠につづく咎《とが》めであり、へだたりを、国籍を思い出させるものだった。他の人ならば、強引に押し入り、障壁を突き崩すこともできただろう。だがわたしには無理だった。わたしはフランス人にはなれない。彼らの一員には決して。

隣席の家族が立ちあがって出ていき、騒ぎは終わった。紫煙は薄れ、店の主人とその細君はカウンターの向こうで腰をおろして食事を始めた。わたしは勘定をすませて店を出、あてもなく通りを歩いていった。目的がないこと、きょろきょろしていること、いや、だぼっとしたグレイのフランネルのズボンに、長年着つづけてくたびれたツイードの上着というわたしの服装そのものが、ひもで吊るされた鋲《びょう》底のブーツや、白黒の斑《まだら》模様のエプロンや、室内用の編み上げ靴や、シチュー鍋や傘といった陳列品から掘り出し物を見つけようとする田舎の人々のこの雑踏のなかで、英国人というわたしの正体を暴露《ばくろ》していた。若い娘たちが腕をからませあい、声をあげて笑っている。その髪は、美容院で縮らせたばかりだ。老婦人らが足を止め、考え込み、格子模様のテーブルクロスの値段に首を振り、結局買わずにそのまま進んでいく。青黒い顎をした紫のスーツの若者たちが連中に付き物のタバコをくわえ、娘たちをじろじろ眺めて肘でつきあっている。彼らはみんな、一日が終われば、我が家であるお馴染みの小さな一画へ帰っていくのだ。静かな畑は彼らのものだ。モーモー鳴く牛も、水浸しの地面から立ちのぼる霧も、みすぼらしい台所も、ミルクをピチャピチャ飲む猫も。そして老いた祖母の叱声《しっせい》がいつまでもいつまでもつづき、息子はバケツを揺らしながらドシンドシンとぬかるんだ裏庭に出ていく。

これに対して、時間の制約のないわたしのほうは、また別の見知らぬホテルにチェックインし、最初は彼らの一員として受け入れられるが、いったんイギリスのパスポートを提示してしまえば、相手は一礼し、ほほえみ、慇懃《いんぎん》かつ誠実な態度を見せ、申し訳なさそうに軽く肩をすくめる。「ただいま当ホテルに他のお客様はほとんどいらっしゃいません。シーズンはもう過ぎましたので。ここはムシューひとりでご自由にお使いいただけます」この言葉には、イギリス人なら、〈コダック〉を携帯し、写真を撮り合い、〈ペンギン〉の本や〈デイリーメイル〉紙を貸し借りする、温かな同国人の一群のなかに飛び込みたかったろうに、という思いがこめられている。彼らには決してわからない。わたしが一夜を過ごすそのホテルの人々にも、いま、この通りでわたしと押し合っている人々にも。わたしは同胞も連れもほしくなかった。ほしいのは、決してわたしのものにはならない幸せ、この国の人々の一員であるという感覚なのだ。自分も彼らのなかで学び、育ってきたのだ――わたしはそう思いたかった。彼らの認知する家族の絆と血縁によってこの国と結ばれているのだ、と。その感覚さえあれば、彼らとともに暮らすとき、わたしはその笑いを共有し、その悲しみを理解し、そのパンを――もはや他人のパンではない、わたしと彼らのパンを食べることができるだろう。

　わたしは歩きつづけた。雨がふたたびぱらぱらと降りはじめ、追い立てられた人々は商店に飛び込んで店内で屯《たむろ》したり、乗用車やトラックの車内で雨宿りしたりしていた。雨のなか、歩いている者はいない。例外は、仕事人間たちだけだ——たとえば、覚束なげにアリスティド・ブリアン広場の角に突っ立つわたしをよそに、ブリーフケースを腕にかかえ、急ぎ足で県庁《プレフエクテ》舎《ユール》へと入っていく、つばの広い中折れ帽をかぶったまじめな男たちのような。わたしはプレフェクテュールの横のノートルダム・ドゥ・ラ・クテュール教会に入った。なかはがらんとしており、老女がひとり、大きく見開かれた目の隅に真珠《しんじゅ》のような涙をたたえ、祈っているばかりだった。しばらくすると、若い女がハイヒールをカツカツ鳴らし、人気《ひとけ》のない通路を足早にやって来て、青い聖像の前のロウソクを灯した。そのとき、真っ暗な穴に理性をのみこまれたかのように、わたしは悟った。自分はこのあと酔っ払わねばならない。さもないと死んでしまう。失敗にはどれほどの重みがあるのだろう？　わたしを取り巻く小さな世界にとっては、たぶんさしたる問題ではない。わたしと親しいつもりでいる数少ない友人たちにとっても、わたしの雇い主にとっても、わたしの講義を聞く学生らにとっても、おはようございます、こんにちは、と挨拶してくれる、優しく礼儀正しい大英博物館の職員らにとっても、法を守るもの静かで堅苦しい三十八歳の男として、わたしが暮らし、呼吸する町にともにいる、如才《じよさい》ない愚鈍《ぐどん》で親切なロンドン市民たちにとっても。だが、わたしのなかの男、解放を求めて叫んでいる自己にとっては？　わたしのお粗末な成績は彼にはどう見えるだろうか？

その男は何者で、どこから生まれたのか？　どんな欲求、どんな渇望を抱いているのか？　それはわからない。そいつの表出を抑える習慣がすっかり身についていたため、わたしにとってその実体は未知のままなのだ。だがその男は人をあざ笑う癖《へき》のある、無頓着なやつで、気は短く、不埒《ふらち》な冗談も言うのではないだろうか。そいつは、本ばかりがたくさん並ぶアパートでひとり淋しく暮らしてなどいないだろう。毎朝、目覚めるたびに、自分にとっては、家族の誰も、どんなつながりやしがらみも、どの友人も、どんな事柄も、特段大切とは言えない、目標や寄りすがれるものもない、例外は、ありがたくも日々の糧を稼がせてくれるフランス史とフランス語への強い思いだけだ、などと実感したりもしないだろう。

もしもわたしが自分の内部に閉じ込めておかなかったら、おそらくそいつは笑ったり、浮かれ騒いだり、闘ったり、嘘をついたりしていただろう。おそらく苦しんだり、憎んだりし、おそらく冷酷さだけをたよりに生きていただろう。そいつは人を殺したり、盗みを働いたりしていたかもしれない――あるいは、かなわぬ夢に身を捧げ、人類を愛し、神と人間両方の神性を信じる教えを奉じていたかも。その天性がどんなものであれ、そいつは常時、この影の薄い自己の冴えないうわべの下にいる――いまノートルダム・ドゥ・ラ・クテュール教会のなかにすわり、雨がやむのを、一日が終わるのを、休暇が予定どおりの最終日を迎えるのを、秋が始まるのを、代わり映えのしないロンドンでの日常の新たな一年、新たな一期間が襲ってくるのを待つ、この男の内部に。問題は、どうやってドアの鍵を開けるかだ。もう一方を解き放つのは、どんなレバーなのか？　答えはない――もちろん、ふたたび車に乗り込んで北に向かう前に、カフェでワインを一本空ければ、霞《かすみ》のかかったかりそめの安らぎが得られるだろう。あるいは、この人気《ひとけ》のない教会で祈るという手もある。しかし祈るとしたら、何を祈るのか？　頭のなかに半ば形作られた決意が完成することを？　失敗への対処法がそこで見つかることに望みをかけ、自分が大修道院に向かう気になることを？　わたしは、あの老女が落ち着きを取りもどし、ロザリオをスカートのなかに押し込んで立ち去るのを見守った。涙はもう消えていたが、なぐさめが得られたからなのか、頰の上で乾いてしまっただけなのかはわからなかった。車のなかにある〈ミシュラン・ガイド〉のことが頭に浮かんだ。自分がトラピスト大修道院につけた、青い×印のことが。なぜわたしはその印をつけたのだろう？　そこに行くことで何が得られると思っているのだろうか？　わたしには、宿坊の呼び鈴を鳴らす勇気があるだろうか？　大修道院にはわたしに対する答えがあるかもしれない。そして、わたしのなかの男に対する答えも……

　わたしは老女のあとにつづいて教会を出た。すると突然、あなたは病気なのか、それとも、夫を亡くしたばかりなのか、それとも、息子が死にかけているのか、そして、祈ったあと、新たな希望を見出《みいだ》せたのか、その女に訊きたいという欲求が襲ってきた。ところが、わたしが女に近づいていくと、彼女は（外でなおもぶつぶつつぶやいていたが）わたしの熱心なまなざしを観光客の慈悲心を意味するものととらえ、こちらを横目でちょっと見て、施しを受けるべく手を差し出した。自分のケチな性分にうんざりしつつ、わたしは二百フランやり、すっかり幻滅して、女から逃げ出した。

もう雨は降っていなかった。空には赤い帯が幾重にも広がっており、濡れた街はきらめいている。みんな仕事を終え、自転車でうちに向かっていた。工業地区の煙突から流れ出る灰色の煙は、新たに洗われた空を背に黒っぽく陰鬱に見えた。

方向感覚を完全に失い、わたしは商店の並ぶ中央通りから遠ざかっていった。わたしのたどった道は、工場の外壁や高い灰色の建物が睥睨《へいげい》する一帯を通過し、最終的にもとの場所へともどってしまう、どこにも行けないような道だった。自分のしていることになんの意味もないことは、わたし自身わかっていた。わたしは車を回収してきて、町の中心部のどの宿かに一泊する部屋を取るか、ル・マンを立ち去り、モルターニュ経由で大修道院に行くかすべきなのだ。前方に駅が見えたとき、わたしは驚き、自分の車と大聖堂が町の反対側にあることを思い出した。こうなったら、タクシーを拾って引き返すしかない。だがまずその前に、駅の食堂で一杯やり、大修道院に行くのか行かないのか結論を出すとしよう。わたしは道を渡っていった。すると一台の車がコースをそれてわたしをよけ、その後、停止した。運転者が窓から身を乗り出して、フランス語で叫んだ。「やあ、ジャン、いつもどったんだ?」

自分の実名がジョンであるため、わたしは混乱した。束の間、この男は以前どこかで会った誰かで、こちらは相手を知っていて当然なのだと思った。そこでわたしは、どこのどいつだろうと訝《いぶか》りつつ、フランス語で叫び返した。「ただ通りかかっただけだ――今夜、帰るよ」

「無駄足だったんだろ」男は言った。「でもうちに帰ったら、みんなにうまくいったって吹聴《ふいちょう》するんだよな」

このコメントは気に障った。なんだってこいつはわたしの休暇が無駄だったと言うんだ？それに、いったいどうしてわたしの心の奥にあるこの痛切な挫折感のことを知っているんだろう？

それからわたしは、その男が見ず知らずの人間であることに気づいた。これまでこんな男には一度も会ったことがない。わたしは慇懃に一礼して、失礼を詫びた。「すみません、お互い人ちがいをしたようです」

驚いたことに、男は声をあげて笑い、大仰にウインクして言った。「いいとも、見なかったことにしてやるよ。しかしなんでル・マンなのかね。パリのほうがいい思いができるだろうにさ。そのへんの話は、今度の日曜に会ったとき聞かせてもらうとするよ」彼はクラッチを入れ、笑いながら走り去った。

わたしは男の車を見送り、踵《きびす》を返して駅の食堂に入った。もしあの男が一杯やって上機嫌になっていたなら、それは結構なことだ。わたしも彼に倣《なら》うべきだろう。食堂は満杯だった。これから列車に乗る者、列車から降りたばかりの者。カウンターから雑談する旅行者たちの肘鉄砲が飛んでくる。旅行鞄がわたしの脛の皮をけずる。警笛が鳴り響き、近づいてくる急行列車の耳を聾《ろう》せんばかりのきしみが鈍行列車の苦しげなあえぎへと溶け込み、つながれた犬たちがキャンキャン吠え、どこかの子供が泣き声をあげる。大聖堂の横に駐めてきた車のことが頭に浮かび、そこにいられたらと切実に思った。平和な車内にすわり、〈ミシュラン〉の地図を広げ、タバコを吸うことができたら、と。

飲んでいると、誰かがわたしの腕を揺すぶって言った。「よろしいですか《ジュ・ヴ・ドゥマンドゥ・パルドン》？」横に移動して場所を空けたとき、その相手はこちらを向いてわたしを見つめ、わたしも彼を見つめた。そして、衝撃と恐怖と吐き気が一体となった奇妙な感覚とともに、わたしはその男の顔と声が自分にとって非常に馴染み深いものであることに気づいた。

わたしが見ているのはわたし自身だった。

第二章

わたしたちは何も言わなかった。ふたりともただじっと互いの顔を凝視しつづけたのだ。こういった事例を話に聞いたことはあった。たまたま出会った人が、長年行方がわからなかったいとこだったとか、生まれたとき離れ離れになった双子のきょうだいだったなどという話。そういう逸話はおもしろい。あるいは、悲劇に満ちている場合もあるだろう。たとえば、「鉄仮面」のように。

しかしこれはおもしろくなかった。なおかつ、悲劇的でもない。わたしは少し気分が悪くなった。それは商店のウィンドウの前を歩いていて、そこに映る自分の姿をいきなり見てしまったときの感覚に似ていた。ガラスに映るその男は、わたしが傲慢《ごうまん》にも、自分はこうと思っていたものの醜悪なカリカチュアなのだ。その都度、わたしは傷つき、思いあがりをくじかれ、神妙になる。しかしいまのように、背筋に寒気《さむけ》が走ったことはこれまで一度もなかった。また、回れ右して逃げ出したいという衝動に駆られたことも。

先に沈黙を破ったのは、向こうだった。「あんた、まさか悪魔じゃないだろうな?」

「そう訊きたいのは、僕のほうですよ」わたしは答えた。

「ちょっとこっちへ……」

男はわたしの腕をつかんで、カウンターのほうに引き寄せた。バーの奥の鏡は曇り、グラスやボトルでところどころ隠れているうえ、他のたくさんの顔でごちゃごちゃしていたが、それでも、そこに並んで立つわたしたちの姿ははっきりと見えた。ふたりとも、気を張りつめ、熱心に、鏡が何を告げるかに生死がかかっているかのように、そこに映るものを観察していた。そして鏡の答えは、たまたま似て見えた、でもなければ、ちょっと似ている、でもなかった。髪や目の色のちがい、顔立ちや表情や背丈や肩幅の差異によってくつがえす余地もない。まるでひとりの男がそこに立っているかのようだった。

　男は言った（そしてわたしの耳には、その抑揚《よくよう》までもがわたし自身のもののように聞こえた）。「僕は何事にも驚かないことにしている。いまここで例外を作ることもあるまいよ。きみ、何を飲む？」

　こちらはひどく動揺していて、それどころではなかった。男は〈フィーヌ〉（フィーヌ・シャンパーニュ。高級ブランデー）をふたつたのみ、わたしたちは一緒にカウンターのいちばん端に移動した――鏡がさほど曇っておらず、混雑の度合いもいくぶんましなところへと。

　鏡のなかから互いを見返すわたしたちは、自分たちのメイキャップを点検しているふたりの俳優のようだった。彼が笑うと、わたしも笑った。彼が顔をしかめると、わたしもそのまねをした。いや、自分自身のまねをしたと言うべきか。彼がネクタイを整えると、わたしも自分のを整えた。そして、飲むときの自分たちがどう見えるか確認すべく、ふたりはそろってがぶりとひと口、ブランデーを飲んだ。

「きみは資産家なのかい？」男は訊ねた。

「いや」わたしは言った。「どうして？」

「ふたりでサーカスに出られるんじゃないかと思ってね。あるいは、キャバレーでひと儲けできるかもしれない。いますぐ列車に乗らなくてもいいなら、このまま一緒に飲みつづけようじゃないか」彼はもう二杯〈フィーヌ〉を注文した。わたしたちがそっくりなことに驚いている者はひとりもいないようだった。「みんな、きみをこの駅に僕を迎えに来た、僕の双子の兄弟だと思っているんだな」彼は言った。「たぶんほんとにそうなんだろうよ。きみはどこの人なんだ？」

「ロンドン」わたしは言った。

「向こうで何か事業をやってるのか？」

「いや、ロンドンに住んでいるんだ。仕事もそこでしているし」

「僕が訊きたかったのは、郷里はどこかってことだよ。フランスのどこの出身なんだ？」

　そのとき初めてわたしは気づいた。彼はわたしを自分と同胞だと思っているのだ。「僕はイギリス人だよ」わたしは言った。「たまたまあなたの国の言葉を勉強してはいるけれどね」

　男は眉を上げた。「大したもんだ」彼は言った。「言われなければ、外国人とはわからなかったろうよ。で、このル・マンで何をしているのかな？」

　わたしは、自分が休暇の最後の数日を過ごしていることを話し、今回の旅について手短に説明した。自分が歴史学者であることや、イギリスで彼の国とその歴史について教えていることも話した。

彼はおもしろがっているようだった。「それで生計を立ててるのかい？」

「そう」

「驚いたな」彼は言い、タバコを一本差し出した。

「ここにだって、同じことをしている歴史学者はいるだろうに」わたしは抗弁した。「事実、僕の国よりあなたの国のほうが学問をはるかに重視している。何千人もの教授が、フランスのいたるところで歴史を教えているじゃないか」

「それはそうだが」男は言った。「その教授たちはみんな、フランスについて語るフランス人だからな。連中は、海峡を渡って休暇を過ごし、またここにもどってイギリスについて語ったりはしない。給料はいいのかい？」

「それほどでも」

「結婚は？」

「いや。家族はいない。ひとり暮らしだよ」

「運のいいやつだ」彼は力をこめて言い、グラスを掲げた。「自由という最高の幸せに乾杯」

彼は言った。「いつまでもそれがつづきますように」

「そちらは？」わたしは訊ねた。

「僕か？」彼は言った。「ああ、家庭人を自称することもできるだろうね。実際、その一面も大きいんだ。ずっと昔に囚われの身となってね、それっきり一度も逃れられずにいると言ってもいい。戦時中は別としてだが」

「あなたも何か仕事をしてるのかな？」

「いくらか資産があるんだよ。住まいはここから三十キロほどのところ。サルト（フランス北西部の県。県都はル・マン）には詳しいのかな？」

「僕がよく知っているのは、ロワール川の南のほうでね。サルトも探検してみたいが、いまは北に向かう途中だし。次回のお楽しみに取っておきますよ」

「残念だな。きっとおもしろかったろうに……」彼は最後まで言わず、じっと自分のグラスを見つめた。「車はあるのかい？」

「うん。大聖堂のそばに駐めてきた。歩いているうちに方向がわからなくなってね、それでいま僕はここにいるわけだ」

「ル・マンに一泊する予定？」

「さあ、わからない。何も決めてないんだ。実を言うと……」わたしはちょっと間を取った。ブランデーが体内に快いぬくもりをもたらしている。そしてわたしは、この男に何を話そうとかまわないんだという気になった。それは独白のようなものだろう。「実を言うと、何日か大修道院に滞在しようかと思っている」

「大修道院だって？」男は言った。「モルターニュの近くにあるシトー会修道院のことか？」

「そう」わたしは言った。「ここからせいぜい八十キロくらいだろうし」

「いったいぜんたい《フォー・ザ・ラヴ・オヴ・ゴッド》、なんだってそんなところに行きたいんだね？」

彼の用いた言葉は適切だった。人が大修道院に行く理由は、神の愛《ザ・ラヴ・オヴ・ゴッド》を見つけるためなのだ。少なくとも、わたしはそう思っていた。

「もし行けば――」わたしは言った。「帰国する前にそこにしばらく滞在すれば、生きつづける勇気が出るんじゃないかと思ったからだよ」

「いや」わたしは言った。

男は〈フィーヌ〉を飲みながら考え深げにわたしを見た。

「何があったんだ?」彼は訊ねた。「女か?」

「いや」

「金かな?」

「いや」

「癌にかかったとか?」

「いや」

男は肩をすくめた。「たぶん、きみは大酒飲みなんだな」彼は言った。「あるいは、ホモセクシャルか。あるいは、悩むことそれ自体が好きなのか。とにかく、大修道院に行きたがるなんて、どこかがひどくイカレているにちがいない」

わたしはもう一度、彼の映る鏡を見やった。そしてこのとき初めて、わたしにはふたりのちがいが見えた。わたしたちを分かつのは、それぞれの服装――彼の黒っぽい旅行用スーツとわたしのツイードの上着ではない。それは、わたしのきまじめな雰囲気とは対照的な彼の気楽な態度なのだ。彼の視線の動き、しゃべりかた、ほほえみかたは、わたしとはまったくちがっていた。

「どこもイカレてはいないよ」わたしは言った。「ただ、ひとりの人間として、人生に失敗したというだけさ」

「われわれはみんなそうだよ」男は言った。「きみも、僕も、この駅の食堂にいる他の連中も。われわれは全員、失敗者だ。うまく生きる秘訣は、この事実を早々に認識し、あきらめることなんだ。そうすれば、そのことはもうどうでもよくなる」

「どうでもよくはない」わたしは言った。「それに僕はまだあきらめてはいない」

男はグラスの酒を飲み終え、壁の時計に目をやった。

「大修道院に行くにしても」彼は言った。「急ぐ必要はまったくないな。善き僧侶らは永遠に待っている。もう何時間かきみを待つくらいなんともないさ。もっと居心地のいいところに行って、飲み直そうじゃないか。よかったら食事もしよう。家庭人たる僕としては、家に帰るのを急ぐ気はないんでね」

外で声をかけてきたあの車の男——わたしが彼のことを思い出したのは、そのときだった。

「ジャンというのがあなたの名前なのかな」わたしは訊ねた。

「そうだよ」彼は言った。「ジャン・ドゥ・ギだ。どうして？」

「誰かが僕をあなたとまちがえたんだ。さっき、この駅の前で。車に乗った男が『やあ、ジャン』と大声で呼びかけてきた。僕が人ちがいだと言うと、おもしろがっているようだった。どうやら、僕が——というよりあなたが人目を避けていると思ったらしい」

「だとしても驚かないが。それできみはどうしたんだ?」

「別にどうもしない。その男は笑って走り去った。日曜に会おうとかなんとか叫んでいたな」

「ああ、そうか。遊猟会《ラ・シャッス》だ……」

わたしの言葉がきっかけで、新たな考えを追いはじめたにちがいない。彼の表情が変わり、わたしはその心が読めたらと願った。青い瞳は曇っており、それを見てわたしは、難題が頭に浮上してきたとき自分もそんな顔をするのだろうか、と思った。

彼はポーターに手招きした。その男は食堂のスウィングドアの外で旅行鞄ふたつとともに辛《しん》抱《ぼう》強く待っていたのだ。

「大聖堂のそばに車を置いてきたと言ったね?」彼は言った。

「うん」わたしは答えた。

「では、もし僕の鞄をそのどこかに乗せてもらえるなら、きみの車を回収して、それでどこかへ夕食に行く、というのはどうかな?」

「いいとも。どこへでもお好きなところに行こう」

彼はポーターにチップをやり、タクシーをつかまえ、わたしたちはその場をあとにした。その状況は奇妙で、夢のようだった。夢を見ているとき、多くの場合、わたしは影となり、夢の世界で活動する自分自身を見ている。いまそれが現実に起きており、わたしには、実体の欠如、意思の欠如という、夢のときと同じ感覚があった。「すると彼は完全に見まちがえていたわけだね?」

「誰が？」

その声は、良心の声のように、わたしをぎくりとさせた。タクシーに乗って以来、わたしたちはひとこともしゃべっていなかったのだ。

「駅の前できみに声をかけた男だよ」彼は言った。

「ああ、そうだね。完全に。きっと次回会ったとき、あなたに文句を言うんじゃないかな。そう、いま思い出したよ——その男はあなたが家を離れていたのを知っていた。旅は不首尾だったんじゃないかとほのめかしていたからね。そう聞いて、何かピンとくることはあるかな？」

「あるなんてもんじゃない」

わたしはそれ以上追求しなかった。自分には関係ないことだ。しばらくの後、わたしは彼の顔を横目でうかがい、向こうもまたこちらの顔をうかがっているのに気づいた。ふたりの目が合った。生き写しという絆を思えば、自然と笑みがこぼれてもいいはずだが、危険に接したかのように、その感覚はおぞましかった。わたしは彼から顔をそむけ、窓の外を眺めた。そしてタクシーが道からそれて、大聖堂の横に停まったとき、低い厳《おごそ》かな鐘の音がお告げの祈りの時を知らせた。それは、わたしの心をざわつかせずにはおかない瞬間だった。その合図は常に予期せぬときに訪れ、妙に神経に障るのだ。今夜、お告げの鐘は挑むように、大きくやかましく鳴り響いており、わたしたちはそのさなかにタクシーを降りた。それから、轟音《ごうおん》は鎮まって、ささやきとなり、ささやきはため息となり、ため息は非難の声となった。人が二、三人、大聖堂のなかへと入っていく。わたしは車のところに行ってキーを回した。連れのほうは待ちながら、興味ありげに車を見ていた。

「フォード・コンサルか」彼は言った。「何年のかな?」

「もう二年乗っている。一万五千程度で買えたよ」

「この車に満足している?」

「とてもね。週末以外、大して使いもしないんだが」

わたしが彼のふたつの旅行鞄をトランクに入れているとき、彼は興味津々でその車についてありとあらゆる質問をしてきた。そのさまは、まるで新しい機械を試してみる小学生だった。スイッチをいじくったり、シートに触ってスプリングの具合を確かめたり、ギアや計器をなでまわしたりし、最後には熱意をほとばしらせて、運転させてもらえないだろうかと言った。

「いいとも」わたしは言った。「この町のことはあなたのほうが詳しいわけだし。さあ、遠慮なく」

彼は自信ありげに運転席に落ち着き、わたしはその隣に乗り込んだ。大聖堂の前から発車して、ヴォルテール通りに入っていくときも、彼は小学生みたいに熱狂しつづけ、「いいぞ、最高だ!」とつぶやいていた。まもなく(用心深いわたしの基準からすれば)身の毛もよだつ暴走となったそのドライブの一秒一秒を彼が楽しんでいるのは明らかだった。赤信号を突っ切り、ひとりの老人を間一髪、飛びのかせ、大型のビュイックを路肩に突っ込ませてその運転手をかんかんに怒らせたあと、彼は、車の走りを見るためと称して、町のひとまわりにかかった。

「僕はね」彼は言った。「他人の持ち物を使うのがとにかく好きなんだよ。それこそ人生最大の楽しみのひとつだな」車はボブスレーさながらに角を曲がり、わたしは目をつぶった。

「ところで」彼は言った。「ひどくお腹が空いているだろうね？」

「いいや、ぜんぜん」わたしはつぶやくように言った。「なんでもあなたの仰せのままに」そう言ってみたが、そのフランス語は上品すぎ、丁寧《ていねい》すぎるように思えた。

「まともな食事ができる唯一のレストランに行こうかと思っていたんだが」彼は言った。「気が変わったよ。その店じゃ顔が割れているし、なぜか今夜は正体を隠しておきたい気分なんだ。自分自身と顔を突き合わせるなんて、そうあることじゃないからな」

　彼の言葉はタクシーの車内で感じたのと同じ不快感をもたらした。そっくりなふたつの顔は、わたしたちのどちらにとっても、人前で見せびらかしたいものではないのだ。突然わたしは、彼と一緒に人に見られることを厭《いと》うている自分に気づいた。わたしは、ウェイターたちに注目されたくなかった。なぜか恥ずかしくて、人目を避けていたかった。それは特異な感覚だった。彼がスピードを落としはじめた。わたしたちは町の中心部に近づいていた。

「そうだな」彼は言った。「今夜はうちには帰らず、ホテルに部屋を取ろうかな」その様子は声に出して考えているようだった。彼が返事を求めているとは思えなかった。「考えてみると」彼はつづけた。「われわれが食事を終えるころには、かなり遅くなっているだろうから、ガストンに電話して車の迎えをたのむわけにもいかないし。どのみち、うちの者たちは僕が帰るとは思ってないしな」

　いやなことに向き合うのを先延ばしにするとき、わたしも自分にこの類の言い訳をしてきた。

なぜ彼は帰りたくないのか――わたしは不思議に思った。

「それと、きみ」彼はこちらを向いた。わたしたちは信号が変わるのを待っているところだった。

「やっぱり大修道院に行くのはやめにしたらどうかな？　きみもホテルに泊まればいい」

その声は奇妙だった。まるで、ふたりのあいだのなんらかの合意――どちらも完全には理解していない問題のひとつの解決策に向かって、手さぐりで進んでいるかのようだ。そして彼がこちらを見たとき、その目の表情はさぐるようでありながら、同時に、こちらを寄せつけず、帳《とばり》に覆われていた。

「そうだな」わたしは言った。「どうしたものかね」

彼は町の中心部を走り抜けた――いまでは熱狂も醒め、何事かに気をとられて。そして、わたしが日中、目を留めた大きなホテルのいずれにも停まらず、工場や倉庫にもっと近くて、建物がもっと陰気臭くくすんで見える地区まで行った。うらぶれたその街には、薄汚い安下宿や、パスポートの提示も求めず、質問も一切しない、ひと晩でも一時間でも滞在できる家があった。

「ここのほうが静かだよ」彼は言った。彼がわたしに話しかけているのか、頭のなかの考えを言葉にしているだけなのか、わたしにはまだ測りかねた。いずれにせよ、彼が一軒のみすぼらしい家の前で車を停めたとき、わたしはその選択を高くは評価しなかった。その建物は、同じくらいくすんだ別の二軒にはさまれており、半開きのドアの上では、薄暗い青いネオンの〝ホテル〟の文字がこれがどういう施設であるかを告げていた。

「ときには」彼は言った。「この手の場所が役に立つこともある。人には友達と出くわしたくないときもあるものだからな」

　わたしはなんとも言わなかった。彼はエンジンを切って、車のドアを開けた。

「来るかい？」

　青いネオンの下に小さく記された謳い文句、〝設備完備《トウ・コンフオー》〟の謎をさぐりたいとはまったく思わなかったが、とにかくわたしは車を降りて、彼のふたつの旅行鞄をトランクから取り出した。

「やめておくよ」わたしは言った。「きみはなかに入って部屋を予約してくるといい。僕はまず食事をして、そのあとでどうするか決めることにする」

　わたしの気持ちは北のルートに傾いていた――モルターニュまで車を走らせ、その後、脇道をたどってシトー会修道院に行くというほうに。

「どうぞお好きに」彼はそう言って肩をすくめ、わたしはタバコに火を点けて、彼がドアを押し開けホテルのなかに入っていくのを見守った。駅の食堂でがぶ飲みしたあの酒が効きはじめていた。いま起きていることはどれもこれも現実味がなく、酔って朦朧《もうろう》とした状態のまま、わたしは自問した。自分はル・マンのこの冴《さ》えない脇道でいったい何をしているのだろう？　つい一時間前までまったく知らない男であった連れを、なぜ待たねばならないのだろう？　その相手はいまだって赤の他人なのだが、たまたま互いにそっくりだという理由で、わたしの夜を支配し、よかれ悪しかれ、その方向を指示している。わたしは迷った――ここはそっと車に乗り込んで、走り去るべきなのでは？　そうすれば、当初は魅了されたけれども、いまは危険に、いや、不吉にさえ思える、この出会いから逃れられる。わたしがそのスイッチに手を伸ばしかけたとき、彼がもどってきた。

「すんだよ」彼は言った。「食事に行こう。車はいらない。すぐそこに知っている店があるんだ」

彼と別れる口実をひねり出せず、自分の弱さを蔑《さげす》みながら、わたしは通りを行く彼に影のようについていった。

彼が向かったのは、隣の通りの、半分レストラン、半分ビストロのような店だった。入口には自転車がぎっしり並んでおり（そこはどこかのサイクリング・クラブの本拠地だったにちがいない）、店内は色物のジャージを着た若者たちで混み合っていた。彼らはみんな、歌ったり叫んだりしている。一方、テーブルのひとつでは、年かさの男たち、労働者の集団がサイコロ遊びをしていた。彼は騒ぎのなかを少しも迷わずずんずんと進んでいき、わたしたちはぼろぼろの衝立《ついたて》のうしろのテーブルに着いた。その場所では、若者たちの耳障りな声も、雑音交じりのラジオの音声に半ばのみこまれていた。

店の主《あるじ》兼ウェイター兼バーテンダーがわたしの手に判読不能のメニューを押しつけた。見ると、わたしの前にはワインのグラスがあった。それに、注文していないはずのスープの皿も――なぜなら、いまや天井は床と溶け合い、時間は意味を失っていたからだ。わたしの連れがグラスを掲げ、テーブルの向こうから身を乗り出して言っている。「大修道院での逗留《とうりゅう》に」ときとして四杯目の酒にはその前の三杯の酔いを一時的に醒ます効果がある。飲み食いするうちに、目の前の顔がふたたび鮮明な像を結び、それはもう不気味でも不吉でもなく、こちらがほほえめばほほえみ、眉をひそめれば眉をひそめる、無害で見慣れた鏡のなかのわたし自身となった。そして彼の声、わたし自身のこだまのように思えるその声は、わたしを会話へと駆り立て、告白を促し、気がつくとわたしは、孤独について、死について、自分の世界が空っぽであることや、心が不安定であること、感情が一切湧かないことについて語っていた。

「そんなわけでね」自分の声が言っているのが聞こえた。「男たちが沈黙を糧に生きている大修道院ならば、これに対する答えがきっとある。あそこの人たちなら、虚無を満たす方法を知っているにちがいない。なぜなら彼らは光を見つけるために意図的に暗闇に入ったわけだから……かたや、この僕は……」わたしは言いたいことを明確にしようとして、ちょっと間を取った。なぜならわたしが彼に言おうとしていることは、わたしたち自身にとってきわめて重要なことだから。「つまりね」わたしはつづけた。「大修道院の人たちは、たとえ答えを出せなくても、どこをさがすべきか教えることはできると思うんだ。われわれの個別の問題には、それぞれ個別の答えがあるにちがいない。ちょうどどの錠前にもそれ専用の鍵があるようにね。だが彼らの答えは普遍的なんじゃないかな？　ちょうどどんな錠前でも開けられるマスターキーのように」

彼の青い目、おもしろがっているような、軽佻浮薄《けいちょうふはく》なその目は、酩酊《めいてい》状態のわたしの気分の鏡ではなく、そのあといつも湧いてくる疑い、目覚めたときの皮肉な気分を表していた。

「それはちがうな」彼は言った。「僕と同じくらい宗教のことを知ってりゃ、きみだって疫病を避けるみたいに宗教から逃げ出すだろうよ。僕には宗教のことしか頭にない姉がいるんだ。ここまで生きてきて、僕もひとつだけは学んだよ。人間の本性にある唯一の原動力は、欲なんだ。虫、獣《けもの》、男、女、子供――われわれはみな、欲のみによって生きている。あまり美しい話じゃないが、それがなんだ？　なすべきことは、その欲を満たしてやること、人にそいつの欲しがるものをくれてやることさ。問題は、人間がどこまでいっても満足しないってことだな」彼はため息をつき、自分のグラスにもう一杯ワインを注いだ。「きみは自分の人生が空っぽだと不平を垂れる」彼は言った。「僕に言わせれば、その状況は天国だよ。ひとり住まいのアパートの部屋。家族のしがらみもなく、事業経営の気苦労もない。そうしたければ、ロンドン全域が遊び場となる。もっとも個人的には、戦時中、滞在していて、ロンドンを愉快なところだとは思ったことはなかったが。何はともあれ、あの町は広くて自由だ。ロープみたいに首にひっかかってはいない」

彼の声が変わり、険しくなった。その目には憤懣《ふんまん》の色があった。それに、いらだちが――どうやら彼自身にも向き合いたくない個人的な問題があるらしい。これは、この男が初めて見せたその徴《しるし》だった。そして彼は、テーブルの向こうから身を乗り出して言った。「きみはものすごく恵まれている。なのに、満足できないってわけだな。親御さんはどっちもとうの昔に亡くなっていると言ったね。きみにあれこれ要求する人間はひとりもいないんだろう？　きみは自由人だ。ひとりで目覚め、食べ、働き、眠る。自分がいかに幸せかを考えて、大修道院に行くなんていうナンセンスは忘れちまいな」

孤独な人間の常で、わたしは相手に共感したいがために、分別も何も放り出し、むやみに多弁になっていた。彼はわたしの冴えない人生のことを何もかも知っている。なのにこっちは彼の人生について何ひとつ知らないのだ。

「いいだろう」わたしは言った。「今度はそっちが告白する番だ。あなたの悩みはなんなんだ？」

束の間、わたしには彼が打ち明けようとしているように思えた。その目のなかで何かが揺れた。迷いの色がちらりと。そしてそれは消え去り、あの寛容な笑みがもどってきた。彼は面倒くさそうに肩をすくめた。

「ああ、僕か！」彼は言った。「ひとつの問題は、所有物が多すぎるってことだな。人間という所有物が」そして、タバコに火を点けながら彼が見せた振り払うようなしぐさは、これ以上訊くな、という警告だった。そうしたければ、わたしはいくらでも内省的になり、自らの暗い気分を探究すればよい。だが彼の気分をさぐることは許されないのだ。もう食事は終えていたが、わたしたちはそこにすわったまま、タバコを吸いつづけ、飲みつづけた。自転車乗りの若者たちの陽気に騒ぐ声が、ラジオの悲痛な歌声をのみこみ、大風となって押し寄せてくる。それとともに、床をこする椅子の脚の音や、サイコロ遊びに興じる労働者らの言い争う声も。

急に言うことがなくなり、わたしは黙り込んだ。彼の目がずっと自分に注がれているのが意識され、妙に居心地が悪かった。うちに電話しなくてはならないと言って、彼が立ちあがり、席を離れたときはほっと安堵し、呼吸まで楽になった気がした。彼がもどると、わたしは言った。「さてと」これは問いかけというより、コメントだった。そして彼は簡潔に答えた。「明日、迎えの車を寄越すよう、うちの者に言っておいた」彼は店主を呼び、支払おうとするわたしの弱気な試みをあっさり退《しりぞ》けて、勘定をすませた。それから、わたしの腕をつかみ、放歌する若者たちのなかをずんずん通り抜けて、街に出た。

外は暗く、ふたたび雨になっていた。通りには人っ子ひとりいなかった。雨降りの夜の田舎の町はずれより陰気臭いものはない。わたしはもごもごと、車を取ってきてこのまま旅をつづけるよ、とか、きみとの出会いは本当にすごい経験だった、などと言った。しかし彼はわたしの腕をつかんだまま放さなかった。「そう簡単に行かせてたまるか。こいつは千載一遇の奇っ怪な状況だからな」わたしたちはふたたび、薄暗くてみすぼらしい彼の宿の入口に着いた。まだ開いたままのドアの奥に目をやると、受付に誰もいないのがわかった。彼のほうもそれに気づいて、こちらを振り返り、急いで言った。「上に行こう。きみが行く前に、もう一杯やろうじゃないか」それは差し迫った口調で、強硬で、一刻たりとも無駄にできないと言わんばかりだった。わたしは抗議したが、彼は半ば引っ張るようにしてわたしを二階に連れていき、廊下の奥へ向かった。そうしてポケットから鍵を取り出すと、ドアを開け、ぱっとしない小さなシングルルームの明かりを点けた。「どうぞ」彼は言った。「すわって、くつろいでくれ」彼の鞄が開かれて椅子の上に載っていたので、わたしはベッドにすわった。周囲にはパジャマやヘアブラシやスリッパが放り出されていた。そしていま、彼はフラスコを取り出し、歯磨き用のガラスのコップにコニャックを注いでいる。ビストロにいたときのように、ふたたび天井が床に落ちてきた。わたしには、いま起きていることが運命であるような、避けられないことであるような気がした。わたしは彼から逃れられないし、彼もわたしから逃れられない。彼は下の階までわたしについてきて、一緒に車に乗り込むだろう。わたしは決して彼を振り払えない。彼はわたしの影、わたしは彼の影であり、ふたりはお互いに永遠に結びつけられているのだ。

「どうした？　気分が悪いのかい？」彼が言った。その目がわたしの目をのぞきこんでいる。

ふたつの欲求に引き裂かれ、わたしは立ちあがった。一方は、ドアを開けて階下に逃げたいという欲求、もう一方は、駅の食堂でしたように、再度、彼の隣に立って、鏡を見たいという欲求だ。前者が賢明であり、後者が有害であることはわかっていた。しかし、それはせざるをえないこと、もう一度、経験せねばならないことなのだ。彼もわたしの意向を察したにちがいない。わたしたちはそろって向きを変え、鏡を見つめた。そしてこの静かな小さな部屋のなかでは、騒音と紫煙《しえん》と人のざわめきに満ちた混んだ食堂にいたときよりも、あるいは、それについては考えなかったビストロにいたときよりも、その相似は不気味であり、恐ろしかった。模様のある壁紙が張られた、床がぎしぎしきしむ、このひどい部屋は、まるで世界を締め出す墓穴だった。わたしたちはここに一緒にいて、絶対に逃れることはできない。わたしの震える手に彼がコニャックのコップを押しつけ、自分はフラスコから飲んだ。それから、わたしの声と同じ乱れた声で、彼が言った――あるいは、しゃべったのはわたしのほうで、聴いていたのは彼なのだろうか？「こっちがきみの服を着て、きみがこっちの服を着ることにしないか？」

自分が床に倒れるとき、どちらか一方が声をあげて笑ったことを、わたしは覚えている。

第三章

誰かがドアをノックしている。その音はいつまでもやまず、夢を突破して意識へとたどり着き、ついにわたしは底知れぬ深い闇からなんとか浮かび上がって、「どうぞ！《アントレ》」と叫びつつ、あたりを見回した。馴染みのない部屋。だが、それは次第に覚えのあるもの、現実となった。男がひとり入ってきた。色褪せた古風なおかかえ運転手の制服、すなわち、ボタン付きの上着と膝丈のズボンと脛当てを身に着け、制帽を両手で持っている。背は低く、四角張った体つきで、目は濃い茶色だ。彼は部屋の入口から気の毒そうにわたしを見つめた。

「ようやくお目覚めになりましたね、伯爵様《ムシュー・ル・コント》」男は言った。

しばらくわたしは、顔をしかめてその男を見つめていた。それから、もう一度、室内を見回し、旅行鞄がひとつ椅子に載っているのに目を留めた。もう一方の鞄は床の上で、わたしが寝ているベッドの裾側には、昨夜の連れの衣類が放り出されていた。わたしは見覚えのない縞模様のパジャマを着ており、洗面台には、歯磨き用のコップとコニャックのフラスコがあった。わたし自身の衣類は、どこにも見当たらなかった。またわたしには、服を脱いだりかたづけたりした記憶もなかった。覚えているのは、連れと並んで鏡の前に立っていたことだけだった。

「あなたは誰です？」わたしは運転手に言った。「なんの用なのかな？」

彼はため息をつき、散らかった室内に同情の目を走らせて言った。「もう少しお休みになりますか、伯爵様？」

「伯爵様はいないよ」わたしは言った。「きっと出かけたんだ。いま何時だろう？」

前夜の出来事が頭のなかでいくらか鮮明になり、わたしは、ビストロで一緒にいたとき、連れが電話をかけに行き、翌日、車で迎えに来るよう、誰かに指示を出したことを思い出した。これは、いま到着したその運転手にちがいない。彼は自分の主人とわたしを取りちがえているのだ。運転手は腕時計を見て、わたしに五時だと教えた。

「五時？　五時というと――？」わたしは窓に目をやった。外は明るい陽光にあふれており、往来の音も聞こえた。

「夕方の五時です」運転手は言った。「伯爵様は一日じゅうぐっすり眠っておられたのです。わたしは午前十一時からずっとこちらで待っておりました」

その口調には少しも非難の響きはなかった。それは単なる事実の叙述だった。わたしは頭に手をやった。恐ろしく痛んでいる。側頭部が腫《は》れているのがわかり、その部分は触れるのもつらかったが、頭が痛いのはそのせいだけではなかった。前夜、何杯も飲んだこと、最後のコニャックのことが、頭に浮かんだ。いや、あれは最後ではなかったのか？　わたしには思い出せなかった。

「昨夜、床に倒れたんだ」わたしは運転手に言った。「きっと、何か薬を盛られたにちがいない」

「おそらくそうでしょう」彼は言った。「ありうることです」

その声には、子供に話しかける年取った乳母を思わせる、なだめるような響きがあった。わたしはベッドから両脚を振りおろし、見慣れないパジャマのズボンを凝視した。ぴったり合ってはいるが、わたしのものではない。それに、そのズボンをはいた記憶もまったくなかった。手を伸ばして、ベッドの裾に載っているベストとズボンに触れてみた。わたし自身のものとは型も生地もちがう。その黒っぽい旅行着は、昨夜の連れのものだった。

「僕の服はどこだろう?」わたしは言った。

運転手が進み出てスーツを手に取り、その上着を椅子の背にかけ、ズボンをなでつけた。

「服をお脱ぎになったとき、伯爵様は何か別のことに気を取られていたようですね」そう言うと、彼はわたしのほうをちらりと見てほほえんだ。

「いや」わたしは言った。「その服は僕のじゃない。あなたのご主人のものだよ。僕のはたぶんそこの衣装簞笥《だんす》に入っているんだ」

運転手は眉を上げ、唇をすぼめて、大人が子供に調子を合わせるときの顔になった。それから、衣装簞笥に歩み寄ってさっと扉を開けた。そこには何も掛かっていなかった。「引き出しを開けてみて」わたしは言った。運転手はそうしたが、なかは空っぽだった。わたしはベッドを出て、一方は椅子の上、もう一方は床に置いてある、ふたつの旅行鞄をかきまわした。どちらの鞄にも昨夜の連れの持ち物が詰まっていた。わたしたちは酔った勢いで互いの服を交換するという馬鹿をやったにちがいない。そう思うと、なぜか不快で、ぞっとした。そしてわたしは、その考えを払いのけた――あったかもしれないその他諸々のことを思い出すのはいやだった。

窓辺に行って、通りを見おろすと、ホテルの前にはルノーが駐まっており、わたしの車は消えていた。

「ここに着いたとき、僕の車を見なかった？」わたしは運転手に訊ねた。

運転手は当惑顔だった。「伯爵様は新しい車をお買いになったのですか？」彼は訊ねた。「今朝、わたしが来たときには、他の車はありませんでしたが」

自らをだますのをやめない彼の態度は、わたしをいらだたせた。「そうじゃない」わたしは気短に言った。「僕の車。フォードだよ。僕は伯爵様じゃない。伯爵様は僕の服を着て、どこかに行ってしまったんだ。下の階の誰かにメッセージを残していないかどうか確認してきてくれないか。彼は僕の車も持っていったにちがいない。本人は冗談のつもりなんだろうが、僕からすれば、こんなのはおもしろくもなんともないね」

運転手の目に新たな表情が浮かんだ。その顔は心配そうであり、困惑しているようでもあった。「お急ぎになることはありません」彼は言った。「伯爵様がもう少しお休みになりたいのなら」そして歩み寄って、そうっと手を差し伸べ、わたしの頭に触れた。「何か買ってまいりましょうか？　薬局から？」彼は訊ねた。「こうして触ると、お痛みになりますか？」

ここは辛抱《しんぼう》せねばならない。「誰でもいいから受付にいる人にここに来るようたのんでくれないかな」わたしは言った。

運転手はわたしを残して、階段をおりていった。彼が行ってしまうと、わたしはもう一度、室内を調べて回った。だがどこにも——衣装簞笥にも、化粧台の引き出しにも、テーブルの上にも、わたし自身の所有物はなかった。身元の証明になるようなものは何ひとつ。わたしの衣類は消えていた。それとともに、財布、パスポート、金、手帳、キーホルダー、ペンなど、いつも持ち歩いている私物もすべて。ここにはわたし自身の飾りボタンもカフスボタンもない。あるのは、あの男のものばかりだった。開かれた旅行鞄のいちばん上には、彼のブラシが載っている。そこに記されたイニシャルは、J・de・Gだ。スーツはもう一式あった。それに靴と、髭剃りの道具と、スポンジも。化粧台の上には、金の入った財布と、表に「ギ伯爵《コント・ドウ・ギ》」と印刷された名刺が載っていた。名刺の左下には「サルト県サン・ギーユ」とある。わたしはもう一方の鞄をひっくり返して中身を空けた。何か自分のものが見つかるのではないかという儚《はかな》い希望を抱いていたのだが、結局、何もなかった。出てきたのは、彼の衣類、旅行用の時計、メモ用紙の入った小さなフォルダー、小切手帳、包装紙のかかった、みやげと思《おぼ》しきさまざまな小包みだけだった。

わたしはベッドにもどって腰を下ろし、頭をかかえた。ただ待つ以外できることは何もない。あの男はじきにもどってくる。もどってこないわけにはいかない。彼はわたしの車を盗んだのだ。こっちは警察に行って、車のナンバーを伝え、金の入った財布とトラベラーズチェックとパスポートを紛失したことを話すだけでいい。そうすれば警察が彼を見つけてくれるだろう。だから、とりあえず……とりあえず、どうする？

ふたたび運転手が入ってきた。彼とともに、脂ぎった、胡散臭《うさんくさ》い男も。受付係だろうとわたしは思った。いや、ホテルの主《あるじ》という可能性もある。そいつは紙きれを持っていて、それをわたしに手渡した。請求書だ。一泊と一日のシングルルームの料金。

「何かご不満がおありでしょうか、お客様」男は訊ねた。

「昨夜、僕と一緒にいた紳士はどこに行った？」わたしは訊ねた。「今朝、彼が出ていくところを誰か見ていないかな？」

「夕方、部屋を取ったとき、お客様はおひとりでしたが」男は答えた。「そのあと、夜遅くにもどられたとき、おひとりだったかどうか、そこはわかりかねますな。手前どもは余計な穿鑿《せんさく》はしませんので。お客様にあれこれ訊くことはありませんのでね」

その卑屈《ひくつ》な口調の陰に、わたしはなれなれしさを――舐めたような響きをとらえた。運転手はじっと床を見つめている。受付係、または、ホテルの主《あるじ》が乱れたベッドをちらりと見やり、その目がベッドから洗面台のブランデーのフラスコへと移った。

「警察に連絡しないといけない」わたしは言った。

男はぎくりとした。「何か盗まれたということですか？」彼は訊ねた。

運転手が視線を上げ、制帽を手にしたまま進み出て、庇護《ひご》するようにわたしの隣に立った。

「トラブルは避けたほうがよろしいかと、伯爵様」低い声で彼は言った。「この状況はあまり愉快なものではございません。一、二時間すれば、伯爵様のご気分もいくらかよくおなりでしょう。お着替えのお手伝いをさせてください。そうしてなるべく早くおうちに帰りましょう。

このようなところで言い争えば、厄介なことになりかねません。伯爵様もよくご存知かと思いますが」

突如、わたしは怒りを覚えた。自分はどれほど馬鹿に見えることだろう。昨夜のわたしの連れにとっては愉快なのだろうが、こっちにしてみればおもしろくもなんともない。悪ふざけの犠牲となって、自分のものでもないパジャマを着せられ、演芸場の滑稽劇《こっけい》よろしく別人とまちがわれ、この薄汚い小さな部屋でベッドにすわっているなんて。ようし。あの男がわたしを馬鹿にしたいなら、こっちも同じことをしてやろう。やつの服を着て、やつの車を（向こうもわたしの車を運転しているにちがいないから）地獄の果てまで運転していき、警察に逮捕してもらおう。そうして、やつが現れるのを待ち、本人に自らの非常識な行動を説明させるとしよう。

「結構。僕をひとりにしてくれ」わたしは運転手に言った。彼は出ていった。彼とともにホテルの主人も。そして不快感と憤りが入り混じった奇妙な気分で、わたしはベストとズボンに手を伸ばし、着替えにかかった。

支度ができ、あの男の道具で髭を剃り、あの男のブラシを髪に当て終えると、鏡のなかからじっと見つめ返すわたしの虚像は、どことなくいつもとはちがって見えた。本当のわたし自身はそのなかに埋没している。いまそこに立っているのは、ジャン・ドゥ・ギと名乗るあの男――昨夜、駅の食堂で彼の手が腕に触れたとき、わたしが初めて見た、そのままの彼だった。服装の変化が個性の変化をもたらしたのだ。わたしはいつもより肩幅が広く見え、頭もいつもより高くもたげているようだったし、目の表情までもが彼のものに似ていた。強いて笑みを浮かべると、鏡のなかの虚像もほほえみ返した。無頓着な軽い笑い。なぜかそれは、上着のパッド入りの角張った肩や、わたしが過去に着けたどのネクタイにもまるで似ていないボウタイに、よく似合っていた。わたしはゆっくりとあの男の財布を取って、紙幣を数えた。彼は二万フランほど持っていた。それと、化粧台の上に小銭がいくらか置いてある。もしかすると何か説明が書き残されているかもしれない。彼がわたしに悪戯《いたずら》を仕掛けたことを認める走り書きでもないだろうか――わたしはそう思い、注意深く財布のなかを調べた。だが何もなかった。あの男がこの部屋にいた証拠となるようなメッセージも手がかりも。それどころか、彼がここに来たことを示すものさえ何ひとつない。

怒りが募った。自分がどんな説明を強いられるかは目に見えている。警察に聞かせる長ったらしいまとまりのない話。警官たちの退屈そうな気のない態度。彼らは、昨夜あの男とわたしが食事した駅の食堂に行きたがらず、瓜ふたつのわたしたちがそこに一緒にいたことについて裏を取るのもいやがるだろう。いまごろあの男はわたしを笑っているにちがいない。すでにいなくなって丸一日近いジャン・ドゥ・ギ。彼はわたしの車を運転し、北か東か南か西か、自分の好きなところへと向かっている。まだ換金していないわたしのトラベラーズチェックと、いくらかは定かでないが、わたしが所持していたそれ以外の金を持ち、わたしの服を着て、もしかすると、どこかのカフェでわたしの講義のメモを読んでいるかもしれない。その顔には例の気だるげな、おもしろがっているような表情が浮かんでいるだろう。彼は好きなだけ自分の悪戯を楽しむことができる。どこへでも行きたいところに行き、悪ふざけに飽きたら帰ってくればいいのだ。その間、こっちは警察署か領事館で、警官か職員になんとか事情をわかってもらおうとがんばるわけだが、おそらくは、話を信じてもらうことさえできないだろう。

わたしは洗面用具と髭剃りの道具とパジャマを旅行鞄に入れた。それから、下の階におりていき、受付デスクのあの胡散臭い男に、部屋から荷物を運んでくるようたのんだ。男は相変わらず、なれなれしい、愉快そうな表情を浮かべていた。まるでわたしたちのあいだに何か汚らわしい協定があるかのような。どういう相手と会うのかは知らないが、彼にはお忍びでここに来る習慣があるのではと思った。このホテルはジャン・ドゥ・ギの常宿なのだろうか、とわたしは？　そして勘定をすませ、荷物を持ったホテルの男を従えて、古めかしいルノーとともに待つ運転手のところまで行ったとき、わたしは自分がペテンの第一歩を踏み出したことを悟った。抗議しないこと、警察を呼んでくれとただちに要求しないこと、ちがう服を着て、たとえ半時間にせよジャン・ドゥ・ギになりすますことによって、わたしは自らを悪者にしてしまった。わたしはもう非難する側でなく、車で走り去ったあの男の共犯者なのだった。

運転手は荷物を車に積み終えて、開いたドアを押さえていた。「伯爵様、ご気分はよくなりましたか？」彼は心配そうに訊ねた。

わたしにはこう答えることもできた――「僕は伯爵様じゃない。いますぐ警察署に連れていってくれ」だがわたしはその道を取らず、ペテンの二歩目を踏み出し、ルノーの運転席に乗り込んだ。それは、たまたまわたしがよく知っている車種だった。自分の車で来ていない年は、たいていルノーを借りて、滞在先の町や村の周辺の名所めぐりをしていたから。運転手はわたしと並んで助手席にすわった。一刻も早くこの場を立ち去りたい、この薄汚いしけたホテルはもう二度と見たくない――そんな強い思いに駆られ、わたしは車を発進させた。怒りを募らせ、自己嫌悪にとらわれながら、最初に目についたル・マン市外への道を行き、その町とそこでの前夜の出来事から遠ざかりつつ、国道《ルート・ナシオナル》に入って、広大な田園地帯へと向かった。昨夜、あの男はわたしの哀れなフォードを荒っぽく運転した。自分の車ではないから、結果を考えもせずに。これは、あの無頓着さに利息をつけてお返しする好機だ。アクセルを踏み込むと、古い車はそれに応えて飛び出した。この車がどうなろうと知ったことか、と思った。こいつは僕のじゃないんだから。こっちにはなんの責任もない。事故になったら、それはジャン・ドゥ・ギの起こした事故だ。わざと路肩に突っ込んだとしても、それは僕じゃなくあの男がやったことなんだ。

突然、わたしは笑った。すると隣で運転手が言った。「よかった。ル・マンでは、伯爵様がご病気になるのではないかと気をもみましたよ。あの宿で人に見られるわけにはまいりませんからね。昨夜、あそこにお迎えに行くようあなた様からご指示があったときは、本当にあわてました。わたしの代わりにポール様《ムシユー・ポール》がおいでにならなかったのは結構なことでした。幸い、あのかたはとてもお忙しかったのです」

わたしはこの三度目のチャンスをやり過ごした。わたしには車を停めて、こう言うこともできたのだ。「もう充分だ。僕をル・マンに連れて帰ってくれ。ポール様なんて人の話は聞いたこともない。あなたと警察の前でそのことを証明しよう」しかしわたしはそうはせず、さらにスピードを上げて前を走る車をつぎつぎと追い越していった。かつて経験したことのない向こう見ずな気分、自分自身でさえもうどうでもいいという感覚がわたしを支配していた。わたしは別の男の服を着て、別の男の車を運転している。そしてどんな行動についても、わたしに釈明を求められる者はいない。生まれて初めて、わたしは自由になったのだ。

ルート・ナシオナルを二十五キロほど走ったころだろうか――村落が近づいてきたため、わたしはやむなく速度を落とした。村の名前が目に入ったが、特に気には留めなかった。わたしたちはその村を通り抜けて反対側に出た。すると、運転手が言った。「行き過ぎてしまいましたよ、伯爵様」

深入りしすぎた――そう気づいたのは、そのときだった。もう取り返しはつかない。運命の悪戯が、この日、この時刻に、道のこの場所、地図上のこの地点、見知らぬ田園地帯のまんなかへとわたしを連れてきた。自分の属する場所ではないが、長年、理解したいとつぶやきつづけてきた他国の地に。すると初めてこのジョークの意味、この状況の皮肉さが、わたしにもわかった。ル・マンのホテルで眠っているわたしを置き去りにしたとき、ジャン・ドゥ・ギはまさにこれを狙っていたにちがいない。

「人間の本性にある唯一の原動力は、欲なんだ」彼はそう言っていた。「なすべきことは、その欲を満たしてやること、人にそいつの欲しがるものをくれてやることさ」あの男は、わたしが求めていたもの、つまり、受け入れてもらうチャンスを与えたのだ。彼はわたしに、彼の名前、彼の持ち物、彼の身分を貸与した。わたしがあの男に、自分の人生は空虚だと言ったから。

それであの男は彼の人生をわたしに与えたのだ。わたしは失敗を嘆いた。わたしの服と車を奪い、わたしとして走り去ったとき、彼はわたしから失敗という重荷を取り除いたわけだ。なんであれ、いまわたしが彼の代わりに背負っているものは、わたしにとってなんの重要性もない。なぜならそれはわたしのものではないのだから。俳優が若い顔に老人の皺《しわ》を描くように、または、自分が創造すべき役の背後に隠れるように、わたしは自分のよく知るこれまでの心配性の自己を覆い隠し、忘れ去ることができる。そして新しい自己、ジャン・ドゥ・ギを名乗る人物には、屈託がなく、なんの責任もない。なぜならこの偽者のジャン・ドゥ・ギが何をしようと、どんな愚行を犯そうと、そのことでわたし、すなわち、この生身のジョンに傷がつくことはないのだから。

速度を落としながら、わたしはこれらのことを瞬時に直感的に悟ったのだ。わたしには未来がない――いま隣にいる運転手を始め、未知の人々が未来とみなすもの以外には。その運転手は、たぶん予言なのだろう、たったいま、わたしが〝行き過ぎてしまった〟と指摘したわけだが。

「オーケー」わたしはそう言って車を停めた。「ここからはきみが運転してくれ」

怪訝《けげん》そうにわたしを見たものの、彼はなんとも答えなかった。そしてわたしたちはひとことも言わず、席を替わった。運転手は方向転換して、いま通過したあの村へと引き返し、その後、左に折れて、ルート・ナシオナルを離れた。

生き物のように御すべき車から解放され、わたしはなんの考えも持たないマネキン人形よろしく助手席にだらんとすわっていた。熱と興奮は冷めた。やつらの好きにさせておけ――そう思ったが〝やつら〟というのが誰なのか、自分に問いはしなかった。

落ちていく日が背後に沈み、車が東に進むとともに、奥深い田園地帯がわたしたちを包み込んだ。木々に覆われた、静謐《せいひつ》な地。田畑のやわらかな赤い輝きのなか、農場がぼんやりと霞《かす》み、オアシスのように、ぽつんぽつんと横たわっている。耕作地は、未踏の大海さながら、美しくどこまでもつづいており、人魚の髪を思わせる黄金色のシノブボウキが、木立のほうへくねくね向かう道路を縁取っていた。わたしには何もかもが非現実的で、実体がないように思えた。目に映るものは、刈り株の残る淡い色の畑から、ずっと前に摘み取られ、この秋の初霜で折り重なって倒れたままとなっているひまわりのひょろ長い茎まで、すべて夢で見るもののようだった。乾草堆《ほしくさづみ》の色むらのある白い四角い塊は、通常、地平線を背にくっきりと鮮明に見えるものだが、いまは土と混じり合ってその一部と化していた。葉を振り落とすポプラの長い並木道がどこからともなく出現し、ふたたびすーっと消えていく。すらりと背の高い幽霊の木の一群が、うなだれて、見えない目的地へと向かう農婦のぽつんとした姿に迫っている。突如、衝動的に、わたしは車を停めるよう運転手に言った。暗く赤く落ちていく太陽を背に、白い霧が立ちのぼるなか、しばらくわたしはそこに立ち、静けさに耳をすませていた。地図のない未踏の地を初めて訪れる旅人でも、そのひととき無人の道路でわたしが感じたほどの孤独を感じることはないだろう。その静けさは土地から生まれたものだった。何世紀もの歳月がその地を形作り、何百万年もの時がそれを練りあげ、長い歴史がそれを踏みつけ、多くの人々がその上で食し、生き、死んでいった。そしてわたしたちの考えも言葉も行動も、土そのものであるこの茫《ぼう》漠《ばく》たる平穏を乱すことはできない。わたしの足もと、わたしのまわりには、その核心があった。わたしは思った——このひととき自分は、自らの混乱、疑い、悩みに対する答えにどれほど迫っていることだろう。たとえ忘れ去られた最初の衝動に従い、北に車を走らせて大修道院に行っていたとしても、暗くなっていく空のもと、格子模様の畑に囲まれているいまほどには、そこに迫れなかったのではないか？

運転手が言った。「伯爵様はあまりおうちが恋しくはないわけですね？」

わたしは彼の実直そうな優しい顔を見おろした。その茶色の目の奥には同情の色があった。それに皮肉っぽさも。主人を心から愛する者、主人のためなら喜んで闘い、死も厭《いと》わない者、しかし、その人が道を誤ったときは遠慮なくそう告げる者の穏やかな冷やかしの色だ。そのときわたしは気づいた——自分には誰かの目を見て献身的な愛を感じたことなどこれまで一度もなかった。彼の温かさにわたしは思わずほほえんだが、それは、彼が愛しているのは自分ではなくジャン・ドゥ・ギであることを思い出すまでのことだった。

「楽なことばかりじゃないからね——家庭人であれば」前夜のジャン・ドゥ・ギの言葉をまねて、わたしは言った。

「いや、本当に」肩をすくめ、ため息をついて、運転手は答えた。「あなた様のおうちのようなご家庭には、常に山ほど問題があるものですしね。ときおり不思議に思いますよ——伯爵様はどうやって大惨事を回避されているのかと」

わたしのうちのような家庭……道は丘のてっぺんに至り、サン・ギーユの村が近づいたことを告げる標識が目に入った。わたしたちは古い教会を通り過ぎた。砂色の小さな四角い建物。その左右には、くたびれた民家数軒、食料雑貨店一軒、タバコ屋とガソリン給油機が並んでいる。車はその後、左にそれて、ライムの並木道を進んでいき、幅の狭い橋を渡った。すると、自分のしていること、すでにしてしまったことの重大性が、暴風さながらに襲ってきた。不安の、いや、恐怖の波が押し寄せ、完全にわたしをのみこんだ。わたしは〝パニック〟という言葉の意味を余すところなく知った。わたしの望みはひとつだけ――逃げること、隠れること、どこでもいい、溝か穴に身を潜めることだった。宿命のように、必然のように、前へ前へと運ばれていくのはいやだった。前方には大きく城《シャトー》が見えていた。蔦《つた》に覆われた壁の向こうに。太陽のいまわのささやきにより、主要なふたつの塔の小さな窓が赤々と燃えている。車はガタゴト揺れながら木造の橋を渡って、かつては水をたたえていたのだろうが、いまは草と茨に埋め尽くされている堀を越えると、開いたままの門を軽快に通り抜け、砂利敷きの車回しをぐるりと回って、待っていた城の前で停止した。窓の下には細長くテラスが走っていた。夜を前に窓はどれも鎧戸《よろいど》で閉ざされており、そのため、城のファサードは精気なくわびしげに見えた。車の座席で背を丸めたまま、ためらっていると、窓と窓のあいだの黒っぽいドアからひとりの男が現れた。彼はテラスに立ち、待っていた。

「ほら、ポール様ですよ」運転手が言った。「あとでいろいろ訊かれましたら、伯爵様は商用でル・マンにいらしたのだと申し上げておきます。わたしがお迎えに行ったのは、〈オテル・

ドゥ・パリ〉だったことにいたしましょう」

　彼は車を降り、わたしものろのろとそれに倣《なら》った。

「ガストン」テラスの男が叫んだ。「車はしまわないでくれ。このあと僕が使うから。シトロエンの調子が悪いんだよ」男は手すりにもたれてわたしを見おろした。「さてと」彼は言った。「ずいぶんごゆっくりだったね」そしてその顔に笑みはなかった。

　わたし自身の挨拶は、絞り出す前に口もとで消えた。身を隠せる場所と見ればどこにでも飛びつくお尋ね者のように、わたしは逃げ場を求めて車のうしろへと回った。ところがあの運転手が（名前はガストンというらしいが）すでにふたつの旅行鞄を手に、行く手をふさいでいた。やむなくわたしはテラスの階段をのぼり、顔を上げて鋭い視線の第一号を受け止めた。その男が、親しい者に対する二人称、〝デュ〟を使っていたことから、彼が身内であることはまちがいなかった。彼はわたしよりも背が低く痩せており、おそらくは年下だが、疲れているのか、体の具合がよくないのか、やつれているように見え、口のまわりの皺は不満げに歪《ゆが》んでいた。わたしはその隣に立って、相手の出かたを待った。

「電話をくれればよかったのに」彼は言った。「こっちは昼食を遅らせて待っていたんだぞ。フランソワーズとルネは、何か事故があったにちがいないと言い、僕は、それはまずない、たぶんきみは〈オテル・ドゥ・パリ〉のバーにいるんだろうと言った。で、あのホテルに連絡してみたんだが、きみの姿は見ていないと言われてね。そのあとはもちろん、いつもの嘆き節さ」

　至近距離で彼の審査を通った驚きで、わたしは口がきけずにいた。自分が何を予想していたのかはよくわからない。たぶん疑い、凝視、これは自分のよく知る男ではないという直感的判断だろうか。彼はわたしを眺め回し、それから笑った。楽しい笑いではなく、いらだっている者の笑いだ。

「率直に言って、ひどい顔だな」彼は言った。

ついさっきガストンがわたしにほほえみかけたとき、馴染みのないその温かさは、僥倖《ぎょうこう》と呼ぶべき祝福だった。いま、生まれて初めて、わたしは嫌悪を認識した。その作用は奇妙なものだった。わたしはジャン・ドゥ・ギのために怒りを覚えたのだ。彼が何をしてこの敵意を招いたにせよ、わたしは彼の味方だった。

「それはどうも」わたしは言った。「きみの意見など気にもならんがね。実のところ、体調はきわめて良好だしな」

男は踵《きびす》を返してドアに向かった。ガストンがわたしの視線をとらえて、ほほえんだ。驚きとともに、わたしは悟った――自分は彼らの期待どおりのことを言ったのだ。しかも、これまで一度も使ったことのない〝デュ〟を使ったその返事は、造作もなくごく自然に出てきた。

ポールという男につづいて、わたしもうちに入った。玄関ホールは小さく、驚くほど狭かったが、もっと広い別の廊下につながっており、そこまで進むと、上の階へとつづく螺旋《らせん》階段が見えた。あたりには艶《つや》出し剤のひんやりした清潔そうなにおいが漂っていた。このにおいとはまったく無関係だが、色褪せたデッキチェアが壁を背に積みあげられており、その横には、奇妙にもルイ十六世様式の椅子がいくつか並置されている。この広めの廊下の向こう端には、ふたつのドアにはさまれるかたちで、大型の飾り箪笥が置いてあった。博物館でよく見かける、ロープの仕切りで観覧者から隔てられているような、優美な縦溝彫りの逸品だ。そしてその真向かい、スタッコ仕上げの壁には、傷《いた》みのひどい黒ずんだキリスト磔刑図《たっけいず》が飾られている。半ば開いたふたつのドアの一方からは、会話の声がぼそぼそと聞こえていた。

ポールが廊下を進んでいき、ひとつめのドアからなかに声をかけた。「ようやくジャンがお帰りだよ」その声には、すでにわたしに見せたいらだちが表れていた。「僕は行くよ。もう遅れているんでね」彼はそうつづけ、再度ちらりとわたしに目をくれた。「今夜のきみは何事であれ、まともに話せる状態じゃないよな。明日の朝、話し合おう」彼はくるりと向きを変え、テラスに通じるドアからふたたび出ていった。

ガストンが旅行鞄ふたつを手に階段をのぼっていく。ついていくべきなのだろうか――わたしは迷った。するとそのとき、女の声が向こうの部屋から呼びかけてきた。「そこにいるの、ジャン？」トーンの高い、不満げな声だ。またしても運転手が同情の目をわたしに向けた。ゆっくりと、足取り重く、わたしは開いていたドアから部屋に入った。その広さ、どっしりしたカーテン、壁紙の張られた壁が、ただちに心に刻まれた。いくつかあるフロアランプが、ビーズの房飾りの付いた醜悪なシェードに覆われ、光をくすませている。みごとなシャンデリアが、ロウソクは折れ、灯も灯されないまま、高い天井から下がり、埃の膜をすかしてきらめいている。まだ鎧戸が閉まっていないガラスドアのひとつからは、何エーカーもつづき、やがて木々のあいだの道へと溶け込んでいく、帯状の草地が見えた。窓のほぼ真下には、もつれあうその草を食《は》む白黒の牛たちがおり、弱まりつつある光にその姿をぼんやり浮かび上がらせている。

室内には三人の女がすわっていた。わたしが入っていくと、女たちは顔を上げた。なかのひとり――背丈はわたしと同じくらい、くっきりした目鼻立ちが険しく、口が小さい、引詰め髪の女が、即座に立ちあがって、部屋から出ていった。二番目の女――黒髪に黒い目、顔立ちが整っていて、美しいとさえ言えそうなのに、その冴《さ》えない肌の色と不機嫌そうな口もとのせいですべて台なしになっているやつは、縫い物だか刺繡《ししゅう》だかをかたわらに、ソファにすわったまま無表情にわたしを眺めていた。彼女は、ひとりめの女が出ていったとき、振り向きもせず、肩越しに声をかけた。「出ていくなら、ブランシュ、せめてドアを閉めていってちょうだい。他のみんなは平気でも、わたしは風が入るのがいやなの」

三番目の女は、色褪せた、というより、ほとんど白に近い金髪の持ち主だった。繊細《せんさい》な小さな目鼻と青い瞳を持つこの女は、かつては美しかったにちがいない。いや、たぶんいまでもそうなのだろうが、その失望の表情、腹立たしげな表情に、魅力的という第一印象はぶち壊された。彼女はほほえまなかった。ポールという男と同様にいらだちの小さな笑いを漏らし、その後、立ちあがって、よく磨かれた床の向こうからわたしのほうにやって来た。

「それで?」彼女は言った。「ふたりのどちらにもキスしないつもり?」

第四章

　わたしは背をかがめて、彼女の左右の頰にキスした。そして、なおもひとことも発しないまま、部屋の向こうに移動して、もうひとりの女にも同じようにキスした。すると最初の女、金髪碧眼《へきがん》のほうが——その声から、さきほど廊下にいたわたしを呼んだのは彼女だとわかったが——やって来て、わたしの腕を取り、薪が一本くすぶっている暖炉へと向かった。

「気まずそうな顔をしてるけど、無理もないわね」女は、ポールと同様に、親しい者に対する二人称〝デュ〟を使って言った。「みんな、あなたが事故に遭ったんじゃないかと思って、死ぬほど心配したんですからね。いつもながら、あなたのほうはそんなことは考えてもみなかったのよね。丸一日いったい何をしていたの？　それに、どうして〈オテル・ドゥ・パリ〉に行かなかったの？　ポールが電話で問い合わせたら、あなたの姿は見ていないって言われたんだけど。なんだか、あなたはわざとこういうことをしてるんじゃないかっていう気がしてきた。まるで、わたしたちを脅かして、最悪の事態を想像させようとしているみたい」

「で、最悪の事態というのは、どういうやつなんだい？」わたしは訊ねた。

　即座に口をついて出たこの切り返しは、わたしに自信を与えた。この夢、いや、この悪夢は、まったく経験の範囲外のものだ。自分が何を言おうが、何をしようが、問題じゃないという気がした。どんなとっぴなことであれ、この人たちはそれを受け入れるしかないのだ。

「あなただって、わたしたちが心配していることはよくよくわかっていたでしょうに」女はわたしの腕を放して、軽くわたしを小突いた。「いったん外に出かけてしまえば、いつだってしたい放題。頭にあるのは自分のことだけなのね。しゃべりすぎるし、飲み過ぎるし、運転すればスピードを……」

「僕は何をするのも過剰というわけだね？」わたしはさえぎった。

「あなたはあらゆるやりかたで、わたしたちに悲惨な思いをさせているのよ」彼女は言った。

「まあまあ、その人のことはほっときなさいよ」もうひとりの女が言った。「あなたには何ひとつ話す気はないんだから。その態度を見れば明らかだわ。攻め立てたって時間の無駄よ」

「ありがとう」わたしは言った。

女は手仕事から顔を上げ、理解あるまなざしをちらりとこちらに向けた。どうやら、わたしたちは同盟を結んでいるらしい。この女は何者なんだろう？　彼女はポールにはまったく似ていなかった――どちらも目が黒く黒髪ではあるのだが。もうひとりの女がふたたび腰を下ろして、ため息をついた。ここでわたしは、その体形から、彼女が身ごもっていることに気づいた。

「せめてパリのほうはどうだったのか教えてもらえないかしら」彼女は言った。「それとも、その件も謎のまま残されるの？」

「パリのほうがどうだったのかは、まるでわからないなあ」わたしは無頓着に言った。「いま、記憶喪失に苦しんでいるところだから」

「飲み過ぎで苦しんでいるんでしょう」女はそう返した。「息のにおいでわかるわ。上に行って、眠って酔いを醒ましたらどう？　マリー＝ノエルには近づかないでよ——いま熱が出てるし、うつるかもしれないから。村ではしかが流行りだしているの。もしいま、わたしがうつされたら——」彼女は言葉を切り、意味ありげにわたしたちふたりを見た。「何が起こるか、わかるわよね？」

わたしは暖炉を背に立ったまま、どうすればこの場を逃れ、行くべき部屋を見つけることができるのかを考えていた。あのふたつの旅行鞄はもちろん、見ればわかる——中身が空けられていないかぎり大丈夫だ。仮に空けられていても、部屋のどれかで、J・de・Gというイニシャル入りのヘアブラシを見つけることはできるだろう。ベッドは少なくとも避難所に——考え、計画を立てる場所になる。いや、自分はもう考えたり計画を立てたりしたくないのでは？　抑え切れない笑いが喉にこみあげてきた。

「今度はなんなの？」恨めしげに、不平がましく、金髪女が質《ただ》した。

「これは異常な状況なんだ」わたしは言った。「どれほど異常か、きみたちはどっちもわかっていないんだよ」

こう言うことができる自由が、いつまでも消えないわたしの自意識に魔法のように働いた。それはまるで透明人間になったかのよう、あるいは、腹話術師の声を手に入れたかのようだった。

「感染することの何がおかしいのか、さっぱりわからないわ」金髪の女が言った。「いまはなおさら笑えない。目の見えない子供や手足の不自由な子供を産むなんて、わたしはごめんですからね。妊婦がはしかにかかるとそういうことも起こりうるのよ。それとも、あなたが言ってるのは、パリで異常な状況が生じたということかしら？　なんとか話がまとまったならいいけど。それがみんなのためですものね。でもうまくいったとは、わたしには到底思えないわ」

問い質し、非難するその目からもうひとりの女の目へとわたしは視線を転じたが、彼女の表情は変わっていた。青白い肌に赤味が差し、その美しさは増していたが、顔つきは用心深かった。手仕事にふたたび視線を落とす前に、彼女はかすかに、警告するように首を振った。この女とドゥ・ギが同盟を結んでいることに疑いの余地はない。だがそれは何に基づく同盟なのだろう？　また、彼ら三人は互いにどういう関係にあるのだろうか？　わたしは突然、心を決めた。本当のことを言ってみよう。度胸試しとして——それに、もう自分が正気なのかどうかも確信が持てないから。

「実はね」わたしは言った。「僕はジャン・ドゥ・ギじゃない。まったくの別人なんだ。僕たちは昨夜、ル・マンで出会い、服を交換した。そのあと彼は僕の車でどこへともなく消えてしまったんだよ。で、僕はこうしてこの家にいるわけだ。これが異常な状況だってことは、きみだって認めざるをえないだろう？」

怒りの爆発を予期していたのだが、それはなく、金髪の女はふたたびため息をつき、暖炉に一本だけあるくすぶる薪をじっと見つめた。わたしを無視して、あくびをすると、彼女はもうひとりの女のほうを向いて言った。「ポールは今夜、遅くなるのかしら？　わたしにはなんとも言ってなかったけれど」

「ロータリー・クラブで食事だから、もちろん遅くなるでしょうよ」黒髪の女が答えた。「ポールはそういうとき早く帰ってきたためしがないものね」

「あの人は食事を楽しめるようなムードじゃなかったわね」もう一方が言った。「こんな状態でジャンが帰宅したのを見て、機嫌がよくなるわけもないし」

　ふたりの女はどちらもわたしのほうには目もくれなかった。わたしの発言――女たちが悪趣味な冗談と受け取ったものは、まったくの不発に終わり、ふたりとも痛烈にやり返す価値さえ認めなかったわけだ。これは確かに、このまやかしが完璧であることを証明していた。わたしは好きなように振る舞える。何を言っても、何をしてもいいのだ。みんなただ、あいつは酔っ払っている、または、イカレてしまったと思うだけだろう。この感覚は言葉では言い表せない。最初に陶酔感に浸ったのは、ルノーを運転しているときだった。しかしいま、わたしは試験をパスしたのだ。ドゥ・ギの家族と会話し、彼らを抱擁までして、それでも誰もなんの違和感も覚えなかったのだ。そう思うと、強大な力を得た気がした。もしその気なら、わたしは赤の他人であるこの人たちにいくらでも危害を及ぼすことができる――彼らを傷つけ、その生活をかき乱し、互いに対立させることができるのだ。なおかつ、そうしたところでわたし自身はなんの痛痒も感じない。なぜなら彼らはただの人形《ひとがた》、他人であり、わたしの人生とはなんの関係もないのだから。ル・マンのホテルで眠っているわたしを置き去りにしたとき、ジャン・ドゥ・ギはこの危険性を認識していたのだろうか？　彼の行動は、見かけどおりのひどい悪ふざけではなく、自分を縛りつけていると彼が言うこの家庭をわたしに破壊させようと願ってのことなのではないだろうか？

黒髪の女の目、じっと考え込んでいるような疑わしげな目が、自分に注がれているのをわたしは意識した。「フランソワーズの言うように上に行ってはどう？」彼女は言った。その態度は奇妙だった。まるでわたしを部屋から追い出したがっているような――何か場ちがいなことをわたしが言うんじゃないかと恐れているような態度だ。

「そうだね、そうしよう」わたしはそう言い、さらに付け加えた。「きみたちふたりの言うとおりだよ。僕はル・マンで飲み過ぎた。あるホテルで意識がないまま一日過ごしていたんだ」

これが本当のことだという事実がこのまやかしに面白味を添えた。女たちはそろって目を瞠《みは》った。どちらも何も言わなかった。わたしは部屋を横切っていき、半ば開いていたドアから外の廊下に出た。わたしが部屋を去るなり、フランソワーズという女が怒濤《どとう》の勢いでしゃべりだすのが聞こえた。

廊下は空っぽだった。大型の簞笥《たんす》の向こう側の、もう一方のドアに向かって耳をすますと、厨房《ちゅうぼう》の喧噪《けんそう》、流れる水、カチャカチャぶつかりあう食器の音がかすかに聞こえた。わたしは階段をのぼってみることにした。最初の階段の終点は、左右にのびる長い廊下で、上にはもうひとつ、三階に向かう階段があった。ためらった後、わたしは廊下を左へ進んだ。照明は裸電球ひとつで、あたりは暗かった。床板が足もとでミシミシと鳴る。廊下の突き当たりで、手を伸ばし、ドアの取っ手を回すとき、わたしは秘かに胸を躍らせていた。その部屋は暗かった。わたしはスイッチをさがした。明かりが照らし出したのは、寒々とした立派な部屋だった。窓には濃い赤のカーテンがかかっており、高いシングル・ベッドにもまた赤い布がかけられている。ベッドの上には、グイド・レーニ作「エッケ・ホモ」の大判の複製画が飾られていた。その形状から、わたしにはこれが塔のどれかの部屋であることがわかった。というのも、窓がそれぞれ弧を描いて、そこにひとつのアルコーブを形作っていたからだ。そしてその一角は、祈りの場所へと造り変えられ、祈禱台と十字架、聖水盤までもが置かれていた。この小スペースは宗教的な飾り物がわずかにあるばかりだが、部屋のそれ以外の部分には家具があった。書き物机、椅子とテーブル、どっしりした整理簞笥に衣装簞笥。どうやらその部屋は、強《し》いて居間兼寝室として使われているらしい。ベッドの向かい側には第二の宗教画、「キリストの鞭打ち」のひどく傷《いた》んだ複製画が飾られ、わたしの立つドアの横の壁には、三つめの宗教画、十字架を背負って倒れるキリストの絵が掛かっていた。室内はひやりとするほど寒く、暖房を入れることがまったくないかのようだった。そこには、近づきがたいにおいもした。艶《つや》出し剤と厚地のカーテンのにおいだ。

　わたしは明かりを消して部屋を出た。そしてそのさなかに、ずっと見られていたことに気づいた。上の階からおりてきたひとりの女が、階段の途中で足を止め、じっとわたしを見つめている。

「こんばんは、伯爵様《ムシュー・ル・コント》」女は言った。「ブランシュ様《マドモワゼル・ブランシュ》をおさがしですか?」

「うん」わたしはすばやく嘘をついた。「部屋にいないんだよ」

なんとなく彼女のほうへ行かねばならないような気がした。それは小柄で痩せた老女だった。服装や話しかたから、わたしは彼女を使用人と判断した。

「ブランシュ様は伯爵夫人《マダム・ラ・コンテス》のところですわ」女は言った。わたしは、この女は直感的に何かおかしいと気づいたのだろうか、と思った。その目には好奇の色があった。それに驚きの色も。そして彼女は、わたしの肩越しに、たったいまわたしが出てきた部屋のほうを見やった。

「まあ、いいさ」わたしは言った。「あとで会うとするよ」

「何かございましたか、伯爵様？」女はそう訊ねた。その目の奥に、さらにふくれあがった好奇心が見える。わたしに何か彼女と共有すべき秘密があるとでもいうのか、その声は共謀者めいていた。

「いや」わたしは言った。「何があるって言うんだい？」

女はふたたびわたしから視線をそらし、廊下の奥の閉じたドアのほうを見た。

「失礼いたしました、伯爵様」彼女は言った。「ただ、わざわざブランシュ様のお部屋に行かれたとすれば、何か伯爵様にとってよくないことがあったのではないかと思いまして」

その目がわたしからすっと離れた。そこには愛情などまったく感じられなかった。温かみも、ガストンから見て取れたあの信頼感も一切。だが同時に、長いつきあいを暗示する雰囲気はあり、そのつきあいに基づき、ふたりのあいだにはなんらかの愉快とは言えない暗黙の了解が成立しているようなのだった。

「伯爵様のパリ行きがうまくいったのならよいのですが」女は言った。その口振りは、何か批判されて当然の失敗があったのでは？　とほのめかしているようで、慇懃《いんぎん》とは言えなかった。

「うまくいったとも」わたしは答えた。そうして女の前を通り過ぎようとしたとき、彼女が言った。「伯爵夫人《マダム・ラ・コンテス》は、あなた様がおもどりになったことをご存知です。わたくしはいま、あなた様にそのことをお伝えするためにサロンに行こうとしていたのです。いますぐ上に行って、お顔をお見せになるのがよろしいかと存じます。そうしていただかないと、わたくしの気が休まりませんわ」

伯爵夫人《マダム・ラ・コンテス》……その名称は不気味だった。このわたしが伯爵様《ムシユー・ル・コント》であるなら、それは何者なのだろう？　不安がもどってきた。パニックのかすかなさざなみが。

「あとで行くよ」わたしは言った。「そう急ぐことはない」

「あのかたが待てないことは、あなた様もよくご存知でしょう」女は、穿鑿《せんさく》がましい黒い目をわたしに据えた。逃げ道はない。

「わかったよ」わたしは言った。

使用人の女は踵《きびす》を返して階段に向かい、わたしは彼女のあとから螺旋《らせん》を描く長い階段をのぼっていった。わたしたちは前の階と同じような廊下に出た。その廊下は平行するもう一本の廊下へと分かれていた。開いたままのベーズ張りのドアの向こうに別の階段がちらりと見え、食べ物のにおいがその奥底からふわふわと漂ってくる。わたしたちはもうひとつドアを通過し、廊下のいちばん奥のドアの前で立ち止まった。使用人の女が、合図するようにまずわたしに小さくうなずいてから、ドアを開けた。入っていきながら、女はなかの誰かに言った。「階段の途中で伯爵様に行きあいましたわ。ちょうど大奥様《マダム・ラ・コンテス》に会いにいらっしゃるところでしたの」

室内には人が三人いた。部屋は広かったが、家具が多すぎて、テーブルや椅子のあいだに動き回るスペースはほとんどなかった。いちばん場所を取っているのは、カーテンのかかった天蓋《てんがい》付きの大きなダブルベッドだった。ストーブがひとつ、扉が開いた状態でまぶしく燃えて、強烈な熱を放出しており、下の寒い部屋部屋からこの熱気のなかに入ってくれば、誰しも息が詰まるほどだった。二匹の小さなフォックステリアが、甲高い声で吠えながらわたしに突進してきた。そいつらは、鈴やリボンをジャラジャラと首輪につけていた。

犬どもに脚に飛びつかれながら、できるかぎり情報を取り込むべく、わたしは室内にぐるりと視線を走らせた。そこには、先ほどわたしが入っていくなりサロンをあとにしたあの背の高い痩せた女がいた。そして彼女のそばには、白髪頭の年老いた司祭が。その小さな黒い帽子は後頭部に載っており、人好きのする丸顔はピンク色で皺《しわ》ひとつない。司祭の向こう側、ストーブのすぐそばには、巨大な肘掛け椅子に深く身を沈め、巨大な老婦人がすわっていた。その体からは、肉が無数の列をなして垂れ下がっていたが、彼女の目や鼻や口は、驚くほど、また、恐ろしいほど、わたし自身のものに似ていたため、狂気の一瞬、わたしは、ジャン・ドゥ・ギが結局、先にここに来ていて、悪ふざけの締めくくりに変装しているのだと思った。

婦人が両手を差し伸べた。磁石のように吸い寄せられ、わたしは反射的にそちらに行った。婦人の椅子のそばにひざまずくと、たちまちつかまって、大量の肉と毛織物にすっぽり包まれ、息もできなくなった。束の間、巨大な蜘蛛《くも》の巣に囚われた蠅《はえ》の気分になったが、同時にわたしは、自分そっくりの女の顔、自己の別の相に魅せられていた。それは年を取り、女になり、醜悪に変貌したわたしだった。ずっと昔、自分が十歳のときに死んだ母親のことが思い出された。その姿は記憶のなかで薄れ、ぼんやりと霞《かす》んでいるが、この膨張した複製、こうであったかもしれないものとは似ても似つかなかった。

婦人の両の手がわたしにまとわりつき、なかなかわたしを放そうとせず、同時にわたしを押しのけようとしている。そうしながら、彼女はわたしの耳もとにささやきかけた。「さあさあ、あっちへお行き、大きな赤ちゃん、この暴れん坊さん。きのうはずいぶんお楽しみだったようだね」わたしは婦人から身を離し、分厚いまぶたと皮膚のふくらみに半ば隠れたその目を見つめた。それはわたし自身の目——埋もれて変形し、もとの姿を嘲弄《ちょうろう》しているわたし自身の目だった。

「みんな、例によって、あんたの行状に動揺しているんだよ」婦人は言った。「フランソワーズはヒステリーを起こし、マリー＝ノエルは発熱、ルネはふさぎこみ、ポールはご機嫌斜め。やれやれ！　あの連中にはうんざりだわ。平気でいるのは、わたしだけだった。わたしにはわかっていたよ。帰る気になったら、あんたはちゃんと帰ってくる。でもその気になるまでは帰らない」婦人はふたたびわたしを引き寄せ、喉の奥でクックッと笑った。それから肩を軽くたたいて、わたしを押しやった。「この家で神を信じているのは、わたしだけということだね。そうじゃありません？」婦人は司祭を見あげた。司祭は彼女にほほえみかけて、うんうんとうなずいた。そして、この頭の動きがその後も間欠的につづいたため、わたしはそれが神経のなせるわざ、本人には止めようがない痙攣《けいれん》のようなものであって、同意とはなんの関係もないことに気づいた。その癖は不安を誘い、わたしは彼から目をそらして、あの痩せた女のほうに目を向けた。わたしが入ってきて以来、女は一度もこちらを見ていない。しかしいま、彼女は手にしている本を閉じた。

「もう朗読は終わりでよろしいのでしょうね、ママン」彼女は言った。生気に欠けた、なんの表情もない声だ。使用人の言葉から、この女が、ついさっき自分が侵犯した寝室の主《ぬし》、マドモワゼル・ブランシュであることはわかっており、それゆえわたしは、彼女は虚構の自分の姉なのだと推察していた。伯爵夫人が司祭を振り返った。

「ジャンがもどりましたので、司祭様《ムシユー・ル・キユレ》」夫人は言った。その声は、彼女に抱擁されたときわたしの耳を打った笑いを含むものから、慇懃で敬意のこもるものへと変わっていた。「わたくしたちのささやかな例会は今夜はここまでとして、失礼させていただいても、よろしいでしょうか？　この子にはいろいろとわたくしに話すべきことがあるでしょうから」

「もちろんですとも、奥様」司祭は言った。その笑顔と点頭が常に好意的でなんにでも同意する人という印象を与えるので、仮に彼の口から拒絶や否定の言葉が出たとしても、それはまったく説得力がなさそうだった。「たとえ数日でも、伯爵がお留守のあいだどれほどお淋しかったか、わたしにはようくわかっておりますよ。伯爵がおもどりになって、さぞほっとされたでしょう」わたしに顔を向けて、彼はつづけた。「パリでは万事うまくいきましたかな？　近ごろは道がひどく込んでいて、ノートルダムからコンコルド広場まで一時間もかかると聞いていますが。わたしはそれでも一向に平気だが、若い人たちにとってはいらだたしいことでしょうな」

「それは場合によりけりですよ」わたしは言った。「そのパリ行きが、ビジネス目的なのか、遊びなのかでちがってきます」司祭を会話に引き込むことは安全を意味する。わたしは自分の母親ということになっている人物とふたりきりにされたくなかった。彼女はまちがいなく、直感的に、何かおかしいと気づくだろう。

「確かに」司祭は言った。「今回のご旅行はそのどちらでもあったのでしょう？　いや、もうこれ以上、お邪魔はしますまい……」そしてなんの予告もなく、司祭はするりと椅子をおりると、ひざまずき、目を閉じ、両手を組み合わせて、猛スピードで祈りはじめた。マドモワゼル・ブランシュがその祈りに唱和する。母親も同じく両手を組み合わせ、大きな頭を深く垂れている。わたしもまたひざまずき、組んだ両手で目を隠した。あの二匹のフォックステリアがやって来て、わたしのポケットをくんくん嗅いだり前足でつついたりしはじめた。目の隅から見やると、わたしをこの部屋に連れてきたあの使用人もまたひざまずき、ぎゅっと目をつぶって、歌うように司祭の祈りに唱和しているのが見えた。司祭はとりなしの祈りの最後に至り、両手を上げて、わたしたち全員のために十字を切ると、大急ぎで立ちあがった。

「ボンソワール、マダム・ラ・コンテス、ボンソワール、ムシュー・ル・コント、ボンソワール、マドモワゼル・ブランシュ、ボンソワール、シャルロット」そう言うと、司祭は一礼し、ピンクの顔をほほえみで皺くちゃにして、うなずきながら向きを変えた。司祭とこの家の娘がドアの前で譲り合い、どちらもあとに引かなかったため、ささやかな混乱があったが、ついに司祭が先に部屋を出、そのすぐあとに、侍祭のように低く頭を垂れてマドモワゼル・ブランシュがつづいた。

使用人、シャルロットが部屋の隅で、瓶から取った何かを水で溶きはじめた。薬のグラスを手にこちらにやって来ながら、彼女は言った。「伯爵様のお食事もこちらにお持ちしますか?」

「決まってるでしょう、この馬鹿」伯爵夫人が言った。「それにそんなもの、わたしは飲む気はありませんからね。捨てておしまい。そして食事を持ってきなさい。さあ、出ておいき!」さも不快げに顔の肉をすぼめ、夫人は気短にドアのほうに手を振った。「こっちへおいで、もっとそばに」彼女はそう言って、隣にすわるようわたしに手招きした。二匹のフォックステリアが夫人の膝に飛び乗って、そこに落ち着いた。「さてと、例の件はうまくいったの? カルヴァレとの話はまとまった?」

それは城《シャトー》に来て以来初めての直接的な質問、冗談や無頓着な寸評でかわすことができないものだった。

わたしはごくりと唾をのんだ。「うまくいったって何が?」わたしは訊ねた。

「契約の更新ですよ」夫人は言った。

するとジャン・ドゥ・ギがパリに行ったのは、ビジネスのためだったのだ。あの旅行鞄のなかの文具ケースにフォルダーや封筒が入っていたことをわたしは思い出した。なおかつ駅の前で、彼の友人はその旅を徒労と決めつけるようなことを言っていた。それは明らかに重要な案件なのだ。伯爵夫人の目の表情が、人間の欲について述べたジャン・ドゥ・ギの言葉をふたたびよみがえらせた。「その欲を満たしてやること……人にそいつの欲しがるものをくれてやること……」これがあの男の信条だ。まちがいない。彼ならばいますぐ母親を満足させてやるだろう。「心配いりませんよ」わたしは言った。「万事かたがつきましたから」

「ああ！」夫人は満足げに小さく唸った。「では結局、折り合いがついたわけだね？」

「そういうことです」

「ポールは本当に馬鹿な子だよ」夫人はそう言って、椅子のなかで姿勢をくずした。「文句ばかり言うし、悪いほうにばかり考える。あの話しぶりを聞けば誰しも、わたしたち一家はもうおしまいで、明日にも廃業しなければならないのだと思うでしょうよ。あの子にはもう会ったの？」

「ちょうど出かけるところでしたよ」わたしは言った。「僕がもどったときは」

「だけど、いまの話は伝えたんでしょう？」

「いや。その暇もありませんでした」

「せめてそれを聞くまで、待っていればよかったのにねえ」伯爵夫人は言った。「あんた、どうしたの？　具合が悪そうな顔をしているけど」

「ル・マンで飲み過ぎたもので」

「ル・マン？　なぜル・マンで飲んだの？　お祝いをしたかったなら、パリに泊まればよかったのに」

「パリでもやりましたよ」

「ああ……！」今回の〝ああ〟は唸りではなく、同情のささやきだった。「かわいそうな坊や」夫人は言った。「よっぽど大変だったんだねえ。もっとゆっくり遊んでくればよかったのに。さあ、もう一度キスしておくれ」夫人はわたしを引き寄せ、またしてもわたしはその大量の肉襞《ひだ》のなかに埋もれた。「あんたはしっかり楽しんできた」夫人はささやいた。「ねえ、そうでしょう？　ねえ？」

その口調が何をにおわせているかは、まちがえようがなかった。不快感を覚えるどころか、気がつくとわたしは楽しい気分になり、興味をそそられてさえいた。異様なまでにわたしによく似たこのすごい女は、ついさっきまで司祭とともに祈っていたというのに、いまはあろうことか、息子の秘めごとを知りたがっているのだ！

「もちろん楽しんできましたよ、ママン」夫人から身を離すとき、わたしは自分がなんの苦もなくこの人を〝ママン〟と呼んだことに気づいた。奇妙なことに、わたしには夫人の側が口にしたどんな言葉よりこのことがショックだった。

「それで、約束のおみやげも持ってきてくれたろうね？」夫人の目が小さくなり、期待感からその体が硬くなった。空気が突如、張りつめ、おかしな感じになった。この問いにどう答えればよいのか、わたしにはわからなかった。

「おみやげを約束しましたっけ？」わたしは訊ねた。

夫人の大きな口が垂れ下がった。その目が、一瞬前まで想像だにしなかった緊張と怯えをたたえ、哀願している。

「まさか忘れてはいないでしょう？」彼女は言った。

答えようがなかったが、ブランシュの登場によってわたしは救われた。まるで仮面をかぶったかのように、母親の表情が変わった。彼女は身をかがめて、膝に乗ったテリアたちをなではじめた。「よしよし、ジュジュ、尻尾を嚙むのはやめて、お行儀よくしてちょうだい。この子のために少し場所を空けておくれ、フィフィ。あんたはわたしの膝を独占してるよ。さあ、おじさんのところへお行き」夫人はその犬を、こちらとしては迷惑だったが、わたしに抱き取らせた。そいつは身をよじってもがきつづけ、ようやく解放されると、飛んでいって夫人の椅子の下に隠れた。「フィフィったら、どうしたんだろうね」夫人が驚いて言った。「あんたから逃げ出したことなんて、これまで一度もなかったのに。頭がおかしくなったのかしら？」

「放っておいてやりましょう」わたしは言った。「きっと列車のにおいがしたんですよ」

動物はだまされない。これは興味深い事実だった。ジャン・ドゥ・ギとわたしの外面的なちがいはどこにあるのか？　彼の母親は椅子のなかにもとどおり身を沈め、自分の娘を不機嫌そうに見つめていた。ブランシュは、椅子の背もたれに両手を置き、母親に目を据えて、ぴんと立っている。

「お夕食はこちらにお盆をふたつということでよろしいのかしら？」彼女は訊ねた。

「そうですよ」母親がピシリと返す。「上でわたしと食べたほうがジャンも楽しいはずですからね」

「気が昂るようなことはもう充分だとお思いにならない?」

「わたしは気が昂ってなどいませんよ。見てのとおり、平静そのもの。あんたはわたしたちの楽しみにケチをつけたいだけでしょう」

「ケチをつけたいなどと思ってはおりません。わたしはママンのためを思って言っているんです。興奮しすぎれば、眠れなくなる。そしてまたあした、悲惨な一日を送ることになるんですよ」

「いまジャンと一緒にいられなければ、もっと悲惨な一日、もっと悲惨な夜を送ることになるでしょうよ」

「わかりました」穏やかな容認。話は終わりだ。娘は室内を歩き回って、本や書類の整頓を始めた。彼女の声の抑揚《よくよう》のなさ、その感情の欠如に、また、彼女がわたしのほうに金輪際目を向けないという事実に、わたしは気をのまれていた。わたしを強く意識しているにもかかわらず、彼女はそこにわたしがいないかのように振る舞っている。年齢は四十二、三というところだろうか。わたしはそう見積もったが、もっと上、または、もっと下という可能性もあった。服装は黒っぽいセーターとスカートで、鎖に下げた十字架は彼女の唯一の装飾品だった。夕食の準備として、彼女は母親の椅子の横にテーブルを持ってきた。

「シャルロットからお薬をもらいました?」彼女は訊ねた。

「ええ」母親は答えた。

娘は轟々《ごうごう》と燃え盛るストーブから少し離れたところにすわり、テーブルに載っていた編み物を手に取った。そのテーブルにはミサ典書、それに、革表紙の祈禱書数冊と聖書が載っていた。

「もう行ったら?」唐突につっけんどんに母親が言った。

「シャルロットがお盆を持ってくるまで待ちますわ」

ふたりのあいだのこのやりとりには、わたしをただちに母親の側につかせるという作用があった。どうしてなのかはわからない。夫人の態度はひどいものだったが、それでもわたしは彼女を好もしく思い、娘のほうには逆の感情を抱いていた。これは不思議だった——自分がこの人に惹かれるのは、単に自分に似ているからなのだろうか?

「マリー＝ノエルの幻視がまた始まったよ」伯爵夫人が言った。

マリー＝ノエル……そう言えば、階下で誰かがマリー＝ノエルが熱を出したという話をしていた。その人も信心深い姉か妹なのだろうか?　ここは何か言わなければいけないような気がした。

「それはたぶん熱のせいではないかな」わたしは言った。

「熱なんかありませんよ。あの娘《こ》はどこも悪くない」伯爵夫人が言った。「ただ注目を浴びたいってだけのこと。パリに行く前、あんたはあの娘《こ》に何を言ったの?　ずいぶん動揺させたものだね」

「別に何も言っていませんが」わたしは言った。

「何か言ったにちがいないよ。あの娘《こ》はずっと、フランソワーズとルネに、あんたはもう帰ってこないだろうと言いつづけていたもの。そう言ったのはあんただけじゃない、聖母様《サント・ヴィエルジュ》も同じことをおっしゃっているんだとか。ねえ、ブランシュ？」

　わたしは無口な姉に目をやった。彼女はカチカチ鳴る編み針から淡い色の目を上げたが、視線を向けた相手は母親であって、わたしではなかった。

「もしマリー＝ノエルにそこにないものが見えるなら」彼女は言った。「わたしは本当にそうなのだと思っていますし——そろそろこの家の誰かがその問題を真剣に考える時ですわ。ずいぶん前からわたしはそう言っていますよね。司祭様もわたしと同じご意見なのですよ」

「馬鹿らしい」母親が言い返した。「今夜、司祭様にそのことを話したけれどね、司祭様はよくあることだとおっしゃっていたよ。特に貧しい層に多いんだとか。たぶんマリー＝ノエルはそういう考えをジェルメンヌから吹き込まれたんだろうね。シャルロットに訊いてみますよ。あれはなんでも知っているから」

　ブランシュの顔にはなんの感情も表れなかった。しかしわたしは、その唇がぎゅっと引き結ばれたのに気づいた。「司祭様はもうお年なのです。そのことを頭に入れておかないと」彼女は言った。「最近は一度に大勢の人と話すと、物忘れもなさいます。もしこの幻視がつづくようなら、わたしから司教様にお手紙を書きますわ。司教様なら、いちばんよい道をすすめてくださるはず。そして、それがどんなご助言になるか、わたしにはよくわかっています」

「どんなご助言なの？」母親が訊ねた。

「マリー＝ノエルは、人に汚《けが》されることが決してない環境で暮らさなければならない」これがその問いへの答えだった。「自分の力を偉大なる神の栄光に捧げられるところで」

わたしは怒りの爆発を予期した。しかし伯爵夫人はただ膝に乗せた犬をなでるばかりだった。脇にあった小さな紙袋をたぐり寄せ、彼女はチョコレートの衣のかかった菓子をひとつ取り出して、犬の歯のあいだに押し込んだ。

「ほら」夫人は言った。「おいしいねえ？　フィフィはどこなの？　フィフィ、おまえもひとつほしいでしょ？」もう一匹のテリアが椅子の下からあたふたと出てきて、夫人の膝に飛び乗ると、紙袋に鼻を押しつけた。「あんたは馬鹿だよ、ブランシュ」夫人は言った。「この一家から聖人が出るというなら、その者はうちに置いておかないと。そこには可能性がある。わたしたちはサン・ギーユを巡礼の地に変えられるかもしれないよ。もちろん、司教様と教会のご承認を得たうえでのことだけれど、それは考慮に値する。教会の屋根を直すお金もようやく賄えるかもしれないね。〈ボザール〉（パリの国立美術学校）はなんにもしないだろうから」

「マリー＝ノエルの魂のほうが教会の屋根より重要ですわ」ブランシュが言った。「自分の思いどおりにできるなら、わたしは明日にもあの娘《こ》を発たせますよ」

「あんたは嫉妬しているんだ。それがあんたの問題だね」母親が言った。「あんたはあの娘《こ》の綺麗な顔と大きな目を妬んでいるんだよ。じきにマリー＝ノエルも幻視に悩まされることはなくなる。夫をほしがるようになるでしょうよ」夫人はわたしの脇を肘で小突いた。夫人の娘は返事をしなかったが、わたしは別に驚かなかった。「ねえ、そうでしょう、ジャン？」母親はしつこく言った。

「おそらく」わたしは言った。

「長生きしてあの娘《こ》の結婚式を見られますように。お相手はお金のある男じゃないと……」

シャルロットが、赤い頬をした小さな小間使《ファム・ドゥ・シャンブル》いをすぐうしろに従え、盆を手に入ってきた。小間使いはわたしを見ると頬を染め、くすくす笑って言った。「ボンソワール、ムシュー・ル・コント」わたしは、こんばんは、と挨拶し、小間使いは別のテーブルにわたしの分の盆を載せた。ブランシュが立ちあがって、編み物を脇に置いた。

「お休みになる前に、フランソワーズかルネとお会いになる？」彼女は訊ねた。

「いいえ」母親は答えた。「あのふたりにはお茶のときに会っているからね。ジャンがもどってくれたので、今夜はぐっすり眠れるだろうし、他の誰にも邪魔されたくはないよ。とりわけあんたにはね」

ブランシュは椅子のほうに行くと、母親にキスして、おやすみを言い、わたしにはひとことも話しかけず、目もくれないまま、部屋をあとにした。そこまで彼女を怒らせるとは、ジャン・ドゥ・ギはいったい何をしたのだろうか？　わたしは横に置かれた盆のスープの深皿の覆いを取った。シャルロットにジェルメンヌと呼ばれている、あの小さな小間使いは、ブランシュのあとから出ていったが、シャルロットはまだ部屋の端のほうにいて、わたしたちが食べるのを見守っていた。

好奇心に駆られ、わたしは思い切って母親に質問をした。「ブランシュはどうしたんです？」

「別にどうもしてやいないよ」夫人は答えた。「むしろいつもより癪《しゃく》に障らないくらいだ。あんたは気づいたかしらね。身内に聖人がいるとなれば可能性が開けるとわたしが言ったとき、あの娘《こ》は噛みついてこなかったでしょう?」

「彼女、ショックを受けたんじゃないですか?」わたしは訊ねた。

「ショックを受けた? むしろ喜んでいたんじゃないですか?」まあ見ていてごらん。ブランシュはその仕事に取りかかるから。マリー=ノエルの幻視があの娘《こ》自身とサン・ギーユに栄光をもたらすなら、他の誰より喜ぶのはブランシュだよ。それであの娘《こ》も生きがいを得られるというものだわ。シャルロット、そこにいるの? これを下げておくれ。もうたくさんだよ。それと、ジャン様《ムシュー・ジャン》にワインを差しあげて。ねえ、もっとパリの話をしてちょうだい。まだ何も話してくれていないじゃないの」

わたしは想像力にたよろうとした。この休暇のあいだ、パリには行っていないうえ、わたしが親しみ、愛《め》でているのは、美術館や歴史的な建物でいっぱいのパリであり、その種の話はこの夫人の耳にふさわしくない。わたしが食事の話をすると、夫人はこれを理解し、金を使った話をすると、さらに喜んだ。急にインスピレーションが湧き、観劇に行った話や、戦友たちに会った話も捏造したが、夫人はその友人らの名前まで提供してくれて、これは大いに助かった。食事がすみ、盆がかたづけられるまでに、この夫人はわたしにとって過去にともに過ごした誰よりも気の置けない相手になっていた。理由は簡単――夫人の側に遠慮がないことだ。彼女はわたしを受け入れ、信じ、愛し、たよりにしている。これまで就いたことのない地位に、わたしは就いているのだった。彼女が赤の他人としてわたしに遭遇していたら、わたしたちには互いに話すことなど何ひとつなかったはずだ。だが、彼女の息子としてのわたしは、何を言おうと、顰蹙《ひんしゅく》を買う恐れはまったくなかった。わたしは笑い、ふざけ、しゃべった。経験したことのないこの気楽さは、なんとも愉快だった——が突然、それは終わった。シャルロットが部屋を去り、夫人がわたしにこう訊ねたのだ。「ジャン、わたしへのおみやげのこと、本当に忘れたわけじゃないでしょう？　さっきのは冗談だね？」

あの垂れ下がった口、哀願のまなざしがもどってきた。夫人の見せたその変化には驚くべきものがあった。意地の悪いユーモア、目のきらめき、温かみと荒っぽさが一体となった陽気な雰囲気は、もうどこにもない。彼女はぶるぶる震える哀れな女に成り下がり、わたしの手をかきむしっている。どうすればいいのか、何を言えばいいのか、わたしにはわからなかった。そこで、立ちあがってドアに歩み寄り、声をかけた。「シャルロット、いるかい？」わたしの声にテリアたちが目を覚まし、伯爵夫人の膝から飛びおりて、猛然と吠えだした。

シャルロットが近くの部屋から大急ぎでやって来た。わたしは言った。「大奥様《マダム・ラ・コンテス》のお具合がよくないんだ。行ってあげてくれ」

シャルロットはわたしの顔を見て、訊ねた。「あれはお持ちになりました？」

「あれというと？」わたしが訊き返すと、彼女は目を細めて、じっとわたしを見つめた。「おわかりでしょう、伯爵様。パリから持ってくるとあなた様が約束なさったものですわ」

わたしはあの旅行鞄の中身を思い返してみた。そう言えば、あのなかにはみやげらしき包みがいくつかあった。中身がなんなのかはわからない。その品々がいまどこにあるのかも。

シャルロットが急き込んで言った。「いますぐ持っていらしてください、伯爵様。さもないと、大奥様がおつらい思いをなさいます」

わたしは廊下を進み、ひとつ下の階までおり、どちらに行ったものかわからず、そこでふたたびためらった。二階廊下の左手のどこかの部屋から風呂の水の流れる音がする。わたしは確信が持てないままそちらに行った。すると、浴室のものらしきドアの手前に、半ば開いたドアが見えた。わたしはその前で足を止めたが、なかで誰かが動き回っていたので、ふたたび歩きだし、浴室を通り過ぎて、つぎの部屋まで進んだ。そのドアは大きく開かれており、室内には誰もいなかった。わたしはすばやくあたりを見回した。助かった。大当たりだ。そこは小さな化粧室で、テーブルの上のブラシも、椅子のひとつに放り出された部屋着も、わたしの知っているものだった。わたしの荷物は誰かの手で取り出されており、旅行鞄はふたつともどこかにかたづけられていたが、テーブルの上には、鞄の一方に入っていた例の包みがクリスマスツリーの下のプレゼントよろしく整然と並べられていた。わたしはそれぞれの包みのひもにメモが差し込まれていたことを思い出した。ホテルの部屋で見たときは、なんのことかわからなかったが、いまは、F、R、B、P、M‐Nというその意味もわかる。そして、ああ、よかった！そこには〝ママン〟と記された包みもあった。包装は地味そのもの。丈夫な茶色い紙で包まれ、封がされている。わたしはそれを取り、部屋を出て、ふたたび階段をのぼっていった。

シャルロットが階段の上でわたしを待っていた。「お持ちになりました？」彼女は訊ねた。

「うん」わたしは言った。「僕から手渡したほうがいいんだろうか？」

シャルロットはまじまじとわたしを見つめ、「いえいえ……」と答えた。ショックを受けたように。いや、それどころか、憤慨しているのかもしれない。包みを引き取ると、シャルロットは言った。「おやすみなさいませ、伯爵様」そして彼女は足早に廊下を歩み去った。

いまの挨拶は、おまえはもう用済みだという意味にちがいない。そこでわたしはゆっくりとさきほどの化粧室に向かった。夜のこの唐突な終わりをどう解釈したものか、わたしは考えていた。あれは何かの発作、精神障害の発露だったにちがいない。シャルロットとジャン・ドゥ・ギはその病のことを知っているが、家族の他の者たちがどうなのかはわからない。パリみやげの包みに何が入っているにせよ。それで夫人が楽になるようわたしは願った。あの気の短さを別にすれば、あの人はいたって正常に、完璧に自制心が働いているように見えた。精神病の人という印象は、わたし自身は受けなかった。

わたしは化粧室に行き、室内にたたずんだ。急に疲れが出て、気持ちも沈んでいた。あの母親の顔の変化を忘れることができない。どうすべきか思い迷いながら、わたしはそこに立っていた。すると、隣の浴室から呼びかける声がした。「ママンにおやすみの挨拶をしてきた?」

それは、あのしおれた金髪の女、フランソワーズの声だった。そのとき初めてわたしは、大きな衣装箪笥の陰に隠れて見えなかった、浴室に通じるドアに気づいた。フランソワーズには、わたしが化粧室に入っていくのが聞こえたにちがいない。そのとき、新たな考えが頭に浮かんだ。この化粧室にベッドはない。ジャン・ドゥ・ギはどこで寝るのだろう?

「そこにいるんでしょう、ジャン?」ふたたび声がした。「お風呂に入りたいかもしれないと思って、お湯を入れておいてあげたわよ」彼女がもっと離れた部屋に移動したかのように、その声はさきほどよりも遠くなっていた。

わたしは浴室に行った。そこにあるものはすべて、その使用者がふたりであることを示唆《しさ》していた。複数のスポンジ、歯磨き粉、タオル……わたしはあの髭剃りセットに気づいた。だが、そこには女性用のシャワーキャップもあった。それに女物のスリッパも。そしてドアには、女物のバスローブが掛かっていた。

隣室に音が聞こえるのを恐れ、わたしはじっと動かず静かに立っていた。明かりのスイッチのカチリという音がし、ため息が聞こえた。つづいて、あの声が不平がましく訴えてきた。

「わたしが話しかけたら、返事をしてくれないかしら」わたしは覚悟を決めてドアを通り抜けた。するとそこは大きな寝室だった。形も広さも姉のブランシュの部屋と同じだが、こちらはもっと明るくて、うっすら文様の入った壁紙が張られており、宗教的な絵画はひとつもない。塔の部分に当たるアルコーブにも祈禱台などはなく、あるのは化粧台と照明具と鏡だった。アルコーブの正面には、天蓋のない大きなダブルベッドがあった。フランソワーズというあの女は、そのベッドのなかにすわっていた。髪はカーラーに巻いて留め、肩にはふわふわのピンクのベッドジャケットをかけている。彼女は急に体が縮んだように見えた。階下にいたときよりも小さくなったように。

相変わらず悲しげに、傷ついた様子で、彼女は言った。「もちろんあなたは、ママンと一緒にずっと上にいなきゃならないのよね。あなたはほんのひとときでも、立ち止まってわたしのことを考えたことがある？　いつもあなたの肩を持つルネでさえ、最近のあなたはどうしようもないと言っているのよ」

わたしはその疲れ切った不平顔から、ベッドの反対側の空いている枕に視線を転じた。小さなテーブルの上の旅行用の時計には、見覚えがあった。それに、タバコのカートンにも。わたしがホテルで着ていた縞模様のパジャマもきれいにたたまれ、折り返されたシーツの上に載っている。

愚鈍《ぐどん》なわたしは、フランソワーズはポールの妻、ジャン・ドゥ・ギの妹なのだと思っていた。そしていま、意気消沈しつつ、それが逆であることを悟った。彼女はジャン・ドゥ・ギの妻だったのだ。

第五章

不合理だけれども反射的にまず感じたのは、ベッドからパジャマを回収せねばならないということだった。フランソワーズには目もくれずに、わたしはパジャマを取ってきて、浴室のほうへと引き返した。困ったことに、フランソワーズは泣きだした――大事にされていないとか、自分はみじめだとか、ママンがいつもあいだに割り込んでくるとか、言いながら。わたしは泣き声がやむのを浴室で待った。まもなく、洟をかむ音がした。泣いたあとの自制の努力に付きものの、洟をすすったり咳払いしたりする小さな音も。あの女はベッドを出て浴室まで追いかけてくるのではないか――そう考えると恐ろしくなり、わたしはバタンとドアを閉めて鍵をかけた。そのさなかに気づいたのだが、おそらくわたしは与えられた役を正しく演じていたのだ。気まずくなったとき、また、面倒になったとき、ジャン・ドゥ・ギがとる行動は、まさにこれだろう。ホテルで無理やり彼の服を着せられたときと同じく、ふたたび腹が立ってきた。いまのわたしを見たら、あの男はどれほど笑うだろう。パジャマを腕にかけ、浴室に隠れている滑稽《こっけい》劇の登場人物。妻は隣室のベッドのなか。これは劇場の客席を大いに沸かせるシチュエーションだ。そしてわたしは、ユーモアとは常に嫌悪や恐怖にきわめて近いものなのだと思った。われわれは恐怖を撃退するために笑う。また、不快に思うからこそ引き寄せられるのだ。お色気コメディーにおいて、観客を沸かせるものは、劇中の事件に対する嫌悪感、ひそやかな興奮の入り混じる嫌悪感だ。ジャン・ドゥ・ギはこの瞬間を予見していたのだろうか？　あるいは、車で城《シャトー》に向かっていたときのわたしと同様に、彼もこのゲームは一、二時間で終わり、仮面劇の幕は閉じると思っていたのだろうか？　彼はわたしがこういうことをしでかすとは、思ってもみなかったのかもしれない。とはいえ、前夜のわれわれの会話のなんと決定的だったことか。人生の虚《むな》しさ、人とのつながりの欠如に対するわたしの嘆き。彼にとっては、笑ってこう言うまたとないチャンスではないか――「僕のを試してみろよ！」

もし本当にわたしを生贄《いけにえ》にして、こっそり抜け出す気だったとすれば、それは彼がこの城の誰のことも大切に思っていない明確な証となる。充分に彼を愛しているあの母親と妻は、考慮に値しない。ふたりが、あるいは、その他の人々がどうなろうと、彼はなんとも思わない。わたしは彼らを好きなようにできるわけだ。冷静に考えると、この仮面劇は非人間的なまでに冷酷だ。わたしはお湯の滴《したた》る湯船の蛇口を締め、化粧室に引き返した。あの母親と夕食を取っていたときの高揚感と安らぎは、彼女の気分の変化とともに憂鬱《ゆううつ》へと変わっていた。奇怪な一夜の、単なるもうひとつの出来事として、あの顔の激変をあっさりかたづけることなく、わたしは彼女をなぐさめたいと思い、例の包みを急いで見つけてシャルロットに手渡した。いま、あの不平屋のフランソワーズがドゥ・ギの妻であることがわかると、わたしは彼女をもなぐさめたくなった。彼女の涙はわたしを悲しませるのだ。階下のサロンにいたとき、わたしにとって彼らは生身の人間ではなかった。だがここ、彼らの私室というプライベートな空間においては、この人たちは無防備であり、いつしかわたしも情にほだされていた。彼らが悪戯《いたずら》のえじきであり、そのことに気づいていないという事実も、もうおもしろいとは思えない。それに、これが本当に悪戯なのかどうかも確信が持てなかった。奇妙なかたちではあるが、これは力試し、耐久力のテストであり、まるでジャン・ドゥ・ギがこう言っているかのようだった――「そう、僕は家族の奴隷になってしまった。きみだったらもっとうまくやれるかな？」

わたしはテーブルに歩み寄って、Fと記された包みを手に取った。その包装は美しく、包みは小さくて硬かった。わたしはしばらく立ったまま、その重みを手で量っていた。それからもう一度、今度はゆっくりと浴室を通り抜け、寝室のドアを開けた。室内は暗かった。

「まだ起きている？」わたしは言った。

ベッドで動く音がした。その後、明かりが点き、フランソワーズが身を起こしてこちらを見つめた。カーラーはいま、ネットの帽子に隠れている。帽子のピンクのリボンは顎の下で結んであり、あのふわふわのベッドジャケットはショールへと変わっていた。それらは、くたびれた青白い顔にそぐわなかった。彼女はあくびをし、わたしに向かって目を瞬《しばたた》いた。

「なんなの？」彼女は言った。

わたしはベッドに歩み寄った。「ねえ。さっきはそっけない態度をとってごめんよ。ママンの様子が急におかしくなって、それが気がかりだったんだ。ほんとならもっと早くおりてきたんだが。でもママンがときどきどうなってしまうかは、きみも知っているだろう？　ほら、これ。きみのためにパリで買ってきたんだよ」

フランソワーズは、わたしがその手に押し込んだ包みを疑わしげに凝視した。それから、ベッドカバーの上に包みを放り出して、ため息をついた。「たまのことなら、気にしないんだけど」彼女は言った。「しょっちゅう、毎日、いつも決まって、なんですもの。ときどき自分はママンに嫌われてるんじゃないかって気がするの。ママンだけじゃなく、あなたたち全員に。ポールにも、ルネにも、ブランシュにも。マリー＝ノエルでさえ、わたしに対してなんの感情も抱いていない」返事は期待されていないらしく、そのことがありがたかった。なんと言えばよいのか、わたしにはわからなかったから。「新婚のころはこんなじゃなかった」彼女はつづけた。「ふたりとも若かったし、占領が終わって、この国もまた自由になり、人生は希望に満ちていた。わたしはとても幸せだったわ。でもそのあとは、少しずつ、それが――その幸せな気持ちが、こぼれ落ちていくように思えた。自分のせいなのか、あなたのせいなのか、わたしにはわからないけれど」

不格好なネットの帽子の下から、やつれた顔が希望の色もなく、じっとわたしを見あげた。「それは誰もが、遅かれ早かれ経験することだよ」わたしはゆっくりと言った。「結婚した人たちはお互いに慣れてしまい、ありがたいとも思わなくなる。それはどうしようもないことだ。だからって不幸せだってことにはならないさ」

「ああ、そういうことじゃないの」フランソワーズは言った。「わたしたちはお互いをありがたいとも思っていない。それはわかっているわ。わたしはあなたを独り占めできればそれでいいの。だけど、ここではみんながすぐそばにいる。わたしはあなたを大勢の人と分け合わなきゃならない。最悪なのは、あなたがそれに気づいていないこと、気にもしていないことよ」

母親との夜はうまくいきすぎたのだ。こちらはそうはいかない。彼女になんと言えばいいのか、わたしにはわからなかった。

「すべてがわたしを押しつぶそうとしている」彼女は言った。「この城、この家族、この田舎町が総出で。まるで息をふさがれているみたいだわ。この城で何かをしようとすること――指示を出したり、やりかたを変えたりすることは、とうの昔にあきらめた。あなたの家族が、それを余計な干渉とみなすことをはっきり示したからよ。ここでは何もかもが昔のまま。ねえ、知っている？　過去数カ月にわたしが楽しんでしたことと言えば、この寝室のカーテンと、化粧台の襞《ひだ》飾りの新しい生地を注文したことだけなのよ。そしてそれさえも、贅沢《ぜいたく》とみなされたの」

フランソワーズはじっとわたしを見あげた。わたしにはなにがしかの謝罪が期待されているのがわかった。

「ごめんよ」わたしは言った。「だがわかってくれないとな。田舎ではみんな、従来のやりかたにこだわる。すべて慣例の問題なんだよ」

「慣例？」フランソワーズは言った。「よく言うわね、他ならぬあなたが。あなたはいつも、仕事と称して、勝手気ままに出かけてしまう。あなたが従来のやりかたにこだわっていること、慣例を守る人だってことに疑いの余地はないわね。あなたもわたしと同様に、ずっと同じことの繰り返しの毎日を送っていますものね。あなたは一度として、一緒に行こうかって言ってくれたことがない。いつだって、〝そのうちに〟とか〝また今度〟だもの。わたしもあなたの言い訳にはもう慣れたから、訊いてみもしないけれど。そもそも、こういう特別な状態では、一緒に行くのは到底無理だし――わたし、あまり具合がよくないのよ」

フランソワーズはみやげの包みをいじくった。彼女はそれをまだ開けていない。こういうとき夫には何か言うべきことがあるにちがいない。なぐさめの、または、同情の言葉が。そう思ったが、彼女の特別な状態は、わたしが非常に疎《うと》い分野なのだった。

突然、愚痴《ぐち》でも嘆きでもなく、彼女がきわめてシンプルに言った。「ジャン、わたし怖いわ」なんと答えればいいのか、わからなかった。そこでわたしは彼女の手から包みを引き取って包装を解きはじめた。「前回、流産したとき、ルブラン先生がなんとおっしゃったか知ってるでしょう？　わたしにとっては簡単なことじゃないのよ」

自分が能なしで役立たずな気がした。わたしはひもを解き包装紙を開いて、箱を取り出した。そしてその箱から、小さなベルベットのケースを。開けてみると、なかにはロケットが入っていた。真珠《しんじゅ》に縁取られたロケット。留め金をパチンとはずすと、そこにわたし自身の――というよりあの男の細密画が現れた。ロケット本体はクリップで留めることもできるし、裏側に金《きん》のピンが付いているのでブローチとしても使える。細工はきわめて精巧、デザインは独創的だった。それはかなり値の張る品にちがいなかった。

フランソワーズの口から驚きと喜びの声が漏れた。「まあ、なんて綺麗なの！」彼女は言った。「とっても素敵！　それに、こんなことを思いついてくださるなんて、本当に優しい人ね！　わたしのほうは不平ばかり、文句ばかり言っていたのに……あなたはこんな素敵なおみやげをくださった。わたしを許してちょうだい」彼女はわたしの頬に手を当てた。わたしは無理に笑顔を作った。「あなたっていい人ね。こんなわたしに我慢してくださるなんて」彼女は言った。「この状態が長引かないよう願いましょう。そのあとは、きっとわたしももとのわたしにもどれるわ。あなたと話していると、心にもない言葉が口からこぼれ出てくるの。そのせいで自分がいやになるけれど、でもどうしようもないのよ」

　フランソワーズはロケットを閉じた。それから、その仕掛けを楽しんで、ほほえみながら二度、三度と開閉を繰り返した。そのあと彼女はロケットをピンでショールに留めた。

「ほら」彼女は言った。「わたしは夫を胸につけているのよ。今後、誰かに『ジャンはどこ？』って訊かれたら、わたしはただこのロケットを開けてみせればいいんだわ。この絵は、わたしが大好きだった古い身分証明書の写真の写しよね？　わたしのためにパリで特注してくださったの？」

「そうだよ」わたしは言った。たぶん特注というのは本当なのだろうが、自分の嘘がわたしの耳にはあさましく聞こえた。

「これを見たら、ポールは二度と立ち直れないわよ」フランソワーズは言った。「でもこのプレゼントは、万事オーケー、結局、何もかもうまくいったという徴《しるし》なのよね。お祝いに思い切り贅沢するなんて、ほんとにあなたらしいわ。実はね、ポールが工場をつづけるのはとても無理だなんて言うのを聞くと、わたしも絶望的な気分になるのよ。それにあの人は、わたし個人の財産があんな馬鹿げたかたちで抑えられていることでちくちく嫌味を言うし。だけど、わたしたちに男の子が生まれたら……」ショールに留めたロケットになおも触れながら、フランソワーズはベッドに寄りかかった。「もう寝るわ」彼女は言った。「早くもどってね。ママンとずっと仕事の話をしていたなら、あなたも疲れているはずよ」

彼女は明かりを消し、ため息とふたたび枕に頭を沈める音が聞こえてきた。

わたしは化粧室に引き返し、窓を開け放って、外に身を乗り出した。空気が冷たく澄み渡った、月の明るい夜だった。わたしの下には、空堀のもつれあう草と、その堀を囲む、蔦《つた》に覆われたでこぼこの石壁があった。そしてその先には、かつてはフォーマルな庭園だったのだろうが、いまは草がはびこる、牛たちのうろつく緑の地帯がのびている。それは、騎馬道路や並木道に変化しながら、薄暗い林のなかへと消えていた。真正面の草地のまんなかには、堀に渡された橋を護る一対の塔のように、小さな丸い建物がぽつんと立っており、その形から、それは〝コロンビエ〟、すなわち、旧式の鳩小屋にちがいなかった。その隣には、ロープの切れた子供用のブランコがあった。

その情景は、えも言われぬもの哀しさに包まれていた。まるでかつてここには笑いが、それに生活があったが、いまは何ひとつないかのような。そして、いまのわたしのように城の窓から外を見る者は、哀惜の念と満たされぬ思いに身を委ねることになる。その深い静寂はときおり、ポトンという音に破られた。井戸のポンプからその下の深い底に水が滴り落ちるような音。身を乗り出し、首を伸ばして、その音の出所を突き止めようとしたが、結局わからなかった。

頭上の塔の笠石からにやにやとわたしを見おろすガーゴイルの口からは、水など落ちていないのだ。

城の反対側で村の教会の時計が十一時を打った。甲高い音だ。だが深みに欠けていながら、その音はル・マンの寺院のお告げの鐘と同じ警告の色を帯びており、最後の音が鳴り響き、静まったとき、わたしのなかの憂鬱と苦しみはいや増した。理性の声がこう言っているように思えた。「ここでおまえは何をしているんだ？　出ていけ——手遅れになる前に」

廊下に通じるドアを開けて、耳をすませると、あたりはしんと静まり返っていた。わたしは思った——あの母親は、わたしがシャルロットに渡した謎の包みに癒され、もう眠りに就いただろうか？　それとも、いまも椅子のなかに身を埋めているのだろうか？　姉のブランシュは祈禱台の前にひざまずいているだろうか？　それとも、ベッドの真正面の鞭打たれるキリストを見つめているのだろうか？　わたしには、フランソワーズが漏らした、心に触れる飾らぬ言葉を忘れることができなかった。「ジャン、わたし怖いわ」あれはわたしに向けられた言葉ではない。ここにあるものはどれも、わたしのものではない。わたしはよそ者だ。彼らの生活とは無縁なのだ。

わたしは廊下を進み、階段をおりていった。そして、最初に城に入ったときの入口——テラスに出るドアの取っ手を回したとき、背後の階段の足音に気づいた。見あげると、そこにはあの黒髪の女、ルネがいた。化粧着にスリッパという姿で、高く結っていた髪はいまは肩に垂らしている。

「どこに行くの?」彼女はささやいた。

「外に、ちょっと空気を吸いに」わたしはすばやく嘘をついた。「眠れないんだ」

「どういうこと?」彼女は訊ねた。「あなたは疲れてなんかいない。気分が悪いわけでもない——あれはフランソワーズをかわすための口実よね? あなたがママンの部屋からおりてくるのが聞こえたから、ドアを開けて待っていたのよ。気づかなかった?」

「うん」わたしは言った。

彼女は信じられないという顔をした。「でも、わたしがポールに食事に行くようすすめたことは、わかっていたはずよ。あなたがもどると聞いてすぐ、そうしたのに。せっかくの夜が無駄になってしまったわ。あの人はもういつもどってもおかしくないのよ」

「ごめんよ」わたしは言った。「ママンがいろいろ話したがっていたから——とても抜け出せなかったんだ。明日、話せないかな?」

「明日?」彼女はオウム返しに言った。その態度は不愛想で奇妙だった。「あなたからすれば明日で結構なのね? 十日もパリに行っていたあとでも? そうじゃないかと思っていたわ。わたしの手紙に返事をくれなかったのは、だからなんでしょうね」

片手をドアにかけ、突っ立っているこの姿は、自分で感じているとおりまぬけに、能なしに見えるのだろうかと思った。夜の初め、この女は味方であり友であるように思えた。いまの彼女は変節した親友だった。どういうわけか彼女はひどく怒っているらしい。この女と家族の他の者たちがどういう関係なのか、また、彼女がそれほど緊急かつ内密にジャンと話したいこととはなんなのか――不安な思いを胸に、わたしはそれがわかったら、と切に願った。

「ごめんとしか言いようがない」わたしは繰り返した。「きみが僕に会いたがっているとは知らなかった。ママンの部屋に伝言を寄越してくれればよかったのに。そうすればおりていったのにな」

「いまのは皮肉のつもりなの？」ルネは言った。「それとも、本当に酔っ払っているわけ？」

彼女の怒りはわたしをいらだたせた。あの母親の苦しみはわたしの心に触れた。理由はちがうが、あの妻の苦しみも。だが自分と脱出のあいだに突如割り込んできたこの女に与える時間など、わたしにはないのだ。

「風邪を引くよ」わたしは言った。「もう寝たら？」

彼女はわたしをにらみつけた。それから息を整えて言った。「まったくもう！　ときどき心底あなたが憎らしくなる！」くるりとこちらに背を向けて、彼女は階段をのぼっていった。

わたしはテラスへのドアを開け、外に足を踏み出した。鎧戸《よろいど》がきっちり閉まった、カビ臭いうえ、ひどく寒い屋内から出てきたため、空気がきれいに感じられ、気持ちよかった。テラスの砂利をザクザクと踏みしめながら、わたしはゆっくり階段をおり、車回しに出て、その左手、堀のこちら側の厚い壁に囲われた建物群のほうへと向かった。それらの建物は納屋や車庫のようだった。そうとわかったのは、丘を下るライムの並木道で車のライトが閃《ひらめ》いたためだ。その車は橋へ、城の門へとまっすぐに向かってきた。あれは帰宅したポールにちがいない。あのライトは自分の姿をとらえただろうか――そう考えながら、わたしはすぐそばの黒っぽいヒマラヤ杉の木の下に身を隠した。一瞬後、ポールの車は橋を渡りきり、門を通り抜け、ぐるりと右に曲がって、建物群のほうにまっしぐらに向かっていた。ルノーのドアをバタンと閉める音がし、これにつづいて、車庫の扉を溝にそって引き開ける騒音が鳴り響いた。ややあって足音がし、ポールがテラスのほうに歩いてきて、わたしの隠れ場所を通り過ぎた。彼は階段をのぼっていき、なかに入ってドアを閉めた。

わたしは数分間待った。それから隠れ場所から出ていき、堀の壁のほうに静かに歩いていった。ところが、ポールが通ってきたアーチ道までであと数フィートというとき、ウーッという低い唸りが耳を打った。わたしはアーチ道のそばに囲いがあることに気づいた。そのなかに、大きなレトリバーがいることにも。そいつはわたしの姿を見ると、猛然と吠え立てた。小声で話しかけてみたが、無駄だった。わたしの声は犬の怒りを煽《あお》るばかりだった。わたしの姿はそいつから見えない、ヒマラヤ杉の下に引き返し、犬が鎮まるのを待ちながら、つぎの一手を考えた。吠え猛る声は間欠的につづき、その後、つぶやきへと落ち着き、ついには静まった。わたしはふたたび前進して、あたりを見回し、城の巨大な壁を見あげた。澄んだ月の光に照らされ、それは近寄りがたく、青白く、それでも不思議に美しかった。段になった壁にはその向こうに出るドアがあり、何かがわたしを駆り立てて、そのドアをくぐらせた。わたしはそこに立って堀の彼方に目をやり、牛たちがうろついていた草地や森の境目にぼんやり見える細い道、あの静かな鳩小屋や壊れたブランコを眺めた。

この悪戯の考案者は（彼だけでなくわたしも関与している悪戯だが）どこかで身を横たえ、

眠っている。いや、おそらくわたしの窮状《きゅうじょう》を思い、笑っていることだろう。いまはわたしの服を着ていて、だから自分は自由だと彼は思っている。ここで苦しんでいるのは、彼の身内だが、あの人たちがどれほど困窮しようと、どれほど悲惨な目に遭おうと、彼はなんとも思わないのだ。

またしても、あの小さなポトンという音がした。化粧室でわたしの注意を引いたあの音が、すぐ近くで。そしてわたしは気づいた。それは栗の木々が堀の向こうの砂利道に実を落とす音なのだ。立ちのぼる霧も、落ち葉も、パタパタと降る雨も、これほど明確に夏の終わりを示すことはできない。その音には秋のすべてがあった。わたしは鎧戸の閉じた城の窓を見あげた。どれがあの母親の眠る丸い塔で、どれがあの娘の祈禱室なのだろう？　頭上には、ほんの少し前にわたしが立っていた化粧室が、その隣には、寝室の長い窓があった。

教会の時計が半時を告げた。出発の合図。赤の他人であるこの人たちのもとに、これ以上の長居は無用だ。わたしはあの犬の前を通る気にはなれなかった。家じゅうの者を起こしてしまう危険は冒せない。そこで門を通って、橋を渡り、ライムの並木道経由で道路に出、そのまま夜じゅう歩きつづけて、いちばん近い町に行くことした。

栗の実はつぎつぎと堀端に落ちつづけていた。そして今回、近くに木は一本もないのに、一個がわたしの頭に当たって、すぐそばに落ちた。戸惑って上に目を向けたわたしは、化粧室の上の小塔の小窓がもはや暗い細隙《さいげき》でないことに気づいた。そこには、窓台に膝をつき、じっと外を見つめる人影があった。見ているうちに、またひとつ栗の実が落ちてきて、額に当たった。

そして、もうひとつ、またひとつ――あの窓台の人物が、わたしの注意を引こうとして実を投げているのだ。突然、その人物が立ちあがって、小窓の開口部のすぐ手前に立った。そしてわたしは、それが子供であることに気づいた。年はたぶん十歳くらい、白いナイトガウンを着ている。一歩まちがえば、その子供は真っ逆さまに地面に落下するだろう。性別や容貌はわからない。わたしに認識できたのは、危険だけだった。

「なかに入って」わたしは小声で呼びかけた。「さあ、早く」子供は動かなかった。またひとつ、栗の実が頭に当たった。「なかに入って」もう一度、わたしは言った。「落ちたら大変だよ」

すると子供が言葉を発した。落ち着き払ったその声は、高く明瞭に聞こえてきた。

「百、数えるまでに、ここに来て」子供は言った。「来てくれなかったら、この窓から飛びおりるから。本当にやるわよ」

わたしは動かなかった。するとふたたび呼びかける声がした。

「知ってるでしょ。わたしはやると言ったら必ずやる。さあ、始めるわよ。もし百、数えるまでに来てくれなかったら、聖母様《サント・ヴィエルジュ》にかけて誓うけど、わたし、本当に飛びおりるから。一……二……三……」

発熱、聖人、幻視――記憶がどっとよみがえってきた。あのやりとりの意味がようやくわかった。信仰心に篤い、聖人のようなマリー＝ノエル。それが子供だとは思ってもみなかった。声はカウントをつづけている。わたしは向きを変え、壁のドアを通り抜け、テラスへ、かんぬきのかかっていない正面のドアへと向かった。手さぐりで階段をのぼって二階の廊下に出ると、化粧室の上の小塔に直接行けそうな第二の階段をやみくもにさがした。スウィングドアが見つかり、わたしはそれを蹴り開けた。人に聞かれようが、家じゅう起こしてしまおうが、そんなことはもうどうでもよかった。

ほの暗い青い電球に照らされた螺旋《らせん》階段に到達し、一段抜かしで駆けあがった。その先は踊り場とつぎの螺旋階段だったが、真正面にはドアがひとつあり、その向こうからたゆみなく数をカウントする声が聞こえた。「八十五、八十六、八十七……」わたしはドアを突破して、窓台から子供をひっさらい、壁際のベッドの上に放り出した。子供はじっとわたしを見あげた。大きな目に、短く刈った髪。わたしは吐き気を覚えた。なぜなら、その子はジャン・ドゥ・ギの複製だったから、そしてそれゆえに、ある奇怪なかたちにおいて、はるか昔に埋もれ、忘れ去られた自分自身だったからだ。

「どうしてわたしにおやすみを言いに来なかったの、パパ？」子供は言った。

第六章

なんと答えるべきか考える暇はなかった。子供はベッドからジャンプして、わたしに飛びつくと、両腕を首に巻きつけて、キスを浴びせた。

「こら、やめてくれ」子供の腕を振りほどこうとしながら、わたしは言った。

子供は笑いだし、猿みたいにますます強くしがみついた。それから突然、身を翻《ひるがえ》し、宙返りしてベッドの上にもどった。ベッドの端に脚を組んですわり、彼女はにこりともせずわたしを見つめた。わたしは呼吸を整え、髪をなでつけた。闘う前の二匹の動物よろしく、わたしたちはじっと互いを凝視した。

「それで?」子供は言った。お決まりの〝アロール?〟――問いかけと、抗議の叫びと、非難を全部合わせた一語だ。そしてわたしは同じ言葉を返した。これは、時間を稼ぐため、娘というこの新たな予想外の面倒が何を意味するのか把握するためだ。それから、地歩を維持すべく精一杯頑張って、わたしは言った。「確かきみは熱があるんじゃなかった?」

「今朝はあったけど」彼女は言った。「夜、ブランシュおば様が体温計で測ったときは、平熱よりちょっと高い程度だったわ。窓辺に立ったりしたから、たぶんまた急激に上がったでしょうね。すわって」彼女は自分の隣にすわるようベッドをトントンたたいた。「どうして帰ったときすぐに会いに来てくれなかったの?」

命令しつけているのか、その態度はえらそうだった。わたしはなんとも答えなかった。

「へんなの」彼女は軽く言った。それから手を伸ばし、わたしの手をつかんでキスした。「どこかで爪の手入れをしてもらった?」

「いや」

「いつもと形がちがうし、手もいつもよりきれいだわ。パリに行くと男の人もそうなるのね。それに、においもいつもとちがう」

「どんなにおいなの?」

マリー゠ノエルは鼻に皺《しわ》を寄せた。「お医者様みたいなにおい」彼女は言った。「または、司祭様みたいな。または、お茶に来たよその人みたいな」

「ごめんよ」途方に暮れて、わたしは彼女を見つめた。

「そのうち消えるわ。ずっとえらい人たちのなかにいたってことよね。階下《した》ではみんなでわたしの話をしたの?」

直感的に子供のうぬぼれはくじいてやるべきだと思った。「いや」わたしは言った。

「嘘よ。ジェルメンヌが言っていたもの。お昼ご飯のときは、みんな、わたしの話ばっかりしていたって。もっとも、パパの帰りが遅いので、そのことでも騒ぎがあったけど。きょう一日、何をしていたの?」

わたしはできるかぎり本当のことを話そうと決めた。「ル・マンのホテルで寝ていたんだよ」

「へんなの。すごく疲れていたの？」

「前の晩、飲み過ぎてね、転んで床で頭を打ったんだ。それに、まちがって眠り薬ものんだんじゃないかと思う」

「眠り薬をのまなかったら、行っちゃっていた？」

「どういう意味かな？」

「どこかへ行っちゃって、もう帰ってこなかった？」

「どういうことかわからないよ」

「聖母様《サント・ヴィエルジュ》が、パパは帰ってこないかもしれないって、わたしにおっしゃったの。熱が出たのはそのせいよ」その態度はもうえらそうではなかった。子供はわたしをじっと見つめていた。その目はわたしの顔に釘付けだ。「忘れちゃったの？」彼女は言った。「パリに行く前、わたしに言ったじゃない？」

「なんて言ったっけ？」

「いつかそのうち、荷が重くなりすぎたら、パパは姿を消して、二度と帰ってこないだろうって」

「もう忘れてしまったよ」わたしは言った。

「わたしは忘れていないわ。ポールおじ様や他の人たちがお金の問題のことや、パパがパリに行ってなんとかしようとしているってことや、おじ様はあんまり望みを抱いていないって話を始めたとき、心のなかで思ったの。いまこそパパがあの言葉を実行に移す時だって。わたし、夜中に目が覚めて、吐いちゃったのよ。そしたら聖母様《サント・ヴィエルジュ》がいらして、ベッドの裾のほうに立たれて、悲しそうなお顔をなさったの」

まっすぐ見つめてくるこの子の視線を受け止めるのはむずかしかった。わたしは目をそらし、子供の横に置かれたくたびれたウサギを手に取って、ひとつしかないその耳をもてあそんだ。

「もしもパパが帰ってこなかったら？」わたしは言った。「どうするつもりだった？」

「自殺していたわ」子供は言った。

わたしはウサギをシーツの上で踊らせた。遠い昔、わたしがおもちゃを持っていたころ、この芸に自分が笑ったかすかな記憶があったのだ。だがこの子供は笑わなかった。彼女はわたしからウサギを取り返して、クッションのうしろにやった。

「子供は自殺なんかしないものだ」わたしは言った。

「だったらなぜ、たったいまあんなに急いで駆けあがってきたの？」

「足をすべらせるかもしれないからね」

「足をすべらせるわけないわ。ちゃんとつかまっていたもの。窓台に立つことは、よくあるし。でももしもパパが帰ってこなかったら、そのときはまた別の話よ。わたしはつかまってなんかいない。身を投げて死ぬわ。そうして、地獄で焼かれるの。でもパパがいない世界で生きていくくらいなら、地獄で焼かれるほうがましなのよ」

わたしはふたたび彼女に目を向けた。小さな卵形の顔、短く刈った髪、燃えるような目。その熱のこもった宣言は、衝撃的であり、不安を掻き立てた。それは子供ではなく、狂信者の口から出そうな言葉だった。どう答えたものか、わたしは頭を絞った。

「きみはいくつなの?」わたしは訊ねた。

「知ってるくせに。つぎの誕生日で十一歳よ」彼女は言った。

「そうか。すると、きみの前途には人生が丸々あるわけだ。きみにはお母様もおば様もお祖母様もいる。きみを愛するこの家のみんなが。なのにきみは、パパがいなくなったら窓から身を投げるなんて、とんでもなく馬鹿なことを言うんだね」

「でもわたしはあの人たちを愛していないもの、パパ。わたしが愛しているのはパパだけよ」

では、どうしようもない。タバコがほしくなった。わたしは無意識にあちこちのポケットをさぐった。これを見て、子供はベッドから飛びおり、窓辺の小さな机へと駆けていくと、小仕切りからマッチの箱を取り、一瞬後にはもう火をつけたマッチを手にわたしのかたわらにもどっていた。

「ねえ」彼女は言った。「はしかが胎児に悪い影響を与えることがあるってほんとなの?」

突然のムードの変化に、わたしはついていけなかった。「さあ、わからないな」

「ママンが言ってたの。もしわたしがはしかにかかって、ママンにうつして、それが弟にうつったら、弟は生まれつき目が見えない人になるって」

「どうだろうね。そういうことはあまりよく知らないんだ」

「弟の目が見えなかったら、それでもパパはその子を好きになるかな?」

マリー＝ノエルはもうまじめではなかった。彼女はまず一方の足、次いでもう一方の足でつま先立って、部屋じゅうをくるくると回りはじめた。なんと答えればよいのか、わたしにはわからなかった。踊りながら、彼女はわたしを見つづけていた。

「もし赤ちゃんの目が生まれつき見えなかったら、それはとてもかわいそうなことだよ」わたしは的はずれなことを言った。

「その場合は、どこかの施設に入れなきゃならないかな？」彼女は言った。

「いや。このうちで面倒を見るさ。いずれにせよ、そういうことにはならないよ」

「なるかも。わたしははしかにかかっているかも。もしかかっていたら、きっとママンにもうつっているわ」

語るに落ちたなと思った。このうっかりミスを逃すわけにはいかない。

「確かさっき、熱が出たのはパパがもう帰ってこないと思ったせいだって言わなかったっけ？」

わたしはすばやく言った。「そのときは、はしかのことなんかなんにも言っていなかったね」

「熱が出たのは、聖母様《サント・ヴィエルジュ》がわたしを訪ねていらしたからよ。それは、みめぐみのしるしなの」

マリー＝ノエルはくるくる回るのをやめて、ベッドに入り、シーツで顔を隠した。わたしはタバコの灰を人形用のカップの受け皿に落として、室内を見回した。それは、修道女の独房と子供部屋を混ぜ合わせたような奇妙な場所だった。壁には、さっき彼女が立って、わたしの頭に栗の実を投げつけていたあの窓と同じような、第二の細隙《さいげき》があり、彼女はその真下に祈禱台をこしらえていた。それは荷箱に金襴《きんらん》の古い布を掛けたもので、ロザリオで飾った十字架がその上に掲げられており、祈禱台の上の二本のロウソクのあいだには聖母マリアの像がある。そしてすぐそばの壁には、聖家族の絵が数点とリジューの聖テレーズの頭像も。これとは不釣り合いに、スツールの上には、裸の体に絵の具を飛び散らせ、心臓をペン軸で刺し貫かれたぬいぐるみの人形が斜めに置いてあり、この人形の首には、「聖セバスチャンの殉教」と記されたカードが結ばれていた。祈禱台よりこの子の年齢に似つかわしいおもちゃは、床のあちこちに散らばっている。そしてベッドのそばには、軍服姿のジャン・ドゥ・ギの写真があった。その見た目の若さから判断すると、これはマリー＝ノエルが生まれる前に撮られたもののようだった。

わたしはタバコをもみ消して、立ちあがった。毛布の下の人の形は動かない。

「マリー＝ノエル、ひとつ約束しておくれ」

やはり反応なし。眠ったふりをしているのだろう。かまうものか。

「窓台には二度とのぼらないって約束して」わたしは言った。

応答はない。その後、何かひっかくような奇妙な音がした。それはかすかな音に始まり、一《いっ》時《とき》止まって、今度はもっと大きな音になった。マリー＝ノエルがネズミをまねてベッドの横の壁をひっかいているのだ。これにつづいてキーッと甲高い鳴き声がし、その後、毛布に蹴りが入った。昨今は使われない、大人のダメ出しの台詞《せりふ》が頭によみがえってきた。

「そんなのおもしろくもおかしくもないぞ」わたしは言った。「いますぐ返事をしないと、おやすみの挨拶はなしだよ」より大きなネズミの鳴き声と、より激しく壁をひっかく音が、これに対する返答だった。「よろしい」わたしは決然とそう言って、ドアを開けた。自分がどういうつもりだったのかは、さっぱりわからない。カードはすべてマリー＝ノエルが握っているのだ。もう一度、窓辺に行くだけで、彼女はそれを証明できる。

しかしありがたいことに、この脅しは効いた。マリー＝ノエルはさっとシーツをめくって、ベッドの上に身を起こし、両腕を差し出した。不承不承、わたしはそちらに行った。

「約束する。だからパパも約束して」彼女は言った。

この要求は理にかなっている。しかしわたしは罠を察知した。これはわたしではなく、ジャン・ドゥ・ギが対処すべきことだ。子供のことなどわたしにはわからない。「何を約束しろって言うの？」わたしは訊ねた。

「絶対にわたしを置いていかないって」彼女は言った。「どうしても行かなきゃならないときは、わたしも一緒に連れていくって」

今回もわたしは、その目のまっすぐな問いかけから逃げた。これは非常にむずかしい局面だ。わたしはすでにあの母親をなだめ、あの妻の機嫌を取った。そのうえに、この娘にまで屈しなければならないのか？

「いいかい」わたしは言った。「大人にはそういう約束をすることはできない。先のことは誰にもわからないからね。また戦争が起こるかもしれないし」

「いま話しているのは戦争のことじゃないわ」マリー＝ノエルは言った。

その声は不思議にも長い年月に培われた知恵を宿していた。この子がもっと年上だったら、とわたしは思った。あるいは、もっと幼いか、もう少しちがっていたら、と。彼女はどうにも具合の悪い年齢なのだ。相手がもっと大人であれば、わたしも思い切って本当のことを話したかもしれない。だが、まだその秘密の世界にこもったままの十歳の子供に、それはできない。

「どうなの?」彼女は言った。

どんな大人も、これほど冷静に、または、これほど厳粛《げんしゆく》に、将来に関する決定を待つことはできないだろう。なぜジャン・ドゥ・ギは、どこかへ行ってしまうかもしれないなどとこの子に話したのだろう? わたしは不思議に思った。それは、ちょっと前にわたしが使った手のような、服従を勝ち取るための脅しだったのだろうか? それとも、いざそうなったとき彼女が動揺しないように、という心配りだったのだろうか?

「無駄だよ」わたしは言った。「その約束はできない」

「そうだろうと思った」マリ－ノエルは言った。「人生は甘くないわよね? わたしたちは最善を願うしかない――パパがずっとうちにいるように、そして、わたしが若くして死なずにすむように」

その無頓着な、どことなく予言めいた口調は、感情をむきだしにされるより始末が悪かった。彼女はふたたびわたしの手にキスした。わたしはひとつ挑戦してみた。

「いいかい」わたしは言った。「これだけは約束するよ。もしパパがうちを出るとしたら、そのときは真っ先にきみに教えよう。他の誰にも言わないとしても、きみにだけは教えるからね」

「いいわ」マリ－ノエルはうなずいた。

「では、これで眠れそうかな?」

「ええ、パパ。毛布がはみ出てきちゃった。きちんと整えてくれない?」

毛布は裾のほうがゆるんでいた。わたしはマリー–ノエルが動けないように、それをきっちりたくしこんだ。マリー–ノエルは枕の上からわたしを見つめた。わたしはこの子にキスすることになっているらしい。

「おやすみ」わたしは言った。「よく眠るんだよ」そして彼女の頬にキスした。

彼女は痩せて骨張っていた。顔も首まわりも小さく、目ばかりが大きい。

「もう少し太ったほうがいいね」わたしは言った。「もっと食べなきゃいけないよ」

「どうしてそんなに居心地悪そうなの?」

「別に居心地悪くはないさ」

「その顔、嘘をついてる人の顔だわ」

「嘘なら絶えずついているからね」

「知ってる。でも、わたしにはあんまりつかないでしょ」

「さあ、今夜はこれくらいにしておこうか。おやすみ」

わたしは部屋を出てドアを閉めた。ひとときの耳をすませたが、物音はしなかった。そこで小塔の階段をおりていき、ベーズ張りのドアを出て、化粧室まで廊下を引き返していった。

突然、ひどい疲れが襲ってきた。家のなかはしんとしている。わたしが階段を駆けあがっても、外で犬が吠えても、誰も目を覚まさなかったのだ。わたしはそうっと浴室に入っていき、寝室の開いたドアのそばに立って耳をすませた。フランソワーズは身じろぎもしなかった。ベッドの近くまで行くと、その息遣いから、彼女がぐっすり眠っているのがわかった。わたしは化粧室に引き返し、服を脱いで、風呂に入った。湯は冷めていたが、熱い湯を出してフランソワーズを起こすのははばかられた。風呂を出ると、体をふいて、ホテルで着ていたパジャマと椅子に掛けてあったガウンを着た。今朝やったようにあの男のブラシを髪に当て、そのあと、テーブルのところに行って、M-Nとイニシャルが記された包みを手に取った。中身は本のようだった。わたしは注意深くひもを解き、包装紙を開いた。案の定、それは本だった。タイトルは、「小さき花」。そして同じ包みに、別に買ってすべりこませた、色遣いの鮮やかなリジューの聖テレーズの絵姿の大きなプレートも入っていた。本の見返しの白いページに、ジャン・ドゥ・ギはこう書いていた――「可愛いマリー-ノエルへ、心をこめて、パパより」わたしはもとどおり本を包んで、他の包みと一緒にテーブルにもどした。ジャン・ドゥ・ギはこれらのみやげを入念に選んだにちがいない。母親に何を買ってきたのかはわからないが、それは彼女がひどくほしがっていたものだ。あのロケットは彼の妻の涙を乾かし、彼女が夫を信じて眠る助けとなった。「小さき花」は、あの小塔の部屋で彼の写真の隣に置かれるとき、彼の子供の想像力を煽《あお》り、その結果あの子が幻《ヴィジョン》や夢を見ることになるとしても、おそらく彼の良心の呵責を（これは、仮にあの男に良心があるとして、であり、その点は大いに疑問なのだが）和らげるのだろう。わたしはふたたび窓から身を乗り出した。堀の向こうの砂利道には、栗の実がなおも落ちつづけている。霧が草地から立ちのぼり、細くちぎれながら暗い木立へと広がっていく。

人には他者の人生をもてあそぶ権利はない。他者の心を掻き回すことは許されないのだ。言葉、まなざし、ほほえみ、渋面はそれひとつで、他者に影響を与え、反応や反感を呼び覚ます。そして、始まりも終わりもない網が織られ、内へ外へと広がっていき、結びつき、もつれあい、その結果、ある者の闘いは別の者の闘いに左右されることになる。

ジャン・ドゥ・ギは過ちを犯してきた。そして彼は人生から逃げ、自らの生み出したさまざまな感情から逃げたのだ。ジャン・ドゥ・ギの屋根の下に住む人々が今夜見せた態度。あの男が何もしていなければ、誰もあのように振る舞いはしなかったはずだ。あの母親が怯えた目でわたしを見ることはなかったろうし、あの姉も無言で部屋を立ち去りはしなかったろう。ポールがわたしに話しかけるとき、その口調に敵意はなかったろうし、ルネが階段からわたしをののしることもなかったろう。あの妻は涙を流しはしなかったろうし、あの子供も窓から身を投げるなどと人を脅しはしなかったろう。ジャン・ドゥ・ギは失敗した。彼はわたしよりひどい失敗者だ。だからこそ、彼はル・マンのホテルで眠るわたしを置き去りにして逃げたのだ。これは戯《たわむ》れではなく、敗北の告白だ。いまわかった。彼は二度ともどってこない。その後何があったかなど知ろうともしないだろう。わたしは自分の好きなようにできる。彼の家を去ってもいいし、留まってもいい。もし彼に出会っていなければ、もしこういうことが何も起きていなければ、今夜わたしは大修道院の宿坊にいて、失敗に対処するすべを学んでいただろう。修道士らが聖務日課を唱えるのを聞き、最初のお祈りをしていただろう。もはやそうしたことはかなわないし、わたしはひとりだ。いや、ひとりではない――わたしは他の人々の人生の一部なのだ。遠い昔に死んだ歴史上の人物の考えや動機は別として、これまでわたしは自分以外の人の気持ちを気にかけたことは一度もなかった。いまここに、まやかしを通じてではあるけれども、それを変えるチャンスがある。嘘を通じて幸せが訪れるものなのかどうか、わたしにはわからない。そうはいかない気がする――訪れるのは、不幸、争い、災厄だけではないのか。だが、本当のところはわからない。もし大修道院に行っていたら、それを教わることもできただろうが、いまわたしがいるのは他の男の家なのだ。

わたしは化粧室の窓を離れ、寝室に移動して、ガウンとスリッパを脱いだ。それから、あの男の哀しくも痛々しい妻の隣に身を横たえた。その妻は、例のロケットをショールに留めて、安らかに眠っている。そしてわたしは言った。「ああ、どうすればいいんだ？　このうちを去るべきなのか、それとも、留まるべきなのか？」

だが答えはどこにもない。あるのは疑問符だけだった。

第七章

　わたしはぐっすりと眠った。目覚めたときには、鎧戸《よろいど》は開かれ、室内は日の光に満たされていた。相方はもうわたしの隣を去ったあとで、浴室からは誰かの話し声が聞こえた。わたしは頭のうしろで両手を組み、じっと横たわったまま、室内を見回した。縞柄の壁紙は、この部屋の黒っぽい木造部や、おそらくはもう五十年、動かされていない、大型の家具とはマッチしないように思えた。部屋をモダンにしようという努力が見られ、カーテンは華やかで、アルコーブの化粧台もフリルで飾られていた。壁紙に合わせようと頑張った結果、椅子のクッションもまた縞柄だが、ピンクに暗褐色というその配色はどうもおかしく、長いこと見ていると疲れそうだった。

　この寝室は居間も兼ねたもので、その証に暖炉の周辺には、小さな書き物机と、お茶のテーブルと、陶器を陳列した飾り棚、それに、本棚があった。ところが不思議なことに、それら調度に部屋を居心地よくする効果はなく、むしろその逆だった。それは部屋全体に堅苦しい形式張った印象を与えていた——まるで店のウィンドウに飾ってある家具がそっくり置いてあるかのように。あるいは、部屋の主《ぬし》がかつて別の場所で見栄えがした持ち物に取り巻かれようとし、この部屋ではうまくいかなかったかのように。

話し声がやみ、水栓を開け閉めする音がし、足音が廊下を去っていった。どこかでドアがバタンと閉まり、遠くで電話が鳴り、車が発進して走り去るのが聞こえた。そしてひとときの静寂の後、誰かが廊下の掃き掃除を始めた。睡眠はわたしに不思議な作用をもたらしていた。目覚めると、気分が変わっていたのだ。前夜、突如わたしを襲ったあの苦しさは消えていた。この城《シャトー》の人々はふたたびあやつり人形のようなものとなり、あの悪戯《いたずら》がいままたそこにある。昨夜のわたしは悲劇を感じていた。彼らと自身に対する憐憫《れんびん》でいっぱいだったため、自分が彼らの人生と自らの人生の狂った点をすべて修正せねばならないような気がしたものだ。ところが睡眠がわたしの見かたを変えた。このトラブルは冒険となっていた。ジャン・ドゥ・ギが家族に縛られていて、義務から逃げ出したとしても、それはわたしにはなんの関係もないことだ。家族のほうにも、もちろん、彼と同等の責任があるにちがいない。今朝、目を覚ましたわたしの自己はこう言っていた。この前代未聞の状況はわたしの休暇の延長にすぎないのではないか。わたしはただ、収拾がつかなくなったとき（遅かれ早かれそうなるに決まっているが）ゲームを降りればいいのではないか。気まずい事態、発覚という事態は、もし生じるとすれば、昨夜生じていたはずだ。あの母親、あの妻、あの子供、三人が三人ともだまされたのだ。今後わたしがどんなミスを犯そうと、それはただの気まぐれ、むら気としてかたづけられるだろう。理由は簡単。わたしはまったく疑われていないからだ。祖国に仕えるどんなスパイも、これほどの隠れ蓑《みの》を与えられたことはない。これは、他者の弱点をさぐる絶好のチャンスだ……もしわたしがそれを望んでいるのなら、だが。わたしの望みはなんだろう？　昨夜は癒されることだった。今朝はそう、楽しむことだ。このふたつを両立できないわけはない。

　頭上を見あげると、古風な呼び鈴のひもがあり、わたしはそれを引いた。廊下を掃く音がやんだ。足音が近づいてきて、誰かがドアをノックした。「お入り《アントレ》！」と声をかけると、昨夜わたしの夕食の盆を持ってきた、すぐ赤くなる、薔薇《ばら》色の頬の小間使《ファム・ドゥ・シャンブル》いが入口に姿を現した。

「よくお休みになれましたか、伯爵様《ムシュー・ル・コント》？」彼女は訊ねた。

　わたしは、よく眠れたよ、と言い、コーヒーをたのんだ。家族のみなのことを訊ねると、大奥様《マダム・ラ・コンテス》はご気分が悪く《スーフラント》、ベッドでお休みになっている、マドモワゼルは教会に、ポール様《ムシュー・ポール》はガラス工場《ヴェーリ》に行かれた、マリ＝ノエルはいま起きるところで、ジャン様の奥様《マダム・ジャン》とポール様《マダム・》の奥様《ポール》はサロンにおられる、とのことだった。わたしは礼を言い、小間使いは立ち去った。二分の会話から、わたしは三つのことを知った。あの母親へのわたしのみやげにはなんの効果もなかったこと、ポールのビジネス、この一家の家業は、ガラス加工業であること、そして、ルネというあの黒髪の女がポールの妻であることだ。

　わたしは起きあがり、浴室に行って髭を剃った。

　ガストンが化粧室にコーヒーを持ってきた。その服装は、もう制服と脛当てではない。彼は従僕《ヴァレ・ドゥ・シャンブル》の縞模様の上着を着ていた。わたしは友人のように彼に挨拶した。

「すると、きょうはいくらか落ち着かれたわけですね？」テーブルに盆を起きながら、彼は言った。「結局、我が家もそう悪くはないということですよ」

　ガストンは何を着るのかわたしに訊ねた。わたしは、なんでもいい、きみがこの朝にふさわしいと思うものを、と答え、これは彼をおもしろがらせた。

「朝を明るくするのは上着じゃない」彼は言った。「それを着ている人間ですよ。きょうの伯爵様は実にほがらかだ」

わたしは母親の体調に対する懸念を示した。ガストンは顔をしかめた。

「伯爵様もよくご存知でしょう」彼は言った。「年を取ると、人は淋しく心細くなります——相当強いものをここにそなえていないかぎりは」彼は自分の胸を軽くたたいた。「お体について言えば、大奥様はサン・ギーユの誰よりもお丈夫です。頭も同様にしっかりしていらっしゃる。ですが、お気持ちとなると、それはまた別の話です」彼は衣装箪笥《だんす》のほうへ行って、茶色のツイードの上着を取り出し、ブラシをかけはじめた。

わたしは彼を見つめながら、コーヒーを飲んだ。もしもここがトゥールかブロワのホテルの部屋で、彼がわたしの世話をしに来た客室係だったなら、この場面はどれほどちがっていたことか。彼はわたしに、ホテルの従業員らしく慇懃《いんぎん》に、その実なんの関心もなく、この町は気に入りましたか、来年もまたいらっしゃいますか、などと訊き、チップを受け取るやいなやわたしのことは忘れ去っただろう。荷物はポーターの手で運びおろされ、個性のないキーは小仕切りにもどされただろう。この男はわたしの味方だ。しかしわたしは、彼を見つめながら、裏切り者のユダのような気持ちになっていた。

彼が並べてくれた衣類をわたしは身に着けた。それは奇妙な気分だった——まるで、自分がずっと親しくしてきた、亡くなった人の服を着ているようなな。昨日、あの男の旅行着を着ていたときはこんなふうには感じなかった。この上着は私的なものだ。そこには田舎臭いけれども、不快ではない、覚えのあるにおいが染みついていた。それが森のなかで着られたこと、雨に打たれたこと、地面をかすめたこと、夏草の上に置かれたこと、焚火《たきび》の火にあぶられたことが、わたしにはわかった。すると、どういうわけか、いにしえの祭司たちのイメージが頭に浮かんだ。屠《ほふ》った獣《けもの》の力を介し、より大きなパワーを信者らに授けるために、儀式のさなか、生贄《いけにえ》となった獣の皮を、また、流れた温かな血をまとうその姿が。

「伯爵様はこのあとヴェーリに行かれるのですか？」ガストンが訊ねた。

「いや」わたしは言った。「今朝は行かないよ。僕が行くようなことをポール様が言っていたのかい？」

「ポール様はいつもどおりお昼におもどりになります。おそらく、午後にはあなた様も行かれるものと思っておいででしょう」

「いまは何時なんだ？」

「もう十時半を過ぎておりますよ、伯爵様」

衣類の始末は彼に任せて、わたしはその場をあとにした。寝室では、あの小柄な小間使いがせっせとベッドを整えていた。下の階におりると、艶《つや》出し剤の冷たい無機質なにおいが、それとはまるでそぐわないあの巨大なキリスト磔刑図《たっけいず》とともに、わたしを迎えた。サロンからは女たちの話し声が聞こえ、その仲間には加わりたくなかったので、わたしはこっそり、開いていたテラスのドアのほうへと向かい、外に出ると、ぐるりと回って、前夜わたしの隠れ場所だったヒマラヤ杉の木の下に行った。その日は黄金色の秋の日だった。空はまぶしく輝くのではなく、やわらかく霞《かす》んでいる。地上から立ちのぼる湿気がスポンジのような暖気へと吸い込まれ、空気はまろやかだった。優雅に、静かにたたずむ城は、堀を縁取る深い色合いの壁によって外界から護られ、村や教会、ライムの並木道や砂の道から隔てられて、まるで孤島のようだ。何世紀も前の生活様式を維持する島。それは、わたしの目にいま映るものとはなんのかかわりもない――橋の彼方の教会を自転車で通り過ぎていく郵便配達人とも、角の食料雑貨店《エピスリ》に商品を届けにいく車高の高いバンとも。

誰かが歌を歌っている。一群の建物に通じるあのアーチ道の近くだ。例の犬を避けて左へと歩いていき、堀を見おろすと、石の割れ目に川の水が流れ込んで水溜まりができており、ひとりの女がその前に膝をついていた。女は割れ目のへりに石鹸水を跳ねあがらせて、洗濯板でごしごしとシーツを洗っている。額にかかるほつれ毛を斑の浮いた手で払いのけ、彼女はわたしを見あげると、ほほえんで言った。「ボンジュール、ムシュー・ル・コント」

わたしは壁の扉と堀にかかる細い歩道橋を見つけた。車庫と厩《うまや》を避け、左に折れると、そこはもう牛小屋と麦わらとぬかるみのなかだった。その向こうには、ごつごつした石垣に囲われた三、四エーカーに渡る菜園があり、さらに向こうには、森に取り巻かれた耕作地が見えた。ここ、牛小屋の近くには、固く束ねられた黄金色の藁《わら》の山がひとつあり、その手前に、男の子のお尻みたいなすべすべの丸いカボチャが堆《うずたか》く積みあげられていた。薄いピンクのやレモン色のやライム色のが何段にも。そしてそれらすべてのてっぺんには、熊手と草掻きが一本ずつ載っている。それに、陽射しのもと、目をぱちくりさせている猫が一匹。

牛小屋の床は洗いたてで、溝に水が流れていたが、壁や木の仕切りには、牛のよいにおい、こやしのにおい、牛乳臭さが染みついていた。向きを変えようとしたとき、ひとりの老女がいちばん奥の牛房から現れた。彼女は歯のない口でほほえみ、石の床を木靴でカタカタ鳴らし、天秤棒を肩にかけて空っぽのバケツを揺らしていた。「ベンジュール、ムスー・ル・コント」老女はそう言ったようだ。そして顎をしゃくり、笑いながら、さらに早口で何か言い、わたしはどう答えたものかわからず途方に暮れた。歯なしのそのひどい訛は、わたしの耳にはまったく馴染みのないものだった。

女に手を振って、わたしはその場をあとにした。圧搾《あっさく》するために積まれた林檎《りんご》の大きな山を通り過ぎ、何列にも並ぶ野菜（紫がかった緑の根菜の葉、まだそこに残る露、枯れたひまわりのにおいと混じり合うそのつんと来る泥臭さ、タラゴンとラズベリーの茎）のあいだを進み、また新たな扉、新たな壁を通り抜けると、そこは城のすぐ前のエリア、あの栗の木々が見おろす場所で、落ちてくる葉が砂の小道に緑と金色の模様を描いていた。その一帯に格式張ったところはなかった。例の鳩小屋は牛の牧場《まきば》のまんなかで孤立している。しかし牧場は森へとつながっており、森のなかの小道は一点を中心として日時計の目盛りのように全方位へとのびていた。その中心の窪地を統《す》べるのは、地衣に覆われた石像――あちこち欠けた古代の衣装をまとう、右手がない女狩人だ。

わたしはこれらの長い騎馬道路の一本を歩いていき、いちばん離れた地点から城を眺めた。

それはいま、額縁のなかの絵のように見えた。濃い藍《あい》色の屋根、小塔、背の高い煙突、砂岩の壁が、妖精物語のサイズになっている。それはもはや、喜怒哀楽を感じ、生きている人々の住まいではなく、絵本のめくられたページ、または、画廊の壁でちらりと見かけた何か、その美しさゆえに束の間、目を引き、その後、忘れ去られるものなのだった。

わたしは来た道を引き返し、獲物を追うアルテミスを通り過ぎ、鳩小屋へと歩いていった。小屋のなかはいま、干し草でいっぱいだが、それでもクウクウ鳴く孔雀鳩《クジヤクバト》らのねぐらになっており、鳥たちは羽繕いしてはポーズを取り、せまい入口を出入りしながら、お辞儀をしたり尾羽を広げたりしていた。そのときサロンのガラスドアが開いて、鎧戸のほうにたたまれ、フランソワーズとルネがテラスに姿を現した。女たちはわたしに手を振った。すると、ふたりのあいだから、あの子供が駆け出てきた。「パパ……パパ……」母親がもどるよう叱っても意に介さず、そう叫びながら。彼女は堀にかかる歩道橋を渡り、草地を飛んできた。そして、すぐそばまで来ると高くジャンプしたので、わたしはバレエダンサーよろしく彼女を空中で受け止めねばならなかった。

「なぜ工場《ヴエーリ》に行かなかったの?」わたしの首にしがみつき、髪をくしゃくしゃ掻き回しながら、マリー＝ノエルは訊ねた。「ポールおじ様はおひとりで行かなきゃならなくなって、ご機嫌斜めだったのよ」

「きみのせいで昨夜は寝るのが遅くなったからね」わたしはそう言って、彼女を下ろした。

「なかにもどったほうがいい――お母様が呼んでいたぞ」

マリー＝ノエルは笑い、わたしの手を引っ張って、鳩小屋の近くのブランコへと向かった。

「今日は何もかもどうでもいいの。パパがうちにいるんだもの」彼女は言った。「ねえ、ブランコを直してよ。ロープが切れちゃったの」

わたしが不器用に遊具の修理に当たっているあいだ、彼女はわたしを見ながら、埒《らち》もないおしゃべりをし、返事のいらない質問をしていた。わたしが座板を取り付けると、彼女はその上に立ち、力をこめて漕ぎだした。短いスモックから突き出たその細い脚は、筋張っていて猿の脚のようだったし、スモックの派手な格子模様は、彼女の顔から本来あったはずの色をすっかり消し去っていた。

「ねえ、来て」突然、彼女が言い（もっと大きく揺らしたかろうと思い、わたしは彼女を押してやるためにうしろに回っていたのだが）、わたしたちは手をつないで、あてもなく歩きだした。小道まで行くと、マリー＝ノエルは身をかがめて、栗の実を拾い集め、スモックの小さなポケットを一杯にしてから、残りを放り捨てた。

「大人はみんな、女の子より男の子が好きなものなの？」唐突に彼女は訊ねた。

「いや、そんなことはないと思うよ。そうなるわけがあるかい？」

「ブランシュおば様はそう言ってる。でも男の聖人より女の聖人のほうが多いんだって。天国ではそのことを盛大に祝っているんだって。ねえ、かけっこしない？」

「きみとかけっこする気はないよ」

マリー＝ノエルは先に走りだし、ぴょんぴょん飛び跳ねていって、昨夜わたしが通り抜けた正面のテラスに出る庭の扉を通り抜けた。小塔の部屋の小さな窓を見あげ、わたしは地面から窓台までのその恐ろしい高さに気づいた。子供のあとを追い、わたしは家畜小屋や納屋のほうに向かった。マリー＝ノエルは堀を見おろす石垣に飛び乗っており、いまは蔦《つた》が絡み合うそのてっぺんを歩いているところだ。アーチ道の近くまで行くと、彼女はまた下に飛びおりた。日向《ひな》た《た》で居眠りしていたあの犬が尻尾を振り振りぐうっと伸びをし、マリー＝ノエルは犬の囲いの門を開けて、彼を外に出してやった。わたしが近づいていくと、犬は吠えた。わたしは犬に声をかけた。「さあ、来い。どうしたんだ、ワン公?」犬は距離を保ったまま、マリー＝ノエルを護るようにそのそばに立ち、唸った。

「おやめ、セザール」マリー＝ノエルがそう言って、犬の首輪をぐいと引いた。「急に目が見えなくなったの？　自分のご主人がわからない?」

犬はふたたび尻尾を振って、彼女の手を舐めたが、わたしのところには来なかった。もし歩み寄れば、こいつはまた唸るだろう。そして、仲よくなろうとすればするほど、こいつの疑いは薄れるどころか深まる一方だろう。そう直感して、わたしはその場を動かなかった。

「放っておきなさい。興奮させちゃいけないよ」わたしは言った。

マリー＝ノエルが首輪を放すと、犬はなおも低く唸りながらこちらへ跳ねてきて、わたしのにおいをくんくん嗅いだ。それから彼は興味を失い、わたしを残して、石垣のあたりの蔦を嗅ぎまわりに行った。

「パパを歓迎しないなんてねえ」マリー＝ノエルが言った。「すごくへんだわ。たぶん体調がよくないのよ。セザール、おいで。セザール、鼻に触らせて」

「かまうんじゃないよ」わたしは言った。「こいつは大丈夫だ」

わたしが家に向かって歩きだしても、犬はついてこなかった。彼は覚束《おぼつか》なげに立ったまま、子供を見つめていた。彼女は犬に駆け寄って、その太い胴をなでてやり、鼻に手を触れた。

わたしは城の敷地内から橋とその向こうの村までを見渡した。女がひとり、教会から丘を下ってきて、入口の塔のあいだの門に至るのが見えた。女は全身黒ずくめで、古めかしい、つばなしの小さな帽子をかぶっており、その手に祈禱書を持っていた。わたしにはそれがブランシュだとわかった。彼女は右も左も見ず、日の光にも気づかぬ様子で、背筋をぴんと伸ばしたまま、砂利敷きの車回しをまっすぐにテラスの階段へと向かっていた。マリー＝ノエルが挨拶しようと駆け寄ったときでさえ、凍りついたその顔は一瞬たりともくずれず、固定された硬い表情は変わらなかった。

「セザールがパパに唸ったのよ」子供が叫んだ。「それにパパに会っても嬉しそうじゃなかったの。こんなこと初めてだわ。あの子、病気なのかしら？」

ブランシュは犬のほうに目をやった。犬は尻尾を振って彼女に歩み寄ろうとしている。「誰も散歩に連れていかないなら、その子は囲いにもどしたほうがいいわ」ブランシュはそう言って、階段をのぼっていった。どうやら犬の行動には関心がないらしい。「あなたももう外に出られるほどよくなったなら、お昼のあとはわたしの部屋にお勉強に来られるわね」

「きょうはお勉強はしなくていいのよ、ねえ、パパ？」子供は言い返した。

「すればいいじゃないか」ブランシュのご機嫌をとるつもりで、わたしは言った。「お母様にどう思うか訊いてごらん」

ブランシュはなんとも言わなかった。彼女はわたしの前を素通りしてなかに入った。わたしはそこにいないも同然だった。マリー＝ノエルがわたしの手をつかんで揺すぶった。

「きょうのパパはどうしてそんなに不機嫌なの？」彼女は言った。

「別に不機嫌じゃないさ」

「不機嫌よ。わたしと遊びたがらないじゃないの。それに、きょうの午後、わたしがお勉強をするかどうかなんて、ママンにとってはどうでもいいことなのに。パパだってよく知ってるはずでしょ」

「その指示はパパが出すことになっているのか？」

マリー＝ノエルは目を丸くして、まじまじとわたしを見た。「いつもそうしてるじゃない」彼女は言った。

「そうか、それでは」わたしはきっぱりと言った。「お勉強することだ。もしおば様にお時間があるならね。さあ、二階においで。あげたいものがあるんだよ」

不意にある考えが浮かんだ――みんなにみやげを渡すなら、ひとりひとり別々に手渡すよりも、全員が昼食に集まったときその席で配るほうが簡単だ。だがこの子には、飴玉として、いまあげてもいいだろう。わたしはお勉強に関して、受けのよくない態度をとったのだから。

マリー＝ノエルは二階の化粧室までわたしについてきた。わたしはテーブルのところに行き、綺麗に包装されたあの本を彼女に渡した。彼女は包装紙を破り、それがなんの本なのかに気づくと、歓声をあげて贈り物を抱き締めた。

「これ、ほしかったのよ」彼女は言った。「ああ、大好きな優しいパパ、なぜパパはいつもぴったりのものがわかるの？」

彼女が熱狂して飛びついてきた。そしてわたしは、またしても、首に両腕を巻きつけられ、頬を頬に押しつけられ、いたるところにめちゃくちゃにキスされるという苦行に耐えるはめになった。今回わたしはこうなることを予期していた。そして、腕にかかえた子供をぐるんと振り回したとき、それはまるで、子ライオンでも脚の長い子犬でもなんでもいいが、とにかくその若さと優美さゆえに人を惹きつける、何かの幼い動物と遊んでいるかのようだった。彼女と一緒にいることにぎこちなさはなく、気がつくとわたしは自然に反応していた。わたしは彼女の髪を引っ張り、うなじをくすぐった。そしてわたしたちはそろって笑い、自分の前で彼女が自然体であることがわたしを不敵にし、自分に対する自信、彼女に対する自信をもたらした。相手が赤の他人だと知れば、このしがみつく魅力的な生き物は反発し、怖がり、ただちに身を引くだろう。わたしたちが交流する意味はなくなり、彼女はあの犬と同様、わたしにはなんの関心も持たないだろう。わたしはそう気づき、その考えに興奮を覚えた。

「やっぱりお勉強しなきゃだめ？」マリー＝ノエルが言った。わたしの反応が急によくなったのを感じ取り、これを利用しようとしているのだ。

「さあ、どうかな」わたしは言った。「それはあとで決めればいいよ」

彼女を下ろすと、ふたたびテーブルの前に立ち、他の包みに目をやった。

「いいことがあるぞ」わたしは言った。「みんなにパリからおみやげを買ってきたんだ。お母様のはもうきのうの晩、渡した。お祖母様のもだ。ふたりでこの残りのおみやげを食堂に持っていこう。そうすればみんな、昼食の席でおみやげを開けられるからね」

「ポールおじ様とルネおば様にも？」マリー＝ノエルは言った。「どっちのお誕生日でもないのに」

「そうだね。でも贈り物をするのはいいことだ。感謝の気持ちを表せるだろう？　ブランシュおば様のもあるんだよ」

「ブランシュおば様のも？」ひどく驚いて、マリー＝ノエルはわたしを見つめた。

「そうだよ、どうして？」

「だってパパはおば様に何かあげたことなんてないじゃない。クリスマスや新年でさえ」

「そうか、でも今回はあげるんだよ。あの人の機嫌もそれで少しはよくなるかもしれない」

子供はわたしをまじまじと見つめつづけ、やがて指を噛みだした。「テーブルに贈り物を置いておくのは、やめたほうがいいと思うわ」彼女は言った。不安げな声だ。「まるでお祝いみたいだもの。別に何もないんでしょう？　わたしに話していないことが何かあるの？」

「どういう意味かな？」

「きょう弟が生まれる予定だとか？」

「いやいや。そうじゃないよ。それとこれとは関係ない」

「東方の賢者たちは贈り物を持ってきた……パパがママンに何をあげたかは、わたしも知っている。ママンが服につけていたもの。ママンはルネおば様に、すごく高価なものだって言ってたわ。こんな買い物をするなんて、パパはとんでもない人だって。でもそれでパパにどれほど愛されているかがわかるって」

「ほら、言ったとおりだろう？　ときどき贈り物をあげるのは、いいことなんだ」

「そうよね、でもみんなの前で、というのはだめ。特別な贈り物ならね。パパが『小さき花』を食堂に置いておいたりしなくてよかった。他の人たちには何を買ってきたの？」

「いまにわかるよ」

マリー＝ノエルは床に膝をつき、その上で本を開いた。それを見て、わたしは、子供が決して大人と同じ姿勢をとらないことをぼんやりと思い出した。彼らは寝ころんで本を読み、立ったまま絵を描き、食べるときはすわらずに歩き回りたがるのだ。自分は上に行って、母親を見舞うべきではないのか――ふとそう思って、わたしはマリー＝ノエルに言った。「お祖母様のお加減がよくなったかどうか見に行こう」しかし彼女は絵本から目を離さず、顔も上げずに言った。「お邪魔をしちゃいけないのよ。シャルロットがそう言っていたもの」それでもわたしは上の階に行った。奇妙なことに、いまは自分のすることすべてに自信が持てた。

上の階への行きかたは難なくわかった。あの廊下と突き当たりの部屋への行きかたも。ドアをノックしたが、応答はなく、テリアどもの吠える声すらしなかった。用心深くドアを開けてみると、室内は暗かった。鎧戸は閉まり、カーテンも引かれている。ベッドの上掛けの下に人の形が見えたので、わたしはそばに行って、母親を見おろした。その顔は土気色だった。シーツは顎まで引き上げてあり、彼女はあおむけに寝て、荒い呼吸をしていた。室内はむっとするこもったにおいがした。この人の病状はどの程度重いのだろう？　わたしは懸念を覚え、付き添いも置かず、夫人をひとりにしておくとは、シャルロットは怠慢だと思った。夫人が本当に眠っているのか、ただ目を閉じて横たわっているだけなのかわからず、わたしはささやいた――「何かほしいものはありませんか？」しかし答えはなかった。荒い呼吸の音が、ゼイゼイと苦しげだ。わたしはそっとドアを閉めて部屋を出、廊下の突き当たりでシャルロットと鉢合わせした。

「容体はどうかな？」わたしは言った。「いま行ってきたんだが、僕の声は聞こえないようだった」

わたしは、女の小さな黒い目にちらりと驚きの色が浮かぶのを認めた。

「大奥様はもう午後までお目覚めになりませんわ、伯爵様」彼女はささやいた。

「医者は来たのかい？」わたしは訊ねた。

「医者？」彼女は訊き返した。「いいえ、もちろん来ておりません」

「でも、もし大奥様が病気なら」わたしは言った。「医者を呼んだほうがいいんじゃないか？」

女は目を瞠《みは》った。「大奥様がご病気だなんて、誰からお聞きになったんでしょう？　あのかたはなんともありませんよ」

「しかしガストンが……」

「わたくしは普段どおり厨房《ちゅうぼう》で、大奥様のお邪魔をしてはならないと指示を出しただけなのですが」

　それはまるで、やってもいないことで不当に責められているかのような、弁解がましい声だった。そしてわたしは悟った――上の階に来て病人を見舞ったのはまちがいだったのだ。その病人も、実は病人ではなく、ただ眠っているだけということらしい。「僕の聞きちがいだな」わたしは簡潔に言った。「ガストンが病気だと言ったような気がしたんだが」そしてわたしは下の階におり、疑うことを知らない親族たちへの贈り物を取ってくるため、もう一度、化粧室に行った。マリー＝ノエルはまだそこにいて、一心に絵本を読んでいた。わたしの足がその体に軽く触れたとき、初めて彼女はわたしがいることに気づいた。

「ねえ、パパ」マリー＝ノエルは言った。「この女の子はわたしみたいなただの普通の子供だったのよ。小さいころは、誰も彼女を特別だなんて思わなかった。ときどき問題を起こすこともあって、親たちの悩みの種だったの。ところがその後、神様が、何百何千もの人々になぐさめをもたらすために、神聖なる道具としてこの子をお選びになったんですって」

　わたしはテーブルからみやげの包みを回収した。「そういうことはめったに起こらないものだよ」わたしは言った。「聖人なんてすごくめずらしいんだからね」

「この女の子はアランソンで生まれているのよ、パパ。アランソンならここからそんなに遠くないわ。空気のなかには何か人を聖人にするようなものがあるのかしら。それとも、聖人になるには何かしなきゃならないことがあるのかしらね」

「それはおば様に訊いたほうがいいよ」

「もう訊いたわ。おば様は、お祈りと断食だけじゃだめだっておっしゃるの。その人が本当に充分に謙虚で、純粋な心を持っていれば、神の恩寵《おんちょう》が突然、なんの前触れもなく降りてくるんですって。わたしの心は純粋かしら？」

「それはどうかな」

車が城に向かってくる音がした。マリー＝ノエルは窓辺に駆け寄って、身を乗り出した。

「ポールおじ様よ」彼女は言った。「おじ様のもらうおみやげはいちばん小さいのよね。わたし、おじ様じゃなくてよかった。でも男の人なんだし、おじ様はご自分の気持ちを隠せるわね」

陰謀をめぐらす二人組よろしく、わたしたちは階下におり、食堂に忍び込んだ。玄関のすぐ左の、テラスに面した細長いその部屋を、わたしはまだ見ていなかった。悪知恵を働かせ、わたしは各自の席におみやげを置くよう子供に言い、当初の懸念は薄れたのか、彼女は嬉々としてその指示に従った。テーブルの下座にすわるのは、フランソワーズではなく、ブランシュだとわかり、わたしは意外に思った。テーブルの上座は、マリー＝ノエルがそこに包みを置かなかったところを見ると、わたしの席のようだった。彼女はルネの包みをその隣に、ポールのをブランシュの隣に置き、自分の本、『小さき花』はわたしの席のもう一方の隣に置いた。フランソワーズの席は、ポールと子供のあいだだった。このパズルのピースの配置についてわたしが考え込んでいると、ガストンが食堂に入ってきた。彼は従僕の制服から黒い上着に着替えており、薔薇色の頬のジェルメンヌと、もうひとり、それまで見たことはなかったが、そのふくよかさと縮れた髪から察するに、堀の壁の下の水溜まりでシーツを洗っていたあの女の娘と思われる女を従えていた。

「ねえ、どう思う、ガストン?」マリー＝ノエルが言った。「パパがみんなに贈り物をあげるのよ。ブランシュおば様にまで。何かのお祝いってわけじゃなく、ただの感謝のしるしなんですって」

ガストンがすばやくこちらに目をくれた。うちに帰ったときに家族にみやげを渡すことのどこがそんなにおかしいのか、わたしには不思議だった。ガストンはわたしがまた酒を飲んだものとみなしたのだろうか? ややあって、彼は食堂の端の両開きのドアをさっと開け、そこに現れた図書室らしき部屋に向かって言った。「伯爵夫人《マダム・ラ・コンテス》のお食事のご用意ができました」彼のこの行動によって出現した小集団は、十八世紀の画家の手で描かれたやや堅苦しい風俗画を思わせた。フランソワーズとルネは少し離れて硬い椅子にすわり、一方は本を読み、もう一方は裁縫をしている。ポールは妻の椅子にもたれており、ブランシュの背の高い痩せた姿は遠くのドアを背に黒い影となっていた。わたしと子供がその部屋に入っていくと、一同は顔を上げた。

「パパはみんなを驚かせるつもりなのよ」マリー＝ノエルが言った。「でも、何をするのかは教えてあげない」

部屋に足を踏み入れたのがもし本物のジャン・ドゥ・ギだったなら、彼の目にもわたしに見えたのと同じようにこの人たちが見えたのだろうか? それとも、彼らがジャン・ドゥ・ギの家族であり、彼がその一員であるがために、慣れが彼の目を眩ませ、彼らの身構えはお馴染みの背景に溶け込み、ごく自然に、なんの意味もないように映ったのだろうか？　他人であるわたしは、芝居の観客のようでありながら、同時にある意味では演出家でもあった。成り行き上、彼らはわたしのリードに従わざるをえず、彼らの動きはわたしの動きに左右される。わたしはマーリン、わたしはプロスペローだ。そしてあの子供は、わたしの命令に従うエアリエルのようなもの、ふたつの異なる世界をつなぐ仲介者だった。その瞬間、わたしには、フランソワーズの顔とルネの顔の両方に浮かぶ不安の色が見えた。だがその度合いはちがったし、理由がちがうのも確かだった。一方の顔は不信感を、傷つけられることへの恐れを表しており、もう一方は、用心深く、油断なく、危惧の念を伝えているように見えた。ポールはと言えば、敵意をむきだしにしており、疑いと嫌悪に満ちた目でぎろりとわたしをにらんだ。他方、ドアのそばのブランシュは、興味の色は一切見せなかった。しかしわたしには彼女が身をこわばらせるのがわかった。そして彼女は、わたしではなく子供に目を向けた。

「何をする気なの、ジャン？」立ちあがりながら、フランソワーズが言った。

「なんでもないよ」わたしは答えた。「マリー＝ノエルは謎めかせたがっているんだ。ただ、僕がみんなにちょっとしたおみやげを買ってきたというだけのことさ。それを僕とこの子とで食堂のテーブルに置いておいたんだよ」

張りつめた空気が和らいだ。ルネは緊張を解き、ポールは肩をすくめ、フランソワーズはほほえんで、ジャンパースカートにピンで留めたロケットをいじくった。

「心配だわ。あなたはパリでお金を使いすぎたんじゃないかしら」彼女は言った。「こういうものをわたしに贈りつづけたら、いまに無一文になってしまうわよ」

彼女は食堂に入っていき、わたしたちはそのあとに従った。わたしは靴のひもを結ぶふりをして、他のみんなを先にすわらせた。これは自分の席がテーブルの上座であることを確認するためだったが、やはり予想どおりだったので、わたしはそこにすわった。ブランシュが祈りを唱える静かなひとときが訪れた。その間、他のみなは皿を前に頭を垂れていた。それからわたしは、マリー＝ノエルがとりつかれたようにおばを見つめているのに気づき、テーブルの下座に目をやった。ブランシュの視線はナプキンの横の包みに注がれていた。あの凍りついた無表情が、不信の表情に変わっている。仮にその包みが生きたヘビだったとしても、彼女にはそれ以上の恐れと嫌悪を表すことはできなかったはずだ。それからその口が引き結ばれ、ブランシュは平静を取りもどした。彼女は包みを無視して、ナプキンを手に取り、膝に広げた。ブランシュは答えなかった。

「おみやげを開けないの？」子供が言った。

ブランシュは答えなかった。彼女は皿の横でパンを割った。それからわたしは、他のみんなが、何かまったく前例のないことが起きたかのように、好奇の眼でこちらを見ているのに気づいた。ほんの束の間、席に着くときの自分の動き、姿勢とか無意識のしぐさによって、ついに正体がばれたのか、この人たちにも自分がペテン師であることがわかったのかと思った。

「うん？」わたしは言った。「どうしたんだい？　なぜみんなで僕を見ているのかな？」

わたしの仲よしの天使、マリー＝ノエルが、その答えをくれた。「みんな、驚いているのよ。

パパがブランシュおば様に贈り物をしたから」

なるほど、そういうことか。わたしはがらにもないことをしたわけだ。とはいえ、まだ正体はばれていない。

「気が大きくなっていたんだ」わたしは言った。それから、ル・マンのビストロでジャン・ドゥ・ギが口にした言葉や、彼のみやげがどれほど相手のことを考えて選ばれているかを思い出して、こう付け加えた。「みんなにそれぞれがいちばん必要なものをあげられていればいいんだが。そこが気になってしかたないよ」

「ほら」マリー＝ノエルが言った。「パパはわたしに〝小さき花〟の伝記をくださったのよ。これこそわたしがいちばんほしかったものだわ。ブランシュおば様への贈り物は、アビラの聖テレサの伝記じゃないみたいだけれど。形が本とはちがうもの。触った感じでわかったわ」

「もうおしゃべりはやめて、食事を始めたら？」わたしは言った。「おみやげはあとで開けてもらえばいいよ」

「僕がほしいみやげはひとつだけだ」ポールが言った。「つまり、カルヴァレとの契約の更新だよ。それと願わくは、一千万フランの小切手だな。その願いはかなえられはしないんだろうね？」

「きみへのみやげも形がちがうということかな」わたしは答えた。「それともうひとつ。僕は食事中、仕事の話をするのは嫌いだ。ただし、きょうの午後は喜んできみと一緒に工場《ヴェーリ》に行くつもりだよ」

わたしは自分の力をどこまでも信じていた。契約のことも事業のことも何ひとつ知らないが、いまのはったりはみごとだと思った。そして実際、それは効を奏したらしく、いまは全員が料理の皿に向かっている。刻一刻と自信を強めつつ、わたしはガストンにワインを注いでくれと合図した。それから、昨夜の母親相手の成功を思い出し、またあれと同じ話を始めた。パリで芝居を観たこと、旧友と会ったこと。あのとき母親から情報をもらったように、今回もわたしはあちこちで手がかりを拾った。食事の進行とともに、戦争中ジャン・ドゥ・ギがレジスタンスで闘っていたこと、ポールが捕虜となっていたこと、ジャン・ドゥ・ギとフランソワーズが〝解放〟後まもなく結婚したこともわかった。家族史の切れ端がつぎつぎとわたしの耳に入り、その後、話題はまったく別のことへと移っていった。拾い集めた情報は、あとでゆっくり分類し整理しなければならないだろう。それに、ジャン・ドゥ・ギとポールとルネがどういう関係なのか、わたしにはまだ確信が持てなかった。ただ、ポールとルネが夫婦であることはわかっていた。また、ポールが家業を取り仕切っている――または、取り仕切る手伝いをしているのも明らかだった。ジャン・ドゥ・ギと彼の母親と彼の子供の関係を示す共通の特徴は、姉ブランシュの目鼻立ちにも髪や肌の色にもまったく見られなかった。これに対して、ポールとルネはともに髪や肌が黒っぽく、何も知らなければ、血のつながりがあると思ってしまうところだった。

ブランシュは会話にほとんど加わらず、わたしには一度も言葉をかけなかった。意外にも、わたしの最大の情報源、いちばんのよすがとなったのは、フランソワーズだった。その声から不平がましさは消え、彼女は幸せそうで、陽気でさえあった。わたしは、彼女が絶えずいじっているあのロケットがその理由だろうと思った。ルネは、この席の仕切り役となるものとわたしは思っていたのだが、黙りこくっており、陰気と言ってもいいほどだった。ブランシュが偏頭痛の具合を訊ねると、彼女はそっけなく、いつもどおりひどいと答えた。

「何か薬をのんだらどうだ?」ポールがいらだたしげに言った。「いまどき、いい薬がないわけはないだろう? ルブラン先生が錠剤をくれたんじゃなかったのか?」

「知っているでしょう。あれは効かないの」ルネは答えた。「お昼のあと、横になって眠れるかどうか試してみる。昨夜は悲惨だったから」

「ルネおば様ははしかにかかったのかもね」マリー＝ノエルが言った。「はしかは頭痛から始まるんですってよ。でも、はしかだとしても、別に問題はないわね。だってルネおば様は赤ちゃんを産むわけじゃないもの」

このひとことはまずかった。ルネは赤くなり、毒を含んだ目できっと姪をひとにらみした。一方、フランソワーズは、不自然なまでにすばやく話題を変え、ポールにガラス工場《ヴェーリ》の溶解炉で腕に火傷《やけど》した職工のことを訊ねつつ、同時に子供に向かって顔をしかめてみせた。

「傷病手当に充てる金を事業に回せたら、われわれももっと先行きに希望が持てるんだがね」ポールは言った。「現実はこのとおり。連中はサボる口実があれば絶対に逃さない。われわれの金でやっていけるのがわかっているからな。その点、父の時代とは随分ちがうよ」

「お父様には頭脳と誠実さがそなわっていたということよ」思いがけず、ブランシュが口をはさんだ。「あいにく、息子たちにはそのどちらもないけれど」

やるじゃないか――驚いて彼女のほうに目をやりながら、わたしは思った。しかしポールは顎を突き出し、妻と同じくらい赤くなって即座に言い返した。「僕は誠実じゃないと言いたいのか?」

「いいえ」ブランシュは言った。「ただまちがっているだけ」

「ああ、お願いだから」うんざりした様子で、フランソワーズが言った。「それはこの場でやらなきゃいけないこと? いまだけはうちの問題には触れずにいようと思ったのに」

「親愛なるフランソワーズ」ポールは言った。「あんたがつけてるそのブローチみたいなくだらん飾り物に、ジャンは大枚はたいている。せめてその四分の一でも事業に回してくれれば、うちの問題を話し合う必要は一切なくなるんだがな。そのときは誰ひとり文句なぞ言わんさ。僕自身は絶対にね」

「あなたもよく知っているでしょう。わたしがジャンから贈り物をもらうのは何カ月ぶりかなのよ」フランソワーズは言った。

「そうかもな。だが他の人間はもっと恵まれているんじゃないか」

「他の人間って誰のことなの?」

「僕に訊かないでくれ。あちこち出歩くのはジャンだ。僕はいつもうちにいる。それが弟の特権なんでね」

いやなあてこすりだが、おかげで謎が解けた。彼もまたドゥ・ギ――次男なのだ。そしてその態度から察するに、彼は自分の立場を恨めしく思っている。ジグソーパズルのピースがぴたりとはまった。しかしルネが気の置けない義妹なのかどうかは、まだわからなかった。

「ジャンが他の女にお金を使っていると言いたいなら……」フランソワーズは言いかけた。

「でもそれはほんとだものね」子供が口をはさんだ。「パパはルネおば様にもブランシュおば様にもおみやげをあげたんだから。わたしとしては、パパが何を買ってきたのか知りたいわ」

「静かになさいな」フランソワーズが娘に顔を向けて言った。「ここから追い出されたくなければね」

羊の脚の皿が空になって持ち去られ、野菜も出た。いまはチーズと果物だ。そろそろ緊張を和らげる頃合いだという気がした。

「みんな、おみやげを開けたら？」わたしは快活に言った。「僕もフランソワーズに賛成だ。うちの問題を話題にするのはよそう。さあ、ルネ、おみやげで偏頭痛を追っ払うんだ」

マリー＝ノエルは、席を離れる許しをわたしに求め、テーブルの反対側に駆けていって、おばのかたわらに立った。不承不承だとわたしは気づいたが、ルネはリボンを解いた。お洒落《しやれ》な包装紙が脇に置かれた。つづいて、何層もの薄紙も。レースがちらりと見えた。ルネは手を止め、急いで言った。「上の部屋で開けるわ。ここだと何かこぼすかもしれない」

「でも、それはなんなの？」フランソワーズが訊ねた。「ブラウス？」

おばの手が覆い隠すより早く、子供が折り重ねられた薄紙のなかから、このうえなく華奢《きやしや》なナイトガウンを引っ張り出した。とても繊細《せんさい》な薄いもの、夏至の前夜に花嫁に着せるのによさそうな浮ついた衣装だ。

「綺麗だこと」フランソワーズが言った。だがその声は温かみに欠けていた。

ルネはその馬鹿げた薄物をマリー＝ノエルから奪い返して、薄紙の覆いのあいだに押し込んだ。彼女はわたしに礼を言わなかった。ここに至ってようやくわたしは自分の過ちに気づいた。そのみやげは人前で披露すべきものではなかったのだ。マリー＝ノエルは正しかった。彼女の言うとおり、贈り物とはプライベートなものであり、人目のないところでこっそり開けるのがいちばんだ。だがもう取り返しはつかない。ポールはむっつりと妻を眺めており、フランソワーズは、何事もなかったふうを装って、晴れやかな作り笑いを浮かべている。ブランシュの表情は軽蔑以外の何ものでもない。喜んでいるのはただひとり、マリー＝ノエルだけだった。

「それは特別なときのためにとっておかないとね、ルネおば様」彼女は言った。「残念なのは、それを着たおば様を見られるのがポールおじ様だけってことだわ」

それから彼女はテーブルをぐるりと回って、ポールのいる側に飛んでいった。「パパはおじ様に何をあげたのかしら」

ポールは肩をすくめた。妻へのみやげを見て、期待感をそがれたらしい。「見当もつかない。きみが開けてごらん」彼は言った。

わくわくした様子で、マリー＝ノエルは包みのひもをナイフで切った。一方、わたしはジャン・ドゥ・ギのためになんとか言い訳できないものかと頭を絞っていた。前夜のこと、階段の下でのあの遭遇を、わたしは思い返した。すると自分に何が期待されていたのかがわかった気がした。その軽薄な贈り物も、差し向かいのとき、ポールがいないときなら、よかったのかもしれない。だが、チーズが出ている食事の席に、それはまず適さない。とはいえジャン・ドゥ・ギは弟にもみやげを買ってきたのだ。その事実により、この大失敗も多少修正できるだろう。わたしはそう思ったが、これはまちがいだった。さらに恐ろしいことが待っていたのだ。子供が戸惑った顔をして、波形の梱包《こんぽう》材から小さな瓶を引っ張り出した。

「これ、お薬よ」彼女は言った。「〝霊薬《エリキシル》〟ですって」そして一緒に入っていた印刷物を見て、その能書を読みあげた。「男性機能を高めるために。インポテンツに有効なホルモン製剤……インポテンツってなあに、パパ？」

ポールがそれ以上能書を読ませまいとして、子供の手から瓶をひったくった。「そいつを寄越して、静かにするんだ」彼は上着のポケットに瓶を押し込むと、激しい怒りをむきだしにして、こちらに顔を向けた。「冗談のつもりなのかもしれないが、僕には理解できんよ」

彼は立ちあがり、食堂から出ていった。その後の静けさは、実に気まずかった。今回はわたしもジャンを救う言い訳を思いつくことができなかった。いくらなんでも、これはひどすぎる。

「ほんとに残念だわ」マリー＝ノエルがとがめるように言った。「ポールおじ様はがっかりなさったのよ。まあ、無理もないけれど」

サイドボードのほうからガストンがじっとこちらを見ているのを感じて、わたしは皿に目を落とした。敵意がわたしを取り巻いていた。わたしにはルネを見ることができなかった。そして、フランソワーズの非難がましい咳により、彼女からの同情も期待できないことがわかった。

いかに酔っ払おうとも、ジャン・ドゥ・ギならここまでみごとなヘマをやらかしはしなかっただろう。謝罪はなんの役にも立たない。「受け取ったものに心から感謝できるよう、主がわたしたちをお導きくださいますように」ブランシュがそう言って立ちあがった。フランソワーズとルネもそのあとにつづき、わたしはひとりテーブルに取り残された。

「ブランシュおば様」マリー＝ノエルが叫んだ。「おみやげをお忘れよ」三つめの包みを持って、子供は女たちを追いかけていった。

ガストンが盆を手にやって来て、ブラシでパンくずをかき寄せはじめた。「工場《ヴェーリ》においでになるなら、お車は外にご用意してあります」彼は言った。

わたしは彼と目を合わせ、そこに非難の色を認めた。彼の忠誠心こそ自信の源だったため、これにはわたしもうろたえた。

「さっきのことだけど」わたしは言った。「あれはわざとじゃないんだ」

「そうでしょうとも、伯爵様」

「本当にまちがいだったんだよ。包みの中身を忘れていたんだ」

「そのようですね、伯爵様」

それ以上、言うべきことはなかった。わたしは食堂を出てテラスに向かった。階段の前にはルノーが停まっており、開かれたそのドアのそばでポールが待っていた。

第八章

彼から逃れるすべはなかった。こうなったのはわたしのせいだ。ジャン・ドゥ・ギが人知れずどんな意図を持っていたにせよ、いい気になり、調子に乗って大惨事を引き起こしたのは、このわたしなのだ。

「よし、乗れよ。運転をたのむ」わたしはそっけなく言った。それから、ポールの隣に乗り込むとき、気づいた——内面外面とももう一方になりきるのであれば、自分は彼の名で犯した過失の修復もしなければならない。妙な話だが、それは名誉にかかわることなのだ。

「さっきのことはすまなかった」わたしは言った。「あれは全部まちがいなんだ。鞄の中身がごたまぜになっていたんだよ」

ポールはすぐには答えなかった。車が左に折れ、村の丘をのぼり、教会を通り過ぎていくとき、彼に目をやったわたしは、その両端の垂れ下がった小さな口に、初めてブランシュとの共通点を認めた。しかし高い鼻と太い眉は彼独自のものであり、冴《さ》えない肌の色はブランシュとはまるでちがっていた。ブランシュの肌は白くなめらかで、きめこまかなのだ。

「信じられんね」ポールは言った。「どう考えても、あれはわざとだろう。きみはみんなの前で——使用人たちもいる前で——僕を馬鹿にするためにああしたんだ。目に見えるようじゃないか。いまごろ連中は厨房《ちゅうぼう》で大笑いしてるだろうよ。僕が彼らなら、当然、大笑いするものな」

「馬鹿な」わたしは言った。「誰も気づいてやしないさ。さっきも言ったとおり、あれはまちがいなんだ。もう忘れてくれ」

　ポールはハンドルを切って村を離れ、墓地の前を通過し、森の広がるほうを指してまっすぐな道を進んでいった。

「子供のころから僕はずっと、きみの悪ふざけに耐えてきた」彼は言った。「だが物事には限度というものがある。社交クラブとか、兄弟ふたりのあいだでなら、まあ、おもしろいかもしれないが、妻たちの前でおおっぴらに相手を馬鹿にして、ついでに妻たちまで傷つけるというのはちがうだろう。正直言って、きみにあんな悪趣味なことができるとは、思ってもみなかったよ」

「わかったわかった」わたしは言った。「もう謝っただろう。これ以上、僕にはどうしようもない。まちがいだというのを信じてもらえないなら、もう何も言うことはないよ」

　森が迫ってきた。威圧的な暗黒ではなく金色がかった緑、交錯するオークと樺《かば》と栗の木々が。すべての木の葉は陰ではなく光を与え、その大枝は歳月を経て広がり、小枝は淡い色を呈している。冬も夏も真っ黒な針葉樹とはちがい、それらの木々は季節の変化とともに豊かに熟し、秋となったいま、地表に色を振りまいていた。

「もうひとつ」ポールが言った。「そろそろルネを第二のマリー－ノエルみたいに扱うのはやめにしないか？　娘をペットにしたいなら、それはそっちの問題で、僕の知ったことじゃない。

だがきみの人気取りのために、自分の妻をお人形に仕立てられるのは、僕はごめんだからな」

弁明は容易ではなく、仮にナイトガウンを人前で披露するというヘマをしでかしたのがジャン・ドゥ・ギ本人だったなら、彼はどうしていたか、わたしは考えてみた。

「女はみんな、ちやほやされたいものなんだ」わたしは言った。「僕がフランソワーズに何を買ってきたか見ただろう?　ルネにも綺麗なものを買ってきたのは当然のことだよ。僕がルネにマリー＝ノエルにやったような聖人の伝記を贈るとでも思っていたのか?」

ポールは右にハンドルを切り、車はタールの舗装路から砂の間道に入った。森の木々はまばらになりだしており、前方には開けた場所が見えた。

「きみの選んだ品は下品だし、タイミングも最悪だった」ポールが言った。「僕はたまたまルネだけじゃなくフランソワーズも見ていたんだ。とにかく、今度、僕の妻に贈り物をしようと思ったときは、まず僕に相談してくれ」

道幅がせまくなり、わたしはその道が袋小路であることに気づいた。まっすぐ前方には、職工らのコテージの長い列が見え、右手には、傾斜した屋根にストーブのパイプのような長い煙突が複数立つ、納屋に似た大きな建物があった。それは、でこぼこした広い敷地に、他の建物に囲まれて立っており、そのすべてが柵で囲われ、道やコテージから隔てられていた。建物には職工たちが手押し車を押して出入りしている。また、レールの上を走るトロッコも一台見られ、それはいま、傾いた廃棄物の山に向かってバックしているところだ。煙突からは、溶解炉が吐き出す煙のあえぐようなむせるような独特の音が発せられていた。ポールは開いていた門を通り抜け、そのすぐ横の小さな番小屋の正面に車を停めた。それ以上わたしにはひとことも言わずに車を降りると、彼は長い煙突の並ぶ建物の向こうの第二の建物へと歩いていった。

わたしは彼のあとを追った。そうしてトロッコのレールのあいだを慎重に進んでいくと、足もとのザクザクという音から、地面が砂浜の砂のように細かなガラスの粒で覆われていることがわかった。それは土の一部、泥の一部となっていて、いたるところにあり、廃棄物の山々もまた、青や緑や琥珀《こはく》色のガラスなのだった。手押し車を押す職工たちは、ポールとわたしを通すために足を止めた。そしてわたしは、彼らがポールには会釈するだけだが、自分にはほほえみかけることに気づいた。別に畏敬《いけい》の念をこめて、ではない。そこには、わたしの顔を見て心から喜んでいるような、ある種の仲間意識と温かさがあった。その歓迎はわたしを喜ばせ、意欲を高めた。そしてわたしはあさましくも、敬意にせよ他の何にせよ、それを表されたのがポールではなく自分であったことに満足を覚えた。

前方の建物は、十八世紀風の長い二階建ての家で、その古びた赤い瓦《かわら》屋根は地衣にびっしり覆われていた。ポールはまっすぐにそこに向かい、ドアを開けて、みすぼらしい四角い部屋に入った。板張りの壁と石の床のその部屋の中央には、本やファイルや書類に埋め尽くされたテーブルがあり、四隅のひとつには大きなデスクが置かれていた。テーブルの前には、黒っぽいスーツを着て眼鏡をかけた、頬のこけた禿頭の男がすわっており、わたしたちを見ると、その席から立ちあがった。

「ボンジュール、ムシュー・ル・コント」男はわたしに言った。「すると、いくらかはお加減がよくなったわけですね?」

ポールがこの男に、わたしの病気、または、二日酔い、または、その両方について何か話したにちがいない。そしてわたしは、男の笑みが神経質にぴくついていて、職工たちの笑みのように温かくも親しげでもないことに気づいた。眼鏡の奥のその目は不安げだった。

「僕はどこも悪くないよ」わたしは言った。「ただ怠けていただけだ」

ポールが声をあげて笑った。楽しげな笑いではなく、おもしろがっていない者の蔑《さげす》みの声だ。「朝寝坊するのは、さぞ気持ちがいいだろうな」彼は言った。「こっちはもうずいぶん長いこと、そんな贅沢《ぜいたく》はできずにいる。もちろんその点は、ジャックも同じだがね」

ポールとわたしに交互に目をやり、どちらも怒らせまいとして、男はいやいやと手を振った。それから彼は急いで言った。「何かおふたりだけで話したいことがおありでしょうか? そうでしたら、わたしは席をはずしますが?」

「いいや」ポールが言った。「工場《ヴエーリ》の将来は、われわれだけでなく、きみの問題でもある。僕も、きみと同様、パリでどんな成果が得られたのか早く聞きたくてしかたない」

彼らはわたしを見つめ、わたしは彼らを見つめ返した。それからわたしはデスクへと歩いていき、椅子にすわって、そこにあった小箱からタバコを一本、取り出した。「具体的に言って、きみたちは何が知りたいのかな?」身をかがめ、タバコに火を点けながら、わたしは言った。これは顔を隠すための策で、そうしなければ、わたしが答えに窮していることはばれていただろう。

「ああ、くそ《モン・デュウ》……」ひどくいらだって、ポールが言った。まるで、わたしの用心深いリスク回避の質問が、堪忍袋の緒を切る決定打、延々と見せてきた忍耐への究極の侮辱であったかのように。「案件はひとつだけだろう？　工場は閉鎖になるのかならないのか、どっちなんだ？」

そう言えば、誰かが（あの母親だろうか？）契約のことで何か言っていた。パリ行きは、カルヴァレの契約がらみなのだ。ジャン・ドゥ・ギはその契約を持ち帰ることを期待されていた。結構、ではそれをくれてやろう。

「カルヴァレとの契約更新に成功したのかという意味なら、答えはイエスだよ」わたしは言った。

男ふたりは仰天し、そろってわたしを凝視した。ジャックが突然、「ブラボー！」と叫んだが、ポールがそれをさえぎった。「条件は？　追加条項は？」

「こちらの条件どおりだ」わたしは言った。「追加条項はない」

「まさか、先方が今後も従来と同じ条件でうちの製品を仕入れるという意味じゃないだろうな？　他社からもっと安い見積もりが出ているというのに？」

「そうするよう先方を説得したんだよ」

「何回、協議したんだ？」

「数回だね」

「しかしどういうことなんだ？　あの何通もの手紙の意味は？　あれはブラフだったのか？　われわれにもっと値を下げさせようとしたとか？」

「そこはなんとも言えない」

「すると、望みどおりの結果が得られた、今後半年はなんとかなるってことか?」

「まあ、そんなところだ」

「わけがわからんよ。きみは、僕が実は不可能だと思っていたことを成し遂げたわけだ。おめでとう」


彼はデスクからタバコの箱を取ってジャックに渡すと、自分の分の一本に火を点けた。彼らはわたしにはかまわず何か仕事の話をしはじめ、わたしは椅子をくるりと回して窓の外に目をやった。いったいいまのはなんの話だったのか? わたしにはわからなかった。そのうち彼らはまたあれこれと、こっちにはまるで意味不明の質問をしだすだろう。そしていずれ、わたしが何ひとつ知らないことが発覚するわけだ。だが当面は……当面はなんだ? わたしは窓外の景色を眺めた。日の光に照らされ、黄金色に輝く、雑然とした果樹園。たわわに実をつけ、枝を低く垂れ下がらせた林檎《りんご》の木々。その向こうの野原では、流れるような白いたてがみを持つ一頭の老馬が若芽《はは》を食んでいる。黒いエプロンをかけ、灰色のショールを肩に巻き、木靴をはいた女が、菜園に鍬《くわ》を入れており、その通り道で雌鶏たちが何かついばんでいる。窓ガラスのなかのその景色は絵のように平和でのどかだった。わたしはそれがいつまでもつづいてくれたら、そして、どんなかたちでもそこに関与せず、その傍観者でいられたら、と願った。わたしは通り過ぎていく世界を列車の席から眺める旅人でありたかった。だがこれまではそれがわたしの不平の種だったのだ。関与しないこと、他者とかかわる機会がないことが。

「契約書は手もとにあるのかい？」ポールが言った。

「いや」わたしは答えた。「あとから送られてくるんだ」

鍬を使っていた女が顔を上げて、こちらを見た。腰の太い大柄な年取った女。顔は、皺《しわ》の寄った茶色い百姓の顔だ。最初にこちらに目をくれたとき、そのまなざしは用心深く疑わしげだった。しかしわたしの姿を見ると、女はほほえんだ。その場に鍬を置き、彼女はゆっくりゆっくり家のほうに歩いてきた。

「もう閉鎖の心配はなくなったとみなに伝えてもよいのでしょうね、ポール様《ムシュー・ポール》？」ジャックという男が言った。「もちろんわたしは何もしゃべってはおりませんが。しかし噂というものがどんなふうに広まるかはご存知のとおりです。先週はずっと職工たちのあいだで臆測が飛び交っていたのですよ」

「よく知っているとも」ポールが言った。「雰囲気は最悪だった。そうだな、きみがよしと思ったらすぐ、ニュースを広めてくれ」

あの女はもう窓のすぐ下まで来ていた。このとき初めて彼女に気づいて、ポールが言った。

「ジュリーが来たぞ。例によって、全身、耳になっている。いい知らせでも悪い知らせでも、情報は自分が真っ先に漏らしたいわけだ」彼は窓から身を乗り出した。「ジャン様《ムシュー・ジャン》がパリでのお役目をみごと果たしたぞ。なんのことかなんて、とぼけないでくれよ」

女の顔のかすかな笑みが大きくなった。手を伸ばし、家の外壁を這う蔓《つる》からぶらさがっていた葡萄《ぶどう》をひと房もぎとると、彼女は女王のしぐさでわたしにそれを差し出した。

「さあ、どうぞ」女は言った。「あなた様のために育てられた葡萄ですよ。新鮮なうちに召しあがれ。では結局、何もかもうまくいったわけですね」

「何もかもね」緊張を解き、急に人間味を見せて、ポールが言った。

「そうなると思ってましたよ」女が言った。「あの連中をぎゃふんと言わせるには、誰か脳みそのある人間が出ていきませんとね。そもそも連中はいったい何様なんです？　パリで有名な会社だからって、わたしらに指図する気になるとはねえ。そろそろ懲《こ》らしめてやらないと。あなた様は連中に身の程をわからせてやったんでしょう、ジャン様？」女にはガストンと同じ確固たるもの、力強さがあった。その目にはあれと同じ忠誠心の炎も。だがこの女は自分が尽くした相手が期待を裏切れば、容赦なくこきおろすだろう。わたしは、茶色くて皺の寄った温かな女の顔から顔をそむけ、枝をたわませた林檎の木々や、若芽を食むあの馬や、野原の果ての森の境の木々に目をやった。「では、これからも溶解炉は轟々《ごうごう》と燃え、煙突は煙を噴き出し、ガラスはわたしの番小屋の床に汚い埃を降り積もらせるんですね。そして今後半年は、誰ひとり先のことなど考えないわけです」女は言った。「近々忘れずにアンドレを見舞ってやってくださいよ、伯爵様《ムシュー・ル・コント》？　事故のことは、もちろんもうお聞き及びでしょう？」

わたしは職工の怪我の話が出たことを思い出した。「うん」忠誠心とともに好奇心をもたたえたその目を避けつつ、わたしは言った。「あとで寄るよ」女は、バタバタはばたく鶏たちを蹴散らしながら、菜園へと引き返していった。振り向いたとき、わたしはポールが上着を吊るして、つなぎを着はじめているのに気づいた。

「留守中、仕事関係の手紙はあまり来なかったよ」彼は言った。「全部そのデスクの上にあるから。ジャックに見せてもらってくれ」

彼はさきほど入ってきた、一群の建物に面したドアを開けて出ていき、わたしはジャックと手紙や書類の小山とともに取り残された。ひとつひとつ、わたしはそれらを開けていった。そのほとんどは請求書だった。納入した品物への支払いを求めるそっけない要求、運送業者からの問い合わせ、鉄道会社からの計算書。それらに目を通すうちに、自分には何ひとつ理解できないことがわかった。自分が何をし、何を言い、どんな指示を出し、どんな手紙を書けばいいのか、わたしには皆目見当もつかない。ずらずらと並ぶ数字はなんの意味もなさず、大人の世界にいきなり放り込まれた子供同様、わたしは完全に無力だった。

奇妙な話だが、真実を述べることが唯一の逃げ道だった。わたしはファイルを払いのけて言った。「これはいったいなんなんだ？　僕にこれをどうしろって言うんだよ？」これもまた奇妙な話だが、ジャックはほほえんだ（ポールが行ってしまい、わたしとふたりきりになったいま、彼は前よりものびのびしているようだった）。そして彼はこう答えた。「何もなさらなくて結構ですよ、伯爵様。契約が延長されたわけですからね。そちらは通常業務です。すべてわたしにお任せください」

わたしはデスクの前から立ちあがり、歩いていってドアを開け、そこに立って外を眺めた。立ち並ぶ小屋、行き来する職工たち、門から出ていくトラック、工場からほんの五十ヤードほどのところにある農場とその建物。やや場ちがいだが、農場との距離の近さが心地よかった。

鵞鳥たちがそっくり返って庭を歩き回っており、ひとりの女が生垣に敷布を広げて干している。農場の門の彼方でモーモーと鳴く牛の声に入り混じり、工場内から金属音がときおりカーンと聞こえてくる。ストーブ・パイプの煙突からは煙がもくもく流れ出、継ぎはぎの波板屋根の上で、古い鐘が突如、陽光をとらえてきらめき、入口では二体の石膏像（一方は聖母子像、もう一方は聖ヨハネ像）が手を掲げて立ち、この小さな集落とそこで働き、生活するすべての人を祝福している。建物の古さとその雰囲気から、わたしには直感的にわかった——いまここで行われていることは二、三百年、常に行われてきたことであり、数々の戦争も革命もそれを変えることはなかったのだ。それはこれからもつづいていく。あの一族と職人たちがその価値を信じているから、彼らがそれがこのままであることを望んでいるから。常に変わらぬ小さなガラス工場は、農場の家や田畑や林檎の老木や森と同様に、彼らの属する一片の田園地帯の背景であり、それを破壊することは生き物の根を土から引き抜くようなものなのだ。

わたしは頭をめぐらせ、テーブルの前にすわるジャックに言った。「こういうガラス工場が、近代的な設備を備えた、高い賃金を払う大会社にいつまで太刀打ちできると思う?」

ジャックは、わたしにとっては意味をなさなかった請求書や書類から顔を上げた。眼鏡の奥でその目が神経質そうに瞬《またた》いている。

「それは伯爵様次第ですよ。そう長くつづかないことは、わたしもあなたもよくわかっていますよね。この事業は、収入源ではなく重荷と化した金持ちの道楽なのです。損を出してもかまわないのであれば、それはそれで結構ですが。ただ……」

「ただ、なんだい?」

「過去に、ご自身がお持ちのものにもう少し手をかけていらっしゃれば、今日ここまで多くを失うことにはならなかったでしょうにね。いや、ご無礼をお許しください、伯爵様。出過ぎたことを申しました。どうご説明したものでしょう。会社は家によく似ています。頭、芯、核がなくてはいけません。その核次第で、会社は繁栄もしますし、ばらばらにくずれもします。ご存知のとおり、わたしはあなたのお父様にお仕えしたことはありません。それはわたし以前の時代でしたので。しかしお父様は大変、尊敬されておりました。公明正大なおかたでしたよ。そしてデュヴァル様《ムシュー・デュヴァル》もまた、お父様のようなおかたでした。もし生きていらっしゃれば、あのかたはこの家をご自身のお住まいになさり、そこには継続性が感じられたことでしょう。あのかたは職工たちを理解しておられました。あのかたなら、変化に適応するすべもおわかりになったでしょう。しかし現実問題……」うまく締めくくることができず、彼はわたしに詫びるような目を向けた。

「きみは僕を責めているのか? それとも弟を責めているのかな?」わたしは訊ねた。

「伯爵様、わたしはどなたも責めてなどおりません。時代の流れがわれわれとぶつかっているということです。ポール様は責任感の強いおかたです。あのかたは終戦以来この小さな会社のために尽くしてこられた。しかし経費と賃金とのこの戦いは、もともと負け戦だったのです。それによくご存知のとおり、あのかたは職工たちと気楽につきあうことができません。ときとしてそれが大きな障害となるのですよ」

この男の立場をうらやむ者はいまいと思った。調停役、仲立ち。おそらくは雇う側、雇われる側の両方からののしられるが、仕事の本当に大変な部分はその肩にかかっている——注文を確認し、債権者をなだめ、超過勤務をこなし、なんとかバランスを保とうと努める、ぐらついた組織の最後の支柱だ。

「僕はどうかな?」わたしは訊ねた。「遠慮なく言ってくれ。きみはしくじったのは僕だと言いたいんじゃないか?」

ジャックはほほえんだ。いえいえと寛容に肩をすくめるそのしぐさは、言葉はなくとも、たくさんの想いを語っていた。

「伯爵様」彼は言った。「あなたはみなに好かれておられます——あなたを悪く言う者はひとりもおりませんよ。しかしあなたは事業に興味をお持ちでない。それだけのことです。工場《ヴェーリ》は明日にも崩壊しかねないが、あなたにとってそれはどうでもいいことなのです。少なくとも、さきほどあなたから吉報をうかがうまで、わたしはそう思っておりました。わたしたちはみな、伯爵様のパリ行きは遊びじゃないかと思っていたのです。ところが案に相違し——」彼は両手を広げてみせた。「ポール様が言われたとおり、あなたは不可能を可能になさったわけです」

わたしは彼から顔をそむけ、ドアの外に目をやった。ジュリーが工場の建物の並ぶ荒れ地をゆっくりと番小屋に向かって歩いていくのが見えた。職工たちの何人かが笑いながら彼女に声をかけ、鍬を担いだ彼女は大声で叫び返して彼らを冷やかした。

「わたしの言ったことで、お気を悪くなさってはいないでしょうね、伯爵様?」ほんの少し神妙になって、ジャックが訊ねた。

「まさか」わたしは答えた。「ありがたく思っているよ」

わたしは外に出て、すぐそこに立つメインの建物まで歩いていった。なかに入ると、熱い炉のそばで、男たちが服を脱いで働いていた。どこを見ても大桶や盥《たらい》や竿《さお》や導管があり、あちこちで轟音《ごうおん》と金属を打つ音が響き、あたりにはいやなにおいではない異臭が漂っている。何が行われているのか見ようとしてわたしが歩み寄ると、男たちは笑顔でうしろにさがって場所を空けた。前に見たのと同じ、親愛の情と忍耐が相半ばする歓迎の笑み――ときとして大人が子供に見せる笑みだ。子供が楽しみたいならそうさせてやればよい、その子が何をしようとそれはただの遊びなのだから、という意味の。

しばらくの後、わたしは外の涼しい空気のなかへともどり、別の建物に行ってみた。そこでは、つなぎ姿の男たちがさまざまな道具を使い、型や混合物を使って作業していた。わたしは青や緑や琥珀色の排除された製品を手に取って、ためつすがめつした。あらゆる形、あらゆるサイズの瓶や小瓶。わたしにはどれも完璧に見えた。つぎに行ったのは、仕分けと梱包《こんぽう》の建物だった。発送するばかりの貨物の並ぶ場所。そこには、没個性的で機械的な工場っぽさはみじんもなかった。わたしが目にしたのは、そこで働く人々に帰属し、同時に彼らを帰属させる、時の流れには変えられない持続性をそなえた、家庭的で人間味のある小さな工場《こうば》だった。

「ご漫遊ですか、ジャン様？」

手にしたガラス製品から目を上げると、そこにはあの番小屋の女、ジュリーの笑みをたたえた大きな顔があった。

「なんとでも好きなように言えばいいさ」わたしは言った。

「実務はポール様に任せておきなさい」彼女は言った。「これまでずっとそうしてきたんですから。よかったらいま、アンドレを見舞ってやってもらえませんか？」

ジュリーは先に立って門を出ると、コテージの立ち並ぶ砂の道を歩いていった。工場の敷地内のあの家と同じく、コテージはみなうっすら黄色に塗られ、同じまだらの瓦屋根と屋根窓をそなえており、小さな庭と壊れた柵とで一軒ずつ仕切られていた。ジュリーはわたしを連れて三軒目のコテージに入った。なかは、居間と台所と寝室が一体となった部屋だった。寝室だという点は確かで、暖炉の前にはいまにも崩壊しそうなベッドがあり、そこに男がひとり寝ていた。また、部屋の片隅では、マリー＝ノエルと同じ年ごろの、きらきらした目の男の子が壊れたトロッコで遊んでいた。

「ほれ」ジュリーが言った。「伯爵様がお見舞いに来てくださったよ。起きて、とりあえず生きてるってところをお見せして」

男はほほえんだ。その目は落ちくぼみ、肌は青白かった。そして彼は、首から腕まで包帯を巻いていた。

「具合はどうだい？」わたしは言った。「何があったんだ？」

立ちあがってわたしを迎えなかったことで子供を叱っていたジュリーが、これを聞いて振り向いた。

「何があったかですって?」彼女は言った。「体の右側が危うくそっくり焼けかけた。それだけのことですよ。あなた様の最新式の溶解炉なんてその程度のもんです。わたしはほしかありませんね。さあ、どうぞ、ジャン様、おかけください」ジュリーはひとつしかない椅子から猫を払いのけ、座面の埃をはたいた。「何か言うことはないの?」彼女は男に訊ねた。彼はひどく具合が悪そうで元気がなく、話などとてもできそうになかったのだが。「伯爵様がパリでの愉快な暮らしからせっかくもどってらしたってのに、笑顔ひとつお見せできないとはねえ。そんな調子じゃ伯爵様は一直線にパリにもどってしまわれるよ。そうだ、コーヒーを淹れようね」

ジュリーはかまどに向かって身をかがめ、曲がった火掻き棒で火を掻き回した。

「どれくらい休むことになるのかな?」わたしは男に訊ねた。

「誰も教えてくれないんです、伯爵様」男はちらちらとジュリーを見ながら答えた。「でも、また働けるようになるまでには、しばらくかかるんじゃないかと思います」

「大丈夫だよ。ジャン様はようくわかっておいでだから。何もやきもきすることはない。このかたがちゃんと賃金をもらえるように取り計らってくださるからね。それに、この先当分は、誰も失業することはない。そうでございましょう、ジャン様? わたしたちはまた安心して暮らせる。パリのあのサメどももわたしらにノーと言えばどうなるか思い知ったわけですから。さあ、コーヒーをどうぞ。お砂糖はたくさん入れるのがお好きでしょう? いつもそうなさっていますものね」ジュリーは戸棚から角砂糖の小さな袋を取ってきた。するとこれを見て、ジュリーをおばあちゃん《グランメール》と呼び、ひとつねだりに来た。

「あっちへ行きな」彼女は言った。「お行儀が悪いよ。やれやれ、母さんがいなくなってからってもの、あんたはしたい放題だね」それから、ひそひそと説明を添えたが、その声は大きすぎ、子供にも聞こえたにちがいなかった。「厄介なのは、かわいそうに、この子が母親を恋しがっていることでねえ。アンドレも寝込んでいるし、わたしとしてはこの子を甘やかさざるをえないんですよ。さあさ、コーヒーを召しあがれ。そうすれば、その都会者の青白い頰にも少しは赤味が差すでしょう」

頰に赤味が必要なのは、わたしではなく、ベッドのアンドレのほうだ。それにコーヒーが必要なのもアンドレなのだが、ジュリーは彼には少しも出してやらなかった。頭上を見あげ、周囲を見回して、わたしは壁の漆喰がはがれかけ、天井には大きな湿気のしみができているのに気づいた。そのしみはきっとつぎの雨で大きく広がるだろう。ジュリーがその鋭い茶色の目でわたしの視線の動きをとらえた。

「どうしろって言うんです？」彼女は言った。「近いうちになんとか応急処置を施さないといけませんけどね。ここのコテージはどれも、もう長いこと修繕されてないんです。でも伯爵様に不満を訴えたところでなんにもなりませんでしょう？　自分たちと同様に、ご一族がお金に困っておいでだということや、それでなくてもあなた様は手一杯だということは、わたしどもも重々承知しております。一、二年すれば、たぶん……お城のみな様はいかがお過ごしですか？　大奥様はお元気でしょうか？」

「あまり元気ではないね」わたしは言った。

「まあ、しかたありませんわね。みんな、年を取ってきましたから。近々、抜け出せるときにお見舞いにうかがいますよ。ところで、奥様《マダム・ジャン》のほうは？　赤ちゃんはいつお生まれになるんです？」

「確かなところはわからない。もうじきだと思うが」

「立派な坊っちゃんがお生まれになったら、きっと何もかも変わってきますよ。わたしがもっと若かったら、お城に上がって坊っちゃんの子守りをさせていただくんですが――そうしていたら、きっと昔を思い出したでしょうね。いい時代でしたよ、ジャン様。人もいまとはぜんぜんちがってましたし。近ごろじゃもう誰も働きたがりませんものねえ。わたしなんか働かなければ、死んでしまいますけれど。大奥様がなぜお元気じゃないのか、おわかりになります？　あのかたはお暇すぎるんですよ。コーヒーを召しあがれ。もっとお砂糖をどうぞ。さあ、もうひとつ」

わたしはアンドレがコーヒーを飲む自分をじっと見ているのに気づいた。力のないその目はわたしのカップに釘付けだった。男の子のほうも同じだ。それを見てわたしは、ふたりともコーヒーと砂糖がほしいのだと悟った。だがもらうことはできない。ジュリーがやりたがらないからではなく、全員の分がないから。そして全員の分がないのは、このうちに金がなく、ほんの少しのコーヒーや砂糖も買えないからだ。アンドレはガラス工場《ヴェーリ》での仕事でまともに稼げていなかった。そしてそのヴェーリは、それが明日閉鎖になろうがなるまいが気にも留めないジャン・ドゥ・ギのものなのだ。わたしはカップと受け皿をかまどの上にもどした。

「ありがとう、ジュリー」わたしは言った。「来てよかったよ」

わたしは立ちあがった。特に抗議の声もあがらず、儀礼的な見舞いは適切に終わり、ジュリーは戸口までわたしを見送りに来た。

「アンドレはもう働けますまい」外で彼女はわたしに言った。「もちろんご承知でしょうが。本人には言わないほうがいいんです。やきもきさせるだけですから。まあ、しかたありませんね。これが人生ってもんです。幸いわたしがいますから、あれの面倒は見てやれます。大奥様によろしくお伝えくださいませ。葡萄を少し蔓から切って差しあげましょう。昔、あのかたは葡萄をよく召しあがっていましたから。お先にどうぞ、伯爵様」

しかしわたしは、車から取ってくるものがあるからと言って、ジュリーをひとりで工場に引き返させ、でこぼこの敷地を横切っていく彼女を見送った。散らばった粉状の欠片《かけら》を木靴でガリガリと踏みしめ、彼女は廃棄されたガラス製品の山々を通り過ぎていく。黒っぽいショールとエプロンを着けた、図太そうな力強いその姿は、背景の一部となり、その向こうの灰色の建物群に溶け込んでいた。あの古い家の裏の雑然たる庭のなかへとその姿が消えると、わたしはルノーに乗り込んで、もと来た道、森を抜ける本道を引き返していった。四キロほど西へ進むと、下り坂になる手前で、路肩に停車し、タバコに火を点け、車を降りて、眼下の田園風景を見おろした。

ガラス工場の小さなコミュニティーは、わたしの背後の森のなかに包み隠されている。そして、森の外に出たいま、眼下には、田畑、点在する農場、遠く離れた村々の風景が何エーカーも広がっていた。村はそれぞれ教会の尖塔《せんとう》を戴いており、その向こうにはまた田畑があり、森があった。すぐ下にはサン・ギーユの村があり、その教会の尖塔が見えるが、城《シャトー》は生い茂る木々に隠されていた。姿を見せているのは、秋の陽射しのもと、やわらかくつややかに輝く農場の建物、それと、敷地を囲う石垣だけだ。その壁は、黒っぽい並木道や木々を背に灰色の線となっていた。

私情を捨てられたら、と思った。サン・ギーユの村や城の石垣を冷静な目で見おろせたら、と。どういうわけか、午前のような気分にはもうなれなかった。あの楽しさ、少年じみた遊び心はどこかに消え、スパイごっこの報いがブーメランさながらに返ってきた。疑うことを知らぬ小集団をうまくだましている——そんな力の意識、勝利感は、ふたたび恥ずかしさへと変わっていた。いまのわたしは、ジャン・ドゥ・ギがもっとちがう男であったらと願っているようだった。一歩進むごとに、彼がろくでなしであることを発見するのはいやだった。立派な人間の役割を引き受けたなら、よい刺激が得られたかもしれない。この入れ替わりは、奮起を促す拍車となっただろう。しかしわたしが冴えない自己と交換したのは、ろくでもない人間だった。何も気にしていないという点で、向こうは圧倒的に有利だ。それとも、実は気にしていたのだろうか？　だから彼は姿を消したのだろうか？

僻地の静かな村を、わたしはじっと見つめつづけた。子供に棒で追い立てられ、白黒模様の牛たちが一列になってのんびりと教会の前を通り過ぎていく。とそのとき、背後で声がした。振り向くと、そこには、あのうんうんとうなずく老司祭の笑顔があった。彼は、ボタン付きの黒いブーツの上に長いカソックをたくしあげ、よりによって三輪車に乗っていた。それは妙に胸を打つ光景——滑稽《こっけい》であるがゆえに心を揺さぶる光景だった。

「そこは日が当たって気持ちいいでしょう?」司祭が呼びかけた。

突如、この人にすべてを打ち明けたいという衝動に駆られた。わたしは三輪車に歩み寄り、そのハンドルに両手をかけて言った。「司祭様《ムシユー・ル・キユレ》、実は困ったことになっているのです。この二十四時間、僕は嘘ばかりついていました」

司祭は気の毒そうに額に皺を寄せた。しかしその上下に揺れる頭の動きが、中国の店の首振り人形そっくりなので、切り出したとたん、これはだめだと心が萎《な》えた。この人に何ができるというんだ? わたしは自問した。この丘のてっぺんで、三輪車にまたがって、虚偽とペテンでがんじがらめになったこんな男のために、いったい何が?

「この前、告解をなさったのはいつですか?」司祭にそう問われ、わたしは学生時代を思い出した。当時は、寮母がこれと似たような質問をし、その後、粛清《しゆくせい》を行っていたのだ。

「わかりません」わたしは言った。「思い出せません」

司祭は同情をこめて、また、その動きを止めることができないがために、うなずきつづけた。そして彼は言った。「息子よ、今夜、わたしのところにおいでなさい」

司祭はしかるべき答えを与えたわけだが、それはわたしの助けにはならなかった。あとではだめなのだ。このまま車で走り去り、城の人たちのことは彼ら自身に任せるべきなのかどうか、わたしはいま、この丘の上で教えてほしいのだから。

「仮に僕がサン・ギーユを去ったら」わたしは言った。「ここを出て、姿をくらまし、そのままもどってこなかったら、司祭様は僕をどう思われるでしょう?」

司祭の年老いたピンクの童顔にあの笑みがもどってきた。彼はわたしの肩をたたいた。「あなたはそんなことはなさるまい」彼は言った。「あまりにも多くの人があなたをたよっておりますからね。仮に姿をくらましたとして、わたしがあなたを非難するとお思いですか? いいえ、それは僭越《せんえつ》というものです。わたしはこれまでと同じように、あなたのために祈りつづけることでしょう。さあ、もう馬鹿なことを言うのはおやめなさい。いいですか、もし心が沈み、元気がなくなったら、それはよいしるしなのです。神がそう遠くないどこかにおられる証ですからね。日向《ひなた》に行って、そのタバコを吸ってしまいなさい。そうして、神のことを考えるのです」

司祭は手を振って、走り去った。そのカソックがペダルにひっかかっている。ささやかな疾走を楽しみつつ、彼は惰性に任せて丘を下っていき、牛の群れをよけながら角を曲がって村に入った。教会の階段のそばで三輪車を降りると、司祭は壁に三輪車を寄せて姿を消した。わたしはタバコを吸い終えて、車に乗り込んだ。司祭と同じ道を行き、村を通り抜けて、城の入口の橋を渡ると、車庫や厩《うまや》のほうに通じるアーチ道のそばに、ガストンの姿が見えたので、彼に声をかけ、ポールのために車を工場《ヴエーリ》にもどしておくようたのんだ。そのあと、わたしはなかに入り、階段をのぼって化粧室に行った。見ると、テーブルには、旅行鞄のポケットに入っていたあの手紙の束が載っていた。

そのなかには、裏にカルヴァレ社の名前と住所がスタンプされた手紙があった。わたしはそれを読んだ。内容は恐れていたとおりだった。カルヴァレ社はこう述べていた――先般、直接お会いしたあとでもあり、これまで貴殿と多くの取引をしてきたことを思うと、このような決断を下さざるをえないことは非常に遺憾《いかん》ながら、再度、検討した結果、当社としては契約は更新できないとの結論に至りました。

第九章

その瞬間、気になったのは、ジャックのことでも、城《シャトー》で暮らす一族の誰かのことでもなかった。なぜなら、たぶん彼らは最悪の事態に対する心がまえができており、それを回避できたと思い込んで、驚き、安堵しただけだから。彼らは受け継いだ土地やその他の資産からの収益でやっていくことができる。城はさびれ、地所の手入れも行き届かず、彼らは老いて不満を募らせ、世間を恨んで過ごすだろう。だがわたしの頭に即座に浮かんだのは、その日の午後、ガ《ヴ》ラス工場《エーリ》で見た職工たちのことだった。炉のそばで裸になって汗を流す男たちや、別の建物でそれぞれ専門の作業に当たる者たち。そして他の誰よりも、火傷《やけど》を負った腕に包帯を巻き、コテージでベッドに横たわるアンドレ。それに、わずかな蓄えからコーヒーと砂糖を振る舞ってくれたジュリー。彼らの見る目は変わるだろう――わたしはそのことが気になった。再度ガラス工場に行けば、彼らにすべてを知られてしまう。あのいい知らせは、結局いい知らせではなく、悪い知らせだったことも、わたしが嘘をついていたことも、カルヴァレとの契約が更新されなかったことも。寛容な甘やかすようなあの歓迎の笑みはもう見られまい。彼らは目をそむけ、わたしを無視し、蔑《さげす》みすら見せないだろう。そしてジャックが、すべて誤解だった、残念だが、伯爵様《ムシュー・ル・コント》にはこれ以上赤字経営をつづけることはできない、と説明するとき、彼らの顔には、火傷を負ったアンドレと同じ（体の痛みはないので、もっと軽度ではあるだろうが）虚《うつ》ろな表情が浮かぶだろう。本人たちには防ぐすべのない事態が、彼らに打撃を与えた。しかしその事態とは、気にかけてさえいれば、伯爵様には予見し、備えることができたものなのだ。城へと引き返していくポールとわたしの車を、彼らはじっと見送る。その後、機械は突然、停止し、炉は静まり、箱に詰めるべき小さな瓶は山と積まれたままとなり、職工たちはあの砂の道をコテージへと向かう。漆喰《しっくい》がはがれ、天井にしみが広がるそれぞれの家へと。彼らは道々こう言い合うだろう――「あの人にとっちゃどうでもいいことさ。だが俺たちはどうなる。これからどうすりゃいいんだ？」

何よりも不可解のは、なぜ自分が気にしなければならないのかだ。ジュリーの目には忠誠心、アンドレの目には忍従の色があった。ポールの目の表情は敵意から賞賛にも似た何かへと一変し、ジャックの目にもそれと同じ色があった。だが、これらはすべて、わたしではなくジャン・ドゥ・ギに捧げられたものなのだ。ゆえに、このあとにやって来る軽蔑と幻滅もまたあの男へと向かい、わたしという神聖な自己に触れることはない。別の服を着て、その容貌や個性や挙措《きよそ》を見せ歩いているこの人物にはなんの罪もない。こいつは単なるカバー、見せかけであり、バイオリンのケースがなかの楽器とちがうのと同じくらい、本物からかけ離れているのだ。ここに情がからんでいるわけはない。わたしもそこまで愚かではないので、人々の温かな態度が自分自身に対するものだなどと思ったことは一度もない。突如、浮上したわたしの本性がみなの反応を引き出したなどということはありえない。彼らの笑顔を輝かせたのは、その輝きがどれほど見当ちがいなものであろうと、あの男であって、他の誰でもないのだ。だとすれば、わたしがジャン・ドゥ・ギの評価を落としたくないと願うのはなぜなのだろう？　わたしは、彼の顔がつぶれるのを見たくなかった。救う価値もないあの男は、赦されなくてはならない。でもどうして？　彼がわたしにそっくりだからか？

わたしは化粧室にすわって、慇懃《いんぎん》でありながらきっぱりしたカルヴァレ社からの手紙を見つめた。旅行鞄のポケットにこの手紙を入れたとき、ジャン・ドゥ・ギの頭にはどんな考えがよぎったのだろうか？　決断を下さねばならないことがわたしにはわかっていた。ポールが城にもどり次第、契約に関して嘘をついていたことを話すか、このまま彼にうまくいったものと信じさせておくか。前者を選べば、それにつづくのは、非難と、軽蔑と、全従業員をだましていたという告白と、工場の即時閉鎖だ——工場はどのみちジャン・ドゥ・ギが帰ってくれば閉鎖となるのだろうが。後者を選べば、さらに大きな混乱が起こる。受注してもいない製品の製造と発送。そして、最初の荷がカルヴァレの倉庫に届けば、仰天して説明を求める電話がかかってくるのだ。

現行の契約はあと数日、あるいは、数週間、運用できるのかもしれない。わたしにはわからなかった。仮に具体的な事実や数字を目の前に示されても、それがどういう意味を持つのか、ほとんど理解できないだろう。事業のことなど、わたしは何も知らない。わたしの携わる経済活動と言えば、教育機関からささやかな報酬を受け取ることと、編集者や出版社にわたしの論文や講義の原稿を刊行してもらうことだけなのだ。自社製品の販売先と連絡を取りたい場合、ガラス工場の所有者はどんな方法を取るだろう？　そう、それが急を要する事柄なら、会社の電話を使うにちがいない。しかしここは会社ではなく、フランスの片田舎の城の化粧室であり、わたしには城のどこに電話があるのかさえわからないのだ。

わたしは上着の内ポケットにカルヴァレの手紙を入れ、下の階におりた。もうそろそろ四時になる。あたりに人気《ひとけ》はなく、家のなかにはシエスタのムードがたちこめていた。空気にはいまもなお昼食の余韻が残っており、わたしがいまだ足を踏み入れていない厨房《ちゅうぼう》から漏れてくるにおいからは、皿洗いと皿拭きは終わったものの、その残滓《ざんし》が黒っぽい壁や低い天井に染みついていることがうかがえた。菜園から取ってきた泥臭いままの野菜もまた、夕食前に洗って水を切るべくそこに置かれているようだ。わたしは思い切って半ば開いていたサロンのドアに歩み寄った。しばらく耳をすませて何も聞こえないのを確かめてから、なかに入ってみると、室内はがらんとしており、ソファで眠るフランソワーズ以外、誰もいなかった。わたしは忍び足で部屋を出て、ホールに引き返した。ルネも上の部屋に引きこもっているにちがいない。それが偏頭痛をなだめるためなのか、贈り物のあの薄物を着てみるためなのか、その点はわからないし、気にもならなかった。マリー＝ノエルは、わたしが突如、ヴェーリに出かけたおかげで、勉強せざるをえなくなり、たぶん（外では日の光が鳩小屋やブランコにさんさんと降り注いでいるというのに）あの殺風景な寒々とした部屋でブランシュおば様と過ごしているのだろう。わたしは電話を見つけた。それは最悪の場所に設置されていた。暗いクロークルームのなか、何着ものフード付きレインコートのあいだに。電話機自体も古めかしく、送話口のある本体が壁に留め付けられ、受話器がその側面に掛かっているようなやつだった。電話機の上には、必ずそこに目が行くように、魂の救いに対するブランシュの配慮の証がまたひとつ掲げられていた——ふたりの聖人の殉教の図。彼らの首は切られ、その血飛沫《しぶき》を飢えた犬どもが舐めている。

わたしは受話器を取って待った。しばらくすると雑音が入り、鼻にかかった声が独特の節回しで事実を述べた。「聞いております《ジェ・クート》」地域の電話帳をあたふたとめくり、自分の番号がサン・ギーユ2番だと知っても、別に驚きはなかった。架設以来、何も変わっていなくて当然だろう。わたしはパリにかけたいと言い、カルヴァレからの手紙に印刷してある番号を伝え、永遠とも思える長い時間、狭く暗いその場所で背中を丸めて待った。そして、ようやくカルヴァレが出たと告げられたときだ。階段から足音が聞こえたような気がして、わたしはパニックに陥り、手紙と受話器の両方を取り落とした。交換手が同じことを再度伝えている。ぶらさがった受話器からあの独特の節回しの声がペラペラと聞こえてくる。カルヴァレからの手紙をつかみとり、その末尾のむやみに大きく広がった署名を解読すると、わたしは送話口に口を寄せ、ムシュー・メルシエをお願いします、と小声で言った。すると、どなた様がおかけでしょう、と質問が返ってきた。ギ伯爵《コント・ドウ・ギ》です、とわたしは答えた。と突然、自分の嘘がそれまでにも増して——相手にこちらの姿が見えない分、余計に——重大に思えてきた。わたしはそのまま待つように言われた。そしてしばらくの後、あの手紙のムシュー・メルシエが、なんなりとお申し付けを、と言うのが聞こえた。

「ムシュー」わたしは切り出した。「前もってお約束もせず、いきなりお電話などして本当に申し訳ありません。それに、お手紙へのお返事を怠ったご無礼についても、深くお詫び申し上げます。実は、家族の病気のため、急にうちに帰らざるをえなくなりまして。本来なら、再度そちらにうかがって、ひとつふたつ、不明確だった点についてご相談させていただいたのですが。いま、こちらで弟と会い、いくつかの点につき、一緒に検討いたしました。価格の件ですが、御社のご希望にそうかたちでお値下げすることができそうです」

電話口に沈黙が訪れた。それからあの声が慇懃に、しかし、大きな驚きとともに、答えた。

「しかし伯爵《ムシユー・ル・コント》、問題はすべて、先週、徹底的に話し合ったではありませんか。あなたはご自身のお立場を明確になさり、われわれはそのお立場を理解しました。なのに、いままた、我が社との交渉を再開したいとおっしゃるのですか?」

「そういうことです」わたしは言った。「弟とわたしは、工場を操業しつづけ、従業員の雇用を守るためなら、いかなる個人的犠牲も厭《いと》わぬつもりです」

またしても沈黙。それから——「失礼ですが、伯爵、それは、先日あなたご自身がおっしゃったこととと正反対ではありませんか」

「わかっています」わたしは言った。「しかし正直に申しますと、わたしはうちの者たちにきちんと相談もせず、独断で動いていたのです。実のところ、これは一族全体の問題なのですが」

「そうでしょうとも、伯爵、だからこそわれわれも、御社にはできるかぎりの配慮をしてきたのです。今回、契約改定が必要になったこと、そして何よりも、折り合いがつかない場合、御社の工場が閉鎖となってしまうことを、われわれは大変遺憾《いかん》に思っておりました。不幸にして、その恐れは現実となったわけですが。確か伯爵は、個人的な感情は無関係だ、あの工場《ヴェーリ》は背負いきれない重荷となっている、と言っておられましたね」

よどみなく冷静に、声はつづいた。電話口の男とジャン・ドゥ・ギが向き合って革張りの椅子にすわっている場面が目に浮かんだ。商談が終わるや、きれいさっぱりこの件を忘れて、肩をすくめ、タバコをすすめあうふたり。かたや、赤の他人のわたしは、なんとか工場を救おうと悪あがきをしている。それも、ほんのひと握りの職工たちと、百姓女ひとりと、障害を負った彼女の身内に、彼らの雇い主を軽蔑してほしくないがために。当のご本人は、そんなことは知る由もなく、気にかけてもいないだろうに。

「あなたのおっしゃっていることに、まちがいはひとつもありません」わたしは言った。「いまわたしが言おうとしているのは、わたしの気が変わったということです。操業を継続できるのならば、どのような追加条項にも同意するつもりです。生産コストのことは、こちらで考えます。わたしは、とにかく御社のご希望のかたちで契約を更新してくださいとお願いしているのです」

さらに長い沈黙。その後、すばやく――「伯爵とそのご一族とは長いつきあいですからね、その関係が絶たれるとなって、当然ながらわれわれもうろたえていたのです。しかし価格の点で御社がわれわれの要望を受け入れてくださるというなら――もちろん、電話越しにこの場で合意というわけにはまいりませんよ――再度、うちの役員たちと協議せねばなりませんので。しかし最終的には、どうやら双方にとって満足のいく結果が得られることになりそうですね？」

問いかけるようなその口調は、そっくりわたし自身の疑問に対する答えとなった。今後、手紙のやりとりがあり、現契約が別の条件で更新されるのはそのあとなのだ。わたしたちはお愛想を言い合い、しかる後に、先方が電話を切る音がした。わたしはハンカチを――ジャン・ドゥ・ギのハンカチを――取り出して、額の汗をぬぐった。これは、レインコートのあいだのその狭い場所が暑かったためだが、同時にわたしの奮闘が精神的消耗を伴うものだったためでもある。わたしはどう成し遂げるのか皆目見当がつかないまま、大仕事を始めてしまったのだ。カルヴァレ社がガラスの小瓶に支払う対価が工場の運営や賃金にかかる経費をカバーできないとすれば――いまここに危機があるわけだから、できないことは確実なのだが――その金はどこか別のところで工面しなくてはならない。受話器から誰かの息遣いが聞こえてきたのは、まさにそのときだった。わたしは無意識に受話器を耳に当てたままでいたのだ。まちがいない。内線で誰かが聴いている。もっと情報を得ようと待っている。わたしはなんの行動も起こさなかった。受話器を耳もとに寄せ、ただじっとしていた。ほどなく交換手が割り込んできて、パリとの通話は終わったのかと訊ねた。終わったと答えると回線は切れ、またあの息遣いが聞こえてきた。それから小さくカチリと音がし、城のなかで聴いていた何者かが受話器を置いたことがわかった。確信は持てなかったが、パリとの会話が盗み聞きされていたのはほぼまちがいない気がした。でも誰に？　もうひとつの電話機はどこにあるのだろう？　わたしは受話器をフックにかけて、ホールに出ていった。電話がつながったとき階段から聞こえたと思った足音は、たぶん妄想と不安の産物だったのだろう。いずれにせよ、一階におりてきた者はなく、あたりはしんとしていた。ただし、電話口の息遣いは妄想ではなかった。姿を見られようが見られまいが、もうどうでもいい。そう思ってテラスに出ていき、城の外壁を振り仰いだが、見えるのはメインの電話線一本だけだった。それは塔と壁の境の、ある一点から屋根へと向かっている。それ以外にもあるはずの電気や電話にからむ設備は、長い煙突や小塔やガーゴイルの頭に隠されていたし、わたしのほうは、なんの線がどこに行くのか推測できるほど、その種のことに詳しくなかった。

もうひとつの電話機はどこなのか、盗聴者は誰なのか、そういったことをさぐるのはあとまわしだ。いま重要なのは、ジャン・ドゥ・ギ個人の財政について何かしらつかむことだろう。半分使い終えたあの小切手帳――わたしはそれを取りに行ったが、そこにあるのは謎の頭文字と数字ばかりで、残高は書かれておらず、役に立ちそうな情報と言えば、銀行名と隣町にあるその支店の住所だけだった。化粧室にはデスクはない。城のどこかに、城主が手紙をしたため、私物をしまっている場所があるはずだ。家族のみなが昼食の前に集まっていた図書室のことをわたしは思い出した。そこで下のホールに引き返し、食堂を通って、図書室の両開きのドアのところまで行った。ドアはもとどおり閉まっており、なかに入ると、室内は薄暗かった。これは、陽射しをさえぎるよう、長い窓の片側に鎧戸《よろいど》が寄せられていたためだ。わたしは鎧戸を開け、さがしていたものを見つけた――部屋の隅に置かれたデスク。その蓋には鍵が掛かっていた。鍵束（いまのいままで使い道がなかった、小銭や財布や小切手帳や運転免許証と並ぶ、ジャン・ドゥ・ギの所持品のひとつ）は、ジャン・ドゥ・ギの服を着たときからずっとわたしが持ち歩いている。いまその鍵を鍵穴に挿し込んでみると、なかの一本がぴたりと合った。それが泥棒行為であることは気にならなかった。わたしがしていることはただのスパイごっこであり、誰も傷つきはしないのだから。

デスクの蓋を開けてみると、なかはごちゃごちゃだった。我が家にあるきちんと整理されたわたし自身の書類とは異なり、他の人の私物はだいたいそんなものだ。小仕切りからは物があふれ、封筒からは中身が飛び出し、手紙、請求書、領収書が散乱している。引き出しのほうも、開けてみたところ、ご同様だった。どれもこれも本や資料、書類や写真でぎちぎちで、半インチ引き出すたびに、つかえてしまう。その中身が、あの男自身と代々のドゥ・ギ一族の歴史であることは確かだった。それらは埃っぽい引き出しから頑として出てこようとせず、わたしはいらだち、用心を忘れた。銀行の報告書がほしかったのだが、そういったものは見つからず、出てきたのは、随分前に使い切った小切手帳だけだった。狙っていた真珠《しんじゅ》のネックレスを見つけられない泥棒のように、当てがはずれたわたしは、満たされぬ好奇心をなだめるために、なんでもいい、とにかく何か収穫を得ずにはおくものかという気になっていた。そしてついに、この目が台帳らしきものの赤い革表紙をとらえた。わたしは渋る引き出しからそれを無理やり引っ張り出したが、結局それは狩りの記録帳にすぎなかった。どこまでもつづく、キジ、ヤマウズラ、野ウサギのリスト。どの獲物も撃たれたのは、戦争よりはるか昔だ。記録帳が出てきたあとの隙間は手さぐりするのによいスペースとなり、わたしの手はさまよいつつ一挺のリボルバーを通過して、また別の分厚い冊子を見つけた。検《あらた》めてみると、カビ臭いその冊子は、写真でいっぱいのアルバムだった。なかの写真は古めかしい切れこみにきっちり挿し込まれており、大半が色褪せている。

銀行の報告書など、もうどうでもいい。過去をのぞき見したいという衝動は抗いがたかった。アルバムの一ページ目には、紋章が入っていた。猟犬の頭部と一本の木。そしてその下に、大きく斜めに傾いた筆跡で〝マリー・ドゥ・ギ〟と記されている。そのページをめくると、まちがえようもない、あの母親がそこにいた。二十代半ばの女性。顎は現在のだぶついた二重顎でなく、丸みを帯びた意志の強そうな顎であり、あの半白の蓬髪《ほうはつ》は豊かな金髪で、鏝《こて》でくるくると巻いてある。いまは丸くなり、肩掛けで幾重にも覆われているなで肩は、フリル付きのブラウスに飾られていた。そしてその写真はまるで、女物の服を着込み、鬘《かつら》や小道具で変装し、芝居のなかで女役を演じるわたし自身のようだった。写真の横には、一九一四年の日付が入っていた。それから一枚、また一枚と、他の写真が出てきた。父親のジャン・ドゥ・ギ。ポールに少し似ているが、ごわごわの口髭を生やし、油断のない目をしている。背景は、写真館の襞《ひだ》のある垂れ幕に造花という最低なやつだ。そして、夫婦が一緒に写った写真。ふたりはいかにも親らしく愛おしげに、かつてのブランシュと思しきもの、大いに可愛がられていたらしい、リボンで飾り立てられた赤ん坊を見おろしている。それから、上の世代の友人や親戚たち。このおじゃあのおば。車椅子に乗った年老いたおじいちゃん《グランペール》。日付は常に入っているわけでなく、わたしはしばしばそれがどの年なのか推測せねばならなかった。小さな男の子と女の子が小馬にまたがっているのはいつの夏なのか。同じペアが雪の降り積もった鳩小屋を背に、マフラー姿で肩を組み、カメラに向かっているのは、いつの冬なのか。このふたりが離れていることはまずなかった。どこであれ、一方が、たとえば釣り竿や銃を手に立っていれば、もう一方も必ずそばに潜んでいた。そしてわたしは、軽い衝撃とともに――奇妙にも、むしろ嫌悪感を覚えつつ――常にそこにいるこの第二の人物、ブランシュが、長い脚といい、細い体といい、短く切った髪といい、今日《こんにち》のマリー＝ノエルにそっくりであることに気づいた。ブランシュが変わりだすのは、もっとあと、十五くらいのころからだった。卵形のその顔はより長く、目の表情は用心深く、厳粛《げんしゅく》になる。だが、それでもなおわたしには、その思いやりに満ちたまじめな顔に、今日のあの無口なオールドミスの面影を見出《みいだ》すことができなかった。

ジャン少年のほうはまじめさとは無縁だった。どのスナップ写真でも、笑っているか、おどけているか、カメラをかまえた人物をからかっているかなので、顔立ちがそっくりであるにもかかわらず、虚ろな目をした神経質そうな少年時代のわたし自身のスナップとはまるでちがうとつくづく思った。ポールはそのアルバムではあまり目立っていなかった。焦点が合っていないこともしばしばで、グループのなかでいちばん影が薄かったり、シャッターが押された瞬間、かがんで靴ひもを結んでいたりだ。子供たちが十代のころの、三人全員がはっきり写っている写真のなかでさえ（この一枚は、アルバムのなかにただはさんであったのだが）ポールはジャンのたくましい肩に半ば隠れる格好となり、ジャンの破壊的なほほえみの前では顔色《がんしょく》なしなのだった。

さまざまなグループのなかには、散発的に登場する人物もいた。いまよりはスリムで若いが、それでも当時からふくよかなあの司祭。そして、ページを逆に繰って赤ん坊時代までいくと、まちがいなくガラス工場《ヴェーリ》のジュリーとわかる女がいて、ポールのお守りをしていた。アルバムの後半には、モーリスという男がたびたび登場した。この男はガラス工場や城の仲間たちの一員で、彼とジャンが公園の石像のそばに立ち、一緒に写っている写真も一枚あった。その後、唐突に写真は途絶えていた。三、四枚、空白のページが残って、埋めてもらうのを待っている。父親のジャン・ドゥ・ギが亡くなったのか、戦争が始まったのか、あの母親が写真を撮ることに急に飽きてしまったのか、それはわからない。ひとつの時代が終わり、区切りがついたのだ。

わたしは奇妙ななつかしさを覚えつつアルバムを閉じた。長年、歴史の研究に携わってきて、何世紀も前の古い手紙や文書や記録にはすっかり慣れているというのに、こうして同時代の一家族の過去を盗み見すると、なぜか心を動かされた。アルバム初期の端整な伯爵夫人が年を取ったこと、金髪が半白になったことは気にならなかった。わたしが気になったのは、夫人があんな年の取りかたをしたこと、あの威圧的な自信に満ちた目がさぐるような落ち着きのない目に、誇り高き口がものほしげな口に変わったことだ。子供のころあれほどしなやかで可愛らしかった、そして、少女時代はあれほどまじめで注意深く見えたブランシュが、見る影もなくねじ曲がり、カリカチュアかと思うほどぞんざいな女と化したこと――それもわたしは気になった。笑っているジャンのうしろに隠れ、ピンぼけの像となっているポールでさえも、前髪をいつも目にかからせ、グループの端っこに片足で立つ子供のころのその姿は、なんとなくいじらしかった。ところが今日の彼は、情に欠けた陰気な男で、唯一、感情を見せたのは、わたしが隠されていた急所に触れ、本人が恥とみなすその欠陥を（わざとではないのだが）からかったときだけなのだ。

とそのとき、一連の写真が映し出す順風満帆な過去の一時代が、現在の侵入によってかき乱された。食堂の側から誰かがあの両開きのドアをがちゃつかせる音がしたのだ。アルバムをもとの引き出しに押し込んで、振り返ると、そこにはルネがいた。フランソワーズと同じく、彼女もアルバムの色褪せた写真には登場していない。このふたりは、戦後のわびしい時代、魅力を失ったサン・ギーユの冴《さ》えない景色に帰属するのだ。ルネは部屋に入ってドアを閉め、立ったまままわたしを見つめた。

「車の音が聞こえたの」彼女は言った。「最初はポールもあなたと一緒だろうと思った。でもそのあとシャルロットと廊下で出くわして、彼女からあなたはひとりだって聞いたのよ。フランソワーズはまだサロンで休んでいる。あなたはきっとここだろうと思ったわ。それで？　昼食のとき自分のしたことを謝る気はないの？」

あの贈り物の大失敗のことで、わたしはまたしても非難を浴びねばならないらしい。彼女からすれば、まちがいなく、こっちはそれだけのことをしているのだ。わたしはため息をつき、肩をすくめた。

「もうポールには謝ったよ」わたしは言った。「それだけじゃだめかな？」

鬱積《うっせき》した想いが体の緊張とそわそわ動く手に表れている。彼女は戸惑いと不安が入り混じった表情で、わたしを見つめた。その顔つきがとにかく鬱陶《うっとう》しく、いらだたしかったため、わたしはたちまちポールに同情を覚えた。彼はこの女の不機嫌に日常的にさらされているにちがいないのだ。

「いったいどういうつもりなの?」彼女は言った。「それでなくても大変なのに、わざわざ疑われるようなまねをするなんて? 第一、あんなことをしたら、ポールが傷つくじゃないの。それとも、あなたはわたしまで馬鹿にしようとしているのかしら?」

「まあ聴いて」わたしは言った。「僕はル・マンで飲み過ぎた。それでどの包みに何が入っているのか思い出せなかったんだ。僕としては全員に本を買ったつもりだったんだが」

「それを信じろと言うの?」ルネは訊ねた。「フランソワーズに贈ったものにまちがいはなかった。そうでしょう? いったいあれはいくらだったの? それともあなたはお金を払っていないの?」

これぞ、女の恨みの最たるもの、夫から妻への贈り物をめぐる怨念だ。あの小さな写真の入ったロケットを持っているのが、ルネでなく、フランソワーズでよかった。

「僕はフランソワーズに、彼女が必ず大切にしてくれると思えるものを贈ったんだ」わたしは言った。「きみが自分のもらったものにがっかりしたなら、残念だよ。ジェルメンヌにでもやってくれ。きみがあれをどうしようと、僕は一向にかまわない」

仮に手をあげたとしても、わたしは彼女にそれ以上の衝撃を与えられはしなかったろう。その顔にどっと血がのぼり、ルネはわたしを凝視した。ドアから離れると、彼女はゆっくりとデスクのほうへやって来た。わたしはすでにデスクに鍵をかけ、その鍵はポケットに収めてあった。ルネが何をする気なのか、こちらが気づくより早く、彼女はわたしに抱きついて、顔を顔に寄せてきた。一方わたしは、田舎芝居のヘボ役者よろしく不器用に、身を硬くして、ただ突っ立っていた。

「どういうこと?」彼女は言った。「あなた、いったいどうしたのよ? なぜそんなに変わってしまったの? わたしを抱くのが怖い?」

なるほど、そういうことか。たぶん気づいているべきだったのだろう。しかし彼女の言葉は衝撃であり、わたしを恐怖でいっぱいにした。この女にキスなどしたくない。しがみつく腕は不快だったし、求めてくる口は、貪欲すぎて、やる気をそいだ。ジャン・ドゥ・ギが暇つぶしに何をしていたにせよ、彼の代役によってその行為が実践されることはない。

「ルネ」わたしは言った。「人が来るかもしれない……」説得力のない虚《むな》しい言い訳――差しあたり欲求に駆られていない、卑怯な恋人の常套句《じょうとうく》だ。そしてわたしは、この想定外のきまりの悪い大接近から、めめしくも後退した。ところがそうしてデスクに寄りかかり、身をすくめてもなお、彼女はわたしを追い求め、愛撫しよう、しがみつこうと懸命に手を伸ばしてくる。襲われる男というやつは、なんと情けなくみっともないのだろう。女性の場合は、たとえ暴漢に襲われても、艶《つや》を添えるものとして、いちおう女のか弱さがある。

形ばかりのわたしの慰撫には説得力がなさそうだった。不器用に肩をなでたり、髪に鼻を埋めてキスしたりしてみたが、それは下手な芝居に見えたにちがいない。そこでわたしは言葉の奔流で彼女の接近を阻もうとした。

「用心しないとね」わたしは言った。「この件で取り乱しちゃいけないよ。きみにあげたあの馬鹿げた贈り物のことだが、ポールは納得したと思う。僕が思い切り軽くあしらったからね。フランソワーズにも同じやりかたで対応すればいい。でももうこんなふうに会いつづけるわけにはいかないよ。使用人たちに見られるかもしれないし、あの連中がいったん疑いを抱いたら、とんでもなく厄介なことになるからね」

彼女の耳につぎつぎと言い訳を注ぎ込む自分の声を聴きながら、わたしは絶望的な気分になった。自分はさらなる深みに自らはまろうとしている。密通の事実を自明のこととして扱い、せっかくの好機をひどく卑怯なかたちで見送ろうとしているのだ。いまならば、率直に冷酷に、こう言えたというのに――「僕はきみを愛していない。ほしいとも思っていない。もう終わりだ」

「つまり、どこかよそで会わなきゃいけないということ？」ルネが言った。「でもどうやって？　どこに行けばいいの？」

涙はない。愛を求める胸を打つ哀願も。彼女の頭にあるのは、ひとつのこと――たったひとつのことだけなのだ。ジャン・ドゥ・ギが気なぐさみに始めたことは、面倒な務めへと変わっていた。彼はどの程度、はまっていたのだろう？　そして、当初の刺激が失われたあと、どこまで飽きていたのだろうか？

「何か手を考えるよ」わたしは言った。「だが僕の言ったことを忘れないでおくれ。用心しないとね。将来の幸せをいまの愚行で危険にさらすわけにはいかないから」

ジャン・ドゥ・ギ本人であっても、これ以上みごとに二枚舌を使うことはできなかったのではないだろうか。どうやら悪党になるのは造作もないことらしい。わたしの言葉はルネを鎮めていた。ほんの束の間とはいえ、肌を触れ合ったこともまた、緊張を和らげ、彼女を安心させたにちがいない。とそのとき、ありがたいことに、向こうの部屋であの子供の声がした。ルネは、やれやれと肩をすくめ、わたしのそばを離れた。

「パパ？　どこにいるの？」

「ここだよ。何か用かい？」

マリー＝ノエルが勢いよく駆け込んできた。わたしは反射的に両腕を広げ、そこにあの子が猿みたいに飛び込んだとき、こう思った――今後、この子は大人の世界の要求を防ぐ楯として利用できるのではないだろうか？

「おばあちゃん《グランミ》が目を覚ましたの」マリー＝ノエルは言った。「わたし、会いに行ったのよ。そしたら、パパとふたりでお部屋にお茶に来てちょうだいって。わたし、おみやげのことをお話ししてあげたの。ポールおじ様がご自分がもらったものにがっかりなさったことも。それとね、パパ、ブランシュおば様にあげたおみやげ、パパはまちがえていたのよ。おば様が開けようとしないから、ママンとわたしで開けてあげたんだけど、なかにメッセージの紙があったの。『僕の美しいベーラへ、ジャンより』って。ブランシュなんてどこにも書いてなかったわ。中身は〝ファム〟っていう香水。すごく大きな瓶で、セロファンで包んだ綺麗な箱に入ってた。値札も付いたままだったのよ――一万フランですって」

第十章

　手をつないで一緒に階段をのぼっていくとき、マリー＝ノエルがわたしに言った。「不思議だけど、みんなあのおみやげのせいでご機嫌が悪いみたい。ママンも午前中はずっと喜んでいたのに、お昼のあと、あのロケットをはずして他のと一緒に宝石箱にしまっちゃったのよ。ルネおば様は、ご自分のはほとんど見ようともしなかったし、さっきわたしが、ブランシュおば様へのおみやげがまちがってたことをパパに話したときなんか、わたし、パパも自分もルネおば様にひっぱたかれるんじゃないかと思ったわ。ベーラって誰なの、パパ？」

「高い香水が好きなある人だよ」わたしは言った。

「ママンも知ってる人？」

「知らないいんじゃないか」

「わたしもそう思う。さっき、誰？って訊いたら、ママンはあのメッセージをくしゃくしゃに丸めてね、きっとパリにいる仕事関係のお友達よって言ってた。その人がパパを夕食に招いてくれて、香水はそのお返しでしょうって」

「そんなところかな」わたしは言った。

「問題はね、パパの記憶力がどんどん悪くなってることよ。わけがわからなくなって、ブランシュおば様にあの香水を渡すなんて、ほんとに驚きだわ。どうもおかしいと思ったのよ。だってね、わたしが覚えているかぎり、パパがおば様に贈り物をあげたことなんて一度もないんだもの。わたしにはよくわからない――大人のやることってとにかくへんてこなのよね。でも、ブランシュおば様に贈り物をあげたって意味がないことくらい、このわたしにだってわかるわ。おば様はパパとはもう十五年も口をきいてないんですもの」

十五年……ごくさりげなく口にされた、寝耳に水のこの情報に、階段の途中で足が止まった。自分の役も忘れ果て、わたしはまじまじとマリー＝ノエルの顔を見つめた。すると子供はいらだたしげにわたしの手を引っ張った。「早く」彼女は言い、激しく動揺しつつも、わたしは無言で従った。一時《いっとき》の反発とわたしが解釈していたものは、実は非常に根が深かったのだ。それは、家族全体の関係に影響を与えているにちがいない。ルネとの火遊びなど（もしあれをそう呼べるのならだが）これに比べれば、なんでもない。贈り物をするのが、彼らしくないと思われたのも当然だ。この新事実は衝撃的で、恐ろしくさえあった。肩を組んだふたりの子供のスナップ写真を思い出すとなおのこと。私的な何か、憎悪を引き起こす何かによって、ブランシュとジャン・ドゥ・ギの関係は破壊された。だがそのことは、みなに――この子供にまで――受け入れられているのだ。

「さあ、行きましょ」マリー＝ノエルがそう言って、あの広い寝室のドアをさっと開けた。そして前夜と同様に、ストーブの発する熱気の波がふたたびわたしをのみこんだ。午前中いなかったあの小さなテリアどもも、また部屋にもどっていた。二匹はけたたましく吠え立てながらベッドから飛びおりてきて、子供がなでようが叱ろうが静まろうとしなかった。

「へんなの！」マリー＝ノエルが言った。「このうちの犬たちはみんな頭がおかしくなっちゃった。セザールも今朝、パパに向かって吠えてたものね」

「シャルロット」伯爵夫人が言った。「あなた、ジュジュとフィフィをちゃんと散歩に連れていったの？　それとも午後じゅう階下《した》で噂話をしていたのかい？」

「もちろん連れていきましたわ、大奥様《マダム・ラ・コンテス》」たちまちむきになって、シャルロットが言った。「公園を一時間近く行ったり来たりしたんですよ。わたくしがこの子たちをないがしろにするとお思いですか？」

　まるで自分を非難したのがわたしであるかのように、彼女はさっとこちらに目を向けた。そしてわたしは、疑り深く光る小さな目といい、体の細さといい、この女は、ガラス工場《ヴェーリ》の正直で頑丈なジュリーとは大ちがいだと思った。そのけちけちしたお茶の注ぎかたまでもが、ひねくれた気むずかしい性格をうかがわせる。

「いいから、もうお行き」伯爵夫人が荒々しく命じた。「わたしたちの面倒はこの子が見てくれるから」相変わらず青白くて締まりがない、目の下に濃い隈《くま》のある顔で、長枕や枕の小山からじっとわたしを見あげ、夫人は手を差し伸べて、わたしをかたわらに引き寄せた。その垂れ下がった頬にキスしながら、わたしは、なんて奇妙なんだろう、と思った。本来ならば不快なはずの息子としてのこの抱擁がどういうわけか心地よい。美しいルネとの軽い触れ合いは、あんなにも生々しく気持ちが悪かったというのに。

「やれやれ《モン・デュウ》」夫人はささやいた。「おチビさんの話には大笑いしたよ！」それから、わたしを押しやり、声を大きくして言った。「すわって、お茶をお飲みなさいな。おみやげの包みをごちゃまぜにして配る以外、きょうは一日何をしていたの？」

夫人を前に、ふたたびわたしはくつろいでいた。話すのも笑うのも自由自在。夫人はわたしから自分にあるとは知らなかった陽気さを引き出すのだ。わたしたち――伯爵夫人と子供とわたしとは、互いに気の置けない、完璧なトリオだった。伯爵夫人はお茶を受け皿に移してごくごくと飲み、最後の一滴はおねだりする犬たちに舐めさせた。一方、お茶の注ぎ足し係の座に就いたマリー＝ノエルは、わたしたちを見つめながら、ちびちびとトーストを食べていた。

わたしは午後のヴェーリ訪問について語ったが、パリへの秘密の電話でひとまず問題が解決したので――いや、解決した可能性もあるので、同じ話をするにしても、これまでよりも自信が持てた。伯爵夫人のほうは、促されるまでもなく、年寄りの常で過去の栄光を物語り、わたしは内心、興味津々、子供は大喜びだった。夫人は、自分がよく覚えている時代、ガラスが手作りされていたころのことを語った。また、それより以前、夫人が生まれる前には、炉にくべるのは近くの森から採ってきた木であったこと（そのためガラス工場はみな森林地方に建てられていたこと）を。そしてまた、遠い昔、一世紀前には、百六十人もの職工と、女や子供がここにいたことも。職工とその家族の名前はすべて帳簿のどこかに記されており、帳簿はたぶん図書室にあるのだろうが、夫人はよく覚えていないという。

「でもねえ」彼女は言った。「それも全部過ぎたこと。もう何も残ってはいない。過去は二度ともどらないんだよ」

その言葉はジュリーを思い出させた。同じように移り変わりを受け入れ、同じように過ぎたことは忘れようとしていたジュリー。しかしわたしがコテージを訪ねたことや火傷《やけど》を負って寝ていた気の毒なアンドレのことを話すと、伯爵夫人は肩をすくめ、急に冷淡になった。

「ああ、やれやれ」夫人は言った。「あの連中はできることなら、わたしたちから最後の一フランまで搾り取るでしょうよ。若いころ、ジュリーはわたしからどれくらいせしめたんだろう？　息子はと言えば、あれは昔から役立たずだった。連れ合いがル・マンの修理工と駆け落ちしたのも無理ないね」

「あのコテージはそれはもうひどい状態でした。修理が必要ですね」わたしは言った。

「放っておきなさい」伯爵夫人は言った。「いったんやりだしたら、あれこれ要求されるからね。あの連中にお金をかけなくても、うちは充分貧乏なんだから。この状況は変わりそうもないし。ただ、フランソワーズが男の子を産めば、話はちがってくるね。あるいは……」夫人はみなまで言わなかった。そして、その言葉の意味はわからなかったものの、夫人の声の調子、横目でちらりとこちらを見た目つきは、なぜかわたしをどぎまぎさせた。一拍置いて、彼女はつづけた。「昨今は自分の身は自分で守らなきゃならないんだ。それに、連中になんの文句があるっていうの？　家賃も払わずすむっていうのに」

「ジュリーは文句など言っていませんよ」わたしは言った。「彼女は何も要求してはいません」

「そう願いますよ。あの女には相当な蓄えがあるにちがいない。きっと床下に札束を溜め込んでいるんでしょう。わたしにもそれくらいあったらと思うよ」

夫人の態度は苦になった。わたしは幻滅を覚えていた。あんなにも正直で忠実に見えたジュリーはいま、欲深な女として描かれ、ついさきほどまでのよく笑うおおらかな伯爵夫人もまた、突如、ものがわからない無慈悲な人となっている。両者に対しわたしが覚えた、本能的な偽らざる共感の昂《たかぶ》りはどういうわけか減衰しており、この変化はわたしを戸惑わせた。そしてマリー＝ノエルがもう一杯、お茶を注いでくれているとき、わたしは気づいた――ものがわからないのは伯爵夫人ではなく、わたし自身なのだ。わたしは甘ちょろい人間であり、人に実際よりも優しくおおらかであってほしいと願っているのだ。

「ねえ」マリー＝ノエルがいきなり会話に割り込んできた。「ブランシュおば様の前でママンとわたしがあの贈り物を開けたときのことだけど、あれはほんとにへんだったわ。最初、ママンがこう言ったの。『そんなに意地を張らないで、ブランシュ、贈り物はあなたを殺しはしないでしょう。ジャンが何か買ってきたなら、それはまちがいなく、なにがしかの気持ちがあるってことだわ。あの人はその気持ちをこういうやりかたであなたに伝えたがっているのよ』そしたらブランシュおば様は下を向いてね、随分してから、やっとこう言ったの。『それじゃあなたが開けて。どうぞご自由に。わたしにとってはどうでもいいものだから』でも、おば様だってやっぱり興味があったのよ。ときどき出る癖で、唇がちょっと突き出ていたもの。それでわたしたち、包みを開けたんだけど、あのすごく大きな香水の瓶を見て、ママンは『まあ、いったいどうしてこんなものを』って言ってた。ブランシュおば様も見たにちがいないわ。でもね、そのあと真っ青になって、さっと立ちあがって、部屋から出てっちゃったの。だからわたし、ママンに訊いたのよ。『ポールおじ様のとちがって、これはお薬じゃないのに。なぜおば様はいやがったの？』って。そしたらママンはこう言った。『結局これは悪戯《いたずら》だったようね。ひどく残酷な悪戯』おかしな言いかただったわよ。そのあとわたしたちは、別の人、ベーラって人へのメッセージを見つけたの。それを見て、ママンは言ったわ。『いいえ、悪戯じゃない。まちがいだわ。これは他の人への贈り物なのよ』でもわたしにはいまだにわからない。なぜあのふたりは、それを残酷だなんて思ったのかしら？」

子供の言葉は沈黙に穴を穿《うが》つようだった。無の波が空気中に浮かんでいる。奇妙なことに、子供とわたしは仲間になっていた。わたしの無知と子供の無邪気がふたりをひとつにしたのだ。母親はじっとわたしを見つめた。その目には、わたしには読み取れない何かがあった。批判でも非難でもない。だが夫人はいま、考えをめぐらせている。訝《いぶか》りつつさぐっているのだ。その探査はわたしを刺激し、ありえないとわかってはいるのだが、妙な想像を誘発した──夫人が内にそなえたなんらかの感覚がわたしの偽装をつつきまわし、秘密を暴いたのではないか、そうして、わたしが偽者であることを知ったのではないか、と。しかし夫人が口を開いたとき、彼女が話しかけた相手は子供のほうだった。

「いいこと、おチビさん」夫人は言った。「女というのは摩訶不思議なものなの。あんたのおば様みたいに信心深い女はなおさらだよ。そのことを忘れないで。ああいう狂信者になってはいけないよ」

夫人は急に疲れ、年老いたように見えた。高揚感は衰えつつある。テリアたちを追い払うそのしぐさは、怒りっぽく、じれったそうだった。

「さあ」わたしはマリー＝ノエルに言った。「お茶のテーブルをかたづけよう」

わたしたちはテーブルをもとどおり壁際の化粧台の横に寄せた。化粧台の上には、銀のブラシがいくつかあるなか、制服姿のジャン・ドゥ・ギが写る大判の彩色写真がすっくと立っており、わたしの目は束の間そこに留まった。直感的に、わたしはベッドに目をやった。母親もまた写真をじっと見つめていた――考えをめぐらすようなあの奇妙な表情を浮かべて。ふたりの目が合い、わたしたちは同時に視線を落とした。まさにそのとき、シャルロットが部屋に入ってきた。そして、そのあとから、あの司祭も。子供は司祭のところに行ってお辞儀をした。

「こんばんは、司祭様《ムシユー・ル・キユレ》」彼女は言った。「パパが〝小さき花〟の伝記をくれたの。取ってきてお見せしましょうか？」

老司祭は子供の頭をなでた。「あとでね、お嬢ちゃん、あとでね」司祭は言った。「階下《した》に行ったときに、見せてもらうよ」彼はベッドの裾側に歩み寄ると、太鼓腹の前で両手を組み、伯爵夫人の土気色の疲れた顔を見おろした。

「ふむ」司祭は言った。「きょうはあまりよい一日ではなかったようですね。きのうはいろいろありましたし、たぶん夜もよく眠れず、悪い夢を見られたのでしょう。聖オーガスティンにはそのことで何か言いたいことがあるはずですよ。あのかたも苦しまれたのですから」

司祭はカソックの襞《ひだ》のなかから本を取り出した。わたしには、伯爵夫人がともするとそれていく注意を懸命に司祭の言葉に集中させているのがわかった。彼女はわたしがすわっていた椅子を指し示し、司祭は衣の裾を広げて腰を下ろした。部屋の向こう端では、シャルロットも両手を組み合わせ、頭を垂れ、落ち着いて話を聴こうとしていた。

「わたしもいていい？」何か大変なものを見る許可を求めているかのように、興奮に目を輝かせ、マリー＝ノエルがささやいた。自分に何が期待されているのかよくわからないまま、わたしがうなずくと、彼女は化粧台のスツールを取ってきて、司祭のそばに据えた。それから自分の役を演じる子役よろしく、準備中でばたばたしていた表情を恍惚の表情へと作り変え、目を閉じ、両手を組み合わせ、声を出さずに唇を動かして老司祭の祈りに唱和しだした。わたしは伯爵夫人に目をやった。意志の力と訓練の成果で枕に寄りかかった姿勢は保たれているが、疲労によってその大きな頭はほんのわずかに垂れ、胸に近づいていた。まぶたの小さな震えはひとつの症状、畏敬《いけい》の念の表れというより、耐えがたい疲れから来るものだ。

わたしは部屋を去り、階下におりた。そのまま外に出て裏手の苑に回ると、森の小道に入り、落ちていく太陽のもと、いまは灰色になり、厳《おごそ》かに立つアルテミスの石像を通り過ぎて、ぶらぶらと歩いていった。昼の光のなかでは宝石のようだった城《シャトー》は、宵闇《よいやみ》の迫るこの時刻には近づきがたく見えた。青空に溶け込んでいた屋根と小塔も、変わりゆく空を背に鋭い色調を帯びている。ルネッサンス初期の塔と組み合わされた十八世紀風のファサードの前で、堀が水をたたえていたころ、この城は要塞のように見えたにちがいない。冷たい水が朽ちかけた壁を濡らし、鬱蒼《うっそう》たる森が城の扉まで包み込んでいた往時、あの狭間から外をのぞいた、絹をまとう貴婦人たちは、今日のルネやフランソワーズ以上に孤独だったのだろうか？　現在、牛たちがさまようところには目をらんらんと輝かせた猪《いのしし》が棲みつき、木の間にまだ霧が漂う朝は狩人らの細い角笛の音がそこに響き渡ったのだろうか？　酒を飲み、浮かれ騒ぐアンジュー州の貴族たち——狩り、闘い、殺すために、がやがやとはね橋を渡っていった彼らは、どんな人たちだったのだろう？　どんな夜の営み、どんな長く苦しい出産、どんな突然の死がここにあったのだろうか？　そしていま、別の時代に、ちがうかたちで、抑圧された感情と昔より包み隠された欲望を伴い、その多くが繰り返されている。残酷性は今日、陰にこもったものとなり、心を傷つけ、秘められた自己を痛めつけるが、当時のそれはもっとあからさまで荒っぽかった。強者だけが生き残り、その時代の孤独なフランソワーズや満たされぬルネは、風に吹かれたロウソクさながら、病や死へと向かい、彼女らの主人に——酒食に興じ、戦で闘い、ベルベットの肩をすくめる、ジャン・ドゥ・ギの原型に惜しまれ、または、忘れられたのだ。

誰かが鎧戸《よろいど》を閉じ、長い窓をひとつひとつ閉めながら、城のなかを歩き回っている。夜を締め出すその作業は、プライベートな世界へ引きこもる準備のようだった。なかで起きたことは、すでに命を失い、終息し、もう何も残っていない。城は墓となり、生きているのは、わたしの横で濡れた草地を嗅ぎ、牧草を食《は》む牛たちだけ——それと、ねぐらに向かってバタバタと飛んでいくコクマルガラスと、教会の向こうの村で吠えている犬だけだ。

我が虚構の人生の第二夜には、寄宿学校での第二夜のように形と実体があった。いまのわたしは周囲の事物に慣れている。茫然自失の段階は終わったのだ。自分の大胆さは、昨夜は酔いをもたらす薬だったが、いまはあたりまえに思え、ドアを開けても、どこかの部屋に入っても、家族の誰かと顔を合わせても、もう衝撃を受けることはなかった。どの音、どのにおい、どの声も、わたしは知っている。どの椅子が誰のものかもわかっている。わたしは内心びくりとすることもなくベルの音を聞き、自らのその行動に驚きもせず手を洗い、群居本能に従って夕食のために上着と靴を替えた——ちょうど、新入りの少年がつぎの休暇までの一時、故郷の家での自分自身と習慣を捨て、学校内で仲間をまね、他の者たちと同じ行動を取るように。その学期のあいだ、彼は色鮮やかな硬い殻、他の少年たちや先生たちの承認を得るための輝く仮面をまとっている。そして自身の代わりに歩き回る新たな人格に自らもだまされ、魅せられるのだ。食べること、飲むこと、新聞を手に取ることは、それ自体、急に興味深い行動となっていた。なぜなら、それはわたし自身の行動ではなく、ジャン・ドゥ・ギの行動だから。夢の不思議さを、夢を見ている当人はごく自然に受け入れる。わたしは、自分に話しかけたり、ほほえみかけたり、目もくれなかったりするわたしの幽霊たちのあいだを気楽に動き回りはじめた。儀式はすでに確立されている。車輪はずっと回りつづけてきたのだ。わたしはただ、抗議せず、基礎構造の一部となって、それに運ばれているにすぎない。

夕食のテーブルは静かだった。同席したのは四人だけだ。マリー＝ノエルは、七時にスープとビスケットを食べたため、その席には加わらず、ブランシュのほうは、ガストンによれば、断食をしたいとのことだった。ブランシュ様はお部屋におられます、と彼は言った。今夜はもうおりてはいらっしゃいません。

会話ははずまなかった。昼食の柱となっていたフランソワーズは疲れているらしく、あまり興味もなさそうに、それでも沈黙を攪拌《かくはん》すべく小さな話題を提供した。村で流行っている病気、司祭の夕方の訪問、オルレアンのいとこからの手紙、アルジェの問題、リヨンの北で起きた列車事故。彼女の声は、そこから不平がましさが消えると、よく澄んでいて心地よかった。ルネはふたたび髪をアップにして耳を見せ、よく似合うハイネックのブラウスを着て、頰に紅をつけていた。わたしを悩殺したいのか、からかって傷つけたいのか、あるいは、突如始めたポールとの明るいおしゃべりで嫉妬させたいのか——その点はわからなかった。その計略は（仮に計略があったとして、だが）失敗だった。わたしは動じなかったし、ポールのほうは彼女の意図に気づきもしなかった。彼は料理に集中しており、音を立てて食べ、その合間にうんうんと気のない返事をし、皿からほとんど目を上げなかった。そして夕食が終わると、すぐさまサロンのいちばん明るい照明の下の椅子に移って、葉巻に火を点け、その姿は大きく広げた〈フィガロ〉紙と〈ルウェスト・フランス〉紙の陰に隠れて見えなくなった。

マリー＝ノエルが部屋着姿でおりてきて、彼女とフランソワーズとわたしは（ルネは本を手に、そのページを繰ることもなく、ソファにすわっていた）ドラフトとドミノをやった。同じことを前にも、毎晩のように、何度となくやったにちがいない平和な三人家族。そして、時計が九時を打つと、フランソワーズが疲れてあくびをして言った。「さあ、もう寝る時間よ、いい子《シェリ》ちゃん」子供は文句も言わず、ドラフトをかたづけて引き出しにしまい、おじとおばと母親にキスし、わたしの手を取って言った。「行きましょう、パパ」

これが毎晩の習慣なのだろう。わたしたちは小塔の子供部屋まで階段をのぼっていった。部屋に入ってみると、あの人形はもうペン軸で串刺しにされてはおらず、受難から救われて、いまは悔い改め、告解席代わりの逆さにしたブリキ缶のそばにひざまずかされていた。司祭の役は、片脚のない、斜めに傾いた大きなドナルドダックに振り当てられており、そいつは黒い布で覆った水兵帽を法帽に見立ててかぶっていた。

「すわって」子供はそう命じると、部屋着を脱ぎ、ちょっとためらってから、わたしの予想どおり、あのにわか造りの祈禱台に行って祈りを唱えた。

「わたしが苦行を行うのを見たい?」マリ＝ノエルは言った。

「どういう意味だい?」わたしは訊ねた。

「わたしは罪を犯したの。ほら、きのうの夜、自殺するなんて言ったでしょう?」彼女は言った。「ブランシュおば様にお話ししたら、それはとても悪いことだとおっしゃっていたわ。告解するにはまだ早すぎるから、わたし、その罪にふさわしい苦行を自分に課すことにしたの」

彼女はするりとネグリジェを脱いで、痩せて骨張った体でわたしの前に立った。「心は熱しているが、肉体は弱い」マリ＝ノエルは言った。そして、雑然とした本棚に歩み寄ると、しばらくあちこちさがしまわって、先端に結び目のある犬用の小さな革の鞭を取ってきた。彼女は目をつぶった。それから、わたしが気づくより早く、自らの背中をすばやく鞭で打ち据えた。ごまかしは一切なかった。彼女は反射的に飛びあがり、あまりの痛さにハッと息をのんだ。

「やめるんだ」わたしは立ちあがって、彼女の手から鞭をひったくった。

「パパがやって」マリー＝ノエルは言った。「代わりにわたしを打ってよ」

彼女は目を輝かせてわたしを見つめた。わたしは床に放り出されたネグリジェを拾いあげた。

「着なさい」そっけなく言った。「さあ、早く。着たら、お祈りをして、ベッドに入るんだ」

マリー＝ノエルはおとなしく従った。そのすばやさ、わたしの言いつけに従うことへの熱意は、なぜか反抗されるよりも気がかりだった。従順な態度を見せつつ、彼女は興奮し、緊張していた。子供のことも、彼らの駆け引きのことも、わたしは何も知らない。しかしその興奮は、不自然なよくないものに思えた。

荷箱の祈禱台の前での祈りは、延々とつづいた。マリー＝ノエルは声を出さなかったので、本当に祈っているのかどうかわたしにはわからなかったが、やがて彼女は十字を切って立ちあがり、沈んだ表情で狭いベッドにもぐりこんだ。

「おやすみ」わたしは身をかがめて彼女にキスしたが、平静な硬い顔で彼女がわたしを見あげているのが、自分自身を罰するためなのか、それとも、わたしを罰するためなのか、その判断はつかなかった。わたしは部屋を出て、ドアを閉めた。それから、結び目のある擦り減ったあの鞭を見おろしつつ、小塔の階段の下でベーズ張りのドアを通り抜けて左に進み、突然、衝動に駆られて、そのまま二階のいちばん奥の塔の部屋まで行った。わたしはノブを回してみた。ドアには鍵がかかっていた。そこでわたしはドアをノックした。

「誰なの？」ブランシュが言った。

わたしは答えなかった。もう一度ノックすると、まず足音が、つづいて、鍵が回される音がした。ドアが開くと、そこにブランシュが部屋着姿で立っていた。ねじって髷《まげ》にしていた髪はほどかれ、顔のまわりに下がっており、パッと見たとき、その顔は上の階のマリー＝ノエルと同じように子供っぽく見えた。彼女の目に浮かぶ、疑り深い警戒の表情に、わたしの気はくじかれた。彼女とその弟との確執はわたしには関係ないことだ。だが、あの子供のことでは警告くらいしてやってもいいだろう。わたしは彼女の手に例の鞭を押しつけた。

「預かってくれ」わたしは言った。「あるいは、捨ててしまうかだな。マリー＝ノエルはそれで自分を打とうとしていた。あの子に鞭打ちは悪魔を追い出すのではなく、呼び込むんだと教えてやってくれないか」

ブランシュの目の表情が激しい憎悪へと変わった。あの青白い無表情な顔に突如現れた荒々しさに魅せられ、わたしはとりつかれたように彼女の顔を凝視した。とそのとき、それ以上何を言う暇もなく、ブランシュがバタンとドアを閉めて鍵をかけ、わたしはひとり廊下に取り残された。結局、何もできなかった。おそらく、彼女の敵意をさらに掻き立てただけだ。ショックを受け、意気消沈して、わたしはのろのろと廊下を引き返していった。毒気に満ちた非情なあの目も、かつては大きく見開かれ、信頼心にあふれていたにちがいない――そんな考えが頭から離れなかった。

階段まで行き、どちらに向かうべきなのか、このあとどうすればいいのか、考えていたとき、わたしはあの三人に遭遇した。彼らはベッドに行くため、つぎつぎと階段をのぼってきた。ものうげな、無気力な目をした、青白いフランソワーズ。高く結った髪がハイネックのブラウスに映える、頰の紅がまだ鮮やかなルネ。そして、また別の新聞、地方紙を小脇にはさみ、あくびをしながら、明かりのスイッチに手をやるポール。彼らはわたしを見あげた。弱い光に照らし出された三つの顔が。そして、三人の思い込みとは裏腹に、わたしは彼らの一員ではなく、外部にいて彼らの世界をのぞきこんでいる赤の他人だから、それはまるで、彼ら三人が全員、仮面を取り去り、裸でいるかのようだった。わたしはフランソワーズの苦悩を見た。一気に舞い上がり、瞬時に放り落とされ、幻滅するその姿を。そしてルネ。彼女を。魔法のひとときのあと、彼女に残されたのは、どうにか生きていく力だけだ。彼女は自分の肉体を美しいと思い、ほしいものをもらおうとしている。ポールはと言えば、彼は戸惑い、疲れ、嫉妬している。どんな奇跡が起きたのか、あるいは、何が見落とされているのか、怪しんでいる。

わたしたちはおやすみを言い合い、ランサーズ（スクエアダンスの一種）の隊列のカップルよろしくふたりずつに分かれた。フランソワーズのあとから廊下を歩いていきながら、わたしは特に感慨もなく、もしもこれが逆で、ルネがジャン・ドゥ・ギの妻だったら自分はどんな気がしただろうかと思った。好意と嫌悪はごく近い種類のものだから、そばにいざるをえないことで、そのふたつのあいだの深い溝に橋がかかり、それらがひとつになることもあったのだろうか？　わたしはそれ以上、想像をめぐらせずにすんだ。というのも、化粧室のなかの変化に注意を引かれたからだ。いま、その部屋にはベッドがある。キャンプベッドが、長枕とシーツと毛布とともに。奇妙なことに、真っ先に感じたのは、安堵ではなく、うしろめたさだった。何があったのだろう？　これはどういうことだろうか？　それからわたしは整理箪笥《だんす》のところに行き、その上に香水の大きな瓶が載っているのに気づいた。〝ファム〟と派手な飾り文字が入ったやつ。誰もそれに手をつけてはいない。

わたしはちょっと考えてから、浴室を通り抜けて寝室に行った。フランソワーズは化粧台の前にすわって、髪にピンを挿しているところだった。

「僕に化粧室で寝てほしいのか？」わたしは訊ねた。

「あなたはそのほうがいいんじゃないの？」彼女は言った。

「どっちでもかまわないよ」わたしは答えた。

「そうだろうと思ったわ」

彼女は髪にピンを挿しつづけた。これこそ――とわたしは思った――結婚生活の問題のひとつなのだ。その行く手には常に、和解か涙か果てしない口論がある。あの〝ファム〟の瓶と無造作に書かれたBのイニシャルさえなければ、こんなことにはならなかったのに。わたしたちは、つまり、彼女の夫とわたしはしくじったのだ。そして、あの男ならきっと沈黙で応じたろうと思ったため、それがわたしの選んだ道だった。

「わかった」わたしは言った。「化粧室で寝るよ」

わたしは浴室に引き返し、浴槽の湯を出した。どちらが自分の歯ブラシで、どちらが自分のコップなのか思い出して、歯を磨いていると、またしてもその感じは、ほとんど記憶にないが妙に馴染み深い、寄宿学校の二日目の夜を思わせた。浴室の備品はもう未知のものではない。

お湯の流れ出る音もうちの音とはちがうものの、いまでは確立されたメカニズムの一部となっている。そしてクリームを取りに来たフランソワーズが、両者とも無言でいるなか、わたしをかすめて通り過ぎていったとき、まるで彼女はちょっと仲たがいした、過ぎし日の寮の仲間のように思えた。自分がベストにズボンという格好で、彼女が化粧着を引きずっていることも、不適切にも奇妙にも感じなかった。わたしは浴室の背景の一部となっており、それは彼女も同じなのだ。違和感を与えるのは、沈黙だけだった。そして、パジャマにガウンという姿でおやすみを言いに行き、本を読んでいたフランソワーズが、昨夜の苦悩もなく、昨夜の涙もなく、その白い頬を無造作にこちらに向けたとき、わたしが感じたのは、またしても、安堵よりもうしろめたさ――ジャン・ドゥ・ギの罪が彼の身代わりによって十倍になってしまったというやましさだった。

わたしは化粧室にもどって窓を開けた。今夜、栗の木々は静かだった。あたりには何も見えない。星はなく、上の小塔の部屋にも人影はない。これは城の屋根の下での二夜目なのだ、自分がサン・ギーユに来てから二十四時間以上が経ったのだ――そう思いつつ、キャンプベッドにもぐりこみ、タバコに火を点けたとき、わたしには、自分の言動のひとつひとつが、さらに自らを縛りつけ、深みへと追いやったことがわかっていた。その体がわたしの体ではなく、その精神もわたしの精神ではなく、考えも行動もまったくかけ離れてはいるが、それでもその実体はわたしの本性の一部、隠された自己の一部であるあの男に、自分がより強く結びつけられてしまったことも。

第十一章

　翌朝、目覚めたとき、わたしは自分には何かやるべきことがあったはずだと思った。何か急を要することだ。それから、記憶がよみがえってきた。カルヴァレとのあの電話。わたしは一族の財政について何も知らないまま、先方の条件で生産を継続する責任を負った——というより、その責任をガラス工場《ヴェーリ》に負わせてしまったのだ。わたしの手もとにあるのは、ジャン・ドゥ・ギの小切手帳と、彼が利用しているヴィラーの銀行の名前と住所だけだ。どうにかしてその銀行へたどり着き、自分が何も知らないことに対する言い訳をこしらえて、支店長と話をしなければならない。支店長なら、ジャン・ドゥ・ギの財政についてだいたいのところを教えられるはずだ。

　わたしはベッドを出て、入浴し、服を着た。フランソワーズはまだ寝室で朝食を食べていた。化粧室でコーヒーを飲みながら、わたしはミシュランの地図とル・マンから自分が通ってきた道を頭に浮かべようとした。あの道のどこか、サン・ギーユから十五キロ足らずのところに、ヴィラーという町があった。ル・マンからモルターニュ経由で大修道院へ行くコースを調べていたとき、その名前が目に入ったのを覚えている。地図はもう手もとにないが、その町を見つけるのは簡単だろう。ガストンがわたしの服にブラシをかけに来ると、わたしはヴィラーの銀行に行くから車を使いたいと言った。

「ヴィラーへは何時においでになりますか、伯爵様《ムシュー・ル・コント》？」

「いつでも」わたしは言った。「十時か、十時半だな」

「では、十時に外にルノーを駐めておきましょう」ガストンは言った。「ポール様《ムシュー・ポール》はシトロエンでヴェーリに行かれればよろしいので」

二台目の車があることは忘れていた。これで事は簡単になる。ポールからの質問は回避できるし、一緒に銀行に行こうかなどと彼に言われる気遣いもない——それこそ、わたしが恐れていたことなのだが。しかしわたしは、家族の買い物という面倒を計算に入れていなかった。当然のごとく、ガストンはわたしが出かけることをみんなに触れ回ったようだ。ポケットに小銭を入れ、部屋を出ようとしていると、あの小間使《ファム・ドゥ・シャンブル》いがドアをノックした。

「失礼いたします、伯爵様」彼女は言った。「ポール様の奥様《マダム・ポール》が、ヴィラーまで車に乗せていっていただけないかとおっしゃっているのですが。美容院にご予約が入っているのだそうで」

マダム・ポールがまた偏頭痛に襲われてくれればいいのに、と思った。彼女とまた一対一で話をするなんて、たまらない。しかし逃れるすべはなさそうだった。

「マダム・ポールは出発が十時なのをご存知なのかな？」わたしは言った。

「はい、旦那様、美容院のご予約は十時半になっております」

ルネはわたしに同行するためにわざとそうしたのだろうか？ わたしは、もちろんマダム・ポールをお連れするよ、とジェルメンヌに言った。それから、ふと思いついて、浴室を通り抜け、寝室に行った。フランソワーズはベッドのなかで身を起こしていた。

「これからヴィラーに行くんだ」わたしは言った。「一緒に来ない？」

それから、たとえ前夜ベッドから追放されていたとしても、夫は妻におはようのキスをするものだろうと気づいた。そこで、ベッドに歩み寄って彼女にキスし、よく眠れたかどうか訊ねた。

「なんだか落ち着かなかったわ」彼女は言った。「隣の部屋にキャンプベッドがあって、あなたのほうも助かったのよ。ヴィラーには、わたしは行けないわ。このままベッドで過ごすつもりよ。午前中にルブラン先生がいらっしゃるの。あなたはなぜ行かなきゃならないの？　あなたにも先生に会ってほしかったのに」

「銀行に用事があるんだよ」わたしは言った。

「ガストンに代わりに行ってもらったら？」フランソワーズは言った。「もしお金が必要なら」

「そういうことじゃない。話さなきゃならない用件があるんだ」

「ムシュー・ピギはまだ病欠中なんじゃないかしら」彼女は言った。「誰が代わりをしているのか知らないけど。たぶんあの上級職員ね。彼はあまり役に立たないわよ」

「かまわないさ」

「ねえ、わたしたち、そろそろ決めなきゃいけないわ。出産のとき、ル・マンに行くのか、ここで産むのか」彼女の声には、あの哀しげな響きがもどっていた。なおざりにされていると思い、傷ついている者の声だ。

「きみはどうしたいの?」わたしは訊ねた。

フランソワーズはあきらめをこめ、どうでもよさそうに肩をすくめた。「わたしはあなたに決めてほしいのよ」彼女は言った。「この悪夢からすっかり解放されたと思いたいの。もう何も心配いらないんだって」

その非難のまなざしから、わたしは目をそむけた。いまこそ問題に向き合うべき時、睦み合い、日常生活の無数の小さな困難について協議すべき時なのだろう。夫と妻は困難を分かち合わねばならない。しかしこの問題はわたしの問題ではなく、この時はわたしが選んだ時ではない。そのためわたしは、銀行に行くことで頭がいっぱいのいま、それを持ち出した彼女にいらだちを覚えた。

「何もかもルブラン先生にお任せするのがいいんじゃないか?」わたしは言った。「僕たちは先生の助言に従うべきだ。先生がいらしたら、ご意見をうかがってごらん」

そう言っているそばから、その発言が見当ちがいであることはわかっていた。フランソワーズが言いたいのはそういうことではない。彼女は安心させてほしいのだ。自分はひとりじゃないと思いたいのだ。わたしはこう言いたくてたまらなかった――「なあ、僕はきみの夫じゃないんだ。どうすべきか決めることはできないんだよ……」罪悪感の重荷はそれで下ろせるだろう。しかしわたしはそうは言わず、ひとつの譲歩として、良心をなだめるために、こう付け加えた。「僕も長くはかからない。たぶん、先生がお帰りになる前にもどってこられるよ」

フランソワーズはなんとも答えなかった。ジェルメンヌが朝食の盆をさげに来た。そしてジエルメンヌのうしろにはマリー＝ノエルがいた。彼女はわたしたちに順番にキスして朝の挨拶をすると、すぐさま自分もヴィラーに連れていってほしいと言った。

これこそ、ルネに対する完璧な対抗策だ。なぜ自分で思いつかなかったのだろう？　わたしが来てもいいと言うと、子供は目を踊らせてわたしを見つめ、母親が髪にブラシをかけているあいだ、じれったそうにもじもじしていた。

「きょうは市の日よね」フランソワーズは言った。「人混みに入っていっちゃいけませんよ。きっと何かうつされるから。いちばんよくても、ノミをね。ジャン、この子に市場をうろつかせたりしないでね」

「この子のことは僕がちゃんと見るよ」わたしは言った。「それに、ルネも行くわけだしね」

「ルネが？　いったいどうして？」

「ルネおば様は美容院を予約なさったの」マリー＝ノエルが言った。「パパがヴィラーに行くって聞いてすぐに、ブランシュおば様のお部屋に電話をかけにいらしたわ」

「おかしいわね」フランソワーズは言った。「あの人はほんの四、五日前に髪を洗ったばかりなのよ」

子供は何か、ルネおば様は遊猟会《ラ・シャッス》に備えて綺麗にしたいのだというようなことを言っていたが、わたしは聴いていなかった。突如降ってきたたったひとつの情報に、わたしはしがみついていた。もうひとつの電話はブランシュの部屋にあるのだ。ということは、わたしがパリと話していたとき、受話器を取って聴いていたのは、ブランシュだったわけだ。彼女でないとすれば、誰だろう？　そして、あの会話はどこまで聞かれたのだろうか？

「あなたが帰るまで、なるべくルブラン先生をお引きとめしておくけど」フランソワーズが言った。「でも先生がどんなか知ってるでしょう？　あのかたは長くいられたためしがないのよ」

「先生は何しにいらっしゃるの？」マリー＝ノエルが訊ねた。「何をなさるつもりなの？」

「お腹の坊やの音をお聴きになるのよ」フランソワーズが言った。

「なんにも聞こえなかったとしたら――それはその子が死んだってことなの？」

「いいえ、もちろんちがいますよ。馬鹿なことを言わないで。さあ、あっちに行きなさい」

子供は熱心に期待をこめて、わたしたちの顔を見比べた。それから、これといった理由もなく、いきなり腕立て側転をした。

「ガストンが言ってたわ。わたしは手足が頑丈だって」彼女は言った。「たいていの女の子は逆立ちなんてぜんぜんできないんですって」

「気をつけてよ……」フランソワーズが注意したが、すでに手遅れだった。宙を飛ぶ足のバランスがくずれ、暖炉のそばの小さなテーブルに激突し、炉棚の上の陶製の猫と犬が吹っ飛んで、砕け散った。束の間、沈黙があった。子供は真っ赤になって立ちあがり、母親に目を向けた。フランソワーズはベッドの上で呆然としてその大惨事を凝視していた。

「わたしの猫と犬」彼女は言った。「わたしの宝物。母からもらったものなのに。せっかく実家から持ってきたのに」最初わたしは、この突発的な事故の衝撃があまりにも大きすぎて、彼女は怒りすら感じていないのではないかと思った。しかしつぎの瞬間、感情の爆発が彼女を襲い、自制心をぶち壊し、何カ月分、いや、たぶん何年分もの苦い思いが怒濤《どとう》のごとく浮上してきたようだった。

「このひとでなし」彼女は子供に言った。「なんていやらしい、ぶきっちょな足なの。この家にわたしのものはひとつしかない――わたしが大切にしているものはひとつしかないのに。よくもそれをたたき壊してくれたわね。あんたの父親は、その頭に聖人だの幻《ヴイジヨン》だのって馬鹿な考えを吹き込むばかり。なぜ自制とお行儀を教えないいんだろうね？　まあ、いまに見てなさい。弟が生まれたら、その子はうんと可愛がられ、うんと甘やかされるから。あんたは二位の座に落ちるのよ。あんたにとっても、他のみんなにとっても、実に結構なことだわ。さあ、ふたりとも出てって。どっちにもいてほしくないの。お願いだから、わたしをひとりにしてちょうだい……」

子供は顔面蒼白になり、部屋から駆け出ていった。わたしはベッドに歩み寄った。

「フランソワーズ……」そう言いかけたが、彼女はわたしを押しのけた。その目はひどく苦しげだった。

「もういや」フランソワーズは言った。「いや……いや……いや」そう繰り返すと、枕の上に倒れ、そのなかに身を沈めた。手遅れだとわかっていながら、わたしはなんとか役に立とう、実のあることをしようとして、このあとフランソワーズの目に入ることのないよう、陶製の動物たちの破片を拾い集めて化粧室に持ち去った。機械的にセロファンと紙でその破片を包んだが、それは整理箪笥《だんす》に載っている香水の大瓶を包んでいたものだった。マリー＝ノエルの姿はどこにもなく、昨夜のこと、鞭のこと——それ以上に恐ろしい、開いた窓の脅威のことを思い出し、わたしは化粧室を出た。突然、恐怖に駆られて、裏の階段を小塔の部屋まで二段抜かしで駆けのぼっていったが、なかに入ってみると、ありがたいことに、窓は閉まっており、マリー＝ノエルは服を脱いで、椅子の上にきれいに重ねているところだった。

「何をしているんだい？」わたしは訊ねた。

「わたし、悪い子だったでしょう？」彼女は言った。「ベッドに入らなくていいの？」

突然、彼女の目に映る大人の世界が見えた。その強大さ、論理と理解の欠如が。その結果、まだ起きて一時間ほどなのに、陽光がさんさんと部屋に流れ込んでいるなか、十時十五分前におとなしく服を脱ぐなどということが、疑問もなく受け入れられることとなる。なぜなら、これが大人の罰の与えかただから。

「その必要はないんじゃないか」わたしは言った。「そんなことをしても、あまり意味がないんじゃないかな。第一、きみは悪い子じゃなかったしね。さっきのは運が悪かっただけだ」

「でもヴィラーにはもう行っちゃだめなんでしょう？」マリー＝ノエルは訊ねた。

「どうして？」

子供は戸惑った顔をした。「それは特別なお出かけですもの」彼女は言った。「高価な物を壊した人は、特別なお出かけなんて許されないものだわ」

「でもわざと壊したわけじゃないからね」わたしは言った。「そこにはちがいがある。とにかく修理をたのんでみよう。たぶんヴィラーに店があるんじゃないかな」

マリー＝ノエルは疑わしげに首を振った。「そんな店、ないと思うわ」

「まあ、さがしてみるさ」わたしは言った。

「ほんとならバランスをくずしたりしなかったのに、この手がね」マリー＝ノエルは言った。「手をつく場所がテーブルに近すぎたの。それに、手首の力が抜けちゃって。苑ではもう何百回もやっているのよ」

「きみはやる場所をまちがえたわけだ。それだけのことだよ」わたしは言った。

「うん」

言葉にしていない何かの考えの裏付けを渇望し、子供の目がわたしの目をさぐっている。しかしわたしにはそれ以上、彼女に伝えることが何もなく、言うべきことも何もなかった。

「また服を着ましょうか?」マリー＝ノエルが訊ねた。

「うん。そのあとで、下においで。もうそろそろ十時だよ」

わたしは化粧室におりて、あの破片の包みを回収した。下にはすでに車が回されており、ホールにはルネが立っていた。

「お待たせしたのでなければいいけれど」彼女は言った。

その声にはものすごい期待感がこもっていた。それに、自信も。彼女はわたしの前を通り過ぎてテラスに出、階段をおりていった。そして、その物腰自体に、さらに、暖かな明るい空をちらりと見あげ、待機していたガストンにおはようと声をかけたその様子にも、興奮と意欲がにじみ出ていた。お膳立ては整った。彼女にとってきょうは晴れの日だ。とそのとき、子供がわたしたちを追って駆けてきた。彼女は綿の白い手袋をして、チェーンの付いたビニール製の白いバッグをぶら下げていた。

「わたしも行くのよ、ルネおば様」子供は言った。「でもこれは遊びじゃないの。とても大事な用事があるんだから」

人の表情がこれほど急激に自信から失望に変わるのを、わたしはそれまで見たことがなかった。

「だけど、行っていいなんて誰が言ったの?」ルネが叫んだ。「お勉強はしなくていいの?」

わたしの目がガストンの目と合った。そしてその目を見ると、彼が完璧に状況を理解していることがうかがえたため、わたしは彼の手を握り締めたくなった。

「ブランシュおば様にとっても、お勉強は午後のほうがよかったの」マリー＝ノエルは言った。「それにパパもわたしと一緒だとうれしいわけだし。そうでしょう、パパ? わたし、前に乗ってもいい? うしろの席だときっと酔っちゃうから」

一瞬、わたしはルネが城《シャトー》に引き返すのではないかと思った。彼女の挫折はそれほどまでに破壊的であり全面的だった。しかし彼女はどうにか気を取り直し、わたしには目を向けずに、車の後部に乗り込んだ。

ヴィラーまでの行きかたについては心配することはなかった。いつもどおり、難局を脱する簡単な手は、真実だった。

「パパはよその人で道を知らないってことにしよう」わたしはマリー＝ノエルに言った。「だからきみは道案内をしなきゃならないんだ」

「いいわよ」マリー＝ノエルは言った。「おもしろそう」

たったこれだけだった。

わたしたちはサン・ギーユを出て、脇道を走っていった。十月の空のもと、牧場《まきば》や田畑は金色がかった緑にきらめいている。わたしは子供というものに感心した。彼らはいともたやすく嬉々として空想の世界に入り込んでしまう。この空想によって自分をだまし、現実に目をつぶっているからこそ、子供たちは人生に耐えられるのだ。仮にマリー＝ノエルに、ジャン・ドゥ・ギに対する彼女の信頼をぶち壊すことなく、わたしの正体を打ち明けることができたなら、彼女はどれほど熱心に、この謀《はかりごと》に加担したことだろう。また、どれほど優れた魔法の杖、アラジンのランプの魔神となったことだろう。

ほどなく車は、野原と農場と森、砂の側道と葉を落とすポプラの木々の魔法から抜け出して、まっすぐのびる路面の硬い国道《ルート・ナシオナル》、ヴィラーに通じる道へともどった。子供は歌うような抑揚《よくよう》で、曲がるところをひとつひとつわたしに教えた。一方、わたしたちのうしろでは、同乗者がずっと沈黙しつづけていた。ただし一度、前の車がいきなり減速したため、わたしが急ブレーキをかけたときは、別だった。そして、その揺れでつんのめったとき、彼女の漏らした驚きといらだちの声——押し殺した「ああっ」という叫びは、胸に鬱積《うっせき》する想いを暴露《ばくろ》していた。

「まずルネおば様を美容院で降ろしてから、共和国広場《プラス・レピブリク》に車を入れましょう」マリー＝ノエルが言った。

わたしは小さな店の前で車を停めた。そのウィンドウには、毛刈り前の羊よろしく毛をくるくるに縮らせた、蠟人形の女性の頭部が飾ってあった。ルネのために車のドアを開けてやると、彼女は無言で降りてきた。

「何時ごろ終わるのかな?」そう訊ねても、ルネは答えなかった。そしてそのまま振り返りもせず、まっすぐ店に入っていった。

「おば様、ご機嫌が悪いみたい」マリー＝ノエルが言った。「どうしたのかしら」

「おば様のことは、気にしなくていいよ」わたしは言った。「案内をつづけておくれ。いいかい、パパはここに来るのは初めてなんだからね」

ルネが去ったことで解放され、子供と同じく、わたしもまた浮き浮きした気分になった。わたしたちはトラックの列の隣に駐車スペースを見つけ、ノミがうつるというあの警告のことなど気にもせず、教会に隣接する広場の市へと飛び込んでいった。

ル・マンとはちがって、大がかりなものは何ひとつなかった。ここには牛もその他の家畜もいない。ただ、狭い市場にぎちぎちに並べられた架台は、エプロンや上着やフード付きレインコートや木靴であふれんばかりだ。子供とわたしはそのあいだをぶらぶらと歩き回り、ふたりの目は決まって馬鹿みたいに同じ品物に留まった。水玉模様のハンカチ、スカーフ、雄鶏の頭の形をした陶製の水差し、ピンクのゴム毬《まり》、片側が赤、反対側が青の、ずんぐりした色鉛筆。わたしたちはジェルメンヌのために灰色と白の格子模様のスリッパを買い、そのあと、同じスリッパの明るい緑色のを売っているライバル店に気を引かれて、恥ずかしげもなくそちらに乗り換えた。ところがスリッパを包んでもらい、その代金を支払うやいなや、ふたりそろってまた新たな欲望にとらわれ、自分たち用とガストン用にブーツの黄色い靴ひもがほしくてたまらなくなった。それに、一本のひもでつながった二個のスポンジも。それに、イルカに乗った人魚が型押しされた、大きな乳白色の石鹼も。

大荷物をかかえて、わたしたちは混雑した通路に入り、そこでわたしはこちらを見つめる視線に気づいた。派手な青いジャケットを着た金髪の女が、ひどくおもしろそうにわたしたちを見ている。女の腕はダリアの花でいっぱいだ。そして彼女は、すぐ近くの露天商と話しているふうを装い、子供の頭越しに言った。「すると、あの噂は本当だったのね。サン・ギーユのガラス工場は閉鎖されて雑貨屋になるって聞いたけど」教会のほうをめざし、わたしたちとすれちがっていきながら、女はわたしの耳にささやきかけた。「気分転換に、お父さんをやってるの？」

わたしはおもしろくなり、好奇心をそそられて、通路を揺れていく青いジャケットを振り返って眺めた。するとそのとき、マリー＝ノエルがわたしの手を引っ張って言った。「ねえ、パパ、小さなレースの布があるの。早く来て。わたしの祈禱台にぴったりなのよ」そしてわたしたちはふたたび買い物を始めた。マリー＝ノエルは露店から露店へと飛び回り、わたしは、陽射しのぬくもりのなか、気がゆるみ、怠惰《たいだ》になって、ヴィラーに来た本来の目的も忘れ果てていた。そんなとき、教会の時計が十一時半を告げ、わたしは啞然とした。銀行は十二時に閉まる。なのに、自分はまだ何ひとつ達成していないのだ。

「行こう、さあ急いで」わたしは言い、わたしたちは車にもどって、買ったものをどさっと車内に放り込んだ。マリー＝ノエルは後部座席で荷物の整理にかかり、わたしのほうはもう一度、小切手帳を見て、銀行の住所を頭に入れた。

「パパ」子供が言った。「わたしたち、ママンの置物の修理のこと、まだ何もやってないわ」

彼女を見やると、その顔は不安げだった。楽しい時は過ぎたのだ。

「大丈夫」わたしは言った。「それはあとでやろう。銀行のほうが大事だよ」

「でもお店はみんな閉まっちゃうのよ」マリー＝ノエルは言い張った。

「やむをえないな」わたしは言った。「いちかばちかだ」

「町の門《ポルト・ドゥ・ヴィーユ》のそばのあのお店で陶製品の修理をしていないかしら」マリー＝ノエルは言った。「ほら、燭台《しょくだい》を売ってるところ」

「わからない」わたしは言った。「やってないんじゃないか。ねえ、車に乗ってここで待っていてくれない？　銀行はすごく退屈だろうから」

「わたし、平気よ。一緒に行きたいわ」

自分が言うことを全部、この子の鋭い耳で聞かれるのは気が進まなかった。

「いいかい」わたしは言った。「少し時間がかかるかもしれないんだ。話すこともたくさんあるだろうしね。ここにいたほうがずっといいよ。それとも、ルネおば様のところに行って一緒に待つかい？」

「絶対にいや」マリー＝ノエルは言った。「銀行よりそのほうがずっと悲惨だわ。ねえ、パパ、町《ポルト》の門《ドウ・ヴイーユ》のそばのお店に修理をたのめるかどうか訊きに行って、そのあとで銀行にパパを迎えに行っちゃだめ?」

　この解決策に元気づき、彼女は期待をこめてわたしを見あげた。わたしはためらった。

「それはどこなの?」わたしは言った。「忘れてしまったよ。道は危なくないのかい?」

「町《ポルト》の門《ドウ・ヴイーユ》を入ってすぐのところよ」彼女はじれったそうに言った。「車なんてぜんぜん通らない。ほら、傘屋さんのお隣。用がすんだら、教会の前を通ってまっすぐ銀行に行くから。四分もかからないわ」

　わたしは、車を駐めたその通りの左右に目を走らせた。大きな教会のフランボワイアン・ゴシック様式の尖塔《せんとう》が木々のこずえの上に見える。彼女がどこに行く気にせよ、その場所はそう遠くはないはずだ。

「わかった」わたしは言った。「じゃあこれを。気をつけて」そう注意しながら、セロファンと紙で包んだ置物の破片をマリー゠ノエルの両手に持たせた。

「店の人たちはきみを知っているのかい?」わたしは訊ねた。

「もちろんよ」彼女は言った。「ただ、ドゥ・ギって名前さえ言えばいいの」

　わたしは道を渡っていく彼女を見送った。それから左に折れて、市場にもどり、角に立つ明らかに銀行らしい建物へと向かった。ドアを通り抜けると、記憶の妙技で、ムシュー・ピギに会いたいのだが、とたのんだ。

「申し訳ございません、伯爵様」事務員が言った。「ムシュー・ピギはまだお休みをいただいておりまして。代わりにご用件を承りましょうか?」

「うん」わたしは言った。「自分の口座がどうなっているか知りたいんだ」

「どちらのご口座でしょう?」

「全部だよ」

カウンターの向こうのデスクでタイプを打っていた女が、顔を上げ、まじまじとこちらを見つめた。

「失礼ですが、伯爵様」事務員が言った。「お知りになりたいというのは、各口座の残高でしょうか? それとも、明細をすべてごらんになりたいのでしょうか?」

「何もかも見たいんだ」わたしはもう一度、言った。

事務員は立ち去った。わたしはタバコに火を点けてカウンターに寄りかかり、女の打つタイプライターの音に耳を傾けた。タッタッタッタというその音が、それより緩慢な壁の時計のチクタクという音にぶつかっている。フロア内には、すべての銀行に共通する、あのむっとするにおいがこもっており、わたしはこの国のいたるところにある似たような支店のことを思い出した。自分はそういった支店で何度となく少額のトラベラーズチェックを現金化してきた。それが今度は、ギャングよろしく、別の男の秘密をさぐり出そうとしているわけだ。事務員が書類を手にもどってきた。

「お部屋にご案内いたしましょう、伯爵様」彼は言い、先に立って、ガラスのドアの小さな部屋まで歩いていった。

事務員は、ファイルとともにわたしを残して立ち去った。そして書類を繰るうちに、わたしは悟った――ヴェーリで請求書や明細書を前にしたときと同じく、ずらりと並ぶその数字を前にしても自分には何もわからない。一枚一枚、目を通していったが、何ひとつ理解できなかった。そこへ、あの事務員がまた現れ、他に何か必要なものがないか訊いてくれた。

「これで全部なのかな？」わたしは訊ねた。「他に書類はひとつもない？」

少し戸惑い、彼はもの問いたげにわたしを見た。「はい、伯爵様。もちろん、金庫室の貸金庫に何かごらんになりたいものがあるのなら、それは別としてですが」

巨大な金庫に収まった、チャリンチャリンと鳴るいくつもの黄金の袋が目に浮かんだ。「貸金庫？」わたしは言った。「そこには何が入っているんだ？」

「それは存じませんが」事務員は傷ついた顔をし、ムシュー・ピギがいないのが残念だというようなことをぶつぶつとつぶやいた。

「銀行が閉まる前に、その貸金庫を見せてもらえないかな？」わたしは訊ねた。

「いいですとも」そう答えると、事務員はふたたび姿を消し、鍵の束を持ってもどってきた。わたしは彼につづいて、長い階段を地下室までおりていった。彼は鍵のひとつでドアを開け、わたしたちは金庫室に入った。穴倉のように天井の低い部屋。壁際には金庫が並んでおり、そのすべてに番号が付いている。事務員は十七番の前で足を止めると、鍵束からまた別の鍵を取り、鍵穴に挿し込んで回した。わたしはドアが開くのを待ったが、事務員は鍵を抜いてうしろにさがり、さあ、と言うようにわたしを見つめた。わたしが動かないと見ると、彼はまごついた様子で言った。「伯爵様は鍵をお忘れになったのでしょうか？」何をすべきかわからなかった愚かな自分をののしりながら、わたしはポケットをさぐり、ジャン・ドゥ・ギの鍵束を取り出した。なかのひとつ――他のより長くて大きいやつが、金庫の鍵のように見えたので、さも自信ありげに（その態度は、わたし自身のみならず事務員にも欺瞞《ぎまん》に見えたにちがいないが）進み出て、それを鍵穴に挿すと、なんとありがたい、鍵は回った。そして、金庫の取っ手を引いてみると、ドアはふわりと開いた。

伯爵様がゆっくり書類をごらんになれるよう、わたくしは退室いたします――そうつぶやいて、事務員は金庫室から出ていった。わたしは金庫のなかに手をやったが、そこに黄金の袋はひとつもなかった。見つかったのは、また別の書類ひと山で、それらはすべてテープで束ねてあった。妙にがっかりしながら、わたしは明かりのもとに書類を引き出した。すると、ひとつの文書のタイトルが目をとらえた。「フランソワーズ・ブリエールの婚姻継承財産設定」わたしはテープをはずしにかかった。するとそこへ、あの事務員がもどってきた。

「外にお嬢ちゃんがいらしていますよ」彼は言った。「置物のほうはちゃんと手配できた、とお伝えしてほしいとのことで。それと、マダム・イヴと一緒にトラックでうちに帰ってよいでしょうかとお訊ねなのですが」

「なんだって？」わたしはいらだって訊き返した。手にした書類のことで、頭はいっぱいだった。

事務員は杓子定規《しゃくしじょうぎ》に同じ言葉を繰り返し伝えたが、わたしにはまるで意味がわからなかった。

なおかつ、彼が言っているのがなんのトラックのことなのか、マダム・イヴというのがいったい誰なのか、訊ねるわけにもいかなかった。それは明らかに、わたしが知っていて当然のことなのだから。

「オーケー、オーケー」わたしは言った。「すぐに行くからと娘に伝えてくれ」

テープははずし終え、文書はすでに開いてあった。そしてわたしは、そこが銀行の金庫室であることをたちどころに忘れた。なぜなら、法律用語はともかくとして、これはお馴染みの領域だからだ。ちょうどトゥールかブロワで、または、大英博物館の閲覧室で、保管文書を拾い読みしているようなものだった。「夫婦財産制《レジム・ドータル》……貴族世襲財産《マージョラ》……用益権《ユズユフリュイ》……」――わたしが魅力的でなおかつ理解不能と思う類のこと、フランスの婚姻法のややこしさがすべてここにある。そしてすぐさま、わたしは腰を下ろし、読みはじめた。

フランソワーズの父親、ムシュー・ロベール・ブリエールは金持ちだったようだ。そして彼は、ジャン・ドゥ・ギはあてにならないと考えており、サン・ギーユの傾きかけたあの家を支える気もさらさらなかったらしい。それゆえ、かなりの額だったフランソワーズの持参金は、男子の相続人のために信託にされていた。しかしこの信託からの収益は、前述の相続人が成年に達するまで、共同でこれを管理する夫と妻が利用することができる。男子が生まれなかった場合、信託の資金はフランソワーズが五十歳に達したとき、フランソワーズと、この婚姻によって生まれた、その時点で存命する娘たち全員のあいだで分割される。また、フランソワーズが五十歳に達する前に、夫より先に死亡した場合、当該資金は夫と娘たちのあいだで分割される。要するに、この莫大な信託財産からの収益は、男子の相続人が誕生するまで、その両親が利用することはできない、そして、男子が生まれなかった場合は、フランソワーズが五十歳になるまで、誰であれ、その金には一切、手を出せないということだ――もちろん、彼女が五十歳になる前に死亡すれば、また話はちがってくる。夫には婚姻の日付で、自由に使える一時払い金が割り当てられているが、これは持参金の総額の四分の一にも満たない。

その複雑な文書を十何回か読み、ようやくわたしにも、つぎの子供が男の子である利点に関し、フランソワーズや他のみなが漏らしたほのめかしの意味がわかった。自分の財産をこんなふうにがんじがらめにしてしまうとは、フランソワーズの父親はいったいどういう気まぐれに駆られたのだろう？　結婚したときジャン・ドゥ・ギは、自分の分け前をただつかみとり、あとは息子が生まれることに賭けたのだろうか？　かわいそうなマリー＝ノエル。弟が生まれたら、あの子は信託の金を一銭ももらえないのだ。ジャン・ドゥ・ギはと言えば、男子の相続人が生まれず、なおかつ、フランソワーズが五十歳になる前に死亡した場合のみ、信託の元金の半分に対し、権利を得ることに……

「失礼ですが、伯爵様、まだかなりお時間がかかりそうですか？　わたくしは昼食に出ねばならないのですが。ご存知のとおり、銀行は十二時に閉まることになっておりまして、すでに十二時は過ぎているのです」

見ると、あの事務員が、自分の時間の貴重な数分を奪われた者の恨めしげな顔をして、そばに立っており、わたしは苦労して現実に立ちもどった。一時は、また塔のあの広い寝室にいて、伯爵夫人の声を聞いているような気がしていたのだ――「貧乏……この状況は変わりそうもない……ただ、フランソワーズが男の子を産めば……あるいは……」これでわたしにもその言葉の意味がわかった。ただ、夫人の口調、秘かな一瞥《いちべつ》にこめられた意味はいまだ謎のままだった。わたしはただぼんやりと、わたしたちのあいだに決して断ち切れない強い絆があること、外部の者は誰も――妻も子も姉も――踏み込めない母と息子の秘密の世界があることを感じていた。そして、わたしの表向きの自己である仮面の男はいま、真相までもう一歩のところにいて、探求しながらも、何を見つけることになるのかを恐れている。

「いま行くよ」わたしは言った。「そんな時間だとは気づかなかった」

わたしは文書を金庫にもどした。するとそのさなかに、紙が一枚、落ちてきた。テープで束ねた書類のなかに入っていなかった、急いで押し込まれたと思しきもの。見ると、それは手紙だった。差出人はタルベールという弁護士、書かれたのは二、三週間前だ。言葉の断片が目をとらえた――「ガラス工場《ヴェーリ》」「年金《ラーント》」「投資《プラスマン》」「配当金《ディヴィダンデ》」これこそ、混沌たる財政の全容に通じるヒントなのでは？　そう察知して、わたしはその手紙をポケットに入れた。事務員とわたしはふたたび鍵の儀式を行い、その後、わたしは事務員に従って金庫室を出、階段をのぼり、あの小さな部屋にもどった。

なおも上の空のまま、わたしはあたりを見回した。あの婚姻継承財産設定のことで、頭はいっぱいだった。それから、やっと思い出して言った。「子供はどこなんだ？」

事務員は答えた。「少し前に行かれました」

「行った？　行ったってどこに？」

「伯爵様ご自身が、お訊ねのとおりにしてよいとお嬢ちゃんにお伝えするよう、わたくしにおっしゃいましたが。そのかたとトラックでお帰りになるようにと」

「そんなことは言っていないぞ！」

自分自身に、また事務員にひどく腹が立ち、その口調は鋭くなっていた。すると事務員はさらに気を悪くし、わたしが使った言葉を、わたしの意図とはちがう意味をそこに与えて、繰り返した。わたしは、責めるべきは自分自身の短気であることに気づいた。早く文書を読みたいがために、わたしは考えなしに大急ぎで返事をしたのだ。

「その人の名前はなんと言ったかな？　彼女はどこに行ったんだ？」わたしは訊ねた。責任の重圧がどっと押し寄せ、それとともに、ジプシー、人さらい、森のなかで殺された女の子たちの映像がふっと目に浮かんだ。

「トラックは、伯爵様ご自身がご所有の、ヴェーリのトラックのどれかではないでしょうか」事務員は言った。「従業員のどなたかが駅に来ていたのでしょう。お嬢様は安心しておいでのようでしたよ。そのご婦人と前の席に乗り込んでおられました」

この件に関してできることは何もない。マリー＝ノエルは運試しをしたのだ。無事に城に送り届けてもらえるか、森のなかで切り刻まれるか。もしも何かあったら、責めを負うのはわたしだ。

事務員は先に立って、いまは誰もいないひっそりしたカウンターを通り過ぎていき、わたしを外に送り出すと、ドアに鍵とかんぬきをかけた。わたしは左に折れ、教会に向かって広場を歩いていった。せめてあの壊れた置物がどうなったかくらいは、知っておかねばならない。マリー＝ノエルは、町の門《ポルト・ドゥ・ヴィーユ》がどうとか言っていた。町の門《ポルト・ドゥ・ヴィーユ》はどこにあるのだ？　わたしは彼女が行ったほうへと引き返し、車を通り過ぎた。いらだち、不安に駆られながらも、同時にわたしは、この町の美しさ、えも言われぬ趣に胸を打たれていた。民家のあいだを蛇行していく運河、その流れに渡された、裏庭につながる小さな歩道橋、黄色い古い屋根、大きく張り出した軒とねじれた梁《はり》。そしてついに、かつて町を防御していた古い門、ポルト・ドゥ・ヴィーユに至った。門のかつての吊り上げ橋はいま、石の橋になっていた。わたしはアーチをくぐって、町のメインのショッピング街と見てまちがいない通りに入った。すると、すぐさま子供が言っていたものらしき店が目に留まった。ウィンドウに陶製品と銀製品が飾られた骨董店。だがそのドアは固く閉ざされており、ドアの横には、正午から三時まで閉店との標示が出ていた。

わたしは向きを変え、その拍子に、道の向かい側からひとりの男がこちらを見ているのに気づいた。

「ボンジュール、ムシュー・ル・コント」男は言った。「マダムをおさがしですか？」

相手がわたしを知っているのは明らかだが、かかわりあうのはごめんだった。

「いや、いいんです」わたしは言った。「大した用じゃないので」

男の顔にうっすらと笑いが浮かんだ。どうやらおもしろがっているようだ。「余計なおしゃべりはしたくありませんが」彼は言った。「ドアが閉まっていれば、マダムに呼び鈴は聞こえません。裏の庭から入ったほうがいいですよ」

男はほほえみつづけた。わたしの役に立ててうれしいようだが、こちらとしては、どこかの裏庭に入り込んで、神聖なるシエスタの時間に骨董屋の邪魔をする気は毛頭なかった。わたしは男に礼を言い、町の門《ポルト・ドウ・ヴィーユ》をくぐって引き返した。そこで、なんとなく興味が湧いて左手に目をやると、道幅の狭いメイン・ストリートの店舗や民家の裏手が運河に接しているのが見えた。あの骨董店のうしろの部分は、実は十八世紀風の小さな家で、バルコニーと細長い庭が運河に面したその姿は、まるでヴェネツィアの淀みの際に立つ小さな宮殿だった。家の窓はどれも太陽に向かって大きく開け放たれ、バルコニーにはセキセイインコの鳥籠が置かれ、木の板の狭い橋が道から庭へと渡されている。まさに観光パンフレットが〝絵のような〟と表現しそうな一隅。町では絵葉書にカラーで描かれたこの風景の複製がどれだけ売られているのだろうか。タバコに火を点けるため、わたしはその場に立ち止まった。するとそのとき、誰かがバルコニーに出てきて、小鳥たちに餌をやりだした。派手な青いジャケットの金髪の女。それが市場でマリー＝ノエルとわたしを笑った女であることは、すぐにわかった。彼女があの骨董店の店主なのだろうか？　だとしたらわたしも、壊れた置物の修理の件がどうなったのか訊ねることに異存はない。

やや大胆すぎる気がしつつも、わたしは木の橋のほうへと向かった。「すみません、マダム」わたしは声をかけた。「いまお店のほうに行ってみたのですが、ドアが閉まっていたので。昼前にうちの娘がお店にうかがわなかったでしょうか?」

女は振り返って驚きの色を見せ、それから、わっと笑いを爆発させて、わたしの度肝を抜いた。

「馬鹿な人」彼女は言った。「もううちに帰ったものと思っていたわ。まだこんなところでふざけてるなんて、いったいどういうことなの?」

そのなれなれしさ、親密な相手に使う〝テュ〟という二人称に、わたしは意表をつかれた。彼女はどう答えるのが本物らしいのかわからず、ただじっと見つめることしかできなかった。彼女は右手に目をやり、町の門《ポルト・ドゥ・ヴィーユ》の先のサン・ジュリアン広場を眺めた。いまはまさにシエスタの時間だ。街にはまったく人気《ひとけ》がなかった。

「いまなら誰もいないわ」女は言った。「さあ、入って」

ジャン・ドゥ・ギはヴィラーでは軽い男と見られているらしい。わたしはためらった。ところが、広場のほうを見やったとき、誘いを受ける気にさせる決定的な要因が目に入った。ルネだ――こっちはすっかり忘れていたが、とうの昔に美容院を終え、わたしをさがして町を歩き回っている彼女。突然、現実が押し寄せてきた。マリー＝ノエルがトラックでどこへともなく消えたいま、わたしはひとりでサン・ギーユまでルネを連れ帰らねばならないのだ。逃れるすべはない。青いジャケットの女はわたしの視線を追って、この窮状《きゅうじょう》に気づいた。

「急いで」彼女は言った。「あの人はまだあなたに気づいていないわ――向こうを見ているもの」

わたしは小さな橋を急いで渡り、バルコニーに上がった。なおも笑いながら、女はわたしをうちのなかに引っ張り込んだ。

「ツイていたわね」彼女は言った。「あとちょっと遅かったら、気づかれていたところよ」

彼女はガラスドアを閉め、こちらに笑顔を向けた。その顔には、市場でわたしが注目し、心から共感した、あのとても楽しげな表情があった。ただし、いまの彼女はガードを解き、何も隠そうとしていない。その表情は開放的で自然のままだった。

「あなたのお子さん、可愛らしいわね」彼女は言った。「でもあの子をここに送り込むなんて、悪ふざけが過ぎるわ。それに、わたし宛のカードと一緒に壊れた置物をセロファンと包装紙にくるむって、あれはいったいどういうことなの？　あの子は、まちがいがあったとか、パリのあなたのお友達がどうとか、言っていたけれど。ねえ、あなた、いまにあなたの悪戯《いたずら》も、悪戯じゃすまなくなるわよ」彼女は青いジャケットのポケットに手を入れて、くしゃくしゃになったセロファンとひもを取り出した。「あの置物のことはわたしに任せて。他に店に送りたいものがあれば、なんでもどうぞ。でも子供や奥さんやお姉さんを代理に使うのはやめてね。そのかたたちを馬鹿にすることになるし、わたしはあなたのご家族に大きな敬意を抱いているんだから」

彼女は別のポケットに手を突っ込み、くしゃくしゃになったカードを取り出した。そこには「僕の美しいベーラへ、ジャンより」と書かれていた。破片となった陶製の犬と猫は、テーブルに載っている。欠けているのは、あとはあの特大の〝ファム〟の瓶だけだった。

第十二章

ガラスドアはすでに閉められ、波打つ薄手のカーテンが外の景色を覆い隠しているにもかかわらず、その部屋は陽光に満たされていた。わたしの先入観とは裏腹に、青灰色の壁とクッションは寒々とした印象を与えるどころか、空気のような軽やかさを生み出している。市場で彼女がかかえていたダリアは、赤と金色。その花はいま、部屋の一隅で花瓶からふんだんにあふれ出ており、太陽がそれを静かに照らしていた。室内には、果物の鉢の載ったテーブルと本棚があり、暖炉の上にはマリー・ローランサンの絵が掛かっている。また、深い椅子があちこちに置かれ、ペルシャ猫がそのひとつで前足の手入れをしていた。窓辺には、細い小さな絵筆や特殊な紙などの画材が載った低いテーブルがあった。あたりにはアプリコットの香りが漂っていた。

「真っ昼間にこのヴィラーでいったい何をしているの?」女は訊ねた。

「銀行に行ってきたんだよ」わたしは言った。「そして時間を忘れてしまった。本当は美容院にうちの者を迎えに行くはずだったんだが」

「銀行を出るのがかなり遅れたわけね」女は言った。「あの人は街を歩き回るのがお好きかしら?」彼女は隅の戸棚に行って、〈デュボネ〉のボトルとグラスを二脚、取り出した。「お子さんはどうしたの？」

「わからない。職工と一緒にトラックに乗って消えてしまったんだよ」

「いい趣味じゃないの。あなたはあの子を上手に育てたのね。一緒に昼食をいかが？　なんでもあるわよ。ハム、サラダ、チーズ、果物、コーヒー」女がこの部屋と別の部屋の仕切りの小窓を開けると、そこには、食べ物の載った盆が用意されていた。

「そうはいかないよ」わたしは言った。「外で義妹が待っているんだから」

彼女はこちらに来てガラスドアを開け、バルコニーの彼方のサン・ジュリアン広場を眺めた。

「あの人はもういないわ。少しでも頭があれば、車にもどってそのなかで待つでしょう。そして待ちくたびれたら、自分で運転してサン・ギーユに帰るでしょうよ」

ルネは車の運転ができるのだろうか？　疑問に思いはしたが、気にはならなかった。なぜわたしのお相手がハンガリーの歴代の王たちの名を名乗っているのか？——それについて推理するほうがおもしろい。わたしは深い椅子のひとつに腰を下ろして、〈デュボネ〉を飲んだ。突然、責任などどうでもよくなり、成り行きに任せることになんの抵抗もなくなった。ジャン・ドゥ・ギの人生には女が多すぎる。

「お昼前にヴァンソンがわたしのところに来てね」彼女は言った。「あなたの小さな娘さんがいま店にいるって言ったの。お母さんの大事なものを修理してもらえないかと訊いているって。そのときわたしがどんな気がしたか想像がつくわよね？　どういうことなのか、わたしにはさっぱりわからなかった——一瞬、あの細密画を描いたのがわたしだってことが奥さんにばれたのかと思ったわ。あの絵はどうなったの？　奥さんに差しあげた？　気に入ってもらえたかしら？」

　わたしはしばらく間を取って、どう答えたものか考え、何がどういう順序で起きたのかのみこもうとした。「うん」わたしは言った。「大成功だったよ。彼女は大喜びだった」

「入れ物のほうもちゃんと手に入った？　わたしが電話でたのんだとおり、あのロケットは取り置きしておいてもらえたのよね？」

「ああ、手に入った。完璧だった」

「よかったわ。すごくいい思いつきだったもの。あのアイデアが閃《ひらめ》いたとき、きっとあなたは冴《さ》えてたのね。娘さんはロケットのことには触れなかった。だからもちろん、わたしも何も言わなかったわ。あの子は今朝、置物が壊れて、お母さんがひどく取り乱したと言ったの。それで、あの犬と猫が大切なものだということはわかった。もちろん直すのは無理だけど、パリから複製を取り寄せることはできますからね。あれは〈コペンハーゲン〉なの――あなたも気づいていたわよね？　さあ、食べましょう。そちらはどうか知らないけど、わたしはお腹がすいているの」

　彼女はテーブルに食べ物を並べ、わたしの椅子のほうへ寄せた。そしてわたしは心秘かに、これはここまでの自分の虚構の人生でいちばん気楽なひとときだと思った。いや、贈り物と言ってもいいかもしれない。きょうまでずっと容赦なかった〈運命〉がくれたやつだ。唯一の面倒はルネだった――刻一刻と怒りを募らせながら、ヴィラーの街を歩き回っているルネ。

ジャン・ドゥ・ギのベーラはわたしの胸の内を見抜いたにちがいない。彼女はこう言った。

「ヴァンソンは昼食からまっすぐ帰ってくるはずなの。彼がもどったら、あの人が車にいるかどうか見てきてもらうわね。車は共和国広場《プラス・レピブリク》に置いてきたんでしょう?」

「うん」そうなのだろうか? 確信はない。

「心配しないで。彼女、自分で運転して帰るわよ。わたしだったらそうする。そうして、あとでガストンに車を持ってきてもらえばいいんですもの。娘さんがトラックで消えたと言っていたけど、あれは冗談なの?」

「いや、本当のことだよ。銀行に言伝《ことづて》があったんだ」

「ずいぶん落ち着いているのね」

「ヴェーリのトラックだろうからね。それに、どうしようもないだろう? 僕が金庫室から出てきたときは、トラックも娘ももう消えていたんだから」

「金庫室で何をしていたの?」

「貸金庫のなかを調べていたんだ」

「さぞショックだったでしょう」

「確かに」

わたしはハムとサラダを食べ、パンを割っていた。きょうの昼食は、昨日の城《シャトー》の食堂での昼食に比べ、なんと心地いいんだろう——そんな考えが頭に浮かぶ。それがきっかけで連想が始まり、わたしは唯一まだ届けられていない贈り物のことを思い出した。

「きみにあげる香水があるんだ」わたしは言った。「いま、サン・ギーユのうちの化粧室の整理簞笥《だんす》に載っている」

「ありがとう。わたしが取りに行くべきなの?」彼女は訊ねた。

わたしはイニシャルのBの取りちがえのことを包み隠さず彼女に話した。いまはあの一件も笑うことができた。

ベーラは戸惑った顔をした。「わからないわ。どうしてそんなことになったの?」彼女は言った。「あなたはお姉様とは口もきかないのに。それとも、ここまで来て、本当に仲直りのしるしに何か買ってきたということ?」

「そうじゃない」わたしは言った。「頭がまともに働いていなかったんだ。前々日、ル・マンで飲み過ぎてしまってね」

「そんなすさまじいヘマをしでかすなんて、きっとべろべろに酔っ払って、感覚が麻痺《まひ》してたのね」ベーラは言った。

「その両方だ」

彼女は眉を上げた。「パリのほうはうまくいったの?」

「まったくだめだった」

「カルヴァレは協力的じゃなかったのね?」

「連中がこっちの条件で契約を延長することはない。僕はうちにもどって、弟のポールに我々の希望が通ったと言った。家族もヴェーリの職工もみんな、うまくいったものと信じている。

きのう僕は電話で交渉を再開し、その結果、契約は向こうの条件で延長されることになった。そのことは僕以外、誰も知らない。僕がきょう銀行に行ったのはだからだ――その損失に自分が耐えられるかどうか調べるためだよ。答えはまだわからないが」

皿から顔を上げると、大きな青い目がじっと自分に注がれていた。

「答えがわからないってどういう意味？」彼女は言った。「わかってるはずじゃない。パリに行く前に話してくれたわよね。ヴェーリは赤字を出しつづけている、カルヴァレがこちらの条件に同意しなかったら、閉鎖するつもりだって」

「閉鎖はしたくない」わたしは言った。「従業員たちに申し訳ないからね」

「あなた、いつから従業員のことを気にするようになったの？」

「ル・マンで酔っ払ってからさ」

どこかでドアの音がした。ベーラは立ちあがって、廊下のほうに行った。「あなたなの、ヴァンソン？」彼女は声をかけた。

「はい、マダム」

「共和国広場に行って、ドゥ・ギ伯爵の車がそこにあるかどうか見てきてもらえないかしら？　車のなかでご婦人が待っていないかどうか」

「いいですとも、マダム」

ベーラは部屋にもどり、果物とチーズの籠を持ってきて、わたしにもう一杯、ワインを注いだ。

「こっちにもどってからというもの」彼女は言った。「あなたは随分たくさん面倒を起こしたようね。これからどうするつもりなの？」

「さっぱりわからない」わたしは言った。「とにかく毎日、行き当たりばったり生きてるだけなんだ」

「あなたは長いことそうしてきたわね」

「いまは前以上に、だよ。実際、毎分、行き当たりばったりだ」

ベーラは、グリュイエール・チーズを薄く一枚、切り取ってくれた。「ねえ」彼女は言った。「ときには、自分を顧《かえり》みるのもいいものよ。どこでまちがえてしまったのか確認するのもね。わたしはときどき、自分はなぜこのヴィラーで暮らしつづけているんだろうって思う。店の上がりではとても生計は立てられない。わたしは主に、ジョルジュが遺してくれたもので生きているのよ。それももう残り少ないし」

ジョルジュというのは夫だろうか？　ここは何かひとこと言わなくてはいけないようだ。

「それで、きみはなぜここで暮らしつづけているの？」わたしは訊ねた。

ベーラは肩をすくめた。「惰性かしらね。ここが合っているのよ。この小さな家も好きだし。わたしがここにいるのは、あなたがときどき訪ねてくるからだと思ってるなら、それはうぬぼれというものよ」

ベーラはほほえみ、わたしは、その考えは本当にジャン・ドゥ・ギのうぬぼれなのだろうかと思った。いずれにせよ、現状がこうであるのはありがたいことだ。

「ヴェーリに対するあなたのその気持ちだけど」彼女は言った。「なぜ急に湧いてきたんだと思う？　なんと言っても、二百五十年つづいた工場だから、そしてついに息子が生まれる可能性が出てきたから、ということ？」

「ちがうよ」わたしは言った。

「本当に？」

「まちがいない。この気持ちは、きのう新たな目で工場を見たことから生まれたものだ。僕は初めてそこで働く男たちを見た。そして彼らが工場に誇りを抱いていることに気づいたんだ。それに、彼らは工場の主《あるじ》にも思い入れを抱いている。ヴェーリが閉鎖されたら、彼らは工場主に失望し、幻滅することになる。職を失うこととはまったく別にね」

「それじゃ、理由はプライドなの？」

「そうだろうね。一種のプライドだな」

ベーラは梨の皮をむきはじめ、その四分の一をわたしにくれた。「管理面をあそこまで弟さんに任せてしまうのは、よくないわ。こんなにひどい怠け者でなかったら、あなた自身がやっているでしょうにね」

「僕もそう思った」

「いまからでは遅すぎる？」

「遅すぎるさ。どのみち僕には何もわからないしね」

「馬鹿言わないで。あなたは子供のころからあの工場を見ているじゃない。ぜんぜん興味がなかったとしても、必要なことは頭に入っているはずよ。ときどき思うんだけど……」彼女は口をつぐみ、自分の食べる林檎《りんご》の皮をむきはじめた。

「何を思うの？」

「いいの……言えば穿鑿《せんさく》になるし、穿鑿はしたくない」

「いいから」わたしは言った。「ぜひ知りたいんだ。穿鑿されたいんだよ」

「大したことじゃないのよ」彼女は言った。「ただ、ときどき思うの――あなたがヴェーリに関心を持たないのは、深く考えたくないからじゃないか――モーリス・デュヴァルに何があったか思い出したくないからじゃないかって」

言葉が出なかった。いま何かが明かされようとしている。ジャックが言及していた男、モーリス・デュヴァル――写真のアルバムでジャン・ドゥ・ギと並んでいた男だ。

「そうかもしれないね」しばらくしてから、わたしはゆっくりと言った。

「ほらね」ベーラは小さな声で言った。「穿鑿されたくなかったでしょう」

それどころか、ジャン・ドゥ・ギについてつかめることをすべてさぐり出すのは、いま何よりも重要なことなのだ。ただしこれ以上、失敗は許されない。

「いや」わたしは言った。「それはちがう。僕はつづきを聞きたいんだ」

ベーラは初めてわたしの目から目をそらし、わたしの頭の向こうの遠くを見つめた。

「占領は十五年前に終わった」彼女は言った。「占領下での彼の時代は。でも世間は彼を忘れていない――彼がどれほど立派な人だったか、そしてどんな死にかたをしたかを。それを思えば、関与した人間は心の平和を得られない」

ノックの音がし、ベレー帽をかぶった小柄な痩せた男が部屋をのぞきこんだ。わたしを見ると、彼は笑顔になった。「ボンジュール、ムシュー・ル・コント」彼は言った。「お目にかかれてうれしいですよ。お元気ですか?」

「ありがとう、元気だよ」

「車のなかにご婦人はおられませんでしたよ。しかし座席の上にこのメモが置いてありました」

彼は一礼してわたしにメモを手渡した。それは簡にして要を得ていた。「一時間近くあなたとマリー＝ノエルをさがしました。車を雇って、サン・ギーユに帰ります。R」わたしはこの家の女主人にそれを見せた。

「これでゆっくりできるわね」彼女は言った。「ヴァンソン、悪いけれど、テーブルの上のものをさげてもらえないかしら?」

「承知しました、マダム」

「平和なひととき。でもいつまでかしら? わたしは三時まで。あなたは好きなだけここにいてね。もうひとつクッションをお使いになる?」

「いや、これで完璧だよ」

ベーラはテーブルをかたづけ、タバコとコーヒーを持ってきた。「ヴェーリに対してあなたが急にそういう気持ちになったのが、わたしは結構うれしいわ」彼女は言った。「それは、あなたにも外に見せている以上に心がある証拠ですもの。だけど、どうもわからないのよ。工場は赤字なんでしょう？　なのに、前より悪い条件で契約を結ぼうだなんて。今後どうやって回していくつもりなの？」

「僕にもわからない」

「あなたと一緒に狩猟に行くあのお友達はどう？　あの人はいつも相談に乗ってくれるんでしょう？　訊いてみるなら、彼なんじゃない？」

　ベーラはあの派手な青のジャケットを放り出していた。その下に着ていたのは、ゆったりした薄いウールのドレスだった。その姿を見ていると、心が安らいだ。それに、この部屋では自分は何も期待されていないのだと思うと。ジャン・ドゥ・ギはどれくらいの頻度で城を抜け出し、いまのわたしのように、この部屋でクッションに頭をあずけてくつろいでいたのだろう？　ベーラの気さくさは警戒を解かせると同時に蠱惑《こわく》的でもあった。そこには感情面での要求抜きで互いが理解し合っていることを示唆《しさ》する気楽さがあった。わたしは猫を抱きあげてなでてやった。もしもこれがこの虚構の生活の要求するすべてなら――サン・ギーユの城の城主である代わりに、陽射しのなか、猫を膝に乗せ、この椅子にすわり、ヴィラーのベーラに梨を食べさせてもらいながら、ずっとここにいられるなら、自分にはなんの不満もなかっただろう。わたしはそう思った。

「証券のどれかを売るわけにはいかないの？　あるいは、土地を？」ベーラが訊ねた。「奥様のほうは？　あのお金は自由にならないのよね？」

「うん」

「息子が生まれないかぎり、ね。いま思い出したわ」

ベーラはわたしのカップにもう一杯、コーヒーを注いだ。「奥様の体調はいかが？　あまりお丈夫じゃないんでしょう？　どなたに診ていただいているの？」

わたしはちょっと考えた。「ドクター・ルブランだよ」

「あの先生はもうお年じゃない？　専門家に診てもらうようにわたしから強くすすめるべきだったわ。あなたときたら、この件に関しては妙に関心が薄いんですもの。ご家庭でもっと思いやりを見せたらいいのに」

わたしはタバコをもみ消した。ベーラは真実を聞かされても傷つかない唯一の人だ。だが奇妙なことに、わたしは彼女に真実を知られたくなかった。その反応が目に見えるようだから。彼女は眉を上げ、おもしろそうに笑い、どうすべきか考えて実際的な提案をする。そのあとは当然、ただちに引きさがり、他人行儀になるだろう。

「関心が薄いわけじゃない」わたしは言った。「思いやりを見せるよう努めてはいるんだ。問題は、僕がフランソワーズをよく知らないということだな」

ベーラは考え深げにわたしを見つめた。まっすぐなそのまなざしは狼狽を誘った。

「いったいどうしたの？」彼女は言った。「悩みはお金のことだけじゃない、それよりはるかに底の深い何かなのよね？　本当のところ、ル・マンで何があったの？」

子供のころの古いゲーム、〝指ぬきさがし〟のことが頭に浮かんだ。わたしは独身のおばとよくその遊びをしていた。大人にとって、それはのどかな気楽なゲームだ。動く必要はなく、ただ目を閉じていればよいのだから。一方、子供のわたしは、家具でいっぱいの居間のなかをつま先立って歩き回り、胸をドキドキさせながら、時計のうしろに指ぬきを隠す。その後、目が開かれ、恐ろしい質問が始まる。おばの視線は時計へと向かい、正直者のわたしはこう言わざるをえない――「近いよ」ただし不承不承、恐れおののきながらだ。神聖な静かな隠れ場所に収まったあの小さな金の指ぬきが見つかってしまうのはいやだった。そして今回、わたしは目を閉じて、膝に乗せた猫をなでつづけた。安全はごまかしにあり、同時に、真実にもあるのだった。

「少し前、きみは自分を顧みるという話をしていたね」わたしは言った。「たぶん、それこそが長いあいだ、僕のしてきたことなんだろう。そしてル・マンで過ごした夜、それがピークに達した。僕の知っていた自己は失敗したんだ。失敗の責任を逃れる唯一の道は、別人になること――別の人格にすべて任せることだった」

ベーラはなんとも言わなかった。たぶん考えていたのだと思う。目を閉じていたので、わたしには見えなかった。

「もうひとりのジャン・ドゥ・ギ」彼女が言った。「長いこと、快活で魅力的なうわべの下に隠れていた人物。わたしはよく、彼が存在するのかどうか考えていた。もし彼に出てくる気があるのなら、いま出てきたほうがいい。時は迫っているわ」

不気味にも、直感的に、彼女はわたしの言わんとしていることのある部分を理解したのだった。しかし真の意味はわかっていない。時計のうしろの指ぬきは安全だ。鬼は遠くにいる。その深い椅子はとても心地よく、わたしは動きたくなかった。

「きみは僕が言おうとしていることを本当にはわかっていないよ」わたしは言った。

「いいえ、わかっている」ベーラは言った。「ふたつの人格を持っているのは、あなただけじゃないの。わたしたちはみんな、複数の自己を持っている。でも、それで責任を逃れることはできないわ。取り組むべき問題は、そっくりそのまま残るのよ」

ますます遠くへ。鬼は部屋の反対側をさがしている。

「そうじゃない」わたしは言った。「きみは大事な点を見落としているよ。問題と責任は新たなものになるんだ。引き受けている人間が別人なんだからね」

「では、あなたの目には彼はどんなふうに見えるの？　もうひとりの男は？」ベーラは訊ねた。

ヴィラーの大教会の鐘が二時を告げた。どの教会、どの大聖堂でも、響き渡る鐘の音は常に呼び出しのように聞こえる。そしてこの厳《おごそ》かな低音の鐘の音は、心に平安をもたらすにはあまりにも近すぎた。

「ときとして彼は心がまったくないように見える」わたしは言った。「その一方、ありすぎるように見えることもあるしね。いま、いちばん身近な人間を殺すことを考えていたかと思うと、つぎの瞬間には、赤の他人のために命をなげうとうとしている、という具合だよ。彼は、人間を動かす唯一のものは欲望だと信じていると言う。そして、この欲望を満たしてやることで、自分は生き延びているんだ、と。ひねくれた考えだが、恐ろしいほど真実に迫っていると思うよ」

ベーラが立ちあがり、わたしのコーヒーカップを盆に載せ、その盆を仕切りの小窓へと運んでいくのが聞こえた。それから彼女は引き返してきて、わたしの椅子の肘掛けにすわった。奇妙なことに、わたしは腹が立った。自然でさりげないこの愛情表現にではなく、その対象がわたしのもう一方の自己、ジャンだということに。彼女はこのわたしをジャンだと思い込んでいるのだ。また、わたしは、城の箪笥《たんす》に載っているあの贈り物にも腹が立った。

「もうひとりの男」わたしは言った。「彼はなぜきみに〝ファム〟を買ったんだろう?」

「その香りが好きだからよ。わたしも好きだわ」

「それは欲望を満たしてくれるだろうか?」

「瓶の大きさによるわね」

「とても大きな瓶だよ」

「だったら、彼はよくわかっているということよ」

〝ファム〟の香りを自分が知っているのかどうか、わたしにはわからなかった。わたし自身は香水など誰にも贈ったことがなく、香水をつけている女はたいてい忌み嫌っている。この女は香水をつけてはいない。彼女はアプリコットのにおいがした。

「問題は、それが欲ではないってことだな」わたしは言った。「それは飢えなんだ。そこが彼のまちがっているところだよ。そしてもしそれが飢えだとすれば、彼に対してこう反論してやれるんじゃないか?　母親、妻、子供、弟、義妹、さらには従業員たち——僕には彼ら全員の飢えを満たすことはできない。正直言って、どこから手をつけたものか、何をすればいいのか、皆目わからないんだからね」

ベーラはなんとも答えなかったが、わたしはなぐさめの手が手に触れるのを感じた。匿名であることがわたしを追いつめようしている。わたしはふたつの世界の境界である海に浮かんでいた。かつてわたしを閉じ込めていた狭い島はするすると遠のいて、岩だらけの孤島と化し、わたしを迎え入れようと待つ、やかましくて要求の多い、混み合った大陸は一時的に視界から消えている。別人の皮をまとうことで、わたしはほっとひと息つけた。だが、それは縛《いまし》めでもあった。何かが息を吹き返し、同時に命を削られている。このまま本人が現れず、誰も何も気づかないとしたら、わたしはどちらの男になるべきなのだろう？　自分自身？　それともジャン・ドゥ・ギだろうか？

わたしは両手を伸ばして、ベーラの頰に触れた。「もう何も考えたくないよ」わたしは言った。

ベーラは笑い、そっとかすめる程度にわたしの閉じた目にキスした。

「だからあなたはここに来たんでしょう？」彼女は言った。

第十三章

その家を出たときには、遅い午後の太陽が地衣の色に染まった家々の屋根を黄金色に変えていた。肩掛け鞄と教科書を持った少年少女が隣家のドアから駆け出てきて、運河にかかる別の歩道橋を渡っていく。覆いのかかった荷車を引き、馬が一頭、町の門《ポルト・ドゥ・ヴィーユ》をパカパカとくぐり抜ける。その御者は御者台にだらんとすわり、かったるそうに鞭を鳴らしている。門の内側の商店街では、店々の鎧戸《よろいど》が開かれ、ドアが開け放たれていた。プラタナスの並木道の市場の付近──朝の賑わいのあいだトラックや荷馬車が駐まっていたあたりには、いま、老人たちが三々五々すわって、空気が冷え込む前のぬくもりに浸っており、そのそばでは、小さな子供たちが小鳥のようにぺちゃくちゃしゃべりながら落ち葉を蹴散らし、埃を蹴立てている。ヴィラーというこの町は日暮れにはどんな貌《かお》を見せるのだろう？　田舎の市場町の例にもれず、早いうちに眠りに入り、静かになる町。鎧戸の奥で住民たちは床《とこ》に就き、家々は闇に包まれる。深い色合いの屋根は真っ黒な軒に向かって傾斜し、司教座聖堂のフランボワイアン・ゴシック様式の尖塔《せんとう》が藍《あい》色の空を突いている。おそらく物音はしない。聞こえるのは、ぶらぶらと家路をたどる者の通り過ぎていく足音と、壁の際の暗く静かな運河に立つさざなみのかすかなざわめきばかりだろう。

それは、わたしが旅の途中、一夜を過ごしたくなるような町だった。過去にはそういうこともよくあった。夕食をすませ、通りに残された唯一の旅人となり、わたしは静かな家々を通り過ぎていく。どの窓も鎧戸を閉ざし、何ひとつわたしに語らず、ただ、ふと隙間からこぼれる光がなかに人の営みがあることを明かすばかりだ。ときおりどの家かの二階の開いた窓がその奥の深い暗闇をのぞかせたり、ロウソクの灯が天井に影を投じたり、赤ん坊の泣き声がしたりする。しかし、おおむね街は静まり返っており、わたしはひとりさまよい歩く。仲間は、するするとひそやかに動く飢えた猫たちで、彼らは玉石の道のどぶを嗅ぎまわっている。単なる旅人だったなら、わたしはなんの気なしにこの町の門《ポルト・ドウ・ヴィーユ》を通り過ぎ、下の運河をのぞきこみ、歩道橋とその先に収まった小さな家を見やり、その後、宿のベッドにもどって、何も知らないまま朝、旅立っていただろう。ところがいま、空気は変わり、人生も一変し、ヴィラーのある部分はわたしのものとなっている。

遅い午後の光はぬくもりと色彩をもたらしていた。この町は人々が笑顔を見せる親しみやすい町だった。共和国広場《プラス・レピブリク》に駐まっていたルノーが、突然、慣れ親しんだ自分の所有物となり、マリー－ノエルのビニール製の白いバッグも（それは彼女が市場で買ったものと一緒に座席に放り出されていたのだが）いまでは赤の他人の車のなかの単なる物のようには見えず、ちゃんと意味を持っていた。わたしはそれが白い手袋のすぐ上の小さな腕から提がっていたのを見ているのだ。背景をなす角の銀行にまで、その地位と役割があった。ヴィラーは要塞であり、避難所となっていた。車で町の外へと向かいながら、わたしは不思議に思った――他の男の愛人からの贈り物がなぜこんなにもよい緊張緩和剤となるのだろう？　いまのわたしは何事にも動じずにいられそうだった。フランソワーズの涙にも、ルネの癇癪《かんしゃく》にも。あの母親は優しくしてやればご機嫌だし、子供はきちんと限度を設けて好きにさせてやればよい。弟も姉もなだめることはできる。城《シャトー》の屋根の下での最初の四十八時間、難題だった彼らも、もはやそうとは思えなかった。

その理由を見つけるのはむずかしい。肉体の安らぎだけでは説明がつかない。過去の経験から、それがつまらないものであることをわたしは知っている。アイデンティティが変わったために、肉体の律動が変化し、これまで偏見によって抑えられていたなんらかの物質が精神に放出された、などということがありうるだろうか？　世界は、居場所のない哀しい人々でいっぱいだ。彼らは偽りの姿で異性を抱くことで逃避を図《はか》る。でも、わたしの場合はそれとはちがう。ヴィラーのベーラは、ひとつの図案を完成させた。母親と妻と子供を含む図案を。ひとりめの温かさ、ふたりめの依存、三人めの笑いは、ベーラを四分の一とするために形を変え、そうして完成したものに、わたしはのめりこんでいた。そう、これが答えの一部だ。だがまだ全部ではない。

サン・ギーユへの帰り道、どこで曲がるかは覚えていた。ライムの並木道を走っていき、橋を渡り、門をくぐり、車回しを進み、堀のアーチ道を通り抜けて、遠目にしか見たことのない外の小屋へと向かうとき、わたしの自信はピークに達していた。もはやわたしは何があってもひるみはしない。気がつけばそこは、扉の開け放たれた車庫ふたつと、園芸用品の収納庫と、壊れた馬房がずらりと並ぶ空っぽの厩《うまや》がある一画だった。車を降りてドアをバタンと閉めたとき、前日、牛小屋で言葉を交わした老女が小屋の入口から現れた。彼女が頭をめぐらせ、なかの誰かを呼ぶのが聞こえた。老女が〝ムシュー・ル・コンテ〟がどうとかこうとか言うと、青いつなぎの男が彼女につづいて小屋から出てきた。ふたりが笑顔でやって来て、男のほうが、車を洗いましょうか、と訊ねた。おそらくこれが慣例なのだろうから、わたしはそうするようたのんだ。するとふたたび、女が意味がわからないことをぺらぺらとしゃべった。〝よい天気《ボー・ターン》〟〝ラ・シャッス〟という言葉を聴き取り、わたしはほほえみ、うなずいた。それ以外の言葉はわたしには聴き取れなかった。

アーチ道に引き返すと、囲いのなかのレトリバーが吠え立てながら走ってきた。わたしはじっと動かずに立ち、静かに犬の名を呼んだ。だが、〝怪しいぞ〟――犬は吠えつづけ、それと同時に自信なげに尾を振っていた。そこでわたしは囲いの門のところに行き、彼が服のにおいを嗅ぐのを待った。犬はくんくんやり、困惑し、まだ納得できずにいた。わたしはあのつなぎの男が厩のある一画から見ているのに気づいた。

「セザールはどうしたんです?」彼は言った。

「なんでもないさ」わたしは答えた。「僕が驚かせたんだろう。それだけのことだよ」

「おかしいですね」男は言った。「そいつはあなた様を見るといつも大喜びするのに。凶暴化しなきゃいいんですが」

「大丈夫だよ」わたしは言った。「そうだろう、セザール?」

門の隙間から手を入れて、わたしは犬の頭をなでた。声と愛撫に徐々に慣らされ、犬は黙り込んでにおいを嗅ぎつづけた。だがわたしがその場を離れると、彼はまたしても唸りはじめた。

「日曜日もその調子だと、使い物になりませんね」男が言った。「餌をやったあと、肝油を飲ませましょうか」

「いや」わたしは言った。「ほっといてやろう。すぐもとにもどるさ」

日曜日にこの犬は何を期待されているのだろう？　たぶんわたしが自分で運動に連れ出してやれば、彼もわたしに馴れ、疑って吠えることもなくなり、キャンキャン鳴いて歓迎を表すようになるのではないだろうか？　もしそうならなければ、みんなが彼に注目し、その行動は疑問視され、かわいそうにこの獣《けもの》は、主人に不忠なやつとして非難されるだろう。実は彼は、自分こそがサン・ギーユで唯一鼻が利くやつであることを証明しているだけだというのに。

わたしは階段をのぼってテラスに上がった。そうしてホールに入ったとき、ちょうどポールが階段右手のあの小さなクロークルームから出てきた。

「いったいぜんたい一日じゅうどこに行っていたんだ？」彼は訊ねた。「こっちは一時からずっときみをさがしていたんだぞ。ルネは、きみがどこにもいないので、やむをえず車を雇って帰ってきた。それから、われわれが昼食を終えようというころ、なんとマリー＝ノエルがひとりで現れ、いとも平然と、トラックに便乗して帰ってきたと報告したんだ。ルブランは二時まで待っていたが、そのあと帰らざるをえなかった。たったいま、また僕に電話を寄越したところだよ」

「何か問題があるのか?」わたしは訊ねた。

「何か問題があるのか?」彼はオウム返しに言った。「ただフランソワーズの具合がよくないというだけだな。ルブランは彼女にベッドから離れることを禁じた。用心しないと、早産になり、赤ん坊は死んでしまう。かなりの確率で、彼女自身も危なくなるんだ。問題はそれだけだよ」

彼の声にこもる軽蔑は、わたしが受け止めるべきものだった。悪いのはジャン・ドゥ・ギではなく、わたしなのだ。わたしは医師との面談に間に合うよう帰ると約束した。そしてその約束を守らなかった。そのことを思い出しもしなかったのだ。

「ルブランの番号は?」わたしは訊ねた。「いますぐ電話するよ」

「無駄だね」ポールは言った。「また呼び出しが入っていたから。今夜もう一度、きみに電話してみるよう言っておいたよ」

彼は踵《きびす》を返し、食堂を通り抜けて図書室へと消えた。それ以上、わたしを問い質《ただ》す気はないらしい。わたしはそのことに感謝した。自分が何をすべきかはわかっていた。わたしはまっすぐ二階に上がり、廊下の奥の寝室に行った。カーテンは半分引かれ、暖炉は燃えており、ベッドの裾側には、光をさえぎるよう衝立《ついたて》が置いてあった。フランソワーズは目を閉じて、枕に寄りかかっていた。わたしが入っていくと、彼女は目を開けた。

「ああ、もどったのね」彼女は言った。「ようやく。もうとっくにあきらめていたけれど。わたし、みんなに言ったのよ――たぶんあなたは列車に乗ってまたパリに行ったんだろうって」

感情のない単調な声だ。わたしはベッドに歩み寄って、彼女の手を取った。

「電話すべきだったね」わたしは言った。「ヴィラーで拘束されていたんだ。正直言うと、忘れていた。それがすべてだな。許してくれと言う気もないよ。気分はどうだい？　ポールから聞いたが、ルブランに寝ているよう命じられたんだって？」

わたしの手のなかの手は、冷たくて力がなかった。彼女は手を引っ込めなかった。

「そうしなければ、赤ちゃんが死んでしまうの」彼女は言った。「わたしはずっとそれを恐れていた。何か起こることは、わかっていたわ」

「何も起こりはしないさ」わたしは言った。「気をつけていれば、大丈夫。問題は、ルブランの腕はどうなのかだ。専門医を呼んだほうがいいんじゃないかな？」

「いいえ」フランソワーズは言った。「いまになって、知らない人を入り込ませるなんていやよ。きっとわたし自身もルブランも気持ちをかき乱されるわ。安静にしていれば、わたしは大丈夫。誰も心配をかけなければね。でも、マリー－ノエルは職工のトラックで帰ってくるし、ルネはあなたがいなくなったせいで帰りの車を雇うはめになったというじゃない？　わたしは心配でどうかなりそうだった。それから午後の半ばに、いっそあきらめよう、事実を受け入れようって心に決めたの。あなたは帰ってこない、わざとふたりを撒いてパリに逃げたんだって」

疲れたその目がわたしの表情をさぐった。唯一の正解は、できるかぎり真実から離れないようにすることだ。わたしにはそれがわかっていた。

「銀行で予想外に時間を食ってしまってね」わたしは言った。「きみに話すのはかまわないんだが、他の連中には黙っていてくれよ。実は、例の契約のことで、僕は嘘をついていたんだ。パリに行ったとき、契約延長はかなわなかった。それで、電話でいろいろと話し合い、きょうも銀行で協議をつづけたんだよ。先方は契約の更新に同意した。ただし、向こうの提示する条件でだ。これはつまり、ヴェーリが従来以上に大きな赤字を出しながら稼働しつづけるということだよ。だが、いたしかたない。僕がなんとかして金を工面するしかないだろうね」

フランソワーズは戸惑った顔をした。そしてわたしは、彼女の手を握ったまま、そこに立っていた。

「どうして嘘なんかついたの?」彼女は訊ねた。「わけがわからないわ」

「プライドのせいかな」わたしは言った。「自分はうまくやったとみんなに思わせたかったんだ。そう、たぶんこれでうまくいくよ――当面はね。まだ全部の数字を詳しく見てはいないが。とにかく、このことは胸にしまっておいてくれないかな。ママンにも話すつもりはないんだ。ポールにも、きみ以外の誰にも。必要に迫られないかぎりはね」

このとき初めてフランソワーズがほほえんだ。彼女が枕から半ば身を起こしたので、キスを期待しているのがわかった。わたしは彼女にキスし、それからその手を放した。

「誰にも言わないわ」フランソワーズは言った。「一度だけでも、あなたが秘密を打ち明けてくれたのが、うれしくてたまらない。だけど変ね。あなたがそんなにヴェーリのことを気にかけるなんて。ポールやブランシュとちがって、あなたには工場閉鎖を苦にするふうはなかったのに」

「うん」わたしは言った。「たぶんそうだね。きのう、気になりだしたんだ。午後、現場に行ったときに」

フランソワーズはわたしにたのんで、化粧台から櫛《くし》と鏡を取ってこさせた。それから、積み重なった枕に背中をあずけ、だらんと垂れた長い髪を櫛でうしろにとかしつけた。それは、ほんの二時間前にわたしが見た別の人のによく似たしぐさだった。そして、一方は屈託がなく快活で、もう一方は疲れていて生気に欠け、それでも（そんなことがありうるならば）よりうちとけている、というふうに、その気分と性格がまったく異なるために、わたしは妙に心を動かされていた。バランスが修復され、フランソワーズも他方と同じように元気に幸せになれたらとわたしは願った。

「なぜうちに帰った日の夜に話してくれなかったの？」フランソワーズは訊ねた。

「まだ決めかねていたからだよ」わたしは言った。「そのあとどうするのか自分でもはっきりわからなかったんだ」

「ポールは必ず気づくわよ」フランソワーズは言った。「彼に秘密にしておくなんてとても無理。それに、知られたからって、何が問題なの？　あなたはもう契約を結んでしまったんでしょう？　いずれにせよ、男の子が生まれたら、すべて解決するわけだし」彼女はベッド脇のテーブルに鏡を置いた。「マリー゠ノエルの話だと、あなたは銀行の金庫室に行っていたんですってね。みんな、何をしていたのか不思議がっていたわよ。そこに何かしまってあるとは、知らなかったわ」

「各種の証券」わたしは言った。「それに証書とかだね」

「婚姻継承財産設定の証書もそこにあるの？」

「そうだよ」

「あなたはそれを見たの？」

「ああ、目を通した」

「また娘が生まれたら、どうにもならない。そうでしょう？」

「うん、そのようだね」

「もしもわたしが死んだら？　何もかもあなたの手に入るのよね？」

「きみは死なないよ。さて、鎧戸を閉めて、カーテンを引こうか？　何か読むものはあるの？」

　フランソワーズは黙っていた。彼女はふたたび枕に寄りかかった。それから言った。「パリで買ってきてくれたあのロケットを持ってきてくださらない？　そばに置いておきたいの。そのテーブルの上に」

　わたしはアルコーブの化粧台に行き、そこにあった小さな宝石箱を取ってきて、フランソワーズに渡した。彼女は箱の蓋を取り、前にやったようにロケットをパチンと開けると、細密画を見つめた。

「これはどこで買ったの？」彼女は訊ねた。

「僕の知っているパリの店だよ」わたしは言った。「名前は思い出せないが」

「ルネが、ヴィラーで骨董品店をやっている女性がときおり細密画をやっていると言うのよ」

フランソワーズは言った。

「ほう？　じゃあ、そうかもしれない。僕は知らないよ」

「もしそうなら、いつかマリー＝ノエルを描いてもらうといいかもしれないわね。それに赤ちゃんも。パリでたのむより安あがりでしょう」

「そうだね、たぶん」

フランソワーズはベッド脇のテーブルに蓋を開けたままロケットを置いた。「階下《した》に行って、ルネと仲直りしたほうがいいわ」彼女は言った。「あの人が帰ってきたとき、わたしはひどく具合が悪くて対応できなかったの。あなたも知っているでしょう？　あの人は怒りだすと手がつけられないのよ」

「そのうち機嫌を直すさ」

わたしは鎧戸を閉め、薪を一本、暖炉にくべた。

「マリー＝ノエルはブランシュの部屋にいると思うの」フランソワーズは言った。「そうでなければ、上の階、ママンのところよ。ずっと気分がよくなかったから、わたしはあの子に会えていないの。あなたから、わたしが今朝、言ったことは本気じゃないって言ってやって。わたしはひどく気分が悪かっただけだって」

「あの子はわかっていたと思うよ」

「あの置物はどうしたの？」

「大丈夫。僕がうまくやっておいたから。他にほしいものはない？」

「ええ。ただ、ここで静かに休んでいるわ」

わたしは浴室を通り抜けて化粧室に行き、前夜と同じように靴と上着を替えた。〝ファム〟の瓶は相変わらず簞笥《たんす》の上に載っていた。それはもう、店のウィンドウで見かける商品のような無個性なものではなく、わたし自身の内密の生活をそっくり表すものとなっていた。わたしは香水を引き出しにしまった。そしてその引き出しには鍵がついていたので、なぜかそうせずにはいられず、その鍵を回し、次いでそれをポケットに入れた。その後、廊下に出たわたしは、階段の前でシャルロットと鉢合わせした。

「たったいま司祭様《ムシユー・ル・キユレ》がお帰りになりました」彼女は言った。「大奥様《マダム・ラ・コンテス》があなた様をお呼びです」

「いま行くよ」わたしは言った。

ふたたび彼女は先に立って階段をのぼっていった――わたしの初日の夜と同じように。そして、二度目に彼女のあとに従っているいま、わたしには四十八時間前のあのひとときが遠い昔のことのように思えた。あの夜の偽者は、ル・マンのホテルの寝室で目覚めた彼自身と別人であったのと同様に、いま階段をのぼっている男とは別人だった。まるで、わたしを覆う皮が鎧《よろい》になったかのようだ。あのとき、わたしの勇気は偽物だった。いま、それは無敵だ。

「伯爵様はヴィラーで長いこと拘束されておられたのでしょうか?」シャルロットが訊ねた。

わたしには、この女を疑い嫌う自分が正しいことがわかっていた。この女の言葉がすべて偽りだということも。

「ああ」わたしは言った。

「きょうの午後は、ポール様の奥様《マダム・ポール》が大奥様《マダム・ラ・コンテス》とご一緒にお茶を召しあがられたのですが」シャルロットはつづけた。「お帰りになるのに車を雇わざるをえなかったことで、ずいぶんとお怒りでしたわ。大奥様に何もかも話しておられましたよ」

「話すことなど何もないんだが」わたしは言った。「僕は拘束されていた。ただそれだけのことだ」

　わたしたちは二階の廊下に着いていた。わたしはシャルロットを追い越して、その先の廊下を進み、あの部屋に行った。なかに入ると、例によって犬たちにキャンキャンと出迎えられたが、もう気にはせず、二匹を蹴りのけて、まっすぐに暖炉のそばの椅子へと向かった。あの母親は、巨大な肩に紫色のショールを掛けて、そこにすわっていた。わたしは身をかがめて夫人にキスし、ブランシュが一緒ではなく、夫人がひとりきりなのを知って、ほっと胸をなでおろした。

「おはよう、そして、こんばんは」わたしは言った。「午前中、顔を出さなくてすみませんでしたね。朝早くうちを出たものですから。もう何もかも聞いていますよね？　起きておいでなのを見て、安心しましたよ。きょうはよい一日でしたか？」

　あのからかうようなもの問いたげな目がわたしの目と合った。伯爵夫人は軽く唸って、椅子を指し示した。

「おすわり」彼女は言った。「ほら、そこに。顔に光が当たるように。わたしにあんたが見えるようにね。出ておいき、シャルロット。立ち聞きは許しませんよ。厨房《ちゅうぼう》に行って、夕食をふたり分、用意させてちょうだい。さあ、早く。それとまず、これをかたづけて」夫人はテーブルのミサ典書と祈禱書を押しやった。テリアたちが夫人の膝に上がって身を落ち着けた。シャルロットが出ていくまで、夫人は無言のままだった。その目がまだ自分に注がれているのを意識しつつ、わたしはタバコに火を点けた。

「さてと」彼女は言った。「あんたはどこに行っていたの?」

わたしの午前についてルネとマリー＝ノエルが知っていることは、もう全部伝わっているにちがいない。ヴィラーに車で行ったことも、市場に行ったことも、銀行に行ったことも。そしておそらくは、あの銀行員への問い合わせにより、わたしが銀行を出た時間もだ。わたしがどこに行っていたのか訊ねたということは、夫人が運河のそばのあの家のことを知らないということだ。つまりこれはジャン・ドゥ・ギが母親に話していないことなのだ。

「仕事があったんですよ」わたしは言った。

「あんたは十二時半に銀行を出ている」夫人は言った。「もう六時半だよ」

「ひょっとするとル・マンに行ったのかも」わたしは言った。

「ルノーでは行っていないね。あの車は午後いっぱい共和国広場に駐まっていたんだから。ルネをうちに乗せてきた男が、ヴィラーの車庫にもどったときあの車を見かけたと報告している。その男に電話して訊ねるよう、わたしがルネに言ったんだよ」

わたしはほほえんだ。抑えきれないその好奇心は、あまりにもあけすけで、子供じみている。

「本当のことを言いましょう」わたしは言った。「僕はルネから逃げようとしていたんです。うまくいきましたよ。それ以上のことはお話しする気はありません。真夜中まで尋問されても、何もお教えしませんからね」

夫人はくすくす笑った。そしてわたしは、またしても嘘をつかないという直感的判断が自分を救ったことに気づいた。「無理もないね」彼女は言った。「ルネに屈してはいけないよ。あの女の強欲にはきりがないからね」

「彼女は暇すぎるんですよ」わたしは言った。「あなたがたご婦人はみんな暇すぎるんです」

「以前はわたしにもたくさんやることがあったんだよ」夫人は言った。「その昔、あんたのお父様が生きていたころ、戦争前、あんたが結婚する前はね。当時は何もしないでただすわっている女なんていなかった。フランソワーズやルネみたいな頭が空っぽのお馬鹿どもは、まだ十代の子供でね。わたしには生きがいがあった。ブランシュにもね」

突如にじみ出たその声の毒気に、わたしはぎくりとした。顔を上げると、夫人の口は彼女の娘の口のようにすぼまって険しくなっており、一瞬前までわたしをからかっていた目は、垂れたまぶたに隠されていた。

「それはどういう意味ですか?」わたしは訊ねた。

「どういう意味かは、よくわかっているでしょう」夫人は言った。それから、さきほど変化したときと同じように、またその表情がさっと変わった。緊張がゆるんで口が垂れ下がり、夫人は肩をすくめた。「わたしは年寄りだし、体の具合も悪い。それがわたしの問題だよ」彼女は言った。「もううんざりだ。あんたも自分の番になったらうんざりするでしょうよ。わたしたちは実によく似ているからね。どちらも自分の病気や他人の病気に煩わされたくないわけだよ。今夜はフランソワーズの具合はどうなの？」

わたしは未知の何かの核心に接近していたのだ。もうしばらくそのままでいれば、あの肉襞《ひだ》の奥で何が起きているか理解できただろう。そんなとき、まったく別の方面からこの新たな質問が来た。そして、その静かな声、入念に作られたさりげない口調は、血も涙もない人非人のものだった。

「ご存知のとおり、僕はルブランに会えなかったのでね」わたしは言った。「あとで電話をくれることになっていますが。彼女は安静にしていなければならないんです。具合がいいとは言えません」

夫人の指が椅子の肘掛けを連打するのをわたしは見つめた。それは一定のリズムを刻みはじめた——三回、二回、そしてふたたび三回。その様子から、わたしには夫人が無意識にそうしているのがわかった。彼女は自分の指が動いていることにさえ、気づいていないのだ。連打のペースはひとつの考えを追うペースと同じになっている。明確になっていないその考えを、夫人は言葉にするのだろうか、それとも、しないのだろうか。

「ルブランにはわたしも会ったよ」夫人は言った。「あの男は、わたしに話した以上のことはあんたに話さないでしょう。あれは藪《やぶ》医者だよ。本人は認めようとしないけれどね。フランソワーズは今度の子を無事に産むことはできない。この前とまったく同じ——わたしは最初からわかっていた。唯一のちがいは、今回は前より長く身ごもっていられたということだね」

肘掛けの連打はつづいた。なぜか目を離すことができず、わたしはじっとその動きを見つめていた。

「フランソワーズは専門医を呼びたがらないんですよ」わたしは言った。「ついさっき、すすめてみたんですが」

「すすめてみた？」夫人は訊き返した。「なんのために？」

「当然でしょう」わたしは言った。「もし難産になりそうなら、何か問題がありそうなら……」

不可解にも、ここで夫人とわたしの目が合い、不安が襲ってきた。わたしは婚姻継承財産設定の条件を思い出した。フランソワーズが男の子を産まずに死ねば、莫大な持参金はそっくり、ジャン・ドゥ・ギとマリ－＝ノエルのあいだで分割されるのだ。窓のほうへと向かうとき、わたしは夫人の視線を背中に感じていた。しかしわたしがそこに立ち、鎧戸と格闘しているあいだ、彼女は何も言わなかった。鎧戸をさっと開き、窓のひとつを押しあげると、わたしは身を乗り出して大きく息を吸った。すでに宵闇《よいやみ》が降りており、それとともに霧も出ていた。小道は闇に包まれ、女狩人の姿は隠され、草地の端の鳩小屋もぼんやりした黒い塊にしか見えない。わたしのすぐ横には、ガーゴイルの頭があった。その耳はぺたんと伏せられ、目は細い切れ込みにすぎず、突き出た唇は雨水の放出口となっている。鉛《なまり》の雨樋《あまどい》には落ち葉が溜まっており、雨が降れば、それが丸ごと泥となり、ガーゴイルの口から濁《にご》った水流となってあふれ出てくるにちがいなかった。屋根に近いこの場所では、どれほど大きく雨音が響くことか。雨はまず鉛板にパタパタ降り注ぎ、その後、高速で落下し、壁を伝って滴《した》り、樋のなかで渦を巻き、ガーゴイルの頭上でつかえてゴロゴロと鳴り、ガラス板を鋭く刺しつつ、矢のように斜めに窓に吹きつける。そして、屋根のすぐ下でひとりベッドに横たわるこの部屋の主《ぬし》にとって、冬の長い夜のあいだ、おそらくは何時間も、降り注ぐ雨と落ち葉と小石の洪水の音以外、音というものは一切なくなるのだろう。

わたしは窓を閉め、ふたたび室内に目を向けた。夫人はまだわたしを見つめていたが、その手はもう肘掛けを連打していなかった。

「どうしたの?」彼女は訊ねた。「なんだか落ち着かないようだけど?」

「いえ」わたしは言った。「ちょっと息苦しかっただけです。この部屋は暖かすぎますよ」

「だとしたら、それはあんたのためでもあるんだからね」夫人は言った。「あんたはいつもこの城は寒すぎると言っているでしょう。こっちにおいで」

わたしはのろのろと夫人のほうに向かった。心ならずも、だ。彼女の目、息子の目にそっくりで、鏡から見返すわたし自身の目にもそっくりなあの目はまちがいなく虚構に感づいている。

夫人は手を伸ばして、わたしの手を取った。

「とうとうあんたも良心に目覚めかけているの?」彼女は訊ねた。

手に触れると、その人間の正体がわかるという。子供は大人の手のなかに手を置いて、その相手を信頼すべきか否か、または、嫌うべきか否かを直感的に知る。二日前の晩、夫人の手はパニックに陥り、取り乱し、しがみつき、哀願していた。だが今夜、それはわたしの手よりも強く、しっかりと力を加え、容赦なく締めつけている。彼女の手は自信を与えも奪いもしなかった。それはわたしの抱いていた安心感を新たな段階へと引きあげたのだ。息子を信じる夫人の気持ちはきわめて強く、そのため、たとえ夫人が息子の秘密を知らなくても、また、彼の生活のほんの一部しか共有していなくても、彼はいまなお、生まれる前と同じように、盲目のまま、繋がれて、彼女の胎内で生きているかのようだった。

「感傷的になるのはよそう」夫人は言った。「運命が寄越す以上の悩み事を背負い込んではいけないよ。人生は短くはないの。誰もが信じたがっているとおり、人生は長い。長すぎるほどだからね。わたしたちふたりは、まだまだ何年も死なないよ。後生だから、もしできるなら、気持ちよく過ごそうじゃないの」

そっとドアをたたく音がして、シャルロットが盆を持って現れ、第二の盆を手にしたジェルメンヌがそのあとにつづいた。そしてふたたび、すでにお馴染みとなった夕食の儀が始まった。最初の夜、伯爵夫人は料理にほとんど手をつけなかったが、今夜、彼女はやわらかなパンでスープを吸い取り、すりつぶして、どろどろの汁にした。その目は熱心で、顎はいまにも皿にくっつきそうだった。わたしはヴィラーのあの家のハムとチーズと果物のこと、そして、そこで一緒だった人のことを思い出し、ベーラはどんなふうに夜を過ごすのだろうと思った。外に出かけて友達と食事をするのだろうか？　それともひとりですわっているのだろうか？　鎧戸の閉じたあの家はどんなふうに見えるのだろう？　母親がこちらを向き、ステーキをひと切れ、フォークで口から取り出して犬の一方にやった。それから彼女は言った。「なぜそんなに静かなの？　何を考えているの？」

「女のこと」わたしは言った。「あなたの知らない人ですよ」

「気に入っているの？」

「ええ」

「大事なのはそれだけだからね。あんたの父親もしばらくル・マンに女を囲っていたんだよ」夫人は言った。「一度、見たことがあるけどね。赤毛の、完璧な美人だった。うちの人は毎週、その女に会いに行っていたよ。そのおかげで週末は機嫌がよくてね。その後、女は金持ちの肉屋と一緒になり、トゥールに引っ越していった。彼女が行ってしまったときは、残念だったよ。うちの人の面倒をよく見てくれたからね」

シャルロットが小鉢に入ったクレーム・カラメルを運んできた。犬たちは前足を上げ、期待して待った。

「で、あんたはマリー＝ノエルがヴィラーからジュリーとあれの孫息子と一緒にトラックで帰るのを許したんだね」頭を切り替えて、夫人はつづけた。「あの子がわたしのところに来たんだけれど、話すことと言えばそのことばかりだったよ。ルノーよりトラックのほうがいいそうでね。『誰が運転したの？』わたしはそう訊ねた。『工場で働いている人よ』あの子は言った。『巻き毛の若い人』あの子はその男のにおいが好きなんだそうだ。『そのことをブランシュおば様に話してごらん』わたしはそう言ってやった。『おば様はなんと言うだろうね』ってね」

ではマダム・イヴというのは、ジュリーのことだったのか。わたしは胸をなでおろした。帰宅してフランソワーズが寝込んでいると知ってから、子供とトラックのことはずっと忘れていたのだ。

「子供はみんなトラックに乗るのが好きですからね」わたしは言った。「僕もきっと同じことをしたでしょう」

「あんたがかね?」夫人は笑った。「あの子の年のころ、自分が何をしたかは忘れたほうがいいね。お城にお茶に来た小さなセシルのことを覚えていない? あんたはその子を鳩小屋に閉じこめて、外から鍵をかけたんだよ。セシルの母親は二度と娘を連れてこなかった。かわいそうなセシル……マリー＝ノエルに気をつけなさいよ。あの子はすごい速さで成長しているからね」

「ひとりっ子というのはね」わたしは言った。「あまり楽しくないものですよ」

「馬鹿おっしゃい。マリー＝ノエルはそれがいいの。他の子供なんかいらないんだよ。あの子は大人が好きなんだから。わたしにはよくわかる。あの子の年のころ、わたしもそうだったからね。わたしは大人の従兄たちみんなに恋をした。マリー＝ノエルにはいとこがいない。だからあの子はその代わりに、ヴェーリの職工たちを好きになるでしょうよ」

ノックの音がした。「誰なの?」夫人は言った。「お入り。ノックされるのは嫌いだよ」

ジェルメンヌが入口に現れた。「伯爵様にルブラン先生からお電話が入っております」彼女は言った。

「ありがとう」わたしは盆にナプキンを置いて、立ちあがった。

「そろそろお休みを言ってもらおうかね。じきに疲れてしまうだろうから。あの老いぼれにうろたえるなと言っておやり。フランソワーズはくつろいでいれば大丈夫。もしかすると男の子を産むかもしれないよ。さあ、キスしておくれ」夫人の手がふたたびぎゅっとわたしをつかみ、あの目がわたしの目をとらえた。「専門医を呼ぶなんて馬鹿はおよしよ。お金がかかりすぎるからね」

わたしは部屋を出て、階段をおり、電話のところに向かった。部屋着姿のマリー＝ノエルがクロークルームの前で待っていた。彼女は心配そうにわたしを見た。その顔は青白かった。

「ブランシュおば様のお部屋で聴いててもいい？」彼女は訊ねた。

「だめだよ」わたしは言った。「ルブラン先生はパパと話がしたいんだからね」

「先生がなんて言ったか、あとで教えてくれる？」

「それはわからないな」

わたしは彼女を押しのけて、クロークルームのなかに入り、ドアを閉めた。「もしもし」そう言うと、甲高く年寄り臭い医師の声がこれに応え、立て板に水のごとくべらべらとしゃべりはじめた。

「こんばんは、伯爵。今朝は行きちがいになってしまい、誠に残念でしたな。しかも、午後はわたしもヴィラーにいたので、どこにおいでかわかりさえすれば、あちらでお会いできたのですよ。ジャン伯爵夫人《マダム・ラ・コンテス・ジャン》は目下神経過敏になっておられ、ご自身の体のことをひどく心配なさっておいでです。この段階で何か動揺するようなことがあれば、自然な時期を待たずして、産気づくかもしれませんぞ。前回の経緯や、貧血のことなど考慮すると、奥様はかなり危険な状態に陥りかねんのです。事実、今後数日間、絶対安静にすることは、きわめて重要です。おわかりでしょうが、七カ月目というこの時期は要注意なのでね。すみませんな、脅かすつもりはないのですが」

ルブランは息継ぎのため二秒、間を取った。そこでわたしは、専門医に相談したほうがいいのではないかと彼に訊ねた。

「当面は大丈夫」ルブランは言った。「よくお休みになって、これ以上、不定愁訴がなく、何よりこれが重要ですが、出血の徴候が見られなければ、すべてうまくいくはずです。出産の際は、ル・マンの病院に行かれることをおすすめしますが、その件を話し合うのは数週間後でよいでしょう。とにかく連絡は絶やさないようにしますし、また明日、お電話させていただきますから。ところで日曜日、わたしが顔を出すことはご承知でしょうな?」

おそらく日曜日に城で昼食をとるのが彼の習慣なのだろう。あるいは、往診ではない、フォーマルな訪問をすることになっているのか。

「もちろんです」わたしは言った。「お目にかかるのを楽しみにしていますよ」

「幸い、ご夫婦の寝室は奥のほうですからな。奥様の安静の妨げにはならんでしょう。それではまた。日曜日にお会いしましょう」

「オー・ルヴォワール、先生」

わたしは受話器を置いた。「奥様の安静の妨げにはならんでしょう……」日曜日の昼食会は、笑い声がサロンにこだまし、城の垂木《たるき》に鳴り響くほど、陽気なものなのだろうか？　それはありそうにない。わたしは不思議に思った——医師のあの言葉はどういう意味なのだろう？　クロークルームを出ると、マリー＝ノエルがまだそこにいた。

「それで？」彼女は急き込んで訊ねた。「先生はなんておっしゃったの？」

「ママンは寝ていなくてはいけないって」

「赤ちゃんはもう生まれるの？」

「いや」

「それじゃどうして、みんな、もう生まれるって言ってるの？　生まれても、死んでいるだろうって」

「誰がそう言ったんだい？」

「ジェルメンヌ、シャルロット、みんなよ。厨房で話しているのが聞こえたの」

「立ち聞きする人は必ず嘘を聞くことになるんだよ」

食堂でポールがルネと話しているのが聞こえた。ふたりはまだ夕食を終えていないのだ。わたしはサロンに行き、子供もあとからついてきた。

「パパ」彼女は言った。いまその声はささやきになっていた。「ママンが病気になったのは、わたしがあの置物を壊して、悲しませたせいなの？」

「まさか」わたしは言った。「それとこれとはなんの関係もないよ」

わたしは椅子の肘掛けにすわって、子供を引き寄せた。

「どうしたの？」わたしは訊ねた。「何をそんなに心配しているんだい？」

子供の目が揺らぎ、わたしからそらされた。それはわたしを避けて、室内のあちこちをさまよっていた。

「なぜなのかわからないの」ついに彼女は言った。「パパがなぜその赤ちゃんをほしがるのか、わたしにはわからない。ママンは厄介者だと思ってるのよ。ずっと前、ルネおば様に産まなくてすめばいいのにって言っていたもの」

不安な思いがこもるこの質問は、確かに理にかなっていた。なぜ彼女の母親はほしくもない子供を産まなければならないのか？　この子がその理由をジャン・ドゥ・ギに問えたら、と思った。わたしはお粗末な代用品にしかなれない。この場合、わたし自身の目に映るとおりに真実を伝えるのがいちばん簡単そうだった。

「これは特異なケースだし」わたしは言った。「ほんとにひどい話だけどね。きみのお祖父様のブリエール氏はお金をたくさん持っていたんだ。お祖父様はそのお金を、男の子が生まれないかぎり僕とママンには一切使えないようにしてしまった。だから、ひとり娘になんの不足もないとしても、もし息子が生まれれば、我が家は経済的にずっと楽になるというわけだよ」

これを聞いたとたん、まるで物理的な痛みを取り除く魔法の薬を与えられたかのように、マリー＝ノエルの顔に安堵の色が浮かんだ。

「ああ」彼女は言った。「それだけのこと？　お金のためなの？」

「そうだよ」わたしは言った。「卑しいよなあ」

「ううん、ぜんぜん」マリー＝ノエルは言った。「とっても賢いと思うわ。それは男の子の数が多ければ多いほど、たくさんお金がもらえるってことなの？」

「いやいや」わたしは言った。「ひとりに限った話だよ」

感情が大爆発し、マリー＝ノエルはわたしの膝からするりとおりて、ソファから床へと宙返りした。ガウンとネグリジェがふわりと頭にかぶさり、小さな丸いお尻がむきだしになった。衣類の層に頭を覆われ、下半身は丸出しという格好で、彼女は大笑いしながら、衝立のほうにあとじさりしていった。するとそのとき、ブランシュとルネとポールが部屋に入ってきた。

ブランシュは、もとは人の子だった戯《たわむ》れる裸の獣に目を据えて、立ち尽くした。

「いったいどういうつもりなの？」彼女は急いで言った。「いますぐガウンを下ろしなさい」

マリー＝ノエルは向きを変え、体をゆすった。部屋着が体のまわりに落ちてきた。大人たちが見ているのを知ると、彼女はそこに立ってほほえんだ。

「何も問題ないわ、ブランシュおば様」彼女は言った。「パパとママンがしていることは、お金のためなの。別に子供がほしいわけじゃないのよ。世界中の人が男の子を持とうとするのはだからなの――経済的に助かるからよ」彼女はこちらに駆けてきて、わたしの手をつかむと、幸せそうに我が物顔でわたしをくるりと回転させて、身内たちに向き合わせた。「ねえ、パパ」彼女は言った。「ブランシュおば様が話してくれたんだけど、おば様が小さいころ、パパが生まれたら、みんなおば様を愛するのをやめてしまって、おば様には目もくれなくなったんですって。それが、おば様を神様に引き寄せた、謙虚さを学ぶためのレッスンだったんですって。

でもわたしに弟が生まれても、何ひとつ変わらないのよ。パパはこれまでと同じだけ、わたしを愛してくれる。たぶん聖母様《サント・ヴィエルジュ》は、わたしには、ブランシュおば様に授けたのじゃなく、別のレッスンで謙虚さを教えてくださるんでしょうね」

　おばたちとおじの凍りついた顔が自分の満足感を反映していないことに気づいたのだろう、マリー＝ノエルは心もとなげにわたしを見てから、今度はわたしの義理の妹に目を向けた。ふたりの女のうち、ルネのほうが（もしそんなことがありうるのならば）より腹を立て、ショックを受けているように見えた。子供はこれを感じ取って、優しくこのおばにほほえみかけた。

「考えてみれば」マリー＝ノエルは言った。「謙虚さの他にも美徳はあるわね。わたしは忍耐を学ぶこともできるわ。ほら、ルネおば様みたいに。赤ちゃんは誰にでも産めるわけじゃないものね。おば様がポールおじ様と結婚してもう三年になるけど、おば様にはまだその気配もないんですもの」

第十四章

自分はフランソワーズに感謝すべきなのだという気がした。彼女が弱っているという事実はわたしが上の空であることへの言い訳になった。寝室で彼女に付き添っているほうが、下のサロンでポールやルネとすわっているよりもはるかに気が楽だ。わたしは上の階に行って子供をベッドに入れ、彼女がくるみこまれて落ち着くと、フランソワーズのところにもどって、こちらでも同じことをした。つづいて、浴室から湯たんぽを取ってきた。スポンジと石鹼とタオルも。さらに、歯ブラシと、パウダーと、髪を留めるピンと、クリームと、顎の下で結ぶリボンの付いたナイトキャップも。病院の看護人か、救急処置を施すために緊急に呼び出された人のように、わたしは彼女の世話をした。それは戦時中を思い出させた。文書の解読をしていた墓穴から出ていき、狂乱の夜のあいだ、交替で救急車を運転し、自分のもとに来るあらゆる問題に対応したことを。そうして、突然始まる見ず知らずの人々との親交は、彼らのほとんどが女子供で、多くは怯え、苦痛のさなかにあったためだろう、わたしのなかに、寝支度をするフランソワーズを手伝っているいま起こっているのと同じ、人を思いやる謙虚な気持ちを呼び覚ました。あの人たちがそうだったように、フランソワーズもいたく感謝していた。彼女は驚き、怪しみながら、繰り返し、優しいのね、と言った。

「これくらいなんでもない」わたしは答えた。「当然のことだよ」

「こういうのは慣れていないのよ」彼女は言った。「いつものあなたは気遣いなんて見せないもの。わたしは疲れが出て、早く寝室に引き取ることがよくあるけど、あなたはそのまま階下《した》でポールやルネと話しているじゃない？　たぶん今夜は、あの人たちを避けているのね――ヴィラーで何をしていたのか訊かれると困るんでしょう？」

あの子供に直感力があるように、フランソワーズにも彼女なりの直感力があるのだ。彼女にキスして、明かりを消すとき、わたしは思った――フランソワーズは、わたしが日中の出来事のほんの一部しか明かしていないことを、直感的に気づいているのだろうか？

化粧室に引きあげる途中、銀行から持ってきたタルベールという弁護士からの手紙のことが頭に浮かんだ。手紙はまだポケットのなかにあり、わたしはそれを取り出して読んだ。ありがたいことにその内容は明瞭だった。ヴェーリは（少なくともこれはすでにわたしが知っていることだが）赤字を出しつづけており、たとえばベーラがすすめたように土地や証券を売却するなど、他の財源からの補塡がなければ、倒産は避けられないという。手紙の書き手は、いつでもそちらのご都合のよいときにサン・ギーユに行き、ご相談に乗りたいと言っていた。なおかつ、これは急を要することなので、早急に日を決めてはいかがかと。ジャンがカルヴァレ社の人々と直に会うこと、そしてもし可能なら、もっとよい条件で合意を得ることがあれほど重要になったのは、おそらく、この手紙が来たためだろう。

翌日は土曜日だった。わたしは朝一番、ポールが着替えをすませ、コーヒーを飲み終える前に、工場に行き、カルヴァレ社から手紙が来ていないかどうか確認することにした。重役たちが金曜より前に協議をすませるのはまず無理なので、その後、書かれた手紙はきょう届くはずだった。わたしは早起きし、ガストンが服にブラシをかけたり朝食の盆をさげたりしに来る前に、車庫に車を取りに行った。今回、セザールは吠えずにわたしを通してくれた。そして、門のあいだから手を入れて犬をなで、彼が尻尾を振ったとき、わたしはひとつ勝利を収めた気分になった。あたりには誰もいなかった。向こうの牛小屋から物音がするところをみると、例の老女がそこで牛の世話をしているようだ。また、遠くには鍬《くわ》で畑を耕しているつなぎを着たあの男の丸まった背中が見えた。わたしは左に折れて村を出、まっすぐな森の道まで丘を登っていった。自分の行動はどれを取っても、まったく変には思えなかった。それはすべてわたしの生活の一部だった。過去の何よりも、オークと栗の木々のあいだを抜けて、この平らな道を車で走っていくことが。そしてその感覚は、工場の門の横に車を寄せて停めたときも、まだ消えていなかった。車を降りてバタンとドアを閉め、すでに仕事に始めていた男たちに、おはようと声をかけたときもだ。

でこぼこの敷地を横切って、工場のいちばん大きな建物の裏にあるあの家に向かう途中、わたしは向こうから歩いてきた郵便配達人に出会い、自分の勘が正しかったことを知った。やはり早く来てよかったのだ。急いで事務所のドアまで行くと、デスクのそばでジャックが手紙を仕分けていた。彼はくるりと振り向き、驚いてわたしを見つめた。

「ボンジュール、ムシュー・ル・コント。今朝こちらにおいでになるとは思いませんでしたよ。

ポール様《ムシュー・ポール》がおふたりともおいでにならないと言っておられたので」

なぜポールがそんなことを言ったのか、不思議だった。きょうは何かの祝日なのだろうか？

「カルヴァレから手紙が来ているかもしれないと思ってね」わたしは言った。「重役のひとりから私信が来るはずなんだよ」

ジャックはじっとわたしを見つめつづけた。たぶんわたしのきびきびした態度が普通とちがったためだろう。「何も問題がなければいいのですが」彼は言った。

「同感だ」わたしは答えた。「郵便物は全部そこにあるのかい？　カルヴァレから何か来ていないか見てみよう」

ジャックは手のなかの手紙の小山に視線を落とした。見ると、てっぺんから二番目に、カルヴァレの住所がスタンプされた長い封筒があった。

「それだ」わたしは言った。「ありがとう、ジャック」

わたしは彼の手から手紙を取った。ジャックは遠慮して部屋の中央のテーブルへと移動し、わたしは窓を背に手紙を読んだ。何も問題なし。それは電話の会話の内容を確認し、契約を確定するもので、新たな条件で六カ月期限を延長して契約書が作成されていた。手紙には、最終的に二社が合意に達したことに対する満足の意が表されていた。

「ジャック」わたしは言った。「そこにカルヴァレとの契約書はあるかい？　古いやつは？」

「あれは伯爵様がお持ちですよ」彼は言った。「デスクの上のファイルに入っています」

「さがしてくれないかな」わたしはたのんだ。「こっちは他の手紙に目を通すから」

ジャックは何も訊かなかったが、その顔には戸惑いが表れていた。じっと見ていると、彼はデスクのすぐ目につくところにあったファイルのなかをさがしはじめた。わたしのほうは、残りの手紙をつぎつぎと見ていった。どれも請求書や領収書だ。ジャックがひとことも言わずに契約書を手渡した。わたしはデスクに着いて、ふたつの契約書を見比べた。文言はそっくり同じだった。ただし、売買の条件という重要事項だけは別だ。事業のこと、ヴェーリの生産高のことなど何もわからないながら、カルヴァレ社が製品に支払う対価が従来より少なくなるという際立った事実だけはわたしにも理解できた。

わたしはポケットの手紙をさぐり、ふたつの契約書と並べて自分の前に置いた。

「数字をチェックしたい」わたしはジャックに言った。「賃金、生産コスト、何もかもだ」

ジャックは目を瞠《みは》った。「ついこのあいだ見たばかりでしょう」彼は言った。「伯爵様とポール様とわたしとで何もかもチェックしたではありませんか」

「もう一度、やりたいんだ」わたしは言った。

チェックにはおよそ一時間半かかった。それは単調で、ややこしい、没頭せずにはいられなくなる作業だった。全部終わって、ジャックが台所にコーヒーを淹れに行ったときには、彼が出してくれた最終的な数字と新たな契約のもとでのそれとの比較が可能になっていた。結論はこうだ——帳尻を合わせるには、五百万フラン近い金額をジャン・ドゥ・ギ個人の口座から支出せねばならない。これで彼が閉鎖を決めた理由がわかった。土地や証券を売るのがいやなら、閉鎖する以外ないのだ。あのガラス工場は旧契約のもとでずっと赤字を出してきた。そして新たな契約のもとでは、企業であること自体を完全にやめてしまう。それは、そこで作られるガラス製品と同じに儚《はかな》くて壊れやすい、贅沢《ぜいたく》な玩具となる。感傷によるわたしの大失策は、所有者らに大損害をもたらしたわけだ。

わたしは新しい契約書を手紙とともに上着のポケットに入れ、ジャックのいる台所に行った。「さあ、伯爵様」ジャックは言った。「大仕事のあとの一杯をどうぞ」彼は湯気の立つコーヒーのカップをわたしに寄越した。「伯爵様がパリで成し遂げられたことに、わたしはいまだに驚き入っているのです」彼は言った。「お出かけになるとき、伯爵様は本当は少しも希望を持っていらっしゃらなかった。あれは形式以外の何ものでもありませんでした。ところが結局、直接会うことの大切さが証明されたわけですよ」

「これで」わたしは言った。「誰も失業しないですむ。大事なのはそこだよ」

ジャックは眉を上げた。「そんなに職工たちのことを心配なさっていたのですか?」彼は訊ねた。「気づきませんでしたよ。実のところ、最初はショックであっても、連中はすぐ別の勤め口を見つけていたでしょう。ずいぶん前から閉鎖のことは覚悟していたわけですから」

幻滅を覚え、わたしはコーヒーを飲んだ。たぶん自分は余計なことをしたのだろう。誰かが家のドアをノックし、ジャックは、失礼します、とことわって、事務室に引き返した。わたしはあたりを見回して、自分がかなり大きな台所に立っていることに気づいた。この家はかつて家族の住まいだったにちがいない。奥のドアは家の他の部分に通じていた。好奇心に駆られ、ドアを開けると、幅の広い石の廊下が現れ、その先に他の部屋部屋と二階に向かう階段があった。わたしはその廊下を歩いていって、つぎつぎと部屋をのぞきこんだ。どの部屋も空っぽで、家具はなく、壁は色褪せ、塗料はひび割れ、床には埃が深く積もっていた。いちばん奥の部屋は、鏡張りの四角い立派なやつで、壁際には大型の家具が積みあげられていた。陶磁器の戸棚、高く積み重ねられた椅子。部屋全体が放ったらかしという印象を与え、まるでその主《ぬし》が自分の持ち物を全部片側に寄せ、それっきり忘れてしまったかのようだった。一九四一と書かれた古い暦が壁に留めてあり、その横には本箱があった。わたしはかがみこんで、本のひとつを開いた。なかには〝モーリス・デュヴァル〟と記されていた。

バタバタという音に、わたしは窓を振り返った。それは蝶だった。長い夏の最後の一羽。日の光に目覚め、自分を捕らえた蜘蛛《くも》の巣から逃れようとしている。わたしは窓を上げようとしたが、それはつかえて動かなかった。この窓はもう何年も開かれていないのだろう。蝶をその牢獄から解放してやると、そいつは一時《いっとき》、窓枠に留まっていたが、その後ふたたび蜘蛛の巣のなかに入り込んでしまった。

台所のほうから足音が近づいてきた。ジャックが部屋の入口に現れ、わたしを見つめた。彼はちょっとためらい、それからなかに入ってきて、部屋のまんなかに心もとなげに立った。

「何かおさがしですか、伯爵様？」彼は訊ねた。

その所作は自信なげで、気まずそうだった。これらの家具の管理を任されているのは彼なのだろうか、とわたしは思った。この家を探検することで、自分は何か一族のエチケットのようなものを破ってしまったのだろうか？

「どうしてこういうものをずっと取っておくんだい？」わたしはそう言って、家具を指さした。ジャックはわたしを凝視し、それから目をそらせた。「お決めになるのは伯爵様ですが」彼は答えた。

わたしは脇へ寄せられた家具へと視線をもどした。そこにはなぜかもの哀しさがあった――使われることもなく、忘れられ、壁際に積まれているそれらの家具には。この部屋にも、かつては人の暮らしがあったにちがいない。ここはサロンか、食堂だったのだ。

「実にもったいないな」わたしは言った。

「誠におっしゃるとおりで」ジャックは答えた。

わたしは考えた。思い切って質問をしてみようか？　ジャン・ドゥ・ギなら当然答えを知っていて、絶対にしないはずの質問を。

「この家の部屋は活用すべきじゃないかな？」わたしは言った。「空き部屋のままにしておかずに、誰かを住まわせて」

最初、ジャックは答えなかった。彼は居心地悪そうにじっとそこに立ち、部屋と家具を見回したが、わたしには目を向けなかった。それから彼は言った。「いま誰にここに入れとおっしゃるのでしょう？」

これは答えではなく、別の質問であり、どう進むべきかを示すヒントにはならなかった。わたしはぶらぶらと窓に歩み寄り、外を眺めた。工場の建物は左手に見え、右手には農場のいろいろな建物があった。どちらの建物も、この家とそのすぐ前の庭からは柵で隔てられている。

道路から家まで通っていたかつての舗装路の横には、いまは使われていない壊れた井戸があった。

「きみがここに住んではどうだろう?」わたしは言った。

ジャックの緊張が一層顕著《けんちょ》になった。その表情からわかったが、なぜか彼はわたしに攻撃されていると思っているのだ。

「家内とわたしはローレのうちに充分満足していますので」彼は言った。「考えてみれば、すぐ近くですし。サン・ギーユにいるのと同じことですよ。家内はお仲間がいるところにいたいのです。あれにはここは淋しすぎるでしょう。それに……」彼は苦しげに言葉を切った。

「それに?」わたしは先を促した。

「みんなちょっと変だと思うでしょう」彼は言った。「こんなにも長いこと、ここには誰も住んでいなかったわけですし、それ以前は……どうかお許しを、伯爵様、しかし住む人がいた当時のこの家に関しては、あまりいい思い出がありませんからね。もはやここに住みたがる者などまずいないでしょう」彼はふたたびためらった。それから、勇気をかき集めたと見え、急いで先をつづけた。敬意以上に強力な何かに駆り立てられているのだろう、言葉がつぎつぎとあふれ出てきた。「伯爵様」彼は言った。「ヴェーリの敷地内で争いごとが――兵隊同士の闘争があったとしても、人はその事実を受け入れるでしょう。しかしこの家の最後の住人、ヴェーリの工場長、ムシュー・デュヴァルが夜中にベッドから引きずり出され、階下に連れていかれ、同胞に撃ち殺され、ご遺体がデュヴァル様ご自身のガラスでこま切れにされて井戸に投げ込まれたとなりますと、たとえそれが、わたしたちみんなが忘れたいと願っている遠い昔の出来事であっても、誰であれ、事件の現場であるこの家に妻子を連れてきて住みたいとはなかなか思えないものですよ」

わたしはなんとも答えなかった。わたしに言えることは何もない。あの蝶がまた蜘蛛の巣から逃れようとして弱々しくはばたいた。そして蝶自身が回避を拒んでいる死からそいつを救おうとして、再度手を差し伸べたとき、わたしの視線はあの古井戸の錆びた鎖に囚われた。井戸の基部はイラクサに覆われ、石の部分は傷《いた》んでいる。

「そうだね」わたしはゆっくりと言った。「もちろん、きみの言うとおりだよ」

わたしは向きを変え、部屋を出て、石の廊下を進んでいき、まず台所に、そこから事務所に入った。その部屋に人間味はなかった。これは、そこにある家具とタバコの煙の饐《す》えたにおいのせい、それに、ファイルや書類のせいだ。わたしはしばらくデスクのそばに立ち、請求書や領収書や手紙を見おろしていた。しかしこれ以上わたしがすべきことは何もない。わたしはすでに数字を知っている。おそらく知るべきところまですっかり。ヴェーリはいつか誰かが、もはや金がまったくなく賃金も何も払えないと気づくまで、稼働しつづけるだろう。

「カルヴァレ社のムシュー・メルシエ宛の封筒を作ってもらえないかな」わたしはジャックに言った。彼はわたしについてきていたのだ。「そうすれば帰り道で、彼らに返送する契約書を投函できるから。控えは僕が保管しておくよ」

しかし彼の仲間意識は消え失せていた。わたしたちはどちらもこの家の空っぽの部分のことを考えており、財政やビジネスの話にもどるなど論外なのだった。

「僕は数字の確認に来ただけなんだ」わたしは言った。「ポール様にこのことを言う必要はないよ」

「はい、伯爵様」そう答えると、ジャックはデスクから封筒を取り出し、住所を書いて切手を貼った。わたしにそれを手渡しながら、もとどおり温かな声になって、彼は言った。「明日はよろしくお願いしますよ。お天気はいいようです。今朝のラジオの予報は晴れでしたからね。それでは十時半に、お城で」

彼は進み出てドアを開けてくれた。わたしは「またあした」と言って、外の庭に出ていった。明日は日曜だ。たぶんジャックとその妻は、ドクター・ルブランとともにサン・ギーユのミサに出て、そのあとうちに来るのだろう。

家を出たところで、わたしは衝動的に左に行き、初日の午後、ジュリーが野菜を掘っていた、荒れ放題の果樹園の小さな門をくぐった。こちら側からは、工場の建物はひとつも見えず、蔦《つた》の這う塀に囲われたあの家は、緑の原に建てられ、森に閉じ込められた、十七世紀末の平和な領主館のどれであってもおかしくなかった。太陽のもと、深くやわらかく色づいたその家は、確かに別の時代に属していた。そして、ほんの五分前にわたしが見たもの——イラクサのなかにぽつんと立つ鎖の錆びた壊れた井戸もまた同じ時代に属し、遠く離れ、平和のうちにある。それは、殺人と破壊のために納骨室の役割を担うのではなく、土の奥深くにある澄み切った泉から家と工場の虜囚《りよしゆう》たちに命を届けていたのだ。井戸から水を汲みあげていたその鎖は、いまは壊れている。おそらく井戸にはもう水もなく、おそらく泉も涸れるかコースを変えるかしており、残っているのは土と小石と砕けたガラスだけなのだろう。そして、ヴェーリと工場長の家をサン・ギーユ城に結びつけていた環もまたちぎれてしまい、連帯は失われ、ある者が別の者から力を得ることももうないのだ。なぜそのことが気になるのか、わたしは不思議に思った。また、かつてここの主だった、殺されたモーリス・デュヴァルを思うとき、わたしにとってその男が、世代から世代へ最高のものが受け継がれていく永続性という価値の化身となるのはなぜなのか？　そしてまた、相争う同種族の者同士の憎悪を象徴するような、醜悪で残酷な彼の死が、突然、自分の責任のように思えたのは――さらに、その記憶が人知れず化膿することは許されない、切開して洗浄せねばならないもののように思えたのは、なぜなのか？

　わたしは果樹園をあとにし、つぎつぎと建物を通り過ぎて、ヴェーリの入口まで引き返した。するとそこ、あの小さな番小屋のそばに、腕いっぱいに青物をかかえたジュリーが立っていた。わたしはおはようと声をかけ、またしても彼女の顔の実直さ、その茶色の目の温かみと鋭さ、その身体の頑丈さと力強さに感銘を受けた。自分が彼女を信頼せずにいられないのは、単なる感傷からではなく、どこか深いところにある直感のなせる業であることが、わたしにはわかっていた。その直感は、ヴィラーのベーラのときと同じく、ジュリーに対し、本能的反応を引き起こすのだった。

「早起きですねえ、伯爵様」彼女は大声で呼びかけた。「土曜の朝にヴェーリにお出ましになるのも、めったにないことですし。ご機嫌はいかがです？　それに、若奥様のお加減はどうでしょう？　きのうはあまりよろしくなかったとうかがっておりますが」

小さなコミュニティーでは、ニュースはスピーディーに伝わるものなのだろう――わたしはそう考え、それから、ジュリーがマリー＝ノエルをヴィラーから城《シャトー》まで連れて帰ったことを思い出した。そのあとジュリーは使用人たちと話をしたにちがいない。

「若奥様は安静にしていなければいけないんだ」わたしは言った。「昨夜、僕が帰ったときは、いくらかよくなっていたよ。きみに謝らなくてはいけないね、ジュリー。きのうはヴィラーでうちの子が世話をかけた。あの子がどこにいるのか、どうするつもりなのか、わからなくてね。銀行で、支離滅裂な伝言を受け取ったものだから」

ジュリーは笑って、いえいえと両手を振った。「何も謝ることはありませんよ、ジャン様《ムシュー・ジャン》。わたしのほうからお礼を申し上げませんと。わたしどもはちょうど駅から帰るところだったんです。そこへお嬢ちゃんが、町の門《ポルト・ドゥ・ヴィーユ》のほうから、猛スピードで駆けていらしたんですよ。当然わたしは、グスターヴにトラックを停めさせました。なぜお嬢ちゃんがおひとりでいるのかわかりませんでしたが、お嬢ちゃんがパパは銀行にいるんだと教えてくれましてね、わたしどもと一緒に帰れたら最高だとおっしゃるんですよ。わたしどももお嬢ちゃんに乗っていただけるのはとてもうれしゅうございましたし。暗いトラックに射し込むひとすじの日の光というわけです。お嬢ちゃんはヴィラーからサン・ギーユまでずっとしゃべり通しでしたよ」

わたしは番小屋の横の土地の一画までジュリーのあとについていった。そこには、野菜や花で混み合った四角い畑がいくつかあった。ジュリーが檻のなかのウサギたちに餌をやるのをわわたしは、強く、歪《ゆが》み、結局栄たしは見守った。そうしているあいだ、彼女はずっとウサギたちに話しかけていた。わたしは、テリアたちに砂糖をやる城の伯爵夫人のことを思い出した。すると突然、どちらの女も、強く、雄々しく、優しくて、基本的に同じであるように思えてきた。しかしふたりの一方は、歪《ゆが》み、ねじれ、奇妙なかたちで損なわれてしまった。そしてそれは、彼女自身のなかにある、結局栄えることのなかった何かのせいなのだ。

「ジュリー」わたしは言った。自分がこういう質問をするのが、特に今更となると、ジュリーにとって奇妙に思えるのはわかっていた。そもそも、それはジャン・ドゥ・ギなら当然知っていることであり、訊くはずのないことなのだ。「ジュリー、占領中、このサン・ギーユはどんなふうだったのかな?」

不思議なことに、ジュリーにはこの質問に驚く様子はなかった。となると、たぶんドゥ・ギも同じことを訊く可能性があったのだろう。たぶん彼も、わたしと同じように、こう思っていたのだろう――この百姓女は、物事の本質に迫っているから、絵を鮮明にすることができる。これは他の誰にもできないことだ。

「わかっておいででしょう、ジャン様」一拍か二拍、間を置いて、ジュリーは言った。「遠いところでレジスタンスとして戦っていたあなた様のようなかたからすれば、戦争はインテリたちによって計画的に実行されるものです。成功するか失敗するかのゲームみたいなものですよ。でも、あとに残された者たちにとっては、ずいぶんとちがいます。それは、格子のない監獄にいるようなものです。誰が犯罪者で誰が看守なのか、誰が嘘をついているのか、どの人間が誰を裏切ったのか、誰にもわかりません。みんな、もう何も信じられない。強いと思っていたものが結局弱かったと判明すると、人は恥ずかしくなり、誰のせいだろうと考えます。その弱さはわたしのものなのか、あなたのものなのか――人は訊ねます。でもその答えは誰にもわかりませんし、誰も責めを負おうとはしないんです」

「しかしね」わたしは追究した。「きみはどう行動した？　きみは何を考えていたんだ？」

「わたしですか？」ジュリーは問い返した。「わたしに何ができますかね？　長年やってきたとおり、野菜を育て、鶏に餌をやり、当時はまだ生きていた、かわいそうな亭主の世話をするしかないでしょう。そうしながら、ひとりごとを言うんです。こういうことは前にもあったし、またあるだろう、耐えるしかないんだって」

ジュリーは檻から振り返って、大きな強い両手をエプロンでふいた。「伯爵様も、ウサギたちが野原で粘液腫症で死んでいくのをごらんになったでしょう？（一九五〇年代、欧州でウサギの過剰な増殖を抑制するために粘液腫ウィルスが放出された）」彼女は言った。「素敵ですよねえ？　わたしたちはついにここまで来たわけです。自由であるべき動物なのに、この子は檻で飼われなきゃならない。わたしは人間というものをあまりよく思っておりません。ときおり戦争があるのも結構なことですよ。それで人間は苦しみのなんたるかを知るわけですから。いつか人類は自らを滅ぼすでしょうよ。ちょうどウサギたちを滅ぼしてきたようにね。そのほうがいいんです。世界がまた平和になりますからね。あとに残るのは、向こうのあの森、そして、この土だけです」

ジュリーはわたしにほほえみかけた。「うちの小屋にお入りなさい、ジャン様。いいものをお見せしますよ」

わたしは彼女に従って、城の芝地の鳩小屋とほぼ同じサイズの小さな建物のなかに入った。部屋の隅にはストーブがあり、煙突が屋根へとのびていた。そして、木のテーブルがひとつ、椅子がひとつ、壁の一面を埋め尽くす戸棚がひとつ。ストーブの前には、雌鶏が一羽、羽根をふくらませてすわっていた。ジュリーがシッと言って足で追うと、雌鶏は鳴きわめきながらドアの外へ駆け出ていった。

「あの鳥がここで寝られると思っているなら、それは料簡ちがいってもんです」ジュリーは言った。「とってもこすっからいやつでね、あの雌鶏は。自分が年寄りなのをいいことに、見逃してもらおうとするんです。ちょっとお待ちを。いま、お見せするスナップ写真をさがしますので」

ジュリーはエプロンの下のスカートから鍵を一本、取り出して、鍵のかかった戸棚に手を伸ばした。なかは書類、本、陶器類でいっぱいだったが、それらはめちゃくちゃに詰め込まれているわけではなく、きちんと整頓されていた。「お待ちを」ジュリーは言った。「どこかこのへんにあるはずです」彼女は書類のなかをさがして、筆記帳を一冊、引っ張り出し、そのまんなかから封筒を抜き取り、さらにそこからスナップ写真を一枚、取り出した。

「さあ」彼女は言った。「あなた様は占領についてお訊ねになった。この坊やのことで、わたしは敵の協力者として非難されたんです」

それはドイツ軍の軍服を着た若い兵士の写真だった。取り立てて目立ったところもない若者。

彼はポーズを取ってもいなければ、ほほえんでもいない。ただ若いだけだった。

「彼は何をしたんだい？」わたしは訊ねた。

「何をしたか？」ジュリーは言った。「何もしちゃいませんよ。ただ、他の大勢の連中と一緒に、何カ月かここにいただけです。でもある日、困ったことが起きたんです。点検があるのに、その子は何かの染料で軍服を汚してしまったんですよ。それでわたしのところに来て、身振り手振りに少しだけ言葉を交え、染みを取ってくれないかとたのんだわけです。そうしないと懲罰を受けることになるから、とね。わたしはね、ジャン様、うちの息子たちのことを思い出しましたよ。捕虜になっていたアンドレと、戦死したアルベールのことを。そしていま、そこに同じ年ごろの子が立っている。故郷から遠く離れて、母親みたいなもののこのわたしに、上着の染みを取ってくれとたのんでいるんですよ。もちろんわたしは、染みを取ってやりました。するとその子は、あとでお礼を言いに来て、この写真をくれたんです。その子がドイツ人であろうが、日本人であろうが、月から落ちてきていようが、わたしにしてみればなんのちがいもありませんでした。きっとその子は、他の大勢の子たちのように、その後、殺されたでしょう。あの子たちは死ぬために生まれてきたんです。あの男の子たちはみんな。この国の子供たちもそうでした。ところが、その子の上着の染みを取ってやったことを理由に、サン・ギーユの村長をはじめ、大勢の人がわたしと口をきかなくなったんです。そう、二年間、一切。これでおわかりでしょう。戦争が自分の村、自分の家の門口にやって来ると、それはもう悲劇でも公的なものでもない。それは単なる個人の憎しみのはけ口になるんです。わたしが立派な愛国者になれないのは、だからですよ、ジャン様。サン・ギーユで占領の話をしたくないのは、だからなんです」

わたしが写真を返すと、ジュリーはそれを他の手紙や書類や本と一緒に戸棚のなかにもどした。それから、日焼けした皺《しわ》だらけの顔、平静な顔をこちらに向けた。

「まあね」彼女は言った。「何もかも時とともに忘れ去られます。世の中、そんなものですよ。でも、何年か前にあの写真をお見せしていたら、どうなったでしょう、伯爵様？　わたしはいまここにいなかったんじゃないでしょうか？　ジュリー婆さんの首に縄をかけ、森のいちばん手近な木に吊るせ、となったのでは？」

わたしは何も言わなかった。何も言えなかったのだ。戦争は、彼女の国に及ぼしたような影響をわたしの国には及ぼさなかった。憎悪、残忍性、恐怖、これらはわたしの知らないものだ。わたしが経験したのは、自分自身の失敗と無意味さにすぎない。自らの責任から逃げ、わたしにそれを背負わせたジャン・ドゥ・ギ。わたしは彼を理解することができた。だが、レジスタンスの指揮官、ジャン・ドゥ・ギとなると、うまくイメージできなかった。当時の彼も、生き延びたいなら人の欲を満たしてやらねばならないと信じていたのだろうか？　どんな相手とのどんな軋轢《あつれき》が、写真のアルバムのあの笑っている陽気な人物をシニシズムと無関心に追いやったのだろう？　突如、不合理な激しい欲求が身内に湧くのを感じた。ジュリーが信じているとおり、ジャン・ドゥ・ギとして、わたしは彼女に自らの思いを伝えたかった。何年にもわたり彼女の身に降りかかったあらゆる苦難、辛酸《しんさん》と貧困と苦しみと喪失、彼女を襲い、悩ませたすべてに、自分が胸を痛めていることを。だがわたしにはわかっていた。仮に何かその種のことを言えば、彼女は驚き、困惑するにちがいない。わたしたちは一緒に車のところに行った。ジュリーが車のドアを開けてくれた。それから彼女は、ショールの内側で腕を組み、ほほえんでその場に立った。

ジュリーに手を振り、車で走り去るとき、わたしは思った——ヴェーリのジュリーとヴィラーのベーラを仲間とし、そこにおまけのガストンを加えれば、きっと苦しみは一掃され、人生は常に楽しいものとなる。だが、この三人が全員、同じ家に一緒にいて、自分に仕えているところを思い描くと、それぞれに自己主張が強く個性的な彼らがお互いを好きになるわけがない、とわかった。わたしの感傷癖がデザインする調和のとれた模様は、二十四時間以内に、彼らの喧嘩によってずたずたに引き裂かれてしまうだろう。これはつまり（ふたたび森の道を走っていきながら、わたしは思った）人間関係など概して意味がないということだ。なぜなら、ある人間が心惹かれる人々は絶対にお互いを気に入ることなどないのだから。つながりはそこで絶たれ、メッセージは行き場を失う。城でベッドに横たわるフランソワーズへのわたしの同情は、同じようにひとり淋しく切り離されて、塔の部屋で過去を思うあの母親の助けにはならない。

また、優雅さ、若さ、美しさを持つマリー＝ノエルに対し、わたしが抱きつづける賞賛の念は、ブランシュという世を拗《す》ねた冷たいその影法師を抱擁することはできないのだ。ヴィラーのベーラはなぜ、何も要求せずに自らの体を贈り物として与えるのか、そして、サン・ギーユのルネはなぜ、タコのように愛人に触手をからませるのか？　破壊の種はいつ蒔《ま》かれたのだろう？

午前の行動から、わたしは三つのことを学んだ。ひとつめは、カルヴァレへの電話によって、自分がガラス工場をまっすぐ破滅に通じるコースに乗せてしまったということ。ふたつめは、深く愛されていた先代の工場長は、自身の家の門口で切り刻まれ、その遺体は井戸に放り込まれたということ。そして三つめは、サン・ギーユの人々が、世界中の他のあらゆる人と同じく、仲間を煽《あお》る口実として敗北に飛びついたということだ。

村に着く前、わたしは車を停めて、ポケットのなかの契約書とジャン・ドゥ・ギの財布をさぐった。財布には彼の運転免許証が入っており、わたしはそれを取り出して開いた。案の定、その署名は、フランス人特有の流れるようなやつだった。旅行中、または、研究の際、わたしはフランスの無数の文書のなかでそういう書体を見てきた。自信をつけるには、十数回練習すれば充分だった。再度、契約書を手に取り、不意に気分が変わるなか、文書のいちばん下に華《か》麗《れい》な書体で彼の名を書いたとき、それはドゥ・ギ本人でさえ偽造と糾弾《きゆうだん》するのを躊躇《ちゆうちよ》しそうな出来栄えだった。その後、わたしは車で丘を下っていき、城の門からなかに入った。途中止まったのは、契約書を投函したときだけだった。

玄関のドアは大きく開かれており、ホールは騒がしかった。袖まくりしたガストンが、小屋にいたあのつなぎ服の男と、わたしが見たことのないもうひとりの男と、ジェルメンヌと、リネンを洗っていた女のあの頑健な娘の手を借りて、重たいサイドボードをじりじりと食堂に移動させている。ガストンはわたしを見るなり——まだこちらが、自分の無知をさらさずにこの家具の移動の意味をさぐり出すにはどうすればいいのか、頭を悩ませているうちに——息をはずませながら肩越しに伝言を伝えた。「ポール様が朝からずっとさがしておられましたよ、伯爵様。あなた様はまだロバートになんの指示もお出しになっていないのだとか。ジェルメンヌ、厨房《ちゆうぼう》に行って、ロバートがまだいるかどうか見てきなさい」それから、ふたたび作業にもどり、彼はわたしの知らない、見たところ庭師らしい男に言った。「さあ、ジョゼフ、そっち側の脚を持ちあげてくれ。行くぞ、それ」

ジェルメンヌは奥へと消えた。どうしてよいかわからず、わたしはホールで待っていた。ロバートって誰なのだ？　それに、わたしはなんの指示を出すことになっているのだろう？　ほどなく、あの小間使《ファム・ドウ・シャンブル》いがふたたび現れた。うしろには、がっちり体型の小柄な男を従えている。男は髪は灰色で、頬に傷があり、半ズボンに脛当てという格好だった。

「おはよう、ロバート」わたしは手を差し出した。彼は笑顔でその手を握った。「それで？」わたしは言った。「きみは何が知りたいのかな？」

男は戸惑ってわたしを見あげ、その後、心もとなげに――まるでわたしに悪戯《いたずら》を仕掛けられ、それをどう受け取ったものかわからずにいるかのように――わっと笑いを爆発させた。

「あしたの件ですよ、伯爵様」彼は言った。「きのう、打ち合わせに呼ばれるものと思っていたんですが、ガストンから、伯爵様は丸一日お出かけなのだと聞きましてね。それに、奥様のお具合がよろしくないとのことでしたので、夜はお邪魔したくなかったんです」

わたしはまじまじと彼を見おろした。そこにいるのは、彼とわたしだけだった。ジェルメンヌたちは作業を終え、すでに厨房に引きあげていた。

「あしたか」わたしは繰り返した。「うん、そうだった。かなり大勢、人が来るようだね。ひょっとして、きみが考えているのは、食事に何を出せばいいのかということかな？」

冗談が過ぎるといった様子で、ロバートはたじろいだ。「なんと、伯爵様」彼は言った。「ようくご存知でしょう。わたしはお食事のことにはまったく関与しておりません。わたしが知りたいのは、一日のスケジュールです。ポール様によれば、それについてあなた様はまだ何もあのかたと話しておられないとのことですが」

突然、支離滅裂にさまざまなシーンが目に浮かんだ。教区の境界線調べ、フォークダンスの会、林檎《りんご》すくいゲーム、何かはわからないが、十月の第二日曜日にありそうな行事――サン・ギーユの領主たるわたしが主導しなければならないなんらかの儀式の図。できることなら、その役は喜んでポールに譲るところだが。

「どうだろう」わたしは言った。「今回だけ、手配をポール様にお任せしてみては？」

男は仰天して目を瞠った。「お戯《たわむ》れを、伯爵様」彼は叫んだ。「そのようなことはこれまで一度もなさらなかったではありませんか。わたしも長年サン・ギーユにおりますが、あなた様からそうしたお話が出たことは一度たりともありませんし。お父上の伯爵様がお亡くなりになって以来、日曜の大遊猟会《グランド・シャッス》を取り仕切るのは、あなた様と決まっておるのです」

今回、悪趣味な悪戯のえじきのような顔をしていたのは、わたしのほうだったろう。実際、わたしはそんな気分だった。グランド・シャッス――なんて馬鹿だったんだ。この二日間、その話は始終出ていたのに、わたしの頭にはどの言葉もまったくひっかからなかったのだ。明日の日曜日、サン・ギーユ領内を中心に、領主ジャン・ドゥ・ギが企画し、すべてを取り仕切る、この地域の年に一度の大遊猟会が行われるにちがいない。

ロバートが不安げにわたしを見つめた。「大丈夫ですか、伯爵様?」彼は訊ねた。

「いいかい、ロバート」わたしは言った。「パリからもどって以来、あれやこれやで僕は頭がいっぱいだった。正直に言うと、明日のスケジュールはまだできていないんだ。またあとで話そう」

ロバートは困惑し、いらだっているようだった。「仰せのままに、伯爵様」彼は答えた。「しかし時間が迫っておりますし、やるべきことは山ほどありますので。二時にご相談ということでいかがでしょう?」

「うん、二時に」わたしは言った。それから、ロバートを追い払うため、電話をかけに行く体《てい》でロビーへと向かい、そこで待った。彼が使用人用のエリアに入っていく音がすると、わたしはホールを通り抜け、外のテラスに出て、初日の夜、わたしの避難所となったあのヒマラヤ杉の隠れ場所に行った。二時でも真夜中でも変わりはない――わたしにはスケジュールもプランもないだろう。フランス史の講義を何度したところで、遊猟会《ラ・シャッス》に対する備えにはならない。わたしは狩りはしないのだ。

第十五章

村の教会から正午のお告げの鐘の音が聞こえてきたのをわたしは覚えている。その後まもなく、城《シャトー》から声が聞こえてきたことも。庭師のジョゼフが、ロバートらしき男と一緒に、横手のドアから出てきて、外の建物のほうへと向かった。こちらの姿はヒマラヤ杉の低い枝に隠されており、彼らからは見えなかった。ふたりが行ってしまうと、わたしは壁の門をくぐってその向こうの一画に出た。足早に堀を渡ると、栗の木々の下の小道を進み、さらに長い騎馬道路のひとつを進んで、森の奥へと入っていった。どこへ行くのか、どこまで行くのか、そんなことはどうでもよかった。わかっているのはただひとつ――どこか呼び声の届かないところに行って、このあとどうするか決めなくてはならないということだ。すぐに思いつくのは、仮病を使うという手――突然のめまいとか、原因不明の手足の痛みなどだが、それをやると、ドクター・ルブランがただちに呼ばれることになる。彼にはもちろん、どこもなんともないことが即座にわかるだろう。ただ寒気《さむけ》がするとか、なんとなく不調だというのでは、目的は果たせない。サン・ギーユの領主ともあろうものが、腹痛ごときで大遊猟会の日に寝込んだりはしないだろう。それに、悪夢の時は明日だけではない。きょうの二時には、指示を求めて、ふたたびロバートがやって来るのだ。

フランソワーズを口実にできないだろうか？　そう考えてもみたが、それはまるでジャン・ドゥ・ギらしくない。妻の体調がどれほど悪かろうと、彼が気にするわけはない。わたしにはもちろん、ただ車に乗り込んで姿を消すという手もある。そうしてこれを潮に虚構から抜け出せばよいのだ。邪魔するものは何もない——昼夜を問わず、いつであっても。たぶんいまがその時なのだろう。わたしがここまで凌《しの》いでこられたのは、真の難題に出会わなかったからだ。家庭内の人間関係はなんとかなった。婚外の関係も、言葉のちがいや不慣れな習慣という障害も、ビジネスや財政の手に負えない問題も。沼地に入り込み、一歩進むごとに深く沈み、もがけばもがくほど逃れられなくなる、無鉄砲な人間のように、わたしはこの未知の世界に飛び込んだ。しかし幸い、わたしの場合は、しまった、深みに吸い込まれる、と思ったら、ただうしろに飛びすされば、自由になり、過去にもどり、ル・マンで捨てた自分をふたたび引き受けられるのだ。

いま、暗い森の奥にいたかと思えば、つぎの瞬間、いきなり闇から抜け出して、わたしは行きつもどりついくつもの騎馬道路を横切った。道はすべて中央のあの像に集束しており、羅針盤の方位を表す光のように像を取り囲んでいた。この窮地《きゅうち》を脱する方法——自分の陥ったこの馬鹿げた状況に対する真の解決策が、わたしには見出《みいだ》せなかった。敗北を認めるというのなら別だけれども。

わたしは騎馬道路の一本をゆっくりと歩いていき、あの像のそばに立って、城のほうを眺めた。空は曇っていた。昨日のまぶしい青さはどこにもない。秋の淡い色がくすんだ太陽を覆っている。城自体は、堀に囲まれたその敷地の上に、灰色っぽく冷ややかに見え、サロンのガラスドアは開け放たれていながらも、心を惹きつけるものがない。なかからのぞいているのは暗闇だけだ。白黒模様の牛たちが鳩小屋のそばで草を食《は》んでおり、その少し先では焚火《たきび》がくすぶっていた。立ちのぼる青灰色の煙のなかでときおりちろちろと炎が上がり、炭化した湿った薪と濡れた落ち葉の鼻を刺すもの憂《う》いにおいが風に乗って細くかすかに流れてくる。

次第に募る自己嫌悪でわたしの胸はいっぱいになった。権力意識と自信は雲散霧消していた。わたしをジャン・ドゥ・ギに似せていたのは、道化師の覆い、顔料と白粉の滑稽《こっけい》な仮面以外の何ものでもない。それはすでに溶けはじめ、徐々にはがれだしており、わたし自身の目に、変わらない自分、つまらない役立たずである昔ながらのわたしを見せつけていた。生涯を通じ、わたしには銃器を扱う能がなかった。どんな的であれ、当てられたためしがないのだ。そのことがいま、わたしの転落を決定づけようとしている。初歩的訓練を受けた者なら、目についたあらゆるものを撃ちまくり、みごとな腕前ということにしたかもしれない。だがわたしにはそれだけの知識すらなかった。銃のどちらが前でどちらがうしろかはわかる。しかしそれ以上のことはすべて謎なのだった。

ジャン・ドゥ・ギの笑う姿、わたしの苦境を偶然耳にした者たちの笑う姿が頭に浮かんだ。屈辱は耐えがたい。自己満足の果てとなれば、なおさらだ。昨日、バルコニーで鳥たちに餌をやるベーラの姿を胸に、ヴィラーから車で帰るとき、わたしは万能感を抱いていた。そして今朝、ほんの一時間前に、契約書をポケットに入れ、ガラス工場からもどってきたときもまた、自信満々だった。ところが、うぬぼれの泡ははじけ飛んで宙に消え、いまのわたしは打ちのめされている。

　象徴的に、まるでわたしをあざけるかのように、左腕にはめていたジャン・ドゥ・ギの腕時計が不意に地面に落ち、そのガラスのカバーが砕けた。わたしは身をかがめて時計を拾いあげた。バンドが切れている――すり減っていたのに、なぜ気づかなかったのだろう。この新たな不運にいらだちつつ、わたしは腕時計を手に持って、ゆっくりと歩きつづけた。むきだしになったその針は十二時半を指していた。そろそろ昼食の時間だ。食堂のテーブルの上座にすわる時間、家族に向き合う時間、遊猟会の準備の指示を出す時間。わたしは鳩小屋の前に着いた。いま、小屋の円筒形の壁に護られ、城の窓からこの姿は見えない。マリー＝ノエルが少し前にここで遊んでいたのだろう、ブランコには彼女の忘れていったカーディガンが載っていた。わたしは焚火のそばに立って、足で燃えがらをつつきまわした。あおりで煙が立ちのぼり、そのつんと来る苦いにおいが目に染みる。すると突然、ヴェーリで見た工場長の家の前の井戸のことが頭に浮かんだ。ここにもイラクサがあり、もつれあう草がある。そしてマリー＝ノエルのブランコが古ぼけてわびしげに見えるのも、あの家の前の井戸と同じだった。ロープはふたたび切れて、地面に放り出されており、あの井戸の鎖の環と同じくもう用をなさない。そしてそのロープを見つめるとき、わたしの心の目には、だらんとした男の体に巻きつけられた井戸の鎖が見えた。やがて遺体は井戸の真っ暗な深い穴に突っ込まれ、水をたたえたその底へと下ろされていく。わたしには、鉄の枠組みにしがみつき、下をのぞきこむ男たちの集団が見えた。

彼らは突然、恐怖に駆られ、建物の裏のゴミ捨て場の割れたガラスをつかみとっては、ぎざぎざの破片を遺体の浮かぶ黒い水へと放り込む。そうして遺体は覆い尽くされ、水中に没し、ついに、水面に映る夜空の一片以外、何ひとつ見えなくなる。

一陣の風に吹かれ、焚火からふたたび煙が吹き寄せた。すると、男の遺体の幻影が現れたときと同じように突然、何をすればよいのかがわかった。わたしは煙が流れ去るのを待ち、その後、手に持っていた腕時計を焚火のなかに放り込んだ。時計は赤く光る燃えさしの小山へと落ちていった。それを見届けたうえで、わたしは膝をつき、燃えさしのなかに手を突っ込んだ。そして時計を拾いあげたが、とたんに焼けつくような痛みに苦悶の叫びをあげ、自分の手をかかえこんで、草の上に横倒しになった。草を、葉を、わたしはつかんだ。焼け焦げた皮膚を覆うことができるあらゆるものを。その間、壊れた腕時計はわたしのそばに放り出され、忘れられていた。

めまいと、抑えられない空嘔吐《からえずき》が去るのを待って、わたしはしばらく横になっていた。それから、あまりの痛さに立ちあがり、城に向かって走りだした。頭にあるのはただひとつ——この痛みを止めること、光から、空気から逃れ、開いた窓の奥のあの闇に逃げ込むことだけだった。よろよろと入口を通り抜け、ソファに倒れ込み、恐れをなして凝視するルネの顔を目にし、彼女の叫びを聞いたことをわたしは覚えている。そして気がつくと、わたしとともに、わたしのまわりじゅうに、さがし求めていた闇があったが、それでも痛みはつづいていた。ルネがポールを呼び、ポールがガストンを呼ぶのが聞こえ、わたしはもの問いたげな心配そうな顔に取り巻かれた。わたしが胸に押しつけ、上着をかぶせている手を、彼らは引き出そうとした。しかしわたしには前後に体を揺らし、首を振ることしかできなかった。出ていってくれ、ひとりにしてくれ、と彼らに告げる力はない。なぜなら、わたしとともに存在するものはひとつだけ、痛みだけだからだ。

　ガストンが言った。「ブランシュ様《マドモワゼル・ブランシュ》をさがさなくては」するとルネがブランシュの名を叫びながら、部屋から駆け出ていった。ポールが、医者に電話しようと言うのが聞こえ、わたしは痛みのさなか、ぼんやりと、気を失えばこの痛みを止められるのに、と思った。ガストンがかたわらにひざまずいた。「どこか切ってしまわれたのですか、伯爵様《ムシュー・ル・コント》？」そう訊かれて、わたしは言った。「いや、火傷《やけど》だ、この馬鹿め」そして彼から顔をそむけ、胸の内で思った――英語で悪態をつけたら、いくらか痛みが和らぐだろうに。

　そのとき他の連中がもどってきて、ふたたびわたしを取り囲み、馬鹿みたいに同じ言葉が人から人へと伝えられた。「火傷だ……手だよ……手に火傷ですって……でもどこで……でもどうして？」それから、のぞきこんでいたいくつもの顔が遠のき、ブランシュが現れて、さきほどガストンがいたところにひざまずいた。彼女は手を取ろうとしたが、わたしは叫んだ。「やめろ、ひどく痛むんだ」するとブランシュがポールとガストンに「この人を押さえて」と言い、ふたりはわたしの肩をつかんでクッションに押しつけた。ブランシュはわたしの手を取ると、チューブに入っていた、何か冷たい洗浄するためのものをそこに振りかけ、焼けた手の甲全体に広げた。それから包帯を傷に当ててゆるめに固定し、他の連中に、しばらくすれば痛みが和らぐから、と言った。わたしは目を閉じた。自分のことを語り合う静かな会話の声がぼそぼそと聞こえる。どの声も決まって同じことを訊ねていた――どうしてこんなことに？　そしてゆっくり、本当にゆっくりと、あの激痛は耐えうるレベルへと移行し、ついには患者自身が説明しうるものになった。彼はもう痛みの焦点そのものではない。それ以外に手足もある誰かなのだ。もうひとつの手、胴、二本の脚、それに目がある者。そしてついにその目が開き、自分のまわりに集まった人々を見あげた。

「楽になってきたかい？」ポールが訊ねた。そしてわたしは一拍置いてから言った。「うん、そのようだよ」まだ自信はなかった。なぜなら、痛烈な痛みからの解放にまだ馴染めずにいたからだ。人の輪に新たにマリー＝ノエルが加わっているのが見えた。彼女は一心にわたしを見おろしており、その目は小さな白い顔のなかで皿のようになっていた。

「いったいあなたは何をしたの？　何があったの？」ルネが訊ねた。彼女のうしろには、困り果てたガストンが憂い顔で、わたしとしてはほしくもないブランデーのグラスを持って立っていた。

「腕時計がはずれて焚火のなかに落ちたんだ」わたしは言った。「鳩小屋のそばの焚火だよ。僕は時計を失いたくなかった。だからそれを拾いあげて、自分が火傷してしまったわけさ。完全に自業自得だ。馬鹿げた無茶な行動だった」

「どうなるか考えなかったの？」ルネが訊ねた。

「うん」わたしは言った。「火がそこまで熱いとは思わなくてね」

「すっかり頭がイカレてたんだな」ポールが言った。「腕時計なら棒でつつき出すこともできたろうに。焚火のそばにある木切れでも使えばよかったのにな」

「思いつかなかったよ」

「腕時計が焚火のまんなかに落ちるなんて、よほど火の近くにいたのね」ルネが言った。

「そうだよ。煙が目に入って、ものがよく見えなかったし――それも原因のひとつなんだが」

「ルブランに電話して往診をたのんだよ」ポールが言った。「すぐ来てくれるそうだ。彼が真っ先に訊ねたのは、フランソワーズがこのことを知っているかどうかだった。僕は知らないと言った。ルブランは僕に、彼女には言わないほうがいいと言っていたよ。それこそ彼女を動揺させる類のことだそうでね」

「僕は大丈夫だ」わたしは言った。「もう痛みもない。ブランシュはすごいな」わたしはあたりを見回したが、ブランシュはもういなかった。彼女はただ痛みを取り除き、立ち去ったのだ。

「ひとつ確かなことがある」ポールが言った。「明日、きみが銃を撃つのは無理だな」

「僕が真っ先に考えたのも、そのことなんだ」わたしは言った。

彼らは気の毒そうにわたしを見つめた。ガストンが腹立たしげに小さくチッと舌を鳴らした。

「伯爵様のいちばんの楽しみですのにね」

わたしは肩をすくめた。「しかたないさ。他のみんなは大いに楽しんでくれ。とにかく僕は時計を救うことができた。灰のなかのどこかにあるはずだよ」

「腕時計ひとつのためにそこまでするなんて」ルネが言った。「そんな馬鹿げた話、聞いたことがない。まるで要らないことじゃないの」

「しかも、金のやつではないのですからね、奥様」ガストンが言った。「金時計はまだル・マンで修理に出したままなのですよ。伯爵様は古いスチールの時計をなさっていたのです。デュヴァル様が伯爵様の二十一歳のお誕生日に贈られたものを」

「だからこそ、僕はあの時計を失いたくなかったんだ」わたしは言った。「感傷だな」

奇妙な沈黙が落ちた。誰も何も言わない。ガストンがブランデーのグラスをテーブルに置いた。しばらくの後、ポールがわたしにタバコを差し出した。

「まあ、とにかく」彼は言った。「この程度ですんでよかったよ。やられたのは手の甲だけだ——上着の袖すら焦がさなかったわけだから」

マリー＝ノエルはこの間ずっとひとことも発していなかった。かわいそうに、自分はこの子を脅かしてしまったのだろうか。「そんな深刻な顔をしないでおくれ」わたしはほほえんだ。「もう大丈夫だからね。少ししたら起きるよ」

「はい、パパの腕時計よ」彼女は言った。

ここまでは両手をうしろに隠していたのだが、いま、彼女は進み出て、焚火の火で黒くなった腕時計を差し出した。彼女が駆け出ていったのに、わたしは気づいていなかった。時計はすぐに見つかったにちがいない。

「どこにあったの?」ルネが訊ねた。

「灰のなか」マリー＝ノエルは言った。

わたしは左手を差し出し、腕時計を受け取ってポケットに入れた。「さあ、このことはもう忘れようじゃないか」わたしは言った。「半日でこれだけ人を騒がせればたくさんだ。みんなそろそろ昼食にかかったらどうだ？　もう一時を過ぎているだろう」わたしはちょっと考えた。「フランソワーズは僕がなぜ顔を出さないのか不思議に思うだろうな。彼女には、僕はロバートと出かけてまだもどらないと言っておいてくれないか。それと誰か、あのシャルロットという女が二階でママンに何もかもしゃべってしまうのを止めてくれよ。さあ、みんな出ていって、僕をひとりにしてくれ。昼食はいらない。ルブランが来たら、ここで会うよ」

わたしは疲れていた。それに胸もむかついている。手は前とはちがう痛みかたをしていた。頭は敏感な赤剝けの皮膚を強く意識しているが、物理的には、その頭がイメージするほどの痛みはないのだ。わたしはふたたび目を閉じ、みんなは立ち去った。しばらくの後、ベルが鳴り、一、二分後にはドクター・ルブランの老いた髭面が、大鼻の鼻梁《びりよう》に鼻眼鏡を載せ、無表情なブランシュの顔と並んで、わたしを見つめていた。

「いったい何をなさっていたんです？」彼は訊ねた。「焚火を悪戯《いたずら》していたとうかがいましたが」

観念し、うんざりしながら、わたしは同じ話をもう一度して、自己正当化のため、あの黒くなった腕時計をポケットから取り出した。

「ふむふむ」医師は言った。「ときとして、われわれはみな、馬鹿なことをしますからな。ちょっと傷を見てみましょうかね。マドモワゼル・ブランシュ、包帯を取ってくれませんか」

ブランシュは冷静沈着にふたたび両手でわたしの手を取り、彼らは一緒にそれを見つめた。医師は持ってきた何かの軟膏《なんこう》をそこに塗り、ガーゼの束のようなものでふたたび手を包み込んだ。そして、大いにありがたいことに、その手当てはどちらも特に痛くなかった。痛みは常にあるのだが、もう強烈ではなかった。

「さあ」医師は言った。「これでもっと楽になりますよ。さほどひどくはありませんからね。何日かすれば、どこを火傷したのかもわからなくなるでしょう。包帯は夜と朝、替えてくださいよ、マドモワゼル・ブランシュ。それだけやっておけば大丈夫だと思います。わたしにとって何より気になるのは、あなたが明日、遊猟会に参加できないことですよ」

「どうかご心配なく」わたしは言った。「僕抜きでも何も問題ないでしょう」

「それはどうですかね」医師はほほえんだ。「あなたはその腕時計の主ゼンマイみたいなものですから。それが動かなくなれば、他の部分も全部だめになりますよ」

わたしは、ブランシュが腕時計を見ているのに気づいた。そして彼女は時計からわたしに視線を移し、ふたりの目が合った。彼女の表情には、追求するような、さぐるような何かがあり、恐怖の一瞬、わたしはこう思った――ブランシュは真実を知っている。だからこそ、わたしの手に包帯を当て、痛みを和らげてくれたのだ。なぜならそれは彼女が他人にすることだから。うしろめたさにわたしは視線を落とした。その後、彼女は医師のほうに顔を向け、食堂に行って一緒に何か食べましょう、と彼を誘った。医師は彼女に礼を言い、すぐに行くと言った。

ブランシュが行ってしまうと、医師はフランソワーズのことを話しだし、電話で言っていたのと同じことをもう一度、言った。わたしは医師の話を頭に入れようと努めた。しかし、鼻眼鏡で繰り返し空を突いて大事な点を強調しつつ、彼が話しているあいだも、まだわたしはブランシュとその目に浮かんだ表情のことを考えていた。なぜ、どのようにして、彼女はわたしの変装を見破ったのか？　あるいは、それはわたしの気のせいにすぎなかったのだろうか？

　ガストンが食事の盆を持って現れたが、わたしは手を振って彼を退《しりぞ》けた。

「今夜はきっと食べたくなりますぞ。いまではなく」そう言うと、医師は鞄から錠剤をいくつか取り出し、二時間おきに一錠、手が痛んだら二錠という指示とともにわたしに与え、その後、昼食の席に加わるべく出ていった。

　ガストンはまだそこにいて、脚に毛布を、もうひとつクッションを、とさかんに世話を焼いた。わたしは、もしも彼が真実を知ったら、その献身と気遣いがまず戸惑いに、次いで驚きに、最後には軽蔑に変わることを思った。この男は彼の主人をまねる影法師にすぎない。そして、そいつは発覚を恐れて自傷行為に走ったのだ。それは彼の理解を超えること、サン・ギーユのあらゆる人の理解を超えることだろう。普通、人はそんなことはしない。もしこの欺瞞《ぎまん》がだましている本人にこんなにも多くの面倒をもたらすのなら、だますことになんの意味があるだろう？　彼はそれによって何を得るのか？　そう、まさにそこが問題だ。わたしは何を得るのか？　わたしはソファに背中をあずけ、包帯の巻かれた自分の手を見つめた。そして突然、笑った。

「すると、いくらかよくなったわけですね？」ガストンが言った。わたしに共鳴して、その優しい顔が明るくなる。ふたりとも笑いにほっとしているのだ。

「よくなるって何がだい？」

「もちろん、火傷がですよ、伯爵様」ガストンは言った。「もう前ほどは痛んでいないのでしょう？」

「痛みかたが変わったんだ」わたしは言った。「手を火傷したのが自分じゃなく、他の誰かみたいなんだよ」

「痛みはそんなふうになることがあるのです」ガストンは言った。「別のところに痛みを感じることもありますしね。戦争で片脚をなくしたわたしの弟のことを覚えておいででしょう？彼はいつも、腕に痛みを感じると言っておりました。わたしの祖母はブルターニュ人だったのですが、昔、ブルターニュの人々は痛みや病《やまい》が動物に移るよう祈ったのです。誰かが天然痘にかかると、彼らは鶏をつかまえて、生きたまま部屋に掲げました。するとすぐに病は人間の犠牲者を離れ、鶏へと移ります。そして二十四時間後には、鶏は死んで朽ち果て、病人は回復しているのです。もしかすると、鶏を誰かに取ってこさせて、伯爵様の隣に掲げると、いいかもしれませんね」

「それはどうかな」わたしは言った。「逆の結果が出るかもしれない。鶏が病気を持っていて、それを僕にうつす可能性もあるからな——天然痘でなくても、それと同じくらい厄介な何かを」

問題はどっちが逃れたのかということだ。ジャン・ドゥ・ギか、それともわたしなのだろうか？

家族のみなは昼食を終えると、群れをなしてわたしを問い質《ただ》しに来た。そこでわたしは計画の第二部を始動させた。「ポール」わたしは言った。「明日の手配は全部、ロバートときみでやっていいぞ。僕はもうだめだからな。完全に手を引いたほうがいいんだ。全部きみたちふたりで采配してくれ」

「馬鹿言うな」ポールは声をあげた。「一時間もすれば、やる気が出るさ。いままでいつもしてきたことじゃないか。ロバートと僕でやれば、きみはケチをつけるだけだろう。きっと僕らが何もかもぶち壊したと言うだろうよ」

「言わないさ」わたしは言った。「どうぞ好きにしてくれ。参加できない以上、僕は興味がないから」

わたしはソファから起きあがると、図書室でひとりで休みたいとみなに言った。一同の顔からわかったが、彼らはわたしのこの決定を苦い失望のせいだと——また、まだ痛みがあるからだと思っているようだった。ルネが医師を脇に連れていき、何か質問するのが見えた。医師は首を振った。「いやいや、ご心配なく。あのかたは大丈夫です。ただショックを受けているだけですから。あの種の火傷は非常に痛いものなので……」そのとおりだよ、とわたしは思った。特に、それがまったく無用の自傷行為だったとなると。というのも、当初は遊猟会という展望にうろたえたものの、一時過《いっとき》ぎてみれば、自分はただ参加したくないと言うだけでよかったのだとわかったからだ。みんな、それを鵜呑みにしただろう。連中はなんでも鵜呑みにするだろう。なぜなら、わたしが自分たちの思っている男でないなどという考えは、彼らの頭をよぎりもしないのだから。

わたしが図書室に入っていくとき、城は午後の気だるい空気に包まれつつあった。そしてここで、わたしは自分の苦行が諸刃《もろは》の剣であることに気づいた。遊猟会の準備はしなくてすむものの、結果的にわたしは動くことができなくなった。それに、〝休養〟のあとは、ありがたくない尋問にさらされることだろう。暇つぶしのために、わたしは椅子をひとつデスクの前に押していき、片手でどうにか引き出しを開け、ふたたびあの写真のアルバムを取り出した。今回、邪魔は入らない。時間はたっぷりかけられる。初期のスナップ写真にもう一度、目を通したあと、わたしはのんびりと大人の時代の写真へと進んだ。すると、前回急いで見たときは気づかなかったことが目に留まった。一九二五年の日付が横に入ったグループ写真では、まだまだ若造であるる彼が後列に立っている。その後、学生寮のグループの変遷のように、彼は年ごとに目立つ位置へと進出し、アルバムの終わりには、ギ伯爵《コント・ドウ・ギ》その人の隣の席に着くまでに昇格して、寮監と並ぶ寮長さながら、自信に満ちた様子で、ゆったりとくつろでいた。わたしは彼の顔が気に入った。力強く、聡明そうで、信頼に値する顔。まちがいなく、愛情と尊敬を集める顔だ。

わたしはアルバムを閉じて引き出しにもどした。たぶん他の写真もあるのだろうが、片手が不自由なので、引き出しを掻き回してさがすことはできなかった。わたしのポケットにはまだあの契約書が入っていた――もしもあれを見たら、モーリス・デュヴァルはどう思っただろうか……わたしはその椅子で居眠りしていたにちがいない。突然、時刻は六時になっていた。そしてわたしを邪魔しに来たのは、ポールでもルネでもあの子供でもなく、司祭だった。彼はデスクの横の明かりを点けており、老いた頭を気遣わしげにこくこく上下させながら、じっとわたしを見おろしていた。

「おやおや、起こしてしまいましたね。そんなつもりはなかったのですが」彼は言った。「ただ痛みが出ていないのを確かめたかっただけなのですよ」

わたしは彼に、もう大丈夫だ、眠ったおかげでよくなった、と言った。

「奥様《マダム・ジャン》もずっとお休みになっていました」司祭は言った。「お母上もです。お城の病人はみんな、静かに休まれていたわけです。何ひとつ心配なさることはありません。今回の小さな事故のことは、わたしのほうからおふたりに説明しておきました。些細なこととしてお話しさせていただきましたよ。それがいちばんよいと思ったのでね。わたしからお伝えしてしまっても、かまわなかったでしょうね？」

「かまわないどころか」わたしは言った。「感謝に堪えませんよ」

「よかった。おふたりとも心配してはおられませんよ。ただあなたが明日の遊猟会に出られないことを気の毒がっておいででしたが」

「どうということはありません。もうすっかりあきらめがつきましたから」

「実に勇敢でいらっしゃる。遊猟会があなたにとってどれほど重要なものか、わたしは存じております よ」

「勇敢だなんてとんでもない、司祭様《ムシユー・ル・キユレ》。まったくその逆ですよ。正直に言えば、身体的にも精神的にも臆病者です」

司祭はなおもうなずきながら、わたしにほほえみかけた。「まあまあ」彼は言った。「そこまでひどくはないでしょう。ときとして、自分自身をひどく悪く思うのは甘えのようなものです。わたしたちは言います――『ついに穴の底に至った。もうこれ以上、落ちることはない』そして、暗闇でのたうちまわることは快楽のようなものなのです。問題はそれが真実ではないことですよ。わたしたちの内なる悪に終わりはありません。ちょうど善に終わりがないのと同じです。それは選択の問題なのです。のぼるためにもがくのか、落ちるためにもがくのか。大事なのは、自分たちがどちらに向かっているのか知ることです」

「落ちるほうが楽ですが」わたしは言った。「重力の法則がそれを証明しています」

「おそらくはね」司祭は言った。「わたしにはわかりません。神の愛は常に重力の法則を慮《おもんぱか》るわけではないので。どちらも奇跡ではありますが。さて、焚火によるあなたの火傷がこの程度ですんだことに、ともに感謝を捧げるとしましょうか」

司祭はひざまずいた。彼は大柄な太った男なので、これは容易なことではなかった。両手を組み合わせ、頭を垂れると、彼は祈りはじめ、その間ずっとこくこくとうなずきながら、わたしを害悪から護り、痛みから救った神に感謝し、最後に、この男は大変な狩猟好きであり、その楽しみを逃すことは大きな喪失であるから、どうか、神よ、彼がこの不幸を苦い失望ではなく祝福とみなせるよう、恩寵《おんちょう》を賜《たまわ》り、なぐさめをお与えくださいますように、と付け加えた。

司祭が苦労してひざまずこうとしているとき、わたしはさきほどの穴の底の喩《たと》えのことを考えていた。自分はどこまで落ちねばならないのだろうか？　こうして羞恥心に苛《さいな》まれているのは、ただ暗闇でのたうちまわっているというだけのことなのだろうか？　わたしは立ちあがって司祭と一緒にホールまで行き、彼がテラスを横切り、階段をおり、私道の彼方に消えるのを見送った。雨がぱらぱら降りだしており、司祭は、まるでキノコの下の背中を丸めた地の精《ノーム》のように、大きな傘を差して去っていった。

臆病者を演《や》るのはもうたくさんだった。わたしにも、もう痛みがないのを他のみなに知らせることくらいはできる。部屋に行ってみると、フランソワーズはベッドで身を起こして、「小さき花」をマリー＝ノエルに読み聞かせているところだった。司祭はうまく任務を果たしていた。彼女は同情を示したが、心配してはいなかった。どうやら火傷は指だけですんだものと思っているらしく、狩りができないなんて悔しくてたまらないでしょう、と嘆きの言葉を繰り返し、これが自分のせいではなくてよかった、邪魔したのが自分の体の具合でなくてよかった、と何度も何度も言いつづけた。

マリー＝ノエルは妙におとなしく沈んでいた。会話にも加わらず、母親が話しはじめると、本を持って隅っこに行き、ひとりでそれを読みだした。わたしの怪我がこの子を怖がらせたにちがいない。そして彼女はまだ立ち直れずにいるのだ。わたしは階下に夕食に行った。シャルロットが、伯爵夫人《マダム・ラ・コンテス》は早めに床に就かれ、邪魔してはならないことになっていると伝言を寄越したためだが——これはありがたかった。夫人の質問に答えるのは容易ではなかったろうから。

ポールとルネはどちらも遊猟会の準備のことで頭がいっぱいだった。お客の到着する時間、彼らの何人かの名前、雨が降った場合のファームハウスでの昼食のプラン。それはまるで、何かのよいめぐり合わせで、わたしの愚行が彼らに目的意識と権威を与えたかのようだった。ポールは明らかに主催者としての役割を楽しんでいたし、ルネはルネで、フランソワーズが退いたいま、ポールの昇格により、突如、自分が女主人代行になったものとみなしていた。彼女は雨でも晴れでもテラスでお客を迎えることについて何か言った。また、これは大丈夫か、あれを忘れていないかとポールに訊きつづけ、昨年はこれこれのことはしていないなどと彼に指摘して、わたしに承認を求めたりした。ふたりの意気込みと熱意には、なんとなく胸を打つものがあった。彼らは、まるで土壇場で主役を務めることになった代役だった。

昼間機敏に傷の処置を行ったブランシュは、もとどおり黙り込んでいた。翌日の準備の話にもほとんど興味は見せず、ただ席を立つとき、十時半にテラスでお客たちを迎えようが迎えまいが、ミサはいつもどおり九時に行われるから、と念を押しただけだった。わたしは、ドクター・ルブランに包帯の交換をたのまれたことを彼女は忘れたのだろうか、と思った。同じ考えが頭に浮かんだのだろう、サロンに移動するとき、ルネが言った。「もし早く部屋にもどりたいなら、ブランシュ、ジャンの手当てはわたしがするわよ。あの包帯はどこかしら？」

「いまやるから」ブランシュはそっけなく答え、しばらくすると、医師から渡された包帯を手にもどってきた。彼女は手を差し伸べ、わたしの手を取った。わたしにひとことも言葉をかけないのは、相変わらずだった。

処置を終えると、彼女は他のふたりにおやすみを言った。わたしには言わなかったが。ソファに落ち着きながら、ルネが訊ねた。「マリー＝ノエルはドミノをやりに来ないの？」

「今夜は来ない」ブランシュは言った。「わたしが上で本を読んでやるの」

彼女は部屋を出ていった。しばらくの後、ルネが言った。「あの子がドミノをやりに来ないなんて、めずらしいこと」

「あの子はジャンのことで動揺していたからな」新聞のひとつを手に取り、もう一紙をわたしに放ってよこしながら、ポールが言った。「あのときその場で気づいたよ。気をつけたほうがいい。さもないと、また、ありもしないものを見はじめるだろうよ。どうも気になるんだが、あの子にリジューの聖テレーズの伝記をやったのは、利口なことだったのかね」

夜はのろのろと過ぎていった。新聞がわたしたちの気晴らしだった。ときおりルネがこちらを見てほほえみ（同情の笑み、共謀の笑みだ）、声を出さずに唇で質問を形作った——「まだ痛い？　少しはよくなった？」たぶんこれは、この怪我によって、昨日の責任放棄が赦されたことを伝えるためだろう。わたしは子供のことが心配だった。あの子はまた新たな苦行に着手したかもしれない。鉄の首輪で自分の首を絞めるとか、釘を並べてその上に横たわるとか。九時半になると、ポールとルネにおやすみを言い、わたしは上の階にあがった。そして、まっすぐ小塔のあの小さな部屋に行き、ドアを開けた。室内は暗かったので、手さぐりでスイッチをさがして明かりを点けた。子供はロザリオを握り締め、祈禱台の前にひざまずいていた。そしてわたしは、自分がうっかりある種の瞑想の邪魔をしてしまったことに気づいた。

「ごめんよ」わたしは言った。「終わったら、また来るから」

子供はぼうっとした目をこちらに向け、静かに、と片手を上げた。どうすればよいのかわからず、わたしはその場に立って待った。明かりは消すべきなのか、それともそのまま点けておくべきなのだろうか？　確信が持てなかったが、しばらくの後、子供は胸の前で十字を切って、聖母像の足もとにロザリオを置いた。それから彼女は、立ちあがってベッドにもぐりこんだ。

「わたし、〝十字架の道行の祈り〟をしていたの」マリー＝ノエルは言った。「そうすれば、明日のミサのとき正しい状態でいられるから。ブランシュおば様がいつもおっしゃっているのよ。何か他のことを考えてしまうときは、〝十字架の道行の祈り〟をするといいって」

「それで、きみは何を考えていたの？」わたしは訊ねた。

「午前中は、遊猟会のことを考えてた。すごく楽しいだろうなって」マリー＝ノエルは言った。「それ自体、きっと罪なのよね。でも、そのあとはずっと、パパのことを考えていたの」

彼女の目は心配しているというよりむしろ戸惑っているようだった。わたしはほっと胸をなでおろした。この子が怯えていたらどうしようかと思っていたのだ。「パパのことなら心配いらないよ」片手で子供に布団を掛けてやりながら、わたしは言った。「手は夜になってずっとよくなったからね。ルブラン先生も、二、三日すればもう大丈夫だと言っていたし。まったくどうしようもないね、腕時計が落っこちるなんて――ベルトがゆるんでいるのを覚えておくべきだったな」

「でも、あれは落っこちたんじゃないわ」マリー＝ノエルが言った。

「どういう意味だい？」

赤くなり、気まずそうに布団をいじくりながら、彼女はわたしをじっと見あげた。「わたし、鳩小屋のなかにいたの」マリー＝ノエルは言った。「てっぺんに登って、鳩が出入りする穴の横の小さな隙間から外を見ていたのよ。そしたら、パパが腕時計をぶら下げて、騎馬道路から来るのが見えたの。呼びかけるつもりだったんだけど、すごく深刻な顔をしていたから、結局その気になれなかった。パパは何分か焚火の前に立っていて、そのあと急に焚火のなかに時計を投げ込んだのよ。煙が目に入ったとか、そんなことは何もなかった。パパはわざとああしたのよね。どうしてなの？」

第十六章

わたしはベッドのそばの椅子にすわった。立っているよりそのほうが話しやすい。ふたりのあいだの距離が縮まり、わたしは子供に話しかけるただの大人ではなく、彼女と対等な何者かになっていた。この子は、わたしがあの時計を葬り去るためにあんな行動に出たのだと解釈したにちがいない。その後、わたしは後悔し、時計を救おうとして火傷《やけど》を負ったのだと。自傷行為というところにはまだ考えが至っていないが、この子ならそういうこともすぐに理解できるだろう。

「時計はただの口実だよ」わたしは言った。「パパは明日の遊猟会に出たくなかった。でも、どうすれば逃れられるかわからなかったんだ。それで、焚火《たきび》の前に立っていたら、手に火傷するというアイデアが浮かんだわけだ。簡単だけど、馬鹿な考えだったよ。パパはやりすぎてしまった。思っていたより痛かったしね」

マリー＝ノエルは冷静に聴いていた。それから、包帯の巻かれたわたしの手を取って、よく観察した。

「なぜ仮病を使わなかったの？」彼女は訊ねた。

「それじゃうまくいかないよ。どこもなんともないってすぐ気づかれてしまう。手の火傷は本物だからね」

「そうね」マリー＝ノエルは言った。「ばれちゃったら、大変だものね。これでパパも痛い目に遭い、教訓を得たわけだわ。もう一度、時計を見せてもらえる？」

わたしはポケットの時計をさぐって、彼女に渡した。「かわいそうに」マリー＝ノエルは言った。「真っ黒だし、ガラスのカバーもなくなってる。この子だってかつては立派な時計だったのにね。お昼ご飯のとき、みんなは、なぜパパがこの子を救うためにそこまでしたのか不思議がっていたわ。わたしは秘密を守ったのよ。パパがこの子を自分で焚火に投げ込んで、あとになって救おうとしたことは黙っていた。でも、ひどいわ。この時計を苦しませるなんて。そのことは考えなかったの？」

「あんまりね」わたしは言った。「ちょっとぼんやりしていたから。パパはずっと昔に銃で撃たれて殺された、ある人のことを考えていたんだ。そして気づいたらもう、時計を焚火に投げ込み、それをまた拾いあげ、手に火傷していた。あっという間の出来事だったんだよ」

マリー＝ノエルはうなずいた。「パパはデュヴァルさんのことを考えていたのね」彼女は言った。

わたしは驚いて彼女を見つめた。「実はそうなんだよ」

「当然そうなるわ」マリー＝ノエルは言った。「だってあの時計をパパにあげたのはデュヴァルさんなんだし、その人は撃たれて死んだんだから。そのふたつは切り離せない」

「デュヴァルさんのことをどれくらい知っているの？」わたしは訊ねた。

「その人はヴェーリの工場長だった」彼女は言った。「ジェルメンヌによると、彼を愛国者だと言う人もいれば、裏切り者だと言う人もいる。でも彼は無惨な死を遂げ、わたしはその話はしちゃいけないと言われている。特にパパやブランシュおば様には。だからわたしは絶対にその話はしないの」マリ゠ノエルは時計をわたしに返した。

「誰がその話はしちゃいけないって言ったの？」わたしは訊ねた。

「おばあちゃん《グランミ》よ」彼女は答えた。

「いつ？」

「うーん、わからない。ずーっと前。ジェルメンヌから初めてその話を聞いたとき。おばあちゃんにそのことを話したら、『お黙りなさい。使用人から聞いた話をよそでしゃべるもんじゃない。全部、嘘っぱちだからね』って言われたの。おばあちゃんはすごく怒っていたし、それっきりその話はしたことがないのよ。ねえ、パパ、なぜパパは明日の遊猟会に出たくないの？」

それが問題だ。どう答えればよいのか、わたしにはわからなかった。

「とにかく出たくないんだ」わたしは言った。「別に理由はないよ」

「何か理由があるはずよ」マリ゠ノエルは言い張った。「あれはパパが何より好きなことなんだから」

「いいや」わたしは言った。「いまはもう好きじゃない。狩猟はしたくないよ」

マリ゠ノエルは厳《おごそ》かにわたしを見つめた。その大きな目が突然、恐ろしいまでに、家族のアルバムに出てくる子供のブランシュそっくりになった。

「それは殺すのがいやだからなの？」彼女は訊ねた。「どんな命でも、たとえ一羽の鳥のものであっても、命を奪うことがパパにとって急に罪になったということ？」

即座にちがうと言うべきだった。わたしが狩猟をしたくないのは、銃を撃つのが怖くてしかたないからだと。だがわたしは逃げ道をさがそうとしてためらい、そのためらいは肯定と受け取られた。彼女の目の次第に高まる興奮の色から、わたしにはわかった。マリー＝ノエルは心のなかで夢物語を紡いでいるのだ。自分の父親が突如、すべての流血、すべての殺戮を厭《いと》うようになり、二度と殺しの誘惑に駆られぬよう自らの手を焼く、というやつを。

「たぶんね」わたしは言った。

そして言ったとたん、その過ちに気づいた。それまでわたしは意図して彼女に嘘をついたことはなかった。ところがいま、わたしは嘘をついている。自分自身が真実から逃れたいがために、彼女にほしがるものを与え、ジャン・ドゥ・ギの偽りのイメージを作ってやっているのだ。

マリー＝ノエルはベッドのなかで膝立ちになり、包帯の巻かれた手に触れないよう気をつけながら、わたしの首に両腕を回した。「パパはすごい勇気を示したんだと思うわ」彼女は言った。「聖マタイの福音書の一節みたい――『もしあなたの片手、またはあなたの片足があなたに罪を犯させるなら、それを切り捨てなさい。両手、両足がそろったままで、永遠の火に投げ込まれるよりは、障害を負って命に入るほうがよい。そしてもしあなたの片目があなたに罪を犯させるなら、それをえぐりだし……』パパのが目じゃなくてよかった。その場合はもっとずっと大変だったはずだもの。結局パパの手は治るんだものね。でも、大事なのは気持ちだから。

ブランシュおば様はいつもそうおっしゃるのよ。おば様にこの話ができないのが残念。だけどやっぱり、これはわたしたちふたりだけの秘密にしておきたいわ」

「いいかい」わたしは言った。「何もこの一件を大いなる神秘に仕立てることはないんだよ。パパは手に火傷した。だから銃は撃てない。パパは銃は撃ちたくない。それだけのことだ。もう忘れよう」

マリー＝ノエルはにっこり笑った。それから身をかがめて、包帯の巻かれたわたしの手にキスした。「約束するわ。この話はもうしない」彼女は言った。「でもわたしがそのことを考えるのは止められないわよ。もしわたしがあした、パパを特別な見かたで見たら、それはわたしがパパの偉大な屈辱の行為のことを考えているということよ」

「あれは偉大な行為なんかじゃない。愚かな行為だよ」

「神の目から見れば、愚かさは賢さなのよ。リマのローザの話を読んだことはない？」

「その人も焚火に手を突っ込んだのかい？」

「いいえ、彼女は大きな鉄のベルトを締めていて、決してそれをはずさなかったの。そしてそれがとても深く食い込んだから、皮膚がすっかり傷《いた》んでしまったのよ。彼女は何年もそのベルトを締めたままでいて、そのことを誇りにしていたの。ねえ、パパ、ブランシュおば様はわたしを尼様にしたがっているのよ。わたしは俗世では決して幸せを見出《みいだ》せないんですって。わたしもおば様のおっしゃるとおりだと思うわ。『小さき花』を読んでいるいまは、なおさらそんな気がするの。パパはどう思う？」

わたしはマリー＝ノエルを見つめた。彼女はいま立ちあがっている。白いネグリジェ姿で、小さくて、真剣で、両手を組み合わせている。

「さあ、どうだろう」わたしは言った。「決めるには、きみはまだちょっと若すぎるんじゃないかな。ブランシュおば様がまだ俗世で幸せを見出せていないからって、きみもそうなるとは限らない。それは何を幸せだと思うかによる。幸せは木の根もとの黄金の壺ではないんだよ。司祭《ムシュー・ル・キュレ》様に訊いてごらん。パパに訊くのではなく」

「もう訊いたわ。司祭様は、本当に一生懸命お祈りしたら、いつの日か神様が答えを示してくださるっておっしゃるの。でもブランシュおば様はお祈りばかりしているし、わたしよりずーっと年上だけど、まだ答えを得ていないのよ」

教会の鐘が十時を告げた。わたしは疲れていた。ブランシュの霊的状態の話などしたくない。マリー＝ノエルや自分自身の霊的状態の話もだ。

「でもね」わたしは言った。「マリー＝ノエルはおば様より運がよくて、もっと早く答えを得られるかもしれないよ」

マリー＝ノエルはため息をつき、ベッドのなかに落ち着いた。「人生って難題だわ」彼女は言った。

「同感」

「他の誰かになれたら、もっと楽に生きられると思う？」彼女は訊ねた。

「パパもそこを知りたいと思っているんだ」

「わたしは別の子になってもいいな。それでもパパが確実にわたしのお父さんになるなら」彼女は言った。

「それは考えちがいだよ」わたしは言った。「すべて幻想だからね。おやすみ」

奇妙なことに、彼女の熱愛はわたしの心を沈ませた。部屋の明かりを消すと、わたしは階下におり、化粧室に行って、キャンプベッドに身を横たえた。眠りはなかなか訪れなかったが、それは手の火傷のせいではなかった。その痛みはもうないのだ。寝つかれないのは、見かけがすべてなのだ、という悟りのせいだった。みなが求めているのは、ジャン・ドゥ・ギの表皮と外形にすぎない。事実を認識したうえで受け入れたのは、わたしをよそ者と見破っていたセザールだけだ。あの犬は今朝、わたしがなでるのを許し、尻尾を振ってくれた。

わたしは数時間、切れ切れに眠り、ガストンが霧雨の降るじめじめした灰色の朝に向かって鎧戸《よろいど》を開け放ったとき、目覚めた。とたんに、その日一日が目の前に大きく迫ってきた――遊猟会、お客たち、このあと数時間にわたる儀式、どこかの部族の饗宴《きょうえん》と同じくらい、わたしには馴染みのないものが。そして、家族を誰ひとり失望させないこと、ドゥ・ギ一族やサン・ギーユの城の名折れとならないことが、わたしにはものすごく重要に思えた。それは、不在の領主に対して敬意を抱いているからではなく、わたしのなかの何かが伝統というものの価値を認めているからだ。わたしは廊下の足音と階段からの声に気づいた。ミサの始まりを告げて、教会の鐘が鳴りだす。すでに髭剃りをすませていたのがありがたかった。あとは、目の前に広げられているダークスーツをどうにかして着るだけだ――とそのとき、ドアを軽くたたく音がして、マリー＝ノエルが入ってきた。彼女はわたしの着替えを手伝ってくれた。

「どうしてこんなに遅くなったの？」マリー＝ノエルは訊ねた。「手の具合が悪くなったの？」

「いや」わたしは言った。「時間を忘れていたんだ」わたしたちは一緒に寝室に行き、フランソワーズに朝の挨拶をし、その後、階下におりてテラスに出た。そこからは、先に出発した家族たちの姿が見えた──彼らはすでに門を通り抜け、橋を渡ろうとしていた。ポールとルネとブランシュ、そしてブランシュの腕には、背の曲がった巨大な黒い影がつかまっている。わたしはその人を知らなかった。誰なのか子供に訊こうとしたとき、突然、ある考えが頭に浮かんだ。あれは伯爵夫人その人ではないのか。わたしはそれまで、夫人がすわっている姿かベッドで寝ている姿しか見たことがなかったのだ。ふたつの黒い人影──非常に大きく支配的な一方が、その隣の、ぴんと直立したもう一方に寄りかかるその図は、紙に描かれた丘の斜面と古い教会を背景に、全景をわびしい灰色の空に囲われた、切り絵のように見えた。

　わたしたちは家族のみなに追いつき、わたしは母親がブランシュとわたしの両方につかまれるよう、反対の腕を差し出した。夫人はわたしが思っていたよりも背が高かった。なおかつ、身長はわたしと同じなのに、その巨体のせいでさらに背が高く見えた。

「あんたが火傷したというのはどういうことなの？」夫人は訊ねた。「誰もわたしには本当のことを言わないんだよ」わたしが一部始終を語り終えたとき、鐘は鳴りやみ、わたしたちは教会の木造の入口に着いていた。「信じられませんよ」夫人は言った。「よほどの馬鹿でないかぎり、そんなことはするはずがない。それともあんたは急に大馬鹿者になったの？」

ポーチに立っていた村人たちの小集団がうしろにさがって、わたしたちを通してくれた。相変わらずブランシュと自分に寄りかかる伯爵夫人とともに、なかに入って一族の席に向かうとき、わたしは思った――家族のうちふたりが十五年も互いに口をきかずにいるというのに、ドゥ・ギ一族がここに来て祈り、罪の赦しを乞うとは、なんとおかしなことだろう。十二世紀に建立されたその小さな教会は、外側は質素ですり減っており、地衣に覆われた石の部分も装飾がなく地味な一方、なかは華やかだった。メソジスト派の礼拝堂のようにニスのにおいがし、窓は青紫色。内陣の階段の近くでは、大きすぎる冠をかぶった、人形のような顔の聖母が、腕に抱いた赤ん坊のイエスを驚きの目で見おろしていた。

いったん教会のなかに入ってミサに参列すれば、この虚構のことは忘れて、本当にサン・ギーユの領主になれるのではないか――わたしはそう思っていた。ところが意外にも、胸の奥に潜んでいた罪悪感が急に浮上してきて、わたしを戸惑わせた。それまで以上にわたしは欺瞞《ぎまん》を意識していた。すぐ隣でひざまずいている家族のみんな――いまや馴染みの存在となり、わたしがその欠点を知り、どうにか受け入れている、彼らだけではない。いまこの教会にいる見ず知らずの村人たちまで、わたしはだましている。そしてそれ以上に重大なのは、ふくよかなピンクの顔をしたあの善良な老司祭までだましていることだ。司祭の祈りはわたしを包み込んでいた。だが、こくこく上下する頭を戴くでっぷり太ったその体が、突如、なんの脈略もなく、アフリカのどこかの祈禱師を想起させ、わたしはその熱気を避けるため、目を伏せて両手で覆わずにはいられなくなった。

ふたつの心理のあいだにわたしは囚われていた。ひとつは嘘をつく自分を蔑《さげす》む気持ちで、そのためわたしにはどうしても、ミサの言葉のひとつひとつが自分の罪を厳かに告知するものに思えるのだった。もうひとつは、隣にいる者たちの感じている苦痛に対する強い意識だ。ひざまずいたまま身じろぎし、うめき声を漏らす母親。愛煙家の朝の咳に悩まされるポール。白粉なしの青白い顔がまるで冴《さ》えないルネ。奴隷的にブランシュおば様の一挙一動をまね、組み合わせた手の上にどんどん深く頭を垂れていくマリー＝ノエル。ミサがこれほど長く、これほど内なる意味を孕《はら》んでいるように思え、なおかつ、その祈りがこれほど優雅さに縁遠く聞こえたことはなかった。そして儀式が終わり、みなでのろのろ通路を進んでいくとき、わたしの腕には伯爵夫人がふたたびのしかかっており、彼女がささやいた最初の言葉はこうだった――「ルネの馬鹿は、フランソワーズが寝込んでいるからって、きっとオウムみたいに着飾る気でいるだろうね。わたしは階下にずっといて、彼女のお楽しみをぶち壊してやるつもりだよ」

ポーチに出ると、ブランシュがやって来て、夫人のもう一方の腕を取り、わたしたち三人は城に向かってゆっくりと丘をおりていった。そうして、わたしたちは城の敷地内に入った。口をきかない姉と弟が母親を左右から支えて。そしてその母親は、こう明言した――雨が降ってくれてよかった。お客はみんなずぶ濡れになり、きょうの会は失敗に終わるだろう。めかしこんだルネは、ドアから顔を出しただけでびしょびしょになるだろうし、仕切り役のポールは、終始、恥をかくだけだろう。「だからね」夫人はわたしの腕をぎゅっとつかんで言った。「結局、あんたはあの連中を見返してやれるわけだよ」

わたしたちは十時半にはテラスに出ており、最初の車が門から入ってきたときは、霧雨のなかに立っていた。かわいそうにルネは、その純真無垢な計画をくじかれ、義母の巨体に隠されて、姿が見えなくなっていた。他方の義母は、杖に寄りかかり、大きなショールで肩を覆い、城の入口の主《あるじ》の位置で、到着するお客のひとりひとりに王者のごとく歓迎の言葉を賜《たまわ》っていた。夫人がそこにいることがあまりに意外であったため、領主の手の火傷さえ些細な事故として受け流され、フランソワーズの不在に至っては誰も気づきもしなかった。伯爵夫人《マダム・ラ・コンテス》が〝お出迎え〟をしている――重要なのはこの一事のみなのだった。

その変身はみごとなものだった。近隣から来たあらゆる類のお客に囲まれ、注目の的となってここに立つこの女が、上の階で背を丸めて椅子にすわっていた人、疲れ果てて土気色の顔をして巨大なダブルベッドに横たわっていた人とはとても思えなかった。彼女はそれぞれのお客への挨拶の最後に必ず棘《とげ》を含ませていた。ある者にはこう言った。「あなたは銃を置いていって、栗拾いでもなさったほうがいいのでは？」また、別の者にはこうだ。「運動をなさりたいなら、わたくしのテリアたちを散歩に連れていってくださらない？　あの子たちなら、ポールが五時間で提供する以上のお楽しみを十分でご提供いたしますよ」

わたしは離れて立っていた。夫人の悪意に巻き込まれたくなかったからだが、わたしの沈黙は誤解され、自分の不運に対するいらだちの表れと受け取られた。〝僕に訊かないで――ポールに訊いてください〟の一点張りは、明らかに、ポールのがんばりに対する嘲弄《ちょうろう》とみなされていた。きょうの催しは仕切る者もなく、全体的にやや間の抜けた、行きあたりばったりのものとなるのだ——そんな印象が広がるのが、手にとるようにわかった。ポールはいらだち、ぴりぴりしており、すでにスケジュールに遅れが出ているのだろう、早く出発したい様子で腕時計を見ていた。するとそのとき、誰かがわたしの腕に触れた。それは車庫のそばのコテージに住むつなぎ服のあの男だった。彼のかたわらにはセザールがいた。

「セザールです、伯爵様《ムシュー・ル・コント》」彼は言った。「お連れになるのをお忘れでしたので」

「きょうは僕は狩りをしない」わたしは言った。「犬はポール様《ムシュー・ポール》に渡してくれ」

　犬は解き放たれて興奮していた。お楽しみが待っているのを察知し、ご主人をさがしてあたりをうろついており、ポールが「ヒール《ついて》」と声をかけても、知らん顔だった。戸惑いの果てに、セザールはライバルの犬——静かにすわっている、よく訓練されたレトリバーに襲いかかった。たちまち騒ぎが勃発した。猛烈な唸り合いといがみあいのさなか、レトリバーの老いた飼い主は大声を張りあげ、かんかんになったポールはわたしに向かって叫んだ。「自分の犬も監督できないのか？」庭師のジョゼフとわたしが不運なセザールに飛びかかったが、片手が不自由なわたしにできることはほとんどなかった。最終的にわたしたちはどうにか犬を抑えつけ、綱をつけた。この間抜けな騒動を見て、誰もが笑っていた。ただしレトリバーの飼い主とポールは別だ。わたしの前を通り過ぎしな、ポールは言った。「これもあんたの悪ふざけなんだろうな？　半人前の犬を野放図に駆け回らせ、この日を出だしからつまずかせて、おもしろがっているわけだ」

　わたしにはなんともしようがなかった。セザールが完全にわたしを無視するのは、彼がわたしに従う気がないからではなく、わたしが意地悪く面白半分、彼を放任しているせいに見えるのだ。

「では、あなたはいらっしゃらないんですね？」誰かが訊ねた。

「いますぐには。あとから行きますよ」わたしはそう答え、一同は笑ったり肩をすくめたりしながら、三々五々出発した。なかには、低く垂れこめた雨雲を見あげて、〝こりゃあだめだ。みんな、うちに帰ったほうがいいな〟と言いたげに顔をしかめる者もいた。

彼らの姿が消えると、わたしは伯爵夫人に向き直って言った。「なるほど。あなたはポールとルネの晴れの日をぶち壊しにかかり、みごと目的を果たしたわけだ。ご自身を誇りに思えていればいいのですが」

夫人は理解できずに無表情な目でじっとわたしを見つめた。「どういう意味なの？」彼女は訊ねた。「なんのことかわからないよ」

「ようくわかっておいででしょう」わたしは言った。「ポールとルネにはなにがしかの権威を示す一回かぎりのチャンスがあった。なのにあなたはふたりの前にわざと立ちふさがって、この日を丸ごとあざけりの的にしたんです。誰もルネには声をかけなかったし、ポールも無視されていた。ふたりにとって、きょうという日はもう終わったも同然です。他の人たちがどんな楽しみを得られるかは、神のみぞ知る、ですね」

夫人の顔が突然、灰色になった。ショックからなのか、怒りからなのか、それはわからない。その場には他に誰もいないとわたしは思っていたのだが、シャルロットがホールに入ってすぐのところで夫人を待っていた。彼女は進み出てきて夫人の腕を取り、ふたりはひとことも言わずに階段をのぼっていった。ルネはどこにも見当たらず、ブランシュもやはり見当たらない。まだそこにいて、この場面の第二の目撃者となったのは、子供だけだった。そして彼女は赤くなり、聞こえなかったふりをして、わたしからぎこちなく目をそらした。

別の男を演じながら、わたしはついかっとなったのだ。その男ならば、決してそうはならないのに。同じ立場に立たされたら、彼は母親を煽《あお》って、一緒に笑ったことだろう。自分を怒らせたのが本当はなんなのか、わたしにはわかっていた。それは、ジャン・ドゥ・ギがその場にいたら絶対にこんな状況は生じなかったという事実だ。仮に何かの事故によって自らの参加が阻まれたとしても、彼はやはり遊猟会を取り仕切っていただろう。この日が台なしになったのは、あの母親のせいではない。わたしのせいなのだ。

マリー＝ノエルはまず片足で立ち、次いで反対の足で立った。彼女は外歩きができるようフード付きのレインコートを着ていた。ふたりで他のみんなを追いかけ、狩りの見物をするという展開を期待しているにちがいなかった。

「手はまだ痛い？」彼女は訊ねた。

「いや」

「きっと痛いんだと思った。だからお客さんとあまり話さないんだなって。やっぱり悔しいんでしょう？　いざ参加できないとなると」

「悔しくはないよ。この大失態にうんざりしているだけだ」

「おばあちゃんはこれでまたお加減が悪くなるわ。きっと発作を起こすわよ。どうしてあんなに怒ったの？　おばあちゃんはパパのためにああしたのに」

　これはだめだ。わたしたちの動機は全部まちがっている。わたしは誤った方法で正しいことをしようとしたのか、それとも、正しい方法で誤ったことをしたのだろうか？　どちらとも言えない。わたしの計画は失敗に終わった。母親の計画もだ。犬までもが命令を与えられなかったがために恥をかいてしまった。

「ルネおば様はどうした？」わたしは子供に訊ねた。

「二階に行ったわ。髪がめちゃめちゃになりそうだったの。それに、いまにも泣きだしそうなお顔をなさっていたし」

「おば様に伝えておくれ。ガストンがわたしたちを全員、車で狩猟家《シャスール》たちのところまで連れていくからと」

　マリー＝ノエルの顔が輝いた。そして彼女は走り去った。

　わたしは車を回すようガストンにたのみ、彼がワインを一ケース、車の後部に積み込んでいるのを見て、ほっとした。この日の最善の解決策は、誰にとっても、酒に逃避することのように思えたのだ。私道の先のほうを見やると、ルネと子供がこちらに歩いてくるところだった。セザールもふたりと一緒で、彼は大きな尾を振っていた。

「犬はいらないよ」わたしは声をかけた。

　ふたりは驚いて足を止めた。「でもセザールに鳥の回収をさせなきゃ、パパ」マリー＝ノエルが叫んだ。

「いや」わたしは言った。「僕は銃は撃たないんだ。犬を連れていくことはないよ。片手じゃそいつを制御できないからね」

「その必要はないわよ」子供が言った。「この子はいつだってパパの命令に従うもの。今朝、従わなかったのは、パパが何も言わなかったからよ。おいで、セザール」

「引き綱はないの？」ルネが言った。「この子の引き綱はどこ？」

わたしは観念した。反論はできない。この流れはもはや制御不能だ。わたしはルノーの後部席に乗り込んだ。犬はわたしの片側、子供は反対側の席を占め、ルネは前にすわり、運転はガストンがした。車は上下にはずみつつ、荷馬車用のでこぼこ道を森を指して進んでいった。やがてわたしの体がぐらついてセザールにぶつかり、犬の喉から唸りの予兆のグルグルという音が浮上してきた。この犬は生来の品格によりなんとか礼節を保っている。だがそれはいつまでもつのだろう？　不快感を覚えて彼が豹変するのにはどれくらい時間がかかるのだろうか？

「セザールはどうしたの？」ルネが頭をめぐらせて訊ねた。「どうしてずっと唸っているのかしら？」

「パパがからかっているのよ」子供が言った。「そうでしょ、パパ？」

「訓練を終えていない犬は、むやみに興奮するものよ」ルネが言った。「忘れないで。その子はまだ三歳なんですからね」

「ジョゼフが二日前、そいつの振る舞いについて話していましたよ」ガストンが言った。「何度か伯爵様に向かって唸ったとか」

「この子がおかしくなったら、どうするの？」マリー＝ノエルが訊ねた。

「おかしくなりはしないさ」わたしは言った。「でも、必ず綱を付けておくようにして誰かが見てなきゃいけないよ」

突然、車が止まった。気がつくとそこは、狩猟家《シャスール》たちの一行のいる場所のすぐそばだった。彼らは騎馬道路にそって細長く線状に散開している。わたしたちは車を降りた。すると直感的に、自分がここに来たこと自体、まちがいであることがわかった。なにしろ、つぎに何をすべきなのか、わたしには見当もつかないのだ。さらにまずいことに、セザールに関するわたしの指示は守られていなかった。彼は解き放たれ、城の車回しでしていたように、虚《むな》しく主人をさがし求め、うろつきまわっていた。

「来い、セザール！」わたしは呼んだ。犬は知らん顔だった。彼は狩猟家たちの線にそって走っていった。彼が進むのとともに「その犬をつかまえろ！」と怒声があがり、犬はご主人が名乗り出ないことに戸惑っていた。ルネがチッと舌打ちした。「ねえ、ジャン、もっとちゃんとあの犬を監督しなきゃ」

「やっぱりな。あいつを連れてきたのがまちがいだよ」わたしは言った。「マリー＝ノエル、犬をつかまえてきてくれないか」

彼女がまさにそうしようとしたとき、森のなかから叫び声があがり、次いでバタバタ飛び立つ音がして、鳥の一群が頭上に現れた。突如、空気が銃の爆音に満たされ、鳥の死骸がつぎつぎと落下してきた。わたしは反射的に身を沈め、目をつぶった。自らの領分を離れた、野外での死には不慣れな都会者だ。

「どうしたの？　気が遠くなりそう？」ルネが訊ねたが、わたしが身を起こそうとしているさなかにも、訓練の成果はどこへやら、セザールがいちばん手近な鳥を回収すべく勝手に飛び出していった。その鳥はまちがいなく（セザールの〝犬の心〟が彼に告げたところによれば）ここにいない彼の主人の獲物なのだ。途中、彼はテラスでの宿敵、よく訓練されたあのレトリバーにぶつかった。わたしの右手にいるのがその飼い主で、鳥はおそらく彼のものだ。そして、「セザール！」という振り絞った呼び声がわたしの喉にのぼってくる暇もなく、またしても二匹のあいだですさまじい闘いが勃発した。レトリバーの飼い主（肘の破れた上着にくたびれたツイードの帽子の小柄な爺さん）は、真っ赤な顔をして、わたしにどなった。「犬を呼びもどせ！」そしてわたしたち三人、つまり、ルネとマリー＝ノエルとわたしとは、さらに三匹目が参戦した、怒り狂う獣《けもの》たちの乱闘のまっただなかに飛び込んだ。逆上したあの狩猟家は、くるりと向きを変えるや、ちょうど頭上を渡っていた、遅れてきた二羽の鳥に発砲したが、その激した状態ゆえに狙いをはずし、鳥たちはコースをそれて、はるか先の安全な物陰へと急降下していった。

死人のように青ざめ、言葉も出ないほど憤慨して、狩猟家はこちらに向き直った。「わしらをここに招いたのはなんのためだ？」彼はどなった。「からかうためかね？　わしの犬にあんたが犬をけしかけるのは、もう二度目だぞ。わしは帰る」

セザールはついに綱をつけられ、ルネと子供の手で現場から引きずり出された。そこへ、吠え立てる犬たちの声と隣人の怒号に注意を引かれ、他の狩猟家《シャスール》たちが何事ならんと集まってきた。ポールもまた、騎馬道路の向こう端から突然、姿を現した。懸念を抱き、大あわてで、彼が現場に着いたのは、ちょうど自分のお客が、なおも真っ赤な顔をしたまま、銃をかかえ、足を傷めた犬を連れて、決然と歩み去っていくときだった。

「侯爵はどうしたんだ?」ポールが呼びかけた。「わざわざこの場所をあてがったんだがな。ここはあの人がいちばん好きなポジションだから。気に入ってもらえなかったのか?」

わたしは無数の顔のなかにひとつ知った顔を見つけた。それはル・マンの駅前で車を走らせていたあの男、わたしをジャン・ドゥ・ギとまちがえた最初のやつだった。彼はにやにやしていた。どうやらこの悲惨な結末をおもしろがっているようだ。

「またジャンが悪ふざけしたのさ」そいつは言った。「鳥どもが飛んできたとき、見たんだがね。彼はきみの奥さんを笑わせようとして横っ飛びして身を伏せた。それからセザールをけしかけて、侯爵の獲物を取りに行かせ、ジャスティンのやつと喧嘩させたんだ。侯爵はきみたちのどっちとも二度と口をきかないだろうよ」

ポールは蒼白になって憤然と向き直った。「何を考えているんだ?」彼は訊ねた。「これは自分が参加できないからなのか？　だから他のみんなの楽しみもぶち壊そうってことなのか?」

誤解に基づき、ルネがわたしの弁護を始めた。「そんな言いかたはないでしょう」彼女はまくしたてた。「ジャンは悪ふざけしたわけじゃない。手が痛んでいたのよ。もう少しで気を失うところだったんだから。犬はと言えば、あの子は完全に手に負えなくなっている。きっとどこかおかしいんだわ――凶暴になりだしているの」

「だったら眠らせたほうがいい」ポールは言った。「それに、もし気分が悪いなら、そもそもジャンはなぜ出てきたんだ？」

お客たちはそろそろと引きあげていった。誰も家族の言い争いなど聞きたくはないのだ。ル・マンの男がわたしにウィンクして肩をすくめた。ドクター・ルブランが急ぎ足で騎馬道路をやって来るのが見えた。

「どういうことです？」彼の気遣わしげな声が聞こえた。「プリシブレ侯爵がご自身の足を撃ってしまわれたというのは本当ですか？」

ポールがいらだちの声をあげ、怒れる招待客のあとを追いかけだした。侯爵の太短い姿は彼方の小道を指してずんずん遠ざかっていく。

「僕たちも帰ったほうがいいんじゃないか」わたしがルネに言うと、彼女の顔は沈んだ。子供の顔もだ。わたしはこのふたりの一日まで台なしにすることになるのだろうか？

「まだ一回目の射撃しか見ていないのに」ルネが言った。「まさかあなたはポールを放り出す気じゃないでしょうね？」

「ふたりは残ればいいよ」わたしは言った。「僕はもうたくさんだ。さあ、犬を寄越して」

わたしは哀れなセザールの引き綱をつかんだ。犬は面目を失ったことを理解していた。ところがそのとき、森に這い込んで死を待つ、何とも正体のわからない手負いの獲物のにおいを嗅ぎつけたらしい。彼はいきなり跳ねあがると、わたしの腕をもぎとりそうになりながら、前方へと飛び出した。こうしてわたしたち、ひとりと一匹のペアは、魔女の巣窟並みに草深い暗黒の低木林へと突っ込んでいった。ポールが何か叫ぶのが聞こえたような気がしたが、わたしにはなすすべがなかった。わたしの運命はセザールの運命、セザールの運命はわたしの運命なのだ。わたしたちは森のなかを一緒に進んでいき、やがて息を切らし、疲れ果てて、松ぼっくりの小山の上に一緒に倒れ込んだ。セザールは顎からよだれを滴《したた》らせながら、犬の笑顔でわたしを見つめた。たたかれものしられもしないようだ――そう悟ると、彼はわたしに背を向けて、喧嘩で負った傷を舐めはじめた。

わたしはため息をついてタバコに火を点け、近くの木に寄りかかった。ここはサン・ギーユからどれくらい離れているのだろう？　人の声も銃声も鳥のはばたきも聞こえない。気の滅入るパタパタという軽い雨音以外は何ひとつ。まもなく、湿ってこわばった、包帯を巻いた手がずきずきしはじめ、わたしはどうにか立ちあがって、我が地獄の番犬をうしろに従え、森という砦《とりで》のなかをふたたび歩きはじめた。かつてあの詩人が感じたように、この連れは、夜となく昼となく、歳月のアーチをくぐり、自分とともにいるのだ、決して彼を追い払うことはできないのだ、と感じながら（フランシス・トムソン「天の猟犬」の引用）。

涙を流す空は、雲の切れめひとつなく、方向を示してはくれない。北に向かっているのか、南に向かっているのか、わたしにはそれすらわからず、セザールはなんの役にも立たなかった。まだ綱につながれたまま、彼はプードルのようにおとなしく、わたしに歩調を合わせ、わたしが止まれば止まるという具合に、小走りにかたわらを進んでいた。と突然、彼が身をこわばらせ、その直後、わたしの足もとから雉が一羽、パッと立ちあがって前方の下生えに逃げ込んだ。次第に狭まる木々のあいだを必死に進んでいくと、また一羽、鳥が飛び立った。そしてもう一羽。わたしたちはうっかり、鳥たちの隠れ場所かねぐらかに踏み込んでしまったらしい。遠くから叫び声が聞こえてきた。つづいて銃声が。しかしそれはわたしの左のほうからで、驚いた鳥たちはカーブを描き、わたしの右へと飛んでいった。

そのときようやく、少し前方で木々が途切れているのが見えた。ずっとさがしていたもの——森を縦断する広い騎馬道路のひとつが、すぐそこにある。わたしたちはびしょびしょに濡れ、密猟者とその駄犬よろしく落ち葉と小枝にまみれて、よろよろと道に出ていった。ほんの二十ヤードのところから、ポールとロバートがこちらをじっと見ているのが肌に感じられた。彼らは道の先のその持ち場に歩哨のように立っていた。一方、線状に並ぶ狩猟家《シャスール》たちは、このわたしが機を待たずに追い散らした鳥たちを何も知らずに待っているのだった。

第十七章

ガストンが車に乗ってどこからともなく現れた。彼はまた、フラスコを携えていた。この前、ル・マンのホテルの寝室で見たやつで、いまそこにはコニャックが補充されており、わたしはルノーの後部座席にすわりこんでそれをあおった。曇ったフロントガラスの向こうには、捕獲のチャンスを逃し、がっかりしている狩猟愛好家たちの姿が見えた。もっと楽につかまる獲物を狩り出すべく、希望を抱き、向きを変え、彼らはふたたび木々のなかへと姿を消した。ガストンが心配し、わたしの顔を一心にのぞきこみ、ドクター・ルブランを呼んで診てもらってはどうか、と言ったが、彼はわたしの症状を見誤っていた。わたしは手が痛いわけでも、高熱を発しているわけでもない。コニャックこそ、わたしに必要な薬だった。

しばらくすると、フラスコは空になり、わたしたちはふたたび轍《わだち》やどろどろの畝《うね》の上をガタゴトと進んでいた。いまわたしは、あの農場の低い建物のことを思い出す。その横の道はすでに車でいっぱいで、農場の借り主である赤ら顔をした巨漢の農夫と、おしゃべりで小粒な彼の妻とが、わたしを迎えるために戸口で待っていた。ふたりはわたしを大きな納屋へと案内した。そしてわたしが、開いたドアから見えない、いちばん奥の隅っこで丸くなる暇もなく、疲れ、喉を渇かし、湿気を帯びて、狩猟家《シャスール》たちが入ってきた。彼らは喧噪《けんそう》で納屋を満たし、やがてその騒音は垂木《たるき》にこだまするまでに高まった。城《シャトー》から来ている使用人たちは、ガストンが持ってきたあのワインを大急ぎで配って歩いた。自分の隣にルネがいたことをわたしは覚えている。反対隣には、ル・マンで会ったあの男がいて、ルネは彼に焚火《たきび》の一件を事細かに物語り、怪我して以来、ジャンは譫妄《せんもう》すれすれの状態にあるのだが、自分以外誰もそれを理解していない、などと説明していた。彼女の話が終わるやいなや、ル・マンの男は巨額の金融取引のことや、商品取引所でひと儲けしたこと、ギャンブルで大勝ちしたことを話しだした。わたしは頭がくらくらした。わたしを救えるかもしれない唯一の男がここにいる——こいつこそ、ベーラが言っていたやつにちがいない。なのにわたしは彼の職業や名前さえ知らないのだ。

「今夜遅くにロンドンに飛ぶ予定なんだ」彼は言った。「あの毎月恒例の出張だよ。向こうで何か俺にしてほしいことがあれば、いつでも連絡をくれよ」

酒の酔いの霞《かすみ》のなか、狂気の一瞬、この男はこっちの秘密を見抜いているんじゃないかと思った。衝撃を受け、わたしは彼を凝視した。それから、その袖をつかんで言った。「何が言いたいんだ？　いまのはどういう意味だ？」

「ポンドの交換」彼は短く答えた。「きみにイギリス人の友達がいるなら、うまいことやってやるよ。朝飯前だ」

「友達？」わたしは訊き返した。「確かにイギリス人の友達はいる」自分は安全なのだと悟り、馬鹿みたいな笑みを浮かべて。もちろんこの男が秘密に気づいたわけはない。それにわたしの言葉の意味もわかるわけはないのだ。「ロンドンにはとてもいい友達がいるよ。大英博物館の近くに住んでいるんだが」わたしは言った。「彼はもしフランが手に入るなら、いつでもポンドと換えるだろう」そして、わたしが言っているのは男の隣にすわる自分自身のことであり、この冗談が傑作に思えたため、わたしはさらに付け加えた。「紙とペンをくれないか」

男は手帳とボールペンを寄越した。わたしは苦労しいしいブロック体の大文字で自分の名前と住所を書き込むと、酔っ払いらしくもったいぶって手帳を彼に返した。「そいつの力になるということは、僕の力になるのと同じことだ。われわれは兄弟より近い仲なんでね」それからわたしは笑いを爆発させた。この意味がわからないとは、こいつは馬鹿じゃないかと思ったのだ。つぎにわたしは、誰かが腕に触れているのに気づいた。それはマリー＝ノエルだった。彼女は言っていた。「ポールおじ様が、パパからひとこと挨拶するのか、それとも、自分がやろうかって訊いているけど」わたしが答えるより早く、あの金融業者が力強く手をたたきだしており、気がつくと、その場の全員が拍手し、足を踏み鳴らしていた。金融業者がわたしの肩をトントンたたいて、言っている。「さあ、ジャン、スピーチだ」酔いの霞のなか、無数の顔に取り囲まれて、わたしは思った――これこそ、サン・ギーユの領主として名を成す時だ。自分はこの朝、お楽しみをぶち壊したかもしれない。しかしいまは絶好調なのだ。

「紳士淑女《メダム・エ・メシュー》のみなさん」わたしは始めた。「この幸せな日にこうしてふたたびみなさんをお迎えできたことは、私の誇りであり、喜びであります。今回は、ああ！　ある事故により、私がこの会の進行に積極的にかかわることはかないませんでした。しかしながら私の弟が立派に代理を務めてくれたという事実に、私はなぐさめを得ています。これはたやすいことではありません。つまり、他の者の代役を務めるということは、ですね。私にはようくわかっております。ついきのうの朝、ヴェーリで帳簿に目を通していたとき、私はそのことを痛感させられたのです」わたしは姿勢を正した。おいおい、何を言っているんだ？　ふたつのアイデンティティが混ざり合い、ひとつになろうとしている。「とにもかくにも」わたしはしどろもどろになっていた。「いま私がお話ししようとしているのは、ヴェーリではなく、遊猟会のことであり……」

誰かが腕を揺すぶっている――それはあの金融業者だった。彼は顔を真っ赤にして〝終わらせろ〟と合図し、わたしだけに聞こえるようにささやいた。「イカレちまったのか、この馬鹿」わたしの前にはいくつもの他の顔がある。戸惑った不安そうな顔だ。わたしのスピーチは大成功とは言えないのではないか。ぼんやりとそんな考えが浮かんだ。ここは、おどけたひとことで早急に終わりにするのがいちばんだろう。

「最後に」わたしはグラスを持ちあげて言った。「これだけ付け加えておきましょう――私の手の怪我は本日、まちがいなく惨事を防いでくれたのです。あのときうちに帰った侯爵は賢明でした。仮に私が銃を持っていたら――」わたしはここで強調のために間を取った。「ここにおいでのみなさんの何人かは、いまごろはもう命がなかったかもしれません」わたしは口をつぐんだ。自分の射撃の腕前について本当のことを言えて妙に胸がすっとしたが、なぜ誰も拍手をしないのかが不思議だった。わたしのジョークがどれほどお粗末に思えたとしても、聴衆は礼儀上、ある程度の賞賛を表すはずではないか。ところがそうはならなかった。足という足がそろそろと退《しりぞ》いていき、まるで納屋のなかが急に耐えがたいほど暑くなり、外の空気をどうしても吸いたくなったかのように、誰も彼もがその場を離れ、屋外へと向かったのだ。スピーチがひどく短かったとはいえ、彼らがどうして気分を害したのかわたしにはさっぱりわからなかった。

ルネがふたたびそばに来ていた。それにドクター・ルブランも。「少し熱がおありのようだ」医師は言った。「すぐにお城にもどられたほうがいいでしょう」

「馬鹿な」わたしは言った。

「それでもです」医師は言った。「手はまったく痛んでいませんよ」「横になってお休みになるのが賢明というものです」

反論する元気はなかった。わたしはガストンに導かれるままにルノーのところにもどった。農家の庭を車が出ていくとき、狩猟愛好家たちがだらだらと長い列を成し、午後の目標地点に向かっているのが見えた。雨はまだ降りつづいており、わたしは彼らをうらやましいとは思わなかった。

「僕のスピーチは、あまり受けがよくなかったようだね」かたわらで黙り込んでいるガストンに、半分は詫びのつもり、半分はそのことをふたりのあいだの笑い話にしようとして、わたしは言った。

ガストンはしばらく答えなかった。それから、その口の端がぴくりとした。

「そうですね、伯爵様《ムシユー・ル・コント》」彼は詫びるような口調で言った。「あなた様は少々飲み過ぎた。それだけのことです」

「そんなに目立っていたかい？」わたしは言った。

ガストンが肩をすくめるのを、わたしは見るというより感じた。「人は敏感なものですから」彼は言った。「特に過去のこととなりますとね。戦時と平時をごたまぜにして冗談のネタにするのは、褒められたことではありません」

「だが僕はそんなことはしていない」わたしは言った。「まったく別のことを話していたんだからね」

「失礼いたしました、伯爵様」ガストンは言った。「わたしが誤解していたのでしょう。他の方々も同じです」

帰途の数マイル、わたしたちは無言だった。わたしが車を降り、ガストンがそばに立ってつぎの指示を待っているとき、突然わたしは気づいた。遊猟会後の軽食には、招待客の全員が顔を出すとはかぎらない。このぶんだと、口実を設けて帰ってしまう者もいるかもしれない。わたしはガストンにその問題をぶつけてみた。

「そういったことは、伯爵様」彼は言った。「当事者の裁量に任せるのがいちばんでしょう。まあ、仮に食堂にほとんどどなたも飲みにおいでにならなくても、城の厨房《ちゅうぼう》のほうは満杯になりますから。わたしが保証いたしますよ」

わたしは二階に上がって、フランソワーズを起こさないよう、そうっと化粧室に入った。ベッドに身を投げ出すと、すぐさま眠りが訪れた。わたしを目覚めさせたのは、耳もとでささやきかける声だった。最初、そのささやきはひそやかで、破壊の夢の一部だった。それから声は大きくなり、目を開けたわたしは、あたりが暗く、雨もまだ降っていることを知った。ベッドのそばに誰かが立っている。それは、あの小さな小間使い《ファム・ドゥ・シャンブル》、ジェルメンヌだった。「すぐにおいでください、伯爵様」彼女は言っていた。「大奥様《マダム・ラ・コンテス》のお加減がよくないのです。伯爵様に会いたがっておいでですわ」

わたしはすぐさま起きあがって明かりを点けた。ジェルメンヌは怯えた顔をしていた。なぜ彼女がわたしのところに来たのか不思議だった。

「シャルロットは？」わたしは言った。「彼女がきみを寄越したのか？」

「シャルロットは階下《した》に行っているんです、伯爵様」ジェルメンヌはささやいた。「厨房は飲み食いする者たちでいっぱいですわ。おわかりでしょう、きょうの遊猟会に来た人たちです。シャルロットは階下《した》の集まりに参加したかったので、大奥様に付いているようわたしに言いつけたんです。お城に人が集まるなんてめったにないことだから、と言って。一度くらいわたしが二階で見守りをしてもよかろうと言うんです。大奥様は眠っていらして、世話をかけることもあるまいからと」

わたしはすでに立ちあがり、大急ぎで上着を着ているところだった。「いま何時？」わたしは訊ねた。

「八時過ぎです、伯爵様」ジェルメンヌは言った。「食堂のほうにもまだ何人かお客様がおいでです。ポール様とポール様の奥様とブランシュ様がお相手をなさっていますわ。でも、予想していたほど大勢はいらしていません。ガストンによると、かなりの数の方々が、ずぶ濡れになってしまわれたため、お帰りになったのだそうです。それに、伯爵様、あなた様のお加減がよくなくて、いろいろなことが完全にいつもどおりにはいかなかったためですわ」

わたしは鏡の前でネクタイを整え、髪をなでつけた。何はともあれ、酔いはもう醒めていた。

「大奥様はどうなさったんだ？」わたしは訊ねた。

「わかりません、伯爵様」またもや怯えた顔をして、ジェルメンヌは答えた。「お休みになっていたのに、急にうめきだして、シャルロットを呼びはじめたんです。でもシャルロットは、階下《した》に呼びに来たりしないでくれ、と言っておりました。ですから、ベッドのそばに行って、何かわたしにできることはないかとお訊ねしたんです。嘘もつきましたわ。シャルロットは見つからないと言って。すると、大奥様はあなた様を呼んでほしいとおっしゃったんです。ブランシュ様でもお医者様でも他の誰でもいけない。シャルロットか、伯爵様、あなた様をと。そして、どこにいようと何をしていようと、すぐに来てほしい、とおっしゃるんです。本当に怖かった。大奥様はひどくお具合が悪そうでしたから」

ジェルメンヌを従え、わたしは化粧室を出て、階段をのぼっていった。はるか下からは、厨房のどんちゃん騒ぎの音が聞こえた。それは、普段のサン・ギーユの深い静けさと対照的で奇妙に思えた。スウィングドアを通って第三の廊下に出ると、音楽と笑い声はふたたび聞こえなくなった。わたしたちは音から切り離され、闇に包まれた。なぜなら、城のこの部分は下のお祭り騒ぎとは無関係だからだ。

寝室のドアまで行くと、足が止まった。なぜか部屋にはひとりで入るべきだという気がした。そこでわたしはそのまま廊下で待つようジェルメンヌにたのんだ。室内は暗かった。ストーブのほのかな輝きだけが唯一の光源で、家具の形、ベッドの形はそれで見分けられた。明かりを点けて伯爵夫人を驚かせたくなかったので、わたしは窓辺に行き、せめて青白い光がひとすじ絨毯《じゅうたん》に落ち、漆黒《しっこく》の闇が薄闇に変わるよう、そうっと鎧戸《よろいど》を開いた。そうして鎧戸をたたんでいると、わたしが冬はこうだろうとイメージしていたように、雨水が鉛《なまり》の雨樋《あまどい》をたゆみなく流れる音が聞こえた。それは埃と落ち葉の塊を攪拌《かくはん》して押し流し、ガーゴイルの口からほとばしらせている。窓から外を眺めると、霧が出ているのも見えた。もやに包まれた死の世界のように、城は空堀の取り巻く区画のなかで孤立していた。

あの大きなベッドの奥のほうから、妙にしわがれた夫人の声が、弱々しく聞こえてきた。

「誰なの?」

「僕ですよ。ジャンです」

窓辺を離れ、わたしは夫人のところに行った。掛け布団の下の彼女の外形以外、わたしには何も見えなかった。彼女の顔もだ。

「苦しいよ」夫人は言った。「なぜもっと早く来てくれなかったの?」

彼女の言葉、〝ジュ・スーフル〟にぴったり合う訳語はない。精神的なものなのか、身体的なものなのか、いずれにせよ、苦痛はそこにあり、そのひとことを取り巻いていた。

「僕は何をすればいいんでしょう?」わたしは訊ねた。

夫人は落ち着きなく身動きし、わたしはベッドのそばに膝をついて、彼女の手を取った。

「わたしが何をしてほしいかはよくわかっているでしょう」夫人は言った。

ベッド脇のテーブルには薬が載っていた。わけがわからず、わたしはそちらを見やったが、夫人は腹を立て、もどかしげに首を振った。そしてうめき声をあげ、右へ左へ激しく頭を振り動かした。「シャルロットはあれを隣の部屋に置いている」夫人は言った。「化粧室だよ。戸棚の引き出しのなか。どこにあるか覚えているでしょう?」

わたしは立ちあがって化粧室に行き、明かりを点けた。その小さな部屋に戸棚はひとつしかなかった。引き出しもひとつだけだ。そしてわたしはそれを開けた。なかにはふたつ箱が入っていた。一方はまだ半ば包装紙にくるまれている。その紙にわたしは見覚えがあった。旅行鞄のなかのみやげ——城での最初の夜、わたしがシャルロットに渡したあのみやげを包んでいた紙だ。わたしは包装紙を取り除いて、その箱を開けた。なかは小さなアンプルでいっぱいだった。それらは生綿に包まれて、何層にも積み重ねられている。アンプルには液体が入っており、それぞれ、〝モルヒネ〟とだけ記されたラベルが貼ってあった。わたしはもう一方の箱を開けた。そちらには皮下注射器が入っていた。引き出しのなかにはそれ以外何もなかった。その場に立ち尽くし、凝視していると、夫人が寝室から呼ぶ声が聞こえてきた。「ジャン、どうして来てくれないの?」ゆっくりと、わたしは注射器を箱から取り出した。さらにアンプルも一本。そして、そのふたつを戸棚の前のテーブルに置いた。テーブルの上には生綿が載っていた。それに、アルコールの瓶も。だが戦時中、これらのものを見慣れていたころ——防空壕の床の上や救急車のなかで医師の隣にひざまずいていたころは、いまわたしをとらえているような嫌悪感を覚えたことはなかった。当時、わたしたちは慈悲心から、痛みを止めるために、行動していた。だがこれはちがう。ついに、ジャン・ドゥ・ギが母親のためにパリから買ってきたものがなんだったのかがわかった。しかし彼の母親は病気ではないし、死にかけてもいない。また痛みに苦しんでいるわけでもない。

わたしは寝室にもどって、ベッドのカーテンに隠されていた明かりを点けた。そこに横たわる女は、その朝、王者のごとく堂々と、わたしと並んでテラスに立っていた女ではなく、別の誰かだった。土気色の、年老いた、怯えている女。その手はそわそわと動き、目は虚空を見つめている。そして彼女は、枕の上で絶えず頭を右に向けたり左に向けたりしていた。それは、食べ物も光も水もなしに長いこと閉じ込められていた何かのような、人間らしからぬおぞましい動きだった。

「何をぐずぐずしているの?」彼女は言った。「なぜこんなに時間がかかるの?」

わたしは夫人のかたわらにひざまずいた。火傷《やけど》などもうどうでもいい。わたしは両手を夫人の背にあてがい、彼女がじっとしてわたしを見ざるをえないように、その顔をこちらに向けた。

「僕はこれをあなたにあげたくありません」わたしは言った。

「なぜ?」

凝視する目がわたしの目をさぐる。その大きな顔、土気色のたるんだ顔が急にくしゃっとくずれたように思えた。霧深いロンドンの街を甲高く叫ぶ子供らに引きずられていくガイ・フォークス人形。そのぼろぼろの体に貼られた紙の仮面のように、彼女の顔はよじれて歪《ゆが》んだのだ。そじっと見ていると、わたしには彼女の肌にあれと同じ死んだ肌の質感があるように思えた。その目は目ではなく空洞、口は輪っか、ブラシをかけていないもつれた髪は馬のたてがみ、わたしが抱いている人は命も感情もない殻にすぎなかった。しかしその殻のなかのどこかに、焚火の灰の最後の輝きよりもかすかに明滅する極小の光がある。わたしからは隠されているが、それは確かにそこにあった。そしてわたしはその光を死なせたくなかった。

「なぜ？」

ふたたび夫人が言った――今回は苦悶のうちに。彼女はどうにか身を起こして、わたしの肩をつかんだ。あの仮面が顔になった。それは彼女の顔であり、わたしの顔であり、マリー＝ノエルの顔だった。わたしたち三人が一緒になって、彼女の目からわたしを見ている。そして、夫人の声はもはや低音のしゃがれ声ではなく、最初の夜わたしに話しかけ、こう訊ねたあの子供の声だった。「どうしてわたしにおやすみを言いに来なかったの、パパ？」

わたしは立ちあがって浴室に行った。アンプルのネックを折って注射器を満たすと、寝室に引き返し、戦時中に同じことをしていたのを思い出しながら、夫人の腕をアルコールで拭いた。それから、その腕に注射針を刺し、プランジャーを押して待った。夫人もまた、枕に背中をあずけて待っていた。そのまぶたが小さく震えた。そして、まぶたが閉じる前の一瞬、彼女はわたしを見てほほえんだ。わたしは化粧室に引き返し、注射器を洗って箱にもどした。空になったアンプルはポケットに入れた。それからドアを閉め、ふたたびベッドのそばに行って、夫人を見おろした。苦しみはあの顔から消えていた。それに、わたしたちの似たところも。彼女はマリー＝ノエルでも、わたし自身でも、ジャン・ドゥ・ギの母親でもない。それは、意識もなく、苦痛も感じていない、眠っている何かだった。わたしは窓辺に行って、鎧戸を開けた。パタパタと降る雨は鉛の屋根板へ、樋へと注がれ、ガーゴイルの口から空堀へと落ちていく。そして、降りしきるこの雨の音以外、音はどこにもまったくない。わたしは包帯の巻かれた自分の手を見た。それは、卑怯な心から、また、その手の無能を恥じる気持ちから、きのう焚火に焼かれた。だがわたしには、いまその手のしたことが、もっと卑怯で、もっと恥ずべきことに思えた。いくら自分に、この部屋でいま為されたことは慈悲深い行為なのだと言い聞かせても、それは真実ではない。わたしにはわかっていた――自分は、以前、息子と母親がしたことをしたにすぎない。もっとも楽な逃げ道を選んだだけなのだ。

廊下に出ると、ジェルメンヌがまだそこに立って待っていた。わたしは彼女に言った。「もう大丈夫だ、大奥様は眠っている。明かりは点けたままにしておいた。大奥様はお気づきにならないだろう。きみは、シャルロットが上がってくるまで、ストーブのそばにすわっておいで」

わたしは廊下を進んでいき、スウィングドアから反対側の踊り場に出た。笑い声と音楽の音がふたたび城の裏手のエリアから立ちのぼってくる。また、サロンからの声も聞こえた。お客たちはまだ帰っていないのだ。わたしがホールにおり、テラスに出たとき、サロンのドアが開いて、声のざわめきが一段と大きくなった。それからそのドアが閉まり、ざわめきはまた静まった。マリー－ノエルが出てきて、わたしと並んでテラスに立った。

「どこに行くの?」彼女は訊ねた。

マリー－ノエルは青い絹のドレスに着替え、白いソックスと先の尖った靴をはいていた。首には小さな金の十字架をかけ、短く切った金髪には青いベルベットのリボンが巻かれている。その頬は興奮で薔薇《ばら》色になっていた。マリー＝ノエルにとって今宵《こよい》はお祭りなのだ。彼女はお客様のおもてなしを手伝っている。わたしは最初の夜にこの子にした約束を思い出した。

「わからない」わたしは言った。「もうもどらないかもしれない」

マリー＝ノエルにはすぐにその意味がわかったようだ。その顔から血の気が引き、彼女はわたしに飛びついて手をつかみそうなそぶりを見せた。それから、包帯を巻いた手のことを思い出し、凍りついた。

「遊猟会で起きたことのせいなの？」彼女は訊ねた。

わたしは午前中の虚《むな》しい努力のことを忘れていた。狩猟愛好家たちのお楽しみが馬鹿な失敗で台なしになったことも、コニャックとワインのことも、タイミングの悪い自分の強気なスピーチのことも。

「そうじゃない」わたしは言った。「遊猟会はまったく関係ないんだ」

マリー＝ノエルは両手を組み合わせ、わたしを見つめつづけた。それから彼女は言った。

「わたしも連れていって」

「どうやって？」わたしは訊ねた。「どこに行くのか自分でもわからないのに」

雨は激しく降っており、マリー＝ノエルの細い肩を覆う青い絹のパーティードレスに注がれていた。「歩いていくの？」彼女は訊ねた。「その手じゃ運転できないでしょ？」

単純なそのひとことで、わたしははっきりと思い知った。自分にはなんの考えも計画もない。

本当にどうやって逃げるつもりなのだろう？　わたしはやみくもにあの二階の部屋を出て、ホールにおりてきた。頭にあった考えはただひとつ――一刻も早く城を去らねばならないということだけだった。ところが、手を焼くというあの愚行が、わたしを虜囚《りょしゅう》にしているのだ。

「ほらね？」子供が言った。「そんなに簡単じゃないでしょ？」

何ひとつ簡単ではない。わたし自身でいることも、ジャン・ドゥ・ギでいることも。わたしはもともと、三階のあの女性の息子でも、目の前のこの子供の父親でもない。彼女らとは縁もゆかりもないのだ。彼女らはわたしの家族ではない。わたしには家族はいない。凝った悪戯《いたずら》の共犯者だからと言って、わたしがその犠牲者にまでなることはない。それはむしろ逆のはず。報いを受けるのは、わたしではなくこの家の人々のほうではないのか。彼らに対し、わたしにはなんの責任もない。

サロンからの声がふたたび大きくなった。マリー＝ノエルがうしろを振り返った。「みんな、さよならを言いだしている」彼女は言った。「どうするのか早く決めなきゃ」急に彼女が子供らしくなくなった。それは、年老いた聡明な人――別の時期、別の時代にわたしが知っていた誰かのようだった。わたしはそうであってほしくなかった。なぜなら心が痛むから。この子にはまだ他人のままでいてほしかった。「パパがわたしのもとを去る時はまだ来ていない」彼女は言った。「わたしがもっと大きくなるまで待ってよ。そんなに先のことじゃないから」

ホールで足音がし、誰かがやって来て玄関の前に立った。それはブランシュだった。ドアの上の半円形の窓から射す光が彼女の髪を照らしている。細かな雨がその光に斜めに吹きつけ、その後、階段の暗がりに落ちていくのが見えた。

「風邪を引きますよ」彼女は言った。「なかにお入り。雨に濡れるわ」そこに立つわたしの姿は、ブランシュには見えない。彼女に見えるのは子供のほうだけなのだ。そしてわたしは、ブランシュが、マリー＝ノエルとふたりきりだと思っているとき、わたしが聞いたことのないような声になることを知った。その声は優しくて、愛情に満ちていた。いつもの冷たさ、そっけなさはどこにもない。彼女はまるで別人だった。「みなさん、もうすぐお帰りよ」ブランシュは言った。「もうしばらくお行儀よくしていてね。そのあとで、もしパパがまだ眠っていたら、上に行って本を読んであげるわ」彼女は向きを変え、なかに入った。

子供はわたしに目を向けた。「なかにお入り」わたしは言った。「おば様の言うとおりにしなさい。パパはどこにも行かないから」マリー＝ノエルはにっこりした。不思議なことに、そのほほえみは記憶の琴線《きんせん》に触れた。それからわたしは思い出した――これは苦痛からの解放を表す顔だ。わたしはつい十分前に上の部屋で同じほほえみを見ている。マリー＝ノエルはブランシュのあとを追って城のなかに駆け込んでいった。

車の音がした。それは村からおりてきて、門を通過した。アーチ道に入るとき、ヘッドライトがわたしを照らし出したのだろう、車は停止し、ガストンが降りてきた。その車はルノーだった。彼はこちらに向かって車回しを歩いてきた。ちょっとばつが悪そうで、顔も赤くなっている。

「伯爵様が下においでとは思いませんでした」彼は言った。「どうかお許しください。雨が激しかったので、何人か、わたしどもと一緒に宴会をしていた者たちをヴェーリに送ってきたのです。マダム・イヴと他の年寄りをひとりふたり。お許しもいただかずに申し訳ありません。お休みのところをお邪魔したくなかったものですから」

「気にしなくていいよ」わたしは言った。「みんなを送ってくれてよかった」

ガストンは近くまで来て、わたしの顔を見あげた。「お顔の色がすぐれませんね、伯爵様。何かございましたか？　まだご気分がお悪いのでしょうか？」

「いや」わたしは言った。「ただちょっと……いろいろあってね」わたしは城のほうを手振りで示した。彼がどう思おうと、かまわない。わたし自身、自分がどう思っているのか、よくわからなかった。

「いかがでしょう」遠慮がちに、しかしなぜか確信ありげに、なおかつ優しく、ガストンは言った。「不謹慎でしたらお許しを。もしご希望でしたら、わたしが伯爵様を車でヴィラーまでお送りしますが」

意味がわからず、彼のつぎの言葉でその意図が明確になるよう願いつつ、わたしは黙っていた。

「きょうは大変な一日を過ごされたわけですから」ガストンはつづけた。「お城のみな様は、伯爵様はベッドでお休みになっているものと思っておいでです。いまわたしがヴィラーにお連れすれば、なんの気兼ねもなく、あちらで数時間、ゆったりお過ごしになれるでしょう。朝にはわたしがお迎えにあがります。こんなご提案をさせていただくのは、伯爵様がいま現在、ご自身で運転することができないからなのですが」

ガストンは、申し訳なさそうに、如才《じょさい》なく、わたしから目をそらした。そしてわたしは、いまの提案がわたしの頭と体と心の乱れに対する究極の解決策なので、彼はなんの返事も、たのむという返答さえも求めていないのだと知った。ガストンは元の場所にもどって、車をUターンさせ、テラスの前まで運転してきた。彼がドアを開けてくれたので、わたしは車に乗り込んだ。フロントガラスを打つ雨のなか、どちらも無言のまま、真っ暗な道をヴィラーへと走っていくとき、わたしには、ル・マンのホテルの部屋でアイデンティティを変えたかつての自分はもうどこにも残っていないように思えた。わたしの行動、本性、弱点はどれもこれも、ジャン・ドゥ・ギの行動、本性、弱点と溶け合っていた。

第十八章

束の間、わたしはそれを雨水の音だと思っていた。その水はガーゴイルの口からあふれ出て、積年の沈泥とゴミを運び去る、そして、ぺったりしたおぞましい耳を持つガーゴイル自身も、基部がひび割れ、石の体は砕けつつあり、この洪水によって朽ち衰えるのだろう、と。その後、夢の恐怖は去り、気がつくとあたりは明るく、あの音はベーラの家の湯船に湯が流れ込む音になっていた。闇は失せ、それとともに雨も消え去り、朝の光が家々の屋根を黄金色に変えつつあった。

頭のうしろに片手を当てて、わたしは枕に寄りかかった。開いた窓からは、屋根の形や傾斜、地衣に覆われた瓦《かわら》、歪《ゆが》んだ煙突、屋根窓が見え、その背景には、それらすべてより高く、大聖堂の縦溝のある尖塔《せんとう》が見えた。下の通りからは、朝一番の活動の音が聞こえてくる。鎧戸《よろいど》がバタンと開かれ、水が舗装路にザーッと流され、誰かが口笛を吹き、この小さいのどかな市場町がふたたび目覚めて、新たな週に向かおうとしている。湯船に注がれる湯の音が明るい通りのざわめきと快く混ざり合い、すぐそこにいる人を意識して、わたしは気だるい安らぎに満たされた。声を少し大きくするだけで、その人は湯を止めて、こちらに来てくれるだろう。ちょうど、大人が仕事や用事を中断して愛する子供の世話をするように、彼女は何も訊かずに、気分と都合次第――彼女のではなく、わたしの気分と都合次第でときおり始まる共同生活の一部としてわたしを受け入れてくれるのだ。前日、放置されていたわたしの手は手当てを受け、新しい包帯を巻かれ、オイルを塗布したその絹の層のなかで、いま、ひんやりしている。何も要求されず、所有意識の誇示もなく、かしずかれ、世話されるというのは、以前の自分と新たな自分の双方にとって目新しい経験だった。わたしはそれを手放したくなかった。できるだけ長くその細やかさを味わっていたかった。

ベーラが廊下の向こうの部屋で鎧戸をさっと開け、セキセイインコたちに話しかけ、鳥籠をバルコニーに出すのが聞こえた。鳥たちはぺちゃくちゃとさえずって、流れるお湯の変奏曲を奏でている。しばらくしてわたしはベーラを呼んだ。するとすぐさま、化粧着にスリッパという姿の彼女が、向こうの部屋からやって来て、かがみこんでわたしにキスした。それは、すべてを掌握《しょうあく》していて、なんの屈託もない者らしい、落ち着き払った態度だった。

「よく眠れた？」彼女は訊ねた。

「うん」わたしはそう答え、ゆるやかに波打つ袖のなかの彼女の腕と肩の感触に、歓びを覚えた。また、その肌のアプリコットの香りにも。彼女とともにいることは、第三の次元に入っていくことなのだという実感にも。その世界は、まるで知恵の輪のように、第一の世界にも第二の世界にも属さず、それでいて、なぜかその両方を包含しているのだ。

「すぐコーヒーを淹れるわね」彼女は言った。「そしてヴァンソンが来たらすぐ、通りの先のパン屋にやって、クロワッサンを買ってきてもらうわ。手は痛んでいないのね？　よかった。

帰る前にもう一度、手当てをするわね」

そして彼女は行ってしまい、わたしはふたたび気だるさと安らぎに身を委ねた。

ベーラは何事にも驚かない人だった。昨夜、ガストンが町の門《ポルト・ドゥ・ギーユ》の外でわたしを降ろして走り去り、わたしが運河の歩道橋を渡って、ガラスドアの鎧戸をたたいたとき、彼女はただちに、驚いて事情を質《ただ》すこともなく、そのドアを開けた。包帯をした手や、疲れ果て、緊張しているわたしの様子にもすぐさま気づいて、前回わたしがすわったあの深い椅子を手振りですすめ、飲み物を持ってきてくれた。質問はひとつもせず、沈黙を先に破ったのはわたしのほうだった。わたしはポケットをさぐって首の折れたアンプルを取り出し、椅子の向こうの屑籠に放り込んだ。

「僕の母親がモルヒネをやっているという話をしたことがあったかな?」わたしは訊ねた。

「いいえ」ベーラは答えた。「でもそうじゃないかと思っていたわ」

「どうして?」

彼女はためらった。「あなたの言葉の端々から。でも、わたしの口出しすることじゃないし」

その声は冷静で淡々としており、わたしにこう告げていた。ジャン・ドゥ・ギがどんなことを打ち明けようと、彼女は賞賛も非難もせずにそれを受け止め、自らの意見は胸に収めておくのだ。

「きみは嫌悪感を抱くかな」わたしは訊ねた。「僕が母にモルヒネを与えたと知ったら? きみに〝ファム〟を買ってきたように、パリからみやげとしてそれを買ってきたとしたら?」

「何があろうと、わたしは嫌悪感を抱いたりしないわ、ジャン」彼女は言った。「わたしはあなたをよく知っているもの。今更、あなたがこうと決めてすることに不快感を抱くことはないわ」

彼女はしっかりとわたしを見た。わたしは身を乗り出して、かたわらのテーブルの箱からタバコを一本取った。

「今朝、母は階下《した》におりてきて、家族のみなと一緒にミサに行った」わたしは言った。「それから、約五十人の招待客を雨のなか、城《シャトー》のテラスで出迎えた。堂々たるもんだったよ。母がそうしたのは、もちろん、悪意からだ。ルネの晴れの日をぶち壊すためだよ。彼女は女主人役《ファム・ド》を務めたかったんだ。フランソワーズは具合が悪くて寝ていたからね。今夜、あの小間使い《ドゥ・シャンブル》、ジェルメンヌが僕を呼びに来た。母のお付きのシャルロットは階下にいたから。それで上に行ってみると、母は……」あの光景がまざまざとよみがえったため、わたしは言葉を切った。締め切った暗い寝室、化粧室、洗面台の上の戸棚。「母はそれをほしがっていた」わたしは、さっき空のアンプルを放り込んだ屑籠に目をやった。

「で、あなたはあげたの?」

「うん」

ベーラは何も言わなかった。彼女はわたしを見つめつづけた。

「僕がきみのところに来たのは、だからだよ」わたしは言った。「自己憐憫《じこれんびん》と自己嫌悪のためだ」

「それは、あなたが自分でなんとかしないと」ベーラは言った。「わたしには、そういうものを取り除く浄化剤の役は務まらない」

「以前にやってくれたよ」わたしは言った。

「そう？」

たぶんわたしの気のせいだろうが――彼女の態度は、二日前の午後よりも冷ややかでそっけなくはないだろうか？　それとも、単に興味がなく、平静であるということだろうか？

「考えてしまうよ」わたしは言った。「これまで何度、僕はこの家に、きみのもとに来たことだろう。我が家の城の状況を知りながら、それを忘れたくて、ここで見出《みいだ》したもののおかげで忘れることに成功する――そんなことが何度、あっただろうね」

町の門《ポルト・ドゥ・ヴィーユ》の外に車を置いて、歩道橋を渡っていくジャン・ドゥ・ギの姿が目に浮かんだ。今夜のわたしがしたように、彼はガラスドアをたたき、いまのわたしがそうありたいと願っているように、入口を通過するやいなや、うしろめたさも悩みもすべて払い落として、あらゆる面倒から解放されるのだ。

「覚えていないのなら」ベーラは言った。「そのままにしておけばいい。思い出したところで、いま現在の役には立ちませんからね。とにかく金曜日、あなたはわたしに、今後、状況はよくなっていくだろう。自分はいままでとちがうやりかたで物事に取り組むんだと言っていたわ。結局、新生ジャン・ドゥ・ギはうまくやれていないの？」

いま、ベーラはほほえんでいる。そして、声に含まれたかすかなからかいの色は、彼女が彼をまったく信用していないこと、今後も決して信用しないことをわたしに悟らせた。わたしが金曜日に彼女に言ったこと、ヴェーリを救い、そこで働く人々を護りたいという話は、酒の酔いの生み出した一時《いっとき》の気まぐれとしてかたづけられていたのだ。

「彼は失敗した」わたしは言った。「前に失敗したのとまったく同じかたちでだ。彼は家族に彼らの求めるものを与えている。臆病さから、逃げる手段として、母親のみならず、娘にも。唯一のちがいは、以前はそれが陽気に、たぶん気分よく行われていたという点だね。いまそれは、いやいや嫌悪感とともに行われているんだ」

「それは一歩前進したってことかもしれないわ」ベーラが言った。「見かたによっては」それから、声のからかいの色とともに、ほほえみが薄れた。彼女はこちらにやって来ると、わたしの手を取って言った。「きょうは狩りに参加しなかったのよね。わたしに何かしてほしいことはある？　あなたは火傷《やけど》したんでしょう？」

「誰から聞いたんだい？」

「狩猟家《シャスール》のひとりから」ベーラは答えた。「いつもどおりにいかないので、農場での昼食後、ヴィラーに帰ることにした人からよ」彼女は話しながら、包帯をほどいていった。「もう痛みはなさそうね」そう言ってから、付け加えた。「でもガーゼを取り替えないと。あなたの罪の意識を取り除くのは無理でも、それならわたしにもなんとかやってあげられるわ」

ベーラは部屋から出ていった。そしてわたしは思った――彼女についてジャン・ドゥ・ギはわたしに比べてどれほど多くを知っているのだろう？　ふたりの仲は何カ月も、あるいは、何年も前からつづいているのだろうか？　また、炉棚の上の制服姿の男の写真、〝ジョルジュ〟と書かれたものは、亡夫の肖像なのだろうか？　そして何より気になるのは、彼女がわたしではないあの男を、どれほど楽しみ、蔑《さげす》み、受け入れ、また、金のためであれ、愛のためであれ、どれほど許容しているのかだった。

ベーラが新しいガーゼを持ってもどってきた。ブランシュがブランシュなりに手際がよいように、ベーラもベーラなりに手際がよかった。彼女がかたわらに膝をつき、わたしの手にガーゼを当てているとき、わたしは言った。「この火傷はわざとだよ。僕は遊猟会に参加したくなかったんだ」これを聞けば、きっとあのあけすけな目に驚きの色が浮かぶだろう。その性格、欠点ともベーラに疎《うと》まれることのない、彼女のよく知るジャン・ドゥ・ギも、新たな一面を見せたことになるのではないか。少なくとも、意外な特性を持っていたことにはなるのではないか。

「なぜ？」彼女は言った。「うまく撃てないのが心配だったの？」

彼女の口からその真実が出てきたことがひどくショックで、わたしは何も言えなかった。気をくじかれ、彼女が包帯を結び終えるのを待って、わたしは手を引っ込めた。「以前に一度」ベーラは言った。「今回ル・マンでやったみたいに大酒を飲んだあと、あなたは目がおかしくなり、手も使い物にならなくなった。それで何か――なんだったか忘れたけど――狩りに参加しない口実を設けたのよね。それは、サン・ギーユじゃなく、モンドブルーの向こうでのことだけど。手を焼くというのは、かなり思い切ったやりかたね。でもたぶんあなたは、主催者として罪を償おうとしたんでしょうね」その声にはさきほどの皮肉っぽさがもどっていた。立ちあがりながら、彼女は愛情半分、からかい半分に、わたしの肩を軽くたたいた。「さあ」彼女は言った。「くつろいで、タバコを吸っておしまいなさいな。きょうの昼間は、食べるものより飲むもののほうがたくさんあったんですってね。だとすれば、あなたもいまは、オムレツくらい食べられるんじゃないかしら」

するとと彼女は、あのスピーチのことも知っているにちがいない。拍手がなかったことも、お客たちがすーっと消えてしまったことも。彼女の情報提供者は、あの金融業者から、怒り狂うプリシブレ侯爵まで、誰であってもおかしくない。それはまあ、どうでもいいことだ。不名誉はゆるぎなく確立されている。サン・ギーユの領主がその日に輝きをもたらすことは一切なかったのだ。

わたしはベーラを追って小さなキッチンに行き、彼女がオムレツを作るのを見守った。「とにかく」わたしは言った。「僕が自分のルールを破り、お客たちの欲望を満たさなかったことは確かだな。今回の場合、その欲望とは、お世辞がほしい、ああいう場面で人が口にする無意味な決まり文句がほしいってやつだが。僕はただ正直であろうとしていただけだ。彼らがあそこまで動揺するとは思ってもみなかったよ」

「真実はいつだって気まずいものよ」ベーラは言った。「他ならぬあなたなら、もうそのことを学んでいてもいいはずなのにね。あいにく、ピクニックのランチに真実はふさわしくないのよ」

「しかしね」わたしは言った。「僕の真実がたまたま彼らの真実と一致したとしても、それはしかたのないことだよ。僕はただ、仮に僕が銃を持っていたら、そこにいる連中の何人かは一日の終わりまで生きていられなかっただろうと言っただけなんだ」

ベーラはフォークで卵を掻き立てるのに忙しかった。「それでも」彼女は言った。「かつてのレジスタンスのリーダーが、ナチスの協力者として悪名高かった連中にそれを言ったとなると、ね、やっぱりその言葉は妙なふうに聞こえたでしょうよ」

わたしは呆然と彼女を見つめた。あの農場でわたしがうっかり口にしかけたのは、わたし自身の秘密であって、ジャン・ドゥ・ギの複雑な過去ではないのだ。

「でも、あれはそういう意味じゃなかったんだ」あの納屋の空気そのものだったワインと紫煙《しえん》と霞《かすみ》の混沌。そのなかに、平静な他の者たちに交じって、不安げな顔がちらほら見える。「そんなつもりはぜんぜんなかったんだよ」

「でも彼らはそう受け止めたのよ」ベーラは言った。その目の奥の笑いは、ガストンの口の端のひきつりと同じだった。彼女は賞賛も非難もしない。覆水《ふくすい》、盆に返らずだ。「意図的にせよ、そうでないにせよ、連中がその皮肉にどの程度値するのか、わたしには訊かないでね。当時、何があったのか、わたしは知らないんだから――まだハンガリーを脱出しようとしているさなかだったんですからね」

ハンガリー？　少なくともこれは、ベーラという名の説明にはなる。ただ、なぜ彼女が男の名を名乗っているのかとなると、わたしの推測も及ばなかった。

ベーラは鍋に卵を注ぎ込むと、空いたボウルとフォークを手に、その場に立ってわたしを見つめた。「もし新たに生まれたあなたの責任感が物事を正したがっているのなら――」彼女は言った。「あなたを助けられる人が確実にひとりはいるでしょう？　お姉様のブランシュが」

彼女はしばらくわたしを見つめていたあと、オムレツに注意を向けた。すると、わたしが立ち入ることのできない、過ぎ去った年月が、卵とバターと香草のように混ざり合い、一体となったかに思えた。それらはもう切り離したり、ひとつひとつ調べたりすることはできない。わたしが責任を負っているのは、過去ではなく現在なのだ。

「いつまでここにいられるの？」ベーラが訊ねた。

「明日の朝まで」

「何も訊かれない？　妻の怒りも母親の穿鑿《せんさく》もなし？」

「大丈夫。ガストンがうまくやるよ」

ベーラはオムレツを皿に載せ、その皿を盆に載せ、その盆は一瞬後には、サロンの椅子のそばのテーブルに載っていた。ボトルの栓が抜かれ、ワインが注がれた。

「では、この新生ジャンは」彼女は言った。「もう家族に縛られてはいないのね？」

「これまでもだよ」

「そこがあなたのまちがっているところよ」彼女は言った。「絆は簡単には断ち切れない。明日になればわかるわ」

そしてその明日はすでに来ており、セキセイインコたちはバルコニーの籠のなかで歌い、大聖堂の鐘は半時を告げ、誰かが下の通りを行く者に、おはよう、と声をかけている。ジャン・ドゥ・ギからわたしが盗んだのどかなひとときは終わったのだ。

服を着て、出発の支度をすませ、運河を見おろすバルコニーでコーヒーを飲んでいるとき、わたしはガストンが、約束を忠実に守って、町の門《ポルト・ドゥ・ヴィーユ》の外に駐めた車にすわっているのを目にした。時の流れにおけるわたしのその瞬間は、夢のなかの夢のようだった。なぜなら、わたしはベーラの世界にも、わたしを待つ世界にも、属していないのだから。ベーラが夜に抱いた愛人は、実在しない影にすぎない。そして、ガストンが見守る主人は、彼の空想のなかにしかいない、その過去の姿によって愛されている幽霊なのだ。

サン・ギーユへの帰途の旅は、往路と同様、静かなものだった。ただ一度だけ、ガストンが簡潔に、城のみなはわたしが部屋にいるものと思っているから大丈夫だと伝えてくれた。「伯爵様《ムシュー・ル・コント》は誰にもお会いにならない」彼は前方の道路に目を据えたまま言った。「わたしがそう触れ回っておきました。勝手ながら、化粧室のふたつのドア両方に鍵もかけさせていただきました」彼はわたしにその鍵を手渡した。

「ありがとう、ガストン」わたしは言った。

車は木の列のあいだから抜け出そうとしており、谷に近づきつつあった。眼下には村と川と橋と城のエリアが見える。そのすべてが、昨夜の激しい雨のせいで銀色に濡れ、朝日を浴びて輝いていた。

「なあ、ガストン」わたしは訊ねた。「きみは何度、僕を僕自身が招いた窮状《きゆうじよう》から救い出してくれただろうな?」

　彼は左にハンドルを切って、ライムの並木道に入った。するとその道の果てに、まだ閉ざされているサン・ギーユの町の相貌が見えてきた。

「回数など数えたことはありませんよ、伯爵様」ガストンは言った。「わたしはそれを、伯爵様に対する、また、ご家族のみな様に対する自身の務めのひとつと心得ておりますので」

　彼は門を通って私道に入るのではなく、堀を囲む壁をぐるりと回って、横手の進入路から車庫の並ぶ区域に入った。アーチ道を歩いていき、セザールを騒がすこともなくその囲いを通過し、あのヒマラヤ杉の木の下で足を止めたとき、わたしには、城がこれほど平和に、あるいは、これほど静かに見えたことはないように思えた。いま、薄められていない新鮮な陽光を浴びたその姿は、妖精の国風でもなければ、殺風景でもない。黄昏《たそがれ》時から真夜中までの変化する影は闇と雨とともに消え失せ、壁と屋根と塔は、一日の最初の数時間しか見られない暁の余波、やわらかな洗いたての輝きに覆われている。なかで眠る人々も、この輝きのいくばくかを身内に留めることだろう。彼らは本能的に鎧戸から入り込むその光のほうを向く。すると、茫漠《ぼうばく》たる夢と夜の悲しみはそっと離れていき、太陽が触れたことのない、目覚めない森の木々のなかに安らぎの場を見つけるのだ。早朝のこの姿が昼へと変わらずにいてくれたら、とわたしは思った。意思や行動、各々の心や気分の絶え間ない衝突はもう起きず、城のなかの者全員が、「眠れる森の美女」に出てくる廷臣たちのように、蜘蛛《くも》の巣の障壁によって未来から護られ、いまあるがままに、時のなかに留まってくれたら、と。

窓の鎧戸はどれも閉じていた。わたしはその下のテラスを渡り、暗く寒いホールに入った。どういうわけか、眠っている静かな城に侵入するというその行為自体が、そこに宿る平安と静寂の魔法を破るような気がした。わたしは不穏な気配を感じ、不吉な予感を覚えていた。まるで家が目覚めるとき、それを迎えるのは、よく晴れた明るい一日ではなく、すでに階段の暗がりに、悪意を秘め、油断なく待機している内なる災いであるかのような。わたしはこっそり二階に上がり、化粧室まで廊下を進み、ドアに鍵を挿し込んで回した。そうしてドアを開けたとき、その下から押し込まれていた一枚の紙を踏みつけた。それは四隅のひとつにひと枝の花が描かれた薄桃色の紙だった。わたしもかすかに覚えがある、セットの封筒と一緒に箱に入っているような、誕生日やクリスマスに子供に贈られる便箋だ。そこには、丸みを帯びた未熟な文字でこう書かれていた。「わたしのパパへ、パパがどこにも行かないと言ったから、わたしはそれを信じています。でも今夜はお休みを言いに来てくれなかったし、お部屋のドアには鍵がかかっているのね。聖母様《サント・ヴィエルジュ》はわたしに、パパは幸せじゃない、いま、過去に犯した過ちのために苦しんでいるんだと言っています。だからわたしは、パパの罪の報いはすべてわたしに与えられますように、とお祈りします。わたしなら、まだ若くて強いからパパよりも耐える力があるもの。ゆっくり休んでね。そして、パパを心から愛しているマリー＝ノエルを信じてください」

わたしは便箋をポケットに入れて、開《ひら》いた窓のそばの椅子にすわった。圧迫感がさらに増した。もはやわたしの手には負えない、なんらかの力が始動している。いまになって城を離れたこと、ヴィラーで解放の数時間を過ごしたことが悔やまれた。向こうでは、五時を回ればもう街は活気を帯び、朝の生活音が陽気に耳に響いていたが、ここでは村の教会の鐘が七時を打ってもなお、あたりは静かなままだった。生き物と言えば、牛小屋の壁のなかから開けた場所へと亡霊のように移動していく白黒模様の牛たちだけだ。

わたしは窓辺にすわって、ガストンが盆を持ってくるいつもの時間を待ちつづけた。廊下を行くあわただしい足音や、寝室のドアを（わたしのではなくフランソワーズのドアだが）たたく音、話し声や叫び声や泣き声が、最初に聞こえたのは、八時少し前だったと思う。それから突然、わたしがまだ鍵を開けていなかった、浴室のドアをたたく音がし、ドアノブがガチャガチャ鳴り、フランソワーズその人の甲高い差し迫った声がした。「ジャン、ジャン、起きている？」

わたしは窓辺の椅子から飛び出し、ポケットから鍵を取り出してドアを開けた。フランソワーズはネグリジェ姿で、青ざめ、憔悴《しょうすい》して、そこに立っていた。その背後にはジェルメンヌがおり、その向こうの寝室には、不気味に痩せた、非難がましい、ブランシュの姿があった。彼女はひとことも言わずにわたしを見つめていた。

わたしは手を差し伸べて、フランソワーズの体を支えた。「大丈夫」わたしは言った。「何も言わなくていい。ママンが大変なんだろう？」

フランソワーズは驚きの目でわたしを見回した。つづいて、わたしの背後の化粧室も。「ママン？」彼女は言った。「そんなわけないでしょう。ママンに何があるって言うの？　大変なのはあの子よ。消えてしまったの。たったいまジェルメンヌが呼びに行ったんだけど、ベッドで寝た様子がないのよ。あの子は寝間着に着替えてもいない。あなたと一緒じゃなかったなら、お城のどこにもいなかったことになるわ。あの子は消えてしまった。いなくなったのよ」

第十九章

全員の顔がわたしの顔に向けられていた。ポールが、半ば服を着た状態で、ルネとともに寝室の入口に立っているのが見えた。ふたりともわたしと同じように起こされたのだ。家長として、わたしには責任がある。判断、計画はわたしから発せられねばならない。化粧着もまとわず震えているフランソワーズが、わたしの第一の問題だった。

「ベッドにもどって」わたしは言った。「僕たちがすぐにあの子を見つけるから。とりあえず、きみにできることはないからね」

ブランシュが、泣きながら抗議する彼女をベッドに連れていった。

「たぶんあの子は苑内か森のどこかにいるんだろう」わたしは言った。「子供が早く起きるのはそうめずらしいことじゃない。みんなでヒステリックになることもないんじゃないか?」

「でも、さっき言ったでしょう！　あの子はベッドで寝ていないのよ」フランソワーズが叫んだ。「ジェルメンヌが呼びに行ったら、寝間着はたたんだまま置いてあったし、シーツは折り返されていた。どこにも手を触れた様子がないの」

ジェルメンヌもまた泣いていた。そのふくよかな赤い顔はぐしょぐしょに濡れ、目は腫《は》れあがっている。「ベッドは、わたしが昨夜、整えたままになっていました、伯爵様《ムシュー・ル・コント》」彼女は哀れっぽく言った。「お嬢様は着替えをなさっておられません。いちばんいいドレスと薄っぺらな靴のまま、どこかに行ってしまわれたんです。きっとひどい風邪を引いてしまいます」

「最後にあの子を見たのは誰なんだ？」わたしは訊ねた。「寝室に行ったのは何時だ？」

「あの子はブランシュと一緒だったのよ」フランソワーズが言った。「ブランシュが本を読んでやっていたの。そうよね、ブランシュ？　彼女は九時半ごろにあの子をベッドに行かせている。あの子は興奮気味で、そわそわしていたそうよ」

わたしはブランシュに目をやった。その顔は硬く、張りつめていた。彼女はわたしを見なかった。「いつものことよね」彼女はフランソワーズに言った。「父親があの子を混乱させる。あの子の感情を煽《あお》るのよ。そのあととなれば、あの子はどんな馬鹿なまねをしたっておかしくないわ」

「でもマリー＝ノエルは丸ひと晩、ジャンに会っていないのよ！」ルネが口をはさんだ。「ジャンは自分の部屋で寝ていたんですもの。わたしたちみんなのまちがいは、あの子があらゆる催しに顔を出して大人と交わるのを許していることだわ。きのうあの子は、一日じゅう場の中心になろうとしていた。そりゃあ、興奮したでしょうよ」

「僕は、いつもよりおとなしいという印象を受けたがな」ポールが言った。「ちょっと沈んでいるというか。とにかく夜はそんな感じがしたよ。まあ、日中何があったかを思えば、驚くには当たらないがね。われわれは、ヴィラーからル・マンまで、この地方のいたるところで、もの笑いの種になっているんじゃないか。きのうの会に関しては、逃して惜しいことなど何ひとつなかったよ」フランソワーズに向かって彼はそう付け加えた。「きみは難を免れたわけだ」

フランソワーズは目に涙をいっぱい溜めて、ポールからわたしへと顔を向けた。「あなたはそんなに飲んだの？」彼女は言った。「いったい世間にどう思われるかしら」

ジェルメンヌは隅っこで目を丸くしてわたしたちを見ていた。

「ガストンのところに行って、敷地内の捜索を始めるよう伝えてくれ」わたしは彼女に言った。「ジョゼフもつかまえるように言うんだ。それ以外にも、誰でもいい、そのへんにいる者を。ポール様《ムシュー・ポール》と僕もすぐ下に行く」

「マリー＝ノエルは恥ずかしがってはいなかったわよ」ルネが言った。「わたし、聞いたの。あの子はあちこちで、パパは世界一勇敢な人だ、その理由は自分以外誰も知らないんだって言っていた。あのおませな言動、どう思われたかしらね。わたしはとっても気まずかったわ」

「勇敢ですって？　あの子ったら、どういう意味で勇敢だなんて言ったのかしら？」フランソワーズが訊ねた。

「まあ、確かに勇気がなきゃできないことだろうな」ポールが言った。「会の成功のためにさんざ骨を折った者たちの面前で、わざとすべてをぶち壊すというのは。狩りのあとの集まりに招いた約五十人のうち、実際に顔を出したのが二十人程度というのは、なんともめずらしいことだ。あれは個人の恥じゃない。一族の恥だよ」

「あれは悪天候のせいよ」ルネが言った。「みなさん、ずぶ濡れだったもの」

言い合いがノックの音にさえぎられ、わたしたちは希望と期待を胸に、そろって振り向いたが、そこにいたのは、あの性悪そうな細い顔にたっぷりと自信をたたえたシャルロットだった。

「失礼いたします、伯爵様、それに、奥様も」彼女は言った。「たったいま、お嬢ちゃんのことをお聞きしました。お嬢ちゃんを最後に見たのは、わたくしではないかと思います。昨夜、上階《うえ》に上がるとき、たまたま廊下の先に目をやりましたら、お嬢ちゃんが化粧室のドアの前に膝をついていらしたのです。きっとパパにおやすみを言いたかったのでしょうね。伯爵様にはお声が届かなかったようですが」

「驚くには当たらんな」ポールが言った。

「なぜあの子はわたしの部屋のドアをたたいてみなかったのかしら」フランソワーズが言った。

「わたしは眠っていなかった。ノックさえすれば、わたしが答えることは、あの子だってよくわかっていたでしょうに」

「わたくしのせいですわ、奥様」シャルロットは言った。「わたくしがお嬢ちゃんに、パパはいま、気がかりなことがたくさんおありなのだから、絶対にお邪魔をしないように、と申し上げたのです。それに奥様、あなた様のお邪魔もしないように、と。もうすぐ赤ちゃんがお生まれになるのだから、お母様には睡眠が必要ですよ――わたくしはそう申し上げました。天国から送られてくる小さな遊び友達。お嬢ちゃんはその子を可愛がり大切にしなければいけませんよ、と」

小さなボタンのような目がちらりとわたしを見てから、下を向いた。そして彼女は、紫色の萎《しな》びた唇にうっすらと卑屈《ひくつ》なへつらいの笑いを浮かべ、わたしたちを順繰りに見ていった。わたしは塔のもうひとつの寝室に隣接する化粧室のことを思い出した。この女は、洗面台の上の戸棚のなかの箱の位置が変わったのを見て、わたしが昨夜そこに行ったことに気づいたにちがいない。自らの秘密を暴露《ばくろ》しないのと同様に、彼女はわたしの秘密も暴露しないだろう。わたしは共犯者なのだから。その事実は厭《いと》わしかったが、それを変えるすべはなかった。

「それで」わたしは言った。「そのあとはどうなった?」

「お嬢ちゃんはちょっと腹を立てたご様子でしたわ、伯爵様。あれにはびっくりいたしましたよ。お嬢ちゃんはこうおっしゃったのです。『パパに必要なのはわたしだけよ。他には誰もいらないの。男の子がほしいのは、それでうちにお金が入るからよ』これがお嬢ちゃんが言ったそのままの言葉です。わたくしは、そのようなことをおっしゃるものではありません、司《ムシュ》祭《ー・ル・キュレ》様も、サン・ギーユの他の人たちも、よく思われませんよ、と申しました。赤ちゃんが生まれたら、わたくしたちはその坊やを大好きになるでしょう、パパからセザールまで誰も彼もです、わたくしたちはみんな、それは長いこと坊やの誕生を待っていたのですから。わたくしはそう申しました。そのあとお嬢ちゃんは、わたくしと一緒に使用人用のドアまでいらして、そこからご自分の階段のほうに向かわれ、わたくしは大奥様《マダム・ラ・コンテス》のお部屋に行きました。大奥様は安らかにお休みになっておられました。まるで天使のように」

　実を言えば、わたしのしたことのおかげで、意識を失って横たわっていたわけだが。たぶんどちらでも同じことなのだろう。いま、それはさして重要ではない。重要なのは、マリー＝ノエルがいなくなったこと、わたしが城《シャトー》に留まらずヴィラーに行ってしまったせいで、いなくなったことだけだ。

「もしかすると、お嬢様」シャルロットがブランシュに顔を向けて言った。「おチビさんは教会に行ったのではありませんか？　結局のところ」彼女はためらい、ちょっとわたしの顔色をうかがった。そのへつらいの表情が色濃くなった。「もし何かを恥じていて、そのことが気にかかっておいでなら、お嬢ちゃんはまちがいなく司祭様のところへ行って、告解をなさるのでは？」

「いいえ」ブランシュは言った。「あの子はまずわたしのところへ来るわ」

ポールが肩をすくめた。「とにかくみんな、服を着たほうがいいんじゃないかね」彼は言った。「ブランシュには司祭のところに行ってもらおう。ジャンと僕はガストンと一緒に敷地内をさがすよ。これはつまり――」わたしのほうをちらりと見て、彼は付け加えた。「もしきみがきのうの深酒から充分回復していれば、の話だがね」

それには答えず、わたしは向きを変え、化粧室に引き返すと、窓辺へと歩いていって堀のなかを見おろした。もつれあう草、蔦《つた》と雑草。それ以外、そこには何もなかった。毀《こわ》れ、機能を失って、溝のなかに横たわる青いドレスの小さな体をわたしが見たのは、想像のなかでのことだった。

犬がいなくなっていることをわたしに告げに来たのは、ガストンだった。ジョゼフが餌をやりに行って、犬舎が空っぽなのに気づいたのだという。この知らせに、わたしは奇妙な安堵感を覚えた。もしマリー＝ノエルがセザールを一緒に連れていったなら、あの犬は庇護《ひご》者の役割を務めるだろう。少なくとも、この世の脅威からは、あの子を護ってくれるはずだ。それに、自殺しようとしている子供が犬を連れていくとは思えない。

外に出たあと、ポールと男たちとわたしは各自のさがす場所を決め、その分担によって、わたしは昨日の遊猟会の現場へと向かうことになった。森は一昼夜降りつづいた雨で濡れそぼっており、足もとの落ち葉は紙のようにもろく、落ちた枝も朽ちてやわらかくなっていた。それでも、天蓋《てんがい》を貫く明るい陽射しは、昨日はぼやけ、不鮮明だった木々の形をくっきり際立たせている。今朝は霧もなく、湿ってだらりと垂れ下がるしょぼくれた枝々をパタパタと打つ雨もなく、下生えを銀白色に染める、翳《かげ》りのない強烈な陽光があるばかりだ。そこでは雨のしずくが、落ち葉が土に溶け込む前の一瞬、そのくぼみのなかできらめき、プールさながらに輝くのだった。

長い騎馬道路をてくてくと歩き、昏《くら》い森のなかの溝をつぎつぎ渡っていくさなかにも、わたしには、あの子がここにいないことがわかっていた。騎馬道路の果てに、猟犬を連れた小さなアルテミスはいない。どの木の下にも、そこで眠る森のなかの赤ちゃんはいないのだ。これは他にさがすあてがないがために、自分に課した仕事にすぎない。それにここならば、他の連中がもっと城に近いところで、おーいと叫んでいる声も届かない。その呼び声は無駄に頻繁で、いらだたしかった。そうして呼び立てるのは、ジョゼフが大まじめにやっているのを見たが、熊手で干し草の山をつついてみるのと同様に、無益なことだ。もし本人が見つけてほしいと思っているなら、あの子は見つかるだろう。あそこでも、ここでもなく、彼女にとっての聖堂の前で、隠れて待っているはずだ。

ついに森を突破し、ふたたび牧場《まきば》に出ていったとき、わたしは自分が半円を描いて移動してきたことを知った。この日の朝の輝きによって、昨日は霧で隠れていたものが姿を現しており、ふたつ牧場を隔てた先には、敷地を囲う柵に半ば隠れて、工場の建物と、空を背にした鉛筆のようなあの煙突が見えた。わたしは森を囲う鉄線の下をくぐった。途中、垣根のそばで若芽を食べているあの白い馬を通り過ぎて、牧場を横切っていくと、茨とイラクサのなかに埋め込まれた小さな門を開け、ふたたび工場長の家の裏手の林檎《りんご》園に出た。あの家の西向きの窓は、ほの暗くがらんとしていたが、草木のからみあう庭は、雨のしずくでいっぱいだったあの森のようにきらめいていた。露の薄いベールが作物を包み込み、木から落ちた真っ赤な林檎の覆いとなっており、土は太陽にぬくもりを引き出され、蒸気を立ちのぼらせている。家は眠っているが、打ち捨てられてはいない。窓や壁は葡萄《ぶどう》の蔓《つる》に護られており、多産な庭と果樹園は、決して収穫されない野菜や果物をあふれ出させて、いまだ消えない過去のこだま、果たされていない約束を想起させる。その過去が突如、現在と混ざり合った。これは、塗装の浮いたドアの横の、半分開いた窓のせいだ。ほんの数日前わたしが来たときはしっかり閉じられ、年月を経て固まっていたあの窓。

じっと見ていると、誰かが窓辺にやって来て、こちらを眺めた。わたしは落ちた林檎をよけながら濡れた土の上を歩いていった。窓の前まで行くと、窓辺の人がジュリーであることがわかった。彼女は、静かに、と唇に指を当てた。

「お早かったですね」ジュリーはささやいた。「お城に使いを出したのは、ほんの十分前ですのに。電話にはどなたもお出にならなかったんですよ」

まったく意味がわからない。それでもわたしは怖くなった。いつもあれほど温かく、生き生きしているあの茶色の目が、いまは不安に満ちている。わたしはもう直感を疑わなくなっていた。そしてその直感が懸念を抱きはじめた。

「伝言は受け取っていないよ」わたしは言った。「ここに来たのは偶然なんだ」

わたしは窓からなかに這い込んだ。室内はこの前、来たときと変わりなかった。家具が収納された場所、工場長がかつて暮らした家のサロン。部屋の窓は両サイドにあり、ジュリーがいたほうの窓は果樹園と庭に、もう一方は井戸に面している。そして日の光がひとすじ、あの子に注がれていた。幾重にも毛布をかけられた、白く静かなその姿に。また、前足のあいだに鼻面を下ろし、子供の足もとに寝そべっているあの犬にも。わたしはこうした光景を想像していた。だが奇妙なことに、現実のそれはもっと胸にこたえた。池から助けあげられて濡れそぼっているわけでもない、ずたずたでもぼろぼろでもない――ただひたすら孤独な、孤立した小さなもの。

「職工のひとりがその子を見つけたんです。セザールのおかげでね」ジュリーが言った。「犬は井戸のそばで番をしていたんですよ。おチビさんは梯子《はしご》を使って井戸のなかにおりたんでしょう。そしてひと晩じゅう、ガラスの破片や石ころのなかに横になっていたんでしょうね。その男が井戸から運び出したときは、眠っていたそうですよ。彼がこの家に運び込んで、わたしに電話してきたときも、まだ眠っていましたし」

　眠って……？　死んでいるのかと思った。わたしはジュリーのほうを見た。皺《しわ》だらけのその顔には戸惑いと畏れこそ見られたが、悲嘆の色はなかった。わたしの腕をつかみ、なおもささやき声で彼女は言った。「昔、大奥様も眠ったまま歩いたものです。たぶんこれもこのおチビさんが譲り受けたものなんでしょうね。その子には何か気にかかっていることがあったんですよ」

　わたしはポケットをさぐって、あの便箋をさがした。それはジャン・ドゥ・ギのものだが、同時にわたしのものでもあった。薬で眠らされた、枕を背にする女の心象も、わたしのものだ。苦痛を取り除いてやったときジャン・ドゥ・ギの母親はほほえんだ。しかしわたしはその苦痛を遠くへ運び去りはしなかった。わたしはそれをジャン・ドゥ・ギの子供のもとに残したのだ。

　黒っぽい毛布を背に、マリー＝ノエルの小さな顔は石の彫刻のように見えた。冷たい回廊で失われた、遠くにあって手の届かない天使の頭像。

「かわいそうなおチビさん」ジュリーが言った。「何かに熱をあげだすのは、決まってこの年ごろなんです。わたしの場合は、村の少年でしたよ。わたしはその少年にずっとくっついて歩いたもんです。わたしの妹は学校の先生にお熱でした。この子の場合は宗教。ブランシュ様と同じですね。じきに卒業するでしょうけれど」

　彼女は毛布をそっとなでた。その手は茶色く、力強く、彼女の顔と同様、皺だらけで、親指の爪は土で黒くなっている。それまでドアを開ける鍵のように貴重に思えていたポケットの手紙が、突然、なんの意味もない紙屑と化した。何年も後に、忘れられていた引き出しから出てくるその手紙が、心の目に見えた。手紙を見つけるのは、ブランシュそっくりの女だ。自分はいつ、どうして、こんなものを書いたのだろう？　女はそう訝《いぶか》しみ、顔をしかめてその手紙を屑籠に放り込む。井戸に向かうとき抱いていた痛みや苦しみのことなど、彼女は何ひとつ覚えていないのだ。

「なんのことかおわかりですよね」ジュリーが言った。「お宅にはご婦人が大勢おいでですからね、そろそろどなたかがお嬢ちゃんに来《き》るべきものへの備えをさせてあげる頃合いです。この子はぐんぐん成長していますから。この時期の子供は若木みたいなものでね、急速に芽を出すんですよ。この子を見つけて井戸から担ぎあげたのは、うちのお隣のエルネストなんですが、この男は三人の娘の父親なんです。真っ先に彼がわたしに訊ねたのは、お嬢ちゃんの年です。まだ十一歳にもならないよ。わたしは彼にそう言いました。すると彼は言うんです。それだったら充分だ。自分のいちばん下の娘は一人前になったとき十歳だった。おわかりでしょう、ジャン様《ユー・ジヤン》、それはものすごい衝撃かもしれません――子供が何も知らないまま若い女になりますとね。わたしなら、もういつそうなっても驚きませんよ」

自分にも、ジュリーのような良識、優しさ、洞察力があったらと思った。また、三人の娘を持つ、隣の家のエルネストのような知識があったら、と。ジャンヌ・ダルクについて講義するという経験は、よい家長になるための備えにはならない。それにわたしは家長ですらない。わたしは虚構のなかでひとつの役を演じているにすぎないのだ。

「わからないよ。娘にどう話せばいいのか」わたしは言った。「どうすればいいのか、わからない」

ジュリーは憐みの目でわたしを見つめた。「わたしらからすれば、ちっともむずかしいことじゃないんですけどねえ」彼女は言った。「お城のみなさんからすれば、この世はややこしいことだらけなんでしょう。ときどき思いますよ――みなさんはそもそもどうして生きていられるのかとね。何ひとつ自然なことはないんですから」

子供が身じろぎした。だが彼女は目を覚まさなかった。毛の密なもじゃもじゃの毛布が、その顎をかすめている。結局のところ、この子がずっとこうしていられたら――来《きた》る年月の荒波にもまれることなく、時の一点に留まっていられたら、いちばん簡単なのだろう。ジュリーにとって、この子は太陽を求める若木だ。そしてわたしにとっては、わたし自身の自己から失われた何かだ。暗闇のなかでこのふたつが結びつき、ひとつの痛点となった。

「奇妙なんだが」わたしは言った。「この子が消えたと城で聞いたとき、僕の頭に浮かぶのは、この子が溺れるイメージばかりだったよ」

「溺れる?」ジュリーは戸惑って言った。「溺れる場所なんてこのへんにはひとつもありませんよ」彼女はちょっと間を取り、わたしの背後の窓に目を向けた。「あの井戸が十五年前から涸れたままだということはよくご存知でしょうに」

彼女は顔をもどして、わたしの目を見つめた。もうこれ以上真実を胸にしまってはおけない――突然そんな思いに駆られ、わたしは言った。「知らなかったよ。僕は何も知らない。ここじゃよそ者なんだ」

ジュリーならわかるはずではないか？　正直なその心はだまされない。彼女には本当のわたし、侵入者であり詐欺師《さぎし》であるわたしが見えるはずだ。

「伯爵様はヴェーリではいつもよそ者でしたね」彼女は言った。「問題はそこなんじゃありませんか？　あなた様はご自身の受け継いだものとご家族をおろそかにし、他の者にご自身の場所を譲り、ご自身の責任を負わせなさった」

ジュリーはわたしの肩をトントンとたたいた。わたしにはわかっていた——彼女が話しているのは過去のこと、自分が話しているのは現在のことだ。わたしたちは、ふたつの異なる世界に住む、別々のふたりの人間なのだ。

「どうやって生きればいいのか教えておくれ」わたしは言った。「きみは賢くて現実的だから」

ジュリーはほほえみ、その目もとが皺くちゃになった。「あなた様はわたしの言うことなどお聞きになりませんよ、伯爵様。これまでずっとそうでしたからね。子供のころ、わたしが膝の上にうつぶせにして、お尻をぺんぺんしたときさえも。あなた様はなんでもご自分でお決めになりました。もしいま、人生がうまくいっていないなら、それはあなた様が刺激的なもの、愉快なもの、新しいものばかり求めて、長くつづくもの、持続するものを求めてこなかったからですよ。どうです？　当たっていますでしょう？　あなた様はおごり高ぶっていた。そして、いまは四十近くなっている。もう変わるには遅すぎます。若い時は取りもどせません。お気の毒なデュヴァル様を取りもどせないのと同じことです。あのかたはただ、あなた様がご不在のあいだ、ヴェーリを維持しようとしていただけだった。なのに、あなた様とあなた様の小さな愛国集団はあのかたを〝協力者〟と呼び、銃で撃ち、井戸のなかで死なせたわけです」

さきほどと同じように、ジュリーは憐みの目でわたしを見つめた。そしてわたしは、彼女の言葉が非難でも糾弾《きゅうだん》でもないことを悟った。彼女は知っている。彼の家族も知っている。この地方の誰もが、ジャン・ドゥ・ギがモーリス・デュヴァルを殺したことを知っているのだ。確信を持てずにいたのは、身代わりであるわたしだけだ。

「ジュリー」わたしは言った。「彼が撃たれた夜、きみはどこにいたんだい?」

「門のそばの番小屋に」ジュリーは答えた。「何も見てはおりませんよ。すべて耳で聞いたんです。当時それは、わたしがどうこう言うようなことじゃありませんでした。いえ、いまだってそうですが。もうすんだこと、過ぎたことです。わたしのじゃなく、あなたの良心の問題ですしね」

門から入って来るトラックの音がしたとき、彼女の手はまだわたしの肩に乗っていた。

「ジュリー」わたしはまた言った。「きみはモーリス・デュヴァルが好きだった?」

「わたしらはみんな、あのかたが好きでしたよ」彼女は言った。「誰もが好きにならずにはいられませんでした。あのかたには、あなた様に欠けているよいものがすべてそなわっていました。あなた様のお父上である伯爵様が、あのかたをヴェーリの工場長にされたのは、だからです。すみませんね、伯爵様、でもこれは本当のことですから」

空き地を家に向かってくる足音がした。それに、話し声も。だが工場の建物の突き出た壁に視界はさえぎられている。ジュリーが頭をめぐらせた。

「伝言が届いたんですね」彼女は言った。「お城から誰か来たんですよ。これで、お嬢ちゃんを車に乗せて、ベッドに連れ帰れるんじゃないでしょうか。きっとお嬢ちゃんは、自分が眠ったままヴェーリまで歩いてきたことを知らずにすみますよ」

「眠ったまま歩いてきたわけじゃない」わたしは言った。「この子は自分の意思でここに来たんだ。井戸の底におりたかったんだよ。ついさっききみの言ったことはすべて、その裏付けとなっている」

手の火傷《やけど》に関するわたしの嘘、遊猟会での振る舞い、前夜の逃避行動。それらすべてがひとつになって、自分の父親は後悔の念に苛《さいな》まれているものとあの子に思い込ませた。そしてあの子は、犠牲者の役を演じることで、父の罪を贖《あがな》った。父に赦しをもたらすためには、こうする以外なかったのだ。わたしはポケットの手紙を取り出して、もう一度それを読んだ。やはりただの紙きれではない。それは信仰の証だった。

誰かが事務所から奥に入ってこようとしている。足音が台所を通過し、小さな廊下を通過して、事務所に近いほうの部屋に向かっている。静粛を求めるべく唇に指を当て、ジュリーがドアのところに行った。

「静かに」彼女はささやいた。「おチビさんはまだ眠っているんです」

わたしはガストンかポールが来たのだと思っていた。だが、そのどちらでもなかった。それはブランシュだった。

「お嬢様?」ジュリーが叫んだ。その声にこもる驚きと愕然たる表情、そして、まずわたしを、次いで壁に寄せられた家具を一瞥《いちべつ》したまなざしが、それまで見せていなかった感情が突如彼女を揺さぶったことを明かしていた。

「わざわざおいでになることはなかったんですよ、お嬢様」彼女は言った。「エルネストにも、おチビさんはご無事だとお伝えするよう言ったんですが。おチビさんはわたしがずっと見ておりました。ほんの十分ほど前に伯爵様もお着きになりましたしね」

ブランシュはなんとも言わなかった。彼女はまっすぐマリー＝ノエルのところに行き、そのかたわらにひざまずくと、そうっと毛布をめくった。子供は青いドレスの上にコートを着ていた。それに昨夜とはちがい、厚手の長靴下と靴もはいている。服は石灰と埃で汚れ、ところどころ破れており、それによってわたしには前夜の動きのひとつひとつが手に取るようにわかった。囲いから犬を出す。雨のなかを歩いていく。空を背にしたガラス工場の暗い建物。空っぽの井戸の黒い穴。そして一段一段、梯子につかまり、ゆっくりとおりていく。コートが石炭の内壁をかすめ、井戸の底では、ガラスの破片や瓦礫《がれき》に触れる。はるか頭上には、小さくて丸い夜の断片がある。

ブランシュは、子供のかたわらにひざまずいたまま、ジュリーに顔を向けた。「どこでこの子を見つけたの?」彼女は訊ねた。その声はとても低く、わたしにはほとんど聞き取れないほどだった。

初めて緊張し、追い込まれて、ジュリーがわたしに訴えるような視線を投げた。それはまるで、どう答えたものかわからないと言っているようだった。

「見つけたのはエルネストなんですよ、お嬢様」彼女は言った。「ここで見つけたんです。この家のなかで。あの男がそう言いませんでしたか？」

「彼は、工場の建物のなかで、と言っていた」ブランシュは言った。「でも建物はどれも夜は鍵がかかっているはずだわ。この子はガラスの破片と石灰のなかに寝ていたのよ」

家のなか、あるいは、工場のなか——どちらも嘘だ。なぜエルネストとジュリーはブランシュに嘘をつくのだろう？　ジュリーはわたしには嘘をつかなかった。ブランシュはじっとジュリーを見つめている。すると、ここまで率直で遠慮のなかったジュリーが別人となり、度を失い、混乱をきたして、べらべらとしゃべりだした。自分はエルネストの話を誤解したのだ、ちゃんと聴いていなかったのだ、番小屋の裏で鶏たちを小屋から外に出していたら、彼が工場長の家で眠っているおチビさんを見つけたと言いに来たのだ……

「この子のポケットはガラス細工でいっぱいよ」ブランシュが言った。「あなたは知っていた？」

ジュリーは答えなかった。彼女はふたたび助けを求めるようにわたしに目を向けた。ブランシュは子供のコートのポケットをさぐって、こまごましたものをひとつかみ取り出した。親指の爪ほどのサイズの水差し、壺、小瓶、どれもミニチュアだが完璧な形をしている。そしてそのなかに、サン・ギーユ城があった。ちっぽけではあるが、まちがえようがない、ふたつの塔が砕けたあの城が。

「こういうものは、戦後は作られていない」ブランシュは言った。「わたし自身がデザインを手伝ったから、知っているのよ」

このとき初めて、彼女は子供のそばを離れ、室内を見回した。テーブルと椅子と本棚とトランク。誰にも触れられず、使用されないまま、そこに収納されているすべてを。そして突然、真相が閃《ひらめ》き、わたしは悟った。ブランシュがいま見ているものは、かつて彼女の生活の一部だったのだ。この空っぽの部屋は、凍てつくようながらんとしたあの城の部屋と同様に、彼女のよく知る場所なのだ。ただそれは、活気に満ちた、楽しい場所であって、いまのように死んではいない。工場長の家のこの埃っぽいサロンは、深く愛し合うふたりの人の共有の場となるはずだった。彼らはどちらも過去と伝統に忠実であり、どちらも未来を待ち望んでいた。戦争が終われば、安定し、安全になるであろう未来を。だが何かが狂ってしまい、悲しみは内へと向かい、創造は停止した。彼女は城のあの寝室で十字架の前にひざまずく。だがそこに掛けられているのは、救世主ではなく、彼女自身の希望なのだ。

衝動的に、わたしはポケットから手紙を取り出して、ブランシュに渡した。文字を追い、唇を動かして、彼女がそれを読むとき、わたしにはわかっていた——約十五年前の暗い夜の出来事は、偶然起きたことではない。血も涙もない男によって計画的に行われたことなのだ。おそらく彼は、相手の男が自分より優れた人物であること、ついいましがたジュリーが言っていたように、自分自身にはないすべてをそなえていることを認めていたのだろう。

「おチビさんの手、血がついていますね」突然、ジュリーが言った。「毛布にくるんだときは、気がつきませんでしたよ」

ブランシュがひとことも言わずにわたしに手紙を返し、そのあと、わたしたちは一緒に子供の横にひざまずいた。固く握り締められたふたつの小さな拳をとらえ、ブランシュは一方の手を、わたしはもう一方の手を開かせた。それぞれのてのひらのくぼみには、まだ新しい切り傷の赤いみみずばれがあったが、血は止まっており、傷はすでに乾いていた。その両手はきれいだった――埃もなく、ガラスもない。わたしは何も言わなかった。ブランシュもだ。それから、ゆっくりと彼女は視線を上げた。

「ジュリー」彼女は言った。「ジャックに司祭様に電話するようたのんでくれない？ すぐここに来ていただきたいと伝えてほしいの。それから、電話帳でローレのサクレ・クール女子修道院の番号を調べて、修道院長にマドモワゼル・ドゥ・ギとお話しいただけないか訊いてみてちょうだい」

ジュリーは戸惑って、ブランシュからわたしへと視線を移した。

「だめだ」わたしは言った。「だめだよ……」

切迫したその声で、セザールが目を覚ました。彼は立ちあがって、子供を護る体勢を取った。

「頭は大丈夫か？」わたしはブランシュに言った。「わからないかな。この子は自分でこうしたんだ。僕のためにやったんだよ。僕が自分の手を焚火《たきび》で焼いたから」

「ジュリー」ブランシュが言った。「わたしの言ったとおりにして」

わたしはドアのほうに歩いていって、その前に立ちふさがった。ジュリーはうろたえ、ブランシュとわたしを見比べている。

「何も司祭様をお呼びすることはありませんよ」ジュリーは言った。「大したお怪我じゃありませんからね。ただガラスで手を切っただけですから。井戸の底はガラスの破片でいっぱいなんです」

「井戸？」ブランシュが言った。「この子は井戸におりたの？」

ジュリーは自分のミスに気づいたが、もう手遅れだった。一度、言ってしまえば、もう取り返しはつかない。「そのとおりです、お嬢様」彼女は言った。「もしもお嬢ちゃんが井戸に入って、その深い底にひと晩じゅう寝ていたとしたら？　十五年間、乾いていた井戸ですよ。もしもお嬢ちゃんが、眠っていたか目覚めていたかはともかく、あなたたちのためなのか、自分のためなのか、かわいそうに、想像力が豊かなあまり、このヴェーリまで歩いてきたとしたら？　それで過ぎ去ったことが何か変わるんでしょうかね？　なぜお城のどなたかが、きちんとこの子の面倒を見てあげないんでしょう？　なぜこの子をあるがままに愛してあげないんでしょう？　あなた様が待ち受けるべきものは、この子の両手の聖痕なんかじゃない、この子に、この子自身の体に、もうすぐ起こることでしょう」

ブランシュは蒼白になった。ずっと抑圧されていた感情が解き放たれようと闘っている。

「よくもそんなひどいことを」怒りのこもる激した声で、彼女は言った。「わたしはこの子を生まれたときからずっと見守ってきた。我が子のように、この子を愛し、教育し、育ててきたわ。だって、この子の母親は馬鹿だし、父親は悪魔だから。わたしはこの子がこの世で苦しむのを放ってはおかない。この子は別の世界のために造られたの。両手のその痕がその証拠だわ。神ご自身がこの子を通して、わたしたちに話しかけているのよ」

あの優しさはもうどこにもない。それに、あの悲哀も。いなくなった子供をさがして、思い出いっぱいの工場長の家に入ってきたブランシュは、別の女になっていた。自分が救いたいと願う者を犠牲者にしようとする、憎しみに満ちた、狂信的な女に。

「主はそのようなことはなさいませんよ、ブランシュ様」ジュリーが言った。「もしも主がこの子をご自身のもとに呼びたいのなら、ご自身がよいと思われる時にそうなさるはずです。そしてそうなさるのは、伯爵様がブランシュ様の愛する人を殺したからではありません。おチビさんがこの世で苦しむことになるとしたら、それはあなた様がなさることのせいです。そうですとも、あなた様、この子の父親、この子の祖母、お城のみな様がなさることのせいですよ。あなたがたは使い古しでもうぼろぼろでなんの役にも立っていない。あなたがた全員がそうです。あの人たちの言うとおりですよ。そろそろもう一度この国に革命を起こす時だと言う人たち。あなたがたが広めている嫉妬や憎しみを排斥するだけのためであっても、そうすべきですね。ほら、ごらんなさい……あなた様のせいで、子供が起きてしまいました。もう取り返しはつきません」

だがジュリー自身の声、その大きな怒声こそ、セザールが吠えだした原因であり、子供を驚かせたのは、彼の吠える声なのだ。突然、ぱっちり目を開き、その目に好奇心をみなぎらせて、マリー＝ノエルは毛布の小山のなかからわたしたちを眺めた。ただちに気を引き締め、彼女は身を起こして、わたしたちをひとりひとり順繰りに見つめた。

「すごくいやな夢を見たわ」彼女は言った。

ブランシュがすぐさま身をかがめて、庇護するように子供に両腕を回した。

「大丈夫よ、モン・シェリ」彼女は言った。「ここは安全だから。わたしが付いているからね。これからわたしが、あなたを理解して面倒を見てくれるところに連れていってあげるわ。こんなことはもう二度と起こらない。井戸のなかの気味が悪いのも怖いのも、もうおしまい」

マリー＝ノエルは穏やかにおばを見つめた。

「別に気味が悪くはなかったし、怖くもなかったわ」彼女は答えた。「ジェルメンヌが、井戸には霊が取りついてるって言ってたけど、幽霊は見なかったし。ヴェーリは楽しい場所ですもの。幽霊でいっぱいなのは、お城のほうよ」

彼女の声に安堵し、その足もとにセザールが身を落ち着けた。マリー＝ノエルは彼の頭をなでた。「この子、お腹が空いているの。わたしもよ。マダム・イヴのコテージでパンをもらえないかしら」

家の向こう側の事務所で電話が鳴りだした。突然のそのけたたましい音に、わたしたちはぎくりとして我に返った。ジュリーが反射的にドアのほうにやって来た。わたしはドアを開け、ブランシュはゆっくりと立ちあがった。現在の現実に直面し、わたしたち三人は本能的に動いていた。不安そうなのは、子供だけだった。

「これが始まりじゃなければいいけど」彼女は言った。

「始まりってなんの？」わたしは訊ねた。

「わたしのひどい夢の始まり」毛布を押しのけると、彼女は立ちあがり、コートの埃を払い、わたしの手のなかに手を置いた。「聖母様《サント・ヴィエルジュ》がわたしたちみんなのことを心配なさっているの」マリー＝ノエルは言った。「おばあちゃん《グランミ》がママンの死を願っているとおっしゃって。その夢のなかでは、わたしもママンの死を願っていた。それにパパも。わたしたちみんなが罪を犯していたの。本当にひどかった。なんとかそれが本当になるのを防ぐ手はない？」

　ジャックが事務所に着いたにちがいない。電話の音がやみ、開いたドアと空っぽの部屋部屋の向こうから彼の話す声が低く聞こえてきた。ジュリーはひとことも言わずにわたしの前を素通りして台所に向かった。しばらくすると、ジャックの声がやみ、彼らふたりがひそひそと話し合う声が聞こえてきた。それからジュリーが台所のドアからふたたび現れた。彼女はじっとたたずみ、それから手招きした。わたしはマリー＝ノエルをその場に残して、ジュリーのところに行った。

「シャルロットがポール様と話したいと言ってきたんです」ジュリーは言った。「わたしはシャルロットに、伯爵様がブランシュ様と一緒にここにおられると言いました。するとシャルロットは、おふたりともいますぐお城におもどりいただけないだろうかと言うんです。何か事故があったのだそうで。お嬢ちゃんはお連れしないようにと……」

　今回、直感は嘘をついていなかった。ジュリーが目を伏せた。わたしは頭をめぐらせて奥の部屋を見やった。マリー＝ノエルはひざまずいて、ポケットから小さなガラスの小瓶をつぎつぎ取り出し、埃っぽい床の上に何列にも並べていた。いちばん前に塔の壊れた城を置いたとき、彼女は自分の手に目を留め、てのひらをくるりと外に向けて、ブランシュに呼びかけた。

「手を切っちゃったみたい」マリー＝ノエルは言った。「いつ切ったのか覚えていないけど。この傷は痕も残らずに消えるかしら。それとも、わたしもパパみたいに、おば様に包帯してもらわなきゃいけない？」

第二十章

姉と弟を団結させるはずのその呼び出しは、わたしたちの仲をさらに隔てた。エルネストという職工の運転で城《シャトー》へ向かうとき、そのトラックの車内でブランシュは一切わたしに話しかけなかったし、わたしのほうもそうだった。ふたりを取り巻く悪感情は、貫くことのできない雲のようだった。

城内は人気《ひとけ》がなかった。みんな、まだ外で子供をさがしているのだ。残っているのは、ヒステリックにべらべらとしゃべるシャルロットと、わたしの耳に向かってわめきたてるあの乳搾りの女と、それまで見たことはなかったが、ガストンの妻であることはわかっている料理人だけだった。わたしたちが城に入っていったとき、その料理人は目を大きくし、髪をまとめもせずに垂らしたまま、厨房《ちゅうぼう》から出てきて言った。「ヴィラーから救急車に来てもらいました。他にどこに電話すればいいのか、わからなかったものですから」このとき初めてわたしは、電話に誰も出なかったためにジュリーがサン・ギーユに使いに出したエルネストが、教会から帰る途中のブランシュに出くわしたことを知った。そのあとブランシュは城にはもどらず、彼のトラックに同乗してまっすぐ工場に向かったのだ。

時間の感覚は完全になくなっていた。どれくらいの時間、自分が森を歩いていたのか、わたしにはわからなかった。フランソワーズが化粧室のドアをドンドンとたたいて、子供がいなくなったと告げたあの最初の瞬間から、その日は支離滅裂で、一分も一時間もなく、一緒くたになっていた。そしていま、あの寝室のぽっかり開いた窓を見あげ、その下の堀の踏みつけられた草を見おろしても、いまが正午なのか午後なのか、わたしにはわからなかった。毛布にくるまれて眠るマリ＝ノエルは、過ぎ去った時代に属している。城が空っぽのとき、それを急襲した災い以外、何ひとつ確かなものはなかった。

乳搾りの女が、まずわたしを、つぎにブランシュを見て、節くれだった指で草地の一箇所を指し示した。その声は、甲高くて聴き取りにくく、わたしに理解できる唯一のフレーズを何度も何度も繰り返していた。「落ちるのを見たんです……落ちるのを見たんです」宙を突く指、天を振り仰ぐ目、落下していく人を表す虚空をさっと払うしぐさ。それは、おぞましくも生々しい魔女のドラマだった。そしてシャルロットは、その恐ろしい芝居の共演者となり、ブランシュの袖をつかんで、べらべらとしゃべっている──「まだ息はありましたわ、お嬢様。手鏡を口もとに当ててみたんです」

悪夢のドライブがふたたび始まった。城の車回しを走り抜け、門をくぐって並木道を進み、出発してまだ二十五分ほどであるはずの救急車を追って、ヴィラーへの道へ。それでも──予感が確信に変わりつつあるいまでさえ、ブランシュとわたしの唯一のかすがいは、トラックを運転するエルネストなのだった。

「わたしは教会にいたのよ」ブランシュが言った。「事故が起きたとき、教会で祈っていたの」

「わたしは救急車なんか見ませんでしたよ、ブランシュ様」エルネストが言った。「あんたが教会から出てきて、トラックのわたしと出会ったのは、救急車が来る前だったにちがいない」

「城にもどるべきだったわ」ブランシュは言った。「もどって、子供は無事だとみんなに伝えるべきだった。わたしは間に合ったかもしれない」

そして数分後、災厄のあとの例に洩れず、どうすれば悲劇が避けられたのかをさぐろうとして、意味のない経緯のまとめ。「何も全員が捜索に加わることはなかったのよ。何人か残るべきだったわ。誰かひとり残っていれば、こんなことにはならなかった」

そして最後に。「ヴィラーの病院には救急対応の用意がないかもしれない。搬送先はル・マンにしてもらえばよかった」

右折、左折、右折、その後、直進。ヴィラーに行く道は、もう生活の一部になっていたため、わたしはその紆余曲折のすべてを知っているような気がした。昨夜、ガストンの駆る車が横すべりした曲がり角。今朝、黄金のように輝いていた水溜まり。朝の六時には洗いたてで輝いていたヴィラーも、いまは埃と騒音に満たされていた。男たちが脇道をドリルで掘っている。何台もの車が一列に駐められている。マリー＝ノエルと市場を歩いたときは気づかなかった病院の建物は、わたし自身の恐れのせいで、異様に大きく醜悪に見えた。先になかに入ったのはブランシュだった。通路に立って、白衣姿の若い人と早口で話したのもブランシュ、殺風景な温かみのない待合室にわたしを押し込んだのもブランシュだ。一方、彼女自身は白衣の男につづいて、さらに奥のドアの向こうへと消えた。その後、ブランシュとともにドアから出てきたシスターは冷静で無表情で、世界中にいる彼女の同僚たちと同じく、激情に向き合う訓練を受けており、その言語は万国共通の言語だった。それは、どの国の想定問答集から取ったものであってもおかしくなかった。

「わたしからお怪我の程度をお話しすることはできません。医師がいま検査をしておりますので」待合室からもっと小さなプライベートな部屋へとわたしたちを導きながら、彼女はわたしに言った。

シスターが椅子を出したが、ブランシュはすわらなかった。彼女は窓辺へと向かい、こちらに背を向けて立った。彼女は祈っていたのだと思う。その頭は垂れ、両手は胸の前で組み合わされていた。わたしは額縁に収めて壁に飾ってあるこの地方の地図を眺めた。ヴィラーはモルターニュから二十キロ。モルターニュから大修道院までは間道が通っているらしい。机の上にはカレンダーがあった。一週間前の明日、わたしはル・マンに向かって車を走らせていた……一週間前……わたしの言ったこと、やったことのすべてが、この家族をより一層、不幸に、苦しみに、追いやっている。責任はわたしにある。罪はわたしにあるのだ。ホテルの部屋で鏡を前に笑っていたジャン・ドゥ・ギは、彼の問題を自分の裁量で解決させるべく、わたしを置き去りにした。いま振り返ると、過去数日わたしの取った手段に、苦痛と害悪を招かなかったものはひとつもないように思える。愚行、無知、虚勢、ひとりよがりが、いま過ぎようとしているこの瞬間を呼び込んだのだ。

「伯爵《ムシユー・ル・コント》」入ってきた男、大柄でたくましい人物に、待っている親族を安心させた経験があるのは確かだった。だが、戦時中、あまりにも多くの医者の顔を見てきたわたしには、結末がわかってしまった。「ドクター・ムーティエと申します。目下、われわれはできるかぎりのことをしています。この点はぜひわかっていただきたい。損傷が広範にわたっているため、あまり明るい展望はお示しできないのですが。奥様はもちろん意識がありません。事故が起きたとき、おふたりはどちらもその場におられなかったそうですね」

今回もブランシュがスポークスマンを務め、あの無益な話をふたたび語った。

「部屋の窓は大きいのです」ブランシュは言った。「義妹はずっと加減がよくなかったのですよ。それで気が遠くなって窓辺に行き、窓を大きく開けたのでしょう。そこから身を乗り出して……」彼女は最後まで言わなかった。

医師の簡潔な「なるほど、なるほど」は機械的だった。そして彼は付け加えた。「奥様は着替えておられました。寝間着ではなかったんです。おそらくお子さんの捜索に加わるおつもりだったのでしょうね」

わたしはブランシュに目をやったが、彼女は医師に視線を据えていた。「他のみんなが城を出たとき、あの人は寝間着でした。ベッドで休んでいたのです。誰ひとり、あの人が起き出すなんて思ってもみませんでしたわ」

「マドモワゼル、事故の原因となるのは常に予測不能のことなのです。ちょっと失礼」医師は向きを変えて、ドアの外にいるシスターに話しかけた。その低くすばやいやりとりは、室内のわたしたちには聞き取れなかった。だがわたしは、〝輸血〟〝ル・マン〟という言葉が聞こえたような気がした。また、ブランシュの顔から、彼女もその言葉を聞きとったことがわかった。

　医師がふたたびこちらを向いた。「では、失礼しますよ、ムシュー、それに、マドモワゼル。どうぞこちらでお待ちください――他の部屋より、プライバシーがありますから。何か確かなことがわかったら、すぐにお知らせしますからね」

　ブランシュが医師の袖をつかんだ。「すみません、先生。さきほどのシスターとのお話が聞こえてしまったのですが。どなたかがル・マンに輸血用の血液を取りに行ったのでしょうか?」

「ええ、マドモワゼル」

「弟が血液を提供したら、そのほうが早くてよいということはありませんか?　彼ももうひとりの弟のポールも、血液型はOなのです。O型の血液は誰にでも危険なく提供できるのですよね?」

　ほんの束の間、医師は躊躇《ちゅうちょ》し、わたしに目を向けた。この成り行き、さらにひどい不幸を招くこと必至のこの事態に、愕然として、わたしはすばやく言った。「わたしはO型じゃありません。そうだったら本当によかったのですが」

　ブランシュが唖然としてわたしを見た。「嘘よ。あなたたちはふたりとも、万能供血者じゃないの。あなたも、ポールも。二、三カ月前、ポールがそう言っていたのを覚えているわ」

　わたしは首を振った。「いや」わたしは言った。「それはまちがいだ。ポールはそうかもしれない。でも僕はちがう。僕はA型だ。まったく役に立たないよ」

　医師が手を振った。「どうかご心配なく」彼は言った。「保管施設から直接来た血液を使うほうが望ましいのです。遅れはほとんど出ないでしょう。必要なものはすべて、いまル・マンからヴィラーへ運ばれてくる途中です」

彼はちょっと間を取って、ブランシュとわたしを好奇の目で見比べてから、部屋を出ていった。

しばらくのあいだ、ブランシュは何も言わなかった。それから、奇妙にも、また、恐ろしくも、彼女の不安と苦悩の表情が変わったように思えた。気づかれたのだ、とわたしは思った。ついに気づかれた。自分は正体を明かしてしまったのだ。しかしそれはまちがいだった。ゆっくりと、自分の言葉が信じられないといった口調で、彼女は言った。「あなたは彼女を助けたくないのね。彼女が死ねばいいと思っているのね」

わたしは呆然としてブランシュを見つめた。ややあって、ブランシュはわたしに背を向けた。彼女はふたたび窓辺に行き、そこに立った。わたしには何も言うべきことがなかった。できることは何もなかった。

わたしたちは待ちつづけた。ときおり廊下で話し声がし、ときおり通り過ぎていく足音がした。入ってくる者はなかった。司教座聖堂で昼のお告げの鐘が鳴った。わたしはふたたび壁の地図を見あげた。ル・マンからヴィラーまでは四十四キロだった。その距離なら四十分で走破できる。四十分が生死を分かつほどの差を生むことはありうるのだろうか？　わたしにはわからなかった。医学の知識はわたしにはない。わかっているのは、ジャン・ドゥ・ギと自分の血液型がちがうということ、いま重要なその一点において、ふたりが異なっているということだけだ。彼ならば妻を救えたかもしれないが、わたしにはできない。身長、横幅、髪や目の色、目鼻立ち、声。わたしたちは何もかも同じでありながら、そこだけがちがうのだ。新たにわかったこの事実は、狂ってしまったすべての象徴のように思えた。彼は現実の人間であり、こちらは影だ。生身の人間の代理はわたしには務まらない。

地図に目を据えてそこに立ち、国道《ルート・ナシオナル》のコースを追っていると、二地点をつなぐ区間はとても短く見えた。とはいえ、カーブはどれも、減速を意味する。進路変更もあるだろう。道路工事、渋滞、衝突事故。車だか救急車だかがここに到着しても、わたしにはそれさえわからないはずだ。それはおそらく別の入口に行くだろうから。わたしは廊下に出た。そこに立っていれば、誰か来るかもしれないと思ったのだ。だが廊下には、床にモップをかけている女がひとりいるだけだった。

午後一時、ポールとルネが病院の入口に現れた。わたしはブランシュが待っている部屋を指さしてみせた。彼らと話す気はしない。わかっていることは全部、ブランシュがふたりに話すだろう。ルネはまっすぐ部屋に入っていったが、ポールのほうはちょっとためらってから、わたしのところにやって来た。

「エルネストはまだ外にトラックを駐めて待っているんだ。彼にもう帰るように言おうか?」彼は訊ねた。

「僕から言うよ」わたしは答えた。

ポールはためらった。「彼女はどう?」彼は訊ねた。

わたしは首を振った。それから外の道に出ていき、エルネストに、もうヴェーリにもどったほうがいい、と言った。彼がトラックに乗り込んで走り去ったとき、それはまるで、安定や安全とのわたしのつながりが絶たれたかのようだった。ガストンと一緒のとき、また、ジュリーと一緒のとき、わたしは彼の目に、彼女の声に、思いやりを感じる。そしてわたしは、ジュリーの言葉を思い出した。エルネストには幼い娘たちがいるのだ。彼を送り返したりするんじゃなかったと思った。トラックに乗り込んで、彼の細君や子供たちの話を聞けばよかったと。彼はたぶん力と勇気をわたしに与えてくれただろう。だが病院の静かな部屋で、わたしが見出《みいだ》すのは、誤解と沈黙、そして非難と決まっている。

　わたしは広場の向こう側に出て、やみくもに歩きはじめた。だが、頭のどこかでは、自分の行くべき場所がわかっていたのだと思う。気がつくとわたしは、〝橋の骨董店《ランテイクエール・デュ・ポン》〟の閉じたドアの前にいた。そのガラス板は鎧戸《よろいど》でふさがれており、窓には〝月曜定休《フエルメ・ル・ルンディ》〟と標示が出ていた。わたしは向きを変え、町の門《ポルト・ドゥ・ヴィーユ》を通り抜け、バルコニーと家の窓を見あげる歩道橋の前で立ち止まった。窓もまたすべて閉まっており、バルコニーにセキセイインコの籠は出ていない。そして突然、その家とこれまであった数々の出来事とのつながりがすべて消え失せた。歩道橋を渡って、そこにひと晩泊まった自分は、別の誰かなのだ。なかの部屋は、灰色の壁紙も、青いクッションも、ダリアの花も、わたしの空想の産物にすぎない。その奥の、家々の屋根が見渡せるもうひとつの部屋もだ。わたしはその家の敷居をまたいだこともない。家の主《あるじ》に会ったこともない。理解ある温かい女、ベーラは存在しないのだ。

わたしはあともどりして町《ポルト・ドゥ・ヴィーユ》の門を通り抜け、閉じたドアをもう一度見やってから、病院へと引き返した。

入口のそばには、ポールが立っていた。彼は言った。「みんなでさがしていたんだよ」

ついに来たことがそれでわかった。ポールが庇護《ひご》するような妙なしぐさでわたしの腕を取り、わたしたちは一緒にあの小さな部屋まで廊下を歩いていった。ドクター・ムーティエはそこにいた。ブランシュとルネも、わたしたちを迎えたあのシスターも。医師は即座にわたしに歩み寄ってきた。その声はすでに変わっていた。それはもはやプロらしい、てきぱきした声ではない――仕事に従事する者の威厳ある声ではなく、おそらくは妻を持ち、子を持つであろう男の声だった。

彼は言った。「すべて終わりました。お気の毒です」

みんながそろってわたしを見ていた。ただ、ブランシュだけは顔をそむけている。わたしがすぐに答えずにいると、ドクター・ムーティエは付け加えた。「最後まで意識はもどりませんでした。苦しむことはなかったのです。その点は保証します」

わたしは言った。「輸血は――無駄だったわけですね?」

「そう」医師は言った。「ほんのわずかにチャンスはありましたが……お受けになった衝撃があまりにも大きかったので……」彼は両手を広げた。

「遅すぎたわけですか?」わたしは訊ねた。

「遅すぎた?」医師は戸惑ってオウム返しに言った。

「血液ですよ」わたしは言った。「ル・マンから来た血液」

「ああ、いや」医師は言った。「血液は三十分で届きましたから。それからすぐに輸血を行いましたよ。できることは何もかもしたのです。奥様は何かの不備によってお亡くなりになったわけではありません、ムシュー、どうか信じていただきたい。わたしたちは最後の最後まで力を尽くしました。ですが、ああ、その努力は報われなかった。奥様をお救いすることはできなかったのです」

シスターが言った。「お顔をごらんになりたいでしょう」その言葉は事実の叙述で、質問ではなかった。そして彼女はわたしを連れて廊下を進んでいき、小さな部屋に入った。シスターとわたしは並んでベッドのそばに立ち、フランソワーズ・ドゥ・ギを見おろした。傷はどこにも見当たらない。その姿は眠っているようだった。彼女は死んだ人には見えなかった。

シスターが言った。「いつも思うのですが、その人の真の人柄は亡くなった直後の一時間に顔に出るのではないでしょうか。ときには、そう信じることがなぐさめになることもあります」

わたしにはなんとも言えなかった。死んで横たわるフランソワーズは安らかに見え、今朝、化粧室のドアをたたいたフランソワーズよりも若々しく、幸せそうだった。朝のフランソワーズは憔悴《しょうすい》し、不安にとらわれ、いらだっていた。もしこれが――この死んだほうが本物で、もう一方が偽りなら、生きていることにはなんのかいもなかったことになる。それは時間の無駄だったのだ。

「本当におつらいでしょうね。おふたりとも、ですもの」シスターが言った。

おふたりとも？　束の間、シスターが言っているのは、マリー＝ノエルのことかと思った。この人も行方不明の子供の話を耳にしたのかと。それからわたしは思い出した。

「娘もひとりいますから」わたしは言った。「十歳の子が」

「ドクター・ムーティエから聞きましたが、赤ちゃんは男の子だったそうですよ」シスターはつづけた。

彼女はドアまで退《しりぞ》き、目を伏せてそこに立った。たぶん、わたしがひとりになりたがっている、祈りたがっていると思ったのだろう。わたしは祈りはせず、ただ、この一週間を振り返ってみた。自分は意図的に何か心ないことをフランソワーズに言いはしなかっただろうか？　わたしには思い出せなかった。実に多くのことがあったように思える。最初の日の夜、彼女に細密画を贈っておいてよかった。彼女はあのとき幸せそうであり、満ち足りていた。他には何もない。金曜の夜に彼女の世話を焼いたことを別にすれば。お粗末な記録だ。もっといろいろしておけばよかった。わたしは向きを変え、他のみんなのところへと引き返した。

ポールがわたしに言った。「きみはサン・ギーユに帰ったほうがいいな。電話でガストンに、シトロエンをこっちに回すよう言っておいた。ブランシュと僕はここに残って、いろいろと手配する。きみとルネは、ガストンに運転させてルノーでうちに帰ればいい」

一同の顔から、彼らが何をどうすべきか話し合っていたことがわかった。そこで用いられている口調やしぐさは、人の死の直後にふさわしい、静かであらたまったものだった。わたしは何ひとつ相談されなかった。これはまちがいなのだが、遺族はひとりで悲しみに浸れるよう、そっとしておかれる。何か協議することや手配すること、署名するものを与えられたなら、そのほうがよかったろう。しかしわたしは、無言で、何もせず、彼らを見ているだけだった。

ガストンが来たとき、わたしは一同の安堵を感じ取った。みんな、わたしを追っ払いたいのだ。ルネが無言で前の席にわたしを押し込み、自分はうしろの席に乗った。そうしてわたしたちは走り去った。

ガストンの顔はやつれ、ショックが表れていた。わたしが車に乗り込んだとき、彼はひとことも声をかけず、無言でそうっとわたしの膝に毛布をかけた。奇妙だけれども、心に触れる同情の表現だ。彼がいつものコースを進みだすと、わたしは、ガストンもまた自分と同じように、今朝、この道を走ったこと、前夜、走ったことを考えているのだろうか、と思った。その時はとても遠く感じられ、そんなことがあったとは思えないほどだった。

城の閉じられた鎧戸が、追悼の徴《しるし》の第一号だった。たぶんガストンが、病院からのポールの電話を受けたあと、こうするよう指示したのだろう。それでも生《せい》は拒めない。太陽の長い光線が隙間から忍び込み、サロンの床には模様ができていた。病院の小さな部屋で静かに安らかに横たわるフランソワーズへのこの弔意《ちょうい》の表明は、なぜか無意味な欺瞞《ぎまん》に思えた。太陽や昼間の暖気が彼女を傷つけたわけではない。先見の明と配慮に欠けていたのも、洞察を放棄したのも、わたしたちなのだ。

ガストンはまた、食事の用意も指示していた。わたしたちはみな、朝から何も食べていなかったのだ。自分たちを、というより、彼を満足させるためだと思うが、わたしたちは席に着いて、機械的に食べた。ルネは、彼女の新たな一面を見せ、もの静かで優しく、自分とポールは午前中、十キロ圏内のすべての農場を車で回り、子供を見なかったか訊ねて歩き、十二時半にやっとサン・ギーユに帰ったのだと話してくれた。不思議だ、とわたしは思った。突然の死は、ちょうど戦争のように、すぐさま共感を呼び覚ます。過去一週間、挑発的で官能的だったルネが、いまは気負いなく、優しく、なんとかみなの手助けをしようとしており、マリー＝ノエルがひとりで寝なくてすむようブランシュの部屋にあの子のベッドを用意しようか、とか、子供が自分のところに来られるようポールを夫婦の寝室から移動させようか、などと提案し、自分がヴェーリから子供を引き取ってこようと申し出たりもした。彼女はこの突然の不幸に対するマリー＝ノエルの恐怖と驚愕が少しでも和らぐなら、なんでもするつもりなのだった。

「あの子は怖がりはしないと思うよ」わたしは言った。「あの子は——理由はうまく説明できないが——心の準備ができていたと思うんだ」

ルネは、数時間前なら即座にマリー＝ノエルの言動はすべて常軌《じょうき》を逸《いっ》している、目立ちたがり屋だ、厳しく罰したほうがいい、と言っただろうに、いまはただ、夢遊病の子供はひとりで寝かせるべきではない、と返しただけだった。

まもなく彼女は二階に上がった。わたしは、あれこれ考えながら、そのまま食堂にすわりつづけた。しばらくの後、わたしはガストンを呼び、ヴェーリのジュリーに伝言を届けてくれないかと訊ねた。彼女にこう伝えてくれないか、とわたしは言った。フランソワーズが亡くなった、きみからこのことをマリー＝ノエルに知らせてほしい。

「上の大奥様《マダム・ラ・コンテス》のお部屋に司祭様《ムシユー・ル・キユレ》が来ておられますが」少したらってから、ガストンは言った。「いま、お会いになりますか？　それとも、あとになさいますか？」

「司祭様はいつからここにいるんだ？」わたしは訊ねた。

「大奥様が、シャルロットから事故のことを聞くなり、お迎えをやったのです」

「それはいつ？」

「存じません、伯爵様《ムシユー・ル・コント》。こちらにもどって何があったか聞いたとき、ポール様《ムシユー・ポール》とわたしには女たちが何を言っているのかさっぱりわからなかったのです。みんなひどく取り乱していて、何ひとつきちんと説明することができなかったものですから」

「いますぐ司祭様に会うよ」わたしは言った。「それと、ジェルメンヌに僕のところに来るように言ってくれ」

「かしこまりました、伯爵様」

部屋に入ってきたとき、ジェルメンヌはすでに泣いていたが、わたしの姿を見ると、その顔はさらにくしゃくしゃになった。彼女が気を鎮めるのには、しばらく時間が必要だった。

「そこまでだ」わたしは言った。「きみがくじけてしまっては、僕たちみんなが余計、つらくなるばかりだよ。きみに訊きたいことがあるんだ。今朝、事故の前、奥様が起きて着替えをしたのをきみは知っていたのかい？」

「いいえ、伯爵様。朝食を九時にお持ちしましたが、そのとき奥様はまだベッドでお休みになっておられました。起きるというようなことは、何もおっしゃいませんでしたし。そのあとブランシュ様が、お嬢ちゃんのことを訊きまわらせるために、わたしを村にやったのです。こちらにもどると、わたしはまっすぐ厨房に行きました。奥様にはそのままお会いしておりません」

ジェルメンヌの目にふたたび涙が湧きあがった。彼女に訊ねることはもう何もない。わたしはシャルロットを寄越すよう彼女に言った。

シャルロットが現れるまで、しばらく間があった。そしていざ現れたときは、彼女が今朝のヒステリー状態を脱したことがすぐにわかった。彼女は冷静沈着で、油断がなく、その小さく光る目で挑戦的にわたしを見あげた。ぐずぐずしている暇はなかった。わたしはただちにこう訊ねた。「今朝、みんなが子供の捜索に出かけたあと、きみはまた奥様と話をしに行ったんじゃないか?」

シャルロットの目に束の間、躊躇の色が浮かんだ。それから彼女は言った。「はい、伯爵様。ひとこと、おなぐさめを申し上げたくて、お部屋に顔を出させていただきました。奥様が朝食を召しあがっているときでしたが」

「きみはなんと言ったんだ?」

「大したことは申せませんでしたわ、伯爵様。とにかく心配なさらないようお願いしたのです。お嬢ちゃんはすぐ見つかりますからと」

「奥様はひどく心配しているようだったかい?」

「奥様はおチビさんがいなくなったという事実より、むしろあのお子のお気持ちを気にしておられましたわ。これはご自身に対する反抗なのではないかと心配なさっていたのです。『あの子はパパを慕いすぎている』奥様はそう申されました。『それとブランシュおば様を。来るべきときに、母親のところに来ないのよ』これが、あのかたのおっしゃったそのままの言葉です」

「きみはそれになんと答えた？」

「本当のことをお話ししましたわ、伯爵様。わたくしはこう申し上げたのです。伯爵様がマリー＝ノエル様を溺愛するように、父親が娘を溺愛すると、母親は苦労するものです。わたくしにも、そういう問題で苦労したおばがおります。娘の成長とともに、状況は悪化の一途をたどりました。娘と父親は離れられない仲になり、その結果、おばはノイローゼになったのです」

「きみはそれがなぐさめになると思ったのか？」

「わたくしは奥様への同情心からそう申し上げたのです。このお城で奥様がよく淋しい思いをなさっているのを存じあげておりましたので」

シャルロットはこのサン・ギーユ城に、現在と過去、どの程度の打撃を与えているのだろうか。「奥様が起きるつもりだったのは知っていたのか？」わたしは訊ねた。

またしても、一瞬のためらい。「奥様ははっきりとは何もおっしゃいませんでした」シャルロットは答えた。「ただ、状況がわからないまま、ひとりであの部屋にいるのは憂鬱《ゆううつ》だとはおっしゃいました。それから、大奥様がもうお目覚めなのかどうかも、お訊ねになりました。わたくしは、まだです、とお答えしました。大奥様は遅くまでお休みになるので、と。すると奥様は、大奥様ならお嬢ちゃんの居所にお心当たりがあるかもしれないとおっしゃいました。そのあとわたくしは奥様のお盆を引き取り、洗濯とアイロンがけをするために階下《した》におりたのです。わたくしが奥様のお姿を目にしたのは、そのときが最後でした」

そう言いながら、シャルロットはゆっくりと首を振り、ため息をつき、両手を組み合わせたが、ジェルメンヌの滂沱《ぼうだ》の涙とはちがい、そのしぐさには少しも真実味がなかった。

「大奥様は何時にお目覚めになったんだ?」わたしは訊ねた。

シャルロットはちょっと考えた。「よく覚えておりませんが。十時少し前かと思います。呼び鈴でわたくしをお呼びになったのですが、召しあがるものは何もいらないとのことでしたわ。わたくしはお嬢ちゃんのことをお話ししました。でも大奥様は肩をすくめただけで、興味をお持ちになりませんでした。あのかたは椅子におかけになり、わたくしはベッドを整えました。それからまもなく、ご用がないのがわかったので、わたくしはまた階下《した》にもどりました。事故が起きたときは、まだ階下《した》の裁縫部屋でアイロンがけをしておりました。ガストンの妻とわたくしはふたりとも、乳搾りのベルトの悲鳴を耳にしたのです。わたくしたちは飛び出していき……でもあとのことはもうご存知ですね、伯爵様」

シャルロットは目を伏せ、声を落とし、頭を垂れた。わたしはそっけなく、もう行ってよいと告げた。彼女が部屋を出ていくとき、わたしは言った。「きみが事故のことを知らせたとき、大奥様はなんと言っていた?」

片手をドアにかけ、シャルロットは足を止めた。それからくるりと振り向いて、わたしを見た。「大奥様はたいそうショックを受け、呆然としておられました。ですからわたくしはすぐ司祭様をお呼びしたのです。わたくしから何か差しあげるというわけにはいきませんでした。

それは賢明とは言えなかったでしょう。おわかりですね？」

「ああ、わかった」

　彼女が行ってしまうと、わたしは二階の化粧室に行き、浴室を通り抜けて、寝室に入った。誰かが、他の部屋と同じようにこの部屋の鎧戸も閉め、窓も閉めていた。ベッドはまだ整えられておらず、シーツと毛布がめくれていた。わたしは窓辺に行って、窓を開け、鎧戸も開けた。窓台はわたしの骨盤の高さだった。そこにすわって外に身を乗り出し、乗り出しすぎるということはありうる。ありうるけれども、ありそうにない。だがそれは実際にあったことなのだ……わたしは窓と鎧戸をふたたび閉めた。寝室を見回したが、何があったのかを示すヒントはどこにもなかった。悲劇を示唆《しさ》するものは何ひとつ。わたしは部屋を出てドアを閉めた。そして廊下を進み、階段をのぼり、例のドアからもうひとつの廊下に出ると、その突き当たりの塔の部屋へと向かった。

第二十一章

ノックはしなかった。わたしはただドアを開けてなかに入った。その部屋も、他の部屋と同様に、鎧戸《よろいど》も窓も閉まっていた。ただちがうのは、カーテンまでもが引かれている点だ。日光はまったく射し込まず、室内はまるで冬のようだった。ランプがひとつ、ベッドサイドで点灯している。それに、ストーブのそばのテーブルの上でも。たとえ暮れなずむ晩秋の午後四時に太陽が明るく輝いていようとも、変化のない塔の部屋にはなんのちがいももたらさない。そこは常に暗く、障壁によって常に陽射しから護られているのだ。

犬たちはどこかへ追いやられており、聞こえるものといえば、司祭がぶつぶつと小さく唱える祈りの声と、向かい側の椅子からそれに唱和する声だけだ。彼らはどちらもその手にロザリオをかけていた。司祭はひざまずいて頭を垂れており、あの母親は肩を丸め、胸に顎をくっつけて、椅子にすわっている。わたしが入っていっても、ふたりとも身じろぎひとつしなかったが、母親の手が一瞬、ロザリオをぎゅっと握り、それからその力がゆるむのがわたしには見えた。そして、父なる神への祈りとアヴェ・マリアの祈りにつづくアーメンの声は、あたかも現世の観客を意識しているかのように、前よりも大きく、熱がこもっていた。

わたしはひざまずかなかった——ただ耳を傾けて、待っていた。司祭のつぶやきはいつまでもつづいた。単調に、心地よく、聞く者の思考を殺しつつ。そしてわたしには、生者のためであれ、死者のためであれ、それこそが彼が祈っている目的なのだという気がした。病院のベッドに横たわるフランソワーズの魂は、自分が立ち去った世界で我が身に何が起きたのか思い出したいとは思っていない。また、祈りの文句を復唱するこの母親の心も、突然の疑いに目覚めたりしてはならないのだ。なめらかで単調なその韻律、花弁のなかのハチの唸りは、疑問を鈍らせ、わたしの五感、わたしの神経も、ずっと張りつめていて、いまにもぷっつり切れそうだったのが、徐々に麻痺《まひ》して、命のないこの部屋の空気とテンポに同調していった。

最後のグロリア、そして、最後のアーメンが唱えられると、現世がふたたび前に出てきて、祈禱者は形ある者となり、その声は、あの柔和な老いた童顔とこくこく揺れる頭を持つ司祭の声になった。立ちあがるとすぐ、彼はわたしのところに来て、手を取った。

「息子よ」司祭は言った。「あなたのために、わたしたちは――わたしとあなたの母君は、それはもう懸命に祈っていたのですよ。そして、この恐ろしい苦しみに際し、あなたに勇気と支えをお与えになるよう、神に願ったのです」

わたしは司祭に礼を述べた。彼はそこに立ったまま、わたしの手を握り、その甲をなでていた。彼の顔は気遣わしげではあったが、穏やかだった。わたしはそのひたむきさ、彼の信念がうらやましかった。司祭はこう信じている――わたしたちはみな、身を誤った子供、迷える子羊であり、その過失、その罪がどんなものであれ、よき羊飼いである神はわたしたちを腕に抱き寄せ、群れに迎え入れるのだ。

「お嬢ちゃんには――」彼自身の考えでは、わたしの最重要課題であることをただちに切り出し、司祭は言った。「わたしからお話ししましょうかね？」わたしは、いいえ、それはもうジュリーにたのみましたから、と言った。また、まもなくポールとブランシュも帰ってくるでしょうから、おそらく司祭様《ムシュー・ル・キュレ》はふたりと相談していろいろと手配することがおありでしょう、と。

「よろしいかな」司祭は言った。「いまも明日もこの先いつでも、わたしはあなたのお役に立ちたいと思っています。あなたのために、そして、伯爵夫人《マダム・ラ・コンテス》とお嬢ちゃんとお城のみなさんのために、力の及ぶかぎりなんでもするつもりでおりますからね」

司祭はわたしたちを祝福し、自分の聖書や祈禱書を回収し、部屋をあとにした。あの母親とわたしはふたりきりになった。わたしは何も言わなかった。夫人のほうも同じだ。それから突然、衝動的に、わたしは窓辺に行って重たいカーテンを引き開けた。さらに窓も大きく開け放ち、鎧戸もさっと開いて壁のほうへやった。外気が部屋に流れ込んできた。それに光も。室内を歩き回ってランプを両方とも消すと、そこは昼になった。それからわたしは夫人の椅子のそばに立った。夕方の太陽が彼女を照らし出し、何もかもが光にさらされていた。その土気色の顔色も、まぶたの垂れた目も、紅を塗りたくった頰も、だぶついた二重顎も。そして、陽射しをさえぎろうと彼女が額に手をかざすと、ウールの黒い上着の袖がずり落ちて、手首から前腕にかけていくつもの注射痕が現れた。

「何をしているの？　まぶしいじゃないの」そう言って、夫人は椅子のなかで体を前にずらし、光から逃れようとした。彼女のロザリオが床に落ちた。そして、彼女の祈禱書も。わたしはロザリオと本を拾いあげて夫人に返した。それから、彼女と太陽のあいだに立った。

「何があったんです？」わたしは訊ねた。

「何があったか？」夫人は質問を復唱し、顔を上げてじっとこちらを見つめたが、陰のなかに立つわたしの目を見ることはできなかった。「何があったか、わたしが知るわけないでしょう。こんなふうに病身で、呼び鈴に応える者さえなく、ここに閉じ込められていたのではね。わたしは、あんたがわたしに何があったか話に来たものと思っていたよ。わたしがあんたに話すんじゃなく」夫人はちょっと間を取ってから、こうつづけた。「鎧戸を閉めて、カーテンを引いておくれ。知っているでしょうに。わたしはまぶしいのが嫌いなんだよ」

「いや」わたしは言った。

夫人は顔をしかめ、肩をすくめた。「じゃあ好きになさい。こんなときに窓やカーテンを開けるのは妙なものだけれど。それだけのことだからね。わたしがガストンに城《シャトー》を閉ざすよう指示したんだよ。あの男は言われたとおりにしたんじゃないかしら」

夫人は椅子に深くすわりなおすと、ロザリオを取って、まるで栞《しおり》にするように祈禱書のなかにはさみ、その本をそばのテーブルに置いた。それから、背中のクッションの位置を調節し、足の下の足台も動かした。

「司祭様はもう行ったわけだから」彼女は言った。「シャルロットに言って、犬たちを連れてこさせてもいいね。司祭様がここにいらっしゃると、あの子たちは決まって面倒を起こすんだよ。あんたはなぜ立っているの？　椅子を持ってきてすわったら？」

わたしはすわらなかった。その代わり、夫人の椅子のそばに片膝をついて、肘掛けに手を置いた。夫人は仮面と化した顔でわたしを見ていた。

「彼女に何を言ったんです？」わたしは訊ねた。

「何を言ったかって誰に？　シャルロットに？」

「フランソワーズにです」わたしは言った。

何も起こらなかった。ただ、夫人はそれまでより静かにすわっていたが。その左手がショールの房飾りをいじるのをやめた。

「いつのこと？」彼女は訊ねた。「フランソワーズが体調をくずして寝込んでから、わたしはあの子に会っていない。ここ数日、会っていないんだよ」

「それは嘘です」わたしは言った。「あなたは今朝、彼女に会っている」

わたしの返しは唐突だった。夫人はそれを予期していなかった。椅子のなかで彼女の全身がこわばるのがわかった。

「誰がそう言っているの？」彼女は問い質《ただ》した。「そんな噂を流しているのは誰？」

「僕がそう言っているんです」わたしは答えた。「噂など誰も流していません」

わたしはわざと声を低く保っていた。その声にも、また、わたしの言葉にも、非難はこもっていなかった。

「フランソワーズは意識を取りもどしたの？　死ぬ前に病院であんたに何か言ったのかい？」

その問いは鋭く、唐突だった。

「いいえ」わたしは言った。「彼女は何も言わなかった。僕にも、他の誰にも」

「だったら、何も問題ないでしょう。あんたはなぜ知りたいの？　今朝、あの子がここに来たとして、今更それを知ってなんになるって言うの？」

「僕は彼女がなぜ、どのように死んだのか知りたいんです」わたしは答えた。

夫人は手を振った。「知ったってしかたない。誰にも知りようがないことだよ。あの子はめまいを起こして転落した。ベルトがあの子を見たんでしょう？　牛を連れて苑に入ってくるときに？　シャルロットはわたしにそう言っていたよ。あんたも同じ話を聞いたんじゃないの？」

「ええ」わたしは言った。「僕も同じ話を聞きました。ブランシュも。たぶんポールとルネも。病院の人たちもそうでしょう。ただ僕は信じていない。それだけのことです」

「あんたはどう思っているの？」

わたしは、何も自分に語ろうとしないその顔を見つめた。「僕は、彼女は自殺したんだと思っています」わたしは言った。「あなたもですよね？」

わたしは否定を予期していた。または、怒りの爆発を、または、非難を――あるいは、防御の決壊か、同情を得るための哀願を。ところが信じがたいことに、夫人は肩をすくめた。それから笑みを浮かべ、なんの感情も見せずこう言った。「仮にそうだとしたら……」

冷たい、不人情な、突然の死を無造作にかたづけるこの答えは、わたしが何より恐れていたことを裏付ける新たな証拠となった。フランソワーズに対する無関心。わたしは初めからそれを感じていた。だがそれとともに、もうひとつ感じていたことがある。決して口にされないこと。義理の娘が死んでくれたらというこの母親の願い。理由がなんであれ――独占欲、悪意、強欲のいずれであれ――伯爵夫人はフランソワーズを排除したがっていた。そして、心の奥底で、自分の息子も同じことを願っていると信じていたのだ。妊娠中の不調でも、この目的は達せられたかもしれない。きょうの災厄により、終焉はそれより早まった。なおざりにされていた、不幸せなフランソワーズが、おそらくは生きる意志を失って衝動的に命を捨てたという事実は、夫人の心に憐みなど一切、呼び覚まさない。死、または、跡取りの誕生――どちらも貧困からの解放を意味する。そしてジャンの母親は、これで問題が解決したという安堵しか感じていないのだ。

「何があったにせよ」彼女は言った。「あんたが非難されることはありえない。なにしろ、ここにはいなかったんだもの。だからこのことは忘れなさい。自分の役を演じ、嘆き悲しんでみせることだね」夫人は椅子から身を乗り出して、わたしの顔を両手ではさんだ。「良心に目覚めるにはもう遅すぎる」彼女はつづけた。「この前の夜にも言ったでしょう。それに、もしフランソワーズが出産を乗り切れると思っていたなら、あんたは何をたのみにあの子が死ぬことに賭けたの？」

「どういう意味です？」わたしは訊ねた。

「パリからもどった日の翌日、あんたはカルヴァレに電話をした」夫人は言った。「シャルロットが話してくれたよ――あれは、誰かが何か聴く価値のあることを階下《した》で話しているときいつもやるように、ブランシュの部屋の内線で話を聴いていて、あとでわたしに報告したんだよ。あんたがあの会社に言ったこと——無分別にも連中の要求に同意したことを聞いたとき、わたしにはすぐにわかった。これは賭けなんだとね。あんたは手に入るかもしれない財産を当てにしていたんでしょう。資金が増えなければ、あんたは破滅だ。翌朝、急に不安に駆られてヴィラーの銀行に出かけ、地下の金庫室で婚姻継承財産設定に目を通したのも無理もない。わざわざそんなことをしなくてもよかったのにね。ちゃんとさがせば、写しは全部、図書室にあるんだから。でもヴィラーに行くほうが楽しかったろうね？　あそこにはあんたの女がいるわけだし。帰ってきた日の夜、あんたはそう話してくれたね」

事の次第は明快で、否定しがたかった。わたしの動機は誤解され、ねじ曲げられていたが、いまそれは重要ではない。

「あの証書のことはフランソワーズも知っていました」わたしは言った。「彼女に隠してはいませんでしたから。僕は彼女に本当のことを話していたんです」

「本当のこと？」わたしの目をのぞきこむ目は皮肉っぽく冷ややかだった。昨夜のあの心身の苦痛はもうあとかたもない。まるでわたしに助けを求めたことも、苦しんだこともなかったかのようだった。「人はみな、自分にとってそれがたまたま都合がいいとき、本当のことを言うものだよ」彼女は言った。「フランソワーズは今朝、この部屋に来たとき、わたしに本当のことを言った。そうとも、あんたの言うとおりだよ。わたしはあの子に会っている。たぶん、最後に会ったのは、わたしだろうね。あの子はちゃんと着替えて上がってきた。そのあと子供をさがす気だったんだよ。『マリー＝ノエルは何に動揺したんです？』フランソワーズはそう訊ねた。『あの子はなぜ出ていったんです？　何に動揺したんでしょう？』わたしは答えた。『あの子は地位を奪われるのを恐れている。それだけのことですよ。王座を追われて喜ぶ者はいない。あの子にとってあんたは邪魔者なの。赤ん坊のほうもね』それが口火となったんだね。フランソワーズは、この城で幸せだったことは一度もない、と言った。いつも実家が恋しくて、淋しくて、途方に暮れていた、それは、あなたのせいだ、あなたが最初から自分に敵対してきたからだ、とね。『ジャンはわたしを愛してなどいなかった』あの娘《こ》はそう言い、わたしはそれを認めた。『いまだって、あの人がほしいのはお金だけですし』あの娘《こ》はそうつづけた。『当然でしょう』わたしは答えた。『ジャンは、わたしが死ねばいいと思っているんでしょうか？　そうすれば、他の人と結婚できるから？』とうとうあの娘《こ》はそう訊ねた。わたしは、わからないと答えたよ。『ジャンは誰とでも寝る。なんとこの城のなかで、ルネまで抱いている。ヴィラーにも女がいるしね』わたしは言った。フランソワーズは、どちらについてもそうじゃないかと思っていた、ここ数日ジャンが優しかったのは単なる目くらましで、自分の疑いをそらすためだったんだ、と言った。『つまり、わたしを邪魔だと思っているのは、子供だけじゃないってことね』あの娘《こ》は言った。『ジャンも同じなんだわ。それにあなたも、ルネも、ヴィラーの女も』わたしはなんとも答えなかった。ただ、ヒステリックになるんじゃない、もう下に行きなさい、と言ってやったの。それで全部。それ以上は、どっちも何も言っていない。あの娘《こ》は真実を求め、それを与えられた。その真実に向き合うだけの勇気がなかったとしても、それはわたしじゃなく、本人の問題だよ。窓から身を投げたのか、めまいを起こして転落したのか、肝心なのはそこじゃないし、わたしたちには永遠に証明できない。結果は同じなの。あんたは自分のほしかったものを手に入れた。そうでしょう?」

「ちがう!」わたしは叫んだ。「ちがう……」

わたしは椅子の背のほうに夫人を押しやった。すると夫人の表情が変わった。彼女はまごつき、怯えているようだった。夫人の思っているとおり、わたしの声が荒くなったのは、自分自身にではなく、彼女に対する怒りのせいだが、その声音に反応し、皮肉っぽさが突如、恐れに変わったことで、わたしは悟った。説明してもなんにもならない。わからせようとするだけ無駄だ。彼女がフランソワーズに何を言ったにせよ、それは、どれほど正直であれ、どれほど残酷であれ、息子のためだったのだ。わたしには彼女を責めることはできない。

わたしは立ちあがって窓辺に行き、そこに立って、木立へとつづく苑を眺めわたした。ああ、とわたしは思った。何か答えはあるはずだ。逃げ道はあるはずなのだ。このペテン師、わたしの逃げ道ではなく、彼らの――この母親、あの子供、ブランシュとポールとルネの逃げ道が。もしジャン・ドゥ・ギが嫉妬と不和と敵意を育んだとしても、彼はそれを過去のせいにできる。わたしにはそういう言い訳はできない。隠れていたいがため、自己を失いたいがために、わたしは彼に追従したのだ。

前夜の雨は鉛の樋《なまりとい》の堆積物《たいせき》をすっかり押し流していた。ガーゴイルの舌の上では、溜まった水がきらめいている。樋のなかで別の何かがガラスのように光った。それはモルヒネの小瓶だった。空になって、シャルロットに放り捨てられた瓶が、落ち葉が流れ去ったために姿を現したのだ。樋に横たわるその小瓶を見て、わたしは思った――もし自分が昨夜あの注射器を使わず、自室に留まっていたら、どうなっていただろう？ どんな希望、どんな理解が生まれていただろうか？ きっとわたしはヴィラーに行かなかっただろうし、子供も井戸に行かなかっただろう。悲劇は避けられ、フランソワーズはいまも生きていただろう。わたしは窓から振り返り、椅子にすわった女にふたたび目を向けて言った。「僕を助けてください」

「助ける？ どうやって？」夫人は訊ねた。「何をしてあげればいいの？」

わたしは椅子のそばにひざまずいて、彼女の手を取った。過ぎ去った年月にどんな過ちがあったにせよ、よそ者にそれを正すことはできない。わたしにできるのは、現在を構築することだけだ。しかしひとりではやれない。

「いまあなたは、僕がほしかったものを手に入れたと言いました」わたしは言った。「それは金のことですか？ ガラス工場のため、僕たちみんなのため、サン・ギーユのための？」

「他に何があるって言うの？」夫人は訊ねた。「あんたは金持ちになる。なんでも好きなことができるし、自由の身になるんだよ。あんたにとって大事なのはそれだけでしょう？」

「いや」わたしは言った。「僕にとってあなたは大事な人です。僕はかつてのようにあなたにこの家の家長になってほしいんです。でもモルヒネを摂取しているかぎり、そうはなれない」

何かがくずれ落ちた。説明を求める声が聞こえないように、どんなシグナルも見えないように、あらゆる個人を攻撃から護っている何層もの防御壁が。隔離され、無傷のまま残っていた中核も、わたしが話しているほんのひとときぼろぼろになり、わたしは自分の手をぎゅっとつかむ手に、積年の孤独、麻痺した感覚、邪《よこしま》な精神、空虚な心を感じた。それはまるで、そうして彼女に触れることでそれらのものがわたしの一部、わたしのものとなったかのようであり、その負担の重さは耐えがたく信じられないほどだった。それから夫人がわたしの手から手を引っ込め、鎧《よろい》が再度、彼女を包み込んだ。その顔が目鼻を形作り、彼女は他に選択肢がなかったために人生のひとつの道を選んだ人となった。そして、そのかたわらにひざまずく、彼女が我が子と信じる男は、彼女から唯一のなぐさめ、忘却に至るただひとつの手段を奪い去ろうとしているのだった。

「わたしは疲れているし、年寄りだし、病身なんだよ」夫人は言った。「なぜ忘れることを許してくれないの?」

「あなたは疲れてなどいないし、年寄りでも病身でもありません」わたしは言った。「ご自身にしてみれば、たぶんそうなんでしょう。でも僕から見れば、ちがいます。きのうあなたは階下におりて、テラスに立ち、お客たちを迎えた。僕の父親と並んで立ったように、僕と並んで立ちたいと思い、遠い昔のご自身にもどりたいと思った。でもそれは単に過去に、あるいは、プライドにしがみつくことではなかった。それは、やればできるということ、隣室にあるあのアンプルや、注射器や、シャルロットに依存しているわけじゃないことをご自身に証明する試みでもあったんです。あなたはそれらのものに打ち勝つことができるし、実際に打ち勝ちました。僕さえいなければ、そのままつづけられたでしょう」

用事深く、油断なく、夫人はわたしを見あげた。「あんたは何が言いたいの？」彼女は言った。

「きのうの朝、お客たちが出かけたあと――」わたしは訊ねた。「あなたは何を考えました？」

「あんたのことを考えたよ」夫人は言った。「それに、過去のことを。大昔までさかのぼってね。わたしが何を考えたかは、どうでもいいことでしょう？　わたしは苦しくなりだした。それがすべてだよ。苦しくなったら、わたしにはモルヒネが必要なの」

「僕があなたを苦しませたんですね」わたしは言った。「原因は僕だったんだ」

「だとしたら、なんなの？」夫人は言った。「母親はみんな、息子のことで苦しむものだよ。それはわたしたちの人生の一部なの。そのことであんたたちを責めたりはしない」

「それは息子の人生の一部にはなっていない」わたしは言った。「息子たちは痛みに耐えられませんから。僕は臆病者です。昔からずっとそうでした。だから僕はあなたに助けてほしいんです。いま、それに、この先も。これまでよりもっと」

わたしは立ちあがって、隣の化粧室に行った。アンプルの箱は前夜と同じに洗面台の上の戸棚のなかにあった。それに注射器も。わたしはそれらを取り出して、寝室に持っていき、夫人に見せた。

「これは僕が持っていきます」わたしは言った。「そうすることは危険かもしれない――僕にはわかりません。あなたは、カルヴァレと新たな契約を結んだとき、僕は財産の獲得に賭けていたんだと言いましたね。これもまたひとつの賭けです。種類はちがいますが」

夫人の手が椅子をぎゅっとつかみ、束の間、恐怖の色、絶望の色がその目に浮かんだ。

「とても無理だよ、ジャン」夫人は言った。「あんたはわかっていない。こんなふうにいきなりやめるなんてとても無理。わたしは年寄りだし、へとへとだもの。昔ならやれたかもしれないけど、いまはだめ。やめてほしいなら、どうしてもっと早く言ってくれなかったの？　もう遅すぎるよ」

「遅すぎはしません」わたしはテーブルに箱を置いた。「手を出して」

夫人は両手をわたしにあずけ、わたしは彼女を椅子から引っ張りあげた。わたしのかたわらに立つとき、彼女は包帯をしたわたしの手をぎゅっとつかんで身を支えた。わたしは指から肘に痛みが走るのを感じたが、夫人は何も気づかず、わたしにつかまりつづけた。そしてわたしにはわかっていた——もし自分が手を引っ込めたら、彼女は何かを失うだろう。少しの自信、少しの力、このひととき、彼女の一部となり、彼女に勇気を与えているものを。

「では、階下《した》に行きましょう」わたしは言った。

夫人はわたしと窓のあいだに立ち、どっしりと、巨大な塊となって、日の光をさえぎっていた。バランスを取るあいだ、彼女はしばらくぶるぶる震えており、首にかけた象牙の十字架がその胸で揺れていた。

「階下《した》に？」夫人はオウム返しに言った。「なんのために？」

「僕にはあなたが必要だからです」わたしは言った。「これからは毎日、階下《した》に来てもらいますよ」

長いこと、わたしの手をつかむ手を片時もゆるめず、夫人はわたしにしがみついていた。それから彼女はわたしを放し、威風堂々、ゆっくりとドアに向かった。廊下に出ると、わたしの腕は取らず、先に立って進んでいき、別の部屋のドアを開けた。すぐさまテリアたちが飛んできて、吠え立て、飛び跳ね、夫人の手を舐めた。

夫人は大得意でこちらを向いた。「思ったとおりだよ」彼女は言った。「この子たちは外に連れ出してもらっていない。シャルロットはわたしに嘘をついているの。あれは毎日午後にこの子たちを庭に連れていくことになっているのにね。問題は、この城には監督する者がいないこと、秩序というものがまったくないことだよ」

犬たちは解放されて、階段へと駆けていった。そのあとから歩いていきながら、夫人が言った。「確かさっき司祭様に、ブランシュとポールが葬儀の手配をすると言っていたね？」

「ええ」わたしは言った。

「そういうことはあの子たちにはわからないよ」夫人は言った。「あんたのお父様が亡くなって以来、この城では一度も葬儀がなかったからね。今回の葬儀は、適切に執り行わなければいけない。フランソワーズは重要人物だもの。最大級の敬意を払ってしかるべきだよ。なんと言っても、あの娘《こ》はあんたの妻なんだ。ドゥ・ギ伯爵夫人なんだからね」

わたしが化粧室に箱を置きに行っているあいだ、夫人は階段の前で待っていた。わたしたちがサロンに入っていくとき、なかからは話し声が聞こえていた。他の者たちもすでに帰宅していたのだ。ポールは暖炉のそばに立っており、司祭はその隣だった。ルネはソファのいつもの場所に、ブランシュは別の椅子にすわっていた。一同は面食らってわたしたちを見つめた。司祭までもがぎょっとしていた。ややあって気を取り直すと、彼は気遣いを見せ、手を貸そうと進み出た。しかし夫人は手を振って司祭を退《しりぞ》け、フランソワーズがいつもすわっていた暖炉のそばの椅子にまっすぐに向かった。ブランシュがすぐさま立ちあがって、母親のところに行った。

「ベッドで寝ていらっしゃらないと」彼女は言った。「シャルロットが、お母様はひどく動揺しているし、へとへとに疲れていると言っていましたわ」

「シャルロットは嘘つきだからね」というのが、その返事だった。「あんたも余計な口出しはしないでおくれ」夫人はドレスの胸に手をやって、十字架と並んで首のチェーンからぶらさがっている眼鏡をさがし、それをかけると、わたしたちをひとりひとり順繰りに見つめた。「ここは喪中の家であって」彼女は言った。「介護施設じゃないんだよ。わたしの義理の娘が亡くなったんだからね。しかるべき敬意が彼女にきちんと払われるよう、わたしが取り計らうつもりだよ。ポール、鉛筆と紙を何枚か、持ってきておくれ。ブランシュ、わたしの部屋のデスクの、いちばん上の引き出しに、お父様の葬儀の参列者全員の名前が載っているリストがあるんだよ。ほとんどの人はもう亡くなっているけれど、その人たちには親戚がいるからね。ルネ、クロークルームから電話帳を取ってきておくれ。司祭様、こちらに来て、わたしの隣にすわっていただけませんでしょうか。葬儀そのものについていろいろとご相談しなければならないでしょうから。ジャン――」夫人はわたしを見あげ、少し間を置いた。「いまのところ、あんたに何かしてもらおうとは思っていないよ。散歩にでも行っておいで。外の空気を吸えば、きっと気分がよくなるから。シャルロットがサボった分、犬たちに運動させてくれてもいいし。だけど、外に出る前に――」彼女は付け加えた。「ダークスーツに着替えなさい。ドゥ・ギ伯爵が妻を亡くした直後にスポーツ・ジャケットでそこらをぶらつくなんて、あるまじきことだから」

第二十二章

他のみなをサロンに残し、わたしは二階に上がって、着替えをした。それから、ガストンを呼び、車回しに車を持ってくるようたのんだ。

「ヴェーリに連れていってほしいんだ」わたしは言った。「子供を引き取りに行くよ」

「承知いたしました、伯爵様《ムシュー・ル・コント》」

車で村を出て、森に向かって丘をのぼっていくとき、彼は言った。「妻もわたしも、そして、お城の誰もが、伯爵様に心からのお悔やみの気持ちをお伝えしたいと思っております」

「ありがとう、ガストン」わたしは言った。

「わたしたちに何かできることがあれば、伯爵様、ご遠慮なくなんなりとお申しつけください」

わたしはもう一度、礼を述べた。誰にも何もできない。この状況を打破できるのは、わたしだけだ。そしてわたしは、中毒者からモルヒネを奪うことから始めた。それは、もとの悲劇をよりひどい悲劇へと導く可能性もある。わたしにはどちらとも言えなかった。わかっているのは、ジャン・ドゥ・ギのように、自分もギャンブラーになったということだけだった。

ガストンは工場の門の前で車を停めた。まだ時間は早いが、あたりには誰もいなかった。フランソワーズの訃報に触れ、職工たちは弔意《ちょうい》を表すために仕事を中断したのだろう。

わたしは車を降りて、工場の人気《ひとけ》のない敷地に入った。番小屋にジュリーはいなかった。きっと息子のコテージに行っているのだ。マリー＝ノエルも一緒だろう。そう思って、ガストンに、そこで待つように言い、工場長の家に向かった。しかし家のドアには鍵がかかっていた。わたしは窓の前のすり減った舗装路を歩いていき、井戸のなかをのぞきこんだ。たぶん深さは二十フィートほどだったと思う。ぐらぐらの梯子《はしご》は、ところどころ横木がなくなって、ぽっかり穴が開いており、朽ち果てようとしていた。井戸の内壁はぬるぬるで、カビで緑色になっている。はるか下の井戸の底には、ガラスの破片と砂と泥が見えた。十歳の子供が夜、怖がりもせず、そこをおりていき、怪我もなかったとは。とても信じられなかったが、これは事実なのだ。

わたしは井戸から振り返り、工場長の家の埃っぽい窓の奥を眺めた。毛布はまだ、床の、マリー＝ノエルが横たわっていたところに積まれている。裏の果樹園に回ってみると、朝、わたしが部屋に入るときよじのぼった窓は、いまは閉まっていた。ただし掛け金はかかっていない。ブランシュとわたしが立ち去ったあと、ジュリーが大急ぎで窓を閉めたにちがいない。そのあと彼女は、マリー＝ノエルを連れて自分の番小屋か、息子のコテージに行ったのだろう。

わたしは窓を開け放って、もう一度、なかに這い込んだ。それから、その朝と同じように、毛布の小山のところに行ってそこに立った。わたしは虚空からあの子の静かな小さな顔を呼び出した。横たわって眠る彼女は、恐怖や苦痛を感じていないように見えるが、その小さな仮面のうしろで、凄惨《せいさん》な夢という心を乱す重圧に耐えている。わたしはかがみこんで毛布に手を触れた。そうしていると、シノン、または、オルレアンに行ったときのことが思い出された。列をなす聖地巡礼の観光客らが目を瞠《みは》り、かつてオルレアンの少女がひざまずいた石段にその汚い手を置いて、石から徳を引き出そうとしていたことが。わたしは馬鹿らしいと思った。いまでもその馬鹿らしさは変わらない。わたしが触れた毛布は、想像力が豊かすぎるひとりの子供が井戸のなかで一夜を過ごしたあと、その子供に掛けられたものにすぎない。わたしはポケットをさぐって、あの紙きれをさがし、もう一度、最後の部分を読んだ。「聖母様《サント・ヴィエルジュ》はわたしに、パパは幸せじゃない、いま、過去に犯した過ちのために苦しんでいるんだと言っています。だからわたしは、パパの罪の報いはすべてわたしに与えられますように、とお祈りします。わたしなら、まだ若くて強いからパパよりも耐える力があるもの。ゆっくり休んでね。そして、パパを心から愛しているマリー＝ノエルを信じてください」わたしは紙きれをポケットにもどした。ここではわたしがただひとりの巡礼だ……

わたしは窓から外に出て、来た道を引き返していった。しばらくは、林檎《りんご》がたわわに実った節くれだった老木や、倒れたひまわりや、誰も収穫しない葡萄《ぶどう》が無数に生《な》った、家を這いのぼる蔓《つる》を見ながら。それからふたたび、家の正面の、工場の建物に近いところに出た。ガストンがコテージの連中に、わたしがここにいることを話したにちがいない。マリー＝ノエルがこちらに向かって歩いてくるのが見えた。

彼女になんと言えばいいのか、急にわからなくなった。わたしはまずジュリーに会えるものと思っていたのだ。その場合は、マリー＝ノエルが知らせをどう受け止めたのか、ジュリーが話してくれただろう。

「笑わないで」マリー＝ノエルがわたしに声をかけた。

笑う？　これまでの生涯、いまほど笑いたい気分でなかったことはない。わけがわからず、わたしはまごついてただ突っ立っていた。

「わたし、ピエールの服を着ているの」マリー＝ノエルは言った。「これは彼のセーター、それに、この黒のオーバーオールも彼のよ。青いドレスが濡れちゃってたから、マダム・イヴに着替えさせられたの。しかも、サイズが合っていないし」

それでわたしも気づいた。マリー＝ノエルは確かにサイズの合わないものを着ていた。その丈が短すぎて、彼女の脚はいつも以上に長く、細く見えた。彼女はまた木靴も借りていたが、それはあまりにも大きすぎるため、脱げないようにすり足で歩かねばならないほどだった。

「ほら見て」マリー＝ノエルは言った。「わたしはピエールより背が高いのよ。彼はもう十二歳なのに」

彼女は自分の手首まで届かないオーバーオールの袖を見せ、その服がもっと小さく見えるように背伸びをした。

「うん」わたしは言った。「わかるよ」

わたしはぎこちなく立って、彼女を見おろしていた。こういう悲劇のときには、父親がすべきこと、言うべきことが何かあるはずではないか。普通、わたしのように、ただ突っ立って、着る物の話をしたりはしないだろう。

「なかなか迎えに来られなくてね……」わたしはそう切り出したが、マリー＝ノエルは言い終えるまで待っていなかった。彼女はわたしの手を取って言った。「それでよかったの。わたしたちが――ピエールとわたしが何を作ったか見に来て」彼女は、廃棄されたガラスの山の隣のガラクタの小塚へわたしを連れていった。「お城があるのよ」マリー＝ノエルは、その朝、彼女のポケットに入っていた小さなガラスの模型を指さした。「他の欠片《かけら》はサン・ギーユの家々。あの大きなやつは教会ね。ほら、ピエールが砂利を掻き出して道路を作ったの。この小石の線は川で、曲がった小枝は橋。わたしたち、お昼からずっとこれで遊んでいたのよ」

するとジュリーはこの子に話せなかったのだ。マリー＝ノエルは何も知らない。わたしはジュリーかガストンがいないかと頭をめぐらせたが、どちらの姿も見当たらなかった。

「マダム・イヴはどこ？」わたしは訊ねた。

「コテージよ」マリー＝ノエルは言った。「ガストンやアンドレと話してる。ピエールは農場に牛乳をもらいに行った。わたしが今朝、あの人たちのを全部、飲んじゃったから。瓶にちょっとしか残ってなかったのよ。お昼ご飯にわたしたちが何を食べたと思う？　チキンよ！　マダム・イヴが、かわいそうに、いつも他の鶏と喧嘩する、足の悪い雄鶏をつかまえてきたの。そろそろ彼も眠りにつく頃合いだって。わたしの訪問に敬意を表して、彼は勇敢に逝ったわ」

わたしの驚いた顔を見ようと、彼女は顔を上げた。わたしはなんとも言わなかった。城《シャトー》で起きたことをどう話したものか、懸命に考えていたのだ。

「ねえ、知ってる？」マリー＝ノエルはそう言って、声を落とした。「とっても悲しいことだけど、ピエールのお母さんはもう家族と一緒に暮らしていないのよ。何週間か前に家を出て、ル・マンに行ってしまったの。マダム・イヴが来て、アンドレとピエールのためにお料理しているのはだからよ。すごくショックなことよね。男の子にお母さんがいなくて、男の人に奥さんがいないなんて」

わたしはジュリーに充分に時間を与えなかったのだ。つまりはそういうことだ。ガストンが伝言を届けてから、まだ一時間も経っていない。ジュリーはまだ、あのことを知らせるよい機会を見つけられずにいたのだ——そう思ったが、それはまちがいだった。

「うちと状況がよく似ているわね」マリー＝ノエルは言った。「パパは、アンドレと同じように、火傷《やけど》までしている。ただアンドレの火傷は一生治らないのに、パパのはほんの数日でよくなるのよ。それにわたしたちには、ママンが大事にされているのがわかっている。これはなぐさめになるわよね。マダム・イヴが言っていたとおり、結局、天国でイエス様と一緒にいるほうがル・マンで修理工と暮らすより幸せだもの」彼女は立ちあがって、膝についた砂を払った。「エルネストがトラックでもどって、ママンが病院に運ばれたって言ったとき、そのあとどうなるかわたしにはわかった」彼女はつづけた。「わたしの夢はいつも本当になるの。でも少なくとも、これは事故だった。わたしの夢では、わたしたちみんながママンを殺そうとしていたのよ。ママンはどうして窓から落ちたりしたの？」

「わからない」わたしは言った。「誰にもわからないんだよ」

「わたしが調べるわ」マリー＝ノエルは言った。「わたしたちが知ってあげれば、天国のママンのなぐさめになるでしょう」

それから彼女はガラスの城を拾いあげてポケットに入れた。わたしたちは手をつないで、番小屋まで歩いていった。ジュリーがガストンのいる門にやって来るところだった。彼女はマリー－ノエルの服を腕に掛けていた。

「全部、乾きましたよ」彼女は叫んだ。「お着替えしたほうがいいですね。その格好じゃお城に帰れませんから。さあ、急いで」

彼女はマリー－ノエルを急き立て、衣類とともに番小屋のなかに入れると、こちらに向き直った。「お嬢ちゃんはとっても勇敢でしたよ」ジュリーは小声で言った。「あなた様はお嬢ちゃんをご自慢できます」

「とにかく急なことだからね」わたしは言った。「まだ実感が湧かないんだろう」

その朝、眠っている子供のかたわらに一緒に立っていたときと同じように、ジュリーは憐みの目でわたしを見た。「ジャン様《ムシユー・ジヤン》はそんなにも子供のことを知らないわけですか？」彼女は訊ねた。「子供が泣かないから、何も感じていないと思っているんでしょうか？　もしそうなら、大まちがいですよ」なんらかの非難から子供を護ろうとしているかのように、ジュリーは早口でまくしたてていた。それから彼女は気を鎮めた。「無遠慮な物言いをどうかお許しくださいませ。実際、お嬢ちゃんはきょう、わたしたちみんなの心をつかんだんですよ。このたびは、伯爵様、本当にご愁傷《しゆうしよう》さまでした」

ふたりのあいだに礼儀作法が復活した。ガラス工場の管理人がサン・ギーユの領主と話している。わたしは一礼して、彼女に感謝を述べた。それからふたたび友人として彼女に向き合った。

「きみはきょう、わたしたちのためにずいぶんいろいろしてくれたね、ジュリー」わたしは言った。「事故のことを娘に知らせる役には、他の誰よりも、きみが適任だと思ったんだ。その考えはやはり正しかった」

「話すまでもなかったんですよ」ジュリーは答えた。「お嬢ちゃんのほうからわたしたちに教えてくれたんですから。夢のお告げがあったんだそうで。わたし自身は、夢を信じたことはありませんけれどね、ジャン様。ただ、子供は動物と同じで、神様により近いところにいるってことでしょう」彼女は空き地の向こうの、工場長の家と井戸のあるほうを眺めた。「たぶん」彼女は言った。「警察の調べが入るんでしょうね？　それがすむまでは、ご遺体のお引き取りはできないんでしょう？」

「警察の調べ？」わたしはオウム返しに言った。

「もちろんその手配は医者たちがするんでしょう」ジュリーはうなずきながら言った。「すぐに終わればいいんですが。そういうことは、あまり気持ちのいいもんじゃありませんから」

病院では呆然としていたし、消耗しきっていたため、警察の調べなどということには考えが及ばなかった。だが、もちろんジュリーの言うとおりだ。ポールとブランシュは、わたしが去ったあとの病院で、そのことも話し合ったにちがいない。

「どうなっているのか、わからないんだ、ジュリー」わたしは言った。「ポール様とブランシュ様に全部任せてあるんだよ」

マリー＝ノエルがもとのドレスと上着に着替えて、番小屋から出てきた。彼女はジュリーにキスし、わたしたちはさよならを言った。それからガストンがわたしたちをサン・ギーユまで車に乗せていった。城の門を通過するとき、テラスの前に他に四台、車が駐まっているのが見えた。

「ルブラン先生の車があるわ」マリー＝ノエルが言った。「それに、タルベールさんの車も。あとの車は誰のかわからない」

タルベール――わたしが金庫で見つけたあの手紙を書いた弁護士だ。彼はうちの家族の諸問題を扱っているにちがいない。その後、四台の車のうしろに車を駐めて外に出たとき、わたしたちは先頭の車の運転席に制服の男がすわっているのに気づいた。

「あれは警察署長《コミセール・ドゥ・ポリス》の車ですよ」ガストンがささやいた。「タルベール弁護士《メートル・タルベール》や医師たちと一緒にヴィラーから来たのでしょう」

「なぜみんなして来なきゃならないの？」マリー＝ノエルが訊ねた。「誰かを逮捕するつもりじゃないでしょうね？」

「みんな来ることになっているんだよ」わたしは言った。「事故が起きれば必ず。パパはその人たちに会わないといけない。きみはジェルメンヌをさがして、本を読んでってたのんでくれない？」

「ジェルメンヌは本を読むのが下手よ」マリー＝ノエルは言った。「わたしのことは心配しないで。約束する。いまもこの先も永遠に、面倒は起こさないわ」

彼女はテラスに上がって城のなかに入った。わたしはガストンに顔を向けた。

「警察署長はきみの奥さんにもいろいろ質問するだろうね」わたしは言った。「事故が起きたとき、ここにいたわけだから」

「そうですね、伯爵様」

彼は不安そうだった。わたしも不安だった。この日の悪夢はまだ終わっていないのだ。わたしはなかに入り、サロンから流れてくる話し声を耳にした。ドアを開けると、声はやみ、みなが一斉に振り向いてわたしを見た。ドクター・ルブランと、病院の医師、ドクター・ムーティエは、わたしにもすぐわかった。第三の男は背が低く太っていて、髪は半白だった。これがおそらく弁護士のタルベールだろう。もっとオフィシャルな風情の四番目の男は、警察署長にちがいない。

わたしがまず考えたのは、伯爵夫人のことだった。部屋の向こうに目をやると、彼女は相変わらず暖炉のそばの椅子にすわっていた――堂々と、不屈の精神で。疲労の色はまったくなく、その存在感は室内を満たし、他の者たちをちっぽけに見せている。

「こちらがわたしの息子です」夫人は署長に行った。それから、わたしに顔を向け――「ムシュー・ルモットはご親切にもヴィラーから事情聴取に出向いてくださったんですよ」

男三人は同情を表そうと勢いこんでわたしのほうにやって来た。「このような時にお邪魔しまして本当に申し訳ありません、伯爵」と警察署長は言い、弁護士は「大変、衝撃を受けております、伯爵、どうかこの試練の時をわたしにも共有させてください」、そして、ドクター・ルブランは「まったくなんということだろう、ドゥ・ギ、この悲しみを言い表す言葉が見つかりませんよ」と言った。感謝のつぶやきと握手とがこの場の手続きにゆとりと品格を与え、聴取が始まる前の気まずい間隙に橋を渡してくれた。やがて挨拶の時間が終わり、警察署長がわたしに顔を向けた。

「ルブラン先生とムーティエ先生の両方からお聞きしましたが、伯爵、奥様は二、三週のうちに赤ちゃんを産むご予定だったそうですね。最近、いささか神経過敏になられていたということですが」

「ええ」わたしは答えた。「そのとおりです」

「おそらく、出産のことを過剰に心配なさっていたのでしょうね？」

「そうだと思います」

「失礼、署長」弁護士のタルベールが口をはさんだ。「伯爵もきっとお許しになるでしょうから、わたしからご説明します。その出産は、伯爵ご自身と奥様の両方が熱心に待ち望まれていたものでした。おふたりとも男の子がほしかったのです」

「そうでしょうな」署長は言った。「どこの親もみな同じです」

「しかし、このケースでは普通以上に、です」弁護士は言った。「なぜなら、婚姻継承財産設定の条件により、男子の誕生は、何よりもまず、伯爵の収入がただちに増えることを意味するからです。ジャン伯爵夫人《マダム・ラ・コンテス・ジャン》がわたし自身に語った言葉から、夫人が夫を、そして、家族のみなを失望させることを恐れていたことは確かです。だとすれば、夫人が通常より神経過敏になっていたのもうなずけるのではないでしょうか」

「恐れていたとはずいぶん強い言葉ですね、タルベール先生」彼らは暖炉のそばで肘掛け椅子にすわっている声の主のほうを振り返った。「わたしの義理の娘にはわたしたちを恐れる必要などありませんでした。わたしたちは、婚姻継承財産設定の条件にそこまで振り回されてはおりません。その財産がなければ生きていけないわけではないのです。亡くなったわたしの夫の一族は三百年にわたりこの一帯を所有してきたのですからね」

弁護士は赤くなった。「いや、マダム、何もわたしは、ジャン伯爵夫人がご自身の置かれた状況に怯えていたなどと言っているわけではありません。ただ、そのお立場は微妙であり、責任が重かったということですので。男子の誕生は経済的な困難を著しく軽減したでしょう。ジャン伯爵夫人もそのことを意識しておられたのです」

署長はドクター・ルブランに目を向けた。医師はためらい、まず伯爵夫人を、次いでわたしをちらりと見やった。「ジャン伯爵夫人は確かに男の子を切望しておられましたな」彼は言った。「事実、先週わたしが往診に来たとき、その点を強調しておいででした。その強い想いのせいで、よけい神経質になっていたことはまちがいありません」

「要するに」警察署長は言った。「ジャン伯爵夫人にはヒステリー傾向があったわけですね。お許しください、伯爵、わたしはただ、奥様が事故当時、ひどく心を乱されており、それゆえに、妊娠中ということもあり、めまいに襲われる危険性が高かったということを立証したいだけなのです。そう考えてもよろしいでしょうか、先生？」

「ええ、もちろんです」

「あなたはどうお思いです、伯爵？」

「たぶんそうでしょうね」わたしは答えた。「妻は幼い娘のことも心配していましたし。その件はお聞きになりましたか？」

「ポール・ドゥ・ギ氏とブランシュ嬢が話してくださいました。それに、こちらの小間使《ファム・ドゥ・シャ》い《ンブル》も。でもよかったですよ、最終的にそのおチビさんが見つかって。それで、伯爵が奥様を最後に見たのは、今朝、お子さんの捜索に出かける前なのですね？」

「ええ、そのとおりです」

「奥様はひどく動揺しておられましたか？」

「他のみなと同じ程度だったと思います」

「ご自身も起きて、捜索に加わるようなことは、言っておられませんでしたか？」

「ええ」

「伯爵はベッドでお休みの奥様を置いてお出かけになったのですね？　子供は無事だという知らせをそこで待つように？」

「ええ」

「すると、全員出払っていたわけですね。例外は、ふたりの小間使い、ジェルメンヌとシャルロット。ジェルメンヌは、ジャン伯爵夫人に朝食を運び、その後、ブランシュ嬢の指示で村に行った。あとは、料理人。彼女は階下にいた。それにもちろん、伯爵夫人も上のご自身のお部屋におられた、と。さきほど奥様が落ちた場所を検分させていただきました」彼はわたしに向かって付け加えた。「どうでしょう、お許し願えれば、これから寝室のほうを見せていただきたいのですが」

「いいですとも」わたしは言った。

「牛の世話係の女、ベルトからはすでに話を聞きました。ベルトは奥様が窓から身を乗り出しているのを見たそうです。まるで何かに向かって手を伸ばしているようだった、とか。それから、奥様は虚空をつかむようなしぐさを見せ、落ちてきたということです。ベルトは大声で助けを求め、その声は料理女とシャルロットの耳に届きました。ふたりはすぐさま堀に駆けつけ、その後、料理女が電話でヴィラーから救急車を呼んだそうです。あとのことはムーティエ先生からうかがいました。いまわたしが確認したいのは、ついさっき会ったあの小間使い、ジェルメンヌが奥様に朝食を運んだあと、寝室には誰も行っていないということです」

「シャルロットが行ったんじゃないかしら」ルネが言った。

「呼び鈴で彼女を呼んではいかがでしょう、伯爵?」警察署長が言った。

「シャルロットはわたしのメイドですからね。わたしが呼びますよ」伯爵夫人が言った。肘掛け椅子から呼び鈴のひもへとその手が伸びた。「事故のことをわたしに知らせたのはシャルロットなのです。あれはヒステリー状態でしたよ。たぶん他のみなもそうだったのでしょうが。あの女からはあまり多くは聞き出せないでしょうよ。使用人たちは何かというと取り乱しますからね」

　ガストンが呼び鈴に応えると、伯爵夫人は彼に、警察署長がシャルロットと話したがっていると告げた。

「どうもよくわからない」ポールが言った。「シャルロットやジェルメンヌがわたしの義理の姉に何を言ったかが、なぜ重要なんです？　それは、義姉《あね》がめまいに襲われ、窓から転落したという事実とはなんの関係もないことでしょう？」

「申し訳ありません、ムシュー」署長は言った。「ご家族のみなさんがご不快に思われることは重々承知しております。ただ、警察としては法律上、一点の疑いの余地もなく、転落は事故によるものであったことを証明しなければならないのです。残念ながら、ある程度の高さから人が転落した場合、その転落は事故とはかぎりませんのでね」

　ルネがびくりとし、突然蒼白になった。「それはどういう意味です？」彼女は訊ねた。

「マダム」警察署長は優しく説明した。「神経過敏の状態にある人は、ときとして、危険な行為に走るものです。この件がそうであったと言うつもりはありませんが。すでに申し上げたとおり、わたしとしては、原因は突然のめまいと見るべきだろうと思っております。それでも、しっかりと確かめる必要はあるのです」

「つまり」ブランシュが言った。「義妹が窓から落ちたのは自らの意思だったのかもしれないということですか？」

「可能性はあります、マダム。おそらくそうではないでしょうが」

突然、室内に沈黙が落ちた。静寂のなかで、家族全員が口には出さず大急ぎで、ちがうと否定している――苦しげな彼らの顔をひとつひとつ見ていったとき、わたしにはそう思えた。そしてこの否定は、各自の内なる罪の意識、自分がフランソワーズの死の原因を作ったのかもしれないといううしろめたさに由来するのだ。

シャルロットが入ってくると、緊張は破られた。彼女は不機嫌そうな、疑いに満ちた顔をしていた。

「お呼びでしょうか、大奥様《マダム・ラ・コンテス》」

「警察署長がおまえに訊きたいことがあるとおっしゃるんだよ、シャルロット」伯爵夫人は答えた。

「わたしが知りたいのは」署長は言った。「きみが今朝、事故の前にジャン伯爵夫人と話をしたかどうかなんだが」

シャルロットはわたしに怒りのまなざしを投げた。その表情からわかったが、彼女は署長が自分にこの質問をしているのは、わたしからなんらかの意見か苦情があったせいだと思っているのだった。伯爵はすでに、自分が寝室を訪れたことを署長に話してしまった、だからいま自分は叱責されようとしているのだ、と。

「わたくしが奥様にお会いしたのは、ほんの数分です」彼女は言った。「噂話はしておりませんし、トラブルの種を蒔《ま》いてもいませんわ。もしわたくしが何かまずいことをしたと伯爵様がお思いなら、それはお考えちがいです。わたくしはあの電話のことは一切、奥様に話しておりませんから」

「電話のこと?」署長が言った。「なんの電話だね?」

自分の失敗に気づいたにちがいない。シャルロットはまず女主人に、つづいてわたしに、恨めしげな目を向けた。過去の行動を糊塗《こと》したいという彼女の切望が、自らの罪の暴露《ばくろ》につながったわけだ。「失礼いたしました」彼女は言った。「伯爵様がわたくしを非難なさるおつもりなのかと思ったものですから。わたくしはたまたま、伯爵様がパリにおかけになった長距離電話を聞いてしまったのです。でも、そのことはジャン様の奥様《マダム・ジャン》にはお話ししておりません。分はわきまえておりますので。このわたくしが奥様のご心労を増すようなことをするわけがありませんわ」

誰も彼もがわたしのほうを見ていた。どの顔も——ルネの疑いに満ちた顔からドクター・ルブランのいかにも気まずげな顔まで、どれもみな——シャルロットの棘《とげ》のある言葉から一同が当然のごとく引き出した結論を暴露している。真っ先に沈黙を破ったのは、伯爵夫人だった。「その電話はビジネス上のものですから」彼女は言った。「今回のことにはまったくなんの関係もありませんよ」

署長が申し訳なさそうに咳払いした。「伯爵の経済状況を穿鑿《せんさく》したくはないのですが、マダム」彼は言った。「しかしなんであれ、奥様のご心労となる可能性のあった事柄はすべて調査の対象となるのです」署長はわたしに顔を向けた。「奥様はその電話のことをご存知でしたか?」

「知っていました」わたしは言った。

「その電話に関しては、奥様のご心労の種となるようなことは何もなかったのですね？」

「一切ありません。パリでわたしが交渉してきた契約の話ですから」

署長はシャルロットに向き直った。「きみはなぜ、パリへのその電話がジャン伯爵夫人のご心労を増すと思ったのかね？」彼は訊ねた。その口調は冷たくはなかった。ただぶっきらぼうなだけだ。

すでに敵対的だったシャルロットは、これを新たな譴責《けんせき》ととらえた。彼女はふたたび憎々しげにわたしを見た。「それはわたくしではなく、伯爵様がお話しすべきことでしょう」彼女はそう答えた。

ポールが割って入った。「まったく馬鹿げていますよ」彼は言った。「兄はパリのカルヴァレ社との契約を更新したのです。彼らはうちのガラスのかなりの割合を買い取っているのですが。われわれは兄の成功を喜んでいました。うまくいかなければ、ヴェーリは閉鎖に追い込まれていたところです。しかしわれわれは操業を、少なくとも六カ月は続行しうる条件で契約を更新したわけです。義姉《あね》も他のみんなと同じように喜んでいましたよ」

戸惑った様子で、タルベールが進み出た。「お言葉ですが、ムシュー」彼はポールに言った。「それは事実とちがっていませんか？　きょうの午前、わたしはカルヴァレから新しい契約書を受け取ったばかりですが。その内容は、従来の契約内容とは大きく異なっていましたよ。条件がこちらにとってきわめて不利なものとなっているのです。それを読んで、わたしは驚きました。当然ながら、きょうの悲劇のせいでその問題は頭から吹っ飛んでいましたが、いま、話が出たので……」彼はちらりとわたしに目をくれた。「ジャン伯爵夫人が少し動揺した可能性はあります。あのかたには、跡継ぎの誕生がこれまで以上に重要になったことがおわかりになったでしょうから」

ポールは呆然とタルベールを凝視した。「どういう意味だ?」彼は言った。「契約が僕たちに不利だなんてことがあるかい? 条件は非常に好ましいものなんだぞ」

「いや」わたしは言った。

警察署長がこっそり腕時計に目をやるのが見えた。ドゥ・ギ伯爵家のややこしい経済問題など、この男にはどうでもいいことなのだ。

「契約書のことは、後ほど弟に説明します」わたしは急いで署長に言った。「とにかくこれだけは確かです。その件については、妻は少しも心配していませんでした。わたしは妻に本当のことを打ち明け、彼女はそれに感謝していたのです。さて、そろそろ二階に行って妻の部屋を検分しませんか?」

「ありがとう、ムシュー」署長は最後の質問をするために、シャルロットに顔を向けた。「娘さんのことを心配なさっていたのは当然として、それ以外の点では、ジャン伯爵夫人はいつもと変わりがなかったかね?」彼は訊ねた。

シャルロットは肩をすくめた。「まあ、そうでしょうね」ぶすっとして彼女は言った。「よくわかりません。ジャン様の奥様は何かというと落ち込んで、くよくよなさるかたでした。ご本人は、お気に入りの置物が壊れたのが今回の不調の原因だとおっしゃっていましたよ。奥様はご自身の持ち物を大変重んじておられたのです。塵払いもご自分でなさっていたくらいで、あの置物には誰も触らせませんでした。『これだけはわたしのものなの』奥様はよくそうおっしゃっていました。『これはサン・ギーユの一部ではないのよ』と」

その毒気に満ちた捨て台詞《ぜりふ》はわたしたちみんなを包み込んだ。城は糾弾《きゅうだん》されたのだ。わたし自身と同じように、署長もまたフランソワーズを、実家の宝物にしがみつく孤独な人、財産がなければ求められることもなかった、誰からも顧《かえり》みられない、淋しい人として見ているだろうか？

署長が、では寝室を見せていただきましょうか、と言い、わたしは彼を二階に連れていった。他の連中は、そのまま階下のサロンに残った。ふたりで廊下を進んでいくとき、署長がわたしに言った。「もう一度、お詫びを言わせていただきますよ、ムシュー。ご面倒をおかけし、このようなときにご負担を増やしてしまって、本当に申し訳ありません」

「どうかお気になさらず」わたしは言った。「いろいろとお心遣いいただいて、感謝していますよ」

「実に奇妙なことですが」署長は言った。「こういった不幸のあとは、たいていの場合、故人にいちばん近い方々が、まるで裁かれているように感じるのです。誰もがこう考えます——これは自分のせいなのではないか、こうなるのを防ぐために何かできることがあったのではないか。今回の場合、その答えは〝何もなかった〟です。お城の方々は全員出かけておられた。不運なことですが、誰が悪いわけでもありません。責任がある唯一の人物は、おそらく、伯爵の小さなお嬢さんとなるのでしょうが、ご本人がそれを知ることは決してないでしょう」

わたしは寝室のドアを開けた。そして、署長とともになかに入ったとき、さきほどこの部屋を出る前に閉めておいた鎧戸《よろいど》がもう閉まっていないことに気づいた。それは大きく開け放たれていた。また窓のほうも開かれて、壁にぴたりと押しつけてある。窓台からは子供の体が外に向かってのびていた。その一方の手は窓枠をつかんでおり、もう一方の手は、頭や肩とともに視界の外にある。署長がハッと息をのむのが聞こえた。わたしは彼の腕に手をかけた。突進したい――これがわたしたち双方を襲った衝動だ。だがそうすれば子供は驚いて、せっかくつかんでいる窓枠から手を離してしまうかもしれない。永遠とも思える十秒間、わたしたちは身動きひとつせず待っていた。それから、子供の手が移動してつかむ場所を変え、その体が窓台の向こうからもぞもぞと後退してきた。ほどなく、外壁の、窓と窓のあいだの広いスペースから彼女の全身が現れた。彼女は室内にするりともどって、こちらを向いた。その目はきらきら輝いており、髪はくしゃくしゃだった。

「取れたわ」彼女は言った。「外壁の張り出しにひっかかっていたの」

警察署長のほうがわたしより先に声を取りもどした。こちらは口をきくことができず、ただマリー＝ノエルを見つめるばかりだった。無事生還し、危ないことをしたという自覚もないマリー＝ノエル。その手には、はたきらしきものが握られていた。

「何を取ったの、お嬢ちゃん？」署長は優しく訊ねた。

「ママンのロケットよ」彼女は言った。「パパが先週、ママンのためにパリで買ってきたロケット。ママンはいつもみたいに、窓からはたきを出して埃を振り落としていたのね。それでロケットがはたきにひっかかっちゃったんでしょう。ふたつとも一緒に下の張り出しに落ちてたの。身を乗り出したとき、見えたのよ」マリー＝ノエルはこちらにやって来た。「ほら」彼女は言った。「ロケットのピンがはたきに刺さってる。精一杯遠くまで這い出さなかったら、手が届かなかったでしょうね。ママンはただ呼び鈴を鳴らせばよかったのよ。そうすれば、ガストンか他の誰かが取ってくれたのにね。でもママンは待てなかった。自分で取れると思ったのよ」彼女は署長に目を向けた。「あなたは神を信じていますか？」

「信じたいと思っていますよ、お嬢ちゃん」署長は面食らって言った。

「パパはちがう。懐疑主義者なの。でもロケットとはたきが見つかったことは、祈りに対する答えなのよ。わたしは聖母《サント・ヴィエルジュ》様にこう言ったの。『ママンが生きているあいだ、わたしはママンになんにもしてあげませんでした。ママンが死んだいま、ママンのためにわたしに何かさせてください』そしたら、聖母《サント・ヴィエルジュ》様がわたしに、窓から身を乗り出すようにおっしゃったの。わたしはそんなことしたくなかったのよ。楽しいことじゃないもの。でも、そのおかげでロケットが見つかった。それがどうしてママンの助けになるのかは、まだわからないけど。ただ、天国のママンにとって、ロケットは外壁の張り出しに載ったまま錆びて忘れられちゃうより、娘につけてもらえたほうがいいような気はするわ」

第二十三章

立ち去る前、警察署長は、奥さんの転落は事故ということで得心がいったと言い、翌日十一時に署を訪ねてほしいとわたしに依頼した。遺体はその後、城《シャトー》に搬送されるよう、わたしの弟が手配したという。そして再度、彼は哀悼の意を表し、再度、わたしは礼を述べた。しばらくの後、彼は自分の車で出発し、ふたりの医師もすぐあとにつづいた。こうして弁護士だけが居残り、彼は慇懃《いんぎん》に邪魔をしていることを詫びた。

「わたしが残らせていただいたのは、ムシュー」彼は言った。「さきほど弟君とお話しして、カルヴァレとの新しい契約の条件について弟君がまったく何もご存知ないことを知ったからなのです。少しお話しすれば、状況が明らかになるかと思いましてね」

「状況を明らかにするには」わたしは言った。「弟に契約書を読んでもらうしかありません。読みたければいつでも自由に読んでいいんですよ。上の階のわたしの化粧室にありますからね」

ポールはためらった。「こんなときに、しつこく言うのは申し訳ないんだが」彼は言った。「僕を責めるわけにはいかんだろ。タルベール弁護士《メートル・タルベール》の話によると、新しい契約は古いやつと重要な点でちがっているそうじゃないか。それはつまり、きみがパリからもどったとき、ジャックと僕に言ったことは全部嘘だったということかい？」

「うん」わたしは言った。

「それはあんたにはなんの関係もないことでしょう？」母親が口をはさんだ。「ヴェーリの所有者はあんたじゃない。ジャンなんだからね。ジャンにはなんでも好きなように決める権利があるんだよ」

「ヴェーリを管理しているのは僕ですよね？」ポールは言った。「それは常に感謝されない仕事だった。僕がやりたかったわけじゃない。他に誰もいなかったんです。しかしジャンはなぜ嘘なんかついたんだろう？　僕が知りたいのはそこですよ。僕たち全員をだますことに、なんの意味があるって言うんだ？」

「みんなをだましたかったわけじゃない」わたしは言った。「僕はそれがヴェーリを救う唯一の道だと思ったんだ。パリからもどったあと、考えが変わったんだよ。その理由は訊かないでくれ。話したところで理解できないだろうから」

「どうやって資金を作る気だったんだよ？」ポールは訊ねた。「タルベールによると、新たな条件のもとでは、ヴェーリは完全な赤字経営になるというじゃないか」

「わからない。考えていなかった」

「伯爵《ムシュー・ル・コント》は跡継ぎの誕生に期待していらしたのでは？」弁護士が言った。「伯爵が奥様にその件を打ち明けたのは、だからでしょう。もちろん、こうなったからには……」

弁護士は口を閉じた。遠慮によって彼は身動きがとれなくなっていた。暖炉のそばの椅子から、伯爵夫人がじっと彼を見つめた。

「うん？」彼女は言った。「最後までおっしゃいな、先生。こうなったからには——なんです？」

弁護士はわたしに向かって申し訳なさそうに言った。「ご家族の誰もがご存知のことと思いますが、ムシュー、婚姻継承財産設定の条件によれば、奥様の死に伴い、伯爵はかなりの財産を受け継ぐことになるわけです」

「もちろんみんな知っているよ」わたしは言った。

「したがって」弁護士はつづけた。「カルヴァレとの契約の条件がよかろうが悪かろうが、それはもう、さしたる問題ではないのです。増資によって損失は補うことができますから」

マリー＝ノエルが祖母の隣のスツールにすわって熱心に話を聴いていることには、誰も気づいていないようだった。あるいは、気づいていても気にしていなかったのか。

「それはつまり、パパは結局、お金をもらえるってこと？」彼女は言った。「パパがお金をもらえるのは、弟が生まれた場合に限られるのかと思っていたわ」

「おだまり」彼女の祖母が言った。

「そう」ポールがゆっくりと言った。「そのことはみんな知っていたと思います。しかしそれは、家庭内で話し合うようなことではありません。当然ながら、われわれは全員、義姉《あね》が男の子を産むことを願っていましたよ」

弁護士はなんとも言わなかった。彼に言えることは何もないのだ。ポールがこちらを向いた。

「すまないが」彼は言った。「もしかまわなければ、やはり僕もその契約書を見ておきたいんだ」

わたしはテーブルの上に鍵束を放った。「衣装簞笥《だんす》のなかの、旅行鞄のなかだ」わたしは言った。「そうしたければ、さがしてこいよ」

マリー＝ノエルがぴょんと椅子から飛びおりた。「わたしがさがしてくるわ」そう言って、彼女は鍵束をつかみとった。止めようという考えが誰かの頭に浮かぶより早く、その姿は部屋から消えていた。もっともそれはどうでもいいことだ。どのみち契約書は読まれるのだから。

「本当にポールったら」ルネが言った。「あなたは気遣いがなさすぎるわ。タルベール先生がおっしゃるように、フランソワーズが亡くなったことで、状況は変わったのよ。いまはビジネスの話を持ち出す時じゃないでしょう。それにジャンにとって、これはとてもつらいことにちがいないわ」

「家族全員にとって、つらいことだよ」ポールが言った。「フランソワーズの犠牲でヴェーリが利益を得ることなど、僕は望んでいない。ただ、だまされるのはいやなんだ。それだけのことさ」

タルベール弁護士は居心地悪そうだった。「申し訳ありません」彼は言った。「契約条件についてご家族のあいだで不幸な行きちがいがあったことを知っていたら、わたしもその件に触れたりはしなかったのですが。当然ながら、わたしにできることはなんでもさせていただきますので、伯爵」彼はわたしに言った。「この件でも他の件でも、ご葬儀のあとそちらのご都合のよいときに、しっかりと協議いたしましょう」

「葬儀は金曜日に執り行います」伯爵夫人が言った。「手配はすでに司祭様《ムシュー・ル・キュレ》と一緒にわたしがいたしました。わたしの義理の娘は明後日うちにもどり、こちらに安置されます。そうしておけば、葬儀までのあいだに、一族の友人やこの地区の方々に、お別れに来ていただけますからね。もちろんわたし自身がみなさんをお迎えしますよ」弁護士は一礼した。「ひとつお願いがあるのですが、先生、新聞各紙に訃報が載るよう、今夜、手配していただけないでしょうか。そうすれば、明日の版でその知らせが読めますからね。文章はすでにわたしが書きましたので」夫人は紙を数枚、膝から取りあげ、弁護士に手渡した。「司祭様がいま、ローレの女子修道院の院長様に連絡して、水曜と木曜の夜、尼僧たちに見守りに来てもらえるよう手配してくださっています」夫人は少し間を取り、椅子の肘掛けを指でトントンたたきながら、考えをめぐらせた。「柩《ひつぎ》の運び手は、もちろん、領地の者たちになりますね。お天気が持つよう祈りましょう。わたしの夫は、冬の、地面が雪に覆われているときに亡くなったのですよ。柩を担いで橋を渡るとき、男たちは足がすべるので苦労したものです」

マリー＝ノエルが階段をバタバタおりてくる音、ホールを駆けてくる音が開いたドアから聞こえてきた。

「静かになさい」彼女が部屋に飛び込んでくると、伯爵夫人が言った。「喪中の家では、静かに歩くものだよ」

マリー＝ノエルはまっすぐポールのところに行き、彼に書類を渡した。

「お許し願えるかな?」ポールはわたしを見て言った。

「もちろん」わたしは言った。

しばらくのあいだ聞こえるのは、ポールが契約書のページをめくるとき、手の切れそうなその紙がパラパラという音だけだった。それから彼はわたしに顔を向けた。

「わかっているんだろうな」内心を少しも明かさない平板な声で、彼は言った。「この契約は、きみがパリに行く前に僕たちが同意したことすべてに反しているんだが」

「わかっているよ」わたしは言った。

「きみはもう一部に署名して、カルヴァレに返送したのか？」

「土曜日に事務所で署名し、うちに帰る途中で投函したよ」

「すると、もう何もやるべきことはないわけだ。ママンの言うとおり、会社はきみのものであり、きみはどうとでも好きなように話を決められる。つまりそれは、僕に関するかぎり、きみのためにがんばって工場を切り回すことはもうできないということだ」

彼は立ちあがって、契約書をわたしに返した。失望に満ちたつらそうなその顔に、突然、老いと疲れが現れた。「有能ぶる気など僕にはない」彼は言った。「だが、僕がパリに行っていたら、これよりはましな結果が出せたろうよ。こんな契約に署名できるのは、巨額な資金がバックにある人間だけだ。僕に出せる結論はただひとつ――パリにいるあいだずっと、きみはとんでもなく無鉄砲になっていたということだよ」

しばらくは誰も何も言わなかった。それから伯爵夫人が暖炉の横の呼び鈴に手を伸ばした。

「これ以上」彼女は言った。「タルベール先生をお引きとめすることはないでしょう。ヴェーリの今後について長々と協議するというのは、いまこの場にはそぐわないし、わたしたちにこの城ですべきことがたくさんあるように、先生にもヴィラーでたくさんすることがおありのはずだからね」

伯爵夫人はわたしに顔を向けた。「疲れた顔をしているよ、ジャン」彼女は言った。「長くつらい一日だったものね。ひと休みしたらどう？　みんなで教会に出かけるまでに、ちょうど一時間あるから。司祭様がフランソワーズのために弔いの特別礼拝を執り行ってくださるんだよ。そのあとみんなで車に乗ってヴィラーの病院の礼拝堂に行きましょう」

夫人は十字架と一緒に胸に下がっていた眼鏡をつかみとると、名前や住所を紙に書き出しはじめた。

わたしは外に出て、堀の向こう側で立ち止まった。牛たちは牧場《まきば》に出ていた。太陽はすでに木々の向こうに沈んでいる。鳩小屋のそばには、焚火《たきび》の名残りの白っぽいくすんだ灰があった。じきに霧が立ちのぼり、城を包み込むだろう。鎧戸《よろいど》も窓もすでに閉まり、城は夜の世界から――森のなかのコクマルガラスの群れや草を食《は》む白黒の牛たちから、遠く離れて立っている。

ポールがやって来て、窓の下のテラスでわたしと合流した。しばらくのあいだ、彼は無言でタバコを吸っていた。それから、落ち着きなく吸い殻を投げ捨て、唐突に言った。「さっき言ったことは、本気だからな」

「さっき、なんと言ったんだ？」わたしは訊ねた。

「これ以上、きみのためにヴェーリを切り回すことはできない、と」

「そう言ったのか？　ごめんよ。忘れていた」

わたしは向き直って彼を見た。疲れ切った悩ましげなその顔は、少し前、病院で一緒に待機しているときにわたしを見つめた、張りつめた油断のない、彼の姉のブランシュの顔と融合していくようだった。わたしにはわかっていた。わたしに対する彼の不信感、反感が突如、表出したのは、少年時代からのさまざまな思い、子供っぽい無配慮や嫉妬や喧嘩に由来する疑いや妬みのせいだけではない。それは、彼の兄の名で犯したわたし自身の失敗、説明のつかないわたし自身の欠点や弱点のせいでもあるのだ。もしも努力していたら、わたしは彼を同志として、友として、惹きつけることができただろう。ところがわたしは彼を敵に回し、さらなる不和と嫌悪の種を蒔《ま》いた。現在の彼の気分は、病院のベッドのフランソワーズの静かな顔と同じく、わたしがもたらした損害の一部なのだ。

「その理由は？」わたしは訊ねた。

「理由だって？」彼は堀をじっと見おろした。「僕たちがうまくいっていたことは一度もない。それはわかっているだろう。いい思いをするのはいつもきみ、僕は貧乏くじを引くばかりだ。生まれたときからずっとそうだった。きみは自分の代わりにヴェーリを切り回してほしいと僕にたのんだ。モーリスが射殺されたあと、その役を引き受ける者が誰もいなかったから。僕はその仕事を引き受けた。きみのためじゃなく、一族のために。そして、少なくともきょうまでは、きみのビジネス上の判断だけは尊重してきたよ。だが、もうそれさえもできない」

彼の声は恨めしげで苦々しく、まるで自分の仕事のみならず、自分自身を信じる気持ちまですっかりなくしたかのように聞こえた。長年にわたり懸命にやってきたことが水泡に帰し、意義を失ったかのように。彼の見た愚かしい契約、よそ者がたった五分の電話で始動させたあの契約は、彼を愚弄《ぐろう》するために作成されたも同然であり、彼が忍耐強く構築してきたすべてを粉砕しようとしているのだ。

「たとえば」わたしはゆっくりと言った。「今後はビジネス上の判断を、きみが僕にではなく、僕がきみに委ねることにするとしたら？」

「どういう意味だ？」疑り深い、浅ましい彼の目は、あのアルバムの一連のスナップ写真を思い出させた。そのなかで、彼はいつもグループの端のほうに立っていた。なぜなら中心人物が注目を集めているのに対し、彼のほうは自信なげでその絵に合わず、場ちがいだからだ。

「きみはさっき、自分は有能じゃないと言っていたね」わたしは言った。「それでも、自分がパリに行っていれば、僕よりもましな結果が出せたろう、と。きみの言うとおりだよ。きみならやれたろう。たとえば今後、きみがビジネスのその部分を引き受けるとしたら——出張し、注文を取り、パリやロンドンやその他どこでもきみの行きたい町に行き、新たな人脈を作り、人と会い、もしそう望むなら世界中旅してまわるとしたら——そのあいだ僕がここに留まるとしたら、どうかな？」

　ポールは姿勢を正してわたしを見つめた——戸惑い、信じられずに。

「本気なのか？」彼は言った。

「本気だよ」わたしは答えた。それから、彼がまだ疑っているようなので——「出張したくないのか？　どこかに行きたくないのかい？」

「どこかに行きたくないかって?」彼の笑いは短く、陰気臭かった。「行きたいに決まっているだろう。いつも行きたいと思っていたさ。だがそんな金はあったためしがないし、機会だってなかった。きみもそうさせてくれなかったしな」

「いまなら、そうさせてやれるよ」わたしは言った。

束の間消えていた緊張が、ふたたびふたりに忍び寄ってきた。ポールはわたしから顔をそむけた。「金が入ったから、慈善家を演じる気になった。これはそういうことなのか?」彼は訊ねた。

「僕自身はそういう見かたはしていなかったが」わたしは言った。「はたと気づいたんだよ。きみの人生は楽なものじゃなかったろう。すまなかった」

「こんなに何年も経ってから、後悔してももう遅いんじゃないか」

「かもしれない。どうだろうね。きみはまだ僕の質問に答えていないよ」

「つまりこういうことか」ポールは言った。「きみは僕がヨーロッパやアメリカを自由に旅することを認める。僕はよその工場やうちみたいに小さなよその製作所を見学してまわり、より先進的な手法を用いれば、同様の条件下でも操業の継続が可能なのかどうかをさぐる。そうすれば半年後、僕がここにもどったとき、サン・ギーユでその手法を取り入れられるかもしれない」

恨めしげで、苦々しかったあの声が突然、興味の色と緊張を帯びた。そして、ポールの言うようなことなど何ひとつ考えておらず、ただ彼の人生を侵害したことをとにかく申し訳なく思っているだけだったわたしも、ここで初めて、自分がたまたま彼の人生に新たな意味を与えるアイデアを出したのだということを悟った。利用され、負担を背負わされ、決して感謝されない弟として自分自身を見るのをやめて、彼は変身するだろう。判断を下す者となり、衰弱して滅びかけていたものに新たな血液を送り込み、そうすることで伝統と自分自身を救うだろう。

「きみならそれ以上のことができるさ」わたしは言った。「ルネと話して、意見を聞いてみてくれ。無理強いはしたくない」

「ルネか……」ポールはしばらく渋い顔をして、考え込んでいた。それから、ぎこちなく、やや自信なげに言った。「それが僕たち夫婦の問題への答えなのかもしれないな。僕たちはあまり幸せじゃなかった——きみもそれは知っていたろう? 彼女をここから連れ出せば、何もかも変わるかもしれない。自分はサン・ギーユにはもったいないと彼女は思っているんだ。だから ふたりで旅して、いろんな人に会い、ルネ自身忙しく頭を働かすようになれば、彼女も退屈しなくなり、不満は消え、僕ももっといい連れとみなされるだろうよ。僕は野暮な田舎者じゃなくなるわけだ。いまの彼女には、僕がそう見えているんだが」

彼は前を見つめて立ちあがった。形と実体を成しつつある、彼自身の新たな像を見つめて。そして奇妙なことに、わたしにもなぜか胸を疼かせるその像が見えた。ポールがなりたかった彼。もっと派手な服を着て、華やかなネクタイを締め、大西洋を渡る大型船の甲板で輪投げに興じ、どこかのバーでルネとともにマティーニを飲むポール。そして彼の目を通して、わたしには彼にほほえみかけるルネの姿が見えた。エレガントでお洒落《しゃれ》な彼女。夫婦は自分たちの成功という小さな雲に包まれている。それによってふたりはお互い同士もっと優しくなれるのだ。「いま、ルネにその相談をしてもいいかな?」唐突にポールが訊ねた。「今夜、きみの気が変わらないうちに?」

「僕の気は変わらないよ」わたしは言った。「幸運を祈るよ、ポール」そして愚かしくも、客間劇の古風な登場人物よろしく、わたしは彼に手を差し出した。すると彼は、まるで協定でも結ぶかのように、堅苦しくその手を握った。これはわたしの直近の過ちを赦すということなのだろうか? それとも、その赦しには、わたしのものではない過去の罪も含まれているのだろうか?

ポールはくるりと向きを変え、城のなかへと姿を消した。わたしはそのままそこに立っていた——黒っぽい木々を背にくっきりと形を現す白黒模様の牛たちを眺め、草深い牧場から流れてくる宵《よい》の冷気を感じながら。近づいてくる者はなく、邪魔はまったく入らない。そこでわたしは、フランソワーズのために自分なりに祈ろうとした。愚かさと配慮の欠如が原因で死んだ女性のために、あとになれば捧げることができない祈りを。特別礼拝のときや、病院の礼拝堂では、わたしは夫の役を演じる欺瞞《ぎまん》者にならざるをえないのだ。

教会の鐘が静けさを破って厳《おご》そかに時を告げると、わたしはホールに行って他の者たちと合流した。そのときわかったのは、今回は日曜のように歩いて村に行くのではなく、フォーマルに車に乗っていくのだということだ。車はどちらもテラスの前に寄せられており、一台目の運転席には制服姿のガストンが、二台目の運転席にはポールがすわっていた。三人の女たちはすでに真っ黒な服に着替え、黒っぽい冬の上着を着たマリー＝ノエルを連れており、あらかじめ決められている席順に従って車に乗り込んだ。ルノーに乗るのは伯爵夫人とわたしと子供、ポールは姉と妻を乗せていくのだ。

来《きた》る金曜の葬列の前触れのように、車はゆっくりと門をくぐり、橋を渡った。そして二分後、それと同じ厳粛《げんしゅく》なペースで、わたしたちはゆっくりと車を降り、教会に入り、日曜と同様に最前列の自分たちの席に着いた。

そこにひざまずき、祈りに耳を傾けながら、わたしは思った――いま隣にいる人々からは、どんな熱い祈り、謙虚な祈りが天に昇っていくのだろうか。彼らが願うのは、亡きフランソワーズの安息なのか、それとも、彼ら自身への赦しなのだろうか？　このふたつの願いは、互いにそっくりであるがために、融合するにちがいない――わたしにはそう思えた。こうした祈りすべての究極の目的は、不安と苦痛を討ち滅ぼすことなのだ。ベールに隠れているため、母親と娘と義理の娘の姿はそっくりに見え、まるで三人がひとつの人格の別の相、ひとつの貌《かお》の三連祭壇画であるかのようだった。彼女らが悲嘆に暮れているのか、秘密の思いをかかえているのか、わたしには測りかねた。短く刈った髪を覆っていない子供だけが、かつてあったもの――ベールに隠れた者たちが深く惜しむ、失われた純粋さ、失われた若さの象徴となっていた。

礼拝が終わると、わたしたちは車でヴィラーに移動し、少しのあいだ礼拝堂で遺体とともに過ごした。不思議なことに、案に相違して、そうすることは、つらくもなければ気味が悪くもなかった。いまは蠟のように白くなり、はるか彼方にいるフランソワーズの亡骸《なきがら》は、わたししたちが裏切ったあの人ではなく、何世紀も経てエジプトの墓のなかで発見された、ミイラ化した遠い存在なのだった。泣きだすのではないか、怖がるのではないかと案じ、わたしはマリー＝ノエルを見ていたが、そんな気配はまったくなかった。彼女はふたりの尼僧を、ロウソクを、花々を、興味深げに眺めていた。それを見てわたしは悟った。この子にとっては、また、おそらく他のみなにとっても、ここは悲しみや後悔が入り込める場ではなく、ただ好奇心とかすかな驚きがあるばかりなのだ。外に出たとき、泣いたのはルネだけだった。彼女は手さぐりでハンカチをさがし、マリー＝ノエルは大人が泣くのを見て気まずくなり、赤くなって顔をそむけた。

わたしたちが城にもどったのは、八時半ごろだった。夕食には司祭が同席した。伯爵夫人は、わたしの正面に当たるテーブルの端の席に着いた。わたしはそれまで夫人が食堂にいるのを見たことがなかった。厳粛な場でありながら、彼女の存在はその部屋に温かみと特別感をもたらした。それは、身内の死を悼《いた》む集まりではなく、新年を祝う晩餐のようだった。いまにガストンが七面鳥か鵞鳥を運んでくるのではないか——わたしはそんな異様な期待を抱いた。そこには、色紙でくるんだチョコレートや、天井から下がるヤドリギの束があるべきだった。最初は低く静かだった話し声は、食事が進むにつれて大きくなった。デザートが出たあと、サロンにコーヒーカップの盆が運ばれると、伯爵夫人を先頭に一同は移動したが、そのころのわたしたちは、使用人たちがいなくなれば、みんなで紙の帽子をかぶって、罰金ゲームに興じたり、暖炉で焼栗を作ったりしはじめそうな雰囲気だった。伯爵夫人が初めて疲れを見せたのは、司祭が去ったあとのことだ。夫人に目をやって、わたしはその顔が急に灰色になったことに気づいた。汗の玉が額に浮いて頬を流れ落ちていき、落ち着きなく室内を見回すその目は、たちまち生気と集中力を失った。ポールは司祭とともにサロンをあとにしており、ブランシュとルネと子供は本のページを繰っていて何も気づいていなかった。

わたしは静かに言った。「二階にお連れしましょう」

意味がわからないといった様子で、夫人はわたしをじっと見つめた。わたしが腕を差し伸べると、彼女は震えながらその腕にもたれかかった。わたしは他のみなに聞こえるように大きな声で言った。「リストは上の寝室でチェックしませんか？　そのほうがずっといい」

夫人はわたしの腕をぎゅっとつかんで姿勢を正した。ふたりでドアに向かうとき、彼女はなんの苦もなく明瞭にこう言った。「おやすみ、おやすみ、みなさん。どうぞそのままで。ジャンとわたしは、上で話したいことがあるのでね」

全員がただちに立ちあがった。ブランシュが進み出て言った。「そもそも階下《した》におりてきてはいけなかったのよ、ママン。ご負担が大きすぎたんだわ」

その言葉には反応を呼び覚ますだけの棘《とげ》があった。わたしの腕をつかむ手の力がゆるみ、母親はすぐさま振り返ってやり返した。「あんたの助言がほしいときは、ちゃんとそう言いますよ。あんたは明日の夜までに四百枚の封筒に宛名書きをしなきゃならないんだよ。今夜から始めたほうがいいんじゃないかしら。その子にも手伝ってもらいなさい」

夫人とわたしは部屋を出て、二階の廊下まで一緒に階段をのぼっていった。そこでしばらく足を止め、呼吸を整えながら、彼女は言った。「わたしはなぜあんなことを言ったの？　その招待状はなんの案内なのかしら？」

「葬儀ですよ」わたしは言った。「金曜の葬儀の案内です」

「誰のご葬儀？」

「フランソワーズのです」わたしは答えた。「フランソワーズがきょう亡くなったんです」

「そうだったね」夫人は言った。「ほんの一時《いっとき》、忘れていたよ。わたしはブランシュの結婚式のためにリストを作ったときのことを考えていたの。招待状の印刷までしたのに、ひとつも使わなかったんだものねえ」

夫人はふたたびわたしの腕を取り、わたしたちはつぎの階段をのぼっていった。廊下に入り、塔にある夫人の部屋に向かうとき、静寂は深まり、闇がわたしたちに迫ってくるように思えた。それはまるで、ふたりが常にそこにある過去へと退《しりぞ》いていくかのような感覚だった。

シャルロットがわたしたちのためにドアを開けた。その顔を見て、わたしにはすぐ彼女が怯えているのがわかった。疑り深く、不安げに、彼女はさっとわたしの顔を見た。それから、伯爵夫人が部屋に入っていくと、こうささやきかけた。「化粧室のあの箱がなくなっています」

「知っているよ」わたしは言った。「僕が持っていったんだ」

「なんのために？」シャルロットは言った。「今夜、必要になるでしょうに」

「それはない」わたしは言った。

彼女を押しのけ、伯爵夫人を追って部屋に入ると、わたしは言った。「着替えて、ベッドにお入りなさい、ママン。眠れるかもしれないし、眠れないかもしれない。どちらにしても大丈夫です。今夜は僕がずっと付き添いますから」

天井に映る夫人の影は、魔女のように奇怪で恐ろしい力に満ちており、分厚いカーテンやベッドを囲う垂れ布の一部のように思えた。だが彼女が振り返ってわたしを見たとき、その動きが影を小さくし、それは縮んで床に収まり、夫人のほほえみは、階下の食堂で崇拝者に取り巻かれ、追悼の時を祝祭に変え、その機知と誇りで悲劇に対抗した女のほほえみとなった。

「形勢逆転」夫人は言った。「この前、わたしたちの一方がベッドに寝て、もう一方がそれを見守ったのは、ずいぶん昔のことだね。あんたは十二歳のとき高熱を出したんだよ。わたしは部屋で付き添って、あんたの顔をふいてあげた。今夜、あんたはわたしにそうしてくれるつもりなの？」

彼女は笑って、手振りでわたしを部屋から追いやり、シャルロットを呼んだ。わたしは廊下に出て、階段をおり、ふたたびサロンに行った。他の者たちは明かりを消して、それぞれの部屋に引き取るところだった。マリー＝ノエルはブランシュと手をつないで階段に向かった。一日が終わったいま、その小さな顔は疲れで青白くなっていた。

「あとでおやすみを言いに来てくれる、パパ？」彼女は訊ねた。

「行くよ」わたしはそう約束し、タバコを取りに食堂に引き返した。ふたたびホールに入っていくと、そこにはルネがいた。彼女は他の者たちについていかずに、階段でわたしを待っていたのだ。そんな彼女を見ると、あの最初の夜のことが思い出された。テラスへのドアに手をかけたとき、突然、背後からルネの足音が聞こえてきたこと。そして、髪を肩に垂らし、化粧着姿で、彼女がそこに立ち止まったこと。いまの彼女は、情熱的でもなければ、怒っても沈んでもおらず、なぜか前よりも賢く、やや恥じ入っているふうにも見え、まるでその日の悲劇がわたしたちを隔てる決定的な障壁となったことをわかっているかのようだった。

「あなたはわたしたちを――ポールとわたしを追い払いたいわけね？」彼女は言った。「パリからもどって以来ずっと、こうしようと計画していたの？」

わたしは首を振った。「計画なんか断じてしていない」わたしは言った。「今夜、テラスでふと思いついたんだ。それだけのことだよ。もし気に入らなければ、忘れてくれ」

ルネはしばらく何も言わなかった。何か考えているようだったが、やがてゆっくりと言った。

「あなた、変わったわね、ジャン。きょう、わたしたち全員が受けたひどいショックのせいで変わったという意味じゃなく。しばらく前から、ということ。あなたは前みたいじゃないわ」

「どんなふうに変わったのかな？」わたしは訊ねた。

ルネは肩をすくめた。「わたしに対する態度が変わったというだけじゃない。いまはわかっているけれど、あなたはこの数カ月、気晴らしをしていただけなのよね。あなたは退屈していて、他にすることがなんにもなくて、たまたまここにわたしがいたということ。でも変わったのはあなた自体。あなたは前より非情に、人を寄せつけなくなったわ」

「非情になった？」わたしは言った。「自分ではその逆かと思っていた。あらゆる意味で軟弱になったと」

「それはちがう」ルネは考え深げにわたしを見つめた。「それに気づいているのは、わたしだけじゃない。きのうかおととい、あなたが火傷《やけど》したときに、ポールも同じことを言っていたわ。このところのあなたは、よそよそしかった。わたしにだけじゃなく、誰に対しても。あなたの提案にわたしたちが驚いたのは、だからよ。自分じゃなく、わたしたちに旅をさせよう、なんてね。この一週間のあなたの態度からは、あなたの望みは何がなんでもここから逃げ出すことなんだっていう印象を受けたもの」

わたしはうろたえ、まじまじと彼女を見つめた。「僕はそんな印象を与えていたのか？」

「そうよ。正直に言えば」

「それはちがうよ」わたしは言った。「僕はきみたちみんなのことを四六時中、考えていた。城のこと、工場のこと、ママンのこと、子供のこと、家族全員のことを。きみたちのことはずっと僕の頭にあった。ここを離れるなんて、何よりしたくないことだ」

ルネは驚いた顔をしていた。「わたしにはあなたという人がわからない」彼女は言った。「実は、ずっとわかっていなかったのね。わかった気になっていたなんて、馬鹿だった。あなたはわたしを愛したことなんて一分だってなかったんじゃない？」

「いまの僕はきみを愛していないよ、ルネ」わたしは言った。「過去のことはわからない。でも怪しいものだと思うね」

「ほらね」ルネは言った。「あなたは非情になった。変わったのよ。もう演技さえもしない」

ややあって、ゆっくりと、気が進まぬ様子で、彼女は言った。「ポールは何も言わないけれど、きっとそう思っているだろうし、わたしもそう思いはじめているの。あなたは、冷酷に、考え抜いたうえであの契約を結んだの？……きょうのようなことがいずれ起こる可能性に賭けて？」

彼女の声は静かだったが、わたしはその奥に潜む、ある種の切実さを感じ取った。自分が熱をあげていた男がそうした行動をとったかもしれない、それればかりか自分までその計画に巻き込まれていたかもしれない――そんな驚きと恐れを。

「僕がフランソワーズの死を予想してあの契約を結んだと思っているなら、それはちがうよ、ルネ」わたしは言った。

ルネは大きく息を吸い込んだ。「よかった」彼女は言った。「今夜、礼拝堂にいたとき、わたしは急に……胸がいっぱいになったの。あまりにもいろんなことがあったから。一週間前のわたしなら、サン・ギーユを離れることなんてとてもできなかった。ところがいまは」彼女は踵《きびす》を返し、階段をのぼりはじめた。「自分にはここで暮らしつづけることはできないとわかっている。わたしは去らなければならない。それがわたしたちの――ポールとわたしの将来にある唯一の希望だわ」

彼女が廊下の奥へと消えるのをわたしは見送った。彼女を恥じ入らせたのは、本当にフランソワーズの死なのだろうか、それとも、彼女自身の欲望を鎮めてしまったわたしのよそよそしさ、女としての彼女に対するわたしの無関心なのだろうか？　わたしにはわからなかった。

明かりを消して、暗闇のなか階段をのぼっていくとき、あのふたり、ポールとルネに自分がしたことは、自分自身の行い、すなわち、前の人生の孤独な自己の行為ではなく、また、わたしがその影となったジャン・ドゥ・ギの行為でもなく、第三の人物、彼でもわたしでもない、ふたりが融合したものの行為のように思えた。肉体を持たない存在、思考からでなく直感から生まれ、わたしたちの双方に解放をもたらす何者かがしたことのように。

マリー＝ノエルはおやすみを言いに来てほしいと言っていた。そこでわたしは、スウィングドアを通り抜けて、小塔の階段をのぼっていき、彼女の部屋のドアを開けた。まだ着替えていないだろう、祈禱台の前にいるのではないか、と思っていたのだが、長い一日についに屈したらしく、彼女はベッドで眠っていた。案の定、礼拝堂の情景は、彼女に影響を及ぼさずにはいなかった。ベッドの裾側にはロウソクが二本、灯っており、そのあいだで例のアヒルがひざまずいて祈っている。マリー＝ノエルは、頭部がつぶれたセルロイドの赤ちゃん人形を胸にかかえていた。そしてベッドの頭側には、こんな言葉の書かれた紙が一枚、鋲《びょう》で留めてあった。「マリー＝ノエル・ドゥ・ギの亡骸。紀元一九五六年死去。聖母マリアへのその信仰はサン・ギーユの村に安らぎと悔い改めをもたらした」

わたしはロウソクを吹き消し、窓は開けたままにして鎧戸を閉めた。それから小塔の階段をおりて、城の反対側へと向かい、塔のもうひとつの部屋に行った。ここには火の灯るロウソクはなく、明かりがひとつベッドサイドに点いているだけだった。そしてあの子供とはちがい、枕にもたれた女は眠っていなかった。彼女は覚醒し、警戒していた。憔悴《しょうすい》した土気色のその顔から、落ちくぼんだ目がじっとわたしを見あげた。

「来ないのかと思ったよ」彼女は言った。

わたしはストーブのそばから椅子を引き寄せ、ベッドのほうへ近づけた。そこにすわって、夫人に手を差し伸べると、彼女はすぐさまその手を取った。

「シャルロットはあれの部屋に送り返したよ」夫人は言った。「こう言ってやったの――『今夜は伯爵様《ムシュー・ル・コント》がわたしの世話をしてくれるからね。おまえはいなくていいよ』あんたはわたしにそう言わせたかったんでしょう?」

「ええ、ママン」わたしは答えた。

　わたしの手を握る手にぎゅっと力が入った。そして、彼女がひと晩じゅうそうしてその手を、自分を闇から護るものとして握りつづけることが、わたしにはわかっていた。わたしは動いてはならないし、手を引っ込めてもいけない。もしそうしたら、絆はゆるみ、その意味は失われてしまうだろう。

「少し前から考えていたんだけれど」夫人は言った。「数日中に――何もかもかたづいたら――この部屋を出て、階下《した》の昔の部屋に移ろうかと思うの。そのほうが何かと便利だから。いろんなことに目を光らせていられるからね」

「どうぞそうしてください」わたしは答えた。

「ここで寝ていると」彼女は言った。「記憶がなくなってしまうんだよ。自分がいるのが現在なのか過去なのかわからなくなる。それにいやな夢を見るしね」

　ベッド脇の金メッキの時計が大きくチクタクいっている。ガラスケースのなかに見えるその振り子は行ったり来たり揺れており、このふたつが相俟って時の流れは遅くなった。「昨夜は」

夫人が言った。「あんたが城にいない夢を見たよ。そのなかでは、あんたはまたレジスタンスで闘っているの。わたしはモーリス・デュヴァルが撃たれた夜、あんたがこっそり寄越した手紙を読んでいた。何度も何度も読み返して、しまいには頭が爆発するんじゃないかと思ったよ。そんなとき、あんたがモルヒネを打ってくれてね、そのあとはもう夢は見なかった」

ヴィラーのベーラの家には、小さな革のケースに入った輝く時計があった。黒っぽい文字盤を背にその針は白く、チクタクという速い音は、とても静かなのでほとんど聞こえない。あの音は人間の心臓の活発な速い鼓動のようだった。

「今夜、夢を見るとしても」わたしは言った。「僕がここにいますから。大丈夫ですよ」

わたしは身を乗り出して、火傷したほうの手で明かりを消した。するとすぐさま闇が迫ってきて、自分を包み込んでいくような気がした。暗がりにある絶望がわたしを侵略した。そして夫人は半ば眠りながら、何かしゃべったりつぶやいたりした。わたしにはその内容はわからず、時計がチクタクいうなかで、ただ耳を傾けることしかできなかった。ときおり彼女は叫んだり、悪態をついたりした。また、急に祈りはじめることもあり、一度など突然、笑いだし、その笑いが止まらなくなった。しかし、とりとめのない考えにつぎつぎととらわれながら、彼女は一度も、助けてくれとは叫ばなかった。また、わたしの手を放すことも一度もなかった。五時過ぎに、夫人が眠りに落ち、わたしが身を乗り出してその顔を見おろしたとき、わたしにはそれはもう、何年何カ月もの苦悩を隠す、消耗しきった恐ろしい仮面には見えなかった。その顔は安らかで、のどかで、不思議に美しく、老いてさえいなかった。

第二十四章

夫人はこのまま眠りつづけるだろう。もう置いていっても大丈夫だ。そう確信すると、わたしは立ちあがって部屋を出た。静まり返った家のなかを通り抜けてサロンまで行き、鎧戸《よろいど》を開けてテラスに出ると、堀を渡り、小道をたどって、あの栗の木々の下まで、さらに騎馬道路の中央に立つ女狩人の石像のところまで進んだ。空気は、夜明け前特有の澄み切った冷たさを帯びており、空はもはや夜の漆黒《しっこく》ではなく、いわば日の光の挑戦を前に退《しりぞ》き、くすんだ色となっていた。星々も青白く遠のいており、プレアデス星団の小群はすでに西に落ちて、暗い木々の上に静止している。高台に立つその石像のそばからは、城《シャトー》とその向こうの村が見おろせた。天を突く小さな教会の尖塔《せんとう》、ひとつの家屋敷のように見える、教会の近くの一群の民家、東のほうの高台とそれを取り巻く森――そのすべてが、サン・ギーユを城と教会と村から成るひとつの集合体にしていた。

わたしは女狩人の台座のそばにすわって、日が昇るのを待った。空が白み、光が訪れ、村と城が形と実体を成すにつれ、大地そのものも固まっていくように思えた。温かく湿っぽいそのにおいが日の出とともに立ちのぼり、夜の湿気と朝露が混ざり合って土を肥やす。ふわふわした温かな白い霧が木々を包み込み、ほどなくそれは消え去って、残された木々は金色がかった赤に輝きだした。そして、太陽が村を見おろす台地の上空に昇るやいなや、まるで奇跡のように、村そのものが目覚めた。まもなく、煙突からは煙が立ちのぼり、犬たちの吠える声、牛たちの鳴く声が聞こえてくる——そんな気がした。わたしはもう孤立してはいなかった。疲労で麻痺《まひ》して傍観しているのではなく、大勢のなかのひとり、サン・ギーユの一部だった。わたしは朝、目覚める司祭のことを思った。城で起きた不幸を思い出し、彼はあの屈託のない顔を曇らせる。そしてすぐさま、遺された人すべてのために祈るだろう。その信念は護符のように彼らを害悪から護る。そして同じその信念が司祭の周囲の人々にも届き、彼らを抱擁するだろう。また、わたしは、自分の知らない村人たちのことも思った。フランソワーズに敬意を表し、昨夜、特別礼拝に現れて、頭を垂れ、目を伏せて立っていた人々。そこにはトラックの運転手、エルネストがいた。それにジュリーも、彼女の幼い孫、ピエールも。突然、わたしは確信を持って悟った。自分が彼らに惹かれるのは、よそ者の好奇心からではないし、絵のような情景に対する感傷的な愛着からでもない。もっと深く、もっと本質的なもの、彼らの幸せ、彼らの存続に対する痛烈な欲求——愛情に近いものでありながら、痛みにも似た欲求のためだった。この切望は、どういうわけか人間味に欠けていた。それは、彼らと仲よくなりたいという願いから生まれたものではないのだ。そしてそれは、村人たちや、いまや自分の一部のように思える、城で眠る人々のみならず、その向こうの命なきもの、丘の稜線、砂の坂道、工場長の家の壁を這う葡萄《ぶどう》の蔓《つる》、森の木々にまで及ぶのだった。

その感情は深まり、全身に浸透するように思えた。ちょうど三日前、右手の火傷《やけど》が体のあらゆる部分に作用したように。そして、土曜日の焼けつくような激痛がわたしをのみこむ内なる炎へと溶け込み、このふたつは混ざり合った。そうして石像の台座のそばにすわっているうちに、太陽は昇り、朝霧は消散した。城はその姿をくっきりと顕しつつ、なおも眠っていたが、それは、突如、西の塔の一室の鎧戸が開くまでのことだった。その音は城の敷地の向こうから鋭く鮮明に聞こえてきた。そして、長い窓にはその前にひとときたたずむ人の姿が見えた。わたしのいるほう、石像や通路のほうではなく、空を見あげる人物。自分はひとりだと信じ、夜明けを見つめるその姿はなぜか遠く見え、妙に淋しげだった。それはブランシュだった。そしてその突然の動き、自室の鎧戸を開け放つという行動に、わたしは考えさせられた。彼女も夜じゅう寝ずに過ごしたのだろうか。そしてついにいま、訪れない眠りを渇望しつつ、その希望をさらに十二時間、棚上げにし、寒いあの部屋に光と空気をあふれさせて、不承不承、新たな一日を迎えているのだろうか?

わたしは立ちあがって城へと向かった。堀を渡って、その部屋の窓の下に立ったとき、ブランシュは初めてわたしに気づいた。彼女が窓を閉めようと手を伸ばすのが見えたが、わたしはそうする暇を与えず、上に向かって呼びかけた。「手が痛むんだ。包帯を替えてくれないか」

ブランシュは返事をしなかったが、窓を開けたまま室内に引っ込んだ。そのことから、わたしはこう結論づけた。あの沈黙は、いつもどおり、わたしという存在への無関心を表している。しかし彼女はわたしを助けることを拒んではいない。そこでわたしは彼女の部屋に行ってドアをノックし、応答はなかったが、勝手にノブを回してなかに入った。ブランシュはテーブルのそばに立ち、新しい包帯をほどいていた。その顔は硬く、無表情だった。着ているものは焦げ茶色の化粧着で、髪はいつも日中しているように、うしろに梳かしつけて髷《まげ》にまとめてある。ベッドはすでに整えてあり、カバーが掛かっていた。室内は整然としており、なんの異状もない。この寒くわびしい部屋に、眠れぬ一夜の乱れは一切、見られなかった。祈禱台の花だけが、そこに命を、そして色を与えている。それはダリアだった。ベーラがヴィラーの市場で買ったのと同じ鮮やかな炎――あの小さな客間を命とぬくもりで満たしていた花だ。

ブランシュはわたしを見なかったが、手を差し伸べてわたしの手を取り、月曜の朝にベーラが巻いた包帯を巻き取った。ブランシュには、それが土曜日に自分が巻いた包帯とちがうことがわかったにちがいない。しかし彼女はまったく驚きを見せなかった。その動きは、もの言わぬ、何事にも関心がないロボットのものだった。

「沈黙の誓いを立てたのだとしても」わたしは言った。「きのう病院でその誓いは破られている。もう効力はないんじゃないか」ブランシュはなんとも答えなかった。彼女はただ作業をつづけた。「十五年前」わたしは言った。「ひとりの人間の死が僕たちふたりを隔てた。きのうの、もうひとつの死によって、ようやくあなたの舌はほぐれた。僕たち双方にとって、それに、家族のみんなにとっても、沈黙にはもう終止符を打ったほうがいいんじゃないかな」

裸にされたいま、わたしの手は急に無防備になったように思えた。わたしにはその手を動かし、拳を握ることもできた。それにもう痛みもなかった。ブランシュは新しい包帯を手に取ると、火傷した箇所に巻いていった。それは真新しくひんやりしていて清潔な感じがした。

「あなたにとってはそのほうがいいでしょうね」目を上げずに、彼女は言った。「ちょうどフランソワーズを死なせたほうが、あなたにとってよかったように。これであなたは生きやすくなった。彼女はもうあなたの邪魔はしない」

「僕が彼女を死なせたわけじゃない」わたしは言った。

「あなたは血液型のことで嘘をついた」彼女は言った。「あの契約のことでも嘘をついた。何年にもわたり、いつもいつも、あらゆることで嘘をついてきたわ。わたしはあなたと口をききたくない。いまも、この先もずっと。わたしたちにはお互いに言うべきことなど何もないのよ」

ブランシュは包帯を巻き終えた。彼女はわたしの手を放した。そのしぐさは、決定的だった。放逐。

「それはまちがいだよ」わたしは言った。「僕にはたくさんあなたに言うべきことがある。僕を家長として受け入れるなら、あなたは僕の言葉に耳を傾けなければならない。たとえ賛成でないとしても」

ブランシュはわたしをちらりと見あげた。それから向こうへ行って、簞笥《たんす》の引き出しに予備の包帯をしまった。「財産が手に入って、力を持った気になっているのかもしれないけれど」彼女は言った。「それであなたが敬意に足る人間になるわけじゃない。わたしはあなたを家長だとは思っていないわ。他のみんなもそうよ。あなたはその名に値するようなことを何もしてこなかったでしょう」

わたしはあたりを見回した。その質素さ、冷たさを。また、鞭打たれるキリスト、十字架に架けられたキリストの苦しみに満ちた絵を。無味乾燥な壁に掲げられたそれらの絵は、ブランシュが高く狭い彼女のベッドに横たわるとき、その真正面に見えるにちがいない。そしてわたしは彼女に言った。「あの絵をそこに掛けているのは、だからなのか？　赦せないということを自分自身に思い出させるためなのか？」

ブランシュは振り返ってわたしを見た。その目は苦々しく、口は固く引き結ばれていた。

「わたしの神を愚弄《ぐろう》しないで」彼女は言った。「あなたはわたしの人生のすべてを破壊した。神だけはそのまま残しておいてちょうだい」

「あの絵は工場長の家に飾るはずだったんだろうか？」わたしは訊ねた。「モーリス・デュヴァルに嫁ぐとき持っていくもののひとつだったんだろうか？」

ついにわたしは抑制を打ちくずした。積年の苦しみが表に浮上し、不意に燃えあがる炎のように、ブランシュの目もとと口もとに現れた。

「あの人のことを持ち出すなんて」彼女は言った。「彼の名を口にするなんて――よくそんなことができるわね。あなたが彼にしたことを、昼であれ夜であれ、わたしが一瞬でも忘れたことがあると思う？」

「いや」わたしは言った。「あなたは忘れたことがない。僕のほうもだ。あなたは僕を赦せない――たぶん僕も僕自身を赦せないだろう。だがそれならば、きのうの朝、マリー＝ノエルが井戸に行ったと知ったとき、なぜ僕たちはあんなにも心を動かされたんだろうね？」

すると、わたしが願っていたこと、願うと同時に恐れていたことが起こった。ブランシュの目に涙が湧きあがり、頬を流れ落ちたのだ。喪失の悲しみや痛みが急にこみあげたわけではない。純真なものに触れ、積年の苦しみが解き放たれたのだ。彼女は窓辺に歩み寄り、そこに立って外を眺めた。その背中は無防備で、内なる激情を暴露《ばくろ》している。それがどんな感情なのか、わたしにはわからなかったが。そしてわたしは思った――この人はすわって、あるいは、横になって、また、読書しながら、あるいは、祈りながら、苦い想いを潮のように身内に高まらせ、日々のどれだけの部分をここにこもって費やしてきたのだろう？　しばらくの後、ブランシュは振り返った。すでに目も乾き、平静にもどり――それでも、わたしの前で見せてしまった悲しみのために、いままでよりももろくなって。

「いいものが見られてよかったわね」彼女は言った。「子供のころも、あなたはおもしろがっていた。わたしが泣くのを見ると」

「そうだとしても」わたしは言った。「いまはもうちがうよ」

「だったら、何を待っているの？」彼女は訊ねた。「どうしてここでぐずぐずしているのよ？」

自分がしてもいないことに対し、赦しを乞うことはできない。身代わりとして、わたしにできるのは、罪をかぶることだけなのだ。

「先週、アルバムを見ていたんだよ」わたしは言った。「子供のころの僕たちの古いスナップ写真があった。それに、もっとあとのやつも。ヴェーリで撮ったグループ写真。モーリスもそのなかにいた」

「そう」ブランシュは言った。「それがどうしたの？」

「別にどうもしない」わたしは答えた。「ただ、僕は十五年前の出来事をなかったことにできたらと思った。それだけだよ」

その言葉がジャン・ドゥ・ギらしくなく、予想外だったせいだろう、ブランシュは一瞬平静を失い、びくりとして、わたしを見あげた。そしてそれが心からの言葉で、皮肉もどんな種類の嘲弄《ちょうろう》も含んでいないことがわかると、彼女は小さな声で言った。「なぜ?」

わたしが彼女に与えられるのは、わたし自身の真実だけだ。もし彼女がそれを信じないのなら、それ以上は言うことがない。「彼の顔が気に入ったんだよ」わたしは言った。「僕はそれまでそのアルバムを見たことがなかった。ページをめくっていくうちに、わかったよ。彼はいい人間だ。職工たちは彼を慕い、尊敬していたにちがいない。それから不意に気づいたんだ。彼が殺されたのは、嫉妬からじゃないか——彼を撃つか、撃つように命じるかした男は、誤った愛国心からではなく、彼が妬ましかったから、モーリス・デュヴァルが自分より優れた人間だったから、そうしたんじゃないかと」

ブランシュは驚いてまじまじとわたしを見つめた。たぶん、わたしの言葉が弟の言いそうなことからあまりにもかけ離れていたため、受け入れられずにいたのだろう。

「嘘だと思っているんだね」わたしは言った。「でもそうじゃない。これは本心だよ。全部、本気で言っているんだ」

「告白をしたくなったとしても」ブランシュは言った。「わたしにはしないで。十五年遅すぎるわ」彼女はあちこち歩き回って、すでによくかたづいている室内を整頓し、作業に気持ちを注ぐことで感情を隠そうとしていた。「それが今更なんになるって言うの？」彼女は訊ねた。「ここに来て、自分自身を責めたって、わたしたちのどっちにとっても、なんの意味もないことよ。過去を修復することはできない。モーリスは何をしたって帰ってこないの。あなたは彼を自分の手で撃つ勇気すらなかった。あの夜、ヴェーリに行ったときは、ひとりのふりをして、彼にかくまってくれとたのんだのよね。彼はあなたを入れるために、おりてきてドアを開けた。するとそこには、あなたが立っていた。人殺しの仲間たちも一緒に。神があなたを赦すとしても、わたしには赦せないわ、ジャン」

ブランシュはふたたび窓辺に行き、部屋に流れ込む新鮮な涼しい空気の前に立った。しかしわたしがあとを追い、隣に立っても、彼女は歩み去りはせず、そのこと自体がわたしには赦しのように思えた。

「最初からあなたたちはモーリスを嫌っていた。あなたとママンはね」彼女は言った。「ずっと昔、彼が初めてヴェーリで働きだしたころ——あなたもわたしもまだ大人になっていないころから、あなたは嫉妬していた。パパが彼を高く評価していたせいよ。あなた自身はヴェーリに無関心で、近づこうともしなかったくせにね。そしてパパが彼を工場長にして、すべてを任せると、あなたは彼を憎むようになったのよ。いまでも、サロンで笑っているあなたとママンが目に浮かぶわ。ママンはこう言っているの——『あの潔癖なマドモワゼル・ドゥ・ギ、ブランシュがついに色気づいたなんてことがありうるかしらねえ？』」

ブランシュはわたしを見ずに、城の苑を眺めていた。その横顔はいま、アルバムのあの少女の横顔だった。すでにきまじめに、内向的になった少女、明かしたくない秘密を抱く者。

「あざけりは常にあなたたちの——あなたとママンの武器だった」彼女は言った。「モーリスが平民の出だから、あなたたちは彼を蔑《さげす》むふりをした。パパはぜんぜんちがったわ。理解があって、あなたたちみたいに、彼とわたしの結婚を妨げようとはしなかった。休戦協定が結ばれ、それにつづいて占領が始まったとき、あなたにチャンスが訪れた。人殺しを英雄的に見せるのは、すごく簡単だったんじゃない？　他の家族のなかでもそういうことは起こっていたし。うちだけってわけじゃなかったものね」

ブランシュは両手を振った。それは突然、終わりを迎えた。過去は過去だ。彼女は向きを変え、まわりを見回した。塔に作られたアルコーブ、修道院の独り部屋のような、何もない質素な部屋を、そして、片隅の祈禱台とその上の十字架を。

「いまのわたしにはこれがある」ブランシュは言った。「工場長の家の代わりに。きのうの朝、わたしが感情的になっていたのなら、あなたにはそれがなぜなのかわかっているはずよ」

わたしが彼女を愛おしく思ったのは、他の何よりも、彼女がいまなおわたしを、親しい者に対する二人称、〝デュ〟で呼んでいたためだと思う。子供のころからの習慣は、十五年の沈黙にも壊せなかったのだ。少なくとも、そこには未来の希望があった。

「工場長の家に移って、あそこを自分のうちにしてくれないかな」わたしは言った。「あの家をモーリスがいたころのようによみがえらせて、彼の代わりに工場長になってくれないか」ブランシュは啞然として言葉を失い、ただ、信じられないといった顔でわたしを見つめるばかりだった。そしてわたしは、彼女に拒絶されないよう、大急ぎで先をつづけた。「ポールにはもう、ここを離れていいと言った。彼は戦争以来、ただ義務感から、ヴェーリを管理してきただけだ――あなたもそれは知っているね。彼の興味はそこにはない。あのふたり、ポールとルネはここを出て、あちこち旅をすべきだよ。それがあの夫婦にある唯一の希望だ。他のことはさておき、ふたりが仲よくやっていくためには、そうするしかない。ポールにはこれまで、ビジネスにおいて、サン・ギーユの外の人との交渉において、自分の能力を発揮するチャンスがなかった。いまこそ、それをやる時だよ」

おそらく、ブランシュを何より驚かせたのは、皮肉とは相容れない、その急き込んだ口調だろう。我知らず、だと思うが、彼女は椅子に腰を下ろし、左右の肘掛けをつかんで、じっとわたしを見つめた。

「家族の誰かが引き継がないと」わたしは言った。「僕にはできない。ビジネスのことは何ひとつ知らないし、学ぶ意欲もないからね。あなた自身が言ったとおり、僕はずっとヴェーリにはまったく関心がなかった。モーリスと結婚していたら、あなたと彼はヴェーリを共有し、いまみたいに、時代に取り残され、衰退していくに任せたりせず、ちゃんと生かしていただろう。マリー＝ノエルが大人になったら、ヴェーリはあの子のものになる。あの子が結婚するなら、それが嫁資《かし》になるだろう。いずれにしろ、ヴェーリを理解し、愛している人は、あなた以外いないからね。僕はヴェーリをあなたに任せたい。あなたをその責任者にしたいんだ。モーリスのためにも、マリー＝ノエルのためにも」

それでもまだブランシュは何も言わなかった。仮にわたしがその横面を殴ったとしても、彼女はそこまで呆然とはしなかったのではないだろうか。「あの家はあそこであなたを待っている」わたしは言った。「十五年間ずっと待ちつづけていたんだよ。絵画も、陶器も、テーブルも、椅子も、彼の本も、ふたりが一緒に使うはずだった物すべてが。あなたはここにはもったいない――わからないかな？　食事の指示を出したり、みんな言われなくてもやるべきことはわかっているのに、ガストンたちに指図したり、有能な家庭教師がやればすむことなのに、子供に勉強を教えたり……あなたはヴェーリに、あの家に所属している。以前のようにデザインを考え、彫刻して、あの子が井戸で見つけた城みたいな華奢《きやしや》で繊細《せんさい》なものを作ることもできる。そうすれば、大量生産の品を買ったほうがいいカルヴァレみたいな会社に香水の瓶や薬瓶を納めるんじゃなく、自分自身の販売先を選ぶこともできる。ポールが見つけてくる販売先、優れた細工や芸術性や技術を求めているところをね。ずっと昔、サン・ギーユはそういうものを提供していたし、また提供することもできるはずだ」

エネルギーが、また、考えが急に底を尽き、わたしはへとへとになって間を取った。徹夜であの母親の手を握っていたときは、哀惜という彼女の過去の亡霊がわたしに乗り移ったかに思えた。ちょうどそれと同じように、いま、わたしに注がれるブランシュのまなざしは、あの苦しさから解き放たれ、内省的で、考え深く、優しくさえあり、彼女に光を与え、その悲しみを癒していたが、彼女のものであった孤独はいま、わたしの孤独、わたしの痛みとなっており、自分が担い、耐えるしかないその闇にわたしはのみこまれていた。

わたしはブランシュに言った。「疲れたよ。昨夜はぜんぜん寝ていないんだ」

「わたしもよ」彼女は言った。「お祈りもできなかった」

「それじゃおあいこだね」わたしは言った。「僕たちはふたりともどん底まで行った。でも最初に行ったのはマリー＝ノエルだし、あの子は恐れていなかった。ヴェーリに移ったら、ブランシュ、あなたにやってほしいことがある。職工たちにガラクタをかたづけさせ、もう一度、水源をさがさせてくれ。井戸には水があるべきだからね」

すわったままのブランシュをそこに残し、わたしは彼女の部屋を出て、化粧室に行った。キャンプベッドに身を投げ出すと、目を閉じて、十時過ぎまで夢も見ずに眠り、ガストンに肩をゆすられて目を覚ました。彼はわたしに、警察署長との約束があるから十一時にはヴィラーに着いていなければならないと言った。

ベッドを出て、髭を剃り、入浴すると、わたしはふたたび服を着て、ガストンと町に行った。ガストンの妻とベルトも、礼拝堂に行きたいからと言って同行し、わたしが署長と少し話をするあいだ、このふたりは車のなかで待っていた。署長はわたしに、自分が前日に書いた調書を読んで承認するよう求めた。その後、外に出ると、職員のひとりが、あなたに話があるという人が車のそばで待っていると教えてくれた。それはヴァンソンだった。〝橋の骨董店《ランティクエール・デュ・ポン》〟でベーラの手伝いをしているあの男だ。彼は小さな包みを手にしていた。

「すみませんね、伯爵様《ムシュー・ル・コント》」彼は言った。「マダムにはあなた様に連絡する方法が他になかったものですから。こちらのお品は、きのうパリから届いたものです。到着が遅すぎたことは、マダムもご存知です。あのかたはそのことを大変残念がっておられました。それでもお嬢ちゃんのために、これを伯爵様にお渡ししてほしいとのことで」

わたしは包みを受け取って訊ねた。「なんですか、これは？」

「何かの置物が壊れたのですよ」彼は言った。「あのお嬢ちゃん、伯爵様の娘さんが、それを修理できるかどうかマダムにお訊ねになったのです。修理はとても無理でした。そのことはマダムからお聞きかと思いますが。そこでマダムは、パリから同じものを取り寄せたのです。お嬢ちゃんには代わりのものだとは絶対に言わないでほしいとのことです。お嬢ちゃんは知らないほうがいい、壊れた置物がもとどおりになったのだと信じて、お母様の思い出の品としてそれを持っているほうがいい――マダムはそう思っておいでなのです」

わたしは彼に礼を述べ、少しためらってから訊ねた。「他に何かマダムから僕に伝言はないかな？」

「ええ、伯爵様。そのことと、心からお悔やみ申し上げます、というお言葉だけです」

わたしは車に乗り込んだ。他の者たち、ガストンとその妻とベルトは、相変わらず辛抱《しんぼう》強くわたしを待っていた。そしてわたしたち四人は、病院の礼拝堂に行った。フランソワーズはそこから翌日帰ってくるのだ。昨晩からの何時間かで彼女はさらに遠のき、よそよそしくなり、時の一部と化したように思えた。ガストンの妻はたちまち泣きだして、わたしに言った。「死は美しいものですね。奥様《マダム・ジヤン》はお空で天使になられているのでしょう」わたしは賛成しなかった。死は執行人であり、盛りになる前に花を切り取ってしまう。空にはたっぷり輝きがあるが、土にそれはない。

サン・ギーユにもどると、マリー＝ノエルがテラスでわたしを待っていた。彼女は飛んできて、わたしに抱きついた。それから、他の者たちの乗った車が車庫へと向かうのを待ち、こちらを振り向いて言った。「おばあちゃん《グランミ》は早くから階下《した》にいるのよ。十一時前から。いまサロンでママンを迎える準備をしている。ママンは明日いっぱいあのお部屋に安置されるの。いろんな人が来て、最後のお別れができるように」彼女は感銘を受け、興奮しているようだった。わたしは彼女の黒っぽいドレスにあのロケットが留めてあるのに気づいた。「マダム・イヴがおばあちゃんを手伝っているのよ」マリー＝ノエルはつづけた。「おばあちゃんが呼んだの。お祖父様が亡くなったとき何をどうしたか覚えているのはマダム・イヴだけなんですって。いまふたりで、テーブルを置く位置のことで言い合っているところよ」

彼女はわたしの手を取って、サロンへと向かった。その部屋からは、言い合いで大きくなった声が聞こえた。わたしは子供と一緒に部屋に入った。見ると、鎧戸はいまも閉まっているものの、明かりは点いており、ソファや椅子はみな部屋の中央に向けられていた。窓とドアのあいだには、レースの布に覆われ、長いテーブルがひとつ置いてあった。伯爵夫人はそのテーブルのそばの椅子にすわっており、ジュリーは、別の白い布を腕に掛け、夫人に対峙していた。

「でも、これ確かなことですよ、大奥様《マダム・ラ・コンテス》。テーブルはもっと中央にありましたし、あのとき使ったのは、レースの布じゃなく、ダマスク織の布でした。ここにわたしが持っているこれ。たったいまわたし自身がリネン室の奥から見つけてきたやつです。見たところ、伯爵様のときに使って以来、そこに押し込まれたまま、ほったらかされていたようですが」

「馬鹿おっしゃい」伯爵夫人はやり返した。「あのとき使ったのはレースの布だよ。そのレースの布は、わたしの母のものだったの。母の家に百年前からあったものなんだからね」

「そりゃあそうかもしれませんね、大奥様」ジュリーは言った。「その点に関しては、反論いたしませんよ。そのレースの布のことはようく覚えています。大奥様は、お子さんたちが洗礼を受けるとき、それを出しておられましたね。洗礼式にはよく合っていましたわ。でも喪中となれば、話は別です。ジャン様《マダム・ジャン》の奥様に敬意を表するには、一九三八年の伯爵様のときと同様に、このダマスク織の白布のほうが適しておりますよ」

「レースのほうが見栄えがいいんだよ」伯爵夫人は言った。「誰もそれが祭壇布じゃないことには気づかなかった。司祭様《ムシュー・ル・キュレ》さえだまされたんだからね」

「ええ、司祭様ならね」ジュリーは言った。「あのかたは近眼ですから。でも司教様はだませませんよ。あのかたは鷹のような目をお持ちですからね」

「かまやしないよ」伯爵夫人は言った。「わたしはレースのほうが好きなの。ダマスク織より派手かもしれないけれど、それがなんだって言うの？　わたしは義理の娘には最高のものを与えるつもりだよ」

「そういうことなら」ジュリーは言った。「もう何も言うことはありません。レースの布。それでいくしかないですね。ダマスク織はリネン室にもどされて、また二十年忘れられたままになるんでしょう。近ごろのこの城じゃ、いったい誰が家事を切り盛りしてるんだろう？　昔はこんなふうじゃなかったのにねえ」

　テーブルの端でダマスク織の布をたたみながら、彼女はため息をついた。

「驚くには当たらないよ」伯爵夫人は言った。「使用人たちがこんなんじゃね。連中のなかに自分の仕事に誇りを持っている者なんぞひとりもいないんだから」

「でしたらそれは女主人の責任ですよ」ジュリーは言った。「よい女主人はよい使用人を育てるものです。覚えておりますよ。昔、大奥様が厨房《ちゅうぼう》におりてくると、そのあとわたしたちは半時間ひとことも口がきけなかったものです。本当に怖かった。食事が喉を通らないこともよくありましたよ。それがあるべき姿なんです。なのに近ごろは――」彼女は首を振った。「近ごろは、そうはいかない。今朝、わたしが来たとき、ジェルメンヌはラジオを聴いていたんですよ。まあ、確かにそれは、大聖堂からのミサの中継でしたけど……」ジュリーはみなまで言わず、手振りで憤懣《ふんまん》を表した。

「わたしがずっと具合が悪かったからね」伯爵夫人は言った。「うちはめちゃめちゃになっていたの。これからはちがってくるよ」

「そう願いますよ」ジュリーは言った。「そろそろなんとかしませんとね」

「あんたがそんなことを言うのは、妬み心があるからだよ」伯爵夫人は言った。「あんたはいつもここに来て、自分に関係ないことに鼻を突っ込みたがっていたね」

「自分に関係ないことじゃありませんよ」ジュリーは言った。「ここで大奥様に起こること、ご家族のみなさんに起こることは、なんでもわたしに関係あります。わたしはサン・ギーユで生まれたんですから。この城、ヴェーリ、あの村。それはわたしの命なんです」

「あんたは暴君だよ」伯爵夫人は言った。「あんたの義理の娘は、あんたにさんざん悩まされて、修理工と駆け落ちしたそうじゃないの。これであんたはアンドレと可愛い孫息子を独り占めできる。さぞ満足だろうね？」

「暴君？　このわたしが？」ジュリーは言った。「わたしは世界一、忍耐強い女ですよ、大奥様。朝から晩までがみがみ言っていたのは、義理の娘のほうです。あれがいなくなったのは、うちのアンドレにとって幸いでしたよ。これでようやくわたしたちも平和に暮らせるというものです」

「あんたは暇すぎるんだ」伯爵夫人は言った。「それがあんたの問題だよ。ヴェーリの敷地内で、鶏を何羽か連れて、そこらを嗅ぎまわってるばかりじゃねえ。今後は、週二回、お城に来て、わたしが秩序を回復するのを手伝うといいよ。でも、レースの布に関しては、わたしはまちがっていないからね」

「どうとでもご自由にご意見をお持ちなさいませ、大奥様」ジュリーは言った。「あなた様と言い合うつもりはございません。ですが、仮にこれが自分が発する最後の言葉になるとしても、わたしはこう主張いたしますよ――伯爵様のご葬儀のとき、わたしたちが使ったのは、ダマスク織の布でした」

　ふたりはテーブルをはさんでにらみあった。完璧に理解しあいながら。それから、わたしの存在に初めて気づき、伯爵夫人がごきげんようと挨拶した。「何もかもうまくいったの？」彼女は訊ねた。

「ええ、ママン」

「署長から特に新しい話はなかった？」

「ええ」

「では、万事、予定どおりに進められるね。あんたはルネを手伝って封筒の宛名書きをしたらどう。ブランシュはどこかに行ってしまったの。わたしも午前中ずっとあの娘を見張っているわけにはいかなくてね。きっとまた教会に行っているんでしょうよ。さあ、ふたりとも、もうお行き。ジュリーとわたしにはやるべきことがあるからね」

わたしたちはホールでガストンに出くわした。彼はわたしが車に残してきたあの包みを持っていた。「これをどうぞ、伯爵様」彼は言った。

わたしは包みを受け取って二階の寝室に行った。子供はわたしについてきた。

「それ、なあに？」彼女は訊ねた。「何か買ったの？」

わたしは返事をせずに、ひもをほどいて包み紙を開けた。〈コペンハーゲン〉の猫と犬、壊れたあの置物とまったく同じものが出てきた。わたしはそれらをもとの居場所の炉棚に置き、マリー＝ノエルに目をやった。彼女は両手を組み合わせ、笑顔で立っていた。

「絶対に誰も気づかないわね」彼女は言った。「何かあったなんて、わかりっこない。ふたつとも完璧。壊れたことなんかないみたい。これでやっと赦されたって思えるわ」

「どういう意味？　赦されたというのは？」わたしは訊ねた。

「わたしは運動神経がいいところを見せつけようとしていた」彼女は言った。「それに不注意だったわ。だからあの置物は壊れたのよ。そして置物が壊れたから、ママンは具合が悪くなったの。あした、この子たちをサロンに飾れたらいいのに。ロウソクの隣に、シンボルとして」

「それはできないんじゃないかな」わたしは言った。「変な感じがするだろうから。これはここに、ママンの他の持ち物と一緒に置いておこう。それでも、その意味は同じになると思うよ」

下の図書室に行くと、例のリストがわたしたちを待っていた。だがそこに宛名書きをしている者はいなかった。ポールも、ルネも、ブランシュもだ。

「どうしたんだろう？」わたしは子供に言った。「みんなどこに行ったのかな？」

マリー＝ノエルはすでに封筒をひとつ取り、リストのいちばん上の住所氏名を丁寧《ていねい》に曲線的な文字で書き込みはじめていた。

「本当はこれは言っちゃいけないのよ」彼女は言った。「おばあちゃん《グランミ》は知らないんだから。でもルネおば様はお部屋で、ご自分の持っている冬のお洋服を全部、チェックしているところなの。重大な秘密だと言って話してくださったんだけど、ご葬儀がすんだら、おば様とポールおじ様はここを離れるんですって。おふたりは旅に出るおつもりなの。パリで小さなアパートメントを借りることまでお考えのようよ。パパとおばあちゃんがいいと言ったら、泊まりに来てって誘ってくださったわ」

「ポールおじ様も二階で服をチェックしているのかい？」わたしは訊ねた。

「いいえ」マリー＝ノエルは言った。「おじ様はヴェーリに行ったの。ブランシュおば様は教会になんか行っていない。おじ様と一緒に行ったのよ。これも秘密なんだけどね。おふたりは、おばあちゃんに知られたら邪魔されるんじゃないかって心配していた。ブランシュおば様は、工場長の家に置いてある家具をチェックしたいの。おば様があの家に入るのは、きのうが十五年ぶりだったんですって。誰もあそこに住まないのはもったいない、もう一度、あの家を住めるようにすべきだっておっしゃっていたわ」

「ブランシュおば様がそう言ったの？」わたしは訊ねた。

「ええ、今朝、わたしにそうおっしゃった。その問題をご自分でどうにかなさるおつもりなのよ。おば様がポールおじ様とヴェーリに行ったのは、だからなの」しばらくのあいだ、彼女は無言で宛名書きをしていた。それから顔を上げ、ペン先を嚙みながら言った。「たったいま、恐ろしい考えが浮かんだんだけど。パパに話すべきなのかどうかわからない」

「言ってごらん」わたしは促した。

「とにかく急なんだもの」マリー＝ノエルは言った。「ママンが死んだとたん、誰も彼もがほしいものを手に入れはじめたでしょう？　おばあちゃんは階下《した》におりてきて、みんなに注目されている。ポールおじ様とルネおば様は旅に出ることが決まり、そのおかげで幸せになった。ブランシュおば様は工場長の家を見に行った。一度、おば様自身がこっそり教えてくれたんだけど、昔、まだわたしが生まれる前、おば様はあの家に住むおつもりだったんですって。マダム・イヴだってリネンのことで大騒ぎして、自分はえらいんだって自信を得ているわ。パパはほしかったお金を手に入れたから、これからは好きなだけそれを使えるし。わたし自身は――」

彼女はためらった。その目は不安げで、少し悲しそうだった。「わたし自身は、結局、赤ちゃんの弟という重荷を背負わされずにすんだ。この先一生パパを独り占めできるのよ」

わたしは彼女を見つめた。忘れていた、または、抑圧していたある言葉が、否応なく意識にのぼってくる。飢えについて、強欲について述べたやつが。食堂に通じる半ば開いた両開きのドアから、電話の音が聞こえてきた。唐突に響いたそのベルの音は、ものを考える妨げとなり、いらだたしかった。これは、マリー＝ノエルの言っていることが、突然、正しい答えを要する重大な問題に思えてきたためだ。

「つまりね」彼女は言った。「ママンが死ななかったら、果たしてこうなっていただろうかっていうことなの」

その問いは衝撃的で恐ろしく、信じていたことすべての土台を揺るがすようだった。「なっていたとも」わたしは急いで言った。「必ずこうなっていた――こうなるしかなかったんだ。そのこととママンが死んだこととはなんの関係もない。ママンが生きていたとしても、まったく同じことが起きていたはずだよ」

それでもまだマリー＝ノエルは納得しきれず、疑わしげな顔をしていた。「神様が何かを取り計らうとき、それはすべて、最善の結果をもたらすためだけれど」彼女は言った。「ときには悪魔が姿を変えてわたしたちを誘惑することもあるものね。覚えている？　聖マタイの福音書にこう書いてあるじゃない？――『もしあなたがひれ伏してわたしを拝むなら、これらのものをみなあなたにあげましょう』」

ベルの音がやんだ。ガストンがホールで電話を取ったのだ。ややあって、食堂から彼の足音が聞こえてきた。

「大事なのはどっちがどっちか知ることよ」マリー－ノエルが言った。「わたしたちにほしいものを与えているのは誰なのか？　神なのか、悪魔なのか？　どっちかなのはまちがいないけど、どうやって見分けろって言うの？」

ガストンがドアの前に現れて言った。「伯爵様にお電話です」

わたしは立ちあがってホールへと向かった。クロークルームに行くと、古風な受話器を取って耳を傾けた。

「どなたです？」わたしは訊ねた。

誰かの声が言った。「このままお待ちください《ヌキテパ》」かなり距離があるのか、その音声はくぐもっていて聴き取りにくかった。そして一分後、別の声、男の声が聞こえてきた。「そちらはギ《コン》伯爵《ト・ドゥ・ギ》ですか？」

「はい」わたしは言った。

しばらく間があった。電話の向こうの相手は、なんと言うべきか決めかね、考えているようだった。

「そちらはどなたです？」わたしは再度、訊ねた。「ご用件は？」

すると静かに、ほとんどささやくように、声が答えた。「僕だ。ジャン・ドゥ・ギ。たったいま、きょうの新聞を見た。これから帰るよ」

第二十五章

本能が彼を拒んだ。頭と体と心が彼に対する反感により団結した。あの男はもう存在しない。現実ではないのだ。電話の向こうのささやき声は、疲労が呼び起こした妄想にすぎない。返事をせずに、わたしは待った。しばらくの後、また彼の声が聞こえてきた。

「聴いているんだろう、代役《ランプラサン》?」

ホールで足音が(たぶんガストンのだ、いや、誰のでもいいのだが)したせいだろう、突如、警戒心が高まった。そして、型どおりに指示を出し、指示に応じ、あれこれ手配し、計画する何者かが、わたしの代わりに受話器に向かって言った。

「うん、聴いている」

「いまドーヴィルからかけているんだ」彼は言った。「きみの車もここにある。きょうこのあと、サン・ギーユまで運転していくつもりだ。暗くなる前に着く意味はない――人に見られるかもしれないからな。七時に会うということでどうだ?」

この男は自分の計画にこちらが乗ると決めてかかっているのだ。その冷静さ、自信たっぷりの話しぶりが、彼に対するわたしの憎しみをさらに募らせた。

「場所は?」わたしは訊ねた。

沈黙が落ちた。しばらく考えたすえ、彼は静かな声で言った。「ヴェーリの工場長の家は知っているだろう?」

わたしは、彼がわたしに対する最初の、そして唯一の悪戯《いたずら》を仕掛けたル・マンのホテルを提案するものと思っていた。その場所なら中立地帯と言える。代わりに工場長の家を指定するというのは挑戦となる。

「ああ、知っている」わたしは言った。

「森のなかの脇道に車を置いて――」彼は言った。「果樹園を通っていくよ。家で待っていて、僕をなかに入れてくれ。七時以降、できるだけ早く行く」

別れの言葉はなかった。彼が受話器を置くとき、電話がカチリと鳴ったが、それだけだ。わたしはクロークルームを出て、ホールにもどった。ガストンとジェルメンヌが厨房《ちゅうぼう》を出たり入ったりして昼食の盆を食堂に運んでいた。外の車回しから、車の音が聞こえた。シトロエンだ。工場からブランシュとポールが帰ってきたのだろう。まもなくわたしたちは全員集まり、一緒に食事をするのだ。

身内を満たした感情はいまや荒れ狂い、猛威を振るっていたが、同時にわたしは慎重に冷静になっていた。いまではわたしが所有者、彼が侵入者だ。この城はわたしの城、ここに住む人人はわたしの人々、数分後にともにテーブルを囲む家族はわたしの家族、わたしの血と肉なのだ。彼らはわたしのものであり、わたしは彼らのものだ。帰ってきて彼らを自分のものにすることなど、あの男にはできない。

サロンに行ってみると、伯爵夫人はまだそこにすわって室内を見渡していた。家具の配置はまたしても変わっていた。ジュリーはダマスク織の布とともにいなくなっており、伯爵夫人はひとりだった。

「電話は誰からだったの？」彼女は訊ねた。

「別に誰でもありません」わたしは答えた。「朝刊を見たという人です」

「こんなときに電話を寄越す人なんて昔はいなかったのにねえ」夫人は言った。「気が利かない証拠ですよ。お悔やみの手紙なら丁寧《ていねい》だけど。または、わたしに花を送るとかね。でも、礼儀作法なんて過去の遺物だものね」

わたしは夫人に歩み寄って、その手を取った。「ご気分はいかがです？」わたしは訊ねた。

「さっきはジュリーの前だったのでうかがえなかったんですが」

夫人はわたしを見あげてほほえんだ。「わたしたちは夜番をした。そうでしょう？」彼女は言った。「あんたは椅子で眠った。わたしはと言えば、一度も目を閉じなかったよ。こういうことが簡単にいくと思っているなら、それはまちがいだからね」

「簡単なことだとは僕は一度も言っていませんよ」わたしは答えた。「これはあなたにとってこれまでの生涯でいちばん過酷な経験になるでしょうね」

「あんたのために、わたしは安らぎと幸せな夢を自分に禁じなければならないわけだ」夫人は言った。「結局はそういうことでしょう？　あんたがわたしに階下にいてほしがるってだけの理由で。そのうちあんたも気が変わって、わたしを二階に追いやらないともかぎらないのに」

「それはない」わたしは言った。「絶対に……絶対に……」

この感情の激発は夫人をおかしがらせた。彼女は手を上げてわたしの頰をなでた。「あんたは甘やかされている」夫人は言った。「それがあんたの問題だよ。ジュリーとわたしはこの朝、その点に関して意見が一致した。わたしたちはみんな、あんたのために自分を苦しめている。もしわたしの具合が悪くなったら――そうなることはほぼ確実だけれど――それはあんたのせいだからね」彼女は少し間を取った。それから、満足げにあたりを見回して言った。「礼拝堂でフランソワーズを見たときは感心したよ。生まれのよさが出ていたからね。あの娘《こ》としては初めてだけれど。あれなら、明日お別れに誰が来ようとあの娘を誇りに思える。義理の娘が死んだとき、その娘を恥じなくてすむというのは、大きななぐさめだよ」

ガストンがサロンに入ってきて、喪中にふさわしくしわがれた彼の新たな声で、昼食の用意ができたと告げた。一緒に廊下に出ていくとき、夫人が言った。「サロンが花でいっぱいになれば、すべてがちがってくるよ。やっぱり百合の花だね――どれだけ高くついても。結局のところ、お金を払うのはフランソワーズなんだし。あの娘にはこれくらいしてやらないとね」

他のみんなはすでに食堂に来ていた。わたしはポールとブランシュを見やり、ふたりが共謀者の顔をしていることに気づいた。こそこそしているわけではない。心を鎖《とざ》しているわけでもない。子供っぽく、うれしい秘密を共有しているという感じだ。ブランシュがいつものように祈りを唱え、その後、笑みもなく、ただいくばくかの自信、いくばくかの確信を持って、こちらを見たとき、わたしには午前中に自分が何かを成し遂げたことがわかった。沈黙が終わらないとしても、少なくとも痛みを取り除くことはできたのだと。

母親がわたしの向かい側の席に着くと、わたしは言った。「あなたもいるべきところにもどってきたことですし、僕は他のこともいろいろと変えていくつもりです。ブランシュとポールとルネとはすでにその話をしました。ポールはもうこれ以上、ヴェーリの管理には従事しません。彼はあちこち旅して回るんです。ルネも彼と一緒に行きます」

この宣言にも、夫人は少しも動じなかった。皿の腎臓をひと切れフォークに刺して、自分の左右にうずくまるテリアたちにやりながら、彼女は言った。「いい考えじゃないの。ふたりはとっくに行っているべきだったんだよ。あいにくわたしたちにはそれだけの余裕がなかったけれど。ポールのあとは誰が引き継ぐの？ ジャックじゃないでしょうね？ あの男にそこまではさせられないよ」

「ブランシュです」わたしは答えた。「ヴェーリのことは他の誰よりもよくわかっていますからね。今後、ブランシュには工場長の家に住んでもらいます」

これさえも、夫人を揺さぶることはできなかった。自分が何を期待していたのか、それはわたしにもわからない。たぶんブランシュを標的とする毒舌、あざけり。言葉の奔流はもちろん。だが夫人はただ穏やかにこう言った。「わたしがいつも言っていたとおり、ブランシュにはビジネスの才がある。誰に似たのか知らないけれど――わたしじゃないことは確かだよ。あんたたちの父親だってすばらしいとは言えなかったし。あの人はヴェーリを事業ではなく一族の文化遺産とみなしていたからね。でもブランシュがやれば――」夫人は顔を上げて、テーブル越しに娘を見やった。「この娘《こ》がやれば、たちまちここは観光客でにぎわうようになる。門のなかには店ができて、城や教会の模型を売るだろうし、番小屋ではジュリーがアイスクリームを振る舞うだろうね。本当ならずっと前にそうなっていたんだよ。戦争さえ起きなければね」

夫人は食事をつづけた。ポールがちらりとわたしを見て、大急ぎで言った。「それでは、反対はしないんですね？　この案にも、もうひとつの案にも？」

「反対？」夫人はオウム返しに言った。「反対するわけがないでしょう？　どちらの案も自分にとって結構な話なのに。わたしは毎日階下に来ることにしたんだよ。だとしたら、ブランシュはこの先いったいどうすればいいの？」夫人はパンをひとつ割った。「それを言うなら、ルネもだね」彼女は義理の娘を見やった。「女が悪さをするのは暇なときだけだし。時間を持て余すと、女は宗教に走るか、男を作るかだから」

そんなわけで衝突はまったくなかった。マリー＝ノエルの言ったとおりだ。誰もがほしいものを手に入れた。全員の顔に安堵の色があった。そこにすわり、彼らを見つめていると、突然、未来の情景が目に浮かんだ。後部席に荷物を積み、わたしが買い与えた新車で出発するポールとルネ。ややおかしな気分、田舎者の気分で、ふたりはパリに到着する。だがその気分も解放感によって徐々に薄れていく。一方、ブランシュは工場長の家で家具を仕分け、一冊一冊、本を調べ、たぶん忘れていたスケッチやデザイン画を見つける。彼女もまた、別の自由を見出《みいだ》している。悲しみを脱した解放感を。

それらの情景を思い浮かべているとき、わたしはテーブルの向こうからマリー＝ノエルが自分を見ているのに気づいた。「うん?」わたしは言った。「今度は何かな?」

「ちょっとね」彼女は言った。「パパはみんなのために計画を立てたでしょう? でもパパ自身は? みんながいなくなったあとは、どうするつもりなの?」

この問いは他のみんなの注意を引いた。全員が興味津々でわたしを見つめた。ブランシュまでもが、ほんの束の間、顔を上げ、こちらをじっと見てから視線を落とした。

「パパはここにいるよ」わたしは言った。「この城に、サン・ギーユに。どこにも行く気はない。ずっとここにいるつもりだ」

そう言っているさなかにも、自分が何をするつもりなのか、わたしにはわかっていた。図書室のデスクの引き出しに軍用のリボルバーがあったことを、わたしは思い出していた。土曜日、銃を使えないがために、屈辱と発覚から逃れようとして、わたしは自らの手を焼いた。きょうはちがう。見ている者はいないはずだ。どんな大馬鹿者でも至近距離で的をはずすことはない。あの男は自分に相応の歓迎を受けるだろう。彼が選んだ場所が工場長の家であることもまた、因果応報というもの。唯一気になるのは車を燃やさねばならないことだった。もっとも、彼に奪われたあの車はもう自分のものという気はしない。どのみちあれは、わたしが忘れ去った過去に属している。計画は一瞬のうちに生まれ、形を成し、鮮明になった。わたしのほうも森を抜けて、工場長の家まで歩いていく。そして裏の果樹園を通って、前に二度やったように窓からなかに這い込むのだ。ふたりが会うのを見る者はいないだろう。わたしはじっと前を凝視したが、暗い森の木々と湿った土以外、何も見えなかった。それから、視線を上げると、彼らの顔が見えた。みんな戸惑い、妙に硬くなって、まだわたしを見ていた。たぶん、わたしの最後のひとことが、あまりにも熱烈で切実だったせいだろう。唯一気まずさを感じていないのがマリー＝ノエルで、彼女はこう叫んだ。「急にしんとして誰もしゃべらないときは、天使がお部屋にいるってことなんですって。おばあちゃんがそう教えてくれたの。わたし自身は完全に確信してはいないけど。だって、いるのは悪霊かもしれないでしょう?」

ガストンが野菜を運んできた。そのひとときは過ぎた。わたし以外のみんなが同時に話しはじめた。母親がわたしの視線をとらえ、唇の動きで〝どうしたの?〟と訊ねた。わたしは首を振り、手振りで〝なんでもない〟と答えた。わたしには、ドーヴィルで車に乗り込み、自信満満、無頓着にその場から走り去るあの男の姿が見えた。彼は自分を待つ小さな世界を信じ切っている。問題がすべて解決し、ずっとほしかった財産も手に入って、俄然、住みやすくなった世界を。あの男は、握手ひとつ、笑顔ひとつでわたしを追い払い、おもしろ半分放り出した人生を再開する気なのだろうか? だとしたら、彼の計画は水泡に帰すだろう。いまはわたしこそが本体で、彼が影なのだ。その影は望まれていないし、死んでもかまわない。

昼食後、チャンスが訪れた。ブランシュと子供は勉強のため二階に行った。母親はサロンの新たな設えを見に来るよう他の者たちに声をかけた。わたしは図書室に行き、デスクに歩み寄って引き出しを開けた。写真のアルバムの横にリボルバーの台尻が見えた。わたしは銃を取り出して弾倉を開いた。弾は込めてあった。なぜあの男はここにこの銃を置いていたのだろう? どんな非常時、どんな目的のために? いまそれは彼に対して使われようとしている。何年ものあいだ、彼が銃を装塡したままにしていたのは、このためだったわけだ。わたしは上着のポケットにリボルバーを入れ、二階の化粧室に行って、引き出しの、モルヒネと注射器の箱の横にそれをしまった。

階下におりたとき、実は危ないところだったことがわかった。他のみなが図書室に移ろうとしていたのだ。サロンはいま、孤立した場所となり、明日の儀式を待っている。ポールはデスクに、ルネはテーブルに着き、ふたりとも封筒の宛名書きを始めた。母親は彼らを見張れる椅子にすわって、わたしに手を差し伸べた。

「落ち着かないようだね」彼女は言った。「何が気になっているの?」

夫人を見つめながら、わたしは自分に言い聞かせた。僕が殺そうとしているのは、この人の息子じゃない。情もなく、心もないよそ者、この人にも他の誰にもなんの感情も抱いていないやつだ。この人は僕を息子と認めている。今後は僕がこの人になんでもしてあげよう。あの男が怠ってきたことを何もかも。

「僕は過去を葬りたい」わたしは言った。「気になっているのは、そのことだけです」

「あんたは過去をよみがえらせるために力を尽くしていたじゃないの」夫人は答えた。「ブランシシュのためのあの計画で」

「いや」わたしは言った。「これはあなたにはわからないことなんです」

夫人は肩をすくめた。「好きになさいな」彼女は言った。「うまくいくなら、わたしはそれで結構だよ。もちろん、これは全部、謀《はかりごと》なんだし。何もかも、あんた自身がもっと快適に暮らせるようにするためだものね。こっちに来て、おすわり」

夫人は自分のそばの椅子を手振りで示し、わたしは彼女の手を握ったまま、そこにすわった。まもなく夫人は眠り込んだ。ポールがこちらに頭をめぐらせて、静かに言った。「ママンは無理しすぎているよ。シャルロットもついさっきそう言っていた。きっとあとで具合が悪くなるぞ。きみが止めてくれないとな」

「いや」わたしは言った。「このほうがいいんだ」

ルネがテーブルからわたしに目をくれた。「お母様は上でお休みになっているべきよ」彼女は言った。「いつもそうしているんだもの。ポールが全面的に正しいわ。このままだとご葬儀のあと、がっくりくるわよ」

「そのリスクは僕が負う」わたしは言った。「責任は僕がとるよ」

長い午後がだらだらとつづいた。あたりはしんとしており、紙をこするペンの音が聞こえるばかりだった。わたしは母親の寝顔を見つめた。そして突然、気づいた。夫人が目を覚ます前に、子供がおりてくる前に、わたしは行かなくてはならないのだ。ポールはこちらに背を向けている。ルネもだ。わたしの行き先は彼らの誰にも知られてはならない。衝動的に、厄除けのために木に触れるように、わたしは母親の手にキスした。それからわたしは立ちあがり、部屋を出た。顔を上げる者はなかった。わたしを呼びもどす者も。

化粧室からリボルバーを取ってくると、玄関からテラスに出て、城の横手に回り、庭園に出るドアに向かった。最初の隠れ場所だったヒマラヤ杉の木の下で足を止めたとき、わたしはセザールが犬舎から出てくるのを目にした。彼は頭をもたげて空気のにおいをくんくん嗅ぐと、こちらに目を向けた。わたしを見ても、彼は吠えなかった。また、尻尾を振りもしなかった。彼はサン・ギーユに属するものとしてわたしを受け入れた。だが、いまだわたしは彼の主人になっていないのだ。これは今後の課題のひとつだろう。わたしは栗の木々のもと、苑を通り抜け、城の敷地の外に出た。太陽が落ち葉を黄金色に輝かせており、森がこれほど美しく、また、これほど恵み深く見えたことはかつてなかった。

工場の敷地と境を接する牧場《まきば》に出ると、わたしは身を伏せて待った。ジャックが立ち去り、職工たちが一日の仕事を終えるまでは、工場長の家に行くわけにいかない。トラックが収容されている建物でガソリン缶を見たことをわたしは覚えていた。ガソリンはわたしの目的に必要なものだ。森のなかでそうして身を伏せていると、工場の煙突から煙がひとすじ流れ出ているのが見え、わたしはいらいらしはじめた。早く職工たちに帰ってほしかった。

二時間ほど経ったにちがいない。時計がないので、正確なところを知るすべはなかったが、突然、空気が冷たくなったのだ。太陽は木々の向こうに沈んでおり、わたしは静けさに気づいた。工場からの音はすべてやんでいた。わたしは起きあがった。垣根の前にしゃがみこんで、果樹園のほうを見たが、そこには誰もいなかった。工場長の家の事務所の窓は閉まっている。家は空き家のように見えた。わたしは垣根にそうようにして、果樹園のなかを進んでいった。工場長の家の壁を背に立ち、しばらく待ってから、葡萄《ぶどう》の蔓《つる》に護られながら事務所の窓をのぞきこんだ。なかには誰もいなかった。ジャックはうちに帰ったのだ。これでこの家を自由に使える。わたしは壁ぞいに家の向こう端まで移動し、またあの窓からなかに這い込んだ。室内には、ブランシュとポールの痕跡がたくさん残っていた。家具のいくつかはすでに移動してあった。テーブルや椅子が前に引き出され、絵画は動かされている。ブランシュは時間を無駄にしなかったわけだ。自分が何をどうしたいか、彼女にはわかっていた。その部屋はもはや過去を収めた殻ではなく、ブランシュがそこにふたたび命をもたらすのを期待に満ちて待っていた。

わたしもまたすわって待った――自分が殺そうとしている男を。日の光が部屋から消え、影が広がった。あと半時間ほどで日が暮れる。そして、ここに来て、窓かドアをノックするとき、あの男は自分自身の犯罪が我が身に返ってきたことを知るだろう。わたしではなく、彼が十五年前にもどるのだ。

まずドアノブが回るのが目に映った。それから、長く使われていなかったせいで、そのノブが床に落ちた。わたしが差し錠をかけておいたため、ドアは開かなかった。わたしはそちらに歩いていき、ノブを拾いあげて、もとどおりはめこんだ。それからリボルバーをかまえ、ゆっくりと差し錠をはずした。ドアを開けると、ドア板の底が石の床板にこすれてズズッと鳴った。十五年前の夜、モーリス・デュヴァルはきっとこんなふうにドアを開け、暗闇のなか戸口に立つあの男を目にしたのだ。そう思ったとき、外であっと声がし、誰かが――あの男ではない誰かが言った。「もしもし、どなたかなかにおられるのですか?」ジャン・ドゥ・ギではない。それはあの司祭だった。わたしたちは互いに向き合った。わたしはうろたえており、司祭は笑顔でうなずいていた。だが、視線がリボルバーに落ちると、その目に奇妙な変化が起きた。

「よろしいかな？」司祭は言った。そして手を差し伸べ、何をする気なのかこちらが気づくより早く、わたしからリボルバーを取りあげた。それから弾倉を空にし、取り出した弾をカソックの下のポケットに収めた。つづいてリボルバーのほうも。

「こういうものは好きませんのでね」司祭は言った。「戦争中、そして、占領中も、われわれはいやというほど銃を見てきました。それは多くの害をもたらしましたし、またそうなるやもしれません」

うんうんとうなずきながら、司祭はわたしを見あげた。口をきくことができず、わたしが無言でいると、彼はわたしの腕を軽くたたいて言った。「怒らないでくださいよ。いつかそのうち、わたしにこれを取りあげられてよかったと思う時も来るでしょう。あなたは破壊をもくろんでいた。そうですよね？」

わたしはすぐには答えなかった。それから言った。「ええ、司祭様」

「やはりね」彼は言った。「もうその話はしますまい。それはあなたご自身の良心と神に委ねるべきことですから。わたしがどうしたのかお訊ねするのは、出過ぎたことでしょう。しかし、可能なかぎり命を救うことは、わたしの務めです。もしいましがた自分のしたことがそれだったなら、とてもありがたく思いますし、とても謙虚な気持ちになりますよ」司祭は暗くなりつつある部屋を見回した。「わたしはアンドレ・イヴを見舞ってきたところなのです」彼は言った。「幸い、彼はまた腕を使えるようになりそうです。あれはとても忍耐強い男ですよ。一週間ほど前、アンドレはわたしにこう言いました。『もうこんな人間、死んじまったほうが、いいのかもしれませんね』『そう言うな、アンドレ』わたしは言いました。『未来はきょう始まる。それは毎朝、目覚めたとき、わたしたちが受け取る贈り物なんだ。それを活かしなさい。放り捨ててはいけないよ』」司祭はちょっと間を取った。それから、室内の家具を指さして言った。「すると、あの話は本当なのですね？　きょうの午後、わたしがお城を訪問したとき、ブランシュ嬢が言っておられたのですが？　あのかたはこちらに移られるそうですね？　あなたのご提案だとうかがいましたよ」

「姉がそう言ったなら、まちがいありません」わたしは答えた。

「では、あなたとてあのかたの気が変わるようなことはしたくないはずです」司祭は言った。「こんなことわざもありますよ――悪に悪を重ねようとも善とはならず。わたしがたまたまここを通りかからなかったら、おそらくわれわれみなを深く悲しませることが起こっていたでしょう。あなたのおうちにはもう充分に悲劇がありました。これ以上あなたがそれを増やすことはないでしょう」

「わたしは悲劇を増やそうとしていたわけじゃありません、司祭様」わたしは言った。「その原因を取り除こうとしていたんです」

「自己破壊によって、ですか？」司祭は訊ねた。「そうしたところでなんの益もありませんよ。ご自身にとっても、ご家族にとってもです。生きることで、あなたはご家族の世界を創り直すことができます。その兆しはすでに、この工場長の家に現れておりますよ。それこそが必要なものなのです。このヴェーリのみならず、お城においても。死ではなく、命ですよ」

司祭はわたしが答えるのを待った。わたしは何も言わなかった。「さてと」ドアのほうを向き、彼は少しためらった。「お城までお送りしたいところですが――わたしは三輪車で来たのです。外にお車はないようですが。どうやってお帰りになるおつもりですか？」

「僕は歩いてきたんです」わたしは言った。「だから歩いて帰りますよ」

「どうでしょう？　三輪車の隣を歩いていっては？」司祭は言った。「ご存知のとおり、わたしはとてもゆっくり漕ぎますからね」司祭は懐中時計を取り出した。「もう七時過ぎです」彼は言った。「お城のみなさんはあなたをさがしておられるでしょう。とにかくひとりはあなたを待っている人がいますよ。そう、あのお嬢ちゃんです。わたしは退屈な道連れですが、ぜひ一緒にいらしてください」

「またの機会に、司祭様」わたしは言った。「今夜はひとりがよさそうです」

司祭はなおもためらっていた。その目は心配そうだった。「あなたを置いていくのはどうも気が進みませんよ」彼は言った。「ついさきほど、ああいう場面を見たわけですから。このあと早まって後悔するようなことをなさらないともかぎりませんし」

「それはできませんよ」わたしは言った。「司祭様ができないようになさったのでね」

司祭はほほえんだ。「よかった」彼は言った。「それについては決して後悔いたしませんよ。この銃は――」彼はカソックをたたいた。「たぶんいつかお返しできるでしょう。今後のあなた次第ですよ。ボンソワール」

司祭は夕闇へと出ていった。彼は一瞥《いちべつ》もせず井戸を通り過ぎ、工場の建物のほうに向かった。

その姿を見送ってから、わたしはドアを閉め、ふたたび差し錠を差した。一日が終わり、室内はいま、闇に満たされていた。果樹園に面する窓にわたしが歩み寄ったとき、窓の下から何者かが立ちあがった。その手には銃が握られていた。彼は窓の桟のこちらに脚をさっと下ろして、なかに入ってきた。静かに笑いながら、わたしの胸に銃を向け、彼は言った。「前に一度、うまくいったやりかたなんだが、今回のほうがずっと簡単だったよ。道路に見張りはいない、小屋もない、バリケードも有刺鉄線もない。脅されれば口を割っちまうガキどもの代わりが、たまたま通りかかった善良なる司祭《ムシユー・ル・キユレ》様だものな。きみも認めざるをえんだろ。幸運は常にこっちの味方なんだ。僕は正しい判断をした。ちがうか？　銃を持ってきたのは正解だったろ？　これは、ル・マンできみに残した旅行鞄からただひとつ持ち出したものなんだ」

　彼はブランシュが今朝、移動させた二脚の椅子の一方を前に引き出した。

「すわれよ」彼は言った。「手を上げる必要はない。これは脅しじゃなく、単なる用心だから。一九四一年以来、僕は常に銃を携帯しているんだ」彼はもう一方の椅子にすわり、わたしと向き合う格好でその座面にまたがった。椅子の背もたれは銃座となった。「つまりきみは僕を排除し、サン・ギーユに居座るつもりだったわけだ。突然、ひと財産手に入ることになって、我慢できなかったということだな？　よくわかるよ。こっちも同じ気持ちだからな」

第二十六章

わたしには彼の目が見えなかった。ただその顔の造りだけがおぼろげに見える。そしてそれはわたしのものだった。明かりがないため彼の存在は一層不気味に感じられたが、どういうわけか暗いほうが我慢しやすくはあった。

「何があった？」彼は訊ねた。「彼女はどうして死んだんだ？　今朝見た訃報によると事故だそうだが」

「転落したんだ」わたしは答えた。「寝室の窓から。きみがパリで買ったロケットを落としてしまい、それを取ろうとしたんだよ」

「そのとき彼女はひとりだったのか？」

「ああ」わたしは言った。「警察の調べも入った。警察署長は完全に納得したし、死亡診断書にも署名をもらえたよ。遺体は明日、サン・ギーユにもどされる。葬儀は金曜だ」

「新聞で読んだよ」彼は言った。「だから僕は帰ってきたんだ」

わたしはなんとも言わなかった。彼が帰る気になったのは、妻の葬儀のためではない。その死が今後の自分にとって何を意味するか考えたからなのだ。

「実はね」彼は言った。「きみがこの事態に立ち向かうとは僕は思っていなかった。一週間前のきょう、きみをホテルの部屋に置き去りにしたときは、きっときみは警察に駆け込んで事情を話すだろう、そして支離滅裂な説明をさんざんしたすえ、連中にどうにかこうにか話をわからせるだろうと思っていたんだよ。ところが——」彼は笑った。「きみは丸七日間、嘘の人生をみごとに生きてみせた。おめでとう。十二年前、あるいは、十五年前に、きみがいてくれたら、どんなに重宝したろうな。なあ、教えてくれ、誰ひとり何も疑わなかったのか？」

「ああ、誰ひとり」わたしは言った。

「僕の母はどうだ？　子供は？」

「ぜんぜんだ」

そう言ってやると、奇妙な、一種、嗜虐《しぎゃく》的な満足感が得られた。彼を恋しがる者はいなかった。誰も彼を惜しまなかったのだ。

「きみはどれだけのことを知ったんだろうな」彼は言った。「あれこれ考えると、愉快でたまらんよ。たとえば、ルネ。僕が発つ前から、彼女は厄介になりだしていた。きみは彼女にどう対処したのかな。それに、フランソワーズはどんな手でなだめておいたんだ？　作法に則って、ブランシュに話しかけるなんていうヘマはしなかったかい？　母はと言えば、例の欲求は近々、医者になんとかしてもらうしかなくなるだろうな。言うまでもなく、うちの主治医ではなく、誰か専門家にだ。母は治療施設に行かなきゃならん。もうパリで一箇所、当たってみたがね」

わたしは、彼の椅子の背もたれに据えられたリボルバーの銃口を見つめた。わたしにその銃を奪えるわけはない。あらゆることの達人であり、だましの達人でもある彼は、わたしの敵としては俊敏すぎるだろう。

「母上をパリにやる必要はないよ」わたしは言った。「自宅でのケアはまだ必要だろうがね。母上は薬をやめたがっている。昨夜、僕はずっと母上に付き添っていた。あの人は初めての挑戦をしたんだよ」

暗闇のなか、彼の目が自分に注がれているのが感じられた。「どういう意味だ？」彼は訊ねた。「昨夜ずっと母に付き添っていただと？　きみは何をしたんだ？」

わたしはベッド脇のあの椅子のことを思い出した。細切れの夢のこと、あの静寂、溶けて流れていくように思えた恐ろしい闇のことを。いま、その夜のことを彼に語ると、それはありふれたつまらない話に聞こえた。何ひとつ達成されてはいない。ただ眠れたというだけだ。

「僕はベッドのそばにすわり、母上は眠った」わたしは言った。「僕は母上の手を握っていた」

伝染性がありながらもおぞましい彼の笑いが、暗い部屋に響き渡った。「気の毒な友よ」彼は言った。「きみはそれでモルヒネ中毒が治ると思っているのかい？　きっと今夜、母は狂乱状態に陥る。シャルロットはいつもの二倍、薬を与えなきゃならんだろうよ」

「いや」わたしは言った。「それはない」だが疑いが襲ってきた。さきほど椅子で眠る伯爵夫人を置いてきたとき、彼女はすでにへとへとで具合が悪そうだった。

「それから？」彼が言った。「教えてくれ。きみは他に何をしたんだ？」

他に何を？　わたしは記憶をさぐった。「ポール」わたしは言った。「ポールとルネ。あのふたりは城《シャトー》を離れる。サン・ギーユを離れるんだ。彼らはあちこち旅をする。少なくとも、半年か一年は」

彼がうなずくのが見えた。「あのふたりの破局はそれで余計早まるだろうな」彼は言った。「ルネはずっとさがし求めていた男を見つけるだろうし、ポールのほうはこれまで以上に劣等感に苛《さいな》まれる。広い世界に身を置けば、あいつは本人も知ってのとおりのあいつ——野暮な田舎者に見えるだろうよ。こう言ってはなんだが、なんとも配慮に欠けた、下手くそな采配だね。それから?」

わたしは、子供のころやったボウリングのことを思い出した。ボウルをレーンに放り込むと、向こう端でナインピンが倒れる。わたしの思いついた、愛に根差した計画に対し、彼がいましていることはまさにそれだった。だが結局、あれは愛などではなく、混濁した感傷だったのだ。「きみはカルヴァレとの契約を拒否したろう?」わたしは言った。「僕は新しい契約書に署名した。ヴェーリが閉鎖されることはない。失業する者もひとりもいない。きみは損失を蓄えで補塡しなければならないよ」

今回、ジャン・ドゥ・ギは笑わなかった。彼はヒューッと口笛を吹いた。がっくりしたその顔を見て、わたしは胸がすっとした。「まあ、なんとか抜け出せるさ」彼は言った。「時間はかかるだろうがね。きみがした他のことは些細なヘマにすぎないが、これは深刻だ。フランソワーズの金がバックにあっても、死に体の会社を支えるのは愉快なことじゃない。それにポールが行ってしまうなら、いったいきみは誰にあとを任せる気だったんだ?」

「ブランシュにだ」わたしは言った。

彼は椅子を前に傾け、身を乗り出して、わたしの顔にぐっと顔を近づけた。それでわたしにも、その顔が細部まですっかり見えた。そして彼の目も。それは前にル・マンのホテルで見たときと同じだった。その顔が自分自身の顔に酷似していることが、おぞましかった。

「なんと、ブランシュと話したのか？」彼は訊ねた。「彼女も返事をしたのかい？」

「ああ、話した」わたしは言った。「ブランシュは今朝、ここに来ている。僕は彼女に、これからはヴェーリは彼女のものだと言ったんだ。彼女はヴェーリをどうとでも好きなようにできる。それをマリー＝ノエルの嫁資《かし》として強化することもできる」

ジャン・ドゥ・ギはしばらく何も言わなかった。自分の計画をことごとく覆され、動揺しているのかもしれない。わたしはそうであるよう願った。わたしのいちばんの望みは、彼に自信を失わせることだった。だがそうはいかなかった。

「なるほど」彼はゆっくりと言った。「長い目で見れば、うまくいくかもしれんな。ブランシュがまたデザインをやりはじめ、うちの工場が、カルヴァレのような立派な会社のことは気にせず、観光客を引き寄せる安ピカ物を製造できるようになれば、われわれはどこか、安いのが取り柄のこの地方の買取業者を見つけられるだろう。観光客もヴィラーからル・マンまで国道《ルート・ナシオナル》をまっすぐ走っていったりせず、回り道してこのサン・ギーユに寄ってくれるかもしれない。うん、きみは意図せずして名案を思いついたわけだよ」ジャン・ドゥ・ギはここで間を取った。「そうとも」彼は言った。「考えれば考えるほど、いい案だね。僕はなんて馬鹿だったんだ。これを思いつかなかったとはなあ。ブランシュのあのいまいましい態度のせいで、そういうことは考える気さえしなかった。きみは実に利口だよ。ブランシュをおだてあげるとはね。それがきみのしたことなんだろう？　彼女は昔、自分を優れたデザイナーとみなして、いい気になっていたんだよ。彼女と、あのえらそうな気取り屋とでな。ここに移ってきたら、たぶん彼女は喪服を着て、実はあいつと秘かに結婚していたんだというふりをするだろうよ」彼はポケットのタバコのパックに手をやると、わたしに一本手渡し、自分のに火を点けた。「総じて、きみの出来はさほど悪くなかったんじゃないか」彼は言った。「それでマリー＝ノエルは？あの子はこの図のどこにいるんだ？　今週は、幻《ヴイジヨン》だの夢だのは見ていないのかな？」

わたしは答えなかった。あの子を貶めるのは、あまりにもひどすぎる。母親を冒瀆《ぼうとく》するのは結構。姉と弟を愚弄《ぐろう》するのも結構。だが、マリー＝ノエルを冗談のネタとして彼に渡す気はなかった。

「あの子は大丈夫だ」わたしは言った。「きのうの悲劇にも立派に耐えたよ」

「驚くには当たらんな」彼は言った。「あのふたりはうまくいっていなかった。フランソワーズはあの子に嫉妬していたし、子供のほうもそれを知っていたんだよ。さて、家族に束縛されるというのがどういうことか、ついにきみにもわかったわけだ。そしてきみは、金のためにそれに耐えるつもりでいた。だから、僕を殺す気でこの工場長の家に来たんだな。そうすれば、残りの人生、豊かな生活を楽しめるから」

彼は椅子をもどして、虚空に煙を吐き出した。その顔はふたたび闇に包まれていた。残ったものは彼の概形だけだった。

「信じてはもらえないだろうが」わたしは言った。「金のことなど考えてはいなかったよ。意外にも、僕はきみの家族を愛している。ただそれだけだ」

　この言葉に彼はまた笑った。

「それを僕に言うとは大胆なやつだな」彼は言った。「つまりこういうことか？　きみは僕の母を愛している。一切の例外なく、過去の全経験を通じて僕が見てきたどんな人間よりも、利己的で、強欲で、怪物的な、恐ろしい女を。そしてポールも愛している。あのでくのぼう、あのいくじなし、あの最悪の気むずかし屋を。そしてルネも愛している。たぶん、それは体がいいってことだろうな。認めよう、確かにあの体は魅力的だ。だが彼女の精神は空っぽの箱も同然だよ。そしてブランシュ。きみは彼女も愛しているのか？　性的抑圧と満たされない情熱のせいで、ひどくひねくれてしまい、血の流れる十字架の前にひざまずくことだけが日々の刺激になっている女を？　きっときみは、僕の娘も愛している、可愛らしくて無邪気だから、と言うんだろうね。だが、いいかい、それは見せかけかもしれないぞ。あの子が本当に好きなのは、可愛がられ、感心されることなんだ」

　わたしは反論しなかった。彼の言っていることは、彼の目から見れば、真実なのだ。そしてたぶん、わたし自身の目から見ても。肝心なのは、それはどうでもいいということだ。

「確かにそうだね」わたしは言った。「きみの家族は、いまきみが言ったとおりの人たちだよ。それでも、あの人たちを愛する僕の気持ちは変わらない。それだけのことだ。なぜかは訊かないでくれ。僕には答えられないから」

「連中に対する愛情なら僕にもある」彼は言った。「それは理解できることだ。彼らはたまたま僕の身内だったわけだから。だがきみにはなんの理由もないだろう。連中と出会ってまだ一週間なんだしな。もちろん、きみは手の施しようもなく感傷的な男であるわけだが」

「たぶんね」

「自分を救済者だとでも思っているのか？」

「いや、大馬鹿者だと思っている」

「正直だな。で、このあとどうなると思っているんだ？」

「わからない。それはきみ次第だ」

彼はリボルバーの台尻で頭を掻いた。このときなら彼に飛びかかれたかもしれない。だが、うまくはいかなかっただろう。

「確かにな」彼は言った。「サン・ギーユではすべてが僕次第だ。もしそうしたければ、きみの計画を完遂させることもできる。または、ぶち壊すことも。僕の気分次第だな。きみはどうしたい？　一緒に森の奥に行って、ひとつ穴を掘ろうか？　きみの車を燃やすのは簡単だ。誰もきみをさがしはしない。きみはただ忽然《こつぜん》と消える。過去に多くの人の身に起きたことだよ」

「もしそうと決めたなら」わたしは言った。「どうぞやってくれ。こっちはきみの思いのままだ。それとも、井戸に放り込むほうがきみの好みに合っているかな」

顔は見えなかったが、彼がほほえむのがわかった。「あのことまで掘り返したのか？」彼は言った。「大した探偵だな。もう泥は固まったと思っていたんだが。ショックだったろう？」

「それはない」わたしは言った。「ただきみの動機が不可解なんだ」

「僕の動機？」彼はオウム返しに言った。「そりゃもちろん不可解だろうよ。きみたちは一〇六六年以来、侵略を受けていないからな。自国の現状に安心しきって、きみの同胞はみな、独善的になっている。われわれはときとして無情になるかもしれん。だが、ありがたや、われわれのなかに偽善者はひとりもいない。きみは自分の抱いているモーリス・デュヴァルのイメージも愛しているのか？」

わたしは少し考えてみた。愛というのは強すぎる言葉だろうか？「彼を惜しむ気持ちはあるよ」わたしは言った。「聞いた話によれば、彼はいい人だったようだから」

「そんな話は信じるな」彼は言った。「あの男は出世欲の塊だった。将来を見据え、じりじりと父に接近していたんだ。ブランシュは彼の最高のカードだった。僕はやつがそれを使うのを食い止めたわけだ。自分が助かりたいがために、ゆったりくつろぎ、自国への侵略者どもと仲よくするというのは、あまりいい趣味とは言えないだろう？」

わたしには答えるべき言葉がなかった。その争いはわたしの争いではなく、あの戦争はわたしの戦争ではない。わたしが知っているのは、多くの人が苦しみ、死んだということだけだ。

「デュヴァルやきみの家族について議論しても、あまり意味はないな」わたしは言った。「僕には僕なりの彼らのイメージがある。きみがなんと言おうと、そのイメージがくずれることはないだろう。僕がきみを殺す気だったように、きみも僕を殺す気なら、さっさとすませてしまおうじゃないか。覚悟はできているよ」

「実はきみを殺したいかどうか、よくわからなくてね」彼は言った。「どうももったいない気がするんだよ。結局のところ、僕たちは一度みんなをうまくだましたわけだ。同じことがまたできるだろう。僕がきみに連絡し、どこかで落ち合う約束をする。僕は一週間または一カ月、姿を消し、きみが僕の代わりを務めるんだ。どう思う? もちろん、それまでにこっちはきみがやろうとしたことを全部、ひっくり返しているわけだが。そんなことはきっと気にもならんだろうよ。却って滞在中の刺激が増すんじゃないか」

わたしは彼が憎くてたまらず、答えることができなかった。わたしの沈黙を考えているためだと解釈し、彼はつづけた。「きみはベーラにはほとんど会っていないだろう」彼は言った。「時間がなかったろうし。おそらく、機会もだな。彼女はヴィラーで店をやっているんだ。ハンガリーの王家の子孫のふりをするので、僕は彼女をベーラと呼んでいる。天使みたいに料理がうまいが、彼女の魅力はそれだけじゃない。退屈で参ってしまわないように、僕はときおり彼女を訪ねるんだ。もし話が決まったら、当然ながら、彼女も取引の一部になる。彼女を訪ねて後悔することはありえない。僕が保証するよ」なおもわたしは答えなかった。「それによって――」と彼は言った。「ここにもどったとき僕の得る快感は一層大きくなるだろうよ。きみが他の連中もろとも、ベーラまでだましたんだと思えばな」

わたしは椅子から立ちあがった。彼もすぐさま立ちあがって、わたしに銃の狙いをつけた。

「すませてしまおう」わたしは言った。「僕にはこれ以上言うことはない」

「でもこっちにはあるんだ」彼は言った。「気づいているかな。きみは僕にひとつも質問をしていない。この一週間、僕が何をしていたか知りたくないのか？」

　別にそこに興味はなかった。ジャン・ドゥ・ギはドーヴィルから電話をかけてきた。だからわたしは（何か推測していたとすれば）彼はずっとそこにいたものと推測していた。逃亡者にとって、ドーヴィルはいい場所だ。

「いや」わたしは言った。「正直言って、どうでもいい。僕には関係のないことだ」

「だが関係はあるんだ」彼は言い張った。「大いに関係あるんだよ」

「どうして？」

「まあ、すわれ」彼は言った。「そうしたら教えてやるよ」彼はライターをカチッと開いた。炎の光のもと、わたしはそれが自分のライターであることを知った。見ると、彼の上着もまた、わたしのものだった。ただし、ル・マンでわたしが着ていたやつではない。

「わかったかい？」彼は言った。「きみと同様に、僕はこのゲームをフェアにやった。きみが僕の代わりをしているなら――僕はその点、確信が持てなかった。そこは賭けだったんだが――こっちもきみの代わりをするのがすじってもんだろう。僕はロンドンに行った。きみのアパートの部屋に行ったんだよ。きょう飛行機でもどったばかりだ」

　わたしはまじまじと彼を見つめた。いや、彼をと言うより彼のシルエットをだ。この一週間、わたしが彼のことを考えるとき、それは幻として、もはや存在しない者として、影法師、霊として、だった。仮にその霊に実体を与えるとしたら、わたしは彼をパリに配していただろう。あるいは、南の国、イタリアかスペインかどこかに。まさか彼がわたし自身の人生に入り込み、わたし自身の世界をだましているとは思ってもみなかった。

「僕のアパートの部屋に行った?」わたしは言った。「僕の物を使ったのか?」

そのペテン、その非道は、わたしには途方もないことに思えた。とても信じられない。誰かが阻止したはずではないか。

「当然だろう?」彼は言った。「きみもそれと同じことをサン・ギーユでやったじゃないか。僕はきみに自分の家族を託した。そしてきみは連中を利用した。そのやりかたは、さっききみ自身が語ったとおりだ。確かに僕のやりかたとはちがったがね。その点は認めるよ。僕は一か八かの賭けをしたわけさ。きみも、このゲームを逆のかたちでやったからって、僕を責めることはできんだろ」

わたしは考えようとし、場面を思い描こうとした。ドアマンたちはただ会釈して、朝晩の挨拶をするだけだ。部屋の掃除をする女が来るのは、十時半以降、わたしがうちを出てからと決まっている。夜は、友人と会食する場合は別として、わたしはひとりで食事をとる。ほとんどの人は、休みの最後の週、わたしは不在だと思っており、誰であれ、電話をかけてきたり手紙を寄越したりするわけはない。混乱しつつ、わたしはなおも彼が嘘をついている証拠をさがし求めた。「行くべき場所がどうしてわかった?」わたしは言った。「どうやって暮らしていたんだ?」

「馬鹿だなあ」彼は言った。「きみの旅行鞄には、きみの名刺と、小切手帳と、鍵と、パスポートがあった――要りそうなものが全部そろっていたよ。車の搬送日の変更だってちゃんとできた。フェリーの予約に空きがあったんでね。きみという内向的な人間の役を引き継ぐのは、造作もないことだった。実に楽しかったよ。きみの部屋は安息の地だった。サン・ギーユのごたごたのあとだけに、天国にいる気分だったね。僕はきみの引き出しをかきまわし、一通残らず手紙を読み、講義のメモを解読し、小切手を換金した――幸い、きみの堅苦しい署名をまねるのは簡単だったし。僕は五日間、まったく何もせず、のらくら過ごした。まさにそれが僕にとって必要なことだったんだ」

その滑稽《こっけい》さ、妥当さに、ようやくわたしは思い至った。わたしが人の人生をいじくりまわしたのに対し、彼はそれはしていない。わたしが彼の家庭を変えようと奮闘したのに対し、彼はただあくびをし、くつろいでいただけだ。わたしが引っ掻き回したのに対し、彼はのぞき見をしたにすぎない。それからわたしは、最終的に彼が帰ってきたことを思い出した。あの弁護士が新聞各紙に即時掲載させたフランソワーズの訃報は、ドーヴィルで彼の目に留まったのだ。「ロンドンでの僕のひとり暮らしがそんなに楽しかったなら――」わたしは訊ねた。「どうしてきみはフランスに帰ってきたんだ？」

暗闇のなかで彼がわたしを見つめているのが感じられた。彼はすぐには答えなかった。ようやく答えたとき、その口調はむしろばつが悪そうだった。

「僕が謝罪しなきゃならないのは、そこなんだが」彼は言った。「まあ、きみ以上にこっちが謝ることもないんじゃないかと思うよ。なにしろきみがあの契約を変更したおかげで、僕は莫大な損害を被りかねないわけだから。実はね――」彼は言葉を選ぶために少し間を取った。

「実は、ロンドンは五日で充分だったんだ。きみの退屈で道徳的な生活をあのままつづけるのは、僕には無理だった。いずれは、誰かが訪ねてきただろう。友人たちから手紙も届いただろうし、大学の人たちも連絡を寄越しただろう。代役を務める能力や英語力に関しては（両方とも戦時中たっぷり稽古を積んだから）これまで自分を疑ったことはないんだが――どうやら僕はきみにあるような絶対的な自信に欠けているらしい。きみの名前と身分を使うとすれば、いちばん簡単なのはきみの生活形態を変えるというやりかただった。実を言うと、それがまさに僕のしたことなんだよ」

意味がわからなかった。彼が何を伝えようとしているのか理解できない。

「どういう意味だ？」わたしは言った。「どうしてきみに僕の生活を変えることができるんだ？」

暗闇のなかで彼がため息をつくのが聞こえた。「きっとショックだろうな」彼は言った。「ちょうど、サン・ギーユできみのしてきたことが、僕にとってショックだったように。まず僕は大学に手紙を書いた。きみの辞職願いだよ。それからきみの大家《おおや》に、ただちに外国に行くことになったから、部屋の賃貸契約を解除したいと言い、パリと同じくロンドンでも貸し部屋の数はごく少ないことから、大家のほうも僕が出ていくのを――いや、きみが、と言うべきかな、とにかく部屋が空くのを大いに喜んだわけだ。僕は競売会社にきみの家財を売るよう指示した。そして最後に、きみの預金額は銀行の報告書からわかっていたので、小切手を切ってきっちりその全額を現金にしたんだ。覚えているかな、預金額は二百ポンドだった。大金とは言えないが、それだけあれば、何か新たな展開があるまで、一、二カ月は快適にやっていける」

わたしは彼が言っていることを理解しようとした。この男の話が事実であることを自らにわからせようとし、自分はもうもとの人格にもどっているのだということをのみこもうとした。しかしわたしに見えるのは、わたしの服を着ているこの影だけだった。そいつは、わずかな時間のあいだに、その人格の人生を破壊したのだ。

「フランスの通貨」わたしは言った。「そう、きみにそんなことができるわけはない。どうやって二百ポンドをフランに換えたって言うんだ？　きみは旅行者の割り当て分しかもらえないはずだし、その三分の一は僕がすでに使っている」

ジャン・ドゥ・ギは短くなったタバコを床に置いて踏みつぶした。「そこがいちばん笑えるところでね」彼は言った。「僕にはその手配をしてくれる友人がいる。それもほんの数時間でやってくれるんだ。彼がロンドンにいることなど僕には知るよしもなかった。ところがきみは彼に自分の住所を教えていた――どうしてなのかはさっぱりわからんがね。しかしその状況において、それは絶好の機会だった。月曜の朝、そいつが電話をくれたんだが、これまでの生涯、あのときほど驚いたことはなかったよ。そしてもちろん、僕はそれで初めて、きみがサン・ギーユにいることを悟ったわけだ。つまりね、僕がきみを殺さず、なおかつ、きみが互いの人生をときおり交換するという僕のささやかな計略に乗らない場合、きみはこの先どうするのか、ということだよ。きみに未来はないんだ」

その言葉の意味するすべてが押し寄せてきた。大学に、全部まちがいだった、やはり辞めるのはやめた、という手紙を書いて馬鹿をさらす気がないかぎり、わたしには職がない。一、二件、小口の投資をした分以外、金もない。さらに言えば、住む部屋もない。ただちにロンドンに帰らなければ、家具類もなくなるだろう。もはやわたしは存在しない。ロンドンで暮らしていた自己は、永遠に消えたのだ。

「もちろん」ジャン・ドゥ・ギが言った。「僕にはうちに帰る気などなかった。こっちできみの金を使って楽しく暮らそうと思っていたんだ。僕の友人は為替の魔法使いでね、どこででも通貨を交換してくれるんだ――この国のなかでも、僕がたのめば、他のどこででも。僕自身は、まず皮切りとして、シチリアかギリシャの小さな村をイメージしていた。行くとなったら、ベーラも連れていっただろうね。いずれ飽きが来たかもしれんが、最初のうちはいいなぐさみになっただろう。ハンガリーの女には実に奇妙な魅力があるんだ。アメリカ人風に言えば、連中はなんだか〝癪に障る《ゲット・アンダー・ザ・スキン》〟んだよ。しかし――」ジャン・ドゥ・ギは言葉を切った。彼が肩をすくめるのがおぼろげに見えた。「かわいそうなフランソワーズの死によって計画は大きく変わった。僕はおちぶれた田舎貴族ではなく、うまくすれば百万長者になるかもしれない。運命なのかなんなのか知らないが、何者かのこの配剤により、僕の望みはかなえられたわけさ」

　わたしに銃を向けたまま、彼は立ちあがった。

「おかしな話だし」彼は言った。「弱点の表れでもあるんだが、金の問題と突然の計画変更のことはさておき、きょうの午後、ドーヴィルから車を運転してきたとき、僕は自分が胸を揺さぶられているのに気づいた。この地方が美しく見えたんだ。その色彩は絶妙だった。結局のところ、ここは僕の郷里、僕が属するところなんだな。あの城はばらばらに崩壊しつつあるし、敷地も草ぼうぼうになり荒れ果てている。でもそれはどうでもいいんだ。人は生まれた場所の影響を受ける。僕は生まれた場所を顧《かえり》みず、それを呪い、それが自分に背負わせるあらゆることと闘った。ちょうど母を、まったく同じ理由で、呪ったようにね。ところが——」彼は笑い、わたしにはその手振りが見えた。「ドーヴィルから南へと車を走らせているとき、僕は母に会いたくなっている自分に気づいた。離れているあいだも、妙に母が恋しかったよ。あれはひとでなし、鬼のような女だが、僕は母を理解しているし、母も僕を理解している。たった七日で、きみが言える以上にだ」

突然、温かく、愛情に似たものをこめて、ジャン・ドゥ・ギはわたしの肩をゆすった。「なあ」彼は言った。「僕はきみを殺したくない。いろんな意味で、きみのしたことに感謝しているんだ」それから、財布を——わたしの財布を取り出した。「これでしばらくはしのげるだろう」彼は言った。「当然ながら、僕にはもうきみをだます理由はない。きみが偽りの生活を送ろうと決めたらいつでも、たとえ数日でも、こっちは喜んで応じるよ。さて、どうする？そろそろゲームを再開して、服を脱ぎはじめるかい？」

司祭のことが頭に浮かんだ。わたしは彼の言葉を思い出そうとした。あの司祭は未来について何か言っていた。毎日が贈り物だということも。いまごろ彼はサン・ギーユにもどり、あの三輪車をしまっているだろう。城では、みんなが夕食の時を待っている。きっと、ジャン・ドゥ・ギはどこに行ったのかと不思議がっているだろう。マリー＝ノエルは、たぶん心配して、テラスでわたしを待っている。わたしは上着を脱ぎはじめた。

暗闇での衣類の交換は、薄気味悪く、恐ろしくさえあった。それは、一枚一枚脱ぐのにつれて、自分の見つけた自己が失われていくことを意味した。ついに裸になってジャン・ドゥ・ギの前に立ったとき、相変わらずこちらに銃を向けている彼に、わたしは言った。「やってくれ、僕は生きていたくないんだ」

「馬鹿言うな」彼は言った。「命を拒絶する人間はいない。それに、僕はきみを殺したくない。その意味はもうなくなった」

しゃべりながら、ジャン・ドゥ・ギは服をつぎつぎ脱ぎ捨てはじめた。わたしがそれを着るのにもたついているのを見て、彼は言った。「その手はどうしたんだ?」

「火傷《やけど》したんだよ」わたしは言った。「火にやられて」

「なんの火に?」彼は訊ねた。「城で火事があったのか?」

「いや」わたしは答えた。「外の焚火《たきび》だ」

「危ないな」彼は言った。「ひとつまちがえば一生、手が不自由になっていたかもしれない。それはつまり、車の運転もできないってことか?」

「いや」わたしは言った。「もうだいぶよくなったよ」

「その包帯をこっちにくれないか。それなしじゃ、出ていけないからな」

かつてわたしのものだった衣類は、縮んでしまったように思えた。その生地はなめらかすぎた。それらは体に合わなかった。ジャン・ドゥ・ギがわたしのアパートの衣装箪笥《だんす》から選び出したスーツは、わたしがめったに着ないやつだったのだ。身支度を終えて、彼の前に立ったとき、わたしはとうの昔に小さくなった服を着ているような気がした。まるで、少年時代の服に無理やり体をねじこんだ大人のような。

　ジャン・ドゥ・ギは満足のため息を漏らした。「これでよし」彼は言った。「もう一度、自分にもどった気がするよ」彼は窓辺に歩み寄った。「ここから出たほうがいいな。そのほうが安全だ。ゴシップ屋のジュリーが番小屋にいるかもしれない。あれも根性の悪い女でね。たぶんきみは彼女のことも愛しているんだろうな」

　彼は窓から外に這い出し、わたしもあとにつづいた。空気はあの荒れた果樹園のにおいに満たされていた。窓を通り抜けるときは、葡萄《ぶどう》の蔓《つる》が肩をかすめた。

「申し訳ないが」ジャン・ドゥ・ギが言った。「きみには僕の前を歩いてもらわなきゃならない。きみの車を置いてきた場所に案内するよ」

　わたしはよろよろと果樹園を進み、さらに牧場《まきば》を進んだ。垣根を背にあの年取った白馬のシルエットがぼんやりと見える。わたしたちの姿を見ると、馬は鼻を鳴らして逃げていった。

「かわいそうなジェイコブ」ジャン・ドゥ・ギがうしろから言った。「あいつは大変な年寄りでね。残っている歯も全部腐っていて——まともに食うこともできないんだ。そのうち弾を一発撃ち込んで、楽にしてやるつもりだよ。ほらな、この僕にも情にもろいところはあるわけさ」

　暗い森がわたしたちに迫ってくる。ここに至ってもまだ、わたしには確信が持てなかった。ここに至ってもまだ、わたしを殺して永遠に葬ることが彼にとって得策とみなされる恐れはあるのだ。わたしは歩きつづけた。暗闇のなか、下生えと苔のなかを。いま、わたしには現在も過去もない。よろめき歩く自己には心も頭もない。

「ほら、車だ」突如、彼が言った。

あのフォードが森の小道の脇に駐めてあった。見慣れた車。車体には泥の跳ねが飛び散っている。それは、いま着ている服と同じく、ひとまわり小さくなったように思えた。わたしはそのボンネットを手でなでた。

「乗れよ」ジャン・ドゥ・ギが言った。

わたしはお馴染みの運転席にすわって、ライトを点け、エンジンをかけた。

「車を道に出してくれ」ジャン・ドゥ・ギは言った。

彼も助手席に乗り込み、わたしたちは小道を進んでいった。それから、森を抜ける大きな道に入り、丘の頂までその道をたどった。眼下には村の明かりがあり、やがて時計が八時を打った。

「簡単にはいかないかもしれない」わたしはゆっくりと言った。「みんな変わってしまったから。つまり、きみの母上がね。それに、ブランシュも、ポールも、ルネも。子供だけは前と同じだ。あの子は変わっていないよ」

ジャン・ドゥ・ギは笑った。「変わっていたとしても」彼は言った。「すぐまた僕のものになるさ。あの子の世界で重要なのは、僕だけだからな」

わたしたちはライムの並木道を進んでいき、橋を渡った。門に着くと、わたしは車を停めた。

「この先は僕は行かない」わたしは言った。「安全とは言えないからね」

ジャン・ドゥ・ギは車を降り、しばらくそこに立っていた——動物となり、空気のにおいを嗅ぎながら。「いいね」彼は言った。「これはあの場所の一部だ。サン・ギーユだよ」

こうして、すべてが決まったところで、ようやくジャン・ドゥ・ギは銃を空にした。彼はその銃を弾薬とともにポケットに入れた。

「幸運を」彼は言った。それから、笑みを浮かべて——「聴いてろよ」そう言うと、指を二本口に入れ、ヒューッと指笛を吹いた。その音は鋭く長く響き渡った。すると、ほぼ即座に応えが返ってきた。セザールだ。彼は吠えだした。猛々しい声ではない。よそ者に吠えかかるときとはちがう、甲高い、興奮した声だ。それはやがて遠吠えに変わり、クーンという鳴き声に変わった。その音はいつまでもつづき、空気を満たしていった。「いまの技は知らないよな?」ジャン・ドゥ・ギが訊ねた。「そうとも、きみが知るわけはない」

彼はほほえみ、手を振り、門をくぐって車回しに出た。テラスの階段に目を向けたわたしは、そこで待つ人影を認めた。ドアの上の半円形の窓からの光がその姿を照らしている。それはマリー＝ノエルだった。大股で車回しを歩いていく人の姿を見ると、彼女は歓声をあげ、階段を駆けおりて、彼のほうに飛んでいった。ジャン・ドゥ・ギがさっと子供をかかえあげ、階段をのぼっていく。そしてふたりは城のなかに入った。犬はなおも鳴いている。わたしは車に乗り込んでその場から走り去った。

第二十七章

　それは機械的な行動だった。何かを考えた記憶はない。わたしはUターンして、ライムの並木道をのぼっていき、右折してヴィラーに向かう道に入った。そのコースはいまやすっかりお馴染みとなっていたため、暗闇のなかであっても、わたしの動作はすべて自動的だった。わたしは慎重に運転していった。火傷《やけど》した手がいまだに不自由だったうえ、脳のなかのなおも機能している部分が、もうこれ以上失敗は許されない、フォードもろとも溝にはまるなどという危険は冒せない、と告げたからだ。わたしはハンドルを握ること、前を見ることに集中し、その努力によって他の思考はすべて遮断された。残してきた生活の映像が頭に浮かぶことはなかった。それはまるで、ジャン・ドゥ・ギが城《シャトー》に入ると同時に鉄格子のようなものがおりてきて、城とあの人たちからわたしを締め出したかのようだった。そしていま、わたしは隠れなくてはならない――暗闇に身を潜めなくてはならないのだ。

　ヴィラーに入ったときは、妙にほっとした。走ってきた田舎の道は危険をはらんでいた。それはサン・ギーユにつながる神経細胞なのだ。ヴィラーには明かりが灯っており、現実味があったし、通りには人がぶらついていた。わたしは市場を通り過ぎ、町の門《ポルト・ドゥ・ヴィーユ》のすぐ手前で車を停めた。運河の向こうに目をやると、ベーラの部屋のあのガラスドアがバルコニーに向かって大きく開かれているのが見えた。それに、部屋には明かりも点いている。彼女は家にいるのだ。その明かりと開いたガラスドアを見たとき、暗闇でジャン・ドゥ・ギと服を取り替えて以来ずっと凍りついていた何かが、わたしのなかで身じろぎした。あの鉄の格子があるのは、城とわたしのあいだであって、ベーラとわたしのあいだではないのだ。彼女は禁忌の外れにいる。その窓明かりは優しく、心を癒してくれた。それはまた、現実の象徴、本当であるものの象徴でもあった。わたしにはこれが――真実と虚偽を見分けることが重要に思えた。しかし自分ではもうその区別がつけられない。ベーラなら教えてくれる、ベーラならわかるだろう。

わたしは車をそこに残して、バルコニーへの歩道橋を渡った。開いたガラスドアからなかに入ると、室内は空っぽだった。だがベーラはうちにいた。彼女が台所を動き回っている音が廊下の先から聞こえてくる。わたしはその場に立って待った。一瞬後、そこにはベーラがいた。部屋の入口で足を止め、彼女はわたしを見つめていた。それからドアを閉めて、わたしのほうにやって来た。

「あなたが来るとは思っていなかった」彼女は言った。「でもいいのよ。来るとわかっていたら、夕食を遅らせたんだけど」

「お腹は空いていないよ」わたしは言った。「何もほしくない」

「顔色が悪いわね」ベーラは言った。「どうぞすわって。いま飲み物を持ってくるから」

わたしはあの深い椅子にすわった。自分がベーラに何を言うつもりなのか、わからなかった。彼女はコニャックを持ってきて、それを飲むわたしをじっと見ていた。コニャックは多少わたしを温めてくれたが、麻痺《まひ》はそのまま残った。わたしは手を置いた椅子の肘掛けの固さを感じた。それは安全だった。

「病院の礼拝堂に行ってきたの？」ベーラは訊ねた。

わたしはまじまじと彼女を見つめた。その言葉の意味がすぐにはのみこめなかった。

「いや」わたしは言った。「いや、礼拝堂には今朝、行ったんだ」少し間を取って、さらにつづけた。「例の置物のこと、ありがとう。あの子は喜んでいたよ。もとのやつを修理してもらえたものと信じていた。きみの助言どおりにして正解だった」

「そうでしょう」ベーラは言った。「そのほうがいいと思ったのよ」

彼女は同情をこめてわたしを見つめた。まちがいない――ベーラにはわたしの様子がぎこちなく奇妙に見えるのだ。きっと彼女は、フランソワーズの死のショックがまだ癒えないのだと思っているだろう。そう思わせておいたほうがいいのかもしれない。だがどうも自信が持てなかった。わたしは何か自分だけのものがほしかった。

「僕が来たのは――」わたしは言った。「つぎに君に会えるのがいつになるか、わからないからなんだ」

「そうよね」ベーラは答えた。「当然ながら、この先数日、いえ、この先数週間は、あなたにとって大変な日がつづくでしょうから」

この先数日……この先数週間。それらの日々は存在しない。そのことをベーラに伝えるのは容易ではなかった。

「娘さんはどんな様子？」彼女は訊ねた。「大丈夫なの？」

「実に立派に振る舞っているよ」わたしは言った。「うん、あの子は大丈夫だ」

「あなたのお母様は？」

「母もね」

なおもベーラはわたしを見つめている。彼女の視線がわたしの服に落ちた。そのスーツを彼女は知らない。それは、フランソワーズの死以来ずっと着ていた服と同じで、色は黒っぽいものだが、生地は混紡のツイードだった。シャツ、靴下、靴——どれも彼女が見たことのないものだ。ふたりのあいだに奇妙な沈黙が訪れた。わたしは、弁明しなければならない、と思った。彼女に説明しなければ。

「きみにお礼を言いたいんだ」わたしは言った。「きみはこの一週間、僕に対して深い理解を示してくれた。本当に感謝しているよ」

ベーラは答えなかった。そして突然、わたしはその目に理解の色が浮かぶのを見た。子供の告白を聞く大人に降りてくるような、瞬時の閃《ひらめ》きを。一瞬の後、彼女はわたしの横にひざまずいていた。

「では、彼が帰ってきたのね？」ベーラは言った。「もうひとりのほうが？」わたしは彼女を見つめた。ベーラはわたしの両肩に手をかけた。「気づいてもよさそうなものよね」彼女は言った。「彼は新聞で訃報を見たんでしょう？　それで帰ってきたわけね」

その言葉に、わたしはどれほど安堵の念を覚えたことか。緊張のすべてが抜けていく。それはまるで、傷の止血、痛みのブロック、恐怖の除去のようだった。わたしはコニャックを下に置き、子供じみた馬鹿げたことをした。ベーラの肩に頭をあずけ、目を閉じたのだ。

「なぜきみなんだ?」わたしは訊ねた。「他の誰でもなく、なぜきみなんだろう? 母親でも、あの子でもなく?」

わたしは彼女の手が優しく心地よく頭に触れるのを感じた。それは屈服、それは平安だった。

「わたしはだまされやすい人間じゃないんでしょうね」ベーラは言った。「最初は気づかなかったわ。見た目からはわからなかったし、話していてもわからなかった。他のみんなと同じよ。わかったのは、あとになってからなの」

「僕は何をしたんだろう?」わたしは言った。

ベーラは笑った。その笑いは、そうであってもよいところだが、からかいのこもるものではなく、無頓着でも、楽しげでもなく、不思議な温かみを、理解の色を帯びていた。

「問題はあなたが何をしたかじゃない」彼女は言った。「あなたがどういう人間かなの。よほど馬鹿な女でなければ、ふたりの男のちがいはわかる――一緒に寝てみればね」はねつけられた気がしたが、気にはならなかった。なぜなら彼女がそこにいてくれるからだ。「あなたには何かがあるのよ」ベーラは言った。「何か彼が持っていないものが。それでわかったの」

「僕に何があるのかな」わたしは訊ねた。

「優しさ《タンドレス》と呼んでもいいかもしれない」彼女は言った。「それに合う言葉は他に見当たらないわ」それから唐突に、ベーラはわたしの名前を訊ねた。

「ジョンだよ」わたしは言った。「僕たちは名前まで同じなんだ。こうなった経緯を話そうか?」

「あなたが話したければ」ベーラは言った。「かなりの部分は推測できるけれどね。過去はもうすんだことよ——あなたたちのどちらにとっても。いま大事なのは、未来だわ」

「そうだね」わたしは言った。「でも僕の未来じゃない。あの人たちのだ」

こう言っているさなかに、切迫感とともに、確信とともに、わたしは悟った。自分の言っていることは、真実であり、正しいのだ。ル・マンにいた昔の自己は死んだ。ジャン・ドゥ・ギの影法師もまた消えた。その場所には、まだ実体も肉も血もない、死ぬことができなかった感情から生まれた別の何かがいる。そしてそれは、肉体の殻に収められた炎のようなものなのだ。

「僕はあの人たちを愛している」わたしは言った。「いまでは永遠に彼らの一部なんだ。きみにわかってほしいのは、そのことなんだよ。僕が彼らに会うことは二度とないだろう。でも彼らがいるから、僕は生きていける」

「わかるわ」ベーラは言った。「彼らにとってもそれは同じかもしれない。あなたがいるから、彼らも生きていけるのよ」

「それを信じることさえできたら」わたしは言った。「あとのことは何もかもどうでもいい。万事オーケーなんだ。でも彼があの人たちのもとにもどったからね。きっとまた同じことの繰り返しだ——無頓着、不幸、苦しみ、痛み。もしそうなるなら、僕はいますぐ外に出て、いちばん手近な木で首をくくってしまいたい。いまこの瞬間も……」わたしはベーラの背後の窓の外の暗闇を見つめた。するとあの鉄の格子が薄れた。それはまるで、城のなかで彼の隣に立っているかのようだった。わたしには彼がほほえむのが見えた。それに、あの母親が彼を見つめるのも。また、マリー＝ノエルも、ブランシュも、ポールも、ルネも、ジュリーも、その息子のアンドレも。

「僕はあの人たちに幸せになってほしいんだ」わたしは言った。「彼の思うような幸せじゃなく、あの人たちのなかに埋もれ、封じ込められているような幸せだよ。僕は知っているんだ、ベーラ、それは確かに存在する。この目で見たんだよ。光のように、渇きのように、それは解き放たれるのを待っていた」

わたしは口をつぐんだ。なぜなら、わたしの言葉はおそらく意味をなさないからだ。自分の思いを説明することがわたしにはできなかった。「あの男は悪魔だ」わたしは言った。「そしていままた、あの人たちは彼の支配下にあるんだ」

「いいえ」ベーラが言った。「あなたがまちがっているのは、そこよ。彼は悪魔なんかじゃない。ただの人間、あなたと同じ普通の男なの」

彼女は立ちあがってカーテンを閉め、そのあとまた、わたしのところにもどってきた。「忘れないで、わたしはあの人をよく知っている」ベーラは言った。「彼の弱さも強さも、長所も短所も。もしも彼が悪魔なら、わたしはこのヴィラーでぐずぐずしてはいないわ。とっくの昔に彼と別れていたでしょうよ」

彼女を信じたかったが、確信は持てなかった。女が男を愛するとき、その女の判断はどこまで確かなのだろう？　邪悪さが見えないことも、かの盲目の一部なのかもしれない。少しずつ、わたしは自分の知っていることを彼女に話して聞かせた。これまでの一週間に自分が繋ぎ合わせた過去の断片を。そのいくつかを、ベーラはすでに知っていた。また、推察していたこともいくつかあった。しかし彼を糾弾《きゅうだん》できればと願いつつ、そうして話していると、わたしが糾弾しているのはあの影法師、彼の代わりに動き、しゃべり、行動した男であって、まったくジャン・ドゥ・ギではないかのように思えてくるのだった。

「無駄だな」ついにわたしは言った。「僕が語っているのは、きみの知るあの男じゃない」

「いいえ、ちゃんと彼を語っているわ」ベーラは答えた。「でも同時にあなたは、あなた自身のことも語っているのよ」

　恐怖はそこにあった。ふたりのうち、実在するのはどちらなのだろう？　どちらが生きており、どちらが死んでいるのだろう？　突然ある考えが浮かんだ。もしもいま鏡を見たら、そこには何も映っていないのではないだろうか？

「ベーラ」わたしは言った。「僕を抱いておくれ。僕の名前を教えておくれ」

「あなたはジョンよ」彼女は言った。「あなたはジョン。ジャン・ドゥ・ギと入れ替わった人。あなたは一週間、彼の人生を生きた。わたしの家を二度訪れ、ジャン・ドゥ・ギではなく、ジョンとしてわたしを愛した。それはあなたにとって現実よね？　それは、あなたが自分自身にもどる助けになるんじゃない？」

　わたしは、彼女の髪に、顔に、両の手に触れた。彼女に関しては、偽りはひとつもなかった。

嘘はひとつも。

「あなたはわたしたちみんなに何かを与えてくれた」ベーラは言った。「わたしにも、あの人の母親にも、姉にも、子供にも。ついさっき、わたしはそれを優しさ《タンドレス》と呼んだわね。それがなんであれ、破壊することはできない。それは根を下ろしたの。きっとこのまま育ちつづけるわ。この先、わたしたちはジャンのなかにあなたをさがし求めるでしょう。あなたのなかにジャンをさがし求めるのではなく」ベーラはほほえみ、わたしの両肩に手をかけた。「気づいているかしら？　わたしはあなたのことを何も知らないのよ」彼女は言った。「あなたがどこから来たのかも、どこへ行くのかも。名前がジョンだということ以外は何ひとつ」

「他に知るべきことは何もないからね」わたしは言った。「それでよしとしておこう」

「あの人はこの先どうするつもりだったの？」彼女は言った。「仮にここにもどらなかったら？」

「旅に出るつもりだったんだよ」わたしは言った。「きみも連れていくつもりだったんだ。とにかく本人はそう言っていた。きみは一緒に行っていたかな？」

ベーラはすぐには答えなかった。初めて彼女は困惑の色を見せていた。

「あの人とはもう三年のつきあいなの」彼女は言った。「彼は馴染みの人。日常の一部よ。わたしを気に入っているとも思う。でも、じきに誰か別の人を見つけるでしょうよ」

「いや」わたしは言った。「彼は別の人なんて絶対見つけないね」

「なぜそう言い切れるの？」

「きみは忘れているよ」わたしは言った。「僕は一週間彼の人生を生きたんだ」

わたしはベーラが閉めた窓のカーテンに目をやった。

「なぜカーテンを閉めたの？」わたしは訊ねた。

「あれは合図なの」ベーラは言った。「カーテンが閉じていれば、あの人は入ってこない。あれは、わたしがひとりじゃないという意味なのよ」

すると、ベーラとわたしはどちらも同じことを考えたのだ。夕食を終え、子供におやすみを言い、母親をひとり残して塔の部屋を去ったあと、彼はふたたび車に乗り込み、サン・ギーユからヴィラーへと走り、ちょうどわたしがしたように歩道橋を渡ってくるかもしれない。城に属しているのと同様に、ジャン・ドゥ・ギはここにも属している。彼は所有者、わたしは侵入者なのだ。

「ベーラ」わたしは言った。「僕がここに何度か来たことを彼は知らないんだ。このまま知らせずにおこう。ガストンから漏れればしかたがないが、それはありそうにないしね。できれば、彼には黙っていておくれ」

わたしは立ちあがった。

ベーラが言った。「何をするつもりなの？」

「ここを出ていくよ」わたしは答えた。「彼が来る前に。僕が彼のことを少しでもわかっているとすれば、今夜、彼にはきみが必要なはずだ」

ベーラは考え深げにわたしを見つめた。「このままカーテンを閉めておくこともできるけれど」彼女は言った。

彼女がそう言ったとき、わたしはあの男が自分に何をしたかを思い出した。彼が自分自身の生活を再開しただけでなく、もとのわたしの生活をぶち壊したことを。わたしにはもう仕事はない。ロンドンで住むところも。自分のものと言えば、いま着ているスーツと、あのフォードと、フランスの通貨がいくらか入っている財布だけなのだ。

「少し前に僕は質問をした」わたしはベーラに言った。「でもきみは答えなかったね。僕はもし彼に誘われていたら、きみは彼と一緒に旅に出たかどうか訊いたんだよ」

「そうしたでしょうね」ベーラは言った。「彼に望まれていると感じれば」

「その誘いは突然だったはずだ」わたしは言った。「ほぼ予告なしだよ。わかるだろう？ 彼はヴィラーで姿をさらすわけにはいかなかった。人に気づかれてはまずいからね」

「そう、あの人はヴィラーには来なかったでしょうね」ベーラは言った。「きっとわたしに手紙か電報、ことによると電話を寄越して、自分に合流するよう言ったでしょうよ」

「それで？ その場合、きみは行ったの？」

ベーラはしばらくためらっていた。「ええ」彼女は言った。「ええ、きっと行ったわ」

わたしは窓に目をやった。「僕が家を出たら、カーテンを開けるんだよ」わたしは言った。「僕は階段をおりて、表口から道に出る」

ベーラはわたしを追って部屋から廊下に出てきた。「手はどうするの？」

「手？」

「包帯がないわ」

ベーラは浴室に行って、油布をひと束、取ってきた。日曜に彼女が使ったのによく似たやつだ。彼女がわたしの手を取って包帯を巻いているとき、わたしは今朝、自分に同じことをしてくれたブランシュのことを思い出した。また、ひと晩じゅうこの手に手をあずけていたあの母親のことも。そしてまた、この手をしっかり握るマリー＝ノエルの温かな手のことも、わたしは思い出した。

「あの人たちをたのんだよ」わたしは言った。「たよりになるのはきみだけだ。たぶん彼もきみの言うことなら聞くだろう。あの人たちを愛せるよう彼の力になってくれ」

「彼はもうあの人たちを愛しているわ」ベーラは言った。「あなたにも信じてほしい。彼がもどってきたのは、お金のためだけじゃないのよ」

「どうだろう」わたしは言った。「どうだろう……」

傷の手当てが終わり、わたしが行こうとすると、ベーラが訊ねた。「どこに行くつもり？これからどうするの？」

「外に車があるんだ」わたしは言った。「一週間前、彼が僕から奪ったやつ。彼がシチリアかギリシャにきみを乗せていくつもりだった車だ」

ベーラはわたしと一緒に階段をおりてきた。格子付きのドアを開けてわたしを夜へと送り出す前、彼女は店のその暗い入口に立ち、しばらくためらっていた。「あなた、自分を傷つけるようなことはしないわよね？　心のなかで〝これで終わり〟なんて言っていないわよね？」

「うん」わたしは言った。「これは終わりじゃない。たぶん始まりなんだ」

ベーラはドアのかんぬきをはずした。「一週間前」わたしは言った。「僕は、人生の失敗にどう対処すべきか悩んでいるジョンという名の男だった。僕は答えが見つかりそうな場所を思いつき、そこに行こうとしていた。そんなときジャン・ドゥ・ギと出会い、そこへは行かずにサン・ギーユに来ることになったんだ」

「そしていま、あなたはまたジョンになった」ベーラは答えた。「でも人生の失敗のことは気にしなくて大丈夫よ。その問題はもう存在しない。あなたはそれにどう対処すべきか、サン・ギーユで学んだの」

「どう対処すべきか学んだわけじゃない」わたしは言った。「それは単に形を変えただけだ。サン・ギーユへの愛に変わっただけなんだよ。だから問題はそっくりそのまま残っている。僕は愛にどう対処すればいいんだろう？」

ベーラはドアを開けた。向かい側の店や家は鎧戸《よろいど》を閉め、入口を鎖《とざ》している。通りには誰もいなかった。

「あなたはそれをあきらめた」彼女は言った。「でも厄介なのは、それでもその愛があなたのもとに留まっていることね。まるで井戸の水のようだわ。水源は残っている。乾いたその底の下に」彼女はわたしに両腕を巻きつけてキスした。「手紙をくださる？」

「そのつもりだよ」

「どこへ行くかは、決まっているのね？」

「うん、決まっている」

「長いことそこにいるつもり？」

「さあ、わからない」

「その場所――そこは遠いの？」

「実に不思議なことに、遠くはないんだ。ここからほんの五十キロだよ」

「そこで失敗にどう対処すべきか示してもらえるとしたら、愛にどう対処すべきかも示してもらえるかしら？」

「そう思うよ。きっと答えがもらえると思う。きみがいま答えをくれたように」

わたしはベーラにキスした。それから外の通りに出た。彼女が背後でドアを閉め、かんぬきをかけるのが聞こえた。わたしは町の門《ポルト・ドウ・ヴィーユ》をくぐり、車に乗り込み、地図のあるところに手をやった。それは、わたしが置いてきたそのままの場所、運転席の横のポケットに入っていた。わたしは一週間前、自分が青い×印をつけたルートを見つけた。夜の闇を行く最後の十キロは骨が折れるかもしれない。だがペルシュの森《フォレ・デュ・ペルシュ》を右手に見て進みつづければ、モルターニュを出たあと、道はまっすぐトラピストの森《フォレ・ドウ・ラ・トラップ》へ、大修道院へとつづいているはずだ。もしかすると、一時間強か一時間半ほどで、そこに到達できるかもしれない。

わたしは地図を下に置いた。ベーラの家の窓に目をやると、そのカーテンはふたたび開かれていた。そこからは明かりが輝き、運河と歩道橋に光を降り注いでいる。わたしは車をバックさせ、Uターンして並木道をのぼっていった。すると病院を通り過ぎるとき、あのルノーが歩道際に停まっているのが目に入った。その場所は病院の正面口の前ではなく、礼拝堂に通じるもっと小さな門のそばだった。車内に人はおらず、あたりにはガストンの姿も見当たらない。誰にせよ、その車で来た人物は、ひとりで追悼に訪れたのだ。

わたしはいくつもの道が交差する町のてっぺんまで車を走らせ、左に折れてベレームへ、モルターニュへと向かった。

解説

杉江松恋

またダフネ・デュ・モーリアに戻ってきた。

幾度も訪れたい小説の世界というものがある。人それぞれにあるだろう。ダフネ・デュ・モーリアにそうした引力を感じる読者は多いのではないだろうか。

ここにあるのは骨格のしっかりした物語であり、忘れがたい印象を残してくれる登場人物であり、何よりも文章を追っていくこと自体が楽しくて仕方なくなる描写である。その中にずっといたいと感じさせてくれる。務台夏子訳で蘇った『スケープゴート』を読みながら、やはりここだ、と思った。小説を読む悦びがここにあると。

本作は *The Scapegoat* の原題で一九五七年にロンドンのゴランツ社、ニューヨークのダブルデイ社から刊行された。後述するようにデュ・モーリアはこの時期創作者としての円熟期を迎えており、到達度の高さを感じさせる長篇である。ロバート・ハマー監督で一九五九年に映画化され、チャールズ・スターリッジ監督で二〇一二年にリメイク版も作られた。一九五九年版ではアレック・ギネス、ベティ・デイヴィスが主演している。

変形の分身譚《ドッペルゲンガー》とでも言うべき作品である。視点人物のジョンはイギリス人で、フランス史を教える歴史学者だ。彼が休暇を利用してフランスを旅する場面から物語は始まる。イギリス小説で冒険に巻き込まれる主人公の多くがそうであるように、ジョンも気鬱《きうつ》を抱えている。旅行は気晴らしにならず「過去の人生で」「自分がしてきたことと言えば、幸せや苦しみをともにせず、ただ人々を眺めることだけだったという悟り」に直面してしまう始末だ。生気に溢れたル・マンの住民を見てジョンは「わたしはフランス人にはなれない。彼らの一員には決して」と考える。

その彼の前に「わたし自身」が現れる。ジョンと瓜二つの風貌を持つフランス人男性ジャン・ドゥ・ギである。偶然の奇跡に魅了されたジョンは、ジャンと残りのその日行動を共にするが、自分と同じ顔の人間が隣にい続けることを次第に不吉と感じるようになる。しかし離れられない。「彼はわたしの影、わたしは彼の影であり、ふたりはお互いに永遠に結びつけられている」からだ。やがてジョンは泥酔し、意識を失った。

目覚めたとき、ジャン・ドゥ・ギはジョンの服を着、荷物もパスポートも奪って姿を消していた。迎えに来た運転手の言動からジョンは、自分がジャン・ドゥ・ギだと誤解されていることを知る。それはそうだろう。ジャンの服を着てホテルの彼の部屋で眠っていたのだから。実は同じ顔の男は、伯爵位を持っており、サルト県サン・ギーユに居城を構えていたのだ。運転手に連れられてジョンはサン・ギーユに向かう。ドゥ・ギ伯爵として。城で彼を出迎えたのはそれぞれに問題を抱えたドゥ・ギの一族、そして彼らの収入基盤となっているガラス工場が倒産の危機に瀕しているという事実だった。分身はそれらすべてを捨て、代わりにジョンの名前と身分を盗んで逃げたのだ。
「フランス人にはなれない」と思っていたイギリス人が一夜明けたらそうなっていた、という皮肉極まる展開で物語は始まる。デュ・モーリア作品はいつも導入が見事で、流麗な文章を読んでいるうちにいつの間にか物語世界に引き込まれている。その技巧が万全の形で発揮された作品である。サン・ギーユに向かう途次で村の風景を眺めるジョンの視線は、新鮮な驚きに満ちている。到着した城の描写がそれに続き、未知の、しかし突如自分のものとして与えられたものをいちいち検分するようにジョンは見ていく。そうすることで作者は、読者にこの世界のあらましを伝えているのである。

序盤から中盤で起きる出来事の多くは、ジョンがドゥ・ギの一族と初対面であるのに、向こうは家族の一員であるジャンとして接してくることに由来している。たとえばジョンを出迎えた成人女性が二人いるが、自分の妻がどちらであるかも彼にはわからない。これが小さな揉め事を引き起こすことになる。またジャンはパリ土産を準備していたが、その中身を知らないジョンは誰にどう渡せばいいのかもわからない。一族の要として工場を支える、ジャンの弟ポールに家族や使用人の面前でとんでもないものを渡してしまうなど、失敗を重ねるのである。こうした滑稽な場面の積み重ねにより、読者はドゥ・ギ一族に少しずつ関心を持ち始めるだろう。

やがてジョンは、瓜二つの男が貞節な夫ではなく、不道徳な男であったことに気づく。さらにジャンの娘であるマリー - ノエルは不自然なほどに父親に依存しており、虐待の影を感じてしまうほどだ。つまり歪んでいるのである。マリー - ノエルだけではなく、ドゥ・ギの一族はみな歪んでいた。その原因の多くは、おそらくジャンに由来するものなのである。否応なく一族の中心人物にさせられたジョンは、彼らに愛情と責任を感じるようになる。当主として、父親としての自覚が生まれていくのだ。

他人の家族に突如放り込まれた男が、その一員になろうとする話である。二〇二〇年代の日本では異世界転生のファンタジーが人気だが、物語構造は似ているかもしれない。ジョンは、ジャンになかった常識や知性によって事態を打開しようとするのである。ただし無双の力を持っているわけではないので、ほとんどのことは上手くいかない。途方に暮れる彼に同情しながら読者はページをめくり続けることになる。

変形の分身譚と前に書いた。分身は凶兆であり、もう一人の自分を見た者には不吉な結果が訪れる。主人公であるジョンも意に染まぬ事態に巻き込まれるわけだが、その結果ドゥ・ギ一族への愛情が生まれる。何もかもに鬱屈していた男が打ち込める対象を見出すわけで、不幸が希望に転じるところに本作の独自性がある。原題の *The Scapegoat* は言うまでもなく「身代わりの山羊《やぎ》」の意で、ジョンが陥れられた事態を指している。本作は一九五七年に大久保康雄によって初めて邦訳されたが、そのときの題名は『犠牲』だった（三笠書房刊。『美しき虚像』の別題あり）。たしかにジョンはジャンの「犠牲」になるのだが、それだけでは終わらない物語が本作では展開される。その興趣をぜひ感じていただきたい。

デュ・モーリアの創作活動に大きな影響をもたらしたのが、イングランド南西端コーンウォール州のメナベリー荘園である。ロンドン生まれだが幼少期から夏期はコーンウォールの港町フォイで過ごしていた。メナベリーはそこから近く、ある日少女のデュ・モーリアは豪壮な邸宅が廃屋のような状態で放置されているのを発見する。ラシュリー氏がチューダー朝時代から先祖代々所有していたもので、デュ・モーリアはいつかここに住みたいという思いを抱くようになった。そして実際に、第二次世界大戦中の一九四三年にラシュリー氏と二十年間の賃貸契約を結び、館を改装して住み始めたのである。『レベッカ』（一九三八年。新潮文庫）の主舞台であるマンダレー館のモデルは、このメナベリーである。デュ・モーリアの描く物語は、どれも舞台となる場所が精気に満ちた筆致で描かれている。本作におけるサン・ギーユもそうだ。作家にその力を与えた源泉が、メナベリーなのである。

メナベリーでデュ・モーリアが暮らし始めて最初に発表した長篇が一九四六年の『愛すればこそ』（三笠書房）である。一八二四年にラシュリー家の先祖がメナベリーの館を改装したとき、地下から白骨死体が発見された事実に想を得た歴史小説だ。デュ・モーリアの描いた登場人物の中でも特に人気の高い、オナー・ハリスが語り手を務める。

当時、夫のフレデリック・ブラウニングはエディンバラ公爵家の財務官に任命されており、ロンドンが勤務地だった。しかしデュ・モーリアにメナベリーから離れる意志がなかったため、夫はロンドンのアパートメントで平日を過ごし、週末だけ戻ってくることになった。このこともあり、夫婦の間には距離が生じてしまう。フレデリックはデュ・モーリアが悪意をこめて〈六ペンス〉と呼んだ女性と関係を持つようになった。一方でデュ・モーリアも彼以外の対象に恋愛感情を抱いている。アメリカの裁判所に『レベッカ』について盗作容疑を訴え出た者があり、このころデュ・モーリアは訴訟のために渡米を余儀なくされていた。その結果、裁判の当事者となったダブルデイ社経営者の妻・エレンに思慕の念を抱くようになったのである。一九四九年の戯曲 *September Tide* は、その思いを織り込んだ作品だ。デュ・モーリアは、この劇に主演したガートルード・ローレンスにも恋愛感情を抱いたという。こうした人間模様はマーガレット・フォースターが一九九三年に著した伝記 *Daphne du Maurier* に詳しい。

一九四九年にはもう一冊『パラサイト　愛の秘密』（三笠書房）という小説が刊行された。これは複数の登場人物にデュ・モーリアが自らの異なる側面を背負わせて描いた群像小説で、自分語りの要素が非常に強い。ここからデュ・モーリアの小説は円熟度を上げていき、一九五一年には『レベッカ』と並ぶ代表作『レイチェル』（創元推理文庫）が発表される。一人の男性を死に導いた〈運命の女〉レイチェルを巡る物語で、心理スリラーとして出色である。続く一九五二年には『鳥』（創元推理文庫）が刊行された。ヒッチコック映画の原作としてあまりにも有名な表題作を含む、デュ・モーリアの短篇分野における代表作である。

一九五一年にデュ・モーリアは、祖父についての伝記 *The Young George du Maurier: A Selection of his Letters, 1860-67* を上梓しており、一九五四年にはヨーク＝オールバニ公爵フレデリック王子の愛人であった高祖母のことを *Mary Anne* という長篇小説として書いている（邦訳は『メアリ・アン　その結婚』『メアリ・アン　その復讐』の二分冊。新潮社）。この作家は自分の先祖に対する関心が強く、初期にも父の伝記 *Gerald: A Portrait*（一九三四年）、一族の歴史を書いた *The du Mauriers*（一九三七年）という著書がある。

根拠のない推測になるが、デュ・モーリアがドゥ・ギの物語を書いた根底には、こうした一族の歴史に関心を向けたことがあったのではないだろうか。自分はひとりの人間として独立して生きていると考えている者も、実は連綿と続く家族の歴史を背負った存在である。ジャンの人生に突然放り込まれたイギリス人ジョンは、外から来た者の視点でドゥ・ギ一族を見ることになり、彼らがどのような世界に生きているかを知るのである。

一九五七年に本作を上梓した後、デュ・モーリアを悲劇が襲った。フレデリックが病に倒れたのだ。原因の一端が冷え切った夫婦関係にあると考えたデュ・モーリアは、彼との生活をやり直すことを決意する。家庭を第一、創作を第二に考えるようにしたため、執筆ペースは落ちていく。このころに上梓されたのが短篇集『破局』(一九五九年。早川書房)であり、デュ・モーリアの暗い心境が反映されている。

フレデリックは引退してメナベリーでの平穏な暮らしを始めたが、一九六五年に亡くなった。同年には賃貸契約も切れ、デュ・モーリアは住み慣れた館を後にすることになったのである。こうして幸福なメナベリー時代は終わりを告げた。同年に発表された『愛と死の紋章』、一九六九年の『わが幻覚の時』、一九七二年の『怒りの丘』(以上すべて三笠書房)という三長篇をこの後のデュ・モーリアは発表している。これらはいずれも凡作ではなく、後の二作にはSF的な着想も盛り込まれて意欲的ではあるのだが、『レベッカ』から入った読者は違和感を覚える内容であるかもしれない。ダフネ・デュ・モーリアという作家名を聞いてまず思い浮かべるのは、やはりメナベリー時代の作品なのである。『スケープゴート』はその総決算と呼んでも差し支えない作品ではないかと思う。

物語はいつものデュ・モーリア作品と同じで、ほろ苦い後味を残して終わる。だがそこには曙光が射しているのである。作中で起きた事態がどのような結末を迎えるかとは関係なく投げかけられるもので、それに照らし出された世界を見るとき、人間の強さ、誠実さをもう一度信じてもいいのではないかという思いがこみ上げてくる。こうして読者は深い感慨を覚えながら本のページを閉じることになるのだ。自分はまたいつか、このデュ・モーリアの世界にやってくることになるだろう、という予感を抱きながら。

訳者紹介　英米文学翻訳家。訳書にオコンネル『クリスマスに少女は還る』『愛おしい骨』『氷の天使』、デュ・モーリア『鳥』、スワンソン『そしてミランダを殺す』『ケイトが恐れるすべて』、エスケンス『償いの雪が降る』などがある。

スケープゴート

2025年1月24日　初版

著　者　ダフネ・デュ・モーリア

訳　者　務《む》　台《たい》　夏《なつ》　子《こ》

発行所　(株)東京創元社
代表者　渋谷健太郎

162-0814 東京都新宿区新小川町1-5
電　話　03・3268・8231-営業部
　　　　03・3268・8201-代　表
URL　https://www.tsogen.co.jp
組　版　工　友　会　印　刷
暁　印　刷・本　間　製　本

乱丁・落丁本は、ご面倒ですが小社までご送付ください。送料小社負担にてお取替えいたします。

ISBN978-4-488-20607-9　C0197